中国电影集团公司艺术家系列丛书

中国电影集团公司艺术家系列丛书

短短集

赵绍义散文集

赵绍义◎著

中国电影出版社
2023 · 北京

图书在版编目（CIP）数据

绠短集：赵绍义散文集 / 赵绍义著. —北京：中国电影出版社，2023.6

ISBN 978-7-106-05371-0

Ⅰ.①绠… Ⅱ.①赵… Ⅲ.①散文集—中国—当代 Ⅳ.①I267

中国版本图书馆CIP数据核字（2021）第231027号

出版发行 中国电影出版社（北京北三环东路22号） 邮编：100013

电话：64296664（总编室） 64216278（发行部）

64296742（读者服务部） E-mail：cfpbjb@126.com

印　刷 中国电影出版社印刷厂

版　次 2023年6月第1版 2023年6月北京第1次印刷

开　本 787mm × 1092mm 1/16

印　张 25.75

字　数 460千字

定　价 96.00元

自 序

我是一个自甘寂寞的人，偶尔被人注意一次，反倒失去平日的安静与自如，很不适应。

自甘寂寞的人，是不适应在聚光灯照耀下活动的，更不愿跳到前台去表演。不爱坐在或站在众人中间的显著位置，力避人们追捕的视线。愿意永远待在僻静的地方，看看书，偶尔敲敲电脑，打出几行文字，就非常满足了。常年如此悄无声息地过日子，自然成为一个不起眼的人。自己混迹于群众当中，如苏东坡所说“万人如海一身藏”，没有人注意，过着平静、稳妥、自在的生活，其乐无穷。

鄙人最不喜欢照相，逃避上镜，是只愿做躲藏在文字背后的人。文字就是我的脸面和身影。所以，此书中只有文字，没有个人影像。

书稿内容包括三个部分：影视杂谈篇、影视人物篇、岁月随想篇。影视杂谈篇，涉及影视艺术创作中的诸多问题，虽然论述得不怎么专业，但都是影视艺术创作中曾经存在，有的至今还仍然存在的问题；影视人物篇，着力描绘影视艺术家们的艺术成就及其各自独特的人物形象；岁月随想篇，反映纷繁多彩的社会生活，涉及面宽广，直面现实，观点鲜明，不回避矛盾。

三部分内容貌似庞杂，但都是作者所思所想所感，欣然命笔，有人、有物、有景、有情，实实在在，绝无云山雾罩式的空谈。

随着时代的发展与变化，有些内容显得陈旧，与现实有了距离，甚至不合时宜也在所难免。但我没有削足适履，作任何修改，为的是留存真实的历史痕迹。留存真实的历史痕迹，比适应时过境迁的修改，更有历史存在的价值与意义。

人贵有自知之明。老朽深知这堆文字的水平如何，与“大师出版计划”中的大师级人物相比，相形见绌。所以取书名为《绠短集》，聊以自慰。

目 录

第一部分　影视杂谈篇

第二部分　影视人物篇

第三部分　岁月随想篇

第一部分

影视杂谈篇

漫谈电影的含蓄美

“诗贵含蓄”，这是中国诗歌的传统特点之一。当你吟诵“可怜无定河边骨，犹是深闺梦里人”的诗句时，可以体味到其中有多少情意！而“暖风熏得游人醉，直把杭州作汴州”的诗句，又让人联想到多少弦外之音！我们常有这样的体会，读着一首短小精美、含蕴深沉的诗，能得到一种美的享受。

“景愈藏，境界越大，景愈露，境界越小”，这是绘画艺术一项重要的创作法则。这个法则，要求画家画得含蓄，把丰富的内容，深刻的意境留在画外，让读者去深思、体味、联想。当你欣赏《主席走遍全国》那幅国画时，那空白的背景会让你想象到广阔的祖国大地，到处都有毛主席的身影和足迹。所以我们常有这样的体会，当观赏一幅境界深远的画幅时，会得到一种美的享受。

无论是一首含蓄的好诗，还是一幅含蓄的好画，都会给人一种美的享受。这种美，就是含蓄美。

电影不同于诗和画。电影的语言不是诗，电影的一个个镜头也不等于一幅幅画。但“诗贵含蓄”“景愈藏，境界越大”的要求则都是共同的。一切艺术都要求含蓄。

在中外优秀影片中，引人深思，耐人寻味的例子是很多的。美国20世纪40年代摄制的影片《魂断蓝桥》，就是突出的例子。这部影片从主题思想到人物、镜头、语言都是非常含蓄的。影片告诉人们，第一次世界大战是非正义的，残酷的，它破坏了人们的幸福，给人们带来了灾难。这个主题思想不是靠语言说出来的，而是通过女主人公玛拉和男主人公罗依之间的爱情悲剧，形象生动地展示给观众。影片把主人公放在第一次世界大战的广阔背景上，让玛拉和罗依在空袭中相识、相爱。但战火在前线燃烧，催促罗依奔赴战场，不容他们从容相爱。这是多么残酷无情！厄运接连向玛拉袭来，因为她爱上了罗依，被艺术至上的剧院老板笛尔娃夫人无情地开除了。玛拉失掉了工作，又得不到远在前线的情人的帮助，无法生活下去，终于与女友凯蒂一同沦为娼妓。战争结束后，罗依从前线回来要和她结婚，玛拉深感良心上受到巨大的谴责，在悲痛和绝望中撞车身亡。对于第一次世界大战，影片几乎没有正面表现，但观众感到它的存在，并时时在摧残主人公的命运。观众越是同情玛拉的悲惨命运，对第一次世界大战的憎恶也就越深。

在我们的一些影片中，常见的一个毛病就是说主题，正像夏衍同志早在20年前就指出的那样："我们影片中的露和浅，最多的表现在点题，或者着题这个问题上。作家似乎唯恐观众不懂，唯恐观众想不到，所以常常迫不及待地自己站出来讲话，我的主题是这个，我要叫你接受的思想是这个之类。"（夏衍：《电影论文集》）评论家们在评论中外优秀作品时，常在主题上产生分歧，这说明这些作品的主题，不是靠主人公和作者自己说出来的，它蕴含在作品的形象之中，让人去分析、体会、深思。经典作家是主张主题要含蓄的。恩格斯在给明娜·考茨基的信中说过一句名言："但是我认为倾向应当是不要特别地说出，而要让它自己从场面和情节中流露出来，同时作家不必把他所描写的社会冲突的将来历史上的解决硬塞给读者。"（《马克思恩格斯论艺术》第1卷，第6页）"流露"就是含蓄。看完这样的影片，使人如吃橄榄一般，久久回味它的甘美。

《魂断蓝桥》在展示凯蒂沦为妓女时，是通过无声的画面"流露"出来的。夜深了，大街上没有行人，万籁俱寂。凯蒂打扮得花枝招展，脸上涂着浓妆，从街头的暗处走出来。当走到自己家门外的台阶上，掏出手帕和小镜，将口红擦掉。这场戏没有一句话，也没有用画外音，编导不怕"观众不懂""想不到"，全靠环境气氛、服饰和一个擦口红的动作，就把凯蒂的悲惨痛苦身世展示出来。影片没有正面表现夜生活，那些丑恶的东西全被推到镜头之外，让观众的想象去补充，相当含蓄。这场没有语言的过场戏，所展示的是人类生活中最丑恶的一角，但一点也不感到它黄色、低级，其原因就在于处理得当，达到含蓄。可见含蓄在电影美学上的重要价值。

没有语言能够做到含蓄，有了语言也不能让它外露。罗依把玛拉接回家，准备和她结婚。玛拉苦于自己不是纯洁的姑娘，不能欺骗罗依。这场戏全靠对话来展示：

玛拉："我不能跟他结婚！"

克劳宁夫人："到底是什么事有那么严重？是不是你有了别人？"

玛拉："玛格丽特夫人，您太纯洁了！"

克劳宁夫人恍然大悟，声音颤抖地："玛……拉……！"

玛拉："是的，是的，是的！就是您现在想到的！您觉得这不会是真的。是——真——的！"

这段对话，没有一字接触玛拉的妓女境遇，但观众完全能够看懂。一旦观众明白、想到了，就没有必要再去说明问题的本身，腾出笔墨来刻画人物的内心世界。玛拉的内心世界是美的，如果没有含蓄，就很难体现出这种内在美来。因此，含蓄不单是一个单纯的表现手段和技巧，而是要体现人物的内在美。所以含蓄美能产生动人的艺术魅力。

直、露的东西是肤浅的，只有含蓄的东西才能深刻。法国影片《巴黎圣母院》的结尾，含意隽永，富有诗意，耐人寻味，深化了主题。美丽的吉普赛女郎艾丝美拉达，终于被专制制度吞噬了她年轻的生命，被扔在蒙孚贡的大坟窟里，静静地躺在那里。深夜，善良纯洁的卡西莫多走进坟窟，躺在艾丝美拉达的身边，殉情了。这时响起了画外音："两年以后，人们发现两具尸体紧抱着，当有人把他们分开时，他们立即化为尘土。"影片到此结束。但观众的脑海里却不会随着画面的终止而终止，他们在回味、思索。艾丝美拉达和卡西莫多虽然死了，化为灰烬，但他俩却永远结合在一起了。他俩是善和美的结合。这个悲剧，正是对纯洁、善良、美丽心灵的歌颂，对封建专制制度的强烈控诉。

我们有些电影不应该直通通地说出要表达的东西来，那样太乏味，还有什么欣赏的价值，还有什么回味的余地！作家王汶石说过一段很好的话，值得我们电影工作者学习和借鉴。他说："从来，真正的艺术家，在创造一篇真正的艺术作品时，都是把深厚的内容，留在画外，留在弦外，留在文字的背后；那画外之意，弦外之音，文字之外的诗情，总之，我们称之为生活内容、生活意义、生活的境界和无声无形的东西，比之已诉诸色彩、琴弦、文字上面的要巨大得多。"（《延河》1959年第6期）这样强调含蓄的重要性，这对我们电影创作来说，不是同样重要的吗？

含蓄的例子，在我们国产的优秀影片中，也可以举出许多。在夏衍同志改编的《祝福》中有这样一场戏：贺老六娶亲，祥林嫂抗拒，撞桌子。新婚之夜，贺老六守着昏迷中的祥林嫂，在稻草堆里睡了一夜。第二天清晨，贺老六给她端来一碗水，她不喝，求他放她回去，贺老六答应了。祥林嫂抬起头来看着贺老六，被他的忠厚、诚恳的为人感动了，慢慢地伸出手来接过碗。这里也没有语言，只是一个接碗的动作，观众明白祥林嫂妥协了，告诉贺老六可以和他结婚了。夏衍同志的笔是多么凝练！把祥林嫂的转变，用一个富有表现力的动作，含蓄地展示给观众。在这里，影片如果直露而又仔细地展示祥林嫂的转变过程，那就显得冗长和乏味了。这说明含蓄要求高度的精练和概括。越是高度精练和概括的东西，它的内蕴越丰富，含意也就越深刻，反倒容易被观众所接受和理解。电影中的含蓄美，能把诗情和画意高度地统一起来，是其他艺术形式所达不到的。含蓄的语言、画面、动作乃至细节，不仅给观众一种美的享受，而且能起到以一当十的作用。

近年来描写爱情生活的影片增多了，这是很可喜的。但在相当多的影片中，把青年男女之间丰富多彩的爱情生活，写得太直露太乏味。不是海滩戏水，湖畔漫步，就是雪中滚爬，林中追逐，或是慢动作飘逸。有的赤裸裸地表白："我爱你！"这样写当然不是不可以，问题是太直露了，看不到爱情的内在美。观众对此很有意见。我们的电影艺术家们在努力克服这个毛病，已经做出了很好的成绩。在这方面，《归心似箭》和《天云山传奇》是值得称颂的。

《归心似箭》中的女主人公玉贞，是一个纯朴美丽的农村妇女，她大胆地救了一位抗联战士魏得胜，并把他安排在自己家中治疗、养伤。她在细心照料魏得胜的过程中，对这位勇敢的抗联战士逐渐产生了爱慕之情。这种爱慕之情，如果是直露地表白出来的，就有可能把玉贞写得太轻佻了，不是她的本来性格。影片是用含蓄的笔墨，展示出爱慕的心声。在一个秋天晴朗的天气里，魏得胜到泉边挑水，这眼清泉正是玉贞救他的地方，触景生情，使他从心眼里感激玉贞的救命之恩。他对玉贞负疚地说："这恩情可是俺没法报答的。"玉贞早就盼着他说出这样的话，她指着水桶说："那你就一天给我挑两趟水。"但魏得胜不明话中的含义，脱口而出说："那，容易，我就一天给你挑两趟。"这句话已经像清泉水一般，流进了玉贞的心田里，但她仍不满足，进一步流露自己的心声。"挑到我儿子娶媳妇，挑到我闺女出门子，给我挑一辈子！"对话说的是挑水的事儿，没吐一个"爱"字，但爱的心声却像泉水一样叮咚作响，清澈见底。

玉贞和魏得胜是在泉边相遇，爱情也是在泉边吐露、萌发，最后还在泉边送别。

清泉好像就是他们爱情的象征。因此，编导紧紧抓住“水”字来写他们之间的爱情。初冬的夜晚，魏得胜独自一人蹲在泉边沉思。玉贞走过来，十分轻柔地说：“三更半夜的还蹲在这里，想啥呢？”魏得胜强掩住内心的痛苦，心慌意乱地说：“出来凉快凉快。”玉贞责怪地说：“再凉快，你可就变成一块冰了。”这句对话形象而又生动，并且包含了情意，把玉贞对魏得胜纯真的爱情揭示得既深沉，又热烈，既含蓄，又耐人寻味。

同是描写爱情，在含蓄上也达到相当成就的《天云山传奇》，就和《归心似箭》不同了。《天云山传奇》中的那匹大白马，是很有特色的。胆小的宋薇骑上大白马，马惊了，奔驰而去。罗群当即跳上另一匹马追赶宋薇，救护她脱险。两马奔驰，风驰电掣。罗群终于追上大白马，宋薇从马背上失魂落魄地跳下，一头扑在罗群的怀里。这场戏拍得惊心动魄，紧紧地抓住观众。它表面上是写马受惊，罗群驱马相救，实际上是写罗群和宋薇之间的爱情。说穿了，这场戏和电影上时常出现的女跑男追，没有什么本质上的区别。但为什么能给观众耳目一新的感觉呢？我以为，编导是通过惊马含蓄、新颖地写出他们爱情的心声，这样处理比一般的女跑男追真实、自然、可信，也更有情趣，让观众耐看。

大白马牵上姻缘，宋薇是多么感激它啊！她月夜谈情归来，一头扑在冯晴岚的怀里，甜蜜地说：“感谢那匹大白马，它把我带到幸福的乐园。”说完，沉浸在甜美之中闭上了眼睛。王馥荔同志演得非常内在、含蓄。这一闭眼，胜似千言万语，把姑娘心灵深处的感情流露出来，任观众去领略和想象，其艺术感染力远比瞪圆眼珠直接表达要丰富得多，有味得多。由此看来，被人们誉为“心灵窗户”的眼睛，有时闭合起来，也能让人窥视出里面含蕴的秘密。不过要达到这样的境界，只能靠着编导和演员的艺术功力了。

含蓄不仅要求隐秀、精炼、概括、耐看，还要求以虚代实。电影是视觉艺术。但这个特点并不排斥以虚代实的创作方法。事物是辩证的。虚有时比实更凝练、更含蓄。

如在影片《天云山传奇》中有一段以虚代实描绘的戏。罗群和冯晴岚举行婚礼，编导让观众看到的是一个远景，一间小破房的窗口透出微弱的灯光，同时传来画外音：“我们就是这样结合的……”举行婚礼不见新郎新娘面，这是多么独特的处理方法。它大有“此处无人胜有人”之境界。通过那透出微弱灯光的窗口，给观众带来多少联想。他们的生活虽然那样清苦和穷困，但他们的精神生活却是昂扬而丰富的。同时，它和吴遥与宋薇丰盛、热闹、排场的婚礼形成鲜明的对比。这婚礼虽然让观众看不到罗群和冯晴岚的面，但却看到两颗纯洁美丽的心灵。

在这里，联想到有些电影编导们喜欢运用回忆镜头这一电影特殊表现手段，它固然显示了电影不受时间和空间的限制这个特性，但是用得不适当，反而起不到它应有的作用。有些影片，在追述一个人的身世，交代两个人过去的友情或仇恨，介绍青年男女相识和热恋，亲人的失散，甚至一句台词、一件道具、一个细节……都要出现回忆的画面。其实大可不必。因为太多的回忆会打断剧情，把本来是完整的故事或情绪分切得支离破碎。现在外国电影也很少用回忆、补叙镜头了，我以为这是值得我们深思和借鉴的。从电影的含蓄美的要求来说，太多的或不必要的回忆，把本来该含蓄流露和让观众想象回味的东西，都用实实在在的画面暴露无遗地诉诸观众，那就大大削弱了影片的美学价值了。

我们提倡含蓄，做到“秘响旁通，伏采潜发”，但不是让电影创作人员在影片中故弄玄虚，搞隐晦曲折、朦胧含糊、令人费解的东西。那不是含蓄，是存心让观众看不懂，这是不可取的。

海明威一向遵奉他们的建筑师罗德维希的一句名言：“越少，就越多。”这就使得海明威的作品越来越趋于精练和含蓄。海明威自己也提出了一个著名的“冰山理论”，即冰山在大海里运动，只有八分之一露在外面才是美的，也就是在作品中只表现事物的八分之一，从而使作品更充实、更含蓄、更耐人寻味。“越少”，是表露出来的少。“就越多”，是隐藏含蓄的多。“冰山理论”也一样，显露出来的冰山少，隐藏在水下的部分多。这两句名言，有异曲同工之妙，都要求艺术作品要追求含蓄，切忌直白外露。

（原载《电影创作》1981年第8期）

电影剧作中的“空镜头”

电影剧作中的镜头，通常分为远景、近景、特写、推、拉、摇、移、俯、仰等不同种类。但从拍摄对象来说，可概括为两大类：人物镜头和景物镜头。这景物镜头就是我们通常说的空镜头。它是两大类中的一类，可见它在电影中的地位和作用。苏联评论家K.法马林早在20世纪20年代末期就指出：“戏剧不能容忍自然景物。电影则必须要自然景物。戏剧是表演，电影则是生活。”（《世界电影》1982年第1期，第6页）法马林说的“自然景物”就是电影中的空镜头。生活中有着广阔的自然空间，电影既是生活的反映，空镜头也就成了影片中“必须要”的“自然景物”了。

严格地说，空镜头这个说法并不科学。所谓“空镜头”，是指镜头中没有剧中人在活动。空镜头中虽然见物不见人，但它却涵盖着丰富的内容。所以，“空镜头”其实并不空。

时间空镜头

在一切文学作品中，都有一个时间变化的问题。无论是小说，还是电影，都不可能在一瞬间就叙述完故事。有些电影，它的故事发生在几年、十几年，甚至更长的时间里，这就要求编导向观众展示这时间的进程和变化。不同形式的作品，所用的手段和方法各不相同。如在小说中是靠文字叙述，在话剧中是靠对话来交代。在戏曲中就更简单，连文字叙述和对话都不用，只需演员在舞台上转个圈子，时间（还有空间）就变化了。这是戏剧舞台上的假定性。电影并不排斥假定性，但它更强调真实性。在展示时间变化上，它具有自己独特的表现方法——广泛和自由地运用时间空镜头。当然，电影中也不是绝对排斥用文字、语言来交代时间的进程，特别是在默片时期，差不多都是用字幕空镜头来说明的。但抽象性的交代时间进程的文字、对话、虚拟动作，电影中应尽量避免。它可以而且也应该用视觉形象直接诉诸观众。如冬去春来，只需拍摄桃红柳绿蜂蝶舞、大雁成行往北飞、冰河解冻水流急、一线风筝凌空飘，这样的空镜头，就把春意盎然的景色展现出来。观众看到这优美如画的空镜头，既不言自明了时间的变化，又能感受到温暖宜人的春天气息。如果把春夏秋冬的空镜头画面连接在一起，就组成一个新的蒙太奇句子：年代的变迁。这是电影特有的表现手段。

我特别喜欢电影剧本《乡村女教师》中那三棵松树和沙特磊村的空镜头描写。剧本中成功地运用三棵松树的成长和沙特磊村逐渐变化的空镜头，层次清晰地展示了几十年的时间进程。女主人公瓦尔瓦拉怀着“活着就是为祖国服务”的崇高理想，以一个女教师罕有的大无畏精神，只身来到西伯利亚一个荒僻的小村庄沙特磊村任教。未进村前，她的车子在小丘上的三棵小松树旁停下。剧本第一次出现三棵小松树的空镜头。松树很小很小，孤零零地长在贫瘠的沙丘上。新来的女教师像那三棵小松树一样弱小，她能不能在西伯利亚的瘠土上深深地扎下根来茁壮地成长，确是需要一段时间的考验。在出现松树的空镜头以后，通过女教师的视线，作家又写了一个空镜头：“从这里可以清清楚楚看到一个不大的村子，村子中心有一座小教堂。”这是沙特磊村的最初面貌。当马尔蒂诺夫来到沙特磊村和瓦尔瓦拉结婚时，她领着他到小丘上去，剧本第二次出现松树的空镜头。显然，松树比第一次出现时长高了些，因为时间已经过去了三个春秋。第三次出现松树的空镜头，是在她驾着马车，从城里买教学用具回来，经过小丘时，正遇上她受伤的丈夫回来。因伤势过重，马尔蒂诺夫见到妻子之后就瞑目了，被埋在松树旁。第三次空镜头中的松树比第二次空镜头中的松树又长高了，而且村子已延伸到松树附近。这时的空镜头告诉观众，时间又过去了几年。当第四次空镜头出现时，我们看到那三棵高大的松树和马尔蒂诺夫的坟墓，已经处在村子的中心了。直到最后，沙特磊村变成苏维埃的一座城市，三棵高大挺拔的松树和坟墓，已处在城市的公园里。用松树的成长和村庄变化的空镜头，展现几十年的漫长岁月，而且展现得那样清楚、简练、朴素、自然，并富有寓意，有节奏、有层次地表现了主人公成长的过程，产生了强烈的艺术魅力。

时间的变化有长有短，空镜头的运用必须因时而异。短时间的变化，剧作中常用的空镜头是：满满一烟灰缸烟头，有的还在冒烟；字纸篓里扔着很多纸团；桌上的饭菜凉了，还等不来吃饭的人，等等。当然，也有直接用钟表的空镜头来表现的。可以这样说，电影中的时间进程，长达几十年，短至一瞬间，都能用空镜头来展示。美国电影研究家乔治·布鲁斯东说得好："电影是最接近于能够表现出时间的流动的"。(《从小说到电影》，第66页）这是电影长于其他艺术形式的一种"特异"功能。

环境空镜头

夏衍同志在《写电影剧本的几个问题》一书中指出，在影片的"第一本"中就要交代清楚社会环境和时代气氛。这对电影来说是非常重要的。特别是拍摄历史题材的影片，这一点就更加重要。诚然，社会环境和时代气氛，主要是靠人物的精神面貌、行为动作、谈吐举止、情感节奏等种种方法来展现，让观众随着人物活动和情节发展去感受。但运用主观意向的空镜头画面，却是不可缺少的一种。美国剧本《告密者》的开头，描写了这样几个空镜头：伦敦的街道，远远有房子的轮廓，不太清楚，似水墨画；街道的一边是古老的煤气灯；暗淡的灯光照在街道上，地上铺着古老的灰砖，灰砖已经发潮；街道的墙上有一条标语："要为爱尔兰人的独立而奋斗"。这几个空镜头，把环境气氛都表现出来了。首先，伦敦的陋巷，古老的煤气街灯，点明了时代和地点。其次，看得不清楚的房子，是因为伦敦的雾气很大，这是很典型的。再次，亮着街灯，说明是晚上。最后，墙上的标语介绍出时代背景，爱尔兰人民正在为自己的独立和自由进行英勇的战斗。时代、环境、地点、具体时间，将要进行什么样的斗争等，都通过空镜头交代清楚了，观众就会注意力集中地看下去。而我们有些剧本，编剧已经写了几十页，读者还不清楚故事发生的时间、地点和环境。这说明我们有些创作人员，还不善于运用空镜头。在这一点上，我觉得《牧马人》开头那组环境空镜头是值得称道的。几组空镜头是平行对比展示的：一个北京的空镜头，一个祁连山草原的空镜头，简练地交代清楚故事发生的地点和环境。这是两个截然不同的环境，影片的主人公将在这两个环境中展示他们不同的性格。利用片头字幕里的空镜头，既交代清楚环境，又缩短了影片的长度，这是很精练的艺术手法。

环境空镜头不仅仅是介绍时间、地点、社会背景，它最主要的任务是为刻画人物的性格服务。用恩格斯的话来说就是"典型环境中的典型性格"。人物活动的环境不典型，典型性格就成了无本之木、无源之流。因此，空镜头展现的环境，必须和人物的性格密切相关，水乳交融。影片《苔丝》中的空镜头，在刻画人物方面是相当出色的。环境空镜头仿佛是苔丝姑娘那张美丽生动的脸庞一样，细致入微地展示出她复杂多变的内心世界。当天真纯洁的苔丝被亚雷玩弄后，她置身在迷迷蒙蒙的云烟和苍苍茫茫的雾霭环境之中，往日旖旎秀美的草场、旷野、丛林、农舍，被一种低沉、灰暗、哀伤的氛围所笼罩着，压得苔丝透不过气来。当苔丝遇到了克莱，他向她表露了钟爱之情，她那濒于绝望的灵魂又充满了新的憧憬时，她又置身在欢快、明媚、富有生气的环境之中：晨曦中的金色朝晖洒满大地；茂密的丛林郁郁葱葱；金黄的田野飘荡着清脆悠扬的牧笛声。没想到，美好的时光是那样的短暂，苔丝又遭到克莱的无情遗弃，她沉浸在极度悲哀之中。那曾经愉悦过她身心的美丽环境，时过境迁了：霪雨绵绵，泪泉似的洒在泥泞的路上；古老的教堂传出深沉忧郁的钟声；低矮的农舍，在空蒙灰暗的苍穹下，显得格外凄凉。这几个空镜头，不正是此时此刻苔丝姑娘沉郁、凄楚、伤感的面部表情和内心世界的侧面烘托吗！剧本最后还有一个耐人思索和回味的空镜头：广袤的田野上，耸立着一堆怪石，显得荒僻、阴森、恐怖。一轮蔚蓝色的朝阳，从石堆后面冉冉升起，它带来的不是光明，而是雾气中警察的身影。这个空镜头好就好在把人物的悲剧命运衬托出来。环境空镜头为人物提供了真实的活动天地，这天地与人物性格一样，都能给观众留下深刻的印象。

渲染空镜头

电影剧本中渲染气氛和人物情绪的空镜头，实际上是古代诗歌中比、兴手法在电影中的运用。情绪渲染的空镜头，往往是寓情于景，借景抒情，把不可见的思绪变成可见的画面，达到以物壮情的目的。而所壮之情含蓄、丰富、耐人寻味，富有感染力。浪花撞击礁石的空镜头，之所以被频繁地运用，这是因为，这种空镜头能让人强烈地感受到剧中人激烈、复杂的内心活动。如果光靠演员直接表演，有时是很难充分地表现出来的，而空镜头把这种气氛和情绪借景渲染，烘托出来，去激荡观众的情思，启发观众自己去品味、想象、补充剧中人的心声。德国著名电影理论家鲁道夫·爱因汉姆，对这种空镜头的艺术功能，有过一段精辟的论述：“活动并不仅限于演员……环境也参加演出，并能创造出比人体的活动还更动人的活动。当一个强壮的人在顽强地跟暴风雨进行搏斗的时候，如果同时映出大树也为之折腰，效果就会大大加强。……闲云相逐、风起麦浪、瀑布奔腾而下、钟摆左右摆动、活塞上下起落——这些曾为许多电影场面增添了比演员的全部手势都更强大的冲击力量。这并不奇怪，因为无机世界活动有着壮观的纯朴，而这不是人类心灵这种复杂的工具所能轻易比拟的。”（《电影作为艺术》，第151—152页）鲁道夫·爱因汉姆的话，已经被许多电影艺术家的创作实践所证实。

这里需要指出和提醒创作人员注意的是：空镜头虽然“能创造出比人体活动还更动人的活动”，但它毕竟不是影片中的一个演员。银幕上人物的心理状态，主要是靠演员的形体来表现，其次是靠间接的可见动作和空镜头画面。早期的电影是演员直瞪瞪的眼睛，起伏的胸脯，颤抖的手指……但老是这一套手法，就成了陈词滥调。千千万万电影观众要求艺术手法的不断创新。电影发展到今天，空镜头只有运用得新颖独特的时候，才“能创造出比人体活动还更动人的活动”的境界来。

隐喻空镜头

电影剧作中有一种空镜头，它富有深刻的含意，引人无限的寻味。我们通常把它称作隐喻空镜头（也可称作象征空镜头）。

《战舰波将金号》是苏联电影大师爱森斯坦拍的一部默片，其中有三个石狮子的空镜头，产生了强烈的隐喻效果。在战舰的炮火猛烈射向反动军队时，接连出现从不同角度拍摄的三个不同姿态的石狮子的空镜头：第一个是倒卧的睡狮；第二个是正在爬起来的石狮子；第三个是站立起来张大嘴在怒吼的石狮子。它们组接在一起给观众的感觉是沉默静卧的石狮子，一下子跳起来怒吼了。很显然，这三个石狮子的空镜头，组成了一个蒙太奇句子：被压迫被剥削的人民觉醒了，勇敢地站起来和反动军队进行斗争。这是爱森斯坦对隐喻蒙太奇运用的创新，它第一次揭示了空镜头蒙太奇的巨大功能——直接地揭示影片的主题。

在《巴山夜雨》中，大娘往江面上撒枣“祭子”的那组空镜头，也起到了很好的隐喻效果。大娘千里迢迢带来儿子爱吃的家乡大红枣，可儿子已经在“十年动乱”的武斗中，葬身于滚滚奔流的江涛中。影片没有正面展示大娘儿子冤死的经过，而用江流、漩涡、红枣等几个空镜头，着意加以烘托、渲染，把大娘的无限深情融入其中，富有浓烈的抒情韵味。空镜头中活动的景物，拨动观众的感情波涛，勾起对儿子悲剧命运的无限联想。这几个寓情于景的空镜头，是独具匠心的，它至少有以下几个特点：避开了大场面的武斗回忆镜头；摆脱老一套的叙述方法，即一般化的回叙交代儿子的惨死经过；突出了大娘的形象，她没有被不幸的遭遇所压倒，而是更加坚强起来；那吞噬她儿子的滚滚江流一去不复返了……

隐喻空镜头具有强烈的感情色彩，其艺术感染力既隐约、含蓄，又深沉、厚实。但要达到这样的艺术境界，必须在两个方面刻意追求。一是空镜头景物的真实性。敖德萨阶梯上的石狮子和江流漩涡中漂浮滚动的大红枣，景物是真实可信的。古老的阶梯上当然会有石狮子，大娘乘江轮航行在长江上，红枣自然撒落在江流中。然而，现在我们不少影片上的空镜头景物极不真实。故事发生的地点离大海十万八千里，突然插入一个海涛的空镜头；几秒钟前还是风平浪静、阳光灿烂的晴空，突然间乌云翻滚，风雨交加……这类不真实的空镜头，和表现的主体缺乏内在联系，不但起不到它应有的作用，反而破坏了观众连续完整的思想情绪。二是空镜头和整部影片的风格和谐统一。怒吼的石狮子的形象，和《战舰波将金号》雄壮、昂扬的风格相统一。而江流红枣的空镜头，与《巴山夜雨》的深沉、含蓄、抒情的风格相和谐。

真实性和统一性是隐喻空镜头必须具备的两个条件，我们电影创作人员应该在这“两性”上灌注自己的心血和才智。

以虚代实空镜头

电影剧作中的人物镜头和空镜头，用虚实关系来划分，人物镜头是“实”，空镜头是“虚”。所以，从这个意义上来说，空镜头则是以虚代实的艺术手法在电影上的运用。

日本影片《生死恋》最后一个空镜头是：夏子不幸身亡了，大宫悲痛地来到网球场，默默地凝视着空空的网球场。这儿是他和夏子第一次相遇的地方，也是他们最初萌发爱情和通过打球逐渐加深爱情的地方。现在，夏子再也不可能回到这个网球场上来了。但在大宫的脑海里夏子还活着。空无一人的网球场，突然传来夏子欢快的笑声和爽朗的说话声，把剧中人和观众都带到回忆中去。此时虽然看不到夏子的身影，但她那挥拍欢跳在网球场上的优美动人的身姿，又都浮现在观众的脑海里。这个空镜头，比直接出现夏子的形象更富有艺术魅力，这就是“此处无人胜有人”的意境。导演深谙以虚代实空镜头的作用，为了加强这场戏的凄凉情调，特意拍了雨中的网球场。霏霏雨丝，不正是大宫怀念夏子的情思所织成的吗！而那在球场上飞溅跳跃的雨点，恰似吟咏着一曲幽怨哀婉的悲歌。影片结束了，我脑海里还在回味着雨中的网球场，沉浸在那“此处无人胜有人”的艺术境界中。

在《被爱情遗忘的角落》中，也有一个“此处无人胜有人”的空镜头。在女主人公存妮投河自杀后，插入一个楼上谷仓的空镜头，它是小豹子向存妮动情时的“角落”，现在，它却成了一个空角落。但空而不被遗忘。这个空镜头不仅揭示了人物的悲剧命运，而且有进一步深化主题的作用：愚昧和落后的“角落”，是产生存妮悲剧命运的根源。导演在运用这个空镜头时，还有独到之处，即把筛子处理成还在微微晃动之中，仿佛存妮是刚刚离开谷仓。其实，从谷仓动情那场戏，到存妮自杀，中间隔了很长一段时间。这样处理加强了悲剧气氛，催人洒下同情和悲愤的泪水。

电影中以虚代实的空镜头，主要靠调动人物活动过的环境和用过的物件，勾起观众的联想，用鲁道夫·爱因汉姆的话说，就是“环境也参加演出”。

探索空镜头中的广阔天地

除了以上简析的几种空镜头之外，还有推动情节发展的空镜头、过渡空镜头、节奏空镜头、对比空镜头，等等，就不一一论述了。

空镜头是电影创作的一种艺术手段，越来越发挥它的艺术作用，这当然是一件好事。但现在有一种不良的倾向，对空镜头的运用，缺乏一种苦心追求的创新精神。近几年来，国产影片中频繁地出现一个模式：在人物遭到不幸之前，或矛盾发展到高潮之际，必然有乌云满天、电闪雷鸣的空镜头；在剧中人因喜、怒、哀、乐而产生的激烈心情时，定有浪涛汹涌、巨浪冲击礁石的空镜头。再好的艺术手段，千篇一律地滥用，就会使观众感到腻烦。我对中外电影史很不熟悉，不知道是哪位作家第一次在剧本中用了海浪冲击礁石的空镜头，也不知道是哪位导演第一次拍摄高大的松树比喻英雄。但有一点可以肯定，当这样的空镜头第一次在影片上出现时，观众定会觉得它们新颖独特，赞赏不已。我们的电影创作人员，应该有自己的执着追求：不满足别人已经用过的东西。空镜头中还有着广阔的处女地，等待着我们电影创作人员去拓荒播种。

好的空镜头有它独特的艺术功能，这是任何其他镜头所不能比拟和代替的。但它不是万能胶，切勿随便乱粘乱贴。不该用的坚决不用。能找到更有力的表现手法时也可不用。《瑞典女皇》的结尾，为我们提供了成功的例证，女皇为了追求自由和爱情，毅然决然地舍弃了王位，只身投奔情人。她摆脱了皇冠的禁锢，怀着对自由和爱情的无限憧憬，来到了船上——情人的面前，可等待她的却是情人约翰·吉尔勃特被暗杀。剧情的这一突变，对女皇该是多么沉重的打击！怎样表现女皇的激烈思绪和悲恸痛苦的内心世界？如果落在一般导演手里，定会拍摄波涛汹涌的大海，海浪撞击船舷，船在浪峰上颠簸摇晃等空镜头。然而《瑞典女皇》的导演鲁宾·马莫利安没有这样一般化表现。他找到了另一种新颖独特的表现方法，即让饰演女皇的嘉宝，什么思想也没有，什么也别表演，毫无表情地瞪着不闪一下的眼睛。结果，导演的匠心获得了成功，得到了评论家们的很高评价。人物就置身在海船上，用海和船的空镜头也是真实、自然、可信的。但导演为什么不用？因为大海和船的空镜头，虽然能渲染女皇思想情绪，但它陈旧落套而不新颖独特。不满足于一般而潜心追求“独特”，这是《瑞典女皇》结尾获得成功的“秘诀”。

空镜头中的广阔天地，要靠编剧和导演共同去探索，而编剧却应该走在前面。上面举的那些例子，除了楼上谷仓的空镜头是导演加上去的以外，其他都是编剧的创作。在《乡村女教师》电影剧本中，编剧描写的空镜头，比影片中展现出来的空镜头还要充分。因此，编剧必须掌握这一艺术技巧。但空镜头又不仅仅是个技巧问题，它与编剧的思想境界、生活基础、审美观念、艺术修养等有着密切的关系。最重要的是要深入到生活中去，仔细观察、研究、积累，才能创作出独具匠心、新颖别致、寓意深刻的空镜头。

最后，还要特别强调一点，电影剧作中的一切空镜头，它们都有一个共同的任务：为塑造各种各样的人物服务，为影片的内容服务。空镜头一旦离开了人物和内容，就失去了它在电影剧作中存在的价值。

（原载《电影创作》1984年第9期）

漫谈回忆镜头的艺术处理

在叙事文学作品中，读者常常读到一些回忆的章节、片段。在电影中，观众也时常看到一些回忆的镜头。回忆在叙事文学作品中和电影中，都是不可缺少的。特别是在电影中，它得到更加广泛和自由的运用，成了电影创作中一种重要的创作手段。

电影中的回忆镜头是多种多样的。从形式上看，大致可分为如下三种类型：

一是“倒叙”式。有些影片是用全部回忆镜头来表现的，回忆完了，也就是影片结尾的“剧终”或“再见”。如《停战以后》，是通过男主人公顾青将军，到人民大会堂开会时，遇到第二批被宽大释放的国民党战俘张文治，回忆起1946年在军调部，两人打交道的一段经历。这种回忆形式，观众一般称之为“倒叙”。

二是“并列”式。整部影片是由往事和现实两条线构成的，两条线从头到尾时空交错，齐头并进，层层展开。如《天云山传奇》，就属于这种回忆形式。它是通过周瑜贞和宋薇，叙述她到天云山区亲眼看到罗群的不幸遭遇，勾起宋薇回首过去那段曲折、心酸的往事。这种回忆形式不像“倒叙”那样容易驾驭，如果回忆和现实的线条组合得不好，场景、镜头接得不顺，就会给观众错乱之感，分不清哪是现实哪是回忆。而像《天云山传奇》那样交叉组合得严谨、自然、流畅，实是难能可贵的。

三是“插入”式的回忆。观众在影片中见得最多的，并不是以上两种回忆形式，而是第三种，即“插入”式的回忆。它是在影片按时间顺序的发展过程中，插入一些回忆镜头。“插入”式在银幕上又有两种不同的表现方法，这就是“闪回”和直接回叙。

近几年来，“插入”式回忆在国产影片中，得到了电影创作人员的广泛运用，这当然是件好事。这种情况说明，“插入”式回忆对于电影是多么不可缺少！电影创作的实践也证明，这一手法的广泛运用，对国产影片的更加电影化，对丰富电影语言……

都起了一定的作用。但是不适当地过多地在电影中运用“插入”回忆，特别是“闪回”，不但起不到它应起的作用，反而会弄巧成拙，带来一些不好的效果。例如，有些影片在追述人物过去的身世，交代主人公之间的一段友情、矛盾或仇恨，介绍青年男女相识和初恋，展示亲人的失散，甚至一句对话，一件道具，一个细节……都要出现“闪回”的镜头。这些“闪回”镜头，往往把完整的故事情节和连贯的情绪，分切得支离破碎，使影片显得松散和零乱。同时，还会把本来应该含蓄流露和让观众想象回味的东西，也用实实在在的画面暴露无遗，实在令人乏味。

任何一种技巧和形式都不应该滥用。“闪回”用得不当，就会成为影片中生硬的图解和多余的赘疣。所以，美国好莱坞最有影响的电影评论家理查斯・钱伯林指出：“闪回也应慎用。”(《世界电影》1981年第4期，第247页)

其实，“闪回”镜头并不是唯一的回忆方法。有时把“闪回”的内容，用直接回叙的方法表现出来，虽不出现过去的具体形象，同样能使观众产生一种身临其境的感觉。影片《泪痕》在这方面提供了一些成功的经验，值得我们学习和借鉴。影片中有一场戏，女主人公孔妮娜向县委书记朱克实等人叙说她装疯的原因和丈夫曹毅同志(前县委书记)惨遭迫害的情景。摄影机直接对着孔妮娜，让她充满激情地述说：

> ……我已经四五年没有说正经话了，我有一肚子的话要对党说。我确实不是疯子，也许你们会问，为什么要装疯卖傻？同志，你没有经过我那处境。要是我不装成疯子，你们就可能见不着我啦！我只有装疯、忍受、等待。我相信党的阳光，总有一天会照到这个县城来的！这一天，我等到了，我终于等到了。哎，朱书记……我一想起老曹，心里就说不出的难过。那一年冬天，他们把他连续地折磨了三天三夜，最后把他推倒在雪地里。我以为他已经死了，后来，我看见他在雪地里，大口大口地吃着雪，我冒着再受折磨的危险，跑出去把他扶起来……我说：“老曹啊，你已经成了这个样子了，就别再撑着啦，他们让你说什么你就说什么吧！”他忽然动了火说：“你怎么能这样说呢？一个共产党员，在任何情况下，都要实事求是，坚持真理，要坚信我们的党。”

近三百四十字的一段回叙台词，一气呵成，述说得有声有色，富有激情，感人肺腑，扣人心弦，完全把观众带进“横扫一切牛鬼蛇神”的年月中去。

这一段回忆，如果落在一般编导的手里，定然是用“闪回”镜头来表现，似乎这样处理才符合电影是视觉形象这一特性。然而《泪痕》的编导们没有这样处理，反而取得了更好的艺术效果，这当中的奥妙何在呢?

上面这段回叙，是《泪痕》中一场重场戏，它强烈地控诉了林彪和“四人帮”及其代理人，所犯下的不可饶恕的罪行，他们是迫害曹毅和孔妮娜的罪魁祸首。而查清这个冤案的，是以朱克实为代表的革命干部。因此，这段回忆不能流于一般的交代曹毅被害的情景和孔妮娜装疯的经过，而是为了进一步揭示影片的主题——敢于斗争和善于斗争的革命精神。这就要求朱克实等人直接参与孔妮娜的回忆，而不是回忆的局外人。直接回叙能使朱克实等人直接感受到孔妮娜的情绪，增强他们尽早查清这桩冤案的责任心和迫切感。而且他们之间的思想感情，可以得到直接的交流。同时，这场戏是影片情节发展的转折点。孔妮娜的说话，预示着敢于斗争和善于斗争精神的彻底胜利和一小撮坏人的最后失败。这段回忆如果用“闪回”镜头来展示，让观众看到的，仅仅是曹毅和孔妮娜在“史无前例”的年代里，遭受迫害的一个场景，从内容到形式都是一般化，表现得再好，也是比较表面的、肤浅的。不难看出，“闪回”在此只是一般交代性镜头，既缺乏深度又缺乏感人的艺术魅力。这是其一。其二是“闪回”镜头会把表现的重点转移。直接回叙表现的主要人物是孔妮娜，而“闪回”中的主要人物将变成她的丈夫曹毅，而曹毅并不是影片中要表现的主要人物，不必在他身上浪费笔墨。其三是，直接回叙时的人物情绪和“闪回”镜头中的人物情绪，也是不尽相同的。直接回叙能把孔妮娜，从过去的受迫害，到现在的装疯的思想、感情、情绪融合在一起，形成一股复杂多变、起伏跌宕的情感激流，激荡观众的情怀。如果把它分切成几支断断续续的“细流”，那感情的浓烈程度和感染力就会大大减弱。其四是，“闪回”镜头将会增加影片的场景、出场人物和人物的出场次数。还以上面这场戏为例，“闪回”中必然要出现新的场景（斗争场面，雪地等）、新的人物（曹毅和折磨他的打手们）、增加孔妮娜的出场次数。特别是新出场的人物在影片中露一下面，以后就再也不见了。这样的人物当然不让他们在银幕上出面为好，那样可以使影片更精练，剧情更紧凑。我们滥用“闪回”镜头的一个毛病，就是不该在影片中出现的人物和场景，也让他们出现了，使影片显得松散、臃肿。

电影生产的成本是很高的。一部影片要花几十万元、上百万元，甚至还要多的钱才能拍成。因此，除了保证影片的艺术质量之外，还要注意节约。从这个角度来说，过多的不必要的“闪回”镜头，将会大大增加影片的成本。请想一想，孔妮娜回忆这场戏，要拍多少个“闪回”镜头？而现在影片是用孔妮娜一人的直接回叙，来达到这一切的。虽然只有一人一景，但却做出一场动人的戏剧来。这正是《泪痕》运用直接回叙高明的地方。

无论是“闪回”还是直接回叙，都应该把表现的重点，放在表达人物的思想感情和情绪上，充分揭示人物的内心世界和复杂细致的精神状态。这要靠演员的表演功力。孔妮娜直接回叙这场戏，在很大成程度上是依靠演员充满激情的表演，否则也不可能达到现在这样感人的艺术效果。

《泪痕》中的回忆，是由主人公自己直接回叙的，我们不妨把它叫作“第一人称”的回叙。绝大多数影片中的回忆都属于这种类型。

《归心似箭》中抗联战士魏得胜，在七天七夜里与浑身的伤痛作斗争的一段经历，不但没用“闪回”镜头，也没用“第一人称”的回叙，而是通过女主人公玉贞的口，用不解、敬佩，甚至带着责怪和疼爱的口气“唠叨”出来的。我们不妨把它称之为“第三人称”的回叙。请看玉贞的几句台词：

“烧了七天七夜像个火炭似的，说胡话，大喊大叫的，可吓人啦。亏得是我，胆小的，早吓跑了。”

“可我就觉着稀罕，你这人身板儿就不是肉长的？胳膊、手腕、波棱盖儿，白花花的骨头茬子都磨出来啦！腿上枪伤全烂啦！”

“烧得直烫手，你还闭着眼睛叫营长哩！”……

魏得胜这段“傻得邪乎”的英雄行为，为什么通过第三者的感觉折射出来？这是由魏得胜和玉贞的不同性格决定的。魏得胜是个感情内向的人，不轻易向人袒露自己的感情，更不会向人表白自己的英勇行为。于是回述的任务就自然而然地落在玉贞的身上，因为她是直接护理他七天七夜的人，她的感觉是真切的，所以叙述出来委婉动人，更有诗情和意境。

除了“第一人称”和“第三人称”的回叙，还有一些独特的回叙方式，更值得我们学习和借鉴。在此我们列举《长别离》和《巴山夜雨》两部影片为例，对这些独特的回叙方式作一点分析。

法国影片《长别离》中的流浪汉，每天经过黛蕾丝开的小咖啡馆门前去捡破烂，黛蕾丝发现他很像自己在战争中失散的丈夫，于是她主动地接近他，观察他，千方百计地想唤醒他的记忆。但直到最后仍是竹篮打水一场空。这个流浪汉是在战争中失去记忆的。影片对他这段苦难的创伤，没有用一个“闪回”的镜头和一句回叙的台词，也没有通过第三者的折射，而是靠高度典型概括的一个戏剧性动作来揭示的。影片的结尾，流浪汉木然地离开黛蕾丝的家，在昏暗的夜色中向远处走去。黛蕾丝追出门去，大声地喊着“阿拜尔·朗格努瓦！”（她丈夫的名字），早就守在门外的邻居们也帮着叫喊这个名字。流浪汉听见喊声，突然停步，一动不动地呆站着，然后慢慢地举起双手，等待着从四面包围上来的“敌人”来俘虏他。战争使他失去了记忆，但战争的恐怖和对他的摧残与折磨，还深深地留在他失去记忆的脑海里，这是多么深刻而又惊人的一笔！影片通过这个非常强烈的戏剧动作，让千千万万观众去回忆流浪汉的过去。这种回忆的内含是无限宽广的，它是任何一个或几个“闪回”镜头所达不到的。

观众还记得《巴山夜雨》中，大娘撒枣“祭子”那场动人的戏吧！大娘的独生子在“史无前例”的日子里被打死了，就葬身在那滚滚奔流的江涛里。这次探子，大娘带来了儿子爱吃的河北家乡大红枣，可儿子已经不在人世了。影片也没有正面回忆大娘儿子冤死的经过。编导在此作了新的探索，即通过江流、漩涡、红枣等几个写景镜头，着意加以烘托、渲染，以浓烈的意境和抒情，激荡观众感情的波涛，勾起无限的联想：那广阔的江面上，枪声和炮声隆隆，吞噬了涛声；大娘儿子站在船头上，帽檐上的红五星金光闪闪，在给两岸对峙的两派群众做工作；无情的子弹飞过江面，船被打翻，儿子中弹落水身亡；那一粒粒红枣不是撒给儿子一个人的，千千万万个无辜的牺牲者，都装在伟大母亲的心中；滚滚江流虽不能给我们回忆，它却是那场武斗的见证……用赋予寓意的写景镜头代替回忆，是独具匠心的艺术处理，它既摆脱了写实性的“闪回”镜头，又避免了一般性的叙述交代，能产生激动人心、发人深省、情意深长的艺术效果。这是《巴山夜雨》的一个创新。

我们列举了几部影片中四种不同的回忆方式，即“第一人称”的回忆、“第三人称”的回忆、高度典型概括的戏剧性动作的回忆、赋予寓意的写景镜头的回忆，就是没有举到“闪回”镜头。这并不是反对在影片中运用“闪回”镜头，只是针对近几年来国产影片中滥用“闪回”镜头的倾向，从另一方面提醒我们电影创作人员的注意，把电影中的回忆镜头处理得更好。

创作方法，创作技巧，都是为内容服务的。回忆也是这样。必要的“闪回”镜头，在影片中是不能舍弃的。如《巴山夜雨》中，诗人秋石和妻子柳姑之间过去一段美好幸福的爱情，也是用“闪回”镜头来插入的。秋石毫无人身自由地置身在令人窒息和极端痛苦的现实环境中，他怎能不无限怀念和向往美好的过去呢！“闪回”镜头是他思绪变化的自然产物，它把过去和现在、欢乐和痛苦、幸福和灾难，形成强烈而又鲜明的对比，起到深化主题的作用。

编导在处理回忆镜头时，都应该着意刻画人物的性格，揭示人物复杂的内心世界，推动影片的情节发展，体现或深化影片的主题。这才是回忆的根本目的。

（原载《电影创作》1982年第2期）

观赏性之我见

新时期电影创作中有个重要的指导思想，就是三性统一论。

三性是指思想性、艺术性和观赏性，并要求三性的统一。

在三性统一论之前，影视创作的指导思想是两性统一论，这是毛泽东同志在《在延安文艺座谈会上的讲话》中确定的，即“我们的要求则是政治标准和艺术标准的统一，内容和形式的统一，革命的政治内容和尽可能完美的艺术形式的统一”。

三性中的思想性和艺术性，就是毛泽东同志所说的政治标准和艺术标准。

观赏性从属于政治标准，还是从属于艺术标准？看来既不像政治标准，也不像艺术标准。因为政治标准与艺术标准，都有它特定的具体的明确的内容，这在毛泽东同志的《讲话》中分析得清清楚楚。

政治标准和艺术标准都有它的确定性，即都有比较明确的标准来衡量，那么观赏性的确定性标准是什么呢？

观赏性是一个可变性的标准。影视片的思想性和艺术性，是一种客观存在，用政治标准和艺术标准来衡量，基本上能评论出它的好坏优劣来。它不以观众的认同不认同，喜欢不喜欢而随着变化。而观赏性得拿到观众中去检验后才能得出结论。当然，思想性和艺术性最终也要接受观众的检验，但与观赏性接受观众的检验是不同的。最大的不同点是观众的多少几乎成了检验观赏性的唯一标准，而思想性和艺术性不是以观众的多少来衡量的。这就产生了一个问题，观众的喜好和欣赏趣味各不相同，以谁的观赏标准为标准呢？有人喜爱看《小城之春》《边城》这样的电影，认为它既有思想性，又有艺术性，也有某种观赏性，是三性统一的电影。而有些人不怎么爱看这样的影片，嫌它们缺少观赏性。观赏性在这里就出现了很大的分歧和反差。这是因为不同观众对观赏性的不同要求所造成的。

那么什么是真正的观赏性呢？我以为一部影视作品，当它的思想性和艺术性达到完美统一的高度和水平时，就会产生很强的艺术感染力和诱人的艺术魅力，能深深地吸引着它的受众，这就是作品的观赏性。从本质上说，作品的观赏性，是产生于它的思想性与艺术性的完美统一，这可以说是一般的艺术规律。

进入新时期后，随着人们心态和观念的巨大变化，观众对影视片的观赏要求有了自由选择的天地，传统的几乎不加选择的观赏习惯，面临着新的冲击和挑战。特别是对观赏性的要求，更加偏向于娱乐性。思想性和艺术性较好或较高的影片，往往被视为缺乏观赏性而遭到冷遇。

为什么会有如此截然不同的观赏效果呢？是不是对观赏性的理解和接受上还存在着差异呢？回答基本上是肯定的。

有的人主要是欣赏影视片的艺术观赏性，而有的人喜爱的主要是影视片的娱乐观赏性。艺术观赏性和娱乐观赏性有雅俗之别。相对而言，艺术观赏性高雅些，贵族化些；而娱乐观赏性则低俗些，大众化些。

一般说来，艺术观赏性中肯定包含着娱乐观赏性。人们在艺术欣赏中，精神上得到快感，身心得到愉悦，自然会获得娱乐方面的满足。而娱乐观赏性中就不一定包含着艺术观赏性了。比如那些粗制滥造、格调低下、一味猎奇搞笑的影视片，哪有艺术观赏性可言，只能起到低层次的消遣作用而已。而富有艺术观赏性的影视片，看完后能留下久远的思索和回味，使精神上得到极大的享受和满足。只有娱乐观赏性的影视片，看完和遗忘几乎是同步，在一阵笑声和开心之后，脑海里仍是荒漠一片。也就是说，艺术欣赏中有艺术愉悦，艺术陶醉，艺术感染，能得到美妙的艺术享受，让人回味无穷；而纯娱乐观赏性中不一定有艺术的魅力，艺术的韵味，艺术的熏陶。这就是艺术观赏性和娱乐观赏性不尽相同之处。

影视创作实践告诉我们，富有艺术观赏性的影视片，其思想性和艺术性一般都会是较高的，而且两性统一也会是较为完美的。因为只有思想性和艺术性的完美统一，才能产生艺术感染力和艺术魅力，才会有吸引人的艺术观赏性。反之，缺乏思想性和艺术性的影视片，两性完美统一无从谈起，当然就不会具有艺术观赏性。相当多数量的娱乐观赏性强的影视片，它们的思想性和艺术性，大多不怎么高，三性完美统一基本上谈不上。刻意追求娱乐观赏性的影视片，往往有意无意地忽视了作品的思想性和艺术性。绝大多数投资方投拍影视片的目的就是为了赚钱，赚钱的宝就押在娱乐观赏性上。为了金钱，投资人和编导，常常忽视作品正确的健康的思想倾向，一味地去追求商业票房。这样的影视片举不胜举。

《一声叹息》很有观赏性，但它的思想倾向，也让人一声叹息。漂在北京的年轻女子李晓丹需要金钱，被老板刘大为花钱雇佣，来到海南的三亚，陪中年作家在宾馆里生活写作。李晓丹就这样成了名副其实的“三陪”女。影片把“三陪”职业表现得高雅化、专一化、浪漫化，实属罕见。陪女是为钱而来，与作家本没有什么爱情可言，可作家却对妻子说：“你和女儿是我的亲人，她是我的爱人，谁也代替不了谁。”这种爱情在婚姻之外，吃着碗里还要占着锅里的婚姻爱情观，难道是我们应该允许和提倡的吗？

这种情况早在六七年前放映《廊桥遗梦》时就出现过。当时评论界对《廊桥遗梦》一片赞美之声，说什么“两个主人公的情感是真挚的”“中年人找到了爱情的归宿”“影片追求的爱情是完美的”“压抑的情感得到了宣泄”，等等。

宣扬、鼓吹、赞美、提倡爱情在婚姻之外的爱情观，与我们东方人的爱情观格格不入，也与婚姻法相违背。就是在西方，也是要遭到非议与谴责的。克林顿和莱温斯基的性丑闻，闹腾得沸沸扬扬，使克林顿遭到了弹劾。一部极力宣扬爱情在婚姻之外的西方影片，却得到我们舆论界的鼓吹和赞美，这难道不应该引起我们的深思吗？不论是国产片，还是外国片，只要它宣扬爱情在婚姻之外的爱情观，就不利于家庭的稳定，就会污染人们的灵魂，有害于社会主义精神文明的建设。

其实，娱乐观赏性的标准，并不掌握在创作者们手中。他们只是迎合观众，迎合对了，就获得商业片的成功，迎合错了，就会遭到失败。邓小平有句名言叫“摸着石头过河”，我们的创作者们，积极主动地去摸着观众胃口这块很难摸准的“石头”去拍娱乐片。而每年真正摸到这块“石头”的人却寥寥无几，因为这块“石头”，是随着“水流”和“漩涡”，时时在做无规律的滚动。

三个标准中两个确定一个不确定，很难达到三性的完美统一。实践也证明，到了观众那里，三性大多是不统一的。一些受到专家好评或得奖的影片，往往遭到观众的冷落。而受到专家和政府批评的某些影视片，因为它有较强的娱乐性，照样受到观众的青睐。这就是这个变幻莫测的娱乐观赏性造成的。

从艺术欣赏角度来说，三性是能够统一的。在三性统一论的指导下，创作出不少三性统一的影视片来。近年来影视界所取得的成绩，就体现在这些三性统一的影视片上。只是到了某些观众那里，一些三性统一的影视片不容易被接受，于是有些影片就去迎合这些观众不高的欣赏水平，甚至是不健康的、低俗的娱乐需求，有意和无意地把娱乐观赏性凌驾于思想性和艺术性之上，这种不良倾向，在历史戏说影视剧的创作中表现得尤为突出。

中国历代封建帝王的最高统治者，一到银幕和屏幕上，不论他们在历史上的真实形象如何，都成了正面形象，不少还被塑造成英雄，让今天的共和国公民都顶礼膜拜了。极力美化封建帝王的形象，对历史题材的影视剧来说，还有什么思想性可言呢。为了好看，怎么猎奇就怎么胡编。太平公主比诗人王维大37岁，老妇与少年居然谈情说爱起来。白蛇传的故事流传千古，可到了现在编导的手里，小青成了插足于许仙和白娘子爱情的第三者。《雍正王朝》严重违反清史事实，创作者们却说绝非戏说，是忠于历史的正戏。《秦颂》也杜撰了基本上不见史册的剧情故事和人物纠葛。这种把深沉、庄严、厚重的历史轻松化、娱乐化和嬉戏化的创作倾向，是以牺牲真实历史为代价的，社会危害极大。现在的年轻人，阅读史书的很少很少，他们的一些历史知识，大多是从历史小说和历史题材影视片中得来的。给他们看胡编的历史和历史人物，不是比数典忘祖还有过之无不及吗。数典忘祖也只是对历史的无知，而把伪历史传给人们，严重地亵渎了中华民族的文明史，无疑是贻害无穷的。

作品的思想性存在问题，它的娱乐性越好，产生的副作用也就越大。

公开标明是戏说的影视片，不管他们水平如何，其目的就是让观众消遣娱乐，观众知道它不是或不全是真实的历史，在误导观众这一点上，副作用可能小些。而打着正剧旗号，实际上并不符合历史真实的影视片，它的副作用就大了。因此，我主张历史题材的影视片，应该明确地告诉观众，是正剧还是戏说，以免误导缺乏历史知识的观众。

三性统一论是面对新时期商业市场提出来的，目的和愿望是为了使电影适应和走向商业市场，主导思想是无可厚非的。但是，一旦面向商业市场，而且是个变幻莫测的不成熟的商业市场，创作人员为了经济效益，必然会自觉和不自觉地重视娱乐性。重视过头了，迎合观众的口味过分了，把娱乐性突出到主要的地位，甚至不惜牺牲思想性和艺术性来强化娱乐性，到头来，只能是降低和损害影视片的质量。这种倾向的出现，恐怕是三性统一论的制订者们也不曾预料到的。

在此我还想提及一点，在三性统一的宣传导向上，我们的影视评论方面没有起到应有的作用。这主要表现在对富有艺术观赏性的作品，即往往被称为艺术片的影视片，评论、赏析、推荐、引导得不够，甚至表现出漠视的态度来。而对一些质量低下而充满低级庸俗趣味，拼凑廉价噱头，挖空心思搜奇猎艳，毫无顾忌地与中华民族的文明道德唱反调的影视片，却大造声势，大张旗鼓地宣传鼓吹，炒作得红红火火，热热闹闹。这一冷一热的影视评论宣传，在社会上造成不良的影响，应该引起影视评论界的注意与反思。

（原载《电影创作》2002年第2期，同年12月5日《文艺报》发表删节稿，标题改为《观赏性是个什么标准》）

“酌奇”“玩华”与艺术真实

——关于生活真实和艺术真实一叶谈

电影《牧马人》是一部相当出色的影片，其中男女主人公许灵均和李秀芝结为终身伴侣那场戏，更是新颖、独特，富有强烈的艺术感染力，给观众很大的艺术享受。但也有人对这场戏的真实性提出过异议，觉得不太符合生活真实。确实，两个结婚男女从未谋过一面，互不知道对方姓名，就由第三者给取来了结婚证，强行推入那破烂不堪的“洞房”里，这在实际生活中是极为罕见的。

人们在评论电影剧本和影片时，也常有类似的意见：“这个故事（或情节、细节等）不太真实，生活中会有这样的事吗？”乍听起来，这类提问似乎很有道理。是呀，生活中没有的事写进电影中，还能有什么真实性可言呢？但细细一琢磨，就觉得这种说法值得商榷了。

电影和其他文学艺术作品一样，都是生活的反映。只有反映出生活的真实，才能称得上优秀的电影作品，即现在人们常说的精品。但反映生活真实，不能简单地用生活中有无影片中描写的人与事的标尺来衡量。生活中还没有发生但却可能发生的人与事，也应该写进我们的电影中。这就是说，我们在创作电影时，要在真实生活的基础上，展开想象的翅膀，进行艺术上的虚构。这样说是不是鼓励电影创作者，脱离生活真实去编造离奇的故事、情节、人物……？回答当然是否定的。一味追求故事情节的离奇，以猎奇甚至庸俗低级的趣味，吸引和迎合某些观众的口味，这样的影片既离开了生活真实，又离开了艺术真实，是电影创作中的误区。近些年来，为了一味地追求票房，出现一些脱离生活、胡编滥造的影片，极大地败坏了电影在众多观众中的形象。所以，舆论对这种不良的创作倾向提出批评，是理所当然的。艺术的生命在于真实。电影应该努力反映生活的真实，使生活真实和艺术真实在影片中达到完美的统一。这就要求电影艺术家们对生活非常熟悉，对所塑造的人物性格和命运了如指掌，才能达到两个真实完美统一的艺术境界。《牧马人》中结婚一场戏，就达到了这样的艺术境界。试想一下，如果影片的编导们拘泥于生活真实，就不会有这场新颖、独特、令人叫绝的戏。许灵均和李秀芝的奇特结合，是一个落难者和一个逃难者，在一个热心人的强扭下促成的。这场戏之所以达到生活真实和艺术真实的统一，是特定社会环境和特定人物命运发展的必然结果。用恩格斯的话来说，就是“典型环境中的典型人物”。

艺术真实来源于生活真实，但又不受生活真实的制约。这个问题，毛泽东同志早就作过精辟的论述。他说：“人类的社会生活虽是文学艺术的唯一源泉，虽是较之后者有不可比拟的生动丰富的内容，但是人民还是不满足于前者而要求后者。这是为什么呢？因为虽然两者都是美，但是文艺作品中反映出来的生活却可以而且应该比普通的实际生活更高，更强烈，更有集中性，更典型，更理想，因此就更带普遍性。”（《毛泽东选集》，人民出版社1991年版，第861页）

《牧马人》编剧、著名作家李凖曾说过这样的话：“剧本中那些最精彩、最动人的戏，大都不是照搬生活中看到或听到过的真事，而是根据实际生活，通过提炼、概括、集中虚构出来的，这些戏往往是观众或读者最欣赏、最喜欢的。”这是作家关于生活真实和艺术真实辩证关系的经验之谈。虚构出来的戏，尽管生活中可能还没有发生过，但它比生活中时常发生的事还要真实、动人、可信，因而这样的戏更能接近或达到毛泽东同志所说的那六个“更”字。这样的例子是举不胜举的。

在日本影片《绝唱》中，有一场葬礼与婚礼同时举行的戏。我看过这部影片十七八年了，至今还记忆犹新，历历在目。女主人公小雪死了，她的丈夫顺吉还是像她活着时一样爱着她，用车子把她拉回家，举行了盛大而隆重的婚礼（因为过去父亲反对，当时未能举行婚礼）。这样的事生活中可能还没有发生过，用李凖的话说，“不是照搬生活中看到或听到过的真事”，但它是可能发生的，而且经过作家提炼、概括、虚构后，这类事反而更容易发生。这就是艺术的熏陶和潜移默化的作用。自《绝唱》公映以来，对这场带有传奇色彩的婚礼，观众并没有用“生活中会有这样的事吗”而批评它不真实。相反，这样的戏是观众“最欣赏、最喜欢的”。因为这场葬礼与婚礼同时举行的戏，深刻地表现出顺吉和小雪之间忠贞不渝的爱情，以极大的艺术魅力，深深地感动着观众。正像这部影片的片名一样，这场戏本身，就让观众“绝唱”不止。

顺吉和小雪之间的爱情，感人肺腑，催人泪下。他们心灵的美，境界的美，令人陶醉，给人以鼓舞和力量。一场戏就把爱情写到了极致。再看看我们近些年来拍摄的一些反映爱情生活的影片，充斥于银幕上的，尽是些热恋男女相亲相爱，情意绵绵，忽而海滩漫步，忽而林中依偎，忽而慢动作追逐，好不多情，好不热闹。诚然，这样的情景，生活中无处不存在，无时不发生。但观众却对这类千篇一律、司空见惯的爱情表现非常不满，颇有微词。归结到一点，就是不真实、不感人。不真实主要是指艺术表现，而不是生活本身。当观众坐在电影院里，他们最想看的是艺术真实，而不满足于生活真实。用毛泽东同志的话来说，就是“人民还是不满足于前者而要求后者”。

鲁迅先生在谈到讽刺的真实性时说过：“不必是曾有的实事，但必须是会有的实情。”[《鲁迅选集》(下册)，人民文学出版社1963年版，第275页]这句话当然也适合于其他形式的艺术作品。在鲁迅先生的小说中，就有很多这样的例子。如《阿Q正传》中，阿Q被枪决前还在认真地画圆圈，拼命想画得圆圆的。我想，生活中不一定曾发生过这样的“实事”被鲁迅先生看见过或听到过，才把它写进小说里去的。即使不曾发生过的“实事”，但它是会有的“实情”，对刻画阿Q这个艺术典型形象来说是真实的。《阿Q正传》这篇小说已问世七十多年了，从没有人用生活中的有无来否定这个细节的真实性和典型性。可见艺术真实的强大生命力。

由此看来，生活中很少发生和可能发生的事，可以而且应该写进我们的影片中，这是毫无疑问的。就是生活中永远不可能发生的事也可以写，这不仅仅适用于科幻、神话及浪漫主义的创作，如《西游记》《星球大战》《白蛇传》等作品。同样也适用于现实主义作品的创作中。就拿《绝唱》来说吧，影片中有两处写到小雪很远很远就听到顺吉的脚步声。那样的空间距离，人的耳朵是绝对听不到脚步声的。然而影片这样表现了，在艺术上反而显得更真实。谁都知道，这样的事在实际生活中是永远不可能发生的，但却能在艺术上接受它的存在。我们常常有这样的观赏直感，那些把真实生活照搬到银幕上，缺少艺术上加工、提炼、概括的影片，反而显得不真实、不可信。相反，经过创作者精心虚构的“生活”，表面上看，确实离实际生活很远很远，但在艺术上，却显得十分真实、可信、感人。这正像晋代文艺评论家刘勰所说：“酌奇而不失其真，玩华而不坠其实。”艺术不是生活的简单复制和照相，它需要艺术家的“酌奇”和“玩华”。用现在的话说，就是要集中、概括、提炼，把生活真实和艺术真实高度统一于作品之中，使之典型化。

无论是一对互不相识的男女（许灵均和李秀芝）突然间成了夫妻，还是活人与死人（顺吉和小雪）同时举行葬礼与婚礼，抑或阿Q死前画圆圈等，它们都是生活中罕见的事，是艺术家们“酌奇”与“玩华”的艺术结晶，但又都“不失其真”“不坠其实”。

创作实践证明，生活中没有，电影中绝不可全无。相反，生活中都有，电影中也不能依葫芦画瓢地照搬。在强调生活真实的同时，决不可用生活真实去排斥艺术真实，也不能在两者之间简单地画个等号，要做具体的艺术分析。当前，面对大量质量不高甚至是粗制滥造的影片，更要强调的是艺术真实问题。“酌奇而不失其真，玩华而不坠其实”，这样才能产生出精品电影来。

（原载《电影创作》1999年第1期）

精品·剧作·队伍

世界电影一百年和中国电影九十年，为观众留下许多精品影片。正是精品影片的魅力，电影才吸引着千千万万的观众。但近年来，中国电影却处在困境之中。困境的突出表现就是精品影片的匮乏。长沙会议抓住了要害，强调和突出了精品影片创作，这是非常及时和必要的。

出精品，有个首要抓什么的问题。当前舆论多集中在深化改革、加强管理、投入资金、精心制作、转变机制等方面，这无疑是必要的。但我认为，首先要抓的是电影剧作和电影文学队伍。

电影的创作过程，概括地说就是两个阶段：文学剧本创作阶段和影片制作阶段。后者是在前者的基础上进行的，即把文学形象转化成银幕形象。显然，抓精品影片，必须首先抓电影剧作。这个道理，美国电影理论家悉德·菲尔德，早就阐述得清清楚楚："一个优秀的电影剧本可以拍成一部优秀的影片，一个优秀的剧本也可能拍成一部糟糕的影片，但是一个糟糕的剧本是绝对不能拍出一部优秀的影片的。"

电影剧作的诞生，是离不开电影编剧和编辑的辛勤耕耘的。也就是说，电影剧作是由编剧和编辑组成的电影文学队伍提供的。因此，抓电影剧作，最终要落实在抓电影文学队伍的建设上。

说到电影文学队伍，应该引起我们认真的思考和关注。我们曾经拥有过一支电影文学队伍。正是这支队伍，为我们创作和组织了许许多多优秀的电影剧本，为精品影片的诞生，提供了坚实的文学基础。也因为有了这支队伍，在电影产量从几十部增加到150部左右时，基本上没出现过剧本荒问题。过去，各电影制片厂，都把这支队伍当作"龙头"来抓。"龙头"一直很活跃，团结一大批专业和业余作家队伍。然而，到了20世纪80年代末期，这支队伍起了新的变化。有的厂开始取消文学部了。随着外部资金的注入，剧本也随着资金而来。文学队伍提供的剧本，因没有拍摄资金作保障，越发难以投入拍摄。依靠厂外资金来拍片后，文学部的存在似乎显得“多余”了。于是乎各厂纷纷撤销文学部。就是个别厂暂时保留了文学部，也是名存实亡，开展不了创作组稿活动。文学部取消了，编剧和编辑被裁的被裁，改行的改行，待业的待业。电影文学队伍溃不成军。依靠投资者的剧本带来资金，或多，或少，或无，创作生产完全处于被动状态。投资者哪会月月、年年门庭若市呢，当门前冷落车马稀时，制片厂总不能关门停产吧！所以，没有了自己的队伍，剧本也靠外援，不用说，影片质量得不到保证，就连正常的、均衡的生产也难以为继。队伍瓦解的后果，现在已见端倪。据说，某些厂已出现剧本荒。就全国来说，电影剧作也远远满足不了产量和质量的需要。

现在该是抓重建电影文学队伍的时候了。

出精品，要明确精品影片和电影剧作的关系。只要电影还存在，就离不开电影剧作。多出精品，就是迫切需要更多的优秀剧作。优秀剧作呼唤着一支可委以重任的电影文学队伍。现在每年生产150部长故事片，就需要150个剧本。剧本创作是一项复杂的精神劳动，从来就不是创作一部成功一部的。多年来创作组稿实践表明，大体保持在三比一的比例。也就是说，每年需要450个电影剧本，才能保证150部的产量。若低于三比一的比例，电影的总体质量就得不到保障。显然，这么大而重的剧作任务，靠为数极少的策划人员来承担，当然是无法胜任的。其实，过去那支队伍中不全是庸才。他们当中不少有事业心，有经验，较成熟，又有广泛的作家关系，再更新更新观念，仍可继续为第三次电影辉煌做出新的贡献。

队伍的吐故是必然的，但纳新更是必要的。然而纳新电影文学队伍这项工作，近几年来几乎停止了。不少电影厂连续几年不进一个编剧、编辑。电影学院专门培养的电影剧作和电影理论专业的毕业生，都被电影厂拒之门外。这样长此下去，电影文学队伍肯定要出现青黄不接的状况。文学队伍问题，关系到电影创作的首要问题——电影剧作。我们不能只顾眼前不顾长远。我们要对未来的电影事业负责。

电影文学队伍需要物质上的支持。既然电影剧作是整个电影创作的基础，资金的投入是必不可少的。有识之士认为，现在好剧本严重匮乏，其中一个重要原因，就是对队伍和剧作投入太少。我非常赞同这一看法。砍了文学部后，就几乎没有什么文学投入了。顺便说一句，电影厂不该把文学队伍看成是经济上的负担和包袱。表面看，文学部在经济上只有支出没有收入。但把文学部提供的剧本拍成影片后产生的社会效益和经济效益，全部记在摄制组的账上，就失之公允了。影片的成败，本来就离不开剧作的因素。所以，只需换个思路和算法，文学部也就成了电影厂财富的创造者了。对剧作和队伍的不公，与影界的一种怪现象有关：影片成功了，剧作不但成了被遗忘的角落，导演还要向它泼盆污水；影片拍砸了，把罪过全推到剧作身上。这种不论影片成败剧作都是糟糕的“理论”，实在是影界的一种悲哀，不利于电影创作的繁荣。要知道，导演的水平再高，也不可能把糟糕的剧本拍成优秀的影片。倒是另一种现状应该引起重视，有些导演的二度创作，还原不了剧作的水平。

我们对电影文学的投入，一直是勤俭节约的。给剧作喂的是“草”，在影片中就能挤出“奶”来。而现在呢，连“草”都舍不得喂了，却还想多喝到些“奶”，而且是优质“奶”，天下哪有这样的美事儿。已有电影人尝到吝啬文学苦果的滋味了。文学投入少，好剧本就少。好剧本少，电影的社会经济效益就差。这样就形成了一个恶性循环的怪圈。所以，适当加大剧作和队伍的经济投入，实在是繁荣电影产业的迫切需要。舍不得文学投入，电影就很难走出恶性循环的怪圈。可喜的是，长沙会议后，电影文学工作重又受到重视。电影局举办优秀电影剧本征集活动，并筹划成立剧本创作策划规划中心，还要拨出专项资金，扶植重点题材剧本的创作。有的厂以十万元奖金搞剧本征文……这些举措，对电影精品的产生，定会产生积极的推动作用。

精品影片需要优秀剧作，优秀剧作呼唤文学队伍。有了文学队伍，就会创作出优秀剧作。优秀剧作为精品影片的诞生打下了坚实的文学基础。这就是精品、剧作、队伍三者之间的相互关系。

（原载1996年8月1日《中国电影报》）

漫谈人物的转变*

除了文学的才能之外，戏剧还要求有造成愿望或意图的冲突的巨大本领，要求有用不能反驳的逻辑来迅速解决这些冲突的本领，而且指导这个逻辑的，并不是作者的随意任性，而是事实、人物性格和情感的力量。(《高尔基文艺书简》,《人民日报》1961年2月8日）

一、在我国电影艺术画廊里，先进人物形象绚丽多彩，光辉夺目，闪耀着时代的光彩，奏出了时代的新声。先进人物是我们生活中的楷模，是社会主义革命和建设中最先进的力量。他们以崇高的共产主义思想来教育人民，提高人民的思想觉悟和道德品质，鼓舞人民的革命干劲，推动时代前进。所以，塑造先进人物形象是我们革命文艺的首要任务。但是，对于广大群众中间那些受资产阶级、封建主义思想影响，社会主义和共产主义思想觉悟还不够高的人，我们也应该长期地耐心地教育他们，帮助他们去掉落后的东西，发扬革命的东西，使他们能够和先进人物同心同德，大踏步地前进。所以毛主席说："我们的文艺应该描写他们的这个改造过程。"(《在延安文艺座谈会上的讲话》，人民出版社1958年版，第53页）因此，描写转变人物的转变，也是有积极的现实意义的。

而我们的电影艺术工作者，在努力塑造先进人物的同时，也注意到描写一些有缺点的好人的转变过程。在这方面，已经取得了许多宝贵的经验。同时，也存在着一些尚待解决的问题，那就是描写人物的转变还不够自然、真实、可信。一句话，人物的转变还缺乏必然性。所以，这篇短文想就这个问题，谈一点不够成熟的看法。

二、人物的转变，与客观的社会环境的推动和激荡有关。作为社会关系总和的人，总是生活在一定的社会环境中，不能脱离环境而独立存在，不能不受他生活的环

---

* 在整理旧物时发现了这篇文章，是我的毕业论文。打印纸已经枯黄。这是我唯一留下来的大学时期的文字，其他都遗失掉了。因为是唯一，就显得特别珍贵，特把它选入此书中。

境的影响和制约。在现实生活中，那些有缺点的好人，正是在时代浪潮的激荡下，在新生活的熏陶中，逐渐改正了自己的错误和缺点，跟上了时代的步伐。我觉得喜剧影片《满意不满意》在这方面的表现就取得了一定的成绩。

这部影片的主角杨友生，是个有进取心的青年，对社会主义建设有热情有抱负。但是他也沾染了一些资产阶级剥削思想，轻视服务性劳动，不愿做服务员的工作。然而，在他所生活的环境里，他的这种旧思想是永远得不到生长的土壤的。特别是作者把1963年夏天作为影片的时代背景，这更是最能促使杨友生转变的社会环境。尽人皆知，那正是毛主席号召“向雷锋同志学习”的时期，各行各业都展开了学习雷锋的运动，新人物、新思想、新风尚层出不穷。杨友生就是在这样的环境中，在新人物、新思想和新风尚的影响和鼓舞下转变过来的。

沈师傅是直接影响杨友生的正面力量的代表，他热心、全心全意地为顾客服务。杨友生“压”走了叶兰英，他把饭送到书场，并说是杨友生叫他送来的；林师傅忘了工具包，杨友生主张把它搁在一边，而他却跑到轮船码头，把它交给林师傅。这和杨友生对待工作态度，形成了鲜明的对比。而由于沈师傅全心全意地为顾客服务，受到党和人民的尊重，便当选为市人民代表。这展现在杨友生眼前的活生生的事实，就很有说服力地表明了服务性劳动是社会劳动的一部分，服务员工作是为人民服务的一种崇高的工作，服务员是完全可以做出自己对社会主义建设应有的贡献的。杨友生的旧思想在铁一般的事实面前受到了致命的一击。

作者更把杨友生放在更为广阔的社会环境中，让他“接触到各个方面的触角”（《电影艺术》1964年第3期，第48页），使他受到切身的体会，展现他转变的必然性。

从杨友生跌伤了腿开始，这个不要别人侍候的人，恰恰处处置身在需要人侍候的环境里。那位主动停下汽车来的司机，正是他不愿服侍的四川顾客。车上的医生给他诊病。这些人，可以说都和他互不相识，但是他们却热情地照顾他。特别是那位护士的服务态度，真是令人满意。然而，杨友生却百般挑剔，说要是她到我们饭店吃饭，我保证她满意。可是，当护士取下口罩时，他大吃一惊，原来她就是被他把面汤泼在裙子上的叶梅英。也正是她，在园林相亲时，弄得他窘态百出，羞愧交集。在这样的环境中，他立刻感到无地自容，尴尬万状，狼狈不堪。然而，他逃不出他所生活的那个环境。果然，他在书场上又遇见了叶家姊妹。她们对他的热情关怀，使他感到歉意和内疚。特别是叶兰英，当着她姐姐叶梅英的面，表扬他的服务态度，更使他处于十分尴尬的境地。叶家姊妹没有正面批评过杨友生一句话，她们行动的本身，就是对他错误思想最有力的鞭挞。

老王和小顾这组戏的安排，也是促使杨友生转变的因素之一。最初，杨友生并不知道他们两人的身份。只是在商业局长来向沈师傅祝贺他当选为市人民代表的时候，才揭开了这两个秘密：下放干部老王，原来是商业局的王科长；年轻姑娘小顾，原来是商业局长的女儿。这两件事情是杨友生怎么也不会想到的。因为在他看来，他们是高贵的人，不会做这侍候人的“下等人”的工作的。然而事实偏偏不是他想的那样。这样，他的旧思想在现实面前又受到了一次有力的批判。

在一件件活生生的事实面前，杨友生思想上受到了巨大的震动。在奔腾前进的时代激流中，他到处受到撞击，这就不得不使他好好地想想自己的所作所为了。他经过了一番激烈的思想斗争，终于认识到自己的错误。在这种情势下，杨友生的转变，就是“水到渠成”“瓜熟蒂落”的了。

在电影文学剧本《故乡情》中，作家在描写主要人物之一阿根的错误和缺点的同时，也描写了他积极的本质上好的一面，展示了他思想上的觉悟和进步。随着剧情的发展，阿根思想中新的因素，逐渐战胜了旧的因素。这样，当他思想上的矛盾一旦解决了的时候，他的转变当然是比较可信的。不过，我们总觉得，阿根转变的必然性，似乎还可以写得更充分些，有力些。如果把他放在激烈的矛盾斗争的环境中去描写，那么，这个形象的艺术效果，也要比现在更强烈些。比方说吧，让怀着矛盾心情回来的阿根，亲眼看见这场严峻的阶级斗争，激起他内心的矛盾。我们知道，阿根对妻子银喜是非常热爱的，现在他亲眼看到敌人对她的迫害，而很多都是利用他的错误行动来做挡箭牌的，这必然会激起他的阶级感情。所以观众自然而然地就会把急切的心情寄托在阿根的身上，并会相信他能够觉悟起来揭露敌人的阴谋。这也合乎阿根性格发展的逻辑。这样，就能使他的转变受到更大的外在环境力量的推动。在我看来，这样描写，似乎更能充分地表现出阿根转变的必然性来。

推动人物转变的社会环境，是通过人与人之间的关系来展现的。这样的环境是促使人物转变的时代动力与社会动力。我们的创作实践已经表明了，塑造我们时代的先进人物形象，表现我们时代的先进思想，是最能体现促使人物转变的强大的社会环境的动力的。人物的转变，往往也是在先进人物的影响下实现的。《蚕花姑娘》中的陶小萍，《两家人》中的高正国，他们的转变，主要是由于他们的错误思想所产生的意想不到的严重后果促成的。而严重的后果之所以能促成他们的转变，也正是由于受到社会正面力量的影响。但是，在这两部影片中，作为体现我们时代先进思想的人物柳巧莲和老支书，都没有真正地卷入矛盾冲突的中心，成为影响陶小萍和高正国战胜个人主义思想和资本主义思想的动力。所以，他们的转变，还不是最能令人信服的。

在我们的银幕上，我以为，表现人物转变最成功的例子，恐怕要算《青春之歌》中的林道静的转变了。

林道静在探索人生的道路上，经过了曲折艰难的斗争锻炼和自我改造的过程，在革命烈火的冶炼中，终于从一个苦闷、彷徨、绝望的小资产阶级知识分子，转变成为一个共产主义的战士。这是近情近理的，是由她的社会地位和生活遭遇决定的。所以，她的转变有生活的、历史的、艺术的必然性。这是为什么呢？我觉得最主要的原因，就在于作家真正地逮住了她的性格发展逻辑。人物的转变，除了环境的影响以外，还有人物自身的性格发展逻辑，而环境影响和性格发展逻辑不能分开，性格发展是一定环境中的性格发展，环境影响也是通过性格发展逻辑而起作用的。我们不准备详细地分析林道静的转变过程，只想举出两句话来剖析一下，就可以说明问题了。林道静张贴了一夜的标语传单，早晨疲惫地回到家里，余永泽恼火地质问她："道静，你到底安的什么心啊？你白天出去，晚上又一夜一夜地在外边。""你不要忘了你是我的妻子。"这两句似针尖麦芒的话，是最能震动林道静的心灵的。余永泽对林道静的不理解，怀疑她在外面乱搞，这是对她人格的极大侮辱，深深地刺痛了她那小资产阶级知识分子最怕触动的自尊心。不但如此，林道静要做一个独立自由的人，而余永泽居然以堂堂大丈夫的身份来干涉她的人身自由，把她看成他的私有财产。这对强烈追求光明、追求新社会、新生活的林道静来说，实在是无法忍受的。林道静和余永泽走着两条全然不同的人生道路。林道静所强烈追求的东西，正是余永泽所坚决反对的东西。他们从道德品质上的冲突，发展到政治思想上的背道而驰。在这种形势下，他们分道扬镳就是不可避免的了。这两句话看起来简单，然而它却是林道静和余永泽之间性格冲突激化的产物，所以它能爆发出巨大的推动力。林道静的转变，正是事实、人物性格和情感本身的力量推动的结果。所以她的转变有那么令人信服的力量。就像打井一样，当你挖到一定的深度时，就会必然地从土层里涌出泉水来。当然，我们不是说，林道静的转变完全是由这两句话促成的。我只是觉得，在我们的一些影片中，到人物转变之际，往往或左或右、或多或少地游离了人物性格，在人物转变的关键时刻，表现得苍白无力，使人物的转变缺乏一种令人信服的必然性。

三、在某些作品中，作者似乎还没有真正地逮住人物的性格，对症下药地描写人物的转变过程。电影文学剧本《野菊花》中阿斯加勒和《牛府贵婿》中牛多喜的转变，就是属于这一类。

阿斯加勒是个本质上善良、憨厚的牧民，他朴实勤劳，对妻子无限热爱。这正是他能够转变的内在的、本质的因素。作者要展示他的转变，就得准确地掌握分寸，在批判他的严重自发资本主义思想的同时，刻画他那些本质的东西是怎样在斗争中制约着他错误行为的发展，刻画他在矛盾斗争中，内在本质的积极因素是怎样地慢慢扩大，而旧意识旧思想是怎样逐步被战胜，用这些变化的过程来揭示他转变的必然性。令人遗憾的是，剧本基本上忽视了这样过程的描写。

阿斯加勒在思想感情上和社会主义发生抵触，企图走资本主义道路。他在严重的自发资本主义思想的指导下，在敌人的怂恿利用下，沿着错误的道路愈走愈远。剧本从头到尾写他的“粗野”“顽固”，而没有在此过程中，展示他思想上的觉醒。诚然，作者偶尔也有一两笔描写，但并没有展示他思想上的进步。

作者的某些笔墨，似乎越过了阿斯加勒所具有的本质思想的界限，这就不得不使矛盾的性质严重化了。他用仇恨的鞭子无情地毒打奥依古丽，带头闹退社，煽动大家拉牲口闹事，甚至主动出谋献策。这就不仅仅是被敌人利用的问题了，而是走向自觉地反对和破坏人民公社了。这是不符合阿斯加勒的性格逻辑的。表面看来，阿斯加勒的鞭子是打在奥依古丽的身上，实际上却是作者无情的鞭子，屈打了阿斯加勒。人物主观上对错误认识不清，是非界限不明，却不应该表现为对妻子和人民公社好像真的有什么仇恨似的。阿斯加勒的那些行动，就其客观的艺术效果来看，他已经不再叫人喜爱了。把他推得很远，还要拉回来，作者就给自己出了难题。我们不能只求艺术效果的强烈，而一味地把人物写得很“坏”，以此造成尖锐的矛盾冲突（有的作品甚至达到你死我活的地步）去感染观众。那样，表面看来很有艺术效果，能使观众一时惊心动魄，但人物的转变就失去了必然性了。所以，我们不能单纯地追求强烈的艺术效果，而不顾人物性格的逻辑性和艺术的完整性。说得不客气一点，这也是对待人民的态度问题。他们都是有缺点的好人，我们应该热情地、耐心地说服他们，帮助他们，使他们转变过来，而不是像对待敌人那样一棍子打死。

阿斯加勒在新社会里已经生活了八九年了。在这八九年里，哈萨克人民在党的民族政策光辉的照耀下，起了翻天覆地的变化。随着人民公社化的到来，人民的思想觉悟和精神面貌，更是焕然一新。但是，我们从他的身上感受不到新社会对他的教育和影响，也看不到共产党员的妻子奥依古丽对他教育和影响的作用。在这方面，剧作的描写是不太符合生活真实的。离开了生活的真实性，人物转变的必然性就不能充分地表现出来。他那样桀骜不驯，不接受新思想，而现在一下子就转变过来，当然是不可信的，也是不能产生激动人心的力量的。人物思想没有达到如此高度，因而转变就会显得突然。人物的转变，是新思想在斗争中逐步上升，直到战胜旧思想的过程。新思想的成长不是一下子就能实现的，而是有个积累的过程，当达到一定程度的时候，才能起到质的飞跃——转变。恩格斯说："没有有关的物质的量的变化，要变化它的质是不可能的。"（《自然辩证法》1961年版，第40页）同样，没有思想上觉悟和进步过程的描写，人物的转变也是不可能的。

当我们作进一步分析的时候，问题还不仅如此。阿斯加勒的最高理想，就是醉心过一种"天堂"的生活。为了实现这种理想，他逼迫妻子退掉队长，当逼迫不成时又闹退社。要解决这个矛盾，我觉得较有力的方法之一，就是充分地写出人民公社的无比优越性、集体经济的巨大威力，使他亲眼看到，在我们社会主义时代，走单干的道路是达不到理想的"天堂"的，那是一条死胡同。只有人民公社的集体经济，才是达到理想生活的光明大道。这才是对症下药，一把钥匙开一把锁。同时，也写出了促使人物转变的客观社会环境和鲜明的时代特色。阿斯加勒在转变之前没有一点思想矛盾，当他听到帕力汗和艾孜对沙的克和哈思木的揭露时，就立刻被激怒起来，并举起鞭子痛打哈思木，当面向奥依古丽认了错。这些展现在银幕上也许就在一两分钟内，他就来了个一百八十度的大转变，这怎能不使人感到突兀呢？这正像茅盾所说，"好像一个人思想的转变是'奇迹'似的骤然可以降临的，也就失之于太匆忙了"（《中国现代文学史参考资料》第一卷，第228页），敌人的阴谋和罪恶被揭露，这只能激起他的仇恨、震惊和醒悟，而不能从根本上彻底扭转他那根深蒂固的自发的资本主义思想。

如果阿斯加勒是《夺印》中的陈友才，那他的转变就可信了。贫农陈友才，在阶级敌人威胁利诱下，被迫干出了破坏人民利益的事情来。他知道自己做了对不起自己良心的事，内心经受了巨大的痛苦和折磨，但又没有勇气站起来和敌人做斗争。当敌人要他的生命，并且彻底暴露了原形的时候，这个直接受害者的转变，当然是必然的了。然而，阿斯加勒则不然，自发资本主义思想在他身上已经表现得相当严重了，而且不全是受敌人诱惑的结果。作品一开始就揭示出这种思想，作为剧本的矛盾被提出。试想一下，像阿斯加勒这样的人，企图通过这个外力因素来促使他的转变，彻底抛弃自发的资本主义思想，是可能的吗？回答恐怕是否定的。刀疮药再好，它只能医治割裂的伤口，而不能包医百病。

联系现在的创作实际，我们想指出这样一点：人民内部的两条道路、两种思想的斗争，并不是仅仅依靠树立敌情观念和敌人划清界限就能解决得了的。这实际上是把两条道路、两种思想的斗争的产生和克服的过程，都简单地归结为敌情观念从模糊到清楚的过程。其实在生活中，分清了敌我，并不等于克服了自发的资本主义思想和资产阶级思想。

如果说欧琳同志给阿斯加勒配制的“药方”，有一部分是对了“症”的，那么，谢璞和高型同志给牛多喜配制的“药方”，就几乎全部失效了。作者为了表现牛多喜的转变，就来了一段回忆对比，说明他“忘本”，使他感到羞愧，给他以后的转变伏下了契机。但是，从剧本的描写来看，牛多喜根本不存在什么“忘本”的问题。他并不是一个贫苦农民，我们也没有看到他过去受过什么苦。所以，牛多喜的转变，不但失之于匆忙，而且也使读者感到迷惑不解。表面看来人物是转变了，实际上，在读者的心目中，还留下了一个问号。

阿斯加勒和牛多喜的转变有现实的必然性，然而在剧本中没有艺术地形象地表现出来。作者没有找到开启人物心扉的钥匙，脱离了人物性格特征和性格发展的逻辑。作者形象地提出了问题，却简单地概念地予以解决。矛盾解决得无力，没有把两条道路的斗争深刻化，因而就不能充分地反映出这场阶级斗争的复杂性、艰巨性和深刻性，从而，也就直接地或多或少地削弱了人物转变的社会意义。

四、从以上的具体分析中，我们不难看出，人物的转变不能脱离社会环境和人物的性格逻辑。那么，什么是促使人物转变的客观社会环境呢？这就是在银幕上所展示出来的典型环境。它包括时代的、社会的、历史的内容。说得更清楚些，它包括社会发展情势、时代的思想潮流、政治状况、人与人之间的关系、人与自然的关系……在我们社会主义社会里，那些有缺点的好人，他们虽然生活在新社会中，但在他们的脑子里，却或多或少地残存着资产阶级、封建阶级、个人主义、本位主义等各种各样的思想。社会在向前迈进，而他们却赶不上时代的步伐。这样，客观社会发展情势的必然要求，使得他们不得不抛弃旧的思想和缺点，跟上时代的潮流。

在影片中，促使人物转变的客观社会环境和人物的性格逻辑，是浑然一体，不可分割的。它们相互联结，相互影响，相互作用，构成了促使人物转变的根据和动力。那么，什么是人物转变的性格逻辑呢？这就是“这一个”人物性格发展的必然规律。高尔基说：“除了文学的才能而外，戏剧还要求有造成愿望或意图的冲突的巨大本领，要求有用不能反驳的逻辑来迅速解决这些冲突的本领，而且指导这个逻辑的，并不是作者的随意任性，而是事实、人物性格和情感的力量。”高尔基这里所说的冲突的解决，对于有缺点的好人来说，就是人物的转变。这种转变，是环境（事实）的推动和人物性格逻辑发展的必然结果。所以它有不能反驳的逻辑力量。表面的形式主义的描写人物的转变，是不能从思想本质上来解决问题的。正像杜勃罗留波夫所说：“像喷水池一样，水喷得又美丽又汹涌，然而它们的显现，却依赖于装在它上面的不相干的机械。”［《杜勃罗留波夫选集》（第二卷），上海文艺出版社1959年版，第424页］这样的人物转变，当然不会有必然性的，他们是受作者随意摆布的，而不是按照人物自己的性格逻辑去行动的。

人物的转变过程，也就是矛盾的解决过程。矛盾是多种多样的，人物的性格也是各有个性的，因而解决矛盾和性格冲突的方法，也应该是多种多样的。毛主席告诉我们，“不同质的矛盾，只有用不同质的方法才能解决。”［《毛泽东选集》（第一集），1961年版，第299页］，这就是我们上面说的对症下药。客观社会环境的推动力，必须切合人物的性格逻辑才能起作用。作家要有用不能反驳的逻辑，来迅速解决戏剧冲突的本领，把人物写到“山重水复疑无路”的境地，把人物要走的其他条条道路都堵死，这时，让人物自己转入“柳暗花明又一村”里。这样的峰回路转，既显示了人物的性格逻辑，又展示了客观的社会环境，这正是人物转变的必然性在银幕上的最生动、最有力的艺术表现。

我们强调人物转变必然性的描写，决不意味着排斥影片中的偶然性情节。唯物辩证法告诉我们，必然性总是为偶然性所补充，而且在偶然性的形式之下显现出来的。必然性寓于偶然性之中。任何必然都离不开偶然。人物转变的必然性，即客观的社会环境和人物的性格逻辑，是可以而且应该通过偶然性的情节来表现的。但是，这种偶然性的情节，必须是体现必然的生活规律和性格逻辑的。杨友生碰到沈师傅、护士、王科长等人，是带有偶然性的。但是，在我们的社会里，杨友生遇到那样的人们，却是必然的。在我们的日常生活中，到处都会遇到那样的人们。他到茶厂去遇见了老厂长，碰了一鼻子灰；到天山脚下说不定会遇见奥依古丽（《野菊花》中的正面女主人公）；到湖南邵阳地区也可能遇见许春萌（《牛府贵婿》中的正面男主人公）；到广州更有可能遇见那位警察（《故乡情》中的一个促使阿根转变的人物）。这些情节孤立起来看，都是偶然的，然而从客观社会环境和人物性格来看，却又完全是必然的。这偶然性的情节，不正是体现了促使人物转变的现实生活的必然性吗？从这里，我们不难看出，我们所说的偶然性情节，是体现现实生活的必然性的，离开了生活的必然性，偶然性情节就不能展示人物转变的必然性。我们大概还记得《在悬崖上》这篇小说吧。技术员为了加丽亚的爱情，不惜和自己的爱人离婚，去向加丽亚求婚。令人意外的是加丽亚拒绝了。这是纯粹偶然性的情节。技术员所以会转变，就是因为加丽亚偶然拒绝了他的求婚。这不能解决他思想感情、兴趣和生活态度等方面的矛盾，而这些正是对技术员的转变有决定作用的东西。加丽亚拒绝他的求婚，根本不能体现生活的必然性。从小说的描写来看，她接受他的求婚倒是必然的。试问，如果加丽亚真的接受他的求婚，那么他不就掉下悬崖了吗？原来，他的两种截然不同的命运，是由加丽亚个人轻率的态度所主宰的，这怎么能体现他转变的必然性呢？

在这里，我们必须说明这样一点，我们在本文中提到的那些影片和剧本（包括这篇小说在内），绝不是对它们的整个评价，只不过是为了阐明问题，引用来当作例证，便于分析它们在某一方面的成功与不足罢了。

以上，我们论述了人物转变的必然性，对这个问题更深刻、更系统、更全面的论述，是本文所容纳不了的，同时也是笔者的能力所不能胜任的。我所以不揣浅薄说出这番外行话，其目的，无非是抛砖引玉而已。

1964年6月25日

浅析两种错位的银幕形象

电影的主要艺术使命是塑造银幕人物形象。不过它与文学塑造人物的手法不同。比如小说，作家是用文字描写来塑造人物，而电影艺术家创作银幕形象，则是通过演员的表演来塑造人物。同一个人物，因扮演者的不同，塑造出来的银幕形象相形见绌，甚至迥然不同。可见电影演员对于被扮演人物的塑造，是多么的重要。

凡是常看电影的人们，都会有一种感觉：有些影片看完后，即使过去多少年了，影片中的人物形象，还鲜活生动地浮现在眼前，成为脑海中永久性的记忆，而扮演这些人物的演员，有的已在脑海中淡化了，有的忘掉了他们的姓名，提及时只好用银幕形象的姓名代替演员的姓名；而另有一些电影看过之后，情形恰恰相反，观众只记得演员的名字，尤其是明星更是如此，而他们扮演的银幕形象，不是当时就模模糊糊，就是很快就忘得一干二净了。这两种情况，都是演员与被扮演角色之间的错位。前者的错位，是演员进入角色的错位，演员的形象已异化成角色的形象，演员的形象已高度融入角色的形象之中，是塑造银幕形象的成功错位，是电影艺术创作者们应该追求的错位。后者的错位，是演员与角色分离的错位，演员只是角色的外化形象，是双簧戏的前台人物，是剧中人的傀儡，观众感受不到角色的真实形象。无疑这是不成功的银幕形象的错位，是电影艺术创作者们应该克服和努力避免的错位。这种错位的产生，既有剧本中人物形象塑造的问题，也有演员表演技巧与才华的问题。

每个演员在扮演角色的时候，都面临这样一个问题，是塑造影片中的人物形象，还是展现演员自身的形象，换句话说，是让观众记住影片中的人物形象，还是让观众记住演员的形象和名字？答案是非常肯定的，是前者而不是后者。观众看电影，看的是通过演员表演创造出来的剧中人的人物形象，就是通常所说的看戏。这戏，就是影片中的人物、情节、矛盾冲突。演员本身并无戏剧性的东西可看，只有他们所扮演的角色才有戏剧观赏性。说到底，观众走进电影院不是为了看演员本人的，追星族也未必都是如此，而是观赏演员所塑造出来的角色。所以，演员应该异化成剧中人，而不是剧中人淡化在演员身上。演员再怎么造型化装，还是他（她）自身的形象，而剧中人物却是性格各异，个性鲜明，千人千面，是演员的形象所无法替代的。这就是观众为什么要去欣赏影片中人物的戏剧命运，而不会只是为了看看演员形象的浅显道理。

不难看出，演员与被扮演角色之间的关系，是一种错位的关系，不是角色错了演员的位置，就是演员错了角色的位置。演员融入角色之中的错位，能让观众得到艺术上的感染与熏陶，而演员与角色分离的错位，观众就得不到艺术上的满足和享受了。

在百年电影五彩缤纷的画廊中，演员融入角色的例子数不胜数。百年中国电影的辉煌成就，主要就体现在这个方面——演员成功地塑造了典型的银幕形象。我们可以如数家珍般的举出其中的代表性银幕形象：如《白毛女》中的喜儿、《董存瑞》中的董存瑞、《平原游击队》中的李向阳、《祝福》中的祥林嫂、《林家铺子》中的林老板、《青春之歌》中的林道静、《红旗谱》中的朱老忠、《红色娘子军》中的吴琼花、《甲午风云》中的邓世昌、《李双双》中的李双双、《小兵张嘎》中的张嘎、《闪闪的红星》中的潘冬子、《骆驼祥子》中的虎妞，等等。观众可能记不住某些人物的扮演者，但他们所塑造出来的这些栩栩如生、个性鲜明、生动活泼、丰富多彩的银幕形象，非常深刻地铭记在人们的脑海中。观众淡化演员的形象，或者忘掉他们的姓名，并不说明观众轻视演员，而正是这些演员成功地创造了角色。我不知道现在的观众，能有几个会记住张嘎扮演者的名字，但我敢肯定，凡是看过《小兵张嘎》的观众，对小嘎子的可爱形象是永远不会忘记的。

中国电影一百年，演员进入角色的错位是主流。几代电影表演艺术家，为我们塑造了大量的典型银幕形象，永远载入中国电影的史册。在纪念中国电影诞生一百周年的时候，那些为中国的电影事业做出过突出贡献的艺术家们，受到了党和国家的奖励与表彰。其中，尤以电影表演艺术家居多，这是对他们成功地塑造出光彩夺人的银幕形象的最高褒奖。

银幕形象创作的成功与否，与时代环境有着密切的关系。无论是三四十年代，还是五六十年代，都有大量的优秀文学作品产生，为电影改编提供了坚实的文学基础。优秀文学作品中的典型人物形象，一个个被搬上银幕，又一个个被表演艺术家们成功地塑造成感人肺腑的银幕形象。我们上面列举的那些脍炙人口的银幕形象，绝大多数来自文学作品的改编。所以，名著改编，一直被视为中国电影的特色与成就之一。在坚实的文学基础之上，电影创作人员还要下去深入生活，体验和接近角色，为塑造好银幕形象做好充分的准备。那时，宣传评论比较本分和实事求是，重点是宣传和评介影片本身的成就与不足，而不会大张旗鼓地宣传炒作明星个人。

自从电影进入商业化运作之后，两种错位产生了变化——两种错位又错了位。演员进入角色的错位，不那么普遍和突出了，而演员与角色分离的错位现象，越来越普遍，越来越严重。看完一部影片，观众记得的往往是明星的名字，至于明星们扮演的剧中人物形象，很快就成过眼云烟了，脑海里一片空白。

为什么近些年来演员与角色分离的错位现象越来越严重呢？原因恐怕是多方面的。

首先是电影的商业化运作中的某些弊端，极易产生演员与角色分离的错位问题。

电影的商业化道路是必须的，这是由大环境所决定的，无法逃避。但商业化运作，容易产生急功近利的弊端，这也是毋庸讳言的。

过去，电影剧本的来源，基本上是两个方面，一是改编，二是直接创作。无论是哪一种，都有一个共同的特点，作家和编剧是根据自己的生活积累和深切感受，经过充分的酝酿，倾注自己的全部精力和心血，才创造出来的。这样的作品，生活底子厚实，思想、内容比较新颖，人物形象真实动人。而各电影制片厂呢，都有一支编辑编剧队伍，他们联系着这些作家，像沙里淘金似的，从他们那里淘来好小说好剧本，供进一步筛选。选择的标准，就是剧本本身的质量，不需要考虑市场的因素，因为，在相当长的时期里，中国电影是“皇帝的女儿不愁嫁的”。

如今商业化运作，老的方法不适用了，应运而生出新的运作模式，即策划部门、投资方和导演提出策划设想来，再去寻找创作者。要想寻找到熟悉策划设想题材的作者来，不是一件容易的事情。就是有这样的作者，策划者也不一定肯用，因为他们最看重的不是创作者的生活积累，而是创作者的创作观念是否跟得上商业化的需要。还有少部分电影创作者，干脆几个人在一起神侃海侃，就能攒出个剧本来。这样的“创作”，当然攒不出好剧本来。

这些年来，电影的商业化运作越来越重视策划，而创作本身反而得不到足够的重视。有位著名导演就公开讲过，好剧本是策划出来的。这是地地道道的本末倒置。好剧本绝对是创作出来的，策划再好再重要，策划的只能是题材，而不可能是剧本本身。策划是代替不了剧本创作的。如果真像那位导演说的那样，好剧本是策划出来的，那就请策划人员策划出一些当代的《小兵张嘎》、当代的《骆驼祥子》、当代的《林家铺子》看看，其结果，恐怕难以实现心想事成的目的。倘若真能策划出好剧本来，那好剧本就非常容易产生了，这和缺少好剧本好影片的普遍共识，岂不是相互矛盾了吗？其实，策划哪能等同和代替创作呢。策划和创作相比，它的优势只能表现在较好的商业化票房上，有时还不一定能达到预期的效果哩。

其次，脱离生活现象比较普遍，也是演员与角色分离错位的原因之一。

无论是策划还是攒剧本，基本上是高高在上，脱离生活。由策划创作出来或攒出剧本之后，抓紧时间筹备拍摄是当务之急，创作人员不可能根据剧本所反映的生活和所塑造的人物，下去体验生活，熟悉人物。现在虽然提倡“三贴近”，但在比较浮躁的创作环境下，真正做到“三贴近”又谈何容易。好剧本最最重要一条，就是有典型环境中的典型人物，这是“一剧之本”之本。策划创作出来或攒出来的剧本，无疑带有生活基础不足的先天性弱点，人物形象难免苍白、干瘪。即使是具有表演功底的演员，想塑造好这些先天不足的人物形象，也是巧妇难为无米之炊。有些演员，特别是有了点名气的演员，能同时接受几个角色，在几个摄制组之间奔跑，不可能有充裕的时间去揣摩研究角色。生活是艺术的源泉，远离了源泉，艺术的花朵难以开放得鲜艳夺目。

最后，过分追求明星效应，使演员与角色分离的错位更加严重。

电影的商业化运作的一大特点，就是追求明星效应，这当然是无可厚非的。投资方和导演选择演员时，考虑更多的是明星效应，因为明星是热点和卖点，是票房经济的救世主。没有哪个投资人是为了赔钱来拍电影的。但只注重明星效应，往往是让角色去迁就明星，而不是明星去服务于角色，其结果，明星与角色自然就分离错位了。此刻我忽然想起崔嵬导演拍摄《青春之歌》时的一件往事。当年大明星白杨，非常想演林道静这个角色，她按照林道静的穿着打扮，从上海来到北京，突然出现在崔嵬导演面前，毛遂自荐。但崔嵬导演从角色出发，不因为白杨是明星而如愿她的毛遂自荐，最后选择了当时并没有什么名气的谢芳。这是艺术家对待艺术的认真精神，演员适合于角色的选择使用标准，是必须坚持的，这是艺术的需要，也是观众的心愿。在明星效应盛行的今天，能坚持这一标准的导演，恐怕是凤毛麟角了。

两种错位的银幕形象，如今在媒体宣传上形成一冷一热的态势。冷落的是演员融入角色的错位，热衷的是演员分离角色的错位。追星族们自然趋之若鹜那种火热的宣传阵势，只要明星在哪儿露面，追星族就蜂拥而至，热闹非凡。宣传也形成一种模式，一部影片放映之前，要展开大规模的宣传攻势，导演和主要演员在各种媒体上频频露面，借明星的人气和招牌去争夺更多的观众。在影片中的人物观众还不识庐山真面目时，剧中人物扮演者的名字却都如雷贯耳，家喻户晓，耳熟能详了。本来，宣传重点应该是影片，现在却把明星与观众的见面，代替了影片本身的宣传，这又是一种新的错位。这种新的错位，已成了张扬明星效应的重要一环。观众在没看影片之前，就已经被宣传得错位了。

本来，演员与角色各有各的位置，宣传也各有各的阵地。错位到应该错位的位置上去，回到不该错位的位置上来，银幕形象和宣传阵地才恢复了正位。

关于电影文学队伍的思考

电影是在电影文学这块园地里绽放出来的五彩缤纷的花朵。

电影文学这块园地需要一支辛勤耕耘的电影文学队伍。

电影文学队伍的基本成员是电影编剧和电影编辑。编剧是电影剧本的创作者和提供者，编辑是电影剧本的组织者和策划者。

电影创作的队伍，首先是电影文学创作的队伍，因为电影文学剧本的创作是整个电影创作的首要环节，是第一生产力，以后每个环节的电影创作，都是在这首要环节的基础上产生的。剧本在电影创作中的首要地位，已被百年世界电影史和九十年中国电影史所证明。

历史：被重视的电影文学队伍

电影剧作是影片的生命和灵魂，历来被重视是理所当然的。好莱坞不惜花几百万美元购买好剧本。剧本创作汇集了名家高手的智慧和才华。同一个剧本，请善于结构故事的编剧写故事，再请善于写台词的编剧写对白。苏联时期，除了重视编剧的作用外，还重视电影编辑在剧本创作和影片创作中的作用。电影剧本没有责任编辑签字不能投产。影片审查责任编辑也要参加，如发现剧本被擅自修改，有责任维护剧本不被篡改歪曲的权利。中国电影历来重视电影文学队伍的建设。就说中华人民共和国成立以后吧，20世纪50年代创办电影剧本创作所，60年代初在电影学院设立电影文学系。以后又举办过数次剧作和剧作理论训练班，培养了一大批电影文学的新生力量。电影界老一辈领导人，如夏衍，除了担任领导工作外，还亲自参与电影剧本的创作活动（改编《祝福》《林家铺子》《革命家庭》和《烈火中永生》），并到电影学院以电影剧本创作为题给学生讲课（即《写电影剧本的几个问题》），对中国电影文学创作产生了很大的影响。当时为了充实和壮大电影文学队伍，中央特地从文学界调来一批有成就的作家，进入各电影制片厂任专业电影编剧。各厂都有编辑部，进入新时期后大多改叫文学部或总编室。无论是编辑部、文学部还是总编室，均由编剧和编辑组成。他们是一支最为活跃的电影文学队伍，为中国的电影文学事业做出了很大贡献。

有了一支电影文学的队伍，当然呼唤电影文学园地的诞生。于是先后创办了十多家以发表电影文学剧本为主的电影刊物，通过这些刊物，又联系和团结了一大批专业和业余的电影剧作队伍。如果说过去电影文学的日子比较好过，究其原因不外乎两个方面：一是队伍，一是园地。队伍中的专业编剧，虽然提供的剧本数量不占多数，但在质量方面水平较高，特别是能弥补题材的欠缺，还能完成某些特殊剧本的创作任务。队伍中的编辑人员，组稿的面覆盖全国，他们是电影厂剧本来源的重要渠道。再加上专以发表电影文学剧本为主的电影刊物也吸引和团结了一大批作者，才使中国电影在相当长的时间内，没有出现过剧本荒的问题。

电影厂流传这样一句话：编剧和编辑下去，剧本才能上来。抓剧本就是抓队伍，抓队伍就是抓下去。那时候，编剧和编辑长时间在下面。编剧下去生活、采访、创作；编辑下去组稿，广泛联系作家，寻觅剧本和发现题材。许多好剧本当作家还在构思阶段，就被编辑发现了。作家也成了电影厂的常客。各厂的招待所，总有来自全国的作家、编剧、业余作者，为电影厂创作剧本或修改剧本。作家跟电影厂的关系十分密切。剧本多了，才有可能选择“好米”下锅，未来影片的质量就有了起码的保证。这就是“剧本剧本，一剧之本”的道理。

现实：被瓦解的电影文学队伍

从20世纪80年代末开始，电影文学队伍起了新的变化。电影体制要改革了，似乎文学部成了多余的部门，欲把它从电影厂的机构中消除。好像推向市场的电影，不再需要电影文学了。当时电影局还是非常清醒和明智的，表示了否定的意见。电影局的表态，起到了暂时稳定的作用。除极个别厂取消了文学部，砍杀文学部之风没有蔓延开来。

在电影创作中，文学部起着“龙头”的作用。各厂也都当作“龙头”来抓。这是历史和实践赋予它的本来地位。“龙头”动起来了，“龙身”（电影厂的各部门）才能跟着运动。但“龙头”的地位和作用越来越淡出。改革的思路，在几年之内就在取消文学部上，不约而同地取得了共识。电影局仍然表示否定的态度，但几乎没有厂家“听话”了。据笔者所知，除极个别厂还保留了文学部外，绝大多数厂都取消了文学部。个别厂虽然暂时保留了，也是名存实亡，开展不了创作和组稿活动。即使创作出剧本和组来了稿子，还要求拉来拍摄资金。这可不是小钱，少说也得数百万，有的还更多，这叫一介书生们到哪里去筹到这么多钱哟。电影文学队伍溃不成军，编剧和编辑被裁的被裁，改行的改行，待业的待业。抑或他们想下去生活创作和组稿，也因没有活动经费而寸步难行。编辑不去找作家，作家自然就疏远了电影厂和电影剧本的创作。今天你再走进上影永福路52号，长影小白楼，北影招待所，看看还有几个作家在创作和修改剧本。昔日众多作家们为电影文学辛勤耕耘的地方，今日不是改作他用，就是门庭冷落作家稀，快成了电影文学创作的遗址了。各电影厂维系的较为固定的一批社会上的“业余电影编剧”队伍，也早已烟消云散。

昔日的“龙头”，成了今天多余的人；昔日的人才和财富，成了今天厂方的负担和包袱。电影文学队伍确实被瓦解了。近几年电影的滑坡，可以列出许多原因，但电影文学队伍的瓦解，不能不说是重要原因之一。

改革是为了繁荣电影。文学部真的成了繁荣电影的一大障碍？若真是如此，文学部被改革掉了，电影应该繁荣起来才是。然而现实并不是这样，这难道不值得我们思考吗。然而不重视电影文学的倾向还在发展。电影文学刊物本来就不多了，有人还在向它磨刀霍霍。文学部已被撤销，艺委会更被遗忘，再没人组织他们讨论剧本和审看影片。其实，他们的存在，对电影的发展只会有益不会有害。

队伍的瓦解确有内外两方面的因素。内部因素是电影厂经济困难，砍掉文学部就能节省下这部分固定开支，减轻了厂里的负担。外部因素是资金和剧本来源转向了厂外。不论投资者拿来的剧本质量如何，它有资金保障拍摄，这对于处于困境中的电影厂来说，当然是求之不得的。而编剧创作的剧本或编辑组稿的剧本再好，但没有拍摄资金，也只好束之高阁。面对如此境况，文学部似乎英雄无用武之地了。然而这是暂时的状况，不会是永久的现实。我们欢迎社会上各条渠道对电影拍摄投资，但实践告诉我们，仅靠社会集资拍摄的影片，上乘之作极少。电影要发展繁荣，还是要靠自己的文学队伍和自己的相当一部分资金。

未来：重建一支电影文学队伍

“长沙会议”后，电影界都在为多出电影精品而努力。见诸报刊上的文章、讲话、座谈会发言，都集中在出精品这个中心问题上。这是一个良好的开端。但同时也发现，在一片呼唤声中，重建一支电影文学队伍的旋律仍不够突出。

出精品，当然需要深化电影改革，加强电影管理，投入资金，搞好发行。但出精品，首要的仍是要抓出能够拍出精品影片的好剧本来。有一个美国电影理论家悉德·菲尔德曾说：“一个优秀的剧本可以拍成一部优秀的影片，一个优秀的剧本也可以拍成一部糟糕的影片，但是一个糟糕的剧本是绝对不能拍出一部优秀的影片的。”这话很有道理。不过要抓出一批好剧本，没有一支电影文学队伍，怕是完不成这一神圣使命的。

重建一支电影文学队伍，我思考到如下几方面的问题。

一、电影文学队伍不是可有可无的。这不仅仅是认识问题，是电影文学事业的需要。文学部可以撤掉，但编剧、编辑队伍不能“树倒猢狲散”。必须认识到，只要电影还存在，就离不开电影剧作。要出精品，要再造中国电影的第三次辉煌，迫切需要更多的好剧本，这要靠一支可以胜任的队伍去完成。全国现在每年生产150部左右影片，也就是说至少每年需要150个电影剧本。而剧本创作是一项复杂的精神劳动，从来就不是创作一部成功一部的。即使成熟的编剧也做不到。按多年来创作和组稿实践来看，大体保持在三比一的比例左右。就是说，我们每年至少需要450个电影剧本，才能保证150部的产量和质量。想想看，450部电影剧本的创作量，需要一支多大的创作和组稿队伍！这样看来，电影要发展要繁荣，电影文学队伍也应随着发展和壮大，这才符合电影自身的规律。即使出于种种限制，当前不能发展壮大，却也不应该削弱，这是最起码的要求了。

二、电影文学队伍不是电影厂的包袱和负担，他们是财富的创造者。在砍杀文学部的思潮中，确有一些人认为，文学部只有支出没有收入，是经济上的负担。这种看法是不公正的。人们历来习惯这样一个思维模式：剧本拍成影片后产生的社会效益和经济效益，全部记在摄制组的账上。得奖的，最为风光的当然是导演和演员。物质奖励也是摄制组的创作人员受益。在荣誉和奖励面前，文学部及其编剧和编辑是榜上无名的。若影片拍砸了，遭到舆论的批评和造成经济上的亏损，从导演到某些摄制人员，就纷纷指责文学部提供的剧本太差。成功时，剧本被遗忘在角落。失败时，剧本成了替罪羊。这实在是电影界的一种怪现象。为什么不能成败共担共享呢？剧本和未来的银幕形象，本来就是密不可分，紧密地联系在一起的。其实，并不需要多么大的改革，只要换个思路，包袱就变成了财富。我们应该清醒地认识到，电影的社会效益和经济效益，其根子还是来自电影文学创作。给文学喂一把“草”料，得到的却是“奶汁”。连“草”料都舍不得投入而想得到“奶汁”的做法，是不会得到好的回报的。

三、重组失散的有用人才和吸收新鲜血液。过去已有的那支队伍中不全是天才，但也不全是庸才。他们当中不少有事业心，有经验，较成熟，又有广泛的作家关系，是可以继续为电影的第三次辉煌做出新的贡献的。吐故纳新，这是事物发展的规律。电影文学队伍极需纳新。然而，“吐故”速度颇快，“纳新”近几年来却几乎停止了。不少电影厂，连续几年不增加一个编剧、编辑。北京电影学院文学系，专门为各厂培养的毕业生，几乎都被电影厂拒之门外。这样下去，电影文学队伍肯定要出现断档的情况。队伍的问题关系到未来。我们不能只看眼前不顾长远，应当对未来负责。

四、电影文学事业亟需物质上的支持。既然电影文学是电影创作的基础，资金的投入是必不可少的。我以为，现在缺少好剧本，其中一个重要原因，就是对电影文学的投入太少。本来对文学的投资就太少，砍了文学部，就几乎没有什么投入了。文学投入少，好剧本自然就少。好剧本少，好影片就更少。好影片少，社会效益和经济效益就差，这样就形成了一个恶性循环。好莱坞是舍得文学投入的，光剧本稿酬就占影片成本的8%左右。在经济上我们当然无法跟好莱坞相比。但适当加大文学的投入，却是电影繁荣发展的迫切需要。俗话说，舍不得孩子就套不住狼。舍不得投入，电影很难走出恶性循环的怪圈。可喜的是，长沙会议后，剧本工作重又受到重视。电影局在筹划全国优秀电影剧本征集活动，并筹备成立剧本规划策划中心，还要拨出剧本专项资金扶植重点电影剧本的创作。有的厂以十万元稿酬搞电影文学剧本征文活动，有的厂又在酝酿恢复文学部……这些举措，对电影文学的繁荣，电影的振兴，定会产生积极的推动作用。

有识之士说："当前电影缺少的并不是资金，而是好剧本。"我赞同这种说法。有了好剧本，投资者就会纷至沓来。

有了一支新的电影文学队伍，电影文学就会重新繁荣起来，电影精品就会越来越多，电影的又一次辉煌就指日可待了。

（原载《电影创作》1996年第5期）

把电影剧本写得短些吧

关于电影文学剧本的长度，就像长篇、中篇、短篇小说的长度一样，谁也无法规定出具体的字数来。但习惯上是有一个被大家公认的、比较适中的长度，这个长度就是三四万字左右。这当然是指放映一个半小时左右的故事片文学剧本，至于短故事片文学剧本，几千字到一万多字也就够了。拿这个长度标尺来衡量我们现在的一些文学剧本，就会发现它们写得太长了。

能不能把电影文学剧本写得短些呢？我以为是可以的，也是应该的。至于怎样才能写得短些，我开不出一张医治“巨人”症的药方，留给电影评论家和剧作家们去回答吧。但就我个人在阅读剧本中所感到的问题，至少应该注意以下五个方面。

第一，编剧不必越俎代庖，去写分镜头式的电影文学剧本。

现在有不少电影文学剧本的写法是1、2、3……一直排列到一两百。每一节又都写得很具体、很详细，从环境描写、气氛渲染、人物的内心活动，直到一颦一笑、一蹙眉、一转身、一抬手、一迈步……都写得清清楚楚，甚至细致入微。有的连摄影机的推、拉、摇、移、俯、仰，镜头的远（景）、中（景）、近（景）、特写，画面之间的淡出、淡入、切入等，都一股脑儿地写进了文学剧本里，似乎这样写就算是电影化，能得到导演的喜爱和欣赏。但我读着这样的剧本总有一种感觉：编剧在越俎代庖，替导演写起分镜头剧本来了。这样自然会产生一个疑问：编剧这样写，导演会不会照葫芦画瓢似地这样执导呢？也就是说，导演会不会按照编剧的“分镜头”去拍摄呢？带着这个问题，我对照阅读了几个编剧越俎代庖的“分镜头”剧本和导演的分镜头工作本，结果发现，导演完全不买或基本上不买编剧那个“分镜头”的“账”。其实这也是很自然的事。你编剧再懂得电影，你分的也是电影文学剧本的文学镜头，而导演分的却是把文学剧本搬上银幕的拍摄镜头，这是越俎代庖所代替不了的。所以，编剧去写分镜头式的文学剧本，往往是费力而不讨好的。古语曰，“庖人虽不治庖，尸祝不越樽俎而代之矣”（《庄子·逍遥游》），何况写出来的剧本总是要经过导演的再创作才能搬上银幕，这就更没有必要越俎代庖了。

凡是越俎代庖式的电影剧本，一般说来，都有拖沓、冗长的毛病。这倒不是编剧有意要把剧本写得很长，只是这种写法本身，就会把剧本拉长。这是因为：编剧究竟是在写文学剧本，而不是代替导演写分镜头台本，因此他（她）笔下要兼顾两个方面，一方面是电影文学剧本的文学性，另一方面是分镜头剧本的电影化。兼顾两个方面，显然就要大大长于一个方面。拿分镜头式的电影剧本和一般写法的电影文学剧本相比，前者长在“分镜头”方面；如果拿它和导演的分镜头工作本相比，它又长在“文学性”方面。

当然，我们并不反对编剧写分镜头式的电影剧本。写得好，更会得到导演的喜欢。作为一种形式，它有权存在于电影文学剧本的百花园地之中。不过，这里我们要说明一点，这种形式的出现，主要是学习、借鉴，甚至是模仿外国电影剧本写法的结果。诚然，外国的好东西我们应该学习。但是我们往往学的是形式，而对于内容和内容与形式的统一，却学得很不够，很不好。外国分镜头式的电影剧本，有相当一部分是导演自己写的剧本，它不太注意剧本的可读性，而只注重剧本的电影化和拍摄的实用性。如果我们忽略了这一点，一些不太熟悉电影的编剧也生硬地模仿这种形式，结果往往把剧本写得既不像电影文学剧本，又不像导演分镜头台本，这样毫无必要地把电影剧本拉长是不足可取的。

第二，要考虑到电影文学剧本的容量。

一般说来，容量的大小与剧本的长短有着直接的关系，因此在写电影剧本的时候必须考虑到内容的适量。但何为适量？又似乎很难说清楚。中外许多名篇名著被搬上银幕，这说明一部电影的容量是很大，很大的；而有些很短的短篇小说也被搬上银幕，又说明一部电影的容量是很小，很小的。其实这是它们的外部现象。从一部影片的实际内涵来探讨，它的容量既不是很大，很大，也不是很小，很小。有人说，一部影片的容量相当于一部中篇小说的容量，我觉得这个看法比较合乎实际。大量改编工作的实践证明，改编中篇小说比改编长篇小说和短篇小说要容易一些。正因为这样，改编者往往愿意选择中篇小说来改编，它不需要像改编长篇小说那样，要删去很多内容，也不需要像改编短篇小说那样，要丰富许多内容。容量多了，一个电影剧本装不下，即使编剧硬把它装进去，到导演的手里，也要做大量的删减工作；容量少了，装不满一千米左右的胶片，影片就会显得单薄。所以，编剧在选材时要适量，做到既不感到内容不够而单薄，又不感到内容太多而臃肿。

在电影剧本的容量方面，我个人感到目前存在的一个主要问题，是容量膨胀的问题。这就是剧本越写越长的一个原因。相当一部分电影剧本内容过量，如有的剧本时间跨度几十年，分成十几章，每次运动都写到，想概括的东西太多，形式上是一部影片，实际上是两部，甚至三部的内容；有的剧本人物众多，有名有姓的人物多达几十人，光交代清楚他们之间的关系就要花费不少笔墨；有的剧本事件复杂，线条繁多，冗长了不说，读者一下子还不容易理清纷繁复杂的头绪……

那么，一部影片的容量大概有多大呢？记得林杉同志早在20世纪50年代末，探索电影剧作的一般规律时，曾总结出一个"七字诀"，叫做："一主脑，二支歌，三重场，四曲折，五六个人，七大段。"对这"七字诀"，胡苏同志有个解释，他写道："我个人的体会是：其中除了'主脑'只能是一个，即每剧只能有一个主题（或作'一个故事核心'解），其余的数字只是概略的意思。意即每部故事片大致上需要：约有两支歌以增兴味；约有三场剧情最为生动、人物形象最为感人的重场戏；为了使剧情不单调，就需要有几番曲折；为了使结构紧凑，人物得到充分的描绘，主要角色应力求集中；为了避免影片冗长松散，犹如话剧分幕之大段落一般地以七个为合适。"（《电影剧作探索》，中国电影出版社1961年版，第117页）我以为，这个"七字诀"，既是一部影片的"结构诀"，也是一部影片的"容量诀"。当然，随着电影艺术的发展，有些影片早已越出了这个一般的结构规律。但是，从一部影片的容量来说，这个"七字诀"还有它的参考价值。

写电影剧本，脑子里一定要有长度这把尺子，写多长算多长是不可提倡的，应该计算着写。夏衍同志那样精通电影，可他脑子里还装着长度的尺子去结构剧本。他在《写电影剧本的几个问题》一书中写道："根据我个人的想法，你假如拍八千尺胶片的一部影片，那么无论如何，不能多于十段，即用十次'淡出''淡入'。一般说来，有这么六七个也就行了，我以为这样比较紧凑，比较结实，多了就分散了。"夏衍同志这段话，对医治电影剧本的冗长松散的毛病仍有积极意义，值得我们重视。

第三，从视觉形象的特性出发，使文字形象都能变成银幕形象。

写电影剧本的目的不同于写小说。小说写出来完全是为了供读者阅读的，电影剧本写出来主要是为了搬上银幕。甚至可以这样说，小说是写给千千万万读者阅读欣赏的，电影文学剧本除了给电影文学爱好者阅读之外，最主要的目的是写给极少数影片创作者们——摄制组拍摄电影时使用的蓝本。小说没有发表出来时，广大读者是无法阅读到的，而有些电影剧本没有发表出来，广大观众却能从银幕上看到根据它拍摄的影片。这一不同的特点，就要求电影文学剧本要从视觉形象的特性出发，使文字形象都能让导演再现在银幕上，而不成为胶片上多余的东西。如果编剧能从这一实用效果出发，文学剧本自然就不会抻得太长。

影片《祝福》，是夏衍同志根据鲁迅先生的同名小说改编的，剧本只有两万四千多字，在我国长故事片文学剧本中，恐怕是最短的了。夏衍同志为什么能把剧本写得这么短呢？原因是多方面的，但剧本里没有烦琐多余的描写，我以为是最主要的一条。把剧本和影片对照起来看，我发现剧本上的每一行、每一句、每一个细节……都能在影片上看到。就是说，文学剧本上的描写，都能见之于银幕形象。而那些六七万字长的剧本，等到拍成影片之后，我发现文学剧本中的好多描写不见了。这不能责怪导演随便删改剧本，而是那些被删去的部分，也确实为影片所不需要。不能见之于视觉形象，不为影片所需要的东西越多，电影剧本就越长。

也许有的同志会说，《祝福》剧本之所以写得这样短，是因为它的文学描写过分简单。的确，《祝福》剧本没有过多的文学描写，夏衍同志自己说："我历来所写的所谓电影剧本，都只是供导演写分镜头台本'使用'的提纲和概略，而并没有把它看作可供读者'阅读'的'文学剧本'。应该承认，我做这份工作最关心的，只是如何使它成为电影剧本的'实用效果'，而很少考虑到作为电影文学剧本的艺术加工。"（《写电影剧本的几个问题》第82页）说得多么好啊，自谦中透出执着的艺术追求！其实，《祝福》剧本比那些写得冗长而烦琐的电影剧本更富有文学性，这种文学性，是电影化的电影文学剧本的文学性，而不是小说化的文学性。电影文学剧本比小说更要求精练，因为精练本身就会增强作品的文学性。我觉得夏衍同志这段话的最后一句，应该引起电影创作人员的足够重视。现在的问题似乎是关心电影剧本的"实用效果"不够，而考虑文学剧本的所谓"艺术加工"过多，而这种加工又往往是小说化的艺术加工，结果是把电影文学剧本“艺术加工”得越来越长。电影剧本的长与小说的长不同，小说的长，读者可以慢慢地长读，电影剧本的长，导演可不能长拍。一部影片有一定的长度限制，即一个半小时左右。剧本写长了，到导演手里必然要删减。导演就是一部影片的“裁缝”，不管你的来料多长，他（她）要做一件合乎“影体”的“衣服”，就要裁去编剧送来的多余的“料子”。一般说来，写得短而精练的剧本，导演可以丰富很多东西；相反，写得长而松散的剧本，导演又要删去很多庞杂的东西。于是，从剧本到影片，前者导演可以发挥创作的才能，剧本可以得到充分的银幕展示，编剧往往比较满意影片；而后者呢，导演不满意剧本，经过一番删改之后拍成的影片，编剧也往往不满意。

第四，不要把戏写得太满，给导演留下自由想象的余地。

所谓戏写得太满，是指把戏写到了顶点。在艺术上这是费力不讨好的事。艺术的规律和欣赏习惯要求我们，在处理每一场戏时，总是要有所节制，即既要把最主要的戏写出来，又不要把所有的戏都和盘托出，给读者和导演留下一个自由想象的天地。编剧要相信读者和导演的欣赏水平和理解能力，你留下的那点空隙，会得到更多的想象和补充。把戏写得太满（或者叫顶点）有什么不好呢？莱辛对这个问题早就作了精辟的回答：“在一种激情的整个过程里，最不能显出这种好处的莫过于它的顶点。到了顶点就到了止境，眼睛就不能朝更远的地方去看，想象就被捆住了翅膀，因为想象跳不出感官印象，就只能在这个印象下面设想一些较弱的形象，对于这些形象，表情已达到了看得见的极限，这就给想象划了界限，使它不能向上超越一步。”（《拉奥孔》，人民文学出版社1981年版，第10页）因此，编剧要控制自己的笔去描绘那最高点。写到悲伤，不必泪雨倾盆，写到痛苦，不必呼天哭地；写到欢乐，必须要哈哈大笑不成？表示激动，老是吹胡子瞪眼睛，能有什么艺术魅力？

细心的读者和观众，不难发现这样一种情况：有时剧本花费了很长的篇幅描写一场戏，写得非常具体、细致，连环境中的一切景物、人物的一举一动，都写得清清楚楚，可是到影片上，几个镜头几秒钟就过去了，编剧写的那些具体的东西导演都没有用，或者用得很少；反过来，有时剧本上短短的一场戏，甚至只有一行或几行文字，但搬到银幕上，却能拍出许多镜头，几分钟长的戏。这是什么原因呢？我以为除了描写的冗长烦琐之外，主要是前者戏写得太满，而后者的戏留有余地。

我很喜欢《苔丝》这个电影剧本，它写得那样精练，在电影文学剧本中是罕见的。影片分上下集，放映两个小时四十五分钟左右，要让我们来改编，恐怕得洋洋十来万字吧。而《苔丝》的电影剧本，只用了两万来字的篇幅。请记住呵，只有两万来字！我琢磨这其中的奥妙，就是没有把戏写得太满，给导演留下再创作的余地。随便举个例子吧。

剧本中有这样一场戏：苔丝等四个姑娘去做祷告，在林间小路上遇见一个浅水坑，拦住了她们的去路。她们正在想办法涉过水坑时，安杰尔来到了她们的面前，要帮助她们涉过水坑。剧本上是这样写的：

姑娘们犹豫地将手臂伸了过去，让安杰尔接着，一个接一个蹚过了水坑。最后轮到苔丝。她推让说："我沿岸边走。"

安杰尔有点失望，对她私语："喂，苔丝，我是为了抱你，才把她们三人送过去的……"说着，轻轻地抱起苔丝。

苔丝低下头，安杰尔深情地凝视着她，小心翼翼地往前移步。到了对岸，特地放下。另外三位姑娘有点不高兴。

看过影片的同志，对这场戏一定会留下深刻的印象。那雨后林间小路上的一汪水塘，像一面镜子一样，清晰地照出了苔丝、安杰尔和另外三个姑娘的不同心理状态、不同性格特征，而这些在剧本中只用了一百多字啊！影片是按照剧本拍摄的，凡是剧本上写出来的，影片上都展现出来了。而剧本中包含着的没有明确、具体写出的东西，导演也把它们挖掘出来了。编剧钱拉·布莱克，相信导演罗曼·波兰斯基的镜头，会比他的笔墨更富有视觉表现力。这场戏的重点是写安杰尔和苔丝之间纯洁的爱情关系，那三个姑娘，只是这种关系的陪衬。所以，钱拉·布莱克只写她们"犹豫地"伸过手臂让安杰尔接着。"一个接一个"被抱过去，三个姑娘看到安杰尔对苔丝的亲热劲，就"有点不高兴"，至于每个姑娘怎样"犹豫"的、怎样被一个个抱过水坑的、又怎样的不高兴，都留给导演和演员去再创作了。

也许有的同志会说，上下集剧本只写两万来字，一定是干巴巴的，什么文学描写也没有。不。剧本中既有环境描写（"全景是辽阔的田野，远方是茂密的森林。这一带绿草如茵，风景如画。森林、牧场、河溪、山谷，随着主人公苔丝命运的变化，展现出一幅幅调子不同的画面"），又有人物描绘（"她们约莫十五六岁左右，一个个身着白裙，肩披长发，头戴白花编织的桂冠，手拿剥皮的柳枝条。队伍中有一个姑娘，她生得秀丽、端庄，周围没有一个姑娘比得上”)，既有心理状态的揭示（“牧师的话像投掷了一块灾难的小石头，在她心里激起了巨大的波澜”)，又有议论文字的评述（“可是就从这一天起，偶然的遭遇使这位名叫苔丝的姑娘，一生蒙受莫大的不幸。她照理可以有较好的命运，但由于碰到恶魔亚雷克和尊神安杰尔而香消玉碎”)。从整个文学剧本看，还是写得富有文学性的——惜墨如金的文学性。这是值得我们好好学习和借鉴的。

《电影创作》上也发表过比较短的电影文学剧本，如姚云的儿童文学剧本《小刺猬奏鸣曲》、高晓声的《小河向东流》等。前者只有两万六千字，后者也才三万三千字。又如《小河向东流》中有些戏，是写得相当凝练的。如有一场戏，写李兴大不同意女儿淑珍跟李松全好，当老人发现女儿不在家时，认准是到李松全家去了，急忙赶到李松全家去叫回淑珍。作家是这样写的：“他就绕着李松全的房子转圈子，一面转，一面背朝房子面朝外在喊：‘淑珍！淑珍！’”

看，仅此三十多字，把李兴大的内心状态惟妙惟肖地刻画出来了。在这场戏中，作家只写了李兴大的两个动作：绕着房子转圈子和背朝房子面朝外喊女儿。他明明知道女儿在李松全家，但却不肯进去叫她，就绕着房子转圈子，人物那复杂、矛盾的思想活动，都蕴含在这个动作中。本来，转圈子的动作就很能表现出李兴大的内心状态了，可作家又紧接着写了个背朝房子面朝外的反向动作，就更富有表现力了。李兴大可笑而有点儿滑稽的动作是做给别人看的，他的声音是喊给淑珍听的。他这样做的目的是，既要从李松全家叫走淑珍，又不叫群众说闲话。这个独特的戏剧动作，准确地展现了李兴大的性格特征：古板、守旧、爱面子。作家把丰富的思想内容汇集在两行多文字里，导演就有了大大发挥的余地，可以分好多个镜头，演员也大有戏可演，能拍出比一般两行字要长好几倍的戏来。什么叫既要把最主要的戏写出来，又不要把所有的戏和盘托出，我以为这个例子是很能说明问题的。如果我们的电影创作人员能够这样“浓缩”自己的剧本，冗长的毛病肯定就会越来越少了。

第五，电影文学剧本要电影化，不要小说式的写法。

电影文学剧本和小说是两种不同的文学样式，写法上当然是不同的，这就是小说为什么要经过改编才能搬上银幕的道理。这个界限谁都清楚，但有些作者一拿起笔来往往又糊涂了。严格地说，现在有不少电影文学剧本不是电影化的文学剧本，存在着明显小说化的倾向。我以为，相当一部分电影剧本的冗长病，就是小说化写法所造成的。景物描写，一写一大堆，拍到胶片上可能一晃就过去了，甚至连一晃也不晃，就被剪掉了；人物对话长篇大论，滔滔不绝，到导演手里留下几句在胶片上就够了，要知道每个字要占去一尺长的胶片啊；小说式的心理描写淋漓尽致，但却无法诉诸可见的银幕形象，导演只能读而叹之；结构方法只按时间和事件的顺序平铺直叙地叙述故事，而忘记或忽略，甚至是不会运用时间与空间的交错性，从而丢掉了电影比其他文学样式要自由得多的创作技巧……

精练是一切文学作品的共同要求。电影文学剧本比小说更要求精炼。正因为这样，小说家在写小说时，也学习和借鉴了电影的技巧。俄国伟大作家托尔斯泰早在20世纪初就说过："电影给作家带来一场革命，电影中场景瞬息万变，更接近生活，其伟大之处在于识破了运动的奥秘，要改变我们所积累的那些冗长拖沓的写作方法。"（转引自《文学评论》1984年第1期）连伟大的作家都要改变小说冗长拖沓的写作方法，我们的电影创作人员有什么理由和必要，要捡起电影剧本所不需要的"小说冗长拖沓的写作方法"呢？不同种类的文学艺术总是相互影响，互相渗透的。电影的出现，必然使一些小说电影化。如美国作家海明威，就被人称为电影化的作家，他的长篇小说《丧钟为谁而鸣》和《有的和没有的》，就运用电影剧本的一些写作方法。我国也有一些作家完全用电影的手法写小说，叫作电影小说。电影文学发展到今天，更要求电影剧本的电影化，而不是向小说化靠近。我想，我们的电影创作人员应该记住普多夫金的话："编剧必须经常记住这一事实，即他所写的每一句话，将要以某种视觉造型的形式出现在银幕上，因此他所写的字句并不重要，重要的是，这些描写，必须能在外形上表现出来，成为造型的形象。"

（原载《电影创作》1985年第5期）

导演二度创作乱弹

“二度创作”一词，是何时见诸影坛的，没有作过考证，不得而知。不过可以断言地说，它的历史并不悠久。过去长期流行于影坛的提法，叫做导演的再创作。看来，二度创作就是再创作在新时期的新提法。这个推论大概不会有多大疑义吧。

导演的二度创作，是指从电影文学剧本到影片的创作。即把只能供阅读的电影文学剧本，二度创作成为能让广大观众视听的、声画结合的银幕形象。撰写电影剧本或改编电影剧本是创作，导演把剧本搬上银幕也是创作。编剧和导演同是一部影片的两个主要创作者，但两个创作者的对象和任务却不尽相同。最根本的不同是：编剧是剧本的创作者，编剧创作的剧本主要是供导演拍摄之用；导演则是影片的创作者，导演的创作主要是为了观众。不同的分工决定了不同的创作分工范畴。因此，编剧不应越过剧本创作的界限，去为导演写分镜头剧本；反之，导演也不能随便越过二度创作的界限，去为编剧修改电影文学剧本。

剧本的创作是重要的，常言道：“剧本剧本，一剧之本。”导演的二度创作同样也是重要的，它是影片成败和质量高低的关键。编剧创作的电影剧本属文学作品（当然也有人不承认电影文学剧本是文学作品，但这毕竟是少数人的看法，大多数人还是承认它是文学作品）。它是靠文字来塑造人物形象、刻画人物性格、描写时代环境……电影导演的工作则是把文字形象，变成声画结合的银幕形象。两种创作都要付出巨大的辛劳。从剧本到影片，这才是导演自己的二度创作天地。

从剧本到影片怎么就构成导演的二度创作天地呢？是不是按着剧本拍摄就没有二度创作，不按或不完全按剧本拍摄才称得上是二度创作呢？回答是否定的。按着剧本拍摄也要进行二度创作。二度创作从它诞生的那一天起，就没有涉及修不修改剧本的问题。它们是两种不同的艺术表现形式，决定了各自不同的创作手段和规律。同一个剧本，让两个不同的导演拍摄，并且都让他们照着葫芦画瓢地忠实于剧本拍摄，拍出来的影片质量会有很大的差别。从无差别的剧本到有差别，或差别很大的影片，就是由两个导演不同的二度创作酿成的。过去不少有成就的艺术家说过这样的话：把80分的剧本拍成80分的影片，就是挺不错的导演了；把80分的剧本拍成80分以上的影片，当之无愧地称得上是一流的好导演；而把80分的剧本拍成80分以下的影片，就属于比较差的导演了。这高于、平于、低于剧本的影片，充分证明导演的二度创作是何等的重要。

我国有成就的导演，他们的杰出贡献就集中体现在把主要精力和创作激情用在二度创作上，即把80分的剧本拍成80分以上的影片。这是导演施展艺术才华的广阔天地。成就越大的导演，越尊重编剧和剧作，从不擅自越过二度创作的界限。越俎代庖，导演把相当一部分精力放在修改编剧创作的剧本上，不是导演应该追求的目标。端着导演的"饭碗"，越俎抢吃编剧的"饭"，能吃出什么好滋味来。

说句中肯的话，当前二度创作的状况并不令人满意。编剧们每年为我们提供一百多个可供拍摄的剧本，真正拍好的有多少？有些剧本是不错的，而拍出来的影片却极其一般，观众和专家们看后直摇头："导演的功力不足。"一语说中了要害。导演的功力不足，不就是二度创作的功力不足嘛。张艺谋导演拍一部轰动一部，固然有剧本的因素，但如果没有张艺谋过硬的二度创作功力，影片质量绝不会达到现在的水准。无怪有人说，像《秋菊打官司》那样的剧本，如果落在一般导演手里，很可能就是一部平平常常的影片。可见导演的二度创作对影片质量的提高是何等的重要。可以断言地说，如果把二度创作抓上去，我们影片的质量将会大大提高。

说二度创作的状况不令人满意，并不否定我国影坛创作的基本状况是健康的。绝大多数导演在自己的二度创作岗位上，贡献出自己的智慧和心血，拍出了不少好影片，这是值得大家称道的。

但是，近几年来，在二度创作中也确实存在一些问题，有的还比较严重。这也是应该承认和面对的现实。当前，在二度创作中正在形成一种倾向，即擅自越过二度创作的界限，产生了种种不良后果，应该引起我们有关方面的重视。

所谓越过二度创作的界限，就是导演把编剧撇在一边，对剧本进行擅自修改，有的甚至是重新创作。这类例子在影视界是广为传议的。不妨略举几例。

例一，想方设法尽早介入剧本创作。

剧本还处在一稿又一稿的修改过程中，导演就急着表态，说行了，催促着下投产命令。待投产命令一下，却不见筹备拍摄的动静，导演花好多时间在埋头修改剧本。问其原因，答曰：“剧本根本不行，不修改无法拍摄。”再问：“为何当初说可以通过了，催着下投产命令？”答曰：“我们看作者已江郎才尽，再修改也不会有什么起色，不如我们修改更有把握。”原来催促剧本尽早通过，是为了尽早介入剧本创作。

导演擅自介入剧本创作，程度各不相同，或多或少，或深或浅。更有甚者是干脆抛开原剧本，重新创作新剧本。有个公安题材的剧本，被改得连原剧本的“影子”都难以找到了。因为还用了原来的片名，原编剧没有被排挤在外。不过，在原编剧之外，又加了几个编剧的名字，把原来在片头字幕上住“单间”的编剧，挤在一间“集体宿舍”里。这样做，引起原编剧的不满甚至愤怒是必然的。这部影片，如导演只在二度创作的范围内创作，拍出来的影片，即使稍低于原剧本，在当时也可能是一部不错的和比较畅销的影片。就因为把原剧本改得面目全非了，导致了一百多万元的巨大损失。这个教训是沉重的。

例二，反其意对剧本任意修改。

有个侦破题材的影片，两个主要对立面人物，一个是害人者，一个是被害者。修改后的剧本，两个对立面人物正好调了个个儿：害人者变成被害者，被害者反而变成了害人者。人物关系的这一重大改动，牵一发而动全身，其他的戏都得作相应的改动。反其意修改别人的剧本，就是宰相肚里能撑船的编剧，也不会接受这样的修改。

例三，没有剧本的拍摄。

上面的例子是修改剧本，现在发展到连剧本也不要了，干脆来个没有剧本的拍摄。就笔者所知，整个没有剧本的拍摄还不曾发生过。这里指的是局部没有剧本的拍摄。大概是拍出激情来了，思绪万千，浮想联翩，就在胶片上即兴创作起来。实践证明，这样的创作，目前是不符合我国电影制作状况的。

直接在胶片上的影片创作，在外国是比较流行的。他们可以不惜功本地把胶片当作稿纸，大量地拍摄素材。我们的影片生产，目前还没有这种优厚的创作条件。有限的资金，一比三点五的胶片比例，不允许我们离开蓝本去大量地拍摄素材。即使将来有了充足的资金和胶片比例，在胶片上打“草稿”的方法，也不一定值得提倡和肯定。不论到什么时候，“剧本剧本，一剧之本”的老话，大概都是不会过时的吧。

例四，“调包”计。

《红楼梦》中用薛宝钗顶替林黛玉跟贾宝玉成亲的调包计是人人皆知的。在影片拍摄中，用一稿剧本替换另一稿剧本的“调包”计，还鲜为人知。导演想拍一部自己满意的影片，但剧本未获通过。剧本要获通过，就得按有关领导的意见修改。而这些意见，导演又不愿接受，双方形成僵局。剧本通不过就不能投产，于是就想出了调包计：按有关领导的意见修改一稿，送上去拿到通过令，真正拍摄的还是未通过的那一稿。《红楼梦》中的调包计酿成了大悲剧。影片生产中的调包计的结果，也就可想而知了。

二度创作中出现的这些问题，已经产生种种难于调解的矛盾和冲突。有的编剧提出放弃署名权；有的要求改个笔名；有的经多次调解不成，诉诸法律……种种后果，均使编导关系紧张起来，不利于今后的继续合作。

那么，难道导演就不能修改剧本吗？当然不是。但是必须事先征得编剧的同意才能进行。如剧本厂方已通过，修改还须得到厂方的允许。否则，就得奉这条“鸿沟”为圭臬。

导演在二度创作之前，总要对他（她）接受拍摄的剧本发表意见的。通常情况下，主要有两种合作形式：一种是导演充分阐述自己的意见，让编剧吸收这些意见进行修改，直到导演比较满意为止；另一种是编导合作，导演也是剧本的作者之一，共同对剧本进行修改，直到通过为止。两种合作形式，前一种形式最为普遍，效果也较好。不论哪一种合作形式，导演均能对剧本做出自己的贡献。在这里，应该提倡导演对剧作的提高做些无私的奉献。因为这种奉献也包含在导演未来影片的成就之中。导演参与剧本的修改是件好事。既是参与，就要相互尊重，相互沟通，共识修改，而切不可导演擅自对剧本进行修改。

导演对剧本的擅自修改，至少会出现以下四种不良后果。

1. 擅自修改剧本是侵权行为。

从1991年6月1日起，《中华人民共和国著作权法》开始施行。在著作权法权利一节中明确规定，作者有“保护作品完整权，即保护作品不受歪曲、篡改的权利”。在“法律责任”一章中又指出：“擅自歪曲、篡改他人作品的是侵权行为，要负法律的责任。”就是说，对于编剧创作（或改编）的剧本，导演不能擅自修改。就像前面说过的那样，导演如对剧本有意见，可和编剧沟通，双方充分交流探讨，编剧会诚恳虚心地吸取导演的意见，对剧本作进一步的修改。某些导演在接受任务之后，背着编剧对剧本作超出二度创作范畴的修改，这既是费力不讨好的工作，又是侵权行为，追究起来，还得“承担停止侵害、消除影响、公开赔礼道歉、赔偿损失等民事责任”。

从法律上说是侵权行为，从编导关系上来说，既伤害了作家和艺术家之间的感情，又破坏了友谊，还影响了团结与合作，对电影事业的发展极为不利。作家和艺术家是最富有感情的人，也是最讲友谊和最重友情的人，他们在艺术上用心血和汗水凝结成的劳动成果，不仅期望得到人们的赞赏，还期望受到别人的尊重。一般说，编剧对导演是很尊重的，每一个剧本在通过之前，都要听取导演的意见，修改一次甚至数次。反过来，导演也应该尊重编剧，对他们的剧本，不能任意作超出二度创作范畴之外的修改。从生活是创作的源泉来说，编剧对他们剧本中所反映的那段生活是比较熟悉的，从孕育到构思，从初稿到定稿，要经过较长时间的艺术实践，对剧本的熟悉程度和总体把握，是接触到剧本不久的导演无法与之相比的。再说，编剧创作电影剧本毕竟是他们的本行，他们在剧本创作上的才能、技巧，要比一般导演熟悉一些、高明一些，经验也自然多一些。对大多数导演来说，写剧本不是他们的强项。他们的强项是二度创作，即把剧本出色地搬上银幕，这是他们展露导演才华的战场，在这个战场上，编剧是要俯首称臣的。拿自己的弱项跟人家的强项比试高低，取胜的希望是极小极小的。

2. 擅自修改剧本使一大批编、审工作者的辛勤劳动付诸东流。

电影剧本在投产之前，要经过好几道程序。首先是责任编辑。组稿与不组稿某个剧本，就有了责任编辑的选择。决定组稿，责任编辑首先帮助作者对剧本进行修改，到他（她）比较满意时，才推荐给剧本职能部门。这就进入第二道程序。职能部门对剧本提出修改意见，请作者再作修改。第三道程序是厂级领导审定。这道程序最为重要，它是决定剧本投不投产的最后一关。在第二道和第三道程序之间，艺委会对一些剧本也要进行讨论。它是提高剧本质量的重要一环。艺委会不是剧本职能机构，所以不算一道程序。两年前，广电部下了个文件，指出各电影制片厂准备投产的剧本，要呈送给各厂所在省、市的文化局和宣传部最后审定；重大革命历史题材电影剧本，要经过重大革命历史题材影视创作领导小组审定；合拍片剧本，由中国电影合作制片公司最后通过。经过这样一套组稿、审稿程序，剧本中已凝结着无数专业剧本工作者的辛劳。然而，有的导演，置这么多人的艺术劳动成果于不顾，对剧本任意修改，使集体的辛劳付诸东流。试想一想，导演虽是影片摄制创作的中心，可不是剧本创作的中心，也不是剧本审定的拍板人。一个人对剧本的鉴赏标准怎么能凌驾于众人对剧本的审定之上呢。这里，至少有几个关系没有处理好：少数与多数的关系；个人与集体的关系；下级与上级的关系。

在改革开放的今天，讲得最多的一句话就是管理。没有管理就会失控，就会出问题。电影剧本的一套审定制度，是多年来形成的。实践证明，它是行之有效的，是符合我国国情的。不遵守这套管理制度，将会给电影创作、影片制作和电影经济带来极大的危害。因此，在没有改革现行电影管理制度的情况下，面对二度创作中出现的问题，有关电影管理部门都应积极加强管理。

3. 擅自修改剧本，将会产生更多的法律纠纷。

前面说过，导演擅自修改剧本是一种侵权行为。在著作权法施行之前，编剧对导演的侵权行为，基本上是束手无策的。诉诸法律吧，因无法可依，法院一般是不予受理的；批评剧本被导演改坏了，导演一般是不会认账的。导演既然那样改了，笃定认为比原来的剧本好，没有这点自信和良好的自我感觉，是不会亲自动笔的。影片拍得很好，受到社会舆论的好评，这时就会听到这样的话："这是某某导演的功劳，原来的剧本并不怎么好，是导演给改好的。"反之，若影片拍得较差，受到社会舆论的非议，这时又会听到另一种论调："原来的剧本根本不行，再好的导演也拍不出好影片来。"影片未拍好，说剧本不行，把"罪过"推给编剧，不管符不符合事实，在逻辑上还说得过去。奇怪的是，影片拍好了，怎么也说剧本不行，把功劳全归导演，这就失之偏颇和不公平了。

著作权法实行以后情况就不同了。编剧可以用著作权法来保护自己作品的完整性不受侵犯。据报载，随着著作权法的公布施行，侵权行为比过去大大减少，而诉诸法律的侵权案件却增多了。这是因为人们的法律意识、法律观念增强了，不再处于束手无策和无可奈何的被动境地了。

4. 擅自修改剧本，容易引发名利之争。

无论编剧的创作，还是导演的创作，都不是为了名利。但历来的创作，又都是和名利紧紧相连的。导演修改了剧本，付出了相应的劳动，要求署名，何错之有？参与了剧本创作，就是作者之一，剧本稿酬就应该有导演一份，能说是无理索酬吗？这就牵涉到编导双方的名利问题。处理不好，就会展开一场或大或小的名利之争。不论名利之争的结果如何，都要牵动很多方面，付出很大精力，花费很长时间，破费一些钱财，而更主要的是破坏了编导之间的友谊和团结。

二度创作中出现的这些问题以及由此而产生的种种不良后果，其根源是什么呢？这是值得我们研究的问题。

首先，是创作生产管理不严。

剧本通过后，有关方面应明确规定，导演不能擅自做超出二度创作范畴之外的剧本修改工作。如有关方面认为剧本还不成熟，请编剧继续修改，直到能通过为止。过去，导演署名编剧的情况很少很少。所以，编剧一栏里大多是一两个名字。现在越发增多起来了，值得注意。剧本职能部门和投产决策者，一旦发现背离剧本的拍摄，应果断地及时采取中止发展的有力措施，不使侵权行为酿成事实。越是改革开放，越要抓住电影创作和影片制作各个管理环节。没有规章制度的，按法律完善规章制度。有了规章制度的，大家照章办事。如能抓住“管理”二字，二度创作中出现的问题是不难解决的。

其次，编导位置没有摆正。

近年来，舆论界对导演作用的宣传是应该的，导演确确实实是一部影片成败的中心人物。但不能只宣传导演和演员的功劳，而忽略剧本的作用。一部影片成功了，宣传报道遍布报纸杂志和广播电视。导演和演员参加首映式、新闻发布会、座谈会，忙得不可开交。有的还走上国内外领奖台，被观众和鲜花簇拥着。记者采访导演、演员，他们也习惯用“我这部影片如何如何”的话语。这时，细心的人们不难发现，在一片喜气洋洋、有声有色的宣传气氛中，编剧被冷落在一个遗忘的角落里。好像一部影片的成功，剧本是毫无作用的。谁都知道，编剧和导演是一部影片两个最主要的作者。按国家规定，影片字幕排名顺序，先是编剧，再是导演。剧本是一剧之本，影片的成功是建立在剧本基础上的。对两个主要创作者如此一冷一热地宣传，观众自然而然地就只注意导演，而不去关注编剧了。无怪乎中国的电影编剧在广大观众中成了“问今是何世，乃不知有汉”了。

再次，编剧队伍自身也存在着素质不高的问题。

随着电影产量的大幅度增加，原来的那支不够壮大却比较成熟的编剧队伍，远远不能满足产量的需求了。队伍的壮大，大批新人加入到编剧队伍中来，可喜可贺。但编剧的成长，是需要创作实践的，不可能在短时间内达到成熟的程度。大批新军上阵，剧本质量难免参差不齐。站在导演面前的编剧，能有多少像李準、张弦的编剧大家？面对还不太理想的剧作，导演想要更上一层楼，亲自动笔修改剧本，究其动机，善哉善哉。也确有剧本经过导演的修改锦上添花，得到编剧的认可，使之建立起良好的编导关系。但唯物主义辩证法告诉我们，不能只讲动机而不顾忌后果。

编剧队伍素质的提高，除了靠编剧创作实践的磨炼之外，还要靠评论家、编辑、剧本职能机构的专家帮助。但导演对编剧队伍素质的提高，应起更大的、更直接的作用。导演更熟悉电影的特性，换句话说，他们深谙什么样的电影剧本最符合电影的特性。正因为这样，编剧最愿意听取导演的意见。虚心听取导演意见修改出来的剧本，在电影化方面就比较突出。这是编剧向导演学习的结果。

总之，编剧队伍素质提高了，送到导演手上的是高质量的剧本，他们也就没有必要班门弄斧了。

我们主张导演不要擅自越过二度创作的界限；同样主张，编剧也不要对导演的二度创作指手画脚和过多地评头论足。导演的二度创作也应受到编剧的尊重。既然是二度创作，导演就有按照自己对剧本的理解去进行拍摄的自由权利。不同的导演，对同一个剧本会有不尽相同的理解，这种艺术观赏、审美和追求的不同理解，很难跟编剧完全一致。照剧本的“葫芦”画个影片的“瓢”，这样的导演还是个匠人，而拍出自己对剧本独特理解的导演，才称得上是艺术家。

这篇导演二度创作乱弹，对某些导演来说，可能带点刺儿，但本意不想刺伤任何人，只想引起有关方面的注意和重视，解决好二度创作中出现的新问题，建立起新型的编导关系，我们影片的质量就会大大提高。

（原载《电影创作》1993年第1期）

美哉，模特儿

——《模特儿的风波》组稿刍议

关于《模特儿的风波》，我想发表一点刍议，概括起来是两个方面：一是关于剧本本身的絮语，叫作题内篇；二是关于剧本之外的一些杂感，称之为题外篇。

题内篇

话得从1983年夏天说起。《青春》（丛刊）创刊号上发表一篇报告文学《美在斯》，主要描写画家刘海粟年轻时提倡画裸体模特儿的一段曲折经历，我觉得这个题材很新颖，在中国银幕上还是个空白。我有意想填补这个空白，但又觉得这是个棘手的题材，前途难卜，所以迟迟未和作者姜滇联系。事有凑巧，同年9月7日，在南京开往杭州的列车上，偶然邂逅了姜滇，谈了我的看法。姜滇对把这个题材搞成电影剧本很感兴趣，也很有信心。这样，列车上的组稿工作就顺利成交了。

当时我想抓这个剧本的主导思想是什么呢？一不是为了猎奇，二不是为了什么票房价值。我感兴趣的是以下三点：一是年轻时候刘海粟的形象很可贵，很可爱，很值得歌颂；二是这个题材很有现实意义，对那些仍然具有封建思想意识的人，也能起到一点宣传教育作用；三是作为传记题材，时间跨度很短，中心事件那样集中突出是很不多见的。

在两年多的时间里，姜滇、姜川兄弟俩断断续续写了几稿，现在总算和读者见面了。对于剧本的优点，我不想在这里评说，让读者自己去自由评论。我主要想谈谈剧本的不足之处。我想，一个好剧本不会因为你指出它的不足而变成坏剧本，相反，坏剧本也不会因为你吹捧它而变成好剧本。不过，在我评头论足之前，还得鼓吹一句，那就是这个剧本已经为影片的拍摄提供了一定的基础。

剧本的不足之处主要有以下几点：

一、剧本的深度和广度不够

深度和广度，当然是指主题思想而言。剧本反映的时代背景是20世纪20年代初，五四运动的浪潮刚刚席卷而过，新文化运动正在中国兴起。中国知识分子高举反帝反封建的旗帜，在向旧世界宣战。刘海粟创办上海美术专科学校，提倡画裸体模特儿，就是在这种思想的影响下产生的。他和旧势力的斗争，应该是新文化运动的一个组成部分。这一点在剧本中看不出来。所以，刘海粟的斗争就显得孤军奋战，除了学校里的几个先生和学生外，就几乎看不到别的方面的同情和支持了。作者也有他们的难处。他们很想弥补这方面的不足，为此，查阅了大量的资料，没有找到可用的材料。这是搞传记题材作品的一个局限性。

深度不够，主要表现在刘海粟形象的塑造上。像刘海粟这样一个年轻画家，卷入那样一场尖锐复杂的斗争漩涡之中，他的内心世界一定是非常丰富的，无论是喜悦还是苦恼，都应该牵动和震撼读者的心灵，激荡起感情的波澜。现在的刘海粟形象，震撼人心的艺术感染力不够，这大概是直接影响作品深度的一个原因吧。

二、剧本的构思不够新颖独特

剧本采用一般的、最常见的构思方法，围绕模特儿这个中心事件，形成两条主要矛盾斗争线，争来斗去，直至结束。按说这不能算什么缺点和不足，只是对这个题材的喜爱，总想对它提出更高的要求，望它能达到更理想的艺术成就。但有一点是应该承认的，在剧本构思上缺少执着的追求和新的探索精神。这不全是作者的责任，更不是作者的创作技巧和创作能力的问题，而是我这个责任编辑的水平不高。我受报告文学《美在斯》的影响，觉得它的路子可以了，从没有特别提醒过作者，在构思上要标新立异，另辟蹊径。

三、充当模特儿的人物太多

剧本中写了四个模特儿，他们是和尚、夏荷香、薛幼梅、范玉青。我以为四个模特儿太多了。模特儿一多，笔触一定分散。四个模特儿，就有四种不同的思想状况，要把他们层次清楚地、细致入微地刻画出来，就要花费很多笔墨。显然，一部影片的容量是不允许花费这么多笔墨的。正因为这样，四个模特儿的内心世界都展现得不够充分。如和尚自愿充当模特儿前的思想活动，就很少展示；夏荷香被逼疯之后，连个交代也没有了；薛幼梅那么晚才出场，显得突然。她一出场就充当模特儿，一时使读者摸不清她的思想脉络；至于范玉青代替薛幼梅充当模特儿，虽然戏写得很精彩，很动人，但似乎不合范玉青的思想性格特征。薛幼梅因为要成为刘海粟的妻子，就不能让她当模特儿，这无疑是一种旧思想。这种旧思想、旧习惯势力，正是范玉青这样的人要反对的，剧本的立意就在这里。这样处理的结果，把要冲破封建罗网的人，一笔投入了罗网之中。范玉青代替薛幼梅充当模特儿，在情节上是可取的，但从刻画范玉青的性格方面来说，它却是个败笔。

描写四个模特儿，不但不利于深入刻画各自的形象，也分散和减少了刻画刘海粟的笔墨。刘海粟是剧本中要塑造的主要人物，刻画模特儿的形象，也是为了塑造好刘海粟的形象。我曾经提过建议，最好集中笔墨写一个模特儿，贯串始终，艺术效果可能会更好些。但实践起来又感到有很多困难，难以实现。艺术创作就是这样，想到了不一定能做到，做到了，又不一定能令人满意，留下的往往就是“遗憾”两个字。

四、刘海粟的对立面人物多了些

刘海粟对立面人物，主要者就有朱葆三、曹百勋、孔志贤、盛炳年、危道丰和孙传芳等六七个之多。像模特儿一样，对立面人物太多，就很难刻画好每个人的独特形象。下棋讲究棋逢对手，将遇良才，才有精彩的棋艺好看。设置人物关系，组织矛盾纠葛，也要求斗争双方的主要人物集中突出，他们互为对手，互相衬托，斗争起来才有好戏可看。现在，让刘海粟与六七个对立面人物交锋，有的只接触一下就过去了，有的基本上没有什么接触，有的接触得不够深入，还有的只能在纸上笔战。要想把这么多对立面人物刻画好，再高明的作家也是很难达到的。

还有，因为对立面人物太多，有些情节的发展就显得不够自然流畅，戏有一块一块之感。不知这个感觉是否准确?

我以为，对立面人物集中些较好，最好集中在两三个人物身上，而且也不要平均使用力量，有所侧重，有所突出。如果这样，对立面人物形象会比现在给读者的印象更鲜明些。

五、男女同校一段似乎可以删去

这个剧本是写模特儿风波的，模特儿这个单一集中的中心事件，是剧本的特色之一。要保持和突出这个特色，就不宜再添旁枝。男女同校的矛盾描写约占剧本的五分之一，这点篇幅是很难把这个矛盾写深写透的。我主张删去的目的主要不外乎三点：一是保持剧本中心事件单一的特色；二是使剧本在结构上显得紧凑；三是缩短剧本的长度。我是主张电影剧本写得短些的，为此，曾专门写过一篇拙文:《把电影剧本写得短些吧！》。

但是，男女同校的描写，为什么还保留下来呢？大家知道，对一个剧本，剧本中的情节，甚至一个细节，每人会有不同的看法和艺术处理方法。作家写它有他们的想法和意图，我们看它也会有自己的评说，这中间常常有矛盾。我们做编辑的应多尊重作家，没有必要迫使作家硬把它删掉。

六、传记题材的历史真实和虚构问题

《模特儿的风波》从开始创作时，我们就明确了这样的指导思想：大的历史真实和历史事件不能虚构，而在某些情节、细节、人物上，可以适当地加以虚构。大真实小不真实，在传记题材作品中是应该被允许的。不然，处处拘泥于真实，那还有什么戏可写呢？

因为种种原因，作者是不情愿用刘海粟的名字的。而我却是一个顽固派，一直主张用刘海粟的名字。其原因不外乎以下几条：

第一，时代、环境、某些人物都是真实的，为什么唯独刘海粟就不能，或者说不敢用真名字呢？上海美术专科学校是刘海粟等创办的，画裸体模特儿是刘海粟提倡的，刘海粟与朱葆三、危道丰、孙传芳等人的斗争，震惊过舆论界，热闹过上海滩，尽人皆知，这是无法躲避的。既然躲不掉，就不如不躲，公开真实身份。实写比虚构更真实。

第二，我觉得用真实名字影响可能大一些。

刘海粟是当代中国画坛上最有影响的画家之一，他的名字，无论在国内还是国外，都叫得很响亮。用刘海粟的名字比用一个假名字，影响要大得多。

第三，用假名字会吃虚构不足的亏。剧本受真人真事的限制，它的戏剧性当然不如虚构的故事片那样强烈。现在的剧本介乎一般故事片和传记片之间，即虽没能像一般故事片那样的自由虚构，又比一般传记片的虚构成分多一点。正因为这样，用真名字就可以弥补一下虚构不足的弱点了。读者见到刘海粟的名字，就不会像一般故事片剧本中具有的强烈戏剧性来要求了。用刘海粟的名字，标明这个剧本是传记题材，传记题材的剧本，真实要重于虚构。

当然，我也不是绝对反对用假名字，如是那样，则要彻底摆脱真人真事的限制，真正地“假”起来。不过，这样创作出来的剧本，就不是《模特儿的风波》这种样式了。

题外篇

在银幕上描绘模特儿斗争的风波，在银幕上闪现一下人体美，这在中国电影史上恐怕还没有记载过。剧本的发表，闯了一块被长期禁锢的禁区，这一点应该值得称颂，因为它扩大了银幕题材的范围。但何时能把文字形象变成银幕形象，就是一个现实的问题了。

在组稿过程中，我听到不少对剧本的关心和担心的议论。是啊，光模特儿三个字就够刺眼的了，还想把它搬上银幕，那不叫观众闭眼睛吗？我的题外篇，正是有感于此而发的。

剧本题材好，这是异口同声的。搬上银幕将是一部有特色受欢迎的影片，大家也有一致的预料。但人们却都在关心，这个模特儿将会受到怎样的评价和对待？有的说，丑媳妇是怕见公婆，而这个“美媳妇”恐怕很难见到公婆。我对这个问题是抱乐观态度的。时代在前进，在变化，人们的思想观念也在变化，也在进步。曾几何时，穿花衣，穿牛仔裤，甚至穿西装，都被看成是资产阶级的生活方式，而今不是变成社会主义化而习以为常了吗？曾经一度被取缔的模特儿，不也公开登报招生了吗？我想，时代已经进入20世纪80年代，无论是观众还是领导，还把模特儿视为洪水猛兽者，恐怕多乎哉不多也。我关心的倒是如何肃清和消除人们头脑中潜存的封建意识，这项工作既需要时间，也需要精力。我以为，我们过去在这方面宣传不够，正确的引导不够，只采取禁止和躲避的方法是不行的。

人体到底是美的还是丑的？长期以来，我们不敢接触这个问题，也不敢在这个问题上进行实质性的探讨和宣传。

人体艺术，早就在世界艺术史中占有灿烂夺目的一页。对这门艺术，我缺乏起码的知识，连它起于何时也说不清楚。从书本上看到过一点资料，说我们现在能够看到的最早的女性裸体雕像，是二万五千年前的雕刻作品。这使我惊叹不已。在这么早的远古时代，人类就在塑造自身的美了！随着人类对自身美的崇拜、自豪、欣赏，人体艺术就逐渐超出了“人体美”的范围，不过，这种发展过程是极其缓慢的。发展到古希腊和意大利文艺复兴时期，人体美已成了能够表达种种思想感情的艺术手段，一种非常富有形象表现力的艺术语言。在这一时期里，人体美才得到艺术家们的充分表现和认识。看吧，美神维纳斯诞生了！米开朗琪罗等一大批雕刻艺术家出现了，大批裸体艺术作品被创造出来。丰富的人体艺术实践，使古希腊哲学家们认识到，人体具有万物中最匀称、最和谐、最庄严和最优美的特色。他们还指出，由于母系社会对女性的崇拜，女性人体又早于男性人体出现在美术作品中。19世纪法国的伟大雕刻家罗丹，不但在人体雕刻艺术上取得了突出的成就，而且在人体美的理论建树上，也做出了很大的贡献。《罗丹艺术论》这本书，就比较系统地论述了他在这方面的杰出贡献。下面请允许我摘引几段话，以飨读者。

“没有什么比人体更美……人的身体传达各种各样的感情，当你给它穿上衣服后，你就隐藏了这些感情，压抑了这些感情，歪曲了这些感情。”

“在任何民族中，没有比人体的美更能激起富有感官的柔情了。”

“美，就是性格和表现。而且，自然中任何东西都比不上人体更有性格。”

“我们在人体中崇仰的不是如此美丽的外表的形，而是那好像使人体透明发亮的内在的光芒。”

应当指出的是，罗丹在人体美的论述中，也有不健康的因素，就是上面摘引的个别词句中，也有所流露。但这是白玉中的微瑕，今人也不必苛刻地要求古人，我们吸收那些正确而有艺术价值的部分就是了。

可以说，人体美在国外，特别是欧、美各国，一直被看作是美的艺术，而被广泛地接受和欣赏的。罗丹的裸体雕像《吻》就被复制在巴黎地铁车站的站台上。然而，在中国情况就大不相同了。作为人体艺术，只在极少数人中间存在着。公共场所更不会出现它们健美的形象。在相当一部分人中间，人体艺术被罩上一层极神秘的色彩。这当然与旧的传统和习惯有关，但也并不尽然，这当中还有封建僧侣式的虚伪观念在作怪。人体明明是美的，人体艺术那就更美了，可是他们表面上却要把这美说成是“丑”的，而且不是一般的“丑”，简直“丑”得可憎可怕。但是暗地里和私下里，他们也认为人体是美的，也想欣赏这种美，只是不敢公开袒露出自己真实的灵魂，审美活动也只能暗暗地、偷偷摸摸地或打着批判的旗号进行。这种口是心非的虚伪状况，是十分可悲的，也是可憎的。好像把美的人体说成“丑”的，思想就最高尚、最纯洁、最革命了，而在人体艺术上说了真话的人，却被看成灵魂丑恶和动机不纯的“罪人”。完全颠倒了黑白。刘海粟与曹百勋、朱葆三、孙传芳的模特儿之战，正是对当时十分顽固的封建僧侣式的虚伪观念的一次有力冲击，其精神是可贵而勇敢的。可惜，以后没有二次、三次有力的冲击，所以这种虚伪的观念直到今天仍然存在。我想，这个剧本的发表，也算一次小小的冲击吧。

除了虚伪的观念之外，还有“国情”论。电影是最有群众性的艺术，它必须符合中国的国情，这是毫无疑问的。但要弄清楚什么是当代中国的“国情”。我以为，概括起来说，四化建设是当代中国最大最基本的“国情”。一切有利于四化建设的影片，就合乎“国情”，反之就不合乎“国情”。近年来，在极少数影片中，确实出现了一些低级庸俗，乃至很不健康的东西，这些东西不符合广大观众的欣赏习惯和接受能力，有悖于“国情”。这是我们应该防止和加以克服的不良倾向。但是，我们同时也应该注意另一种倾向，不能把旧的习俗和人们思想上的种种模糊认识，说成是现在的“国情”。要看到，随着时代的前进，社会的发展，人们思想的变化，“国情”也是在变化的。就拿剧本中反映的时代来说，刘海粟实行男女同校，被一帮封建卫道士们视为违反“国情”。至于刘海粟提倡画裸体模特儿，那就更不合乎当时的“国情”了。旧势力的维护者，往往是打着维护“国情”的旗号来反对新事物，因袭旧的世俗之见。时间已经过去了六十多年，什么男女同校授受不亲呀，画裸体模特儿有伤风化呀，不再是现在的中国“国情”了吧。旧的会被新的东西所代替，这是社会发展的规律。

作揖的习惯，不是早就被握手所代替了吗！谁能断定，这握手的习惯，就不再变化了呢？过若干年之后，谁能说中国人见面，就一定不会拥抱呢？还拿模特儿来说吧，六十年前，刘海粟为招收模特儿而操心、苦恼、战斗，招生广告贴出去，多日无人应考不说，反而招来种种非议，引起一场风波。而现在呢，报纸上一登出招生模特儿的广告，应招者纷至沓来，报考人数超过招生人数几十倍，甚至几百倍，这难道不是一种国情的变化吗？

人体艺术发展到今天，已经成为有高度概括力和象征性的艺术品，在世界绝大多数国家里，受到人们的重视和喜爱，但在中国还未能被广大群众正确理解，这不能责怪这些群众，而与我们正确引导和宣传介绍不够有很大关系。我以为，我们应该帮助这些群众，划清裸体、裸体艺术与黄色、淫秽污染的界限，使裸体艺术自然成为人们日常生活中的一部分。

毛主席说过："画男女老少裸体模特是绘画和雕刻必需的基本功，不要不行。封建思想，加以禁止，为了艺术学科，不惜小有牺牲。"毛主席指得很明确，"封建思想"才"加以禁止"。所以封建思想存在一天，禁止模特儿的风波就会存在一天。不过，在平常的日子里，还漾不起什么波浪。然而一遇到运动，一搞什么批判，一清除什么精神污染，或社会上的犯罪率上升……裸体模特儿就成了众矢之的。其实，运动的确有该"运动"的对象，批判中确有该批判的东西，清理精神污染中确有该清理的污垢，但简单化地归罪于裸体模特儿和影片中多露点女人的肩膀、大腿……就失之偏颇，不能令人信服了。可以说，多少年来，模特儿一直是被错划和冤屈了的美人儿，难道这样的历史，还要继续下去吗？难道这样的"冤案"不应该给予平反吗？

现在有一种很不正常的社会风气，由于一些人的无知，或者说是缺少文化修养，而把人体艺术视为淫秽污染的东西。这就混淆了人们的视线，造成思想上的混乱。其实，裸体同淫秽污染有天渊之别。无论从它们的目的、动机和社会效果来说，都是完全不同的。描绘人体是为了明察人体构造，表现人体的美丽、纯洁和人类的伟大生命力。它是一门严肃的艺术学科，一切淫秽污染的东西是它的大敌。

在我们的影片中，不允许有黄色的东西存在。但什么是黄色的，什么是好的人体艺术？也要划清界限。一见到裸体，就说是黄色的，就一概排斥，这是不对的。排斥的结果是什么呢？往往是黄色的东西，通过各种各样的渠道和方式到处泛滥，去腐蚀人们的思想和灵魂，把一些人引入歧途，甚至走上犯罪的道路。而确能给人们健康、崇高美的享受，并能培养人们生机勃勃、活泼进取的审美意识的裸体艺术作品呢，却倒真的被排斥掉了，不能得到公开的宣传。美的得不到宣传，人们又怎能用健康、高尚、纯洁的东西，去抵制那些低级、庸俗、丑恶的东西呢？人体，谁不有之，这本来是正常的事物。然而一加禁止，倒会使人产生不正常的心理。“看见白臂膊立即联想到全裸体，立即想到生殖器，想到性交，想到杂交，想到私生子，中国人的想象力唯独在这一层有如此的飞跃。”鲁迅先生这段话，说得多么尖锐而又深刻啊！溯其根源，这种敏感症，不正是禁锢的恶果吗！

前面说过，组《模特儿的风波》这个剧本，不是为了猎奇和票房价值，即不是为了在银幕上展现那只有几秒钟的几个裸体模特儿的镜头。我不主张在中国银幕上大量出现裸体模特儿的镜头，特别反对出现跟影片内容毫无关系的裸体镜头，其原因也很简单，一是不能照搬照学外国的东西；二是银幕形象和美术作品的欣赏面，以及给观众的艺术感染力不同，要更加注意它的社会效益。但是，像《模特儿的风波》，我以为是可以而且应该出现模特儿的镜头的，它是因为模特儿而引起的一场风波，如果我们连模特儿这个中心事件都不敢去表现一下，那么，我们不也成了孙传芳式的人物了吗？那就失去了拍摄这部影片的意义。毛主席不是说“不惜小有牺牲”吗。因此，我们不能因噎废食，因为怕出现模特儿的镜头，而把一个思想性好的剧本束之高阁。

义所当为，毅然为之啊！

（原载《电影创作》1986年第1期）

也谈电影作品的策划

2001年《电影创作》第5期，发表了文章《论电影作品的策划》，对当前影视策划这一现实而又热门的话题作了全面又略带权威性的论述，读后很有启发。我作为影视圈中的普通一员，对影视策划略有所知，因而对文中的某些论述感到有商榷的余地。

影视策划越来越被影视界所重视，这是改革潮流的需要。影视策划已成了整个影视创作宣传中的重要组成部分。

现在全国各个影视部门，基本上都有各自的策划机构。这些策划机构的名称不尽相同，有的叫策划部，有的叫策划室，有的叫策划中心，但其基本职能是完全相同的，就是负责影视策划工作。追溯其历史，这新的机构与它的职能是有继承性的。它基本上是由编辑部和文学部演化而来的。

在改革开放前的30年中，影视界没有策划机构，那时全国高度统一，一律叫编辑部。编辑部的职责非常明确，负责电影文学剧本的组稿和创作工作。进入20世纪80年代中后期，编辑部就纷纷被文学部所取代。名称虽然改了，但其基本职能并没有改变，仍是各制片厂提供电影剧本的唯一职能机构。到20世纪90年代中期以后，文学部逐渐衰落，有的随着编创人员的离退和裁减而归于消亡；有的则被撤销，留下极少数人组成新的机构——策划部或策划室或策划中心。这就是策划机构的简单演变历史。

现在的策划部门，仍是影视文学剧本的组织管理部门。把它与过去的编辑部和文学部相比较，也确有某些变化，我以为主要表现在工作重点的转移上，即大大削弱了创作和组稿工作，重点抓策划工作。影视策划，现在正处在方兴未艾特别受宠的时期，讨论它的地位与作用，是非常及时，非常必要的。

我以为，《论电影作品的策划》对策划的作用过于夸大，如："就目前来说，中国电影业缺乏的仍然是策划人才。中国电影要提高发展，必须要有高素质的策划人才。”“我国电影业必须提高策划人的素质，具有一批高水平的策划人才，以实现我国电影与世界电影的接轨。”“贯穿影视创作始终的策划工作是一个名副其实的系统工程，从某种程度上说，它比作品本身需要更多的智力含量和更为广阔的思维空间。”等等。

从这些论述来看，策划的作用在影视创作中是举足轻重的，中国电影的发展与提高，好电影的出现，与世界电影的接轨等历史重任，都寄托在这影视策划上了。这似乎偏颇到“策划决定论”上去了。

策划的作用果真有这么神？这么灵？鄙人是持怀疑态度的。其实，近几年来的影视现状，已经回答了这个问题。策划的作用真有这么大，至少中国电影就不会是现在的面貌了。

我以为，“策划决定论”是不符合电影创作的规律的。电影创作的根本规律，主要反映在两个方面，一是剧本创作，二是导演创作，即通常所说的一度创作和二度创作。策划在这两度创作中，起不到根本的决定性的作用。如果把两度创作看作“本”，策划只能是“末”，这才是两者之间的正确关系。若把本末倒置过来，很难达到“中国电影的提高发展”。

在一度创作和二度创作中，一度创作是基础。二度创作是在一度创作的基础上进行的。所以，中国电影的提高和发展，还需建立在抓基础上——电影剧本的创作。这当然是老生常谈。但只要它有道理，符合创作的规律，就要老生常谈，常抓不懈。没有好剧本，就没有好的影视片，这是影人皆知的道理。而好剧本，肯定是作家创作出来的，不可能靠策划人才就能单独策划出来。因为策划本身不等于创作，再天才的策划人员，也代替不了作家的创作。

我还在报纸上看过一位著名导演谈策划的讲话，他说：“好电影是策划出来的”，我听了大为震惊。好电影的出现，当然会有策划人员的贡献与功劳，但主要功劳，还应当归于编剧和导演及其有关的创作人员。这几乎是不争的事实。再说点微词，有时一部影片成功了，连编剧都沾不上功劳与荣耀，风光全被导演独吞独占了，谁还会想到或者承认好电影是策划人员策划出来的。而且策划中还存在着某些假象——挂名策划。他们不是真正实干的策划者，只是在剧本基本定稿时看看本子，待影片拍成时，就成了字幕上策划人或总策划人。而真正的策划人，字幕上未必有他们的名字。所以，观众不能盲目相信眼见为实，那样会误将挂名策划人当成了实干的策划人。

“贯穿影视创作始终的策划工作是一个名副其实的系统工程，从某种程度上说，它比作品本身需要更多的智力含量和更为广阔的思维空间”对于这一说法，也令人不敢苟同。策划，说到底主要是为了适应市场，使影视片适应商业市场的需要。好莱坞的策划就是这样。不过人家打的旗号是营销策划，而“贯穿影视创作始终的策划”，恐怕他们也很难完全做到。

我认为，现在的影视策划，基本上是两个方面：题材策划和市场策划。

严格地说，题材策划，其实并不是影视改革中出现的崭新事物。新中国电影事业发展的各个阶段，都有题材策划，不过那时称为题材规划。规划肯定要进行策划，搞什么题材不搞什么题材，什么题材列为重点，什么题材配合党的中心工作等，这些都是规划的内容。那时候，各个电影制片厂，每年至少做一次题材规划，并打印上报电影局。电影局还要召开题材规划会议，进行题材方面的交流、讨论、研究，并做补充、调整、转移交换和避免题材撞车等工作。在计划经济时期，政府每年要对各电影制片厂下达指令性生产指标，而且要求各类题材的比例，如，现实题材是多少部，历史题材是多少部，儿童片几部，喜剧几部等。大厂还要求探索影片的任务，这是计划经济时期电影主管部门的一项重要工作。

当然，现在的题材策划，很少有政府行为和行政干预。题材策划完全是为了适应市场需要。如果说过去的题材规划主要是解决题材比例，从而确保党的文艺方针政策在题材上的体现，那么现在的题材策划，主要是寻求题材本身在商业市场上的卖点。若武侠片能卖钱，就多多策划武侠题材的影片；若青春偶像片大受青睐，就抓紧策划青春偶像片的题材；若言情片适合青年观众的口味，就千方百计策划言情题材的影片；若古装戏说片老少咸宜，火爆电影市场，就搜索枯肠策划古装戏说片……这就像《论电影作品的策划》中所说的那样，是立足于适应观众和征服观众的。

过去的题材规划，基本上不考虑适应观众的问题，那时的电影是皇帝的女儿不愁嫁，不需要去适应观众。政治因素才是题材规划的出发点和归宿点。题材规划时期，无疑有题材决定论的思想，把重要和重大题材视为代表着正确的文艺方向。现在的题材策划，除极少部分考虑到弘扬主旋律的因素，即仍旧带有题材决定论的色彩外，绝大多数都是市场策划。为了弘扬主旋律的影片，属于主旋律策划的题材，还能得到来自政府方面的经费资助，而纯市场题材的策划，是得不到这方面的资金补助的。

电影走向市场，题材策划当然要随着变幻莫测的市场变化而策划，这是无可厚非的。题材策划任何时候都是需要的，但应该清醒地认识到，题材策划再好，策划人才素质再高，高到比“作品本身需要更多的智力含量和更为广阔的思维空间”，也仍然不能代替影视作品本身的创作。还得回到那句老话上来，“剧本剧本，一剧之本”。我不否认策划在电影创作中的作用，但它既难以贯穿影视创作的始终，也不可能代替一度创作和二度创作。所以“好电影是策划人员策划出来的”说法，既不符合影视创作的实际情况，也不会得到编剧和导演的接受与承认。好电影肯定无疑是创作人员呕心沥血创作出来的。无论在剧本创作阶段，还是拍摄创作阶段，都是策划人员难以施展“更多的智力含量和更为广阔的思维空间”的。在剧本创作阶段，编剧虽能听到策划人员的策划高见，但是笔终究是掌握在编剧的手里，不一定能如愿策划者的理想愿望。再加上编剧自身的创作水平、艺术追求、生活积累等因素，欲使美好的策划变为预期的电影作品，也不是十拿九稳的事儿。打个玩笑比方吧，欲策划一部反映封建社会兴衰的长篇小说，比如叫《红楼梦》，再去挑选作者来创作，就真能创作出这部不朽的名著来吗？除非你碰巧找到了曹雪芹。可话又说回来，曹雪芹在没有写出《红楼梦》之前，再高素质的策划人才，也不会去找他写《红楼梦》呀？这当然是个玩笑比方，是为了说明，有了美好的策划，不一定能找到合适的作者来完成策划者的精心策划。这就是艺术创作的复杂性。

如果说剧本创作阶段，策划人员有可能有机会参与创作策划的话，那么，进入摄制阶段，策划人员恐怕连边也沾不上了。影片制作阶段，不要说策划人员鞭长莫及，就是影片摄制厂家的领导及有关的审片人员，也左右不了二度创作，还有多少制作策划可言呢。曾多次发生过这样的事儿，导演按策划和领导的要求写出了分镜头剧本，为的是能拿到通过令，而进入拍摄时却按另一套方案拍摄。到有关方面发现，生米已经做成熟饭，只好无可奈何地给予迁就。这倒也是一种策划，只不过是导演的策划，而不是策划部门的策划。由此看来，策划不可能“贯穿影视创作始终”，有的创作阶段，它是英雄无用武之地的。

那么，策划的最主要作用在哪里？我以为就是前面谈到的题材策划与市场策划两个方面。题材策划永远是策划部门的重要工作。弘扬主旋律，提倡多样化，就需要精心策划。怎样弘扬主旋律，怎样实现多样化，既需要宏观全局性的策划，也需要具体而细致的创作构想方面的策划。有时为了旗帜和方向，明知缺乏市场效益的题材策划，也得进行策划。题材策划应注意两种倾向，既不能穿新鞋走老路，搞题材决定论，也不能偏向题材无差别论。在当前，尤其要注意克服后一种倾向。在市场经济的大环境下，为了经济效益，题材策划容易向题材无差别论一边倾斜。

策划最能大显身手的地方是市场策划。题材策划搞得再好，未来成果是有不确定性的，更不会有立竿见影的效果。而市场策划搞出了声势，包装和炒作搞得轰轰烈烈，红红火火，很快就能财源滚滚而来。这是策划的强项，是策划之所以被重视和走红的原因。票房市场证明，同样质量的一部影片，有营销策划和没有营销策划不一样，策划好的与策划差的也大相径庭。过去说好酒不怕巷子深，在市场竞争激烈的今天，也不大灵验了。好酒还得要好吆喝，要不然，那些名酒厂家也不会花几千万甚至上亿元钱去做广告。

只要有影视存在，就需要影视策划，而且是全方位多角度多层次的策划。但光靠策划，是振兴不了中国电影的。在培养和提高策划人才素质的同时，千万别忽视创作队伍的培养与建设。有了一支高素质高水平的影视创作队伍，再有一批高素质的策划人才，中国电影的提高与发展、振兴与辉煌才有希望。

（原载《电影创作》2002年第1期）

“电视电影”质疑

鄙人实在孤陋寡闻，到1999年初才听到“电视电影”这个名称。那时有人请我推荐“电视电影剧本”给电影频道拍摄“电视电影”。我当时丈二和尚摸不着头脑。别看干了几十年的影视工作，略知电影和电视为何物，也了解电影和电视的一些基本常识，但何为“电视电影剧本”，何为“电视电影”，却闻所未闻，一无所知。实在孤陋寡闻啊。

“什么叫‘电视电影剧本’和‘电视电影’？”我不耻下问。对方还真被我问住了，一时说不出明确的答案来。他倒挺诚实地说：“这个问题我也回答不上来，我是鹦鹉学舌，人云亦云。不过据我所知，好像就是把电影剧本拍成电视片在电影频道上播出，就叫‘电视电影’了。”

打那时起，我就留心起“电视电影”来。东听到一句，西听到一句，拼凑在一起，逐渐知道了“电视电影”产生的一些情况。

电影频道自建立以来，虽只有几年的时间，就把过去几十年拍摄的电影故事片基本播完了，急需新的影片补充播映。而新影片数量极少，远远满足不了电影频道的播出需求。老是重复地播放老影片，观众自然很不满足。为了解决新片源不足的矛盾，就策划出只供给电影频道播出的电视片，策划者们就给起了个新名字：“电视电影”。这大概就是“电视电影”产生的简单经过。

按理说，一个影视艺术新样式的诞生，应该在实践和理论两个方面具备一定的基础，才有利于它的存在和发展。而“电视电影”恰像一个早产的婴儿，过早地降临到人世间，必然会存在许多先天不足，甚至后遗症。

在苦于见不到理论上的阐述时，终于看到了1999年8月24日《文艺报》头版上登载的一条新闻：“倡导电视电影新形式——《新剧本》10万元大奖征稿”。这条消息报道了北京《新剧本》杂志的一项新举措，它与中国文联音像出版社联合举行“相约2000 大型‘电视电影剧本’全国征集活动”。征稿函中说“‘电视电影’是一个全新的艺术形式”，并对“电视电影”从形式到内容，从接受方式到长度，都做了阐述和规定，是到目前为止我看到的见诸文字的权威概括。今年3月份，在电影频道上，又认真地看了两部“电视电影”——《今宵多珍重》和《献上我的爱》。于是就产生了我对“电视电影”的质疑，不揣肤浅，亮出来供方家斧正。

请看权威者对“电视电影”的文字规范：“‘电视电影’是一个全新的艺术形式，以成本低廉、制作精美而早已在国外为荧屏新宠。由于是荧屏上的电影，所以更注重悬念迭（应为跌——笔者）宕起伏，故事曲折感人。‘电视电影’在国内的推出，将为剧作家们开拓出更广阔的创作新天地。”

细心的读者不难看出，这段话中的“全新”与“早已”是相互矛盾的。既然是“早已”了，哪还称得上“全新”可言。同时，也不符合国外的实际情况。试问，“早已”的国外，果真有“电视电影”这个“全新的艺术形式”吗？如果不是笔者的无知，似乎没有这个在中国才刚刚诞生的新概念。压根儿就没有“电视电影”的新形式，哪还谈得上什么“荧屏新宠”。不过，这段话中那句“荧屏上的电影”，倒是令人玩味的。“荧屏上的”电影，无疑是为了区别“银幕上的”电影。可这样一来，不是把“全新的艺术形式”的“电视电影”，又纳入电影的范畴了吗。因为不论是荧屏上的电影，还是银幕上的电影，本质上仍然是电影。

我们用“电视电影”的文字规范，去与电影的特点相比较，结果惊奇地发现，号称“全新的艺术形式”的“电视电影”，原来与电影大同小异。

拍摄“电视电影”，首先得有剧本。征文中只说“面向全国有奖征集‘电视电影剧本’”，而没有对“电视电影剧本”作任何说明。过去我们只见过电影剧本和电视剧本，从未见过“电视电影剧本”。我想，既然“电视电影”是“全新的艺术形式”，那么，“电视电影剧本”也必然是“全新的艺术形式”了。不知是疏漏还是有其他原因，对这个“全新的艺术形式”却没作任何规范和界定，只要求“主题积极向上，创意新颖，构思独特，情节起伏跌宕，故事丰富多彩，语言贴近生活，人物真实感人。”这些要求无疑是正确的，质疑在于它们跟电影剧本和电视剧本有什么不同之处？其实，这次面向全国征集的“电视电影剧本”，与老资格的电影剧本完全相同。既然如此，

"电视电影"的"新瓶"里装的仍然是电影的"陈酒"，怎么可能拍出与电影迥然不同的"全新的艺术形式"的"电视电影"来呢?

常言道，"剧本剧本，一剧之本"。一剧之本相同，再天才的导演也无法照着猫画出虎来。再说，"注重悬念起伏跌宕，故事丰富多彩、曲折感人"，不是一部一个半小时左右的电影、电视剧最主要的特征，相反倒更接近、更符合长篇电视连续剧和超长电影的特性。

征文对"电视电影"的长度要求，从对"电视电影剧本"的长度要求来看，也与电影是相一致的。"长度和一般电影剧本相同，文字在3万字左右。"我看过的两部"电视电影"《今宵多珍重》和《献上我的爱》，均相当于一部电影的长度，和现在的两集电视连续剧的长度差不多。

无论从剧本创作、题材内容、长度规范，还是表现形式，"电视电影"仍然没超出电影的范畴和概念，称不上什么"全新的艺术形式"。

我无意说"电视电影"与电影完全是一回事。它们当然有不同之处，这至少表现在两个方面。一是拍摄载体的不同，电影是用胶片拍摄的，而"电视电影"是用磁带拍摄的；二是播映方式的不同，电影主要在电影院里放映，"电视电影"则直接在电影频道上播出。这是两个最显著的不同之处，观众在欣赏中就能直接感知到。如果只从观众的角度来说，播映方式的不同，倒是名副其实早已被电视机和现在的家庭影院淡化了。没有电视的时期，电影只能通过银幕与观众见面，这是唯一的接受方式，别无选择。后来随着电视的发展，人们坐在家里，打开电视机就能看到电视台播放的电影了。正因为这样，电影才被电视冲击得极不景气，一年一年大滑坡。说到底，"电视电影"与电影的不同，仅仅表现在拍摄载体方面。仅就这一点不同，就把"电视电影"说成是"全新的艺术形式"，无论在理论上和实践上，都是站不住脚的。

其实"电视电影"是不难寻找到自己的确切名称的。我以为最好的冠名就是"电视故事片"。

还得从电影故事片说起。我翻阅了《电影艺术词典》，它对电影故事片是这样界定的："由职业或非职业演员扮演、具有一定情节的艺术影片。电影的四大类别之一。是影片生产的一大门类。""故事片以其反映复杂多样的人类社会生活和人的内心世界而显得丰富多彩；因各个创作者的思想倾向、创作方法和艺术格调的不同而有千差万别。故事片往往都对生活进行选择、剪裁、提炼，典型化地反映生活；常具有人们可以理解的、有一定含义的内容。”“具有生动的人物形象、引人入胜的情节、独特的风格和完整的形式。”这些电影故事片的特点，“电视电影”完全具备。据我所知，现在拍摄的“电视电影”所用的所谓“电视电影剧本”，实际上就是电影剧本。一个不知道电影剧本为何物的作者，不可能去创作电影故事片的剧本。而不知道什么叫“电视电影剧本”的作者，他们创作出的电影剧本，照样能拍成“电视电影”。由此不难看出，不论是电影还是“电视电影”，都是故事片。把电影剧本拍成电影的，叫作电影故事片，而把电影剧本拍成“电视电影”的，顺理成章的应该叫“电视故事片”。

其次，电视剧或电视短剧、电视单本剧，也都是可供选择的名称。

中国的电视剧，早期只有短篇电视剧。后来长篇电视连续剧产生了，才有长短电视剧之分。但不管是长篇电视连续剧，还是短篇电视剧，它们的统一称谓都叫电视剧。“电视电影”显然是属于电视短剧，这有钟艺兵先生主编的《中国电视艺术发展史》为证。书中说：“根据我国电视剧创作领域的实际情况，似乎可以这样讲：‘凡是在艺术上有所创造、有所出新、有所开拓的作品，大多属于短篇电视剧。”这里提及的短篇电视剧，跟现在的“电视电影”是一回事。该书还明确地指出：“一部电视单本剧，其播出时间相当于一部‘电影’的长度，所以它可以像拍摄‘电影’那样进行艺术上的精雕细刻，表现手法上的开拓创新，造型语言上的探索和寻求。”这里又提出电视单本剧的概念，并主张像拍电影那样去拍电视单本剧，所涉及的内容，几乎跟“电视电影”征集活动的要求不谋而合。

明明“电视电影”早在几十年前就有了自己的名字——电视剧、电视短剧、电视单本剧，可到了几十年后的今天，放着现成的名字不用，却要“创造”一个生硬的“电视电影”，实在叫人匪夷所思。

当代人对电影和电视太熟悉了，谁都能分辨得清清楚楚。可把两个名称、概念并列在一起，成了不伦不类的什么“电视电影”，除了叫人费解，制造不必要的名称概念上的混乱外，我琢磨不出还有什么创造性的新发现。

（原载《电影创作》2000年第4期）

北影五十年有感

北影与新中国同年诞生，如今已度过半个世纪的风雨里程。五十年，在历史的长河中，只是极其短暂的一瞬间。然而，对只有百年历史的电影和专门从事电影事业的北影来说，五十年的历史就不算短暂了。

回首北影五十年的成长史，既有风调雨顺、欣欣向荣、兴旺发展的时期，也有坎坎坷坷、曲曲折折、落入低谷的阶段。五十年中，值得回首的影事不可胜数，采撷突出方面的二三事，聊抒一点北影人的北影情结。

两个令人瞩目的辉煌期

北影第一个辉煌期，出现在建厂十周年前后。

这一时期的前几年是初创期，主要任务是打基础，如筹建厂房，组建队伍，拍摄新闻纪录片和少量的故事片。到了1954年，已完全具备了拍摄故事片的有利条件，此后就不再拍摄新闻纪录片，成了专拍故事片的电影制片厂。随着创作队伍的成长和壮大，故事片产量的逐渐增加，孕育着第一个辉煌期的迅速到来，到建厂十周年前后，发展到巅峰的黄金期。如今还足以让北影人感到骄傲和自豪的一批影片，如《祝福》《林家铺子》《革命家庭》《万水千山》《停战以后》《青春之歌》《小兵张嘎》《风暴》《红旗谱》《暴风骤雨》《早春二月》等影片，绽放在新中国的影坛上，令人赏心，令人瞩目，令人赞叹。第一个辉煌期的这些代表性影片，无论在当时还是现在，在思想性、艺术性和后来被过分追求的观赏性，都取得了可喜而又突出的成就。它们为电影这个五彩缤纷的画廊，增添了璀璨夺目的光彩，也让北影在亿万观众心目中树立了美好的形象。

我一直在思考着这样一个问题，建厂仅仅十来年，为什么就能出现令人瞩目的辉煌期？这恐怕不是偶然的，更不像现在某些影星爱吹嘘自己突然成名的那样：一不小心一不留神就成名了。我以为至少有如下诸方面的原因：

首先，“百花齐放”文艺方针的正确指引。这一时期，毛泽东同志适时地提出“百花齐放，百家争鸣”的方针，艺术家们欢欣鼓舞。文化艺术界在这一方针的指引下，很快就出现繁荣兴旺的景象。北影的艺术家们，绝大多数来自解放区，有很高的执行党的文艺方针的自觉性。在气候适宜的环境中，艺术家们的长期生活积累，在心中孕育饱满的艺术“良种”，充满激情地撒向自己愿意播种的“土壤”，再加上辛勤的耕耘和精心的灌溉，自然就会开出艳丽的花朵，结出丰硕的果实。

其次，拥有一批雄厚生活基础的艺术家。在头十年里，北影聚集了一大批拥有雄厚生活基础和才华出众的艺术家，他们大多经过战争的洗礼和锻炼，有与人民大众摸爬滚打的生活源泉，再经过学习和艺术实践，很快熟悉并掌握了电影艺术特性。这批艺术家们，当年大多年富力强，极富艺术朝气。相当一部分人，在延安和解放区时就从事文化艺术工作，有着扎实的文艺基础。论起生活积累的丰富和生活基础的雄厚，是现在的许多电影从业人员所远远不及的。才华和生活互相辉映，是这一批艺术家们的一大特长。在生活与艺术才能的关系问题上，用毛泽东的话说，就是源与流的关系问题，对今天的电影创作人员来说，仍有很强的现实意义。那种只注重才能不重视生活的人，他们的艺术生命是难以持久的。有段时间曾出现过蛊惑人心的论调，说什么“创作要远离生活”，这是极其错误的，也是十分有害的，我们应该保持清醒的头脑，不要受这种错误论调的干扰。

再其次，良好的社会风气和可贵的职工素质。那时的“同志”们，要比现在的“先生”们、“女士”们单纯得多，厚道得多。大家不为名，不为利，不挑肥，不拣瘦，不怕苦，不怕累，只求贡献，不争索取。全心全意为北影做贡献，是大家共同追求的目标。拿工资就要给厂里干活，没有这补助那补助的物质刺激，干劲照样一鼓再鼓。职工觉悟高，人心凝聚力强，行动起来守纪律，指挥起来能战斗，精力和本领全都用在影片上。汪洋老厂长的口号，也提得特别响亮，为了北影的金字招牌，影片要精雕细刻，精致考究。北影人都心甘情愿地在这口号激励下勤奋工作。

以上三个方面，若用简明的语言概括起来，就是举旗帜，用人才，抓队伍。这三条，符合那个时期的特点，所以它行之有效，成绩卓著。今天，这些经验虽不能说过时，但实施起来，就不会那么顺利了。时代前进了，发展了，变化了，要创造新的经验，才能适应处于改革期中电影事业的艰难局面。

北影第二个辉煌期，出现在建厂三十周年前后。

这个辉煌期的前几年是恢复期。“文化大革命”一搞就是整整十年，使北影从第一个辉煌期，直线跌入到从未有过的低谷期。粉碎“四人帮”后，北影的影片创作生产，才又逐步恢复起来。

十年动乱，使北影的元气受到很大伤害。经过两次迁移厂址的折腾，设备和生产条件都不够健全，给全面恢复生产带来很大的困难。相当部分的艺术家们，已十多年没有拍电影了，无论在艺术上还是技术上，业务自然生疏起来。思想要从极“左”文艺路线下解放出来，也需要一个过程。总之，要投入到新时期的电影创作中去，要有一个逐步适应的恢复期。由于原来的基础较好，恢复的速度相当惊人，第二个辉煌期，很快就展现在广大观众面前。一批优秀影片，像春天的百花一样，一朵朵绽放出来，迎来了新时期电影艺术百花争艳的春天。在接连几年的时间内，就拍出了《大河奔流》《报童》《铁弓缘》《小花》《泪痕》《甜蜜的事业》《瞧这一家子》《七品芝麻官》《丹心谱》《伤逝》《知音》《升官记》《马可·波罗》《骆驼祥子》《茶馆》《夕照街》《血，总是热的》《边城》等许多优秀影片。从艺术质量上来说，这个辉煌期中有像《小花》《伤逝》《骆驼祥子》《茶馆》《边城》等一批出类拔萃的影片。在建厂三十周年时，《小花》《泪痕》等影片荣获多项奖，几乎囊括了那一年电影奖坛上的全部奖牌，北影大大出了一次风头，北影人也个个显得春风满面。特别是《小花》这部影片，取得了多方面的艺术成就，被电影评论家们公认为新时期电影的第一个标志，在中国电影史中，具有开创性和划时代的意义。第二个辉煌期的出现，使北影又一次在广大观众中树立了新的美好形象。

这次辉煌期与中国电影的新时期同时诞生，这当然不是偶然的巧合，而是有着共同的历史因缘。粉碎“四人帮”是大快人心的事，艺术家们的心情是极其舒畅的，长期被压抑和束缚的创作冲动和创作激情，一下子迸发出来。在这种强烈的创作欲望的鼓舞下，新时期电影的春天自然会水到渠成般地及时到来。北影的艺术家们，自觉或不自觉地成了新时期电影的排头兵，鼓足干劲，鼓足勇气，要把耽误的时光抢回来，把北影的创作生产，既搞得轰轰烈烈，又抓得扎扎实实。这是取得第二次辉煌成就的主要原因。

三个鲜明突出的创作特色

北影五十年的电影创作生产，取得了多方面的突出特色，本文无意也无能力去全面论述。我只就其中最主要最突出的三个方面，发表一点管窥之见。

一是名著改编的辉煌成就。电影本身就是一种新的文学样式，被称作电影文学。它的繁荣和发展，在很长时间内和很大程度上，依赖其他文学样式，尤其是中、长篇小说。我国的小说园地名篇荟萃，为电影的改编提供了广阔的天地。北影各个时期的领导和艺术家们充分认识到这一点，非常重视名著改编工作。特别是在前三十年，名著改编取得的成就更为突出。改编初期是由近到远的。如《革命家庭》《万水千山》《青春之歌》《小兵张嘎》《风暴》《红旗谱》《暴风骤雨》《烈火中永生》《茶馆》《蔡文姬》等，都是根据当时有广泛影响的长篇小说、话剧、革命回忆录改编的。这些文学作品，为电影改编提供了坚实的文学基础和生动鲜明的人物形象。后来就不局限于当时有影响有成就的作品了，而扩展到过去的文学名著，如《祝福》《林家铺子》《早春二月》《骆驼祥子》《鼓书艺人》《离婚》《月牙儿》《边城》《寒夜》《金秋迟桂花》等。再往后，名著改编的范围就越来越宽广了，发展到古典文学名著和古代优秀文学作品。如《红楼梦》、《关公》（三国故事）、《古墓荒斋》（聊斋故事）等。名著改编的风格特色一经形成，就引起了广大观众的欢迎和好评，也得到领导和专家的重视，被公认为北影的一大创作特色。

严格地说，如果仅仅说名著改编是北影电影创作的一大特色，那还概括得不够准确。我以为比较准确的概括是：成功和富有特色的名著改编，使影片和名著共同生辉，并在一定程度上扩大或超过名著的影响。这个概括似乎更符合这种风格特色的实际情况。

二是戏曲片的银幕再现独领风骚。大量戏曲片的银幕再现，是北影五十年电影创作中又一大特色，是诸多成就中的一个重要方面，值得肯定和提倡。五十年来，北影是拍摄戏曲影片数量最多的电影厂家之一，其质量也是有口皆碑的。我不完全地统计了一下，总数在六十部以上。这是其他任何一个厂家所望尘莫及的，说独领风骚，一点也不狂妄自大。传统戏曲名剧的艺术再现，既丰富了电影艺术的风格流派和种类，也满足了广大戏曲爱好者的需要。此外，还能留存下宝贵的传统剧目资料和戏曲名家的舞台艺术形象。它们是永不消逝的艺术财富。随着时间的推移，它们的历史价值和艺术价值，会越发显得弥足珍贵。

北影拍的传统戏曲名剧，绝大部分都公开上映过，如《梅兰芳的舞台艺术》《荒山泪》《洛神》《群英会》《借东风》《杜十娘》《雁荡山》《游园惊梦》《杨乃武与小白菜》《杨门女将》《野猪林》《穆桂英大战洪州》《宝莲灯》《红娘》《铁弓缘》《七品芝麻官》《升官记》《朱门玉碎》《抬花轿》《芙蓉女》，以及“文革”期间拍摄的《智取威虎山》《红灯记》等一批革命“样板戏”。还拍了许多没有公开上映的传统戏曲片。当时主要是为了抢救传统剧目，抢救戏曲名伶的舞台艺术形象，作为艺术资料留存下来。这些被尘封了很久的戏曲艺术瑰宝，近几年来，陆续被作为电影开发出来推向市场，弥补了北影经济拮据的境况。以1998年来说吧，未公映的戏曲影片中，就有《葛麻》《赶会》《刘海砍樵》《盗魂铃》《空城计》《辛安驿》《二小放牛》《游龙戏凤》《辕门斩子》《三岔口》等十部，以两部合成一部影片，作为1998年完成十三部影片中的五部。这倒应了那句老话了：前人栽树，后人乘凉。北影人今天还在品尝戏曲片的“陈年老酒”，仍然香浓扑鼻，滋味无穷。在这一点上，戏曲片比相当数量的故事片更具有长久的艺术生命力。

拍好戏曲影片也不是一件容易的事，有它特殊的创作规律，同样需要艺术家们付出艰辛的劳动。戏曲影片的创作实践，为我们积累了丰富的再创作经验。同时，也涌现了一批擅长拍摄戏曲影片的艺术家，如崔嵬、陈怀皑、谢铁骊、谢添、李文化、肖郎等。

三是合作拍片的新发展新局面。进入新时期后，合拍影片越来越多，成为北影电影创作生产中一个重要组成部分。《一盘没有下完的棋》，是新时期与日本合拍的第一部影片。该片完成于1982年，正是中日邦交正常化十周年之际，产生了极好的社会效果。这部影片获文化部优秀影片特别奖、金鸡奖特别奖等多项奖。新时期第一次合拍尝试，就获得了艺术与政治上的成功，既为合拍片的发展开了个好头，也为合拍工作摸索到宝贵的经验，为后来合拍片的大发展打下了坚实的基础，开创出崭新的局面。

有了第一次成功合拍，扩大了北影合拍片的影响，国外、境外合拍者纷至沓来，合拍片就一部接一部地开展起来了。如与菲律宾合拍了《苏禄国王与中国皇帝》；与意大利合拍了《马可·波罗》《末代皇帝》；与日本东京光学研究所合拍了《侠女十三妹》；与香港新海华影业公司合拍了《绝处逢生》《关公》；与香港新宝达影业有限公司合拍了《阴阳法王》；还协助日本东宝电影公司和香港新昆仑影业公司拍摄了《天平之甍》《火烧圆明园》《垂帘听政》等。

其实，合拍片并不是新时期才产生的新生事物，它的历史可追溯到20世纪50年代末期。1958年，北影与法国加郎斯艺术制片公司联合拍摄了儿童故事片《风筝》，它才是北影合拍影片的第一部。虽然在四十多年前首次尝试就取得了成功，但由于特定的历史环境，这项很有意义的合拍工作，没有能延续下来。这是历史的遗憾。

北影地处首都，合拍片占有天时、地利、人和的有利条件，自然成为合作者首选或重点选择的厂家。这为北影的创作生产开辟了一个新天地。合拍片给北影带来许许多多的好处：它既引进了外资，缓解资金不足的困难，又为北影创造了可观的经济效益。同时，在艺术创作和制片管理方面，也能学到和积累许多有益的经验，对推动自身的影片创作和制片生产管理，都是大有裨益的。

第三个辉煌期何时到来

第一个辉煌期在建厂十周年前后出现，也就是说，从建厂算起，只用了十年左右的时间。第二个辉煌期出现在建厂三十周年前后，中间间隔二十年。如果把“文革”十年除去，也是用了十年左右的时间。如今是建厂五十周年，离第二个辉煌期已有二十年了，可第三个辉煌期还没见端倪。那么，这个辉煌期要等到何时呢？我想，在建厂五十周年时，很多人会思考这个问题。

这当然是个难以回答的问题。

从第二个辉煌期后，中国电影进入了新时期。新时期是北影的改革期，过去许多熟悉和行之有效的东西，都面临着改革创新和被淘汰掉的挑战。这二十年，可以说是希望与艰难并存的二十年。

电影创作实践告诉我们，任何一个辉煌期的到来，都少不了三个基本条件：本子，票子，班子。“三子”登科虽是个老话题，如今却有了新变化新内容。

先说本子。“剧本剧本，一剧之本”。没有好剧本，绝对产生不了好影片，这已是被大家公认的事实。无论是精品意识，还是“九五五〇工程”（在第九个五年计划期间拍摄五十部优秀影片），都呼唤着好剧本。而好剧本，确是难于产生，这也是电影人所面临的现实问题。

过去，电影剧本的产生，基本上是一种模式：编剧根据自己的生活积累、风格流派和兴趣爱好，自由地创作剧本。剧本完成后，编剧有选择电影厂的充分自由。电影厂团结和密切联系一大批编剧，也有遴选剧本的广阔天地。而现在，这种模式基本被淘汰了。眼下最为流行的模式是：按制片人的兴趣爱好和需要，包括题材、题旨、样式等，划定好范围，选定某一个或几个编剧编写剧本。过去电影厂是撒开网去组稿，现在则变成制片人限定规格的剧本定购。电影剧本的提纲、创作、修改、进度等等，全由剧本的定购方来决定。过去编剧独立自主的创作自由，在新模式中不复存在了。如果定购的剧本被认可，付给你事先谈好的价钱（稿酬）后，编剧与这个剧本，就再也不发生什么关系了。如若定购的剧本投资方仍感到不满意，还可另找“枪手”来修改，甚至彻底推翻，另起炉灶重新创作。即使这样，原编剧也只能忍气吞声。因为你已签字画押，把亲生“儿女”卖给人家了，别人怎么管教，怎样对待，全与你无关。有的剧本要连易几个“枪手”，直到合乎投资者的口味为止。剧本到此还不算定稿，到拍摄时，制片人、导演、摄制组的主创人员等，还要进行再修改再创作。有人把这样的电影编剧、“枪手”，比作皮影戏里的皮影人，被人提着四肢和大脑跳舞。更有甚者，有极少数制作单位，将电影文学剧本的创作变成“流水线”，故事、人物、情节、对话等，分别有“捉刀”者分兵把守，最后再总装合成。还有更令人瞠目结舌的，干脆虚设编剧，找几个“打本子”的，按照制片人或导演的意图，搞案头分节分场工作……

电影文学剧本的创作，毕竟不是工业生产，有它自身的规律。“流水线”式的编剧方式，也许能侥幸“攒”出几部富有经济效益的商业片，但它很难“攒”出具备精品影片标准的剧本来。因为真正的好剧本，是创作者深藏于心，发乎于情，厚积薄发，呕心沥血的结晶，是极富个性的创作劳动，任何“枪手”和“捉刀”者都无法代替。就目前的影视剧本创作现状，离精品意识和“九五五〇工程”的创作要求相距甚远。

在这种情况下，还有人说中国电影的再度辉煌指日可待，是不是过于盲目乐观了？没有一支称职的编剧队伍，没有足够数量的好剧本，中国电影（当然也包括北影在内）想再度辉煌，就会流于一句空话。

再说票子。一百年的电影发展史，特别是新时期电影的发展现状，都毋庸置疑地告诉我们，电影的发展，越来越需要财力，而且是巨大的财力。20世纪五六十年代，几十万元就能拍摄一部影片。20世纪60年代初的《龙马精神》，成本只有十六七万元。70年代末80年代初，超过百万大关的影片还寥寥无几。可80年代末到90年代，影片成本直线上升。三四百万都算低成本了，动辄上千万元，甚至几千万元。当然，要与好莱坞上亿美元和几亿美元相比，中国影片的成本就低得可怜了。可我们的市场就是那么大，大投入是很难收回成本的，主客观条件和环境都不允许我们走好莱坞之路。

电影市场的滑坡，各家电影制片厂的日子都很困难。有的连工资和医药费都保不住，哪还有资金投入影片拍摄，巨资投入就更谈不上了。近些年来，包括北影在内的好多电影厂，早已不再投资拍片了，拍摄资金全靠引进。能吸引来多少资金就拍多少影片。这样，影片数量或多或少，极不稳定。因电影市场的不景气，投资者相当一部分赔了本。前车之鉴，愿意涉足电影的投资者越来越少。投资者减少，影片生产的数量就会随之减少。质量是建立在一定数量的基础上的，数量急剧锐减，必然要影响影片的总体质量。这无疑是精品影片难以产生的原因之一。据报载，有些电影厂已成了“空壳”厂——没有自己影片的厂。表面看，某某厂还拍了几部或十几部影片，实际上并不是按厂家的意愿、计划、安排生产出来的影片，只是打某某厂的招牌，挂某某厂的厂标而已。这种“空壳”厂现象，都是因为经济匮乏造成的，它的弊端是显而易见的：

剧本把关不严是难以避免的问题。绝大部分“挂标”的合拍片，基本上是投资者提供的剧本。厂方觉得剧本不成熟，或达不到投产水平，但投资方却认为可以了，急切要求马上给予通过投产。厂方为了保证质量，即使提出很好的修改意见，也往往因季节、资金等问题而得不到认真修改。如若厂方坚持严把剧本关，投资者就可能改换门庭。为了不让已钓到的鱼脱钩，只好迁就，匆忙上马。剧本先天不足，拍出来的影片质量自然就难以保证。决策者为了多拍一部影片，也只好无可奈何的放松把关尺度。当然，把关不严是不得已而为之，决策者是满腹苦衷的。

投资方和厂方目标错位是普遍现象。一般说来，投资方是为赚钱而投资拍片，他追求的主要是利润，自然对商业片感兴趣。只要他们认为能赚钱，就不会像制片厂那样，全盘考虑弘扬主旋律和提倡多样化的问题。电影厂总是想要拍点主旋律和艺术片，而这类影片，即使捧回多种奖项，到头来还得赔钱，投资方当然不太愿意投拍这类影片。因而双方目标错位，就成了普遍现象了。

不难看出，由票子问题本身和因它而派生出来的许多问题，也是造成高质量影片难以产生的原因之一。

最后说班子。一部好影片的产生，光有本子和票子还不行，还得有一个好的再创作班子。过去，有好导演和好演员就成功在望了。现在，还得至少加上好的制片人。过去一直是导演为中心，叫“导演中心制”。现在虽不能说导演就不是中心了，但它的天经地义的中心地位，却受到了制片人的极大威胁。说得直白一点，有些导演也是给制片人打工的，他们要按制片人的意图拍片。不听话的导演，制片人随时可以炒他们的鱿鱼。有的导演还没开机，有的导演已拍了一半甚至拍完，因与制片人意见相左，没有任何商量余地就被炒了鱿鱼。这已是影视界司空见惯的事情了。

我以为，在当前，一部好影片的产生必须具备如下的条件：要有对电影艺术创作和生产非常熟悉，并具有丰富经验的制片人；要有艺术素养高，并能团结和统帅摄制组主创人员的导演；要有胜任主要角色的演员。三者缺一不可。而现在，这三者的现实状况，却是令人担忧的。

制片人大多是有钱的大老板，对电影艺术创作生产并不熟悉，有不少是彻头彻尾的外行，更谈不上有什么影视创作生产管理方面的丰富经验。但他们有钱，创作人员都得听从他们的指挥。制片人投资影视创作，在制片厂资金极端匮乏的情况下，无疑是件大好事。同时也要清醒地看到，引资中包藏着诸多忧虑甚至悲哀。

现在的引资影片，剧本基本是资方组织创作的，导演是制片人选定的，其他主创人员也都是制片人和导演共同认可的。“三子”都十月怀胎了，找个厂家生下“儿子”好报“户口”。这时若厂家根据剧本风格、样式，考察导演的擅长、艺术功力，想做些必要的调整，已不可能了。厂方想调整主要演员，同样是难以如愿以偿的。因为他们与诸方面的利益关系早已形成，绝不会轻易放弃来之不易的名利的。前些年，影视界流传着一句话：谁能拉到钱，谁就能当导演。一时间，一些根本没摸过“导筒”

的人，一个个都当上了导演；一些缺乏演技的演员，一个个饰演起主角来。演艺界也确实有些人，虽然没有导演和演戏的本领和才能，却有拉资金的门路和关系。面对这样不理想的再创作班子，厂家没有调整的余地，只好一声叹息。老板让他们过导演和主演瘾，他们当然也要对得起老板的资金。于是就千方百计地往票房上靠，挖空心思地硬贴上一些迎合观众的镜头，诸如暴力、血腥、枕头、海滩、泳池等。胆大者连裸体也敢拍也敢演。这些，正是有一段时间低俗、庸俗的影片充斥于影坛的原因之一。面对只顾经济利益而不重社会效益的严重现状，政府主管部门不得不发出“审片通告”，提出“黄牌警告”。

拍摄一部影片，就像承建一项工程。剧本好比设计蓝图，制片人是制片统帅，导演是拍片的总指挥。一旦发现施工队伍不合格，还继续让他们施工下去，这样建起来的工程，肯定会存在严重的质量问题，想让它被评上优质工程，只能是竹篮打水一场空。拍摄影片的道理也是一样，再创作班子不理想或根本不称职，是不可能拍出高质量的影片来的。

只要电影还存在，不论怎么改革，怎么创新，本子、票子、班子的重要地位，是永远岿然不动的。要出好影片，期望电影再度辉煌，必须在这三个方面大做文章。走回头路，照搬过去“三子”的老办法、老经验，自然不适合变化了的现实。而不克服现在“三子”和“三子”关系中存在的诸多问题，想振兴电影也只能是纸上谈兵。

我以为，当务之急是：重新重视培养编剧队伍，狠抓电影剧本创作；政府加大资金投入，重点扶植看准的影片；精心挑选导演，组建高素质的摄制班子。这三方面做好了，电影肯定是大有希望的。

根据现代电影的创作规律和制作特性，我期望在不久的将来，能涌现出更多的兼任编剧、导演、制片人于一身的个体户、自由人，也就是说，把本子、票子、班子三者融于一体，电影的再度辉煌，可能真的指日可待了。但愿这不是幻想，而能很快变成现实。

（原载《电影创作》1999年第5期）

丰硕的成果　艰难的历程

《电影创作》已整整出版了200期。200期，经历了36个年头，风风雨雨，人间沧桑，有说不尽的绵绵话语。但就其主要方面，用两句话也就概括了：丰硕的成果，艰难的历程。本文就这两个方面，谈点个人的看法和感想。

《电影创作》所取得的丰硕成果是多方面的，我以为主要有以下三个方面。

1. 办刊方向一贯是正确的

办刊方向是否正确，主要看是不是贯彻执行了刊物所确定的办刊宗旨。《电影创作》在创刊词中，明确阐述了创刊的目的："就是为了通过这一刊物，使电影艺术创作工作，首先是电影剧本，在制成影片之前，能事先得到党和广大群众的批评监督，以期我们所摄制的影片能更准确、更生动地反映我国人民革命和建设的英雄面貌。"因是一个电影文学期刊，所以每期"以发表电影剧本为主"。刊物严格恪守办刊宗旨，每期正常发表2～3个电影剧本，多时一期发到5～6个剧本和故事梗概。在头四年的时间里，发表了110多部电影剧本、电影小说及故事提纲。有不少剧本，如《红旗谱》《青春之歌》《林家铺子》《祝福》等，先在刊物上发表出来，"得到党和广大群众的批评、监督"后，又经过认真的修改提高，才进入拍摄阶段。这种严抓剧本质量的办刊精神，给我们树立了一个好的榜样。剧本质量上去了，影片的质量就有了保证。正因为这样，北影在20世纪50年代末60年代初，根据《电影创作》上发表的同名剧本拍摄的一批影片，如《红旗谱》《风暴》《青春之歌》《林家铺子》《祝福》《洪湖赤卫队》《早春二月》《小兵张嘎》《北大荒人》等都是"更准确、更生动地反映我国人民革命和建设的英雄面貌"的成功力作。

1979年《电影创作》复刊后，仍以"发表电影文学剧本为主"，并特别指出："刊物所发表的文学剧本，以反映当代生活的题材为主，历史的及其他题材为次"。复刊15年来，发表的剧本60%以上是现实题材，出现了像《丹心谱》《苗苗》《夕照街》《血，总是热的》《代理市长》《芙蓉镇》《迷人的乐队》《龙年警官》《斗鸡》《血色清晨》《天堂回信》《大撒把》等讴歌当代生活的好剧本，产生了极好的社会效益。

肯定办刊方向是正确的，并不是说编辑工作中就没有缺点和错误。偶尔出现的失误，很快就得到了纠正，没有形成方向上的偏离。一个刊物办了几十年，更换过多少任主编和编辑人员，而能始终保持刊物的质量和正确的方向，是非常难能可贵的。

2. 团结了一大批作家队伍

拍摄电影，首先要有电影剧本。电影剧本要靠作家来创作。因此，电影制片厂必须团结一大批作家在自己的周围。《电影创作》是北影团结作家的一个极为重要的方面。刊物既是广泛联系作家的一个桥梁，又是作家发表作品的园地。几十年来，北影基本上没有发生过剧本荒的问题，主要原因之一，就是《电影创作》团结的一百多位新老作家，源源不断地为我们提供了内容丰富，形式多样的电影文学剧本，使北影的组稿工作，一直处在良性运作之中。《电影创作》的剧本稿源一直是充足的，最多时一年收到四五千个剧本。假如没有《电影创作》，肯定得不到那么多剧本，也团结不了那么多作家。在此，我们应特别向在各个不同时期为《电影创作》提供过上乘之作的一大批新老作家，致以衷心的感谢。是你们用自己的智慧、才华，耕耘在电影文学的园地里，才使北影的影片显得那样五彩缤纷，光彩夺目！

3. 塑造了北影的美好形象

北影在观众心中的形象，主要是靠影片来塑造的。《电影创作》在二百期中发表了五百多个剧本。北影从建厂以来摄制了四百余部影片，有百分之七八十都是根据《电影创作》上发表的电影剧本拍摄而成的。特别是那些塑造了北影"金字招牌"形象的许多脍炙人口的影片，几乎都是先在刊物上和广大读者见面的。刊物上那些高质量的电影文学剧本，为影片的摄制奠定了坚实深厚的文学基础。可以肯定地说，没有这些好剧本的诞生，就没有这些好影片的出世。在电影更加呼唤好剧本的诞生和更加需要加强宣传力度的今天，《电影创作》在塑造北影形象方面，应做出更大的成绩来。

事物的发展不可能是一帆风顺的。《电影创作》所走过的历程，也是艰难曲折的。它创刊于1958年12月，开始为月刊，到1961年改为双月刊。原因是国人皆知的，困难时期为了渡过难关，一切都得节约和缩短战线。困难时期刚过，因"调整"政策而休刊，于1963年转交给中国电影工作者协会接办，并改名为《电影剧作》。中间经过“四清”和“文化大革命”，一晃就是16年啊！粉碎“四人帮”后，在党中央“多出好影片”的号召下，新老剧作家们重新拿起笔来，创作出一批反映时代特征的电影文学剧本来。《电影创作》在这样的形势下复刊，及时地为剧作家们提供了一个发表电影剧本的园地。20世纪80年代末，全国整顿、压缩报刊，上级主管部门只允许北影保留一个刊物。是保留《电影创作》，还是保留《北影画报》？结果很幸运，《电影创作》被保留下来。这时刊物已出现亏损，为了减少亏损，又把月刊改为双月刊。连续亏损，直接危及刊物的存在问题。从80年代末到90年代初，几乎每年都要讨论《电影创作》的问题。过去经常讨论的是如何提高刊物质量的问题，而现在讨论的，是要不要停刊的问题。真是命运多舛！不过，它的命运还算不错，每次讨论都绝处逢生，化险为夷。今天来纪念它出刊200期，实在值得庆贺！

艰难的历程还没有结束，今后的历程恐怕还会更艰难。最大的难题就是亏损问题。文学从未有过地遇到了金钱的挑战和威胁。就此，我想说点管窥之见。

第一，不能孤立地看待刊物的亏损问题。远的不说，就说从20世纪80年代末刊物出现亏损以来，北影生产的绝大部分影片是根据刊物上发表的电影剧本拍摄而成的，而这些影片所创造的综合经济效益，使北影得以生存和发展下去，这功劳当然主要归功于各个创造好的经济效益的摄制组及其有关单位，但《电影创作》作为摄制这些影片剧本的提供者，也应该记上它一份小小的功劳。如《银蛇谋杀案》《斗鸡》《龙年警官》等影片，创造了几百万元的利润，而提供这些剧本的刊物只亏损几万元，两相对比，“小失”不是得到了“大得”的百倍补偿吗！

第二，社会效益和经济效益不能放在同一天平上衡量。关于这个问题，中央早有明确的指导方针：既要求两个效益的统一，更强调要把社会效益放在首位。《电影创作》不论在创刊还是复刊时，都不是以直接为北影创造多少经济效益为目的的，主要目标是为影片的创作生产提供优秀的电影剧本。不仅为北影提供可摄制的剧本，也为外厂提供可拍摄的剧本。例如，《法庭内外》《邻居》《残雪》等剧本，都是在《电影创作》上发表的。而有些剧本虽未摄制，却给广大读者提供了很多具有可读性的文学作品，如《无情的情人》《高楼在他们手中》《达赖六世的传说》，等等。不难看出，它追求的是电影文学艺术的价值，而不是经济效益。刊物的这一追求，是完全符合社会效益第一的指导方针的。从创刊号上发表《红旗谱》开始，相继发表了一大批反映历史和现实生活的好剧本。这些作品，不论在当时、现在，还是将来，都产生过和将继续产生出巨大的社会效益，并将永远作为宝贵的精神财富流传下去。这就是艺术的魅力和巨大的生命力。社会效益和经济效益，之所以不在同一杆天平上，一个是永恒的精神财富，一个是一时的眼前烟云。

第三，电影文学事业呼唤物质的支持。电影作为大众喜爱的一种艺术形式，总是要存在和发展下去的。电影要存在，电影文学当然就不会消亡。电影文学的发展与繁荣，没有发表电影文学作品的园地是不堪设想的。本来，电影文学刊物就不多，又都面临亏损的问题，而经济亏损的局面又是大环境造成的。在这种情况下，决策者们就要站在全局和长远利益的高度上来看待这个问题，毫不犹豫地给予电影文学工作以足够的重视和资金上的支持。殊不知，一旦削弱了电影文学，电影的经济效益也就难以为继了。现在，好剧本凤毛麟角，长此下去，还侈谈什么社会效益和经济效益呢。有识之士已经开拓出新的蹊径。据报载，谢晋的恒通公司拨出20万元作为剧本的专项资金；电影局也准备每年拨出30万元，支持重点剧本的创作。这些新的举措，必将推动电影文学工作的繁荣和发展。电影制片厂对于自己所办的刊物，就更应该给予资金上的支持了。那种“亏了还办它干什么”的论调，就显得片面了。正像有些影片，明知要亏损，但还是要拍摄，因为社会效益和电影厂的社会形象需要这样的影片。

我衷心期望《电影创作》新时期仍能团结一批剧作家，多发表一些高质量的电影文学剧本，继续为中国的电影事业和北影的创作生产做出更大的贡献。

我已经读了它二百期，还愿读它到三百期，四百期……

（原载《电影创作》1995年第1期）

“卖厂标”小议

在市场经济大潮中，电影拍摄指标还是计划经济。计划经济必然要受到市场经济的冲击和挑战。“卖厂标”就是这种冲击和挑战的结果。当计划指标卷入市场经济的浪潮中时，电影界有些手忙脚乱，惊慌失措，莫衷一是。这种种心态和反映，都是可以理解的。这是新事物出现时的普遍规律。

既然“卖厂标”现象已经出现并与日俱增，就应该认真对待，分析研究它的利弊得失，兴利除弊，才是应取的正确态度。厂标的买卖，无疑对双方都是有利可图的。“卖厂标”对厂家来说，至少有三方面明显的好处：

首先，解决摄制资金严重短缺问题。由于电影经济效益一年不如一年，大多数制片厂处于困境之中，步履维艰。个别厂连职工工资都难以为继。近年来，随着物价的不断上涨，摄制费用也大幅度上升，连低成本的影片也要突破百万元大关。没有资金或资金严重短缺，再巧的媳妇，也难做无米之炊。不摄制电影，制片厂更无法生存下去。在严酷的现实面前，谁也不会坐以待毙，总要千方百计地引进资金。制片厂靠什么优势，或曰用什么“诱饵”去吸引资金呢？毫无疑问，最有吸引力的就是厂标。卖厂标让投资者来投资拍片，解决制片厂无钱投产的燃眉之急，不失为一种。这当然是无可奈何，没有办法的办法。

也不仅仅是解决资金短缺的问题，还使大批电影从业人员有活干，增加他们的收入，稳定了“军心”。有戏拍了，厂里的器材、设备、场地都能派上用场，又产生了可观的经济效益。“有电影拍，全厂热火朝天，厂富人也富，没有电影拍，全厂冷冷清清，厂穷人也穷。”这话不假，道出了拍电影对制片厂来说是何等的迫切和重要啊！

其次，电影厂家不用承担风险，旱涝保丰收。电影生产都是风险投资。像20世纪五六十年代电影是“皇帝的女儿不愁嫁”的良性市场行情，早已一去不复返了。特别是在电影处于大滑坡的情况下，风险就更大。某些制片厂，已经没有承担经济风险的能力和勇气了。“卖厂标”的影片，风险全由投资方去承担，不管将来出现多大亏损，厂家稳拿厂标费，全无经济上的后顾之忧。当然，如果投资方运气好，影片赚了大钱，厂家也不要眼红。在商海中，不承担任何风险而想获取巨大利益是不现实的。

再其次，完成国家和厂家的影片生产任务。国家每年有一百五十部左右的故事片生产任务，再加上几十部进口影片，基本上能满足市场和观众的需求。节目多了或少了，都会造成供求的矛盾。近几年来，“卖厂标”的数量逐年上升。正是这逐年上升的数量，保障了各厂生产任务和国家计划指标的基本完成，这一成绩应该给予肯定。同时，应该感谢向电影业注入资金的投资者，他们为我们处于困境中的电影事业做出了贡献。

卖者是不得已而为之，只是为了暂时的生存之计。买者不同，他们不是为了解决生路问题，而是为了拓宽事业的出路和发展问题。投资者青睐电影制片行业，不外乎达到以下几个目的：（1）赚钱。投准了，拍电影赚钱，比其他生意更有大利可图。确有不少投资者尝到了甜头。（2）扩大企业知名度。这个目的靠做广告也可达到。但投资拍片可以一箭双雕，既能赚钱，又扩大了影响。电影是大众化的艺术，本身就有广而告之的效应。（3）对电影的支持和弘扬企业的文化精神。这样的投资者虽然不多，却是电影事业的真诚合作者。这样的投资者越来越多，中国电影不景气状况，将会逐步好转起来。

事物的发展都是相辅相成的。有利就有弊，有得必有失。现已表现出来的弊端，概括起来也有三个方面：

一是剧本把关不严。“剧本，剧本，一剧之本”。电影厂历来注重剧本质量的提高。而“卖厂标”的影片，在剧本阶段往往把关不严。一般说来，“卖厂标”的影片基本上是投资者提供剧本。厂方觉得剧本不够成熟或还达不到拍摄水平，但他们却认为很好，愿意马上投拍。这时，厂方想提供别的剧本，即使质量再好，投资方也不愿意接受（这当中还有不少“学问”，不在这里论述了）。厂方提出的修改意见，也往往因季节、资金等问题，而得不到认真修改。如厂方再坚持严把剧本关，投资者就要改换门庭。为了不把上门的“客户”放走，只好迁就成交。剧本先天不足，拍出来的影片质量就难以保证了。决策者这时往往就摆不正社会效益和经济效益的关系了，天平大大地向经济效益那边倾斜过去。

二是主创人员厂方难以进行理想的调整。影片质量的关键，一是本子，二是班子。特别是导演和其他几个主创人员，是影片质量好坏的决定性因素。“卖厂标”的影片，资金、导演及一些主创人员，早在成交之前，就已经自由组合好了。不是导演拉的资金，就是投资者冲某某导演而投资的。厂方想根据剧本风格、样式及导演功力、水平进行必要的调整，已不太可能了。正像社会上流传的那样，“谁能拉到钱，谁就能当导演”。有的人虽然没有拍片的本领和经验，却有筹集资金的门路和关系，于是乎就当起导演来了。花钱买的指标，追求票房就是最高目标，不如此，怎能对得起慷慨解囊的投资老板呢。观众喜欢什么就迎合什么，诸如暴力、血腥、枕头、裸体等等，什么都敢拍。面对只顾经济效益而不重视社会效益的严重现状，政府主管部门不得不亮出“黄牌警告”，发出“第一号审片通告”。就电影制作中的性、暴力、低俗、庸俗等问题而发出通告，这在新中国电影史上还是第一次。当然，以上问题不全发生在“卖厂标”的影片中，但也毋庸讳言，“卖厂标”的影片中，存在的问题最严重、最突出。

三是买卖双方目标错位。这个问题的存在，不利于弘扬主旋律和坚持多样化。一般说来，投资者大多是为了赚钱而来的，因此，在买厂标时，跟厂家总是错位的。厂家急需要卖的是主旋律和艺术片以及探索片的指标，因为这类影片的经济效益难以保障，厂家不敢贸然投拍。但厂家总要考虑影片的社会效益和制片厂的自身形象，总想多拍一些社会效益好的影片。而投资者往往很少考虑或根本不考虑这个问题，即使这类影片的厂标费很低，也难卖出去。“卖厂标”，实际上卖的绝大多数是商业片指标。制片厂要靠商业片来维持生计，投资者要指望商业片指标赚钱，这样，商业片投产数量，自然会急剧增加，这就出现了这几年的所谓商业片大潮。在商业片大潮中，投资者最关心的是市场和票房，不会在全局上顾及影片的总体质量、风格、流派、样式、题材的多样化等问题。顾此而失彼，这是“卖厂标”过程中必然要产生的问题。

“卖厂标”虽是电影处在困难中产生的畸形现象，但全面权衡它的利弊得失，我认为利还是大于弊的。在电影经济极端困难的时候，通过“卖厂标”渡过了连续几年的困难时期，就算不小的功绩了。

畸形现象总是不会太长久的。“卖厂标”不久就会寿终正寝，它必将随着指标的放开而消失。随着制片体制和发行体制的改革，指标垄断必然要被市场竞争所代替。靠行政手段控制计划指标，已越来越不适应改革和发展的电影形势了。电影主管部门已意识到这一点。主旋律的指标行情不佳，电影局及时加以引导，把局控指标的费用限制在五万元以下。于是到电影局申请指标的络绎不绝，而光顾电影厂的就寥寥无几了。再说，指标费降到如此之低，哪个厂家也不会再把希望寄托在“卖厂标”上。因为五万元的厂标费，不论对大厂还是小厂，都是杯水车薪，几乎没有买卖的价值了。我很赞赏局控指标这一新举措，在一定意义上来说，是彻底放开指标前的一种过渡。过渡需要多长时间？谁也很难预料。但过渡期不会太长却是可以肯定的。“卖厂标”的短短历史就说明了这个问题。第一年还严令禁止，违者重罚；第二年就听之任之，任其发展；第三年则明码标价，引导买卖。变化之快是超乎寻常的。在写这篇短文时，又传来新消息。从1995年开始，除了16家有指标的故事片生产厂家之外，又批准了13家省办电影制片厂，他们可以独立拍摄出品故事片，而不需要像以往那样通过“买厂标”拍摄影片了。这又是拍摄指标进一步放开的重大新举措。走到了这一步，拍摄指标彻底放开的那一天，已指日可待了。

决策者既要顾及眼前，更要考虑未来。眼前指标虽然不像过去那么值钱了，但凡能卖的指标，不可攥在手里作废掉，因为拒绝外部资金注入电影制片业，对厂家、国家和观众都没有好处，不利于处于困境中电影业的生存和发展。同时，要思考指标完全放开后的应变措施，才能跟上未来的发展形势。

（原载《电影创作》1997年第3期）

何时拍徐志摩?

这是作家韩石山提出的问题（见《文艺报》1999年4月24日《别急着拍徐志摩》，以下简称《别》)。韩石山不主张急着拍徐志摩影视剧的原因是：“眼下，影视界对徐志摩的了解还不够，急着拍肯定拍不好。”“倘若连人物的基本史实都不了解，或者只有某种片面的了解，纵然有天大的本事，怕也拍不出一个真正的徐志摩”。这些话无疑是正确的。问题是这个结论是怎么得出来的？读完全文才知道，原来这是个没有真凭实据的结论。从行文来看，韩石山是根据“报载”知道“徐志摩成为影视热点”。由此我猜测，他可能没看过电影剧本《徐志摩与陆小曼》和20集电视剧剧本《人间四月天》。因为文中没有任何文字指出，影视剧本中“对徐志摩的了解还不够”和“连人物的基本史实都不了解”之处。韩石山所述的那些材料，在影视剧本中有没有？或是怎样取舍处理的？通篇没有任何对比论证。既然对影视剧本不甚了解，或者干脆就没看过，怎么能得出“对徐志摩的了解还不够”和“连人物的基本史实都不了解”的否定结论来？创作的规律和常识告诉我们，影视片的编剧、导演以及其他主创人员，他们自然会去了解徐志摩，研究徐志摩，肯定会做到《别》文所说的三个方面：“一是他的作品，二是同时代人写的回忆文章，三是今人的研究著作。”我还可以加一条，采访还健在的了解和熟悉徐志摩的有关人士。就是以上四条都认认真真的做了，其结果不一定与韩石山的研究成果相一致，这也是不足为怪的。不要说传记影视片的创作，就是改编的影视剧，同是一部小说，不同的改编者会改出不尽相同的剧本来。所以，倘若将来徐志摩影视片有跟《徐志摩传》不一样的地方，也无需大惊小怪。

话还回到题目上，到底何时能拍徐志摩呢？韩石山的回答是非常明确的：“等我的《徐志摩传》出版了再拍。”这可能才是韩石山最想说的一句话，于他写这篇文章的目的和宗旨。诚然，作家关心影视剧的质量问题绝对是件好事。坦率地说，像韩石山这样关心影视剧质量的作家还不多。但令人遗憾的是，关心中似乎少了点儿“公心”。既然作家手中掌握了大量详实的资料，何不提供给影视剧的创作者们，让他们也掌握这些资料，对徐志摩“了解够了”，使这些影视片早日臻于完美地开拍，何必要等到《徐志摩传》出版之后呢？我相信，若作家这样做了，影视界同仁除了诚挚的感激之外，影视剧组也会给予不菲的酬劳的。

传记片的创作，对传主了解得越深入越广泛越细致越好。但了解到什么程度就算“了解够了”，很难有个绝对的标准。“了解够了”任何时候都是相对的。将来韩作家的《徐志摩传》出版了，也不要以为对徐志摩就“了解够了”。因为，对一个人的了解和认识是难以穷尽的。

顺便说一句，《别》文中谈了许多细节，诸如陆小曼在礼堂门口发放演出说明书，陆小曼的穿着打扮；徐志摩讲演时从衣兜里掏出拜年片，拜年片上画的画，等等，对影视剧的创作，无疑是有价值的史料和生动的细节。但传记片的创作，在大的历史背景和主要事件的真实下，有些情节，特别是细节，是允许根据剧情的发展和需要做些必要的调整或进行艺术虚构的。这样成功的例子甚多，这里无须赘述。传记片的创作经验早已告诉我们，在大真实的前提下，创作者过于拘泥于细枝末节的真实，反而会适得其反，在艺术上反倒显得不真实。这是前人总结出来的生活真实与艺术真实的辩证关系。所以，即使对徐志摩“了解够了”，也还不能完全照搬真实素材，还需进行艺术真实的再创作。

（原载1999年6月19日《文艺报》）

缺少好剧本是现实

《有人讲没有好剧本》(见1996年5月17日《戏剧电影报》) 一文的基本观点，不符合当前电影创作的现实。现在的中国电影，不是什么“眼见的蒸蒸日上”的大好形势，而是处于严重滑坡的境况中。特别是精品影片的创作方面，还存在着亟待解决的问题。精品影片太少，主要原因就是缺少好剧本。没有好的电影剧本，就没有好的精品影片。正如美国电影理论家悉德·菲尔德所说：“一个优秀的剧本可以拍成一部优秀的影片，一个糟糕的剧本是绝对不能拍出一部优秀的影片的。”我们也常说一句老话：“剧本剧本，一剧之本。”这已被世界电影一百年和中国电影九十年的实践所证明。现在电影界出现抓好剧本的热潮，有的厂搞剧本征文，好剧本的酬金高达十万元稿酬，这是贯彻长沙会议精神、促进电影繁荣的良好开端。如真像该文所说的那样不缺好剧本，也就不乏精品影片了，那中央号召我们多出精品影片，并实施“九五五〇工程”，即在第九个五年计划期间，每年出十部，五年共出五十部精品影片，岂不是无的放矢和多此一举吗?

缺少好剧本是当前电影创作的现实，而绝不是什么“第一种人”“为了推卸责任”和“第二种人”“实在不懂什么”两个人为因素抹杀的结果。导演推卸责任的当然有，那只是极个别的。如果本来就不缺少好剧本，个别导演的推卸责任，是不会发出“没有好剧本”的“感叹”来的。至于说电影界什么也不懂的人，“就像走进书店的人，踱来踱去，拿起一本书，看了看，摇摇头，放下；再拿起一本，这回是外文，而且拿反了，于是又摇摇头。终于走到书店门口，他叹了口气，‘怎么没有好剧本呢？’”这样的影艺人恐怕是很难找到的。我倒确信，电影界的创作人员以及领导，还是具备分辨优劣剧本的能力的。思想内容健康向上、昂扬、有新意，人物栩栩如生，性格独特，不重复他人人物形象，读后使人变得美好而崇高，给人一种真善美的永久审美价值，这样的剧本就是好剧本。而那些缺少崇高境界，阳刚之美，人物雷同，形象苍白，表现自我，宣泄私欲，肤浅粗糙，甚至低级庸俗的剧本，是绝对拍不出精品影片来的。

（原载1996年6月14日《戏剧电影报》）

娱乐片三题

1988年是娱乐片叫得最响的一年，也是各厂娱乐片投产最多的一年。北影厂是怎样渡过这娱乐片年的呢？答曰：形势逼人随大溜。

惊回首，已随大溜上了十来部，看片名，也还基本上贴近娱乐片。如《复仇女郎》《银蛇谋杀案》《OK，大肚罗汉》《特异人的奇遇》《霹雳行动》《荒原杀手》《女贼》《杀人谜语》，以及去年年初已拍完的《大侦探》(上、下集)。在一年里推出这么多娱乐片，占全年生产任务的一半，这在北影厂的厂史上是从来没有过的。

拍娱乐片是件好事，一是观众喜欢，二是有经济效益，是两全其美的事。因此，拍娱乐片是势在必行的事。大家都拍娱乐片，就看谁能拍好娱乐片。在娱乐片之年，急切的课题是如何提高娱乐片的质量问题，根据目前娱乐片质量不高的现状，我以为至少应注意以下三个方面的问题：

首先，要拓宽娱乐片的体裁范围。就以上列举的十部集影片来说，其中《复仇女郎》《银蛇谋杀案》《荒原杀于》《霹雳行动》《杀人谜语》《女贼》《大侦探》等八部集是写破案的，即通常说的侦破片。《OK，大肚罗汉》《特异人的奇遇》是两部喜剧片。十部影片中侦破片占八部，显然数量过多，体裁比例失调。若把娱乐片比喻成全聚德的烤鸭，再好吃，但只是这一道菜，顿顿只吃同一道菜，也会腻人乏味的。喜剧是观众爱好的娱乐片，但也只有两部，而且都是讽刺喜剧，品种也是单一的。观众最爱看的一种娱乐片，即武打片，1988年却一部也没有，这是不该出现的大空白。一搞娱乐片，就把体裁划在武打、侦破、喜剧范围内，实在没有必要划定这个框框，捆住娱乐片大师们的手脚。诚然，这几种体裁是观众比较欢迎的娱乐片样式，但如此划定类型，跳不出这个圈圈，就把娱乐片的体裁范围人为地缩小了。其实，实际情况并不是受此局限的。其他体裁样式的影片，只要拍得好，照样赢得广大观众的欢迎，也会成为他们喜欢的“娱乐片”。《骆驼祥子》《血，总是热的》《芙蓉镇》等受观众欢迎的影片，就最能说明这个问题。这些影片中，既没有激烈的武打场面，也没有紧张的惊险情节，既无引人入胜的侦破悬念，也无开心的喜剧笑料，全靠栩栩如生的人物形象，和震撼人心的戏剧魅力去征服亿万观众。我认为，把这些广大观众喜闻乐见的影片也划入娱乐片的范围之内，观众是不会拒绝这类“娱乐片”的。

娱乐片不应该排斥艺术追求，艺术片中应有相当数量的娱乐成分，这样，娱乐片的质量就会有所提高。不同体裁的娱乐片，可以有各自不同的娱乐特点。有武打娱乐片，有侦破娱乐片，有喜剧娱乐片，也应该有艺术性娱乐片。这样，娱乐片的体裁就大大拓宽了。只要创作人员心中装着亿万观众，不管哪种体裁、题材的影片，都能拍成具有较高观赏性和娱乐性的影片。

其次，娱乐片要给观众健康和高格调的娱乐。既然是娱乐片，就要让观众真正地娱乐起来。这里有个靠什么去娱乐观众的问题。廉价的娱乐效果是比较容易达到的，现在不少娱乐片就存在着这个弱点。所谓廉价的娱乐效果，就是用低级的、庸俗的甚至下流肮脏的东西来取乐观众。低级庸俗的东西虽然能取得一时的娱乐效果，但却起不到真正的娱乐作用。有个娱乐片的剧本，中间有这样的情节：女的为了报复男的，主动把男的约到一个房间里做爱，趁男人毫无防备之时，用刀子割下了他那个“家伙”。影片的前一部分为这个情节做铺垫，后面的情节围绕这个事件展开。这个情节确实够新鲜，够刺激的了，会招来不少好奇的观众。但厂领导的态度非常鲜明，不希望在北影厂影片中出现这样的情节。不管它的娱乐价值有多大，我们也不能走这条猎奇的道路。后来改掉了这个情节，这部影片拍成后，很受观众的欢迎。这个例子说明，不靠低级的情节，要靠健康的、高格调的东西，照样能够收到较好的娱乐效果。这里有一个迎合观众还是引导观众的问题。当前有些娱乐片确实存在格调不高的问题，观众对此很有意见。格调不高的原因当然很多，但过多地迎合一部分趣味不高的观众的口味就是其中的一种。这是一条越走越窄的路子，因为越迎合，影片的格调就越低。用健康的娱乐情调引导观众才是一条康庄大道。

让观众在高格调中得到娱乐，让观众在娱乐中得到美的健康的享受，这是娱乐片应该追求的目标，也是我们电影工作者应有的社会责任感。

最后，要注重娱乐片中正面形象的塑造。不管是娱乐片还是“主旋律”的影片，或是其他风格样式的影片，都应该塑造好影片中的正面人物形象。无论是过去还是现在，这一原则是毋庸置疑的。不过，现在创造正面人物形象的手法和过去大不一样了。高大全式的人物，逐渐被更接近于生活中的真实可信的人物形象所代替。就拿上面那十部影片中的正面人物形象来说，或多或少都有点缺陷和毛病，但这些缺陷和毛病，并不影响他们作为正面形象在银幕上的出现。如《大侦探》中的大侦探杜义甫，《银蛇谋杀案》中的乔美仑、《杀人谜语》中的女刑警宝盖丁等正面人物，都不是十全十美的正面形象。但作为娱乐片中的正面人物形象，能塑造到现在这样的水平，也是很不容易的，更是难能可贵的。

但我们必须清醒地看到，现在娱乐片中忽视正面形象的塑造这一倾向，已经越来越突出地表现出来。说是一种倾向，就不是一两部娱乐片中的问题，也不光是北影娱乐片中存在的问题，而是带有一定的普遍性。

现在的娱乐片中，出现了一大批“痞子”形象。旧痞子、新痞子，大痞子、小痞子，男痞子、女痞子，土痞子、洋痞子……痞子们的形象大多活灵活现，栩栩如生。娱乐片中的娱乐效果，基本上就产生在这些人身上。因此，不少娱乐片中，正不压邪的现象十分严重。我看过一部娱乐片，娱乐效果不错，但影片中的人物，尽是各色各样的“痞子”形象。除了一个很少几笔的苍白的正面形象外，几乎再也找不到正面形象了。整部影片，就是痞子们的舞台，一个个登台表演，闹得乌烟瘴气，丑态百出。打一个不大恰当的比喻，影片中那些灵魂自私丑恶的人，一个个都似乌鸦落在猪身上——一般黑。看完影片后，心里像打翻了五味瓶一样，不是滋味儿。我不是说这类娱乐片不能拍，而是觉得不能忽视思想内容和正面形象的塑造，而一味地去追求令人作呕的娱乐效果。

面对如此现状，提醒一句重视娱乐片中正面形象的塑造，不算多余和过“左”吧。

（原载《北影画报》1989年第1期）

让观众喜闻而来乐见而去

为什么要拍电影？这似乎是不成其为问题的问题。然而，这个问题的答案，恐怕就众说不一了。有说为了宣传教育，有说为了艺术创作，有说为了经济效益，有说为了文化娱乐，等等。就是说，有人把电影看成宣传品，有人把电影看成艺术品，有人把电影看成商品，有人则把电影看成娱乐品。不管是宣传品、艺术品、商品，还是娱乐品，有一点是共同的，即电影离不开观众。电影是为千千万万观众而拍摄的。它虽为观众而拍摄，却又不能强迫观众去接受，全靠电影自身的魅力把广大观众吸引到五彩缤纷的银幕面前。这就要求我们拍出让观众所喜闻乐见的电影来。

1987年，北影拍出了为数不少的能被观众所喜闻乐见的影片来，如《女人国的污染报告》《谁是第三者》《金镖黄天霸》《翡翠麻将》《死去活来》《大侦探》《金匾背后》。但也还有相当一部分影片不为广大观众所喜爱。这是我们影片生产中需要解决的一个问题。根据当前的情况，我们应该响亮地提出：要更多更好地拍摄广大观众喜闻乐见的影片。

在所有的艺术形式中，电影是最有群众性的一种。喜闻乐见就是电影的群众性这个特点向我们提出的要求。当然，电影要让观众喜闻乐见，也不是件容易的事，需要我们电影创作人员付出艰辛的劳动。在当前，我以为必须从创作思想和认识上解决问题。

第一，要拓宽喜闻乐见影片的体裁范围。一提喜闻乐见，往往就把圈子划在娱乐片的范围之内。所谓娱乐片，一般指的是惊险、武打、侦破、喜剧。这样，就把喜闻乐见的影片人为地缩小了范围。其实，实际情况并不是这样的，其他体裁样式的影片，只要拍得好，照样会赢得广大观众的欢迎。像《血，总是热的》《代理市长》《骆驼祥子》等，这些影片中，既没有武打场面，也没有惊险情节，既无侦破悬念，也无喜剧笑料，全靠震撼人们心灵的戏剧力量，却强有力地征服了亿万观众。可见，喜闻乐见，是不分体裁类别的。只要创作者心中装着观众，正剧、悲剧等体裁的影片，也是可以做到为观众所喜闻乐见的。

第二，创新探索的影片也要努力做到为观众所喜闻乐见。过去的实践表明，这类创新探索的影片，有的能为观众所接受，有的则根本不为观众所欢迎。被观众所接受的创新探索影片，究其原因，最主要的，我以为是创新探索者们有强烈的群众观点。他们没有忘记，他们是为广大观众而探索创新的，创观众所喜爱之新。广大观众是需要这种探索创新来满足他们的需求的。相反，有些探索创新的影片，主体意识过于强烈，自我表现，自我欣赏，耍弄技巧，追求形式，所创之“新”，观众三思不得其解，探索什么？创新什么？观众绞尽脑汁也摸不着头脑。这样的创新探索，实在没有多大意义，观众不屑一顾是理所当然的。令人不解的是，还有人为这样的影片制造舆论，说“有几个人看懂就是胜利”“是拍给21世纪人看的”，等等，实在是离观众太远了。

第三，要多拍些喜剧片。喜剧影片，历来都是为观众所喜闻乐见的一种样式。它轻松活泼，能给观众送去欢笑和喜悦。人们带着工作和生活中的疲劳而来，带着一身轻松和喜悦而去，这正是观众喜欢喜剧的原因之一。然而近几年来，喜剧电影的创作，还远远不能满足观众的需要。就北影厂来说，喜剧影片的创作，远不如其他兄弟厂，这是我厂影片生产中的一个薄弱环节。我们从事喜剧影片创作的编导人员还不多，今后需要不断扩大这支队伍。愿有志于喜剧创作的编导，主动投身到这支队伍中来。

第四，社会效益和经济效益，都需要我们多多拍摄让观众喜闻乐见的影片。影片一出电影厂的大门，进入发行渠道就成了商品。既是商品，就有一个票房价值问题。影片不被观众喜爱，人们就不会自愿掏腰包。电影厂是企业，是靠盈利来拍片和生活的。无可讳言，电影是靠观众生存和发展的。观众不喜欢我们的影片，不走进电影院，我们就不能生存下去。我们的创作人员必须正视这个现实，尽快改变那种我拍我的影片，目无观众的创作态度。不是说观众是上帝吗，那你就得虔诚于这个上帝。

再说影片的社会效益吧，也只有在观众喜闻乐见的基础上，才能充分地发挥出来。试想一下，如果一部影片放映时，没有观众光顾影院，它的社会效益又从何谈起呢？所以，影片的社会效益和经济效益应该是统一的，统一的基础就是观众的喜闻乐见。

最后，还想对评论界说句话。在评论影片时恳望实事求是，千万不能搞过火的吹捧。制造虚假新闻的舆论，观众看后必然会大失所望，扫兴而归。这样的评论，观众是存有逆反心理的。评论也要做到让读者喜闻乐见。喜闻乐见，说到底，是电影要为社会主义和四化建设服务的问题。让观众喜闻而来乐见而去，这就是我们应该努力的方向和目标。

（原载《电影创作》1988年第2期）

伊朗电影管窥

受哈拉比电影基金会的邀请，以苏云为团长、于本正为副团长的中国电影代表团，参加了2月1日至11日（1993年）在伊朗首都德黑兰举行的曙光电影节。

伊朗电影诞生于1929年。1979年伊斯兰革命后，伊朗电影才有了很大的发展，进入一个新的发展阶段。现在年产量达五六十部。除了西方的影片之外，每年进口的影片数量，大体与产量相当。他们对陈凯歌的影片很感兴趣，购买了他的《黄土地》《大阅兵》《孩子王》《边走边唱》等四部影片。

伊朗对本国的电影采取保护的政策。一方面，国家拨出专款支持发展民族电影，另一方面，削减外国影片的进口数量。伊朗的民族电影，基本上没受西方电影的影响，思想内容积极、健康、向上。银幕上相当“净化”，绝没有拥抱、接吻的镜头，更没有一点裸露的画面。影片中的女性服装和生活中一样，除面部和手之外，任何部位不得裸露。

伊朗没有固定的电影制片厂，影片的创作生产全由制片人筹划。特殊的国情，使制片人基本上不担心影片的发行问题。在今天的伊朗，看一场电影还要排长队买票，这种现象在很多国家都不复存在了。电影受到观众的青睐，是种种特殊情况酿成的。德黑兰有600万人口，电视机少得惊人，连我们下榻的四星级饭店的房间里也没有电视。家庭里有电视的更是寥若晨星。录像机不准进口，据说很快就会开禁。偌大一个德黑兰，既没有舞厅，也没有卡拉0K，只靠很少的剧场和音乐厅，是满足不了人们多种精神文化娱乐生活的需求的。因此，电影就自然而然地成了伊朗观众最主要的娱乐形式了。

电影节期间，观摩了20来部伊朗影片，给我留下较深印象的有两类题材的影片，一是民族题材的影片，二是两伊战争题材的影片。前者呼唤团结，后者反对战争。

伊朗是个多民族的国家，民族团结国家才会安定。反映这方面题材的影片，尤以《萨比的音乐》较为突出。这是一部反映土库曼族生活和风土人情的影片。主人公萨比是土库曼族的民间音乐家，20年前他目睹一起凶杀案，被杀者的妻子恳求萨比讲出实情。萨比知道，他要是这样做了，就会引起民族间的相互仇恨和残杀。为了安宁和稳定，他忍痛弃家远走他乡。20年后，旧的仇恨烟消云散，新一代年轻人成长起来，被杀者的妻子把女儿嫁给杀害她丈夫凶手的儿子。萨比回来主持了婚礼，在完成了民族和好与团结的使命后，他心甘情愿地投海自杀。影片把土库曼的风情，特别是土库曼族的婚礼场面，极富民族特色地展现出来，恰似一幅绮丽的风俗画卷。影片还以独特的土库曼音乐，奏出化仇恨为团结的强烈乐章。

历时8年的两伊战，夺去了数以万计人的生命，消耗了伊朗的大量财力和物力，给国家和人民带来巨大的损失。战争在人们心灵上留下的创伤，在短期内是难以消除的。因而，描写战争给国家造成灾难，和给人们心灵上留下的创伤，是这类题材影片的一个共同主题。伊朗电影艺术家，特别关注和热心这一题材的影片创作。在我看过的20来部影片中，两伊战争题材的影片占了1/3。

反映两伊战争的影片，有三个共同的鲜明特点。一是避开正面战争的描写。创作者都把故事放在战争的背景上展开。让你感到战争就在眼前，但总是看不到炮火连天的战场，映入观众眼帘的，是战争前景中活动的人物。因此，看两伊战争题材的影片，基本上是战争影片中无战争。二是突出主人公的英雄形象和爱国主义精神。把描写战争的笔墨腾出来刻画人物，人物形象都是鲜明生动的。而不像我们有些描写战争的影片，只见战争场面轰轰烈烈，人物形象却被枪炮声所湮没。从男到女，从老到少，不管是哪个民族，都奋起保卫国家，英雄无畏，宁死不屈。在《大人的忧心》一片中，两个十来岁的男孩和女孩，用机智和勇敢与侵犯者做斗争，保护住一个襁褓中的婴儿，使大人不再忧心了。三是揭示战争的残酷和烙在人们心灵上的创伤。《从卡尔科河到莱茵河》这部影片，就充分体现了这一点。卡尔科河是靠近两伊边界的一条河流，主人公在这条河上受伤失明（化学武器致伤）后，来到德国莱茵河畔妹妹家治眼。影片着重刻画他在治伤过程中，复杂痛苦的内心世界，极富艺术感染力地告诉观众，战争给人们带来多么巨大的痛苦和灾难！这部影片以鲜明的主题，浓郁的情感，朴实的风格，在电影节上获了奖。

伊朗电影的不足之处也是明显的。如节奏比较缓慢，创作技巧过于传统，缺少创新之作，影片中不写爱情的过程而只交代结果，等等。

（原载1993年4月22日《中国电影周报》）

老干扶持新竹高

——关于《边城》的改编及其他

《边城》和电影结下了不解之缘。

《边城》是老作家沈从文的代表作，它描写了一个纯朴而又美丽的爱情故事。几个人物的命运和故事的结局，都被蒙上一层淡淡的悲剧色彩，读罢小说之后掩卷沉思，余味隽永，令人回味。从20世纪50年代开始，它引起了电影艺术家们的极大兴趣，想把它改编成电影。香港电影界人士走在前面，他们于50年代初，就把它搬上了银幕，片名叫《翠翠》。导演是严俊，副导演是李翰祥。李翰祥现在是蜚声香港影坛的著名导演，目前正在内地拍摄《垂帘听政》。两位导演当时都在影片中扮演了角色。饰演翠翠的是已故电影明星林黛，这部影片是她的成名之作。我没有看过这部黑白影片，不敢妄加评论。但从沈从文那里得知，他对导演严俊扮演的外祖父（即老船夫）和林黛扮演的翠翠均不满意。他说："老船夫留个长胡子，像个绅士；女主角很漂亮，但我觉得太'时髦'了些。翠翠应该是个天真、纯洁的少女，有我们湘西一带味道的女孩子，在水边生，在水边长。"这是二十多年前的影片，受当时拍摄条件的限制，可能拍得不太理想，这是无可厚非的。至于林黛扮演的翠翠，就我见到的那些剧照给我的印象，确实是缺少一点湘西山村少女那种天真、纯洁的味道。

过去受极"左"文艺思潮的影响，对沈从文作品的评价，是偏激、过火和不公正的。一根阶级斗争的棍子，把作家几百万字的作品打入冷宫。在"以阶级斗争为纲"的年月里，想把沈从文的小说搬上银幕，那是绝对不可能的。党的十一届三中全会之后，一些电影艺术家们对《边城》这个故事又产生了浓厚的兴趣。从1979年开始，某家电影制片厂，花了两年多的时间，改编出电影文学剧本《翠翠》，准备投入拍摄。但沈从文阅后很不满意，复信说："竟难于设想这是我的《边城》，加了那么多原作根本所没有也绝不会有的故事和背景，而且对于原作许多基本认识也不足。”“我实不能同意。”就这样，第二次拍摄未能如愿以偿。

我看过《翠翠》这个改编本。说句公道话，作为一个完整的电影文学剧本，改得还是相当不错的。但它离开原小说太远，用革命的现实主义代替浪漫主义，背离了小说的风格特色。沈从文是不愿意亲眼看到他的小说被变形地反映在银幕上。我们既不能拍得那么“时髦”，也不能拍得那么“革命”。忠实于原著才是改编《边城》的基本原则。

《边城》是1934年问世的。近50年后，沈从文谈起《边城》时，还充满着激情：“因为作品是我写的，可以说，每一章，每句话，每件事，每个人的精神情绪面貌，每一场景的气氛和具体形象，都在我脑子里保留得十分清楚明确。”可见沈老是酷爱《边城》的。他渴望自己的代表作能早日被搬上银幕，带着沈从文的独特风格，和国内外广大观众见面，这是作家多年的愿望。为了这，他发出恳切的呼声：“我个人还认为，这个小故事，若国内别的单位，能摆脱拍摄电影的常规格式和习惯束缚，又充满友好的合作感情，和我来商量，从‘实际出发’，用一个十分严肃认真的态度，作另一种‘尝试’，当然可望取得我的同意，并给以协作。”导演凌子风同志，早有拍摄《边城》的意愿和打算。这时《骆驼祥子》已经拍完，他立刻登门拜访了沈从文，谈了拍摄《边城》的一些设想，沈老脸上漾出笑容，欣然同意了。

《边城》是沈从文小说中最有特色的一篇。但要把它变成电影，改编的难度是很大的。何况两位改编者是中、青年，既不熟悉作品所反映的那个时代，也不熟悉今天湘西的生活，这就给改编工作带来很大的困难。当第一稿捧到凌子风的面前时，没想到，就被劈头盖脸地泼了盆冷水：“我毫不客气地说，这一稿只能打零分。”好严厉的大导演啊，一点面子也不给。既然接了“战书”，首战失利难道就打退堂鼓吗？当然不能。导演指出失败的主要原因，是没有吃透作品的内容和风格。于是，两位改编者，再回头去一遍又一遍地“啃”小说，并大量阅读沈从文的其他小说和散文，加深对作家作品的思想内容和艺术风格的理解。改编者还到湘西生活了一段时间，接连改出了两稿。其中，第二稿得到荒煤同志和沈从文先生的具体帮助与指教，使后来的改编稿有了很大的提高。

为了行文方便，我把三、四稿称为三稿，因为四稿与三稿，并没有多大差别。

一曲人情美的颂歌

把小说改编成电影，首先必须吃透小说的精神实质，即对作品要有个准确深刻的认识和理解，然后才能进入再创作的过程，这是改编成功的关键。否则，任何名家和高手都难以成功。

读着《边城》，你会被那充满在字里行间的朴素的人情美所感动和陶醉，这正是小说《边城》的一大特色。沈从文是一位浪漫主义作家，他公开声明过要“用一支笔来好好保留最后一个浪漫派在20世纪生命取予的形式”。他善于从生活中发现和捕捉美，并通过他那独特的笔触，富有艺术魅力的表现出来。《边城》就是用饱满的感情，为我们唱出带有浪漫主义色彩的一曲人情美的颂歌。

老船夫和外孙女翠翠的方头渡船，接通了河两岸的边界古道。在这僻静的深山古道上，年年、月月、日日，风风、雨雨、夜夜，都有渡客来往。下川东，入黔北，进湘西，都要在碧溪岨渡口留下各自的身影和脚印。这样，老船夫和翠翠，甚至还有那条会衔着船绳拢岸的黄狗，就成了古道行人的“亲人”。渡客们打心眼里感谢在这儿摆渡了五十年的老船夫，临上岸时抓了一把钱掷在船板上，留下他们感激的心意。老船夫急忙将钱一一拾起，追上岸去，把钱如数塞在过渡人的手里，俨然吵架似的认真神气地说；“我有了口粮，三斗米，七百钱，够了！谁要你这个！”够了，他就不再纳钱，这是多么纯朴的心灵!

其实，过渡者是可以不给钱的，因为老船夫撑的是公船，已有了固定的收入。但可以不给者却给了。老船夫也可以接受，因为这钱并非索要，而是渡客主动慷慨解囊，受之无愧。然而，可接受者也不受。纯朴、厚道、诚实是这古道上人们的普遍美德。有时出于礼节和盛情，老船夫不得不笑而纳之，便把这钱买了茶叶和烟草放在船上，再奉还给渡客，他才觉得心安理得。可见，热肠之人遍于古道。

老船夫进城买肉，专要“精不老骚”的次等肉，把好肉留给城里人吃。屠夫给多了，他还估计斤两，给够钱数。屠夫接过钱，数都不数，“哗啦”一声，往长筒里一扔。城里做买卖的人，也和乡下人一样诚实和讲信用。人有城乡之别，但人情美的心灵却是相通的。

茶峒城里比较有钱的，要数船总顺顺家了。他有四条船，还有比较宽敞的吊脚楼。当地军界上层人物王团总，还和他攀亲家。像他这样的人，人情美不美呢？过去相当一部分作品中，把这样的人都写成是自私贪财的，毫无人情和人性的，据说这才符合人的阶级属性。但生活是五彩缤纷的，不可能都是从一个模子里脱出来的。沈从文没有这样处理，他倾心于从生活中感受到的美，把顺顺写成一个大方洒脱，喜欢结交朋友，而又很讲义气的人。这是一个新的文学形象，在他身上，反映出沈从文对人情和人性的独特理解。顺顺和老船夫友好往来，送酒送鸭，和善相处；他同意大老走“车路”，托个“保山”到老船夫家正式提亲；哪个水手在水上遇难身亡，对求济助的家属，莫不尽力解囊；对两个儿子的要求也很严格，一直让他们在船上劳动；老船夫死后，他像对待家人一样料理死者的后事……顺顺身上体现出来的这些人情美，寄托着作家的希望与理想。他企望用这种人情美，对抗上层社会的丑恶现象，医治他们身上根深蒂固的虚伪、自私的道德风气。这个愿望是好的，但近代史的实践证明，这条路是走不通的。

《边城》中的人情美，不仅体现在老船夫和顺顺等人的身上，还表现在大老和二老的身上。兄弟俩都爱上了翠翠，怎么办？我们当然不能为了追求强烈的戏剧冲突而让兄弟俩搏斗（有人这样改过，但沈老坚决反对）。他们虽然内心充满着矛盾，但还是平心静气地找到了解决矛盾的方法：用唱歌来决定爱情的命运。比二老更加爽直和善良的大老，自知走“马路”不是弟弟的对手，又加上怪罪于老船夫“弯弯曲曲”的性格，怀着痛苦的心情出走，从而酿成悲剧的命运。在爱情上能表现出这么高尚的人情美来，确是难能可贵的。

老船夫身上的人情美是原始而纯朴的；顺顺身上的人情美是慷慨而侠义的；大老和二老身上的人情美是崇高的。作家从各个方面讴歌的人情美，对今天的观众仍有积极的教育作用。电影中美的东西，即我们常说的电影美感，能对观众起到很大的陶冶作用。近年来，电影中敢于表现人情和人性了，这是电影创作中的可喜收获。但也还有不太满足的地方，这就是在表现人情和人性方面，不是多了而是少了。我以为，《边城》中表现的人情美，是近年来电影创作中，在表现人情和人性方面的一大突破，将会引起广大观众的关注。

改编中碰到这样一个问题：我们可以唱一曲人情美的颂歌，但能不能唱一曲人情美胜利的凯歌呢？我们的回答是否定的。辛亥革命以后，一次又一次的军阀混战，把中国推向了动乱的深渊。靠暴力推行的封建宗法统治，给乡村社会特别是社会底层的人民带来了极大的痛苦和灾难。美好的原始习俗和纯朴的人与人之间的和善关系，逐渐受到冲击、破坏，甚至毁灭。人情美在这样的社会中存在，已经是很不容易的了，而想叫它取得胜利，那就脱离了生活的真实。沈从文没有这样写，这说明作家的浪漫主义还是扎根在现实生活的土壤之中的。但二稿在这方面注意得不够，三稿作了一些改动，弥补了某些不足之处。这主要表现在以下几个方面：

第一，删掉了顺顺对翠翠的生活和爱情的大包大揽。老船夫死后，翠翠成了一个孤苦伶仃的女孩子，观众为她的命运担忧。这一沉重的打击，也是对翠翠性格的严峻考验，她将怎样生活下去？观众在拭目以待。但二稿中却让顺顺很快出来说话：“一切有我。”他要把她收养在自己家里，并拿出二老出走时留下的爱情信物——一对手镯，叫杨马兵送给翠翠。这显然是顺顺为儿子和翠翠的婚姻做了主，让她获得美好幸福的生活。这个结局告诉观众，翠翠虽然失去了相依为命的外公，但却能生活得比外公在世时更好。这样处理，实质上是把人情美抬高到解救翠翠社会性的悲剧命运的高度，不自觉地为它奏出了胜利的乐章。这太理想化了。

《边城》基本上是个悲剧，因此，它的悲剧色彩只宜加强而不应该削弱。从这个意义上来讲，翠翠的美好结局，恰恰削弱了人物的悲剧意义，直接影响到影片的思想深度。

还有，《边城》写得非常含蓄，特别是有关翠翠的爱情描写，含而不露，细而不琐，常而不俗，很有味道。而光明的结尾，直白裸露，破坏了含蓄的意境，就让观众乏味了。三稿的结尾，对翠翠的爱情和她未来的命运，作了含蓄的艺术处理，保持了风格上的统一和完整。

第二，加了一场顺顺逼婚的戏。二稿中只写了顺顺问二老：“你告诉我愿不愿意要那座碾坊？”父亲是用友好的态度和儿子商议的，并没有逼着二老要那座碾坊。在这种情况下，二老出走是根据不足的。顺顺他毕竟是个船总，和下层人民不尽相同。他把大老的死怪罪在“一老一小”的身上，成了他反对二老要渡船的重要理由。同时，我们还应该看得更深些：当大老还在人世时，他同意儿子走了“车路”。（即让男方家里派媒人来直接提亲）因为有两个儿子，碾坊和渡船都能得到。现在大老去了，他只剩下一个儿子，要渡船就得不到碾坊。这时，碾坊和渡船在顺顺的天平上，是不应该相等的。这正是顺顺这个人物的局限性。这一点，二稿中没有体现出小说中顺顺的性格来。小说中有这样一段文字："二老既记忆着哥哥的死，且因得不到翠翠理会，又被逼着（注意逼着二字——笔者）接受那座碾坊，意思还在渡口，因此赌气下行。"这几句话，把二老出走的思想过程交代得清清楚楚。特别是"逼着接受那座碾坊"，没有变成较为强烈的戏剧冲突。这样，既抹平了顺顺的性格特征，又削弱了二老出走时的戏剧气氛。同是顺顺这个人物，在对待二老婚事的态度上，二稿和三稿作了截然不同的处理。总的说来，三稿中的顺顺，更符合小说中的性格特征。但在艺术表现上还存在不足之处，这就是还没有充分地表现出"逼着"二字的分量和气氛来。

古朴典雅的抒情诗画卷

把小说改编成电影，除了忠实于原著的精神实质外，还必须用电影的手法，再现小说的艺术特色。因此，在改编《边城》之前，也必须吃透小说的风格特色。

那么，什么是《边城》的风格特色呢？就是古朴典雅的抒情诗画卷。

剧本是怎样体现这一风格特色的呢？

风格的体现，和作品中人物的塑造是分不开的。由于剧本基本上是忠于原著中的人物性格，为了避免重复小说的内容，这里就不再赘述了。下面只就改动较大和着意渲染的几个方面，谈点粗浅的看法。

一、改变小说的时代背景

小说写的边城是个小小的"世外桃源"。它处于边远深山之中，交通极不方便，只有水路和外界相通。新的社会变动和社会思潮的余波很难波及这里，所以古老、纯朴的原始民风和社会关系能在这里残存。说边城里的人们"问今是何世，乃不知有汉，无论魏晋"可能过些，虽不能说与世隔绝，但与当代的距离却是相当遥远的。新中国成立前，这里的人确有不知道民国的，它总和新的时代隔着一段距离。剧本为了突出古朴之感，寻找古朴之风赖以生存的社会环境，把时代背景向前推移了一二十年。小说中描写的背景是20世纪20年代末期，这正是中国社会大动荡时期，阶级矛盾和民族矛盾尖锐复杂。这样一个社会背景，对影片所要表现的古朴之风是不利的。三稿把时代背景挪到民国初年，其时，虽然孙中山先生领导的辛亥革命已把清朝皇帝推下了金銮宝殿，但要改变湘西偏远山区的原始习俗、生活习惯和苗、汉、土家族杂居的社会状况，还需要一段时间。这一时期的湘西社会，是比较和平与安定的，它正是我们影片较为适合的社会背景。遗憾的是，剧本还没有找到独特而鲜明的表现方法，即让观众一看就知道是民国初年。现在是通过人物的对话交代出来的，给人的印象不深，还需要风俗人情的画面来补充。

二、展示朴素的风俗画卷

沈从文说他的《边城》是湘西社会生活的抒情诗画卷，我理解这“画卷”就是社会风俗画。怎样在银幕上展现这一幅幅风俗画呢？这就需要在刻画人物的同时，运用电影的特殊表现手段，展示湘西古朴的社会风貌。随手拈来几个小例子即可说明。

破旧的古城和碉堡，在湘西到处可见。这当然是古代屯兵或战争的见证物。有的是闭关自守的屏障。今天（指影片表现的时代）它们虽然还矗立在山坡和峰顶上，但受时代风雨的侵袭和洗刷，大多都古旧了。它们出现在电影画面上，就是一种古老的象征。

湘西山区多溪流，大多一年四季不断流。碾坊和油坊星罗棋布于这些溪水的两岸，它们整日唱着悠长而凄凉的歌。特别是那打油匠粗犷洪亮的歌声和那打油槌震耳欲聋的撞击声，是古老的风俗画卷中的典型画幅。直到今天，在湘西的溪流两旁，还能看到这种历史遗留下来的陈迹。

五月端午赛龙舟，是湘西各族人民的一项传统民俗。它人多气势大，非常热闹，场面壮观。拍摄这样一场戏，需要组织成千上万人的大场面，动用或新做几十条老式龙舟。就是说要花费很大的人力和物力。但从剧情的发展和人物性格的刻画上来说，可以不要这样的大场面，因为大场面中的人物并没有多少戏。有戏的地方是在很小的局部。但改编本还是着力地渲染了这场戏。因为这场戏能够多侧面、多角度展示出湘西古老的风俗画面，是《边城》风俗画幅最集中、最有色彩的一个社会环境。你看，那一排排龙舟竞发，吸引了河街上的千万观众；吊脚楼的窗口露出各种人物的面孔，神态、服装各不相同；妓女们打情骂俏，显得最为活跃；龙舟赛完，还要放鸭追逐，满河鸭群满河人，煞是有趣。就连那条可爱的黄狗，也被摄入画卷，丰富了风俗画的内容和色彩。从这些风俗画幅中，我们看到了，边远山村下层人民纯朴、健美和充满活力的社会生活状况，同时也目睹了社会上的一些丑恶现象，使风俗画卷充满着浓郁的生活情趣和古老的时代气息。

三、抒含蓄之情

《边城》中的抒情笔触很富有诗意。这诗意并不浓烈，但却非常隽永。这种艺术效果是怎样产生的呢？我以为是来之于含蓄。

《边城》中的含蓄，主要表现在大老、二老和翠翠之间的爱情描写上。特别是翠翠对二老的爱情，始终含而不露，韵味无穷。翠翠只有15岁，是个情窦初开的少女，对爱情还处在朦胧的状态中。这个特定的年龄和初萌恋情的心理状态，就决定了翠翠追求爱情的含蓄性。她把对二老的爱情潜藏在心里，连对爷爷也没有一个字的直白吐露。尽管这样，我们仍能看到她情感的激烈跳动。她错把剥出的豌豆扔在溪里，形象地刻画出她心慌意乱的神情；一个劲地掐着葱苗，惟妙惟肖地描绘出她倾慕二老的心声；她听爷爷唱“青浪滩哎青浪滩，十船过去九船翻”时，竟脱口而出：“爷爷，你的船是不是正在下青浪滩呢？”弄得爷爷困惑不解。这些生动、形象而又传神的细节，正是翠翠含蓄的爱情语言的流露。含蓄的韵味犹似一杯新茶，越喝越有味道，它正如湘西的一首民歌所唱的那样：“韭菜开花细茸茸，有心恋郎不怕穷，只要二人情意好，冷水泡茶慢慢浓。”

在小说中，翠翠追求爱情的思想层次比较清楚，即从朦胧到逐渐清晰，描绘得非常细腻而准确。二稿中稍有不足，一开始就让翠翠露出比较清晰的情心萌动。翠翠第一次和二老相遇，被写成：“散漫的光线下，翠翠跟那个男子四目相遇。翠翠害羞地低下了头。”沈从文在旁边批注道：“黄昏中哪会有什么四目相遇，害羞低头？”并特别提醒改编者：“望尽可能照原文处理，翠翠应是个尚未成年的女孩，对恋爱只是感觉到，其实朦朦胧胧的。因此处理上望要注意到。”三稿在一些细微的地方“注意到”了。但我觉得，翠翠含蓄的爱情在未来的影片上表现得怎样，在很大程度上要靠导演和演员的功夫了。

确立老船夫的主角地位

是偶合呢还是基于共同的理解，香港改编的电影名叫《翠翠》，另一家电影制片厂改编的电影文学剧本也叫《翠翠》。以剧中人的名字为片名，毫不含糊地确定了翠翠的主角地位。改编本（指二稿），虽没有取名“翠翠”，但翠翠在影片中的主角地位，是和前二者一脉相承的。仿佛这是理所当然的事。但细读《边城》，你就会发现，主角不是翠翠而是老船夫。翠翠在剧本中始终处于被动的地位，她虽是大老和二老择偶的互争对象，但一直没有真正卷入爱情矛盾的漩涡之中。我们也不应该让她卷入。因为她还是一个天真纯洁的山村少女，对爱情这件甜蜜而又奇妙的事情，还处在朦胧的状态中。她天真、纯朴、内秀，有一种山村少女特有的羞涩感，这个性格特征，自然使她不能大胆、主动，甚至狂热地去追求自己的爱情，这就决定了她在戏剧矛盾中的被动地位。把她作为主角，给改编者带来极大的难题，这就使戏剧冲突比较平淡，影片节奏进展缓慢，矛盾起伏缺乏波澜，在结构上给人一种松散的感觉。这部影片虽不追求尖锐的矛盾冲突、紧张的戏剧节奏、巨大的跌宕起伏，但削弱和抹平了这些电影化的因素，是很难抓住观众的。二稿在这方面就存在这个缺点，也可以说是最大的缺点。三稿决定弥补这个缺点，让老船夫取代翠翠的主角地位。

把老船夫作为主角，只是恢复他在小说中的原来地位。在这个小小的爱情故事中，他自始至终卷入在矛盾之中，而且可以说是处在矛盾的焦点上。他已是古稀之人了，在他离开人间之前，要为他心爱的外孙女找到一个归宿。这是老船夫的全部心理状态和贯串动作。他张罗这件事情是急迫的，因为留给他的时间不多了。最初，他是寄希望于大老的。大老走了“车路”，他却又不敢做主，说要翠翠自己拿主意。他本是好意，但大老却误解了他，以为撑渡船的在作弄他。这也难怪大老误解，他不是“阳雀”，唱歌又不是二老的对手。大老是在遭受老船夫的“作弄”后出走身亡的，因而人们把大老的死，怪罪在老船夫的身上（二稿没写清楚，三稿加强了怪罪的分量），激起老人内心的痛苦。之后，老船夫又把翠翠的婚事寄托在二老的身上，并亲自去找顺顺吐露他的心声，没想到却受到顺顺的冷遇，内心更加痛苦，觉得对不起死去的大老和心爱的翠翠，终于在暴风雨之夜隐忧而死。不难看出，老船夫是人物关系中的纽带和核心，他的内心世界，比纯洁无瑕的翠翠要丰富、复杂、激烈得多。三稿确定了老船夫的主角地位，无论在戏剧矛盾的加强、节奏的紧凑，还是情节的起伏跌宕等方面，都有了明显的进展。由于种种原因，三稿在这方面还改得不够理想。特别是老船夫瞑目前的内心世界，还挖掘得不够深刻，这也有待导演的再创作了。

小说中翠翠父母的爱情悲剧是很感人的。虽然作家着墨不多，但感情色彩浓烈，有很强的艺术感染力。二稿中删掉了这条线，只是在人物对话中透露出一些蛛丝马迹。我以为，改编者在二稿中这样处理是可以的。因为翠翠是二稿的主角，这一段回叙对她不起多大作用。三稿中老船夫成了主角，翠翠父母的戏就必须正面表现了。翠翠父母通过唱歌相爱，“唱出了”翠翠之后，母亲含愤而死，把翠翠托付给老船夫。老船夫是翠翠父母悲剧命运的见证人。他就这么一个女儿，乌黑的头发却先他白发而去，而且是去得那样悲惨，这在老船夫的心灵上，留下了巨大的创伤。如今，他把女儿的骨肉拉扯大了，也已到了“唱歌”的年纪，老人的心怎么能平静呢？他要防止女儿的悲剧再在翠翠身上重演，他是再也经不起第二次打击了。他有责任尽到做爷爷的义务，把翠翠托付给一个可靠的青年后生。他既要为翠翠的婚事操心，从中撮合，又不敢替翠翠做主，怕伤她的心。这种复杂的心理状态，就形成了老船夫“弯弯曲曲”的性格。二稿中因为没有正面表现翠翠父母的戏，老船夫“弯弯曲曲”的心理过程就展现得不够清楚，甚至叫人费解。

怎样处理翠翠父母的戏，仍有值得探讨的余地。翠翠父亲作了暗场处理，通过语言交代他淹死在青浪滩。虽是悲惨命运，但不一定能引起观众的同情，因为观众对他毫无了解。也可能还会产生另一种效果，把“唱出翠翠”的责任推在他身上，使他受到谴责。如是这样，就和原作相距太近了。原著中交代他是一个屯防军人，通过唱歌和翠翠母亲相爱，因她怀了孩子，他约她逃走，她没有这个勇气，再加上这行动是“违背了军人的责任”，他才毅然殉情而死。这是两种截然不同的悲剧。很显然，后一种悲剧更有思想性和时代感。

翠翠母亲是个敢于追求爱情的女性，她想跟着情人逃跑，去获得她真正的爱情。但她不忍心让父亲成为孤独的老人，忍着羞愧、痛苦和怜悯的心情，依旧守在父亲的身边。她是为了父亲而忍痛舍弃自己的爱情，心灵是很美的。现在剧中有关回忆的描写，观众看不到这些东西，看到的是翠翠母亲怎样忍痛生下翠翠这个私生女。我觉得这也不太符合原著中翠翠母亲的形象，回忆如果仅仅为了交代清楚翠翠是个私生女是远远不够的。回忆的重点，似乎应该放在刻画翠翠母亲，勇敢地追求爱情而不变初衷的精神世界方面。

回忆翠翠父母的爱情悲剧，一方面是为了加强影片的悲剧气氛，另一方面是为了追溯老船夫“弯弯曲曲”性格形成的原因。因此，这场戏也应腾出一定篇幅，来刻画老船夫复杂的内心世界，使回忆的戏，更好地为塑造老船夫的形象服务。小说中有一段很好的描写：“事情业已为作渡船船夫的父亲知道，父亲却不加上一个有分量的字眼儿，只作为并不听到过这事一样，仍然把日子很平静地过下去。”多么好的父亲啊！这里可以挖出非常动人的戏来，为深刻而感人地揭示老船夫心灵的纯朴和善美提供了广阔的改编天地。可惜，这些可以挖出戏来的地方，却吝惜了笔墨。

确定了老船夫的主角地位，并不是说翠翠就不重要了。如果说老船夫是影片的灵魂，翠翠则是影片的光彩，她的银幕形象对广大观众更有诱惑力。也许是这个原因，过去（当然也包括二稿在内）才都把翠翠作为主角。翠翠的形象确是光彩照人的。她美丽、单纯、朴实、自然，对爱情忠贞不渝。她的灵魂白玉无瑕，憧憬着无限美好的未来。爷爷死后，她很快送走了悲伤，手牵缆绳沉稳地站在方头渡船上，独自去走长长的人生道路。她的形象给人美的欣赏、美的享受和美的追求。

翠翠和老船夫互换位置，在改编中可能有两种做法：一是削弱翠翠的形象，增加老船夫的戏，通过一减一增，达到换位的目的；二是采取水涨船高的办法，即翠翠和老船夫的戏都要加强，在加强中突出老船夫的主角地位。改编者采用的是后一种方法。结果，三稿中翠翠的形象，比二稿中翠翠的形象更鲜明，特别是在爱情的层次上，展示得比较准确和细致了。如果把二稿和三稿做出一个改编得失的基本总结，我以为三稿最大的成功是：在突出老船夫主角地位的同时，还加强了翠翠的光彩形象。这可以说是《边城》改编上的一个突破和创造，是值得赞赏和肯定的。

老干扶持新竹高

《边城》改编的基本成功，是与许多前辈艺术家们的帮助分不开的，这使我记起郑板桥的一首诗来，“新竹高于旧竹枝，全凭老干为扶持。明年再有新生者，十丈龙孙绕凤池”。改编者得到“老干扶持”，确是一件幸喜的事。限于篇幅，这里只想谈谈沈从文的诲人不倦的扶持。

请先看看沈老修改和批注的几个例子：

龙舟竞渡早已 [决了胜负] **告了结束**，[上了年纪的人] **城里看热闹的人**多已三三两两扛了凳子回家。([ ] 内是删去的文字，黑体字是修改的文字。下同）

批注：照例不是一次决胜负，而是三番五次排队，听鞭炮一响，即竞争划向目标，占先的照例得奖，居多是一面薄薄的银牌，重不过三钱，边缘钻了个小孔，用红线系在一长约一尺的竹篁上。得奖的都插在头巾上，表示胜利，不是值钱。

从回乡进城办货物做买卖的渡客们，微昂头看着少女。

其中有一位黝黑，高身量，豪放豁达的青年——茶峒镇船总顺顺的长子，天保大老。

天保大老：“伯伯，你家翠翠的歌真好听。”

批注：大老似不必那么早出场，应先照近处环境，再写小山城种种，再写整个酉水几个情调不同的水码头和河街种种，共同给人一个不一般的印象，因为不止十处都有吊脚楼的。

这里似乎提早了些（指大老的话——笔者），应当写些陌生过渡人，合情理些。

[与大自然的心搏息息相通，] 翠翠一人孤独地坐在船头上，感受着不可言状的哀愁……

批注：这类现代文字务必避开不用，是学生所熟悉，乡下人不可用，原文（指小说——笔者）较朴素。

月光淡淡地洒在 [窈窕的] 白塔上。[也照着巢内那一对互相暖着身体亲密的喜鹊。]

批注：小白塔不会窈窕的。后面不必要，因为喜鹊是不会在小白塔上砌巢的。

黄狗站起来，双爪搭到她的肩上，安慰似地拿舌头去舔她的脸，翠翠将它推开去，通过泪眼看……

批注：中国狗不似洋狗，不至于舔主人脸上的程度，也很少用双脚搭上人肩上的情形和主人表示亲热，不用这种方式。

夕阳把白塔浸在血一样的红颜色里。[天边起了乌黑的秋雨云，气势万千地往晴空膨胀。] **天气闷热，看来晚上天气要变，二十里外的棉花坡已裹在云里。**

热风把满山竹篁吹得沙沙响。[啪的一声，有一棵碗口粗的竹子被风吹断了，缓缓地不愿意似地倒下去。]

批注：不可能。这里全是些竹篁丛，如灌木林不怕风吹，风来时，只会随风摆动，不会吹断的。能被风吹断的只有慈竹科，一般在人家坟头长起，又名“孝竹”，一堆一堆的荒坟才会出现这种景象。

这只是随便从二稿本上摘录下来的几个例子，读者们读了一定会有很多感想。笔者也是打心眼里敬佩沈老的这种精神。二稿本送他审阅时，他不因八十一岁高龄，而有丝毫的松懈和马虎。仿佛是对待自己的文章一样，一遍、两遍、三遍地审阅，一次、两次、三次地批改。我没有发现只字未动的页面。有好几页上的批改文字，已经超过了原文的字数。恕我没有详细地去统计，说不出沈老在二稿本上批改了多少处和多少文字。保守地估计一下，总在万字以上。那些批改在眉头、边旁、行间的一行行、一块块、一段段熟练的蝇头行书，字字句句都显示出老作家一丝不苟的创作精神与极其严肃认真的工作态度。这不能只看作是对《边城》剧本的爱护，而是沈老对我们电影事业的热情关怀和大力支持。

一万多字的批改文字，涉及各个方面，很难向读者一一介绍，只能概括出几个主要的特点，以飨读者。

一是批改结合。上面的几个例子就说明了这个特点。常见的是改而不批注，或者批注而不改。而像沈老这样又批注又修改的实是少见。沈老几乎每改必批。在一万多言的批改文字中，批注文字占绝大多数。它的好处是不言而喻的：不但让人知其然，而且让人知其所以然。如虎耳草，在剧本中有点爱情的象征意味，改编者时常写到它。既然是草，写它在“晨风里摆着”就是很自然的现象了，然而沈老却把它改成“在晨风里微动”，纠正了不真实不准确的景物描写。但为什么是“微动”而不是“摆着”呢？因为“虎耳草紧贴在岩隙间，和苔藓类一道生长，不管什么大风也不会摆着”。这样，使你在增长知识的同时，也促使你细心地去观察生活，才能达到细节描写上的真实和准确。

二是细致具体。批注不论是短短的一句话，还是长长的几百字，都说得细致具体，没有空话、套话、抽象的话。剧本中写的鸟叫都比较抽象、含糊，沈老就批上：“黄鸟照例在大清早叫，叫声‘勾都郎当，勾都郎当’，声最清幽。”“阳雀则宜远近不同地叫，叫声‘鬼贵红，鬼贵红’，啼唤声尖锐急促。”“野莺藏在竹篁里叫，叫声‘婆婆酒醉，婆婆酒醉归’。”这些具体而生动的生活细节，正是艺术上所需要的。

三是给改编者提供有关的创作素材。因为改编者对湘西生活不太熟悉，沈老热情地提供了一些生活素材，让改编者选用。玩牌的规矩和方法，可以用在顺顺和王团总等人的打牌上；丧堂歌怎样唱法，可以用在老船夫的葬仪上；男女对歌可用哪些歌词，沈老提供整整八页纸的湘西民歌。现在剧本中所用的歌词，都是从那八页纸上摘录下来的；剧本对人物活动的环境写得不清楚，沈老除了用批注指出外，还特意绘了一张环境图，标明溪流、渡口、边城、白塔、竹林、山头等位置……对当时湘西生活和风土人情不十分熟悉，是绝对提供不出这些生动具体的素材来的。

四是为摄制组的创作人员提供创作设想。有些批注文字，与其说是批给改编者看的，毋宁说是批给摄制组的全体创作人员看的。这一部分的内容也是相当丰富的。请看：在“在以上的画面里叠映出片名、编导、演职人员表”的后面批注道：“这需要尽可能占时间少些，照目下习惯，都多了些。”显然，这是批注给导演看的；在“歌声在继续……”后面批注道：“此处充分利用自然界的各种鸟声，易出效果。如配音可用小芦管，好听。”这是批给作曲看的；在“黛色天际的山峦”后面批注道：“不妨用张家界（新发现的一处风景明珠，它坐落在湘西大庸县北35公里的青岩山上——笔者）金鞭崖作背景，那里竹林也可利用，竹子长得秀疏疏的，格局极好。还可作翠翠家后的衬景用，望注意。”这又是批给摄影和美工们看的了。这些批注，对摄制组的创作人员来说，是极其宝贵的。

五是语言文字上的注疏。这一类也占了相当一部分篇幅。沈老在语言文字方面的功底是相当深厚的，任何不通不顺和不准确的语言文字，都逃不过他的眼睛。“不宜动不动用苍白形容，事实上一个常年在风雨阳光下生活的水上人死时，脸都已显得蜡黄。”“刮痧放血，不会流淌，只会流出。”“‘金色的醇酒里’，这种形容缺少应有的准确。”“‘渡口被夕阳烘得暖暖的’，我却看不惯。”“‘难为你’是道谢，和叮咛无关。”……这些语病的发现，固然是由于沈老对语言文字的精通和考究，但更主要的是严肃认真的创作态度。每一个热爱和从事文学创作的同志，在这里，不是可以学到很多东西么?

以上概括的五个方面，当然不能囊括批改文字的所有特点。但“老干扶持”的可贵精神，令人十分感动。可以这样说，《边城》剧本每一页上，都渗透着沈老的心血！三稿本的基本成功，与这心血的浇灌是分不开的。而仍然存在的那些不足之处，是我们努力得不够和受自身水平的限制所造成的。

（原载《电影创作》1983年第8期。被收入1992年中国电影出版社出版的《再创作——电影改编问题讨论集》中）

《哑姑》修改中的几个问题

因为工作的关系，比较了解丁正泉同志修改《哑姑》的情况。其中，在风格样式、农村新人的塑造、情节的提炼等方面，颇费了一番苦心。

《哑姑》前后数易其稿。为了叙述的方便，把前几稿称之为初稿，发表稿（见《电影创作》1982年第3期）称之为二稿。现在比较一下初稿与二稿的变化和提高，探讨一下修改过程中的得失，对于初学写电影剧本的作者和广大读者，也许会有所帮助。

剧本以三中全会前后为背景，通过哑姑允婚、逃婚来到苦水塘的生动故事，从一个侧面形象地反映出：三中全会以后，农村推行了生产责任制，调动了亿万农民的积极性，社员们开始富裕起来。随着物质生活的富裕，人与人之间的关系也发生了新的变化。这种变化与三中全会前形成了鲜明的对比。剧本不是靠生硬的说教，而是通过活生生的人物形象，生动地展示出这种巨大变化，体现出党的农村政策的正确和威力；同时，也歌颂了社会主义新农村，人与人之间的美好关系，为普通农民唱出一曲颂歌。作者从普普通通的日常生活中，从普普通通的人物身上，挖掘出美好的东西，并以朴素、自然的形式进行细腻、精心的加工。为了追求清新、质朴、含蓄、淡雅的风格，我们在讨论修改方案中，明确了一条原则：不追求那种人为的尖锐复杂的矛盾冲突和离奇古怪的情节，而要求从实际生活出发，朴实无华地刻画人物性格。这里举一个有代表性的例子加以说明。

初稿中写了这样一场戏：青龙山来了一个陌生人，在大路上碰见八怪在捉猪。他向八怪打听人。八怪只顾逮猪，不回答，并叫陌生人帮他一起逮猪。到晚上，猪还没逮住，八怪把陌生人领到家里，一边找绳子去捆猪，一边对陌生人说："抓住了，它不跑，你就打，狠狠地打，只是别打死了！"这话被藏在窗外的春哥和大牛听见了，误会为是要捆绑哑姑，两人骂“这男人心真狠”，马上回去，把哑姑藏在猪圈里。八怪领着陌生人直奔猪圈而来，于是春哥和陌生人大打一场，一直打到悬崖边，眼看就要掉下山谷，就在这九死一生之际，天空划过一道闪电，哑姑突然看清那陌生人，原来就是她哥哥，尖叫了一声，猛扑上去。

这场戏花了四千字的笔墨，也就是说占去剧本十分之一的篇幅。写得也还精彩、热闹、紧张，有情节，有矛盾，有冲突，读起来也很抓人。这场戏既有喜剧因素，又有闹剧成分，既有武打又很惊险，但是却和整个剧本的风格样式是不统一的。

晋代文艺评论家刘勰说过这样的话：“酌奇而不失其真，玩华而不坠其实。”电影创作是需要“酌奇”和“玩华”的，但不能“失其真”“坠其实”。这场从捉猪到武打的戏，人工斧凿的痕迹太浓，恰恰是“失其真”“坠其实”。试想一想，哑姑的哥哥，已经找到苦水塘来，直接向八怪打听人，并从路上跟到家里，再拿绳子去捆猪，在这么长的时间里，八怪能不泄露出哑姑的情况来？在那样的规定情景里，哑姑的哥哥能和春哥大打出手吗？春哥和大牛会辨别不出八怪的声音而产生误会吗？……显然，这些都是不真实的。

破坏全剧风格样式的戏，不管它怎样精彩和吸引人，也要舍得忍痛割爱。作者认真地听取了大家的意见，对这场戏进行了修改。二稿中的这场戏变为：拍电视以后，政府大叔拿着照片，再次出去寻访哑姑的家，刚到渡口，就碰上找来的哑姑哥哥。他是看了电视后寻踪找来的。二稿的情节虽然没有初稿那样曲折复杂，戏剧冲突也没有初稿那样尖锐和惊心动魄，更没有惊险的场面和气氛，但它质朴、自然、真实可信，没有人工斧凿的痕迹。艺术的生命就在于真实。虚假的情节是没有生命力的。初稿中渲染了拍电视会被发现，结果，哑姑的哥哥，仍是被政府大叔找来的，这就露出了一个破绽：有前因无后果。二稿中暗场处理哑姑的哥哥看了电视后寻来，从而弥补了结构上的这个漏洞。

初稿中，这场戏表现的主要人物是哑姑的哥哥、八怪、春哥等，而二稿把表现的重点转移到哑姑身上，改变了喧宾夺主的毛病。因为这场戏大家要看的是哑姑的说话，这是全剧的高潮和转折点，到此，“哑姑”这个悬念才彻底解开。这场戏现在还不很令人满意，哑姑说的话，还可以写得更充分些、动人些，但在风格样式上和全剧是统一的，这是最可取的。特别是改掉了哑姑藏在猪圈里、春哥和哑姑哥哥打架等有损于主人公美好形象的情节，使剧本更切合生活的真实。

再从篇幅上看，二稿只用了几百字，比初稿更精练。也许有人会觉得太简单。但艺术不是用字数多少来衡量的，它需要的是以一当十，而不是以十当一。记得一位艺术大师曾用“少——多——少”三个字来概括艺术创作的三个过程，这是经验之谈，值得我们体味。

在初稿中，我们只见到哑姑给狗伢挑挑刺，洗洗脚，替福奶奶干点零杂家务活，一般地跟春哥放放鸭子，除此之外，再没有什么别的作为了。况且这些事情在初稿中又是平铺直叙地表现出来的，缺乏戏剧性，因此哑姑的形象就显得苍白无力。这是初稿中哑姑形象的最大弱点。因此，必须让哑姑要有所作为。修改的方向明确了，但新的问题又来了：让哑姑有什么样的作为？这个问题逼着作者去吃透哑姑的性格特点，这就是她聪明、勤劳、倔强、能干。核心是勤劳能干。哑姑是逃婚来到苦水塘的，这个规定环境又决定了她不可能干出轰轰烈烈的作为来。所以，哑姑的勤劳能干，就只能通过平凡的日常劳动来加以表现。于是就产生了二稿中的一场重头戏——哑姑竞争考鸭倌儿。这场戏写得很精彩，也很有农村生活气息，富有浓郁的诗情画意。

首先，哑姑突然出场应考，虽然出乎人们的意料之外，但却是合乎她的性格发展逻辑的。这时，哑姑和刚到苦水塘时的心情大不相同。心地善良的苦水塘人已经收留了她，从政府大叔、春哥、福奶奶、蛮大妈，直到笑女和狗伢等，都把她当作客人，一个个向她伸出热情的手，帮助她，体贴她，关怀她，使她感到苦水塘人的可亲可爱。她的心情像春天一样越发温暖起来，再也不安于活动在福奶奶家那个狭小的天地里，而想把自己的劳动本领施展出来，为苦水塘人多做一些贡献。应考这个举动，是哑姑心情变化的必然行动，更是一个勤劳的农村妇女美好心灵的一次闪光。如果再往人物心灵深处挖掘，你还会发现，哑姑心中已萌发着对春哥的特殊感情——爱情的萌芽。她是用行动表明，她愿意跟着春哥放鸭子。这种感情是相当含蓄的。我想，假如鸭场不是春哥而是八怪承包的，哑姑很可能就是那些挤在河岸边围观看热闹人群中的一员了。似乎可以这样说，哑姑的这一行动，已经不是作者在指挥他笔下的人物，而是人物自己按照她的性格逻辑在行动了。

其次，这场戏出色地表现了哑姑的本领——能干。这是劳动人民本色的典型概括。这场戏，从环境到人物的外形及其心灵，都给人一种劳动美的享受。两岸青山，一条河流，鸭群在河面嬉戏。多美的环境啊！一叶轻舟，一根竹篙，哑姑撑船在河上穿行，身子像燕子般轻盈、灵活，多美的形象啊！竹篙一伸，篙尖在鸭子翅膀间一旋转，这只鸭子被挑上船来，多么娴熟的动作啊！哑姑的本领既普通又不一般，苦水塘人被惊呆了。政府大叔没有把她当外乡人看待，择优录取了她。从此，哑姑跟着春哥放鸭子，有了施展本领和发展爱情的广阔天地。

这场戏的重点是表现哑姑的能干，但还不足以展示她的勤劳。当然，哑姑的勤劳贯串于剧本的始终。但还要造成一种环境，集中突出地展示她这种品德。春哥受伤住院，为哑姑创造了展示勤劳本领的典型环境。请看春哥回来后的一组镜头：

春哥走过鸭场，鸭子圈在栏里。库房锁了，从窗户里看去，一篓篓白花花的鸭蛋排在一起。

春哥走过猪圈，猪正吃食。

春哥走进家，屋里收拾得整整齐齐，干干净净，他和狗伢的衣服叠得熨熨帖帖的。

这几个镜头展现的情景，是哑姑用勤劳的双手和辛勤的汗水浇灌出来的劳动成果，处处凝结着她对苦水塘人和春哥的一片真情。

作者表现哑姑的勤劳和能干，是为剧本的主题服务的。哑姑这样勤劳能干，但在三中全会前，家里却穷得连哥哥找对象都找不到。两个壮劳力，多年也攒不下几百块钱，逼得哑姑走上换婚的道路。这和推行责任制后的农村新面貌形成鲜明的对比。哑姑的勤劳和能干，也只有在今天才能充分地施展出来。

《哑姑》是农村新生活的一曲颂歌，这个基调，要求作者去反映生活中美好健康的事物。我以为二稿在这方面是很有成效的。除了八怪和冯妈这两个人物身上还残存一些旧思想、旧意识外，其他几个主要人物，都是生活中的先进人物，给人以鼓舞和力量。就是八怪这样的人物，他虽然自私，爱占点小便宜，但也有他可爱之处。他不是去偷鸭场的两只母鸭子，而是用自己的两只公鸭子去换。这个细节选择得很有特色，表现得也很有分寸感，准确、鲜明、生动地刻画出八怪的性格特征，有一定的典型性。

初稿中，有大牛调戏哑姑的戏，并为此春哥和大牛发生了冲突。二稿中删去了这场戏。因为这样的行为动作粗野低级，灵魂也很丑恶，和健康美好的颂歌格调极不协调。更主要的是，它是一种近乎自然主义色彩的描写，不是人物性格发展的必然结果，有损于哑姑的美好形象。删去它，二稿中大牛的形象也变得可爱了。

一般放映一个半钟头左右的影片，要想紧紧地抓住观众，除了靠栩栩如生的人物形象、丰富生动的情节之外，还应该善于设置悬念。哑姑是不是哑巴？她为什么要跑到苦水塘来？这是观众最为关心的。这悬念要到关键的时刻才能揭底，早揭或晚揭，都起不到它应起的作用。初稿没有很好地运用这个悬念，一开头就用画外音点明了哑姑不是哑巴，以后还躲在山背后唱山歌，把底牌都亮给观众了，这就破坏了《哑姑》构思上最独特的一个特点：刻画一个不是哑巴的“哑巴”。

我们要求作者把哑姑当成哑巴来写，让观众也相信她就是哑巴，不要有意识地引导观众去怀疑，这样，当她突然说话时，观众在精神上是毫无准备的，必然产生峰回路转、柳暗花明的艺术效果，情不自禁地发出惊讶声、赞叹声。但马上就会明白过来，这意料之外的情节，也在意料之中。这样处理，情节上曲折有致，节奏上起伏跌宕，感情上有张有弛。一开始就交代哑姑不哑，这些戏剧效果就都被破坏掉了。

细心的读者不知发现了没有，作者又没有把哑姑当成一个真哑巴来写。真哑巴必然会懂得哑语，在和别人交流时，肯定会运用哑语。如果让哑姑做哑语手势，那就失却了真实感。因为哑姑不是哑巴。作者没有驱赶他的主人公去做她不可能做的事情。

哑姑是个有思想、有个性、有感情的人物，而这些又不能靠语言来表现，这就逼着作者去掌握电影的特性——运用动作和细节来刻画人物。初稿在这方面也存在很大的弱点。二稿中的许多动作和细节，如考鸭倌儿一场，哑姑出色的泛舟表演；和八怪自私自利的思想做斗争，巧妙地唤回集体的两只母鸭子；拍电视中间，突然意识到会暴露自己而慌忙逃跑；脉脉含情地给春哥递过去一盒塑料袋包着的火柴；慌忙地抢过春哥手上的梨，不让他切成两半，自个儿吃着那只一辈子永不分梨（离）的梨……这些反映哑姑性格特征和内心世界的动作与细节，都是初稿中所没有的。我粗略地做了一下统计，从初稿到二稿，除了人物、人物关系和故事没有变动外，其他如情节、细节、动作、语言等，百分之七十左右都做了改动。

最后，还想谈谈剧本的开头。

初稿开头，哑姑是这样出场的：

外面大雨滂沱。

风雨声，夹杂着敲门声，福奶奶凝神听了一会，走过去开门。老队长王长乐跺跺脚上泥水，一步跨进屋里。在他身后，跟着一位青年妇女，浑身淋得像落汤鸡似的。

长乐："时来运转，什么都能拣到——喏！"

福奶奶随着长乐的指点，打量着陌生的女人。

长乐："问她叫什么，不讲，家在哪儿，也不说，估计是个哑巴。"

显然，这个开头太一般了。既没有动作性，又不能引人入胜，其手法是小说式的平铺直叙，而且是把需要正面展示给观众的东西推到幕后去了。夏衍同志曾说："一部影片的第一本（即开头——笔者）的好坏，关系很大，它能影响整个影片的质量，并给观众以第一个印象，这个印象也是很重要的。(《写电影剧本的几个问题》，第12页）用这个标准来衡量，哑姑给观众第一个印象是平淡的，没有什么光彩的。

二稿的开头，哑姑给观众的印象就深刻了。这个开头有如下几个特点：

一是开在主要人物身上。哑姑、春哥、狗伢，都是影片的主要人物，一开始就让他们相遇，预示着以后的戏将在他们之间展开。中国的戏剧是讲究头尾呼应的。开头他们邂逅，结尾他们深情离别，头尾呼应起来，在结构上显得更加完整。

二是开头开在主要情节上。鸭场是剧本的主要情节事件。哑姑和春哥是通过鸭子相识的，以后又在养鸭子的过程中逐渐萌发和发展了爱情。因此，开始把哑姑和春哥通过鸭子联系在一起，是画龙点睛之笔。开头开在主要人物和主要情节上，是中国戏曲和旧小说的优良传统之一，它符合我们民族形式的特点和欣赏习惯。

三是迅速地揭示了人物性格的基本特征。电影不像长篇叙事文学作品那样，可以从容缓慢、平铺直叙地展示情节和人物性格。电影要在非常有限的时间内，叙述完一个完整的故事，这就要求电影创作人员，善于选择能够突出地展示人物主要性格特征的典型细节，善于找到能鲜明地揭示人物性格的有力动作，善于准确地描绘特定环境中的各种人物的不同思想感情，从而迅速地让观众入戏。二稿的开头基本上达到了这些要求。哑姑与鸭子争食和躺在柴草垛里过夜的动作，透露出她出逃的路遥、饥饿和疲劳。不服春哥的捆绑，并把头巾里的鸭食抖撒在饭桌上，显示出她性格的倔强。春哥送上一碗剩饭，狗伢还塞上一只鸡蛋，体现了春哥父子劳动人民的善良品德。

《哑姑》经过反复修改，不断地得到提高，但仍然存在一些不足之处。除了上面已经提到的之外，还存在如下一些问题：从全剧看，后面不如前面的细腻；回忆的戏还可精练些；春哥住院时，哑姑似乎应该去探望探望。此外，哑姑因换婚而逃跑，从本质上看是抵制和反抗了封建买卖婚姻，但艺术效果上看，却有哑姑坑了冯家之感。同时，也有损于哑姑的哥哥和嫂嫂的形象，他们能忍心妹妹嫁给一个傻乎乎的人吗？这些不足之处，都有待于做进一步的修改和提高。

（原载《电影创作》1982年第4期；《电影选刊》1982年第4期转载；
《作品与争鸣》1982年第8期再转载）

在《玻璃屋里的人》背后

玻璃屋是晶莹透明的，生活在玻璃屋里的人和发生在玻璃屋里的事，读者自会一目了然。然而，发生在“玻璃屋”后面的事，读者就不得而知了。这篇短文就补补这方面的空白。

1991年夏季，电影局局长滕进贤交给北影一项任务，组织一个电影剧本，通过合拍的形式，到台湾去拍摄。无疑这是一项具有特殊意义的交办任务，我们非常重视，当即拨出组稿经费开展这项工作。事有凑巧，就在这个时候，通过石方禹（原电影局局长）同志的关系，我们一下子拿到了华严女士的15部长篇小说，它们是：《智慧的灯》《生命的乐章》《七色桥》《玻璃屋里的人》《和风》《晴》《蒂蒂日记》《镜月湖》《无河天》《高秋》《神仙眷属》《花落花开》《明月几时圆》《燕双飞》《秋的变奏》。真是得来全不费工夫，怎不欣喜若狂。我们对华严女士和她的小说均是陌生的。石方禹同志深谙这一点，特向我们作了简单的介绍：华严女士是台湾卓有成就的女作家。她本名严停云，1926年农历2月26日生，福建省林森县人。近代资产阶级启蒙思想家严复是她的祖父。她在上海教会学校上学时，与石方禹的夫人是同窗学友。她毕业于上海圣约翰大学，获文学学士学位。华严女士意欲通过石方禹同志在大陆寻求合作的伙伴。海峡两岸隔绝了四十多年，两岸的炎黄子孙都愿“度尽劫波兄弟在，相逢一笑泯恩仇”。都想通过影视文化的沟通和交流，搭起一座通畅的桥梁，为祖国统一大业做出一些贡献。

15部小说中，有不少在香港、台湾已拍过电视或电影，我自然要先看那些还没有拍过影视片的篇章。当掩卷之后，一个强烈的感受印入我的脑海：华严女士是位极其严肃的作家。可以说，她的每部作品都有独特的创意、严谨的构思、流畅的文笔、清新的风格、坦诚的襟怀，道出他人未有之语。她那细腻的笔触，对人物内心世界的深刻揭示，使她的作品极富魅力。《玻璃屋里的人》就是这样一部小说。特别是那句“人人都有一个容易被别人打碎的玻璃屋”的题旨，富有哲理，更让读者去领悟人生的真谛。一个丈夫错娶了一个妻子，一个妻子错嫁了一个丈夫，而这错娶和错嫁的一对男女，原应是情投意合的一对。许多作家写过类似的故事，而华严女士把这样的故事和人物放进她的“玻璃屋”里，就显得不同寻常了。这是一个极好的言情片题材。我们的选择，期待得到作家本人的认同。

1992年11月，在桂林金鸡百花电影节期间，我拜托李行先生（台湾著名导演、台北金马影展执行委员会主席）回台后，为北影与作家的沟通牵线搭桥。李行先生一向热心于两岸电影文化的交流。他回台后不久，就传来信息，华严女士欣然同意我们的选择，愿和北影合作，使她的小说变成银幕形象，同大陆观众见面。我们期望早日和华严女士直接商洽版权与合作事宜，并热情邀请华严女士来北京面谈。因她“专心著作，并无远行计划”而一时搁浅下来。

海峡两岸的友好与交流，是顺乎潮流和民心的。心诚事必成。好像炎黄老祖的有意安排，我于1993年2月赴台访问。这是和华严女士谋面商洽的极好机会，当然不能错过。在台北的日程安排得满满的，我只好放弃一次预定的活动日程，在李行先生的引见下，实现了一次有成效的会晤。在纬来企业股份有限公司一间典雅的会客厅里，我谈了选择《玻璃屋里的人》的一些想法和对她小说的美好印象。华严女士对小说的改编和未来的合拍问题尤为关心。李行先生多次来过大陆，对大陆影视界的情况比较了解，他说：“大陆编剧队伍的水平比较高，改编宜请大陆作家为上策。”华严女士完全赞同李行先生的看法。李行先生当时还列举了他认为理想的几个改编人选。虽然会晤的时间不长，却谈得非常融洽，当时就改编的版权问题签了授权书。华严女士秉承回馈大陆广大喜爱其作品之读者的心情和两岸友好合作的情谊，象征性地以一元人民币价格，把版权“售”予北京电影制片厂。我不知道这项记录，能不能列入《世界吉尼斯大全》？但有一点我敢肯定，它创造了北影购买版权史上的新纪录。

版权“购买”了，下一步当然是物色改编者和导演。导演的选择没费任何周折，著名女导演王好为执导此片，既是众望所归，也合导演本人的意愿。但在落实编剧时，却遇到了意想不到的困难。困难不是来自找不到改编者。先后几位“入册”人选看了小说后，均一致表示愿意接受这项改编任务。但却一个一个不能最后“成交”。

碰到的两个问题十分棘手：一是稿酬要按台湾或者香港的稿酬标准支付；二是要求厂家支付台币或港币。香港、台湾的稿酬当然远远高于大陆现行的稿酬标准，目前是望尘莫及的。如果说要求向香港、台湾的稿酬标准看齐，还有可以理解的一面的话，那么要求支付台币或港币，就既令人费解，也未免太过分了。从华严女士那里只花一元钱“购买”了版权，没费任何口舌，没想到，回来却碰到如此见钱眼开的事儿，太触目惊心了。诚然，金钱是重要的。但不要忘了，还有比金钱更重要的东西。在华严女士面前，她把促进海峡两岸文化艺术合作的诚意，不是看得比金钱还贵重吗！该要高价和台币、港币的，反倒没要。相比之下，我们极少数作家身上，散发出来的拜金主义的铜臭气，怎不令人汗颜和憎恶。

当然，如斯看重金钱的人是极个别的，倒是相反，像华严女士那样的台湾作家，在大陆也是大有人在的。剧本的改编者洪洲同志，就是其中的一位。他一不索取高额稿酬，二不要求支付台币、港币，愿意接受改编这部小说的原因只有两条：一是比较喜欢这部严肃的作品，二是它属一次不同寻常的特殊改编。在索高价的改编迟迟不能落实的情况下，洪洲的不计较价钱的改编，着实令我们十分感动。我把洪洲的创作情况和“表现”及时地通告华严女士，她在复函中感谢洪洲先生对她作品的喜爱，并尊重我们对改编者的选择。在信的末尾还特别写道：“对您过去三个月中努力剧本改编之事表示理解和感谢，并乐观其成。”正像华严女士充满期望的那样，凝聚着洪洲辛勤劳动的改编本，越过海峡彼岸后，很快就传来“乐观其成”的佳音：华严女士“仔细看过”后“相当满意”。

没有洪洲同志救助于改编的困境之中，就不能落实厂家与作家签订的协约；没有洪洲同志的改编，就没有这个电影剧本的诞生；同样，没有洪洲同志的改编，读者就看不到这个好剧本。所以，在这个剧本发表的时候，我们要由衷地道一声：谢谢你，洪洲同志！

改编出一个好剧本，这不是最终的目的。最终目的是要拍出一部两岸合作的好影片。这还要做一番更加艰难曲折的努力。但愿还是“乐观其成。”

我们期待着。

附：华严女士寄来的儿歌《篱边一朵小黄花》

C 4 / 4

3 5 i 6 | 5 3 56 5— | 3 5 i 6 | 5 3 5 6 5— |
篱 边 一 朵 小 黄 花 没 人 栽 也 没 人 插

6 · 5 1 2 | 3 — — — | 3 5 i 6 | 5 3 5 6 5— |
自 己 会 长 大 小 黄 花 呀 小 黄 花

3 5 i 6 | 3 5 5 6 5— | 6 · 5 3 2 | 1 — — — |
谁 是 你 的 爸 和 妈 何 处是你 家

1 · 2 3 5 | 3 2 1— | 6 · 6 i 6 | 3 6 5 — |
我 不 认 识 爸 和 妈 也 不 知 道 我 的 家

i i 2 6 i | 5 5 5— | 5 5 6 3 5 | 2 2 2 — |
微 风 把 我 吹 了 来 泥 土 把 我 收 留 下

2 · 3 2 1 | 2 3 5 — | 6 6 5 35 | 3 2 1 — |
雨 露 供 给 我 营 养 阳光 帮 助 我 长 大

i · 3 2 1 | 6 1 1— | i · 3 2 1 | 6 1 1— |
开 了 一 朵 小 黄 花 开 了 一 朵 小 黄 花

（原载《电影创作》1994年第4期）

《玻璃屋里的人》改编刍议

关于《玻璃屋里的人》电影改编问题，我已写过一篇短文，不过谈的并不是改编本身的问题，而是针对改编背后触目惊心的拜金主义，聊发一点感慨。现在又读到赵玉嵘同志20集电视连续剧《玻璃屋里的人》改编本，情不自禁地想再写一篇文章，专门谈谈这部电视剧的改编问题。

一、编导者的苦心追求

据这个电视剧的编导赵玉嵘同志说，早在1990年春节，她在一次朋友聚会时，我国驻纽约的总领事汤兴伯先生，建议她读读台湾著名作家华严女士的小说，看看有无可能为作家与大陆观众的沟通做点什么。在此之前，随着两岸关系的改善，她就萌发了为祖国统一大业和促进两岸影视文化交流做点贡献的心愿。如今听了汤先生的建议，她当即意识到这是实现自已愿望的极好机会。于是，她就从汤先生那里借到华严的小说，认真地阅读起来。其中《玻璃屋里的人》吸引了她，激起她创作的冲动。

促进海峡两岸影视文化的交流，是炎黄子孙的共同愿望。真是无独有偶。1991年夏季，电影局交给北影一项任务，组织一个剧本，通过两岸合作的形式，到台湾去拍摄。事有凑巧，就在那个时候，通过原电影局局长石方禹同志的关系，我拿到了华严女士的15部长篇小说。无疑，这是一次具有特殊意义的影视创作活动，正像我在《在〈玻璃屋里的人〉背后》那篇短文中说的那样："海峡两岸隔绝了四十多年，两岸的炎黄子孙都愿'度尽劫波兄弟在，相逢一笑泯恩仇'。都想通过影视文化的沟通和交流，搭起一座通畅的桥梁，为祖国统一大业做出贡献。"（此文搜集在《银海论艺》一书中）

殊途同归，我们都怀着共同的愿望去阅读华严女士的小说。那时，彼此都不知道在做着同一件事情，也不知道各自的选择竟是那样的巧合和相同，都钟情于《玻璃屋里的人》。只是在一次偶然的闲谈时，我们才得到了沟通。赵玉嵘同志恳切地表示了她愿拍摄这部影片的愿望。在同一个时候，王好为导演也青睐《玻璃屋里的人》，表达了同样的愿望。这就促使我们开展两岸的联络和商谈工作。后来，我有机会赴台访问，见到了华严女士，顺利地谈妥了电影改编事宜，签署了授权书。回来后要尽快定导演。如前所说，导演已有两个自荐人选：王好为和赵玉嵘。选择的结果，赵玉嵘同志未能如愿以偿，这对她来说，不啻是一次挫折，甚至可以说是沉重的打击。当时我也没投她的票，这是我在任时的一件憾事，时常感到内疚。但赵玉嵘同志没有在挫折面前灰心丧气，用更加顽强的意志和拼搏的精神，去实现执着追求的愿望。电影梦做不成，再做电视梦。北影“购买”的是电影改编拍摄权，并未涉及电视版权问题。当时，我对赵玉嵘同志的心愿是理解的，受挫后的境遇是同情的。于是，我把华严在北京的代理人陈维焜（作家的同窗学友）的电话号码告诉赵玉嵘同志，让她去闯闯电视的路子。不久，我接到陈先生的电话，问及赵玉嵘同志的情况，我知道他们联系上了。从那以后，殊途同归又变成了各奔前程。经过近两年的努力，电影终因资金问题，未能架起沟通两岸的影桥，“官方”努力付诸东流，归于失败。而赵玉嵘同志的“个体”经营，却结出了丰硕成果，完成了20集电视剧的改编和拍摄工作，我真为她的成功而高兴，更被她的拼搏精神所感动。作为一个女导演，在没有得到厂方支持时并不泄气，继续苦心追求。两岸飞书，商谈版权，筹措资金，改编剧本，组织人马……都得亲自出马，身体力行。哪一个环节，哪一个过程，每迈出一步，都要付出巨大的辛劳。正是靠这种顽强的意志和拼搏求索的精神，才赢得了今天的成功。一部电视剧，前前后后，断断续续，坎坎坷坷，花了5年的时间，可谓“路漫漫其修远兮”也。5年中，上上下下，海内海外，境内境外孜孜求索，其酸甜苦辣滋味，只有赵玉嵘同志体会最深。生活中经常有这样的情况，自己看准了一个题材，而要得到它，需要克服许许多多困难，甚至要经历一番“修远兮”的磨难，是知难而进上下求索，还是畏缩后退放弃追求？赵玉嵘同志选择的是前者，这是她获得成功的根本原因。功夫不负有心人！

二、改编中的大胆探索

《玻璃屋里的人》虽说是部长篇小说，也只有十三四万字。这样的篇幅基本上是一部影片的容量，要改编成20集电视连续剧，自然需要大胆的探索。

改编长篇小说，常用的方法是采用删节法。赵玉嵘同志这次改编则完全不同，采用的是拓展法。它比删节法难度更大，因为需要改编者扩展和重新创作许多情节、细节、语言甚至人物。就是说，要增加许多小说中所没有的内容。

拓展法，基本包括三方面的内容，或曰手段，即丰富、延伸和续作。下面略作剖析。

丰富。删节法改编也需要丰富，但那是在原著范围内的丰富。电视剧的丰富，大多是在原著内容外的丰富。丰富可以说遍及全剧，但最突出的还是赵若殊和钱欣月这两个主人公爱情发展脉络和情感层次的细致刻画。赵若殊和钱欣月的爱情是条主线，丰富的笔触当然要往这条线上着墨。因有20集的篇幅了，可以深入细致地展示男女主人公的爱情发展过程。小说中的“点点点”，电视剧中把它连成“线”；小说中的“细线”，电视剧中描绘成“粗线”；小说中的几句对话，电视剧中发挥成整场戏的对话……这就是把“小说化”改编成“电视剧化”。改编本紧紧抓住赵若殊、钱欣月两人的爱情主线，充分细致地展示他们相见、相识、相慕、相知、相助、相怜、相勉、相依直至相爱的过程。当他们的爱情在苏澳小木屋里发展到高潮时，又从各个角度，如孤屋、风雨、悬崖、独木桥等加以渲染、烘托，使两颗挚爱的心融化在一起。在他们的爱情受到打击和折磨时，又细腻地展示他们相思、相念、相盼、甚至绝望，直到最后有情人终成眷属的过程，使观众在欣赏丰富细腻的爱情戏剧中得到愉悦和满足。

小说中侧重写了四个男女之间的爱情纠葛，电视剧中丰富和发挥成八个男女之间错综复杂的爱情关系。丽娜已经受到秦品南的玩弄和利用了，又受到大卫的欺骗，她人财两空，对爱情和生活彻底绝望，走上了自我毁灭的道路。香妮和秦品南与钱欣月三者之间的关系，交织着爱与恨、美与丑、善与恶的复杂情感和心灵撞击，让你思考什么是真正的人生真谛。丽娜、秦品南、钱欣月之间又一个三者关系，使“玻璃屋里的人”生活和爱情更加色彩斑斓，光怪陆离。围绕这些剧中人之间真情和假意的不同爱情生活的描绘，无论是心理、细节、对话的丰富，还是情节、场次、关系的发挥，都起到了强化不同爱情悲剧的氛围作用，是对作品深度的进一步挖掘。

延伸。延伸实质上也是丰富，但它比丰富的外延要扩大得多。这方面涉及的范围较大，只举几个有代表性的例子加以说明。

延伸了两个孩子的戏。钱欣月的儿子小南和钱品蔼的女儿小蔼，在小说中几笔一带而过。电视剧中在两个孩子身上延伸出很多戏来。钱欣月对儿子的母爱，秦品南对儿子的漠不关心，小南摔伤后夫妻俩对儿子不同的态度，都形成强烈的反差和对比。钱品蔼热心社交和搓麻将，无心顾及儿子。赵若殊远在台南，虽很疼爱女儿，但爱莫能助。这样，钱欣月的爱心，反倒得到充分的展示，成了小蔼不是母亲胜似母亲的亲人。因两个孩子戏的延伸，又引起两对年轻夫妻之间的种种矛盾，这是改编者的匠心所在。孩子的戏是醉翁之意不在酒，是为了刻画大人们的不同性格、品德，加剧他们之间的矛盾，推动剧情一环扣一环地向前发展。不难看出，两个孩子戏的延伸，既使家庭生活的戏充满朝气、活力和人情味，又使人性中的真善美得到颂扬，而使假丑恶遭到鞭挞。

丽娜与香妮两个女人的戏，也得到了较充分的延伸。这两个女人都跟秦品南长期偷奸，双双对对出入于灯红酒绿的歌舞厅，花天酒地，打情骂俏，蝇营狗苟，给电视剧增添了生活色彩和观赏性。丽娜和香妮的屏幕形象，从一个侧面反映出台湾社会中下层女子的生活境况，很有认识价值。她们长时间和同一个男人保持不正当关系，有的是痴情，有的是被生活所迫。但她们都过于单纯、软弱和轻信他人，识不破秦品南的伪善面目。从这个角度看，丽娜和香妮形象的延伸，才使秦品南这个假丑恶形象的代表人物嘴脸暴露无遗。丽娜和香妮，她们自己既是爱情悲剧的受害者和牺牲品，也是钱欣月和赵若殊爱情悲剧的参与者，扮演了一个既可怜又可悲的角色。

薛安德在小说中只提过寥寥几句，称不上是一个人物。在电视剧中却延伸成赵若殊和钱欣月爱情发展过程中不可或缺的角色。观众不难发现，在所有剧中人中，钱欣月除了赵若殊是她“心有灵犀一点通”的知音和追恋者外，再没有一个说知心话和倾诉情愫的人了。在赵若殊离台赴美后，她的情感和她对赵若殊的思念就无法表现出来。这时，薛安德这个人物就为分离在大洋两岸的一对恋人架起了一座沟通心灵的桥梁。钱欣月身边没有了赵若殊，又补上一个薛安德，担负起鸿雁传书的使命。对钱欣月来说，薛安德形象的延伸，起到了此处无赵（若殊）胜有赵的作用。这是改编中非常成功的一笔。

续作。续作在改编中不常见。因为它属于改编者后续上去的新创作，往往有不忠于原著和画蛇添足之嫌。但好的续作照样能成为原著不可分割的一部分。如《红楼梦》后四十回的续作，就是一个成功的例子。

电视剧中续作了钱欣月教孩子学琴的戏。这组戏的续作，有利于刻画钱欣月丰富复杂的内心世界。她的活动环境，基本被冷落在那幢死气沉沉、孤独凄凉的“玻璃屋”里。在这样的环境中，她的内心世界很难充分地展现出来。而教孩子学琴的戏的有机加入，一是可以使这幢寂寞凄清的“玻璃屋”充满新的生机和活力，在天真、活泼、可爱的孩子们面前，喧闹驱除了钱欣月的孤寂，欢乐排解了她的烦恼。二是能展示她不甘无所事事，愿为他人做些益事的善良品格。三是能充分发挥钢琴这一道具的作用，它既能增强电视剧的音乐效果，又能用琴声抒发主人公的心声。当然，如果细推敲起来，学琴戏的续作，也不尽十分贴切。像钱欣月这样身份和家世的太太，在家里按时教孩子们学琴，可能性不大。如果写几笔家人反对的态度，这组续作就更加合理了。

柯子俊是续作中一个新人物，他是为钱品蔼而设计的人物关系。他单相思地爱着钱品蔼，确是一片真情。钱品蔼既不接受他的爱，也不断绝与他的交往，一直吊着他的恋情。钱品蔼这样做是为了对付丈夫赵若殊的。她怕在婚姻关系中鸡飞蛋打，抓个柯子俊作备份儿。不续作这个人物，钱品蔼的戏过于平淡，爱情纠葛不好进展。改编中不能写她去爱秦品南，他们毕竟是一家人。若要硬写成在一个家庭内，相互换妻换夫，也太落套了。所以，柯子俊这个人物的出现，既增强了故事性，又丰富了钱品蔼的性格色彩，还预示着钱品蔼、赵若殊、柯子俊三者之间爱情的发展趋势和归宿。

总之，拓展法基本上没有脱离开原著的风格特色。丰富而感觉饱满，延伸而显得顺畅，续作能融入整体构思之中，这就是拓展的成功之处和特色所在。

三、改编中的瑕疵

看罢20集改编本，每集片头前的剧名《玻璃屋里的人》赫赫在目。于是脑海里就产生一个问题，这部电视剧为何要冠上这个剧名？答案只能到小说中去寻找。

翻开小说《玻璃屋里的人》，映入眼帘的第一句话是：“每个人都有弱点，当你将要打击别人的时候，先想一想你自己也有一幢经不起打击的玻璃屋。”这句题旨，开宗明义地告诉读者，小说为什么起名叫《玻璃屋里的人》。显然，这是一个具有象征意义和富于哲理的书名。如果说这部小说有许多不落窠臼、别出心裁的新意和特色，那么，这句题旨就是非常新颖独特的一个方面。

严格地说，小说中这句寓有哲理的题旨，或曰主题，虽然闪耀着智慧的光芒和火花，但却缺少有机深入的形象化体现，用恩格斯的话说，就是缺少自然的流露。这是美中的不足。我以为，改编似乎应取这样的态度：保留其精华，弥补其不足。其实，主题缺少形象化体现的不足是可以从三方面加以弥补的。一是用片头字幕打出那句题旨，电视剧一开始就让观众明白剧名的象征意义，引导大家去领会和理解它的含义。二是布景突出、强调玻璃屋的屏幕视觉形象，使象征性的“玻璃屋’转化成形象化的玻璃屋。也就是说，把看不见的“精神”“玻璃屋”，形象化成看得见的物质的玻璃屋。我想，为了达到这样的艺术效果，搭建两个或选择两个外形酷似玻璃屋模样的玻璃屋子，剧中人不就成了“玻璃屋里的人”了吗，这样，多多少少能达到寓意于景、意景交融的效果。三是画龙点睛地揭示剧中人都有弱点——易被别人打碎的“玻璃屋”。这在小说中有很多描写。秦品南的“玻璃屋”最不堪一击。他金屋藏娇，还在外面寻花问柳，把柄就攥在赵若殊的手里。当赵若殊欲去打击秦品南的“玻璃屋”时，他自己的“玻璃屋”也是经不起对方打击的。他爱上了秦品南的妻子钱欣月，并在苏澳小木屋里男欢女爱，逾越了男女的界限，也是不道德的行为。钱欣月无法生活在丈夫的“玻璃屋”中，也有经不起丈夫打击的“玻璃屋”。她瞒着大家和赵若殊播下爱情种子的一段相遇历史，成了后来满身是嘴也解释不清的把柄。钱品蔼抓住赵若殊身藏钱欣月照片的把柄，欲打击丈夫的“玻璃屋”，可自己也置身于勒索钱财和婚外恋情的“玻璃屋”中。因为自己有个易被别人打碎的“玻璃屋”，在打击别人的“玻璃屋”时，就会显得缩手缩脚和软弱无力了。在这种创作思想指导下，就决定了《玻璃屋里的人》中的人物，好人不会十全十美，“坏人”也不会一无是处。

电视剧的改编避开了“玻璃屋”的问题，我认为是一个瑕疵。因为至少在关于作品灵魂的阐释方面没有忠于原著。但编导是有意避开这个问题的。她在阐述中说：

“我反复阅读、体味《玻璃屋里的人》这篇小说，尽管我并不认为小说中的人物是完美无缺的，可自始至终我都对华严女士给作品所做的这个注脚感到费解。”基于这个认识，电视剧不触及这个注脚，而我却把它说成是改编中的瑕疵，似有冤枉之嫌。不过我还不愿意否定我的挑剔。既然是有意回避，不如干净彻底，不留任何蛛丝马迹，舍弃小说的名字，另起个新剧名，就不会让千千万万观众费解了。这样说来，《玻璃屋里的人》这个剧名，倒成了一个名不切题，让观众摸不着头脑的瑕疵了。

（原载《电影创作》1995年第3期）

一曲激浊扬清的正气歌

——漫谈《天网》及其他

谢铁骊导演说，他之所以拍摄《天网》这部电影，就是看重它是一曲激浊扬清的正气歌。

《天网》是部政法题材的故事片。影片描绘了一桩触目惊心的冤假错案和展示平反这桩冤案所进行的一场惊心动魄的斗争，为当代共产党人和人民群众高奏了一曲激浊扬清的正气歌。

《天网》的正气歌是从两个方面奏响的。一是影片主人公、县委书记秦裕民及其周围无私无畏的共产党人，二是冤案的受害者李荣才及广大勤劳朴实的人民群众。

一部影片的成败和思想艺术价值的高低，主要取决于创作者们能否塑造出性格鲜明的典型形象。《天网》中的秦裕民，就是一个大义凛然、为民做主的共产党人的光辉艺术形象。他作为一县人民的"父母官"，上任伊始该有多少事情要抓、要办、要管，然而偏偏碰上坐在县委大门外告状的李荣才。面对寒风中瑟缩的李荣才一家老小三口的凄惨景象，一个共产党员为民申冤、为民做主的强烈责任感，激励着他下决心要管这桩不能给共产党人丢脸的积年旧案。影片一开始就把一个与民休戚与共、息息相通、全心全意为民办实事的公仆形象树立在观众面前。

在平反过程中，遇到多大的困难，都动摇不了秦裕民的决心。开始组织专案组，在人选问题上，就遭到县委副书记、曾办过此案的史伍德的反对，他顶住了；暗访花峪村，面对着贾仁贵鱼肉百姓、横行乡里的累累罪行，他嫉恶如仇地给以无情揭露和痛斥；贾仁贵无视停职检查的通告，私自外出活动，引出顾专员突然来县里"视察"，使他承受巨大的压力，他沉着冷静，没被上级领导的下马威吓倒。因为他有一身的凛然正气，和当官不为民做主，不如回家卖红薯的"为民"思想品质，才使他在困难和压力面前，显出可贵的勇气、魄力、胆识和正确灵活的斗争艺术。影片把秦裕民放在矛盾斗争的焦点上，随着剧情的发展和矛盾的激化，他的形象也就越来越光彩夺目。

歌颂党魂民心的正气歌，光靠秦裕民一个人独唱是远远不够的。以秦裕民为核心形成了一个坚强有力的“合唱队”。影片热情讴歌以秦裕民为代表的一批党员干部，同人民群众心连心，为抨击邪恶，伸张正义，英勇无畏奋不顾身地进行战斗。专案组是秦裕民最可信赖和依靠的战斗集体。郭县长虽然还在养病期间，却亲临顾专员召开的以势压人的会议，仗义执言，态度鲜明，给秦裕民增添了信心和力量；纪委书记、专案组组长尹远，秉性耿直，敢作敢为，是秦裕民的得力助手；信访办主任许克俭，有勇有谋，积极为秦裕民出谋划策，使他在这场斗争中既坚定了原则性，又富有策略性；在斗争的关键时候，地委贺书记给秦裕民打来了电话，更坚定了他必胜的信心。秦裕民就是在这些披肝沥胆、无所畏惧的战友、同事、领导的支持下，拨乱反正，扶正祛邪，取得了法撼民心党心的辉煌胜利。

若没有广大人民群众的壮威、壮声、壮色，也奏不出时代的壮歌来。毛泽东同志早就告诉过我们：“人民，只有人民，才是创造世界历史的动力。”人民群众是正义力量的源泉和根基。而人民群众的正义力量，又是来自他们对共产党的无限信赖和拥戴。李荣才就是其中一个突出代表。

李荣才天生一副铮铮铁骨。他告状20余年，越告越遭到贾仁贵的打击、迫害，但他绝不善罢甘休，决不向邪恶势力低头认错，从乡告到县，从县告到地区，从地区告到省，从省告到中央，告得家破人亡，妻疯子散，衣不蔽体，食不果腹，还要告下去，非把贾仁贵这样的假共产党员告倒不可。李荣才性格的坚定性和不屈性，正是植根于他对共产党的坚定信念。“这一个共产党不管，我就找另一个共产党。只要是共产党的天下，我的事就会有人管。”中国共产党不正是得到千千万万像李荣才这样的公民无限信任和拥戴，才赢得了社会主义革命和建设的伟大胜利吗？共产党员中尽管有贾仁贵这样的败类，但在李荣才的心目中，共产党永远是应该信赖的人民大救星。

近些年来，党内滋生了腐败现象，党群关系远不如战争年代和中华人民共和国成立初期。在这样的情势下，李荣才银幕形象的出现，具有极大的现实意义。我们不能因为党风不正和党内存有严重的腐败现象，就产生对共产党的不信任情绪。还是应该像李荣才那样，越是面对着党内的腐败现象，甚至遭到党内腐败分子的迫害，越要相信共产党，才能战胜邪恶，消除腐败，端正党风。试想，如果生活中有千千万万像李荣才和秦裕民那样的党员和群众，我们的党群关系，将会是何等美好的血肉关系啊！

李荣才的斗争不是孤立无援的。他的不幸遭遇和悲惨命运，花峪村的村民们有目共睹。贾仁贵的罪恶也给村民们造成了极大的灾难。在最困难的日子里，他们也没有失去对共产党的信任。当他们得知顾专员要来村里给贾仁贵撑腰打气、秦裕民将承受巨大压力时，这些平日里老实巴交，甚至有些胆小怕事的村民们，集体挺身而出，手捧请命书，跪在路上拦住顾专员的车。村民们的果敢行动，使秦裕民亲眼看到团结起来的群众力量的伟大和势不可挡。顷刻间，帮他摆脱山重水复疑无路的困境，转入柳暗花明又一村的坦途，怎不令他感动不已！老区人民对党的信任和在关键时刻给予他的支持，使他得到巨大的精神鼓舞。人民的觉醒和奋起，使《天网》这曲正气歌，达到了最强音，真可谓凌云正气冲霄汉，法网恢恢罪难逃。

《天网》给予我们许多启示，联系当前的电影创作，憋不住想发几句感慨。

首先，银幕更加呼唤主旋律影片。在主旋律影片创作方面，我们取得了一定的成绩，但离突出主旋律还有一定距离。近些年来，我们银幕上的正气歌不突出、不嘹亮，不适应精神文明建设的需要。国人在谈论电影时，大多流露出一种失望的情绪。究其原因，主要是突出主旋律不够。太多的轻歌、媚歌、恋歌、悲歌、丧歌，很少很少的壮歌、颂歌、正气歌怎能突出出来呢？每年观众看不到多少充满时代激情、讴歌当代新人、振奋人们意志的影片。坐在电影院里，不是看某代导演用他们的思想、情绪、意念阐释生活、文化、人生、哲学，就是看充满刀光剑影、烧杀抢掠、血腥残暴、拳头加枕头的所谓娱乐片。有些影片，经过一番精心的包装，拍得也很精美，但思想内容消极、低沉、阴晦，甚至包藏着腐朽、堕落和反动。这类影片拿到国外，往往倍受青睐，有的还能抱回奖杯。于是拍摄这类影片的导演走红起来，一部接一部，用不太健康的精神产品，去迎合和取媚观众的口味与欲求。同行和稍高一点层次的观众看了这类影片，感到羞愧和汗颜。然而，拍摄这类影片的创作者们，却非常骄傲和自豪。而想高奏时代凯歌的艺术家，也只好在几乎“失业”中悲叹了。说实话，这类影片看多了，感到憋气和窝心，哪还有情绪重返影院呢。《天网》和这类影片形成了鲜明的对比，看了它，深感人间有正气，神州不乏脊梁。我们有理由要求电影工作者，在银幕上为党和人民高唱正气歌，在党风和社会风气受到严重破坏的情况下，更好地担当起建设社会主义精神文明的重任。

其次，电影要关注人民，关注现实。可以说，中国电影过去一直具有关注的可贵品格。在商业大潮的冲击下，电影创作的这种关注越来越淡化和淡出了，有远离生活和现实的发展倾向。大量历史题材的武打片、才子佳人片、传奇片、戏说片，随心所欲地编，离奇古怪地拍，反正跟当代现实毫无关系。就是反映当代人生活的影片，相当数量的剧中人物，也看不到他们在四化建设中，为人民、为国家在想什么，干什么。展现在观众眼前的，往往是匪气痞气、人性龌龊、浑浑噩噩、花天酒地、争钱夺艳的丑陋众生相。他们之间的矛盾和斗争也多是建立在尔虞我诈、相互倾轧、充满私欲为自己或小团体利益的基础上。这样的影片，缺乏的正是对人民和现实的关注与起码的社会责任感。在这一点上，《天网》的创作者们，那种敢于关注人民、关注现实的创作精神，那种强烈的时代责任感和正义感，是非常值得我们敬佩和学习的。

再次，要敢于触及生活中的尖锐矛盾。生活中的尖锐矛盾，往往是大家关心的话题，只要我们掌握好分寸，是毋庸回避的。《天网》在改编过程中，曾有人担心它对当代社会中的阴暗面和党内腐败现象的暴露，会使人灰心丧气，悲观失望。现在看来，这个担心是多余的。《天网》给观众的震撼力在于：人间有黑暗，但更有光明；共产党内有腐败，但共产党自身能够消除腐败。关于光明与黑暗、歌颂与暴露的问题，毛泽东同志在《在延安文艺座谈会上的讲话》中，作了精辟辩证的论述。关键是创作者们站在什么立场上。写贾仁贵那张罪恶的网，是为了张扬秦裕民这张扶正祛邪的正义法网。所以，《天网》的总基调是昂扬的。现在某些影片恰恰相反，把反面的写到一丈，正面的却只有一尺，正气根本压不住邪气，这样的暴露，当然不会产生好的社会效益。

电影创作，不应该回避生活中的尖锐矛盾。《天网》给我们开辟了一条成功的蹊径。但愿这条蹊径越开辟越宽，越走越通畅，使我们的银幕成为反映当代社会生活的一面镜子。

（被收入1996年文津出版社出版的《银海论艺》中）

奇恋·奇人·奇交易

——看《紫禁城奇恋》有感

《紫禁城奇恋》这部影片，描写了一个发生在19世纪末叶，一个年轻的英国公使馆翻译和一位大清国王府的格格，以及某帝国公使夫人之间的一段友谊和爱情故事。不难看出，这是一个新颖奇特的故事。正如片名所告诉我们的那样，它是一个奇恋的故事。其实，除了奇恋之外，影片还有许多称奇的地方，诸如奇人、奇事、奇交易、奇悬念、奇情节、奇情趣，等等。这篇短文，只就奇恋、奇人、奇交易三个方面，谈点肤浅的感受。

奇恋。奇恋的故事，发生在异国的一个女子与四个男人之间。

某帝国公使阿尔卡金的夫人安娜，她年轻貌美，风姿绰约，同时被英国翻译查尔斯、某帝国使馆武官别里科夫、大清国的庆王爷所追求爱恋着，安娜与这三个男人周旋着，而同丈夫只是同床异梦。这就形成了这个奇恋故事的人物关系。

安娜的丈夫阿尔卡金，已经老态龙钟，他的整个心思都用在收集中国的珍宝古董上，夫人只不过是他外交场合上的摆设罢了。安娜热恋着异国情人查尔斯，常与他偷偷约会偷情，当然不会把感情放在自私、冷酷的丈夫身上。她在享受着和情人幽会的幸福欢乐的同时，又苦于逃不脱与公使丈夫这个没有爱情的婚姻的羁绊。查尔斯深深地爱着安娜，他为了得到她，克服了重重障碍和种种阻力，勇敢地与邪恶搏击。本来，他们俩是有情人终成眷属，但最终却逃不出阿尔卡金和庆王爷设下的陷阱，美好的爱情化为泡影。别里科夫也热恋着安娜，他献殷勤，讨欢心，死纠缠，直至强行施暴，但安娜绝不顺从，表现了她对查尔斯爱情的忠情不渝。庆王爷痴恋着安娜，他既不像查尔斯那样搏击追求，也不像别里科夫那样死死纠缠，而是凭着他特殊的地位，手中的珍宝，在暗中进行着更有力的争夺。别里科夫的明枪易躲，但庆王爷和阿尔卡金的暗箭难防。安娜到死也不知道，自己是死于丈夫与庆王爷之间的一笔肮脏的交易。四个男人都没有得到安娜，这就是这个奇恋故事的悲剧结局。这个悲剧结局，是人物、故事、情节发展的必然结果。安娜摆脱不了是公使的摆设和玩偶的地位，就不可能追求到她的爱情，而只能是一个爱物不爱人，与一个爱人不爱物的两个狼狈为奸者的共同牺牲品。

奇人。《紫禁城奇恋》中，有几个是称得上奇人的人物，这就是阿尔卡金、庆王爷和文瑞。

贪婪和狠毒是阿尔卡金这个奇人的本质特征。他作为一国公使，在离任前有多少外交事务需要他处理哟！然而，他却忙于收集、掠夺中国的价值连城的珍贵古董，装箱运回国去，真是利欲熏心。帝国主义的贪婪掠夺本性，在阿尔卡金身上暴露无遗。他为了得到唐代王摩诘的《飞瀑泻玉图》，不惜任何代价，直至用自己年轻貌美的妻子去换取这幅古画。这已经够狠毒的了。而更为丧尽天良的是，他自己舍弃妻子得到了古画，而不让失去古画的人得到“妻子”，亲手把安娜活活毒死。这实在是世界上罕见的奇人。我一方面赞赏这个奇人塑造得独特，同时也感到不甚理解。像阿尔卡金这样接近地狱年龄的老人，身边有个年轻貌美的妻子，什么荣华富贵都是无可比拟的。然而，他却选择了杀妻图财的道路，确实令正常人不好理解。

庆王爷这个奇人，奇在宫廷内的腐败和八旗显贵们的不可一世上。他是庆王府的王爷，高高在上，可有时又衣衫褴褛地混在乞丐们中间，令观众惊奇不已。他为了得到公使夫人，敢冒清廷皇室之大不韪，偷用老佛爷喜爱的国宝，去换取自己喜爱的女人。没有奇特的胆量，是不敢做出如此离奇的行为的。他不论混杂在乞丐之中，还是扮作仆人，都是一副王爷的举止和威严。即使在外务大臣面前，也敢我行我素，强搂着公使夫人乱蹦乱跳。这个奇人给影片增添了不少奇趣，使影片更富有观赏性。

文瑞也是个奇人。她的奇人特色，主要表现在超乎寻常的行为上。她在英国留了几年学，被哥哥催回来“奠雁”完婚，而她却不同意这桩婚姻，想方设法想再回到英国去。她在遇到了查尔斯后，把去英国的希望全都寄托在查尔斯身上。她不愿恪守祖宗的规矩，耐不住深闺的寂寞，时常女扮男装外出。遇见不平，敢于伸张正义。她是情节发展中起着重要作用的人物。只可惜，这个更富女性奇人个性的文瑞，表现得不够突出，因而她的形象就显得不够完整了。

奇交易。《紫禁城奇恋》的整个故事，是围绕一桩奇特的交易展开的。这桩交易之奇特，就奇在交易双方，一个是帝国的外交公使，一个是清朝的堂堂王爷，一个要得到古画，一个要占有美女。两个都是贪得无厌的人，进行了一场世间最肮脏的交易。这场交易进行得也很奇特，不“明修栈道”，只“暗度陈仓”，这就使影片从头到尾充满悬念。观众要看的是，美女如何换古画的复杂曲折过程，而影片总是吊着你的口味，不让你早早地看到结果，而用一个接一个的悬念，如古画被谁拿走了？安娜怎么失踪的？她为什么躺在王爷府上？她是怎么死的？谁是杀死她的凶手？……这一个个悬念不揭底，观众就不明白这场交易的来龙去脉，就不会离开影院。奇特的交易是影片的主要情节、核心事件，但在银幕形象上，并不占主要篇幅，而是围绕这桩交易，去表现当时的社会环境、时代风貌，刻画各种各样的人物，这是《紫禁城奇恋》有别于其他悬念片的一次较为成功的尝试。

（原载1994年10月12日《北影新片》）

读解《谁是第三者》

北影的影片，在社会上能引起争议的不多，这不全是好事。要想拍出有争议的影片，首先要解放思想，敢冒点儿风险。写第三者插足，是容易引起争议的敏感题材。但当初影片的构思是四平八稳的，写一个得胜了的第三者，在组成新家庭之后，逐渐产生许多新的矛盾，双方并没有得到旧家庭解体前所憧憬的爱情和幸福，相反，双方反而回忆和怀念起各自离婚前的家庭生活。显然，这是要告诫人们不要做第三者。第三者即使插足成功，其结果也是不幸的，新家庭还不如旧家庭好。当时，我们向作家提出明确的要求，要大胆地写一个“响当当”的、让观众七嘴八舌的第三者。

无论是在家庭、婚姻之内还是之外，谁是爱情生活中的多余人物，谁就是第三者，这是影片要告诉观众的新观念。我以为，这是影片最可贵和最有价值的地方。

传统的观念认为，合法婚姻之外的爱恋者就是第三者。一提到第三者，不分青红皂白，就会遭到舆论的嗤之以鼻。其实这是不公正的。其不公正的原因就在于，没有从爱情是家庭婚姻基础这个根本问题出发。恩格斯说：“当事人双方的相互爱慕应当高于其他一切而成为婚姻基础。”有了婚姻的家庭，不等于就有了爱情。只有有了爱情，婚姻和家庭才是牢固和美满的。因此，谁是第三者的问题，不能只从婚姻家庭这个角度来看。有爱情的家庭，再有第三人插入，那才是第三者，因为他（她）是爱情生活中的多余人物。不过，这样的家庭，第三者往往是插不进去的。影片中华超和张恩寿的家庭，根本没有爱情可言，只剩下婚姻家庭的外壳和形式，桑雨晨的介入，就不是多余人物了，从恩格斯说的爱情是婚姻基础这个角度来看，张恩寿就成了多余人物，即第三者了。这难道不是向传统观念的一次勇敢的挑战吗！

看来，谁是爱情生活中的多余人物，谁就是第三者的新观念，能被所有人接受是不可能的。但时代在变化，人们的道德观念也在变化，新观念会被越来越多的人接受也是毋庸置疑的。

有人问《谁是第三者》属于哪类题材呢？这似乎是不值得思考的问题。是爱情题材，是家庭伦理道德题材……但我却没有顺着这个约定俗成的思路去归类。我是把它划入改革题材范围之内的。因为，写各行各业改革本身，反映轰轰烈烈的社会变革，是改革题材。但改革是一项宏大无比的工程，包括的范围极广，其中思想观念上的更新是一项更为深刻的改革。《谁是第三者》着眼于观念上的更新，就家庭、婚姻、爱情等伦理道德方面的问题，提出一种新的观念，不管这种观念你同意不同意，你能不能接受，它用活生生的银幕形象展现出来让你思索。它属理性方面的改革影片。基于这样的思考，我认为改革题材的范围应该扩大，把不写改革的本身，而着重写观念上的更新的影片，也应划入改革题材的范围之内。

我对这部影片感到不满足的是，太强化了“死亡的家庭”。张恩寿是令人讨嫌的女人，她冷酷无情，刁蛮虚伪，明明不被丈夫所爱，自己也并不爱丈夫，却要死死抓住婚姻这根绳索捆住华超的手脚，不让他得到美好的爱情。她是不道德婚姻的顽固维护者。其实，张恩寿的内心也是痛苦的，这没有爱情的痛苦也是值得同情的。影片过分刻画她“憎恶”的一面，就显得简单化了。编导采用两极的艺术手段，对桑雨晨用褒奖的笔墨加以“美化”，对张恩寿则用贬斥的笔墨加以“丑化”，使两个形象形成强烈的反差对比，把观众的谴责引向张恩寿，把观众的同情引向桑雨晨。在这里，新观念中又延袭了旧观念。编导显得胆怯和畏惧了。诚然，强化死亡的婚姻是为了加速它的早日解体，让有情人早成眷属。但旧家庭的完全死亡，第三者的插入就会大大削弱它的争议性。因为我们是想拍部有争议的影片。现在看来，我们虽然选择到了一个有争议的题材，可惜拍成一部虽有争议，但却很难热热闹闹争议起来的影片。这不能全怪编导，与我的保守思想也有关，想拍部有争议的影片，又想有个保险系数。这个保险系数就是强化死亡的婚姻。这种指导思想在剧本修改过程中一再被强调。其结果必然是削弱影片反映生活的深刻性、普遍性和尖锐性。事实上，在现实生活中，爱情在婚姻之外的家庭，并不都是彻底死亡了的家庭。如果当初思想更解放一些，把桑雨晨和张恩寿的形象，塑造得不是像现在这样爱憎分明，而是在爱情的天平上各自都有自己的重量，可能会更理想地达到我们预期的效果，那今天争论的火焰就会更旺了。这是后话。唉，电影又一次成了遗憾的艺术。

（原载《艺术世界》1988年第3期）

娃哈哈人的儿童情结

北影与杭州娃哈哈集团公司合拍的现代童话影片《魔鬼发卡》，现正在酷暑里紧张拍摄之中。电影局对这部合拍儿童影片很关注，滕进贤局长，以及柳城、李文斌等局领导，都拨冗参加了开机仪式，并一致肯定了这次合拍的特殊意义，特向娃哈哈集团公司表示了诚挚地谢意。

近几年来，北影跟境内境外，合拍了几十部故事片，但没有一部是儿童片。一般说来，投资者都是为了赚钱而投资拍片的，儿童片发行尤为困难。人家不愿意投资合拍儿童片，这是无可厚非的。但娃哈哈集团公司这次投资拍摄儿童片，却与众不同，独树一帜。他们的出发点和立足点，不是为了经济利益。娃哈哈人，不仅满足为亿万儿童的健康成长提供物质的营养，而要更上一层楼，愿为亿万儿童的健康成长提供不可缺少的精神食粮。这种难能可贵的企业文化精神，又一次塑造了娃哈哈的独特形象。我们为寻找到这样的热心于儿童文化事业的合作者而感到高兴！

北影每年都有一部儿童片的生产任务。多年来，我们一直是完成或超额完成这项任务的。遗憾的是，1993年，却成了儿童片的空缺年。不管有多少客观原因，我们总觉得有愧于国家，有愧于亿万儿童。今年儿童片的拍摄和发行仍处在极其困难的境地中。为了儿童影片的创作生产，厂里也倾注了不少精力，有时宁愿承担几十万元的亏损，也要下决心完成儿童影片的生产任务。今年厂里经济极其困难，不允许再投产亏损的影片。在这种情况下，霍庄导演把《魔鬼发卡》剧本送我审阅，我确实不知所措。当他提及可否求助于娃哈哈集团公司资助时，我顿时喜出望外，预感到事成有望。于是，我们跟娃哈哈集团公司取得了联系。他们同样抱有“为儿童办一件好事”的强烈愿望，表示了资助这部儿童片拍摄的意向。随后，我和霍庄导演前往杭州娃哈哈集团公司，和施穗明助理、王维源顾问共同商讨了合拍事宜，并拜会了宗庆后总经理。协商之顺利，宗庆后总经理决策之果断，均出乎我们的意料之外。

娃哈哈人不以营利为目的，资助我们拍摄一部好的儿童影片，为三亿多儿童献上同娃哈哈营养液一样珍贵的精神食粮，这在北影的合拍史上是破天荒的。正因为这样，在《魔鬼发卡》的协议书上，出现了过去合同书上从未有过的条款：如亏损，由娃哈哈集团公司承担；若有盈利，他们也不索取，奖励为这部儿童影片做出贡献的创作人员。所有这些，都是娃哈哈人支持儿童电影事业的新举措，它必将产生很大的社会影响，获得很大的社会效益。

（原载1994年7月28日《中国电影周报》）

看电影那些往事儿

在电影厂工作生活一辈子，看电影是家常便饭。在几十年中，看了无数部电影，有的淡忘了，有的还存留在记忆中。而唯独看电影中遇到的那些印象深刻的一件件往事，至今仍清晰地印记在脑海中。

看电影——参考片热

粉碎“四人帮”后，特别是改革开放的初期，外国影片，主要是美国影片开始引进中国，还有个专有名称：过路片。过路片不能在市场上放映，只有专家翻译能看。从中挑选出极少部分，可以在内部原版放映，又被称作内部参考片。广大电影工作者在十多年间，连国产片也只能看到“老三战”(《地道战》《地雷战》《南征北战》)、样板戏等几部影片，更不敢奢望看外国片了。现在终于能看到参考片，怎不叫人欣喜若狂。一听说有参考片，大家就八方打听，东奔西跑找票。

参考片大多在电影公司“参考”，有时也可拿到各影视单位放映。北影礼堂小，不发票时，职工凭工作证入场。人多剧场小，晚去就没座位。于是，为了看上参考片，有的带着面包，有的干脆忍着饥肠，提前一两个小时进场占座位。有的在座椅上放块手绢、帽子、书报等物件，算是占上了座位。座位满了，只能站着看。连站的地方都抢占不到，只好扫兴而归，这又促使人们下次更早地赶来抢座位。

影人狂热参考片，自然有它的原因。长期禁放外国电影，人们渴求了解外国影片。参考片被人为地蒙上神秘的色彩。特别是参考片中接吻镜头，床上激情戏等镜头或片段，当年也是忌讳的，被看作黄色的。现如今国产影片中的接吻镜头和床上激情戏与当年的内部参考片中的此类画面相比，不少有过之而无不及。当年特别声明，千万不要把票转让给家属和孩子们。可有的人根本不听，照常转让。反过来说孩子受到黄色污染，向中央首长上书救救孩子，结果，参考片挨了批评。于是数量上减少，规模上控制，有些镜头被剪掉。剩下一点儿所谓黄色残余，放到那里时还要遮挡住，使几百双眼睛在黑暗中只能面对黑暗的银幕。这样看电影的奇闻怪事实属罕见。

值得庆幸的是，改革开放后，这样的怪事一去不复返了。

看电影——成荫之死

1984年4月26日，在电影公司放映一部美国原版片。放映不到十分钟，摸黑进来一个人，从我旁边经过，我看清楚是成荫导演——北影四大帅之一。他气喘吁吁，是匆匆跑来的。在昏暗中我把他指向前面的空座，就继续看电影。没过几分钟，他就发出急促的倒气声，惊动了邻座的人叫喊起来："成导演犯病了，成导演犯病了。"放映室的灯马上亮起来，一看成导演已瘫躺在座位上，呼吸非常急促，立刻送往医院抢救。当晚他的心脏就停止了跳动，一位对中国电影做出过重大贡献的名导演，就这样突然地离开了人世。噩耗传出，影人无不感到震惊和惋惜。后来听说，他是在资料馆的放映室看完一部影片后，匆匆赶往中影公司的放映室，发现已到放映时间，便一路奔跑起来。虽然两个放映室距离很近，但当时他已67岁了，突然剧烈奔跑，使他的心脏和血压一时承受不了，转瞬间酿成了悲剧。陈荒煤副部长在怀念成荫导演的一篇文章中说："我在4月26日频频嘱咐，一定通知一些老导演去看看一部刚刚在国际上得奖的影片……成荫总觉得病了一年多，'文革'又失去了许多机会，要争取时间多看一些影片。"当晚中影公司放映室，放映的正是这部刚刚在国际上得奖的影片，成导演哪愿错过这样的机会呢。

成荫导演死于看参考片，这是偶然的悲剧事件。但追溯其根源，却有它深层次的原因。文化封闭的极"左"思潮才是真正的罪魁祸首。试想，假如没有对外国影片的禁锢政策，哪会有参考片的狂热？现在看外国影片，你想制造这样的狂热也制造不出来。后来，当年神秘一时的参考片，不少被推向电影市场，有的票房确实不错，也有不少外国影片被观众冷落。由此不难看出，同样是那些影片，在被当作参考片限制放映时和被当作引进片公开放映时，观众对待它们的兴趣和态度是截然不同的。告别了

“极左”思潮的年代，今天连电影工作者在内的广大中国观众，都能方便自由地看到许多外国影片，成荫式的悲剧就不会重演了。

看电影——影迷闹事

1992年11月，桂林电影节期间，电影资料馆带去两部参考片，让与会电影节的嘉宾代表参考。开幕第一天，日程表上的活动都进行完了，时间已近深夜，突然通知去看参考片。是部日本影片，片名叫《油坊女尸》。影片还没放映，就听见外面传来吵闹声，声音越来越大。不一会儿，影院两边的窗玻璃被砸碎，窗帘被扯开，这时才明白，破窗扯帘者是为争看参考片。剧场外面闹事，剧场内只好静坐等待。半个多小时后，才开始放映影片。后来大家才知道，临时紧急调来很多警察才算控制住局面，使我们看完了影片。看第二部参考片时情况就不同了。传说这部美国参考片比《油坊女尸》还要“精彩”，不让进就强行造反，且规模更大。尽管加强了保密工作，但临放映时还是走漏了风声，很快聚集了几百人，而且人数还在继续不断地增加，局势异常紧张。看参考片遭遇兵临城下的险境，是前所未见的。一个热闹欢快的电影节，若因看参考片而闹出乱子来，那可不好收场和交代哟。有关领导还算果断，马上宣布参考片停放，一场一触即发的风波才化险为夷。至今我也不知道那天晚上要放什么片名的参考片，会引起桂林观众的如此狂热和举动？不过话又说回来，即使当时放的是部极差的美国片，只要把它戴上“参考片”的桂冠，就会掀起狂热。这是由当时的特定环境和特定气氛决定的。

为看一部影片而冲击剧场的事，以后再也没有出现过。电影人期望的事倒是相反，非常希望今天的观众也能狂热地涌进今天的电影院。

看电影——险丢党籍

看电影与党籍，风马牛不相及，怎么会搅和在一起呢？

我偏偏被它们搅和进去了。且听我细说原委。

珠海紧挨着澳门，可谓近在咫尺。珠海电影节的组委会在日程安排表中安排了两天时间游览澳门。

听说是蔡氏兄弟（蔡元元、蔡安安）的影视公司邀请前往的。蔡氏兄弟安排两场活动：看一部电影，开一次座谈会。剩下的时间就是观光游览。澳门有许多游览景点，葡京赌场是吸引游人的景点之一。我们一帮人涌进葡京赌场，看歌舞表演与参观豪华赌场，一举两得。

珠海电影节结束后，我写了篇文章，标题为：《澳门漫游记趣》，发表在《电影创作》1995年第2期上。其中有如下一段话："如果说博彩在资本主义世界是司空见惯的，那么巴黎艳舞疯狂表演，就比较罕见了。何谓巴黎艳舞？年轻漂亮体形优美的女郎，以多姿多彩的舞蹈在舞台上疯狂表演之谓也。"

文章发表后，上级单位的一位处长看了，觉得有问题，向更上一级单位反应，引起领导的重视。认为出境澳门，一是违反外事纪律，二是进色情场所（澳门赌场），问题极其严重，要予以追查处分。

厂党委书记找我谈话，传达上级领导的指示，动员我交代问题。上级单位还派调查组来到北影，让我写揭发材料。我如实地说明了情况。并特别强调，既然敢于写文章发表，就不存在什么不可告人的问题。但上面抓住不放，频繁地找我讯问，动员我放下包袱，坦白问题，搞得我终日惶悚不安。

我写了交代材料，说明就是文章中写的情况与内容，没有任何隐瞒。

调查组认为我态度不老实，没有交代他们想要的问题。后来，他们干脆明确提问，是谁批准去澳门的？你在文章中说，"我们一帮人"，这一帮人具体是哪些人？我回答道：是电影节组织者让我们去，你们应当直接去找他们交代问题。至于一帮人有哪些人，我可以明确地告诉你们，参加电影节的人都去了，看看参会人的名单就一目了然了。这还不行，一定要我写出一些人的名字。这是我最不愿意"如实"交代的。一二百人中，我认识的不过二三十人，写出谁的名字谁会怎么看待我？但一个不写就过不了关。万般无奈时，下狠心写出两个大明星的名字，一位是某厂的女明星，一位是某厂的男明星。我以为到此可以解脱了。谁知还不行。我也豁出去了，直接问，你们想让我交代谁？调查组的人问我，局里有没有人去？我痛痛快快地回答有。于是，我写出一位同志的名字，那天，我与他的座位紧挨着。

一段很长时间的调查终于结束，以后就是等待宣判处理了。

过了一段较长的时间，有一天，我的一位同事悄悄告诉我，负责宣传工作的某位领导人，在一次讲话中点了我的名，要开除我的党籍。我听了非常震惊。我与进入澳门的那一二百人唯一不同之处，是我写了篇文章，就要开除党籍，其余的人都平安无事，我内心当然不服，耿耿于怀。我天天等着厄运降临，度日如年。可最终却不了了之，平安无事。但我也高兴不起来，反而百思不得其解。开头兴师动众，结尾却悄无声息，好像从来没有发生过这桩事儿一样，没有一级组织向我作出任何解释。正因为虎头蛇尾，我今天仍然是一名普通的老共产党员。

后来，我曾作过猜测性自我解嘲：领导在大会上说要开除我党籍，是敲山镇虎，以正视听，起到阻遏的作用。

从此，我吸取教训，写文章就特别注意了。再没遭逢过类似的事情。吃一堑长一智嘛。

看电影——香港奇遇

香港电影在世界电影中占有重要的地位，有的影片可以打入美国商业市场，这是内地电影当年所不能企及的。特别是它的武打片，曾风靡内地电影市场多少年。到香港，除了饱览这个东方大都会的迷人景色外，当然很想了解和亲身感受一下它五彩缤纷的银幕风情。抱着猎奇和渴慕之心，一进入香港境内就想进入它的影院。由于时间紧迫，始终安排不到日程上来，心里十分焦急。直到离港前的那天晚上，正好能挤出两个多小时的时间来了却这个心愿。时不我待，我马上迈出饭店大门，买份报纸翻看起影讯来。铜锣湾一家影院离我下榻的饭店很近，步行不用十分钟就能走到，放映时间是20：30，抬腕看表，指针指向20：10，还有20分钟，走到那里正合适。

香港电影是分等级的，把不宜未成年人观看的影片列为三级片，即我们通常称之为黄色片或色情片。但香港影片分级跟西方的有所不同，把宣扬暴力、血腥、恐怖的影片，也划为三级片。

一迈进影院，目光扫视全场，使我大为惊诧。座位约五分之四都空着。我在心里发问："今晚放的是三级片吗？"坐下来听听周围的议论声，大多数观众的口音不是香港人。有人也提出疑问："香港三级片市场就是这样？香港观众对三级片为何如此冷淡？”

灯光渐渐暗下来，片头音乐响起，放映开始了。片名由远急速推近，直到充满整个银幕：《罪恶下的黄黑诱惑》。从片名看，又是罪恶，又是黄与黑的诱惑，的确像部三级片。接下来就是摄制厂家，赫然写着：北京电影制片厂摄制，出品人是厂长的名字。天哪，这部三级片原来就是我们厂拍的呀。可我千真万确地知道，北影绝对没有拍过叫《罪恶下的黄黑诱惑》的影片，就是厂领导们胆大包天，也不敢拍摄这类影片。这倒激发起我观看的兴趣，我倒要看个究竟，北影这部三级片到底是什么样的货色？

没看几分钟，我就恍然大悟了，原来是我们厂与香港某公司联合摄制的一部影片，原来的片名叫《黑色走廊》。影片的故事情节是：罪恶的黑帮贩毒分子，企图在中国大西南设立一条黑色走廊，把毒品从金三角走私到中国境内。中国公安人员和国际刑警相配合，英勇无畏地侦破和粉碎了贩毒分子的阴谋，把黑帮们绳之以法。尽管我已审看过这部影片，但还是非常认真地看下去，看看能不能发现什么新大陆。故事情节基本没变，就是比大陆版的多了一些男女亲昵和床上镜头。这些镜头，少部分是在影片送审时要求剪掉的，出境后又恢复上了。有少数镜头是新添上去的，这些镜头是在镜内拍摄带回香港的，还是在香港补拍的，或者来源于别的渠道，就不得而知了。但一部影片两个版本是肯定无疑了。过去只是听说合拍片中有这种现象，不曾想今天被我亲眼看到了，怎不叫我尴尬万状！

走出影院已经十点多钟了，正是香港霓虹闪烁，色彩斑斓，夜生活多彩多姿的时辰。我无心欣赏繁华大都市令人迷醉的夜色，还在想着刚刚看过的“北影三级片”。初衷仅仅是为了看部香港片，哪里会想到，看的却是自己厂的影片，而且被列入三级片，真使我哭笑不得，啼笑皆非。

看电影——遭遇“陪影”

20世纪八九十年代，北影的剧场被拆掉，盖上家属楼，没地方看电影了。想看电影只好去电影院。一次走向电影院的售票窗口去买票。走着走着，只觉得身子被人重重地蹭了一下，回头一看，见一个二十多岁的女孩子紧跟在我身后。我以为自己匆忙中蹭了她，连声道歉道：“对不起，对不起。”

“哪是您蹭了我，是我主动地蹭了您。”她笑嘻嘻地低声道。

她这一说，倒把我给弄糊涂了，一时不知如何应对，显得有点儿惊慌失措。她见我显出窘态来，马上说：“我没别的意思，看您是一个人，想陪您看场电影，听说这部片子非常动人，请老板赏赐一次机会吧。”

那时，社会上的“三陪”风靡一时。所谓“三陪”，有的指在官场中陪吃、陪喝、陪玩。娱乐场所中的“三陪”小姐，是指夜总会中陪饮、陪唱、陪跳的女服务员。据说，也有极少数的“三陪”小姐，是陪吃、陪喝、陪房的。歌厅、舞厅、KTV包间、浴场、发廊等公共娱乐场所，时常活动着她们的身影，曾几何时又扩展到“陪影”了？难得出来看一场电影，却偏偏遇上“陪影”女的骚扰，实在是没有想到，显得神情慌乱。不过我本能地连连说：“不需要，不需要。”就麻利地买了票往影院门口走去。她还紧跟着我纠缠着：“您看别人都成双成对的，您一个人看多孤单呀，不就是买张电影票嘛，老板还在乎这点钱？”

我有些疑惑不解，随口接了句茬儿：“我哪里是什么老板呀，你真是想让我给你买张电影票看电影吗？”

她大大方方地说：“是陪您看电影呀，当然得给点小费。如今干什么事不都讲按劳取酬吗，老板还好意思让我白陪您吗？”

我都是知天命的年龄了，还经得起这点小诱惑的考验，就头也不回地走进电影院的大门了。

在影院外遭遇“陪影”女就够我震惊的了，一进到影院里就更加震惊了。偌大的影院里，就稀稀拉拉地坐着十来个观众，真是惨不忍睹！一部评价很高的主旋律影片竟被冷落到这种地步，实在令电影人感到悲哀。面对空荡荡的影院，我眼前不由地浮现出电影辉煌时期的繁荣景象。鲁迅先生那句“哀其不幸怒其不争”的名言，正好说出了我此时的心声。尽管心情不好，我还是怀着极大的热情观赏着这部影片。

我看着看着，从后面传来嬉笑声。我回头瞧了一眼，后面拉开距离分散着几对男女，他们相互搂抱着，毫无顾忌地做着各种亲昵动作。这时我才惊人地发现，有些情侣是来谈情幽会的，看电影已退居次要地位。盛夏季节，外面阳光犹如烈火，酷热难当。这里环境优雅，观众奇少，冷气开放，凉爽宜人，正是他们幽会的理想场所。

我再仔细一瞧，更有惊人的发现，离我最近的一对，女的就是我遭遇的那个“陪影”女，她遇上了“老板”。

后来知道，越是上座率低的影片，越是情侣和“陪影”女青睐的地方，这奥秘是不言而喻的。

置身在这样的环境中看电影，再想聚精会神也不现实了。眼睛看着银幕，而思绪却浮想联翩。这场电影，可能像我这样忠实的观众不多。当然，说只我一个人在看电影也不尽然，那一大片空空如也的座椅，不也在默默地陪着我观看吗。

（原载《电影创作》2001年第2期）

北影的影视四合院

千百年来，北京人安身立命的处所就是四合院。四合院是北京民居的一大特色。四合院遍布于京城密于蛛网的胡同里，院落有大有小，等级高低不同，风格各有迥异，但其主要功能却都是相同的——居住。然而，普遍中也有特殊，有的四合院的用途根本不是为了居住，而是为了拍摄影视剧的需要应运而生的。北影厂区内的四合院就是这样的四合院，我们姑且叫它影视四合院。

20世纪80年代初，凌子风导演拍摄电影《骆驼祥子》，全部场景都是老北京的胡同和四合院，若是在城内胡同四合院里选择实景拍摄，困难很多。那时北京居民住房十分拥挤，四合院里被见缝插针地盖起房子和棚子，拥挤不堪，没有了四合院的模样。凌子风导演不知踏进过多少条胡同和四合院，没有采选到他理想的胡同和四合院。凌导演是对艺术执着追求的艺术家，他不愿凑合和将就，于是就动了搭景的念头。搭建适合于《骆驼祥子》剧情需要的胡同、四合院，一算计要花十多万元，吓了一跳。要知道，那时一般影片的成本也就是几十万元。然而为了把《骆驼祥子》拍好，凌导演还是大着胆子向厂里提出搭景的请求。在此之前，还没有哪一位导演提出过如此规模的搭景设想，也就是他外号叫“拼命三郎”的凌子风敢想敢干。老厂长汪洋非常了解凌子风的性格和他对艺术的追求，因为早在抗战时期，他们就是华北“火线剧社”的战友。经过慎重考虑，汪洋不但同意摄制组的方案，而且进一步提出，建议建成永久性的老北京四合院一条街，《骆驼祥子》拍完后，将它完整地保存下来，为以后反映四合院生活的影视剧提供理想而又方便的拍摄场地。以往，各电影厂普遍的做法是，一俟影片拍完，马上就拆掉搭建的场景，腾出场地来再搭建别的戏的场景。从中国电影诞生的一百年来，影视制景工作者们，就一直是这样搭了拆、拆了又搭地忙碌着。后来的实践证明，汪洋老厂长的思想是超前的，很有预见性。果然，《骆驼祥子》一拍完，当时被称作“西四一条街”的场景，立马成了北影厂内的一大景观，影视剧组纷至沓来。因为租用这样现成的场景，比剧组搭景既省时又省钱。搭制的场景是专为拍戏用的，自然比现成的实景有优越性，它的拍摄角度的多方位，是实景环境所不具备的。

当初的“西四一条街”，是东西缓慢弯曲走向的一条街，街两边密布着老北京的各种各样的门脸和铺面，街的后面建有大小不一、风格各异的四合院。要内景有内景，要外景有外景。街面房屋和四合院房屋高矮错落有致，样式千变万化，极富镜头感。不同的影视剧在这里拍摄，各自只需稍稍作点变动，拍出来的背景各不相同。据不完全统计，已有一千多部影视剧在这里拍摄过，可观众谁也没有发现它的雷同处。这就是这个大杂院的不寻常之处，也是它的最大特点之一。前人栽树后人乘凉，这得感谢美工师俞翼如，他设计这条街和四合院时，费尽了心机，绞尽了脑汁。

在《骆驼祥子》还没有进入四合院拍摄之前，北影厂区内突然出现一辆引人注目的黄包车，拉车人更令人惊奇，他们是《骆驼祥子》的导演凌子风和主演张丰毅。他们把车停在厂门口，见到手上提着旅行包和箱子的人，不分男女老幼，主动热情地迎上前去“揽客”，拉他们直奔影视四合院。张丰毅“揽客”较容易，因为他是演员，又穿着祥子的服装，知道他是在体验生活。而凌导演“揽客”就要费一番口舌了，因为他已是65岁的老人了，年轻人不好意思坐他的车。但他的热情和执着追求艺术的精神令人感动，一番肺腑之言之后，人们总能乐意坐上他的黄包车。他们拉着客人直奔影视四合院，在大院内转两圈，最后把客人送到目的地。客人那个得意神情儿就甭提了，成了日后常常挂在嘴边的话茬儿。

随着影视剧的发展，这个影视四合院，成了影视导演理想的拍摄场景。不过，它毕竟是为《骆驼祥子》一部电影设计的，不可能同时满足多部影视剧的拍摄需求，因此必须与时俱进，发展扩大。较大一次扩展是20世纪90年代初，即陈凯歌导演拍摄《霸王别姬》的时候。他们在大院的西头，建起了高大的城墙和城门。一条街也扩展成相通相连的三条街。至此，这个影视四合院算是初具规模，大功告成了。

影视四合院里，虽然没有常住居民，可它却不会清凉和寂寞，常年累月人来人往，热热闹闹，忙忙碌碌。忽而群马奔腾，沙尘弥漫；忽而人头攒动，叫卖声朗朗；忽而白帆飘荡，哭声悲鸣；忽而鞭炮喧天，花轿迎门；忽而电闪雷鸣，风雨大作……

总之，生活中发生的事儿，都能在这影视四合院里，演化成生动活泼的戏剧来。

北影的影视四合院，其实不只是“西四一条街”一处。进入北影大门的左边，还有一个影视大观园——荣宁街。荣宁街者也，就是荣国府和宁国府两个四合院。它是比“西四一条街”晚五六年兴建的。20世纪80年代中期，谢铁骊导演拍摄6部8集电影《红楼梦》时，铲除掉一片桃林，建起了紧密相邻的两个四合院，即荣宁二府。如果说“西四一条街”是普通的平民化的老北京四合院，荣宁二府，则是贵族化的大户人家的四合院。能称为府的四合院，当然是相当讲究的。荣国府和宁国府高大宽敞自不用说，那高门石狮，长廊环绕，雕梁画栋，富丽堂皇，展现出贾氏家族的气派与荣耀。当时以北影的财力，是难以拿出二百多万元来兴建这两个高等级的四合院的。但要拍《红楼梦》，就必须建造这王府式的四合院，总不能把贾宝玉和林黛玉放到“西四一条街”的四合院里去生活吧，那还叫《红楼梦》吗？

有了“西四一条街”的成功经验，荣宁二府自然也要建成永久性的四合院。临时性的制景和永久性的制景，成本是大不相同的。为了共同的电影事业，当年的中国电影发行放映公司伸出援助之手，在财力上给予大力支持，才有今天的两个王府般的四合院。

这两个四合院建得正逢其时。1989年《红楼梦》全部完成后，清宫戏在海峡两岸暨香港地区，像雨后春笋般地兴起，古装戏剧组蜂拥而来，荣宁二府倍受青睐。我亲眼看见过拍摄《戏说乾隆》时的情景。剧组人员在院里拍戏，北影厂门外聚集几百名影迷，他们都是乾隆扮演者郑少秋的追星族。特别是青少年影迷，为了看一眼郑少秋，从白天等到晚上，从晚上等到白天守候在门前，有的夜里就在门前的树林里露宿，非见到郑少秋不可。

荣宁二府的建筑可谓精致考究，完全依照《红楼梦》中的描写来设计建造，是符合历史真实的建筑。从设计到建造到竣工，都有红学家们的指导，为的是要经得起历史的检验和考证，这和后来在里面拍摄的许多清宫戏不一样，没有一点戏说的成分。

不论是生活在北京还是漂在北京的影视人，没有不熟悉荣宁二府的，他们接拍一部古装戏后，凭着自己脑海中的印象，很快就能选定符合剧本要求的场景。近二十年来，不知道在这里拍摄了多少部正说和戏说的影视剧。当然不只是影视创作人员熟悉它，还有千千万万的群众演员也频繁光顾。可以说，这是他们赖以生存和发展的地方，有的人还从群众演员成长为职业演员。

北影的两处四合院，相辅相成，相得益彰。有些戏，在这两处四合院里就能拍完，既节省了时间，也节约了资金。这两处四合院为影视剧所做出的贡献，是其他一般四合院所望尘莫及的。我们除了感谢它们的建造者，更要感谢当年的决策者——已经故去的北影老厂长汪洋，他的魄力和前瞻的眼光，是令人敬佩的。

顾名思义，影视四合院，是专门提供影视剧拍摄场地的四合院，这是它的主业。中国电影已进入第二个百年，影视四合院的这个主业更不会改变。然而，随着旅游业的兴旺和发展，两个四合院又成了京城旅游的一个景点。对于广大热爱影视剧的观众来说，这样的游览景点更有吸引力。就是一般游客也愿意慕名而来。只要有机会，谁不愿意亲临影视剧的拍摄场地一游呢。自从20世纪90年代中期开放旅游以来，影视四合院接待了大批国内外游客。

游览影视四合院，自然与游览一般四合院不同。一般的胡同四合院游，看的是老北京的胡同和四合院的历史沧桑，领略它们古风古韵的古迹风貌，满足怀古怀旧的情怀。而游览北影的影视四合院，看看影视四合院本身自然是一个方面，但观赏影视剧拍摄现场和目睹影视演员的风采，却更具诱惑力。运气好的话，还能与名导演或名演员留下一张合影哩，那更是参观者梦寐以求的事儿。影迷和游客怀着新奇感和神秘感而来，回去之后，在影视四合院里的所见所闻所感将会被津津乐道好长一段时间。这样有特色的游览怎不令人惬意呢！这一点，一般胡同四合院游又是无法与之比拟的了。

北影的影视四合院还非常年轻，不能与古老的京城四合院相比。正因为它年轻，又是广大观众所喜爱的影视剧的制造工厂，才更有活力和生命力。

不论你游览过还是没有游览过北影影视四合院，只要你是影视剧的一名观众，就会时常在银幕和荧屏上，目睹到它既熟悉又陌生的身影。

北影的影视四合院，永远是浮现在千万观众心目中的四合院。

（原载2006年5月3日《北京晚报》）

北影厂厂址变迁记略

北京电影制片厂与新中国同年诞生，已经70年了。

70年中，北影厂厂址经历三次大变迁。

1949年4月20日，即新中国成立前夕，北京电影制片厂宣告成立，当时叫北平电影制片厂。中华人民共和国成立后，北平改名为北京，北平电影制片厂随之改名为北京电影制片厂。那时没有现存的北影厂厂址，刚被接管过来的原国民党的中国电影第三厂，成为新诞生的北影厂临时厂址。新成立的北影厂，田方被任命为厂长，汪洋为副厂长。创作人员和职工来自四面八方。主要人员来自东北电影制片厂新闻工作队，华北军区政治部电影队，原“中电”三厂的部分人员，如谢添、陈方千、俞翼如、严尚华等。

原“中电”三厂的厂址在新街口，人员很少，只有200来人，占地面积也很小，不利于雄心壮志的北影电影人放开手脚大干特干一番电影事业。施展不开创业手脚，寻找一处适合的厂地建厂就迫在眉睫了。经多方寻找，又在苏联专家的帮助下，厂址选在安定门外小关，当年属于荒郊野外。1959年1月开工建设，占地104公顷，绝对是亚洲第一大电影制片厂。北京市委领导给予大力支持，因为北影厂曾归北京市管辖过一段时间。

荒郊野外建起亚洲第一大电影制片厂，可谓鹤立鸡群。特别是那高高的玻璃大楼特别显眼，出安定门外就能仰视到它的雄姿。有关中央领导还亲临小关北影视察过。汪洋厂长陪同视察的那张照片，一直摆放在玻璃大楼的展台里。中华人民共和国成立十周年建设新厂址，也恰逢北影厂建厂十周年，在双十周年里，北影人向伟大祖国献上五彩缤纷的厚礼，一批优秀影片与全国广大观众见面，它们是《林家铺子》《青春之歌》《红旗谱》《革命家庭》等。建厂十周年，北影厂就进入辉煌期，老厂长汪洋创建金字招牌的北影厂誉满全国。小关厂址，确实是北影厂进入辉煌期的一块宝地。老北影人至今还怀念它，虽然它早已是对外经济贸易大学的校址了。每次经过经贸大学的门前，都情不自禁地凝神张望，如烟往事历历在目。

北影厂第二次迁址，从小关迁往北太平庄原铁道干校，时间是1969年5月。对于这次迁移厂址的说法，是由于小关那一带地方，地势比较低洼，每逢下雨天，路上有积水。下大雨时，积水还很深，上下班或进出厂很不方便。那时小关属于荒郊野外，人烟稀少，不通公共汽车，全靠步行或骑自行车。离市区较远（当年确是这样），职工上下班肯定不如在新街口方便。我还听录音的师傅们说过，厂东边不远处有条铁路，火车经过时会影响正常录音。这些都是职工们时常七嘴八舌的话题。下面有议论声，向上必有所反映。中央有关领导接见北影厂创作人员时，就有人反映过诸如此类的问题。

原铁道干校，地方很小。北影厂当时有一千多职工，怎能容纳得下呢。更主要的是，搬迁到哪儿都是为了拍电影。拍电影就得有摄影棚，最好也有外景场地，小关厂址就有一大片桃树林，有宽敞的搭景空间。原铁道干校小小的厂址，没有地方建摄影棚，这次兴师动众的搬迁，离初衷目标离得很远。北影厂要大发展，当然不能将就下去，还得另找出路，再寻厂址。

1969年5月份搬到原铁道干校，职工齐声反映得不偿失，而且呼声很高很强烈，“军宣队”与大联委（“文革”时的群众组织）及时把意见向上反映，得到上面的重视。8月份，中央领导来到原铁道干校厂址视察。那天，全体职工正在新厂址里大扫除，许多职工都见到这几位领导，表示热烈欢迎。视察完毕后，由大联委的王连生、程学钦及军宣队的几个人与三位领导马不停蹄地前往西边不远处的原解放军测绘学院。解放军测绘学院出于当年备战的考虑，已于1969年6月迁往湖北省武汉市（再后来又迁址郑州），院址就一直空置着。原解放军测绘学院的面积是原铁道干校的几倍，光篮球厂、足球场等运动场地的面积，就能建筑几个摄影棚。三位领导当场基本确定下来，回去再向周恩来总理及江青汇报后定夺。

1970年，经批准，正式把今天的北三环中路77号院（原学院东路3号），无偿地划拨给北京电影制片厂，并列入1970年国家基本建设计划。同时，将北影原址安外小关的厂址，无偿地划拨给对外经济贸易大学。同年2月份，决定将北影厂正式迁往原解放军测绘学院旧址学院东路3号。

这次厂址变迁，虽然面积比原铁道干校大多了，有22公顷，但与小关厂址104公顷相比，还不足小关厂址的四分之一。

“文革”中的厂址变迁，留在新厂址中的人并不多。处在特殊的年月里，电影创作生产停止，职工都被下放到大兴县黄村五七干校劳动改造。在样板戏一花独放的年月里，电影与其他一切文化艺术活动都万马齐喑了。可不久传出佳音，要把八个样板戏拍成电影。谢铁骊、钱江、李文化、陈翼云等一些创作人员，被调回厂里筹备拍摄样板戏。《智取威虎山》《红色娘子军》《海港》《龙江颂》《杜鹃山》等，都是北影厂拍摄的。俗话说，近水楼台先得月，北影厂是拍摄样板戏最多的电影制片厂。

时间转眼过去8年，到了1978年，北影在这个厂址上进行了大规模的投资建设，共计投资近10亿元人民币，已形成我国最大的电影生产基地。在此期间，拍摄了近50部电影。

此后，由第三次厂址变迁产生的土地等矛盾纠纷，断断续续花费了近40年时间，惊动了党和国家多位领导人才得以解决，这无论是在中国的电影制片厂历史上，还是在外国的电影制片厂历史上，都是极为罕见的。（相关始末此处暂且不表，如有可能，留待今后在《中影史料》分解）。

2017年6月26号，中国电影集团公司总经理传达中央领导关于《北京电影制片厂保护建设方案》批复精神，近40年的土地纷争，终于最终解决了。

北影厂建厂70年，前30年没有厂址的纷争，全心全意地拍电影。后40年，一直存在厂址频繁、激烈的纠纷。一个电影制片厂的厂址问题，在长达40年的纷争中，惊动了党中央、国务院和北京市多位领导，得到这么多党和国家领导人的关怀，北影人的心里是暖烘烘的，打心眼衷心感谢，无限感激！

回首这三次厂址变迁，每次有每次的不同经历与境况。令人欣慰的是，北影厂重组并入中国电影集团公司，厂址也计划打造成为国家电影创作交流中心。“八一楼”的保护修缮工程已经奠基破土，北影厂修路开门，植树造林，鸟语花香，规划得整整齐齐，打扫得干干净净，五彩缤纷的建设蓝图照片挂满了围挡，五色彩旗迎风飘扬，一条条标语鼓舞人心。这是原来的老北影都望尘莫及的。北影既在北影人的心中，也在影院里展现于观众的眼前，因为影片上仍能见到他著名的老字号厂名：北京电影制片厂。不难想象，明天的北影厂厂址上一定会建设得比今天更美好！

第二部分

影视人物篇

这里的十几篇文章所写的人物，都是我比较熟悉和非常熟悉的影视人物，有的是同事，有的是朋友，有的是尊敬的前辈。特别是同行的同事，相处时间很长，比较了解，写起来亲切自然，得心应手。他们都是我崇拜和尊敬的作家、影视艺术家，是我学习的榜样。我永远地思念他们，永远地怀念他们。

从小说到电影

——《边城》改编纪事

1982年,《沈从文小说选》第一、二集与《沈从文散文选》同时出版。在文坛上敛羽了几十年的著名老作家沈从文的名字，重又活跃在中外文坛上。这对当时已年逾八十的沈老来说，当然是件欣慰的事儿。但更使沈老高兴的是他的代表作《边城》,将被北影厂搬上银幕。

1982年，凌子风导演已拍完《骆驼祥子》，并得到好评。他早在20世纪60年代拍摄过《红旗谱》，就尝到了名著改编的甜头。他想接着名著改编的路子继续走下去。经过一番寻觅，他看到了沈从文的小说《边城》。事有凑巧，他又读到凌宇[1]的一篇文章，其中谈到《边城》拍摄电影的情况，作家对此前拍的电影与有的电影制片厂改编的剧本，均不满意。文中有这样一段话，沈从文“发出诚挚而热情的呼声：我个人还认为这个小故事，若国内别的厂家，能摆脱拍摄电影的常规格式和习惯束缚，又充满友好的合作感情，和我来商量，从‘现实出发’，用一个十分严肃认真的态度，作另一种‘尝试’，当然可望取得我的同意，并给以协作”。这是作家1982年8月21日发出的呼吁。

凌导演获此信息，当然喜出望外，立刻行动起来，四处打听沈从文家的住址，准备登门拜访。

第一次拜访沈从文是1982年11月14日。我是跟着凌子风导演同去的，征求沈老对《边城》搬上银幕的意见。那时，沈老住在崇文门新侨饭店西边一幢普通的居民楼里。当我们上楼来到他家门前时，久久地踟蹰在那儿，端详着一张白纸上16个工工整

[1] 凌宇：湖南师范大学文学院教授，在20世纪80年代即以研究沈从文而著称，曾参与主持沈从文文集的编辑工作，著有《从边城走向世界》《沈从文传》等著作。

整的毛笔字：年事已高，工作繁忙，工作时间，敬谢来访。我们抬腕看表，上午九点半，无疑是繁忙的工作时间，真不敢伸手去咚咚敲门。凌导演低声地说："商谈《边城》拍摄电影的事儿，沈老不至于把我们拒之门外吧？"大概是屋里听到了我们的说话声，沈夫人张兆和为我们开了门，把我们径直领进沈老的书房。

耄耋之年的沈老，身体康健，精神矍铄，用"鹤发童颜"来形容一点也不过分。他身陷在那张淡绿色的双人沙发上，操着浓重的湘西口音跟凌导演寒暄起来。我趁他们还没有谈到《边城》改编电影的话题时，默默地打量一下他的住处。那是小两居室的楼房，阴面一间是卧室，阳面这间就算书房了。保姆无处栖身，就在进门的走廊上架起两尺来宽的木板当床，剩下盈尺宽的走道，就只能够一个人勉强通过了。书房也就是十二三平方米，三面都摆满了书架和书柜，书架和书柜上面的书也顶到了天花板，名副其实的汗牛充栋。屋里没有一件像样的陈设，书就是沈老最大的财富。"汗牛充栋"后的书没地方放，只好在床底下、阳台上、墙旮旯等处堆积起来。小小的房间俨然是个小小的书库，中间剩下一块两平方米的地方，就是这位名扬海内外的大作家接待来访者的"客厅"了。两三个人来访就塞满了这巴掌大的"客厅"。别看地方小，座上宾都是文艺界的大名家，像巴金、曹禺、李健吾、朱光潜、卞之琳等，都是这里的常客。偶尔好几个人同时登门，占上座位的屈膝"坐谈"，占不上座位的，就只好屈驾"站聊"了。我不禁在心里发问：这就是蜚声海内外的大作家的住处，怎么连个起码的创作环境都没有？在敲门之前，我还想象着沈老住所的宽敞、舒适和豪华呢。此刻目睹这书如山、室似斗的小天地，竟难以相信这就是沈老的耕耘天地。已经改革开放了，怎么至今没人为沈老落实知识分子政策呢？沈老好像看出我们初次来访者的心思，说："国务院的一位负责同志（指当时的万里副总理——笔者），亲自批示给我解决房子问题。"可沈老是个埋头做学问的人，对这类事儿从不放在心上，既不催也不问，更不用说去跑了，所以迟迟没有等来乔迁之喜。

话题转到《边城》上。沈老告诉我们，在此之前，也有厂家和导演想拍《边城》。因背离小说的风格和加了一些与"当时社会环境无关的离奇情节"，遭到了拒绝。他对凌子风导演钟情于《边城》电影的拍摄，感到特别高兴。因为他看了凌导演的电影《骆驼祥子》，相信《边城》也会获得同样的成功。

初次拜访，就是探试沈老的态度。沈老明白我们的来意，明确表示："我愿意跟北影和凌导演合作，北影厂名著改编，名声赫赫。”目的达到之后，我们就高高兴兴地离开了沈老家。

第二次拜访是在1983年2月8日上午。这次田壮壮和我陪同凌导演前往，征求沈老对改编剧本的意见（在这之前，我把改编本提前送到沈老家，怕打扰他的创作，站着说了几句话，并约好了再来听意见的大概时间，就匆匆离开了沈老家）。这次没有听到沈老的意见，他说剧本还没有看完，让我们别急，再等待几天。

第三次拜访沈老，是1983年2月18日下午。这次陪同凌导演同去的有：编剧姚云（改编者之一）、田壮壮、徐晓星和责任编辑我。六个人挤在那两平方米的地方，怀着敬仰的心情，想聆听沈老对改编剧本的意见。沈老首先冲我说："上次你进屋没坐下就离开了，是被我门上那谢客告示吓住了吧？为《边城》而来，不在敬谢之内。"话语中含着歉意，更透出他对《边城》的深爱之情。

"沈老，您觉得改编本的总体结构如何？"凌导演急于想知道沈老对改编本的意见，这是将来影片成败的关键。沈老非常谦虚，笑嘻嘻地说："我不懂电影，你们才是行家。我的意见，都零零碎碎地写在本子上了。"我们很想先睹为快，可沈老突然说，剧本上午刚刚寄出，你们晚来了一步。于是，我们就安安静静地坐下来，听沈老津津有味地聊起湘西的往事来。

沈老对故乡有一种特殊的眷恋之情。审阅《边城》剧本，又把他带回到那难忘的青少年时代。凤凰的吊脚楼，日日夜夜听着沱江流水的歌唱；茶峒（《边城》中描写的边城小镇）的小白塔，俯瞰着湘、川、黔三省交界处的锦绣河山；竹篁茂林中的小鸟啁啾鸣啭的喧闹声，仿佛又回响在耳际……当时沈老已81岁了，回忆年轻时的事儿，返老还童，竟像孩子一样，一边学鸟叫，一边解释给我们听："黄鸟照例在大清早叫，叫声'勾都郎当，勾都郎当'，声最清幽；杜鹃则宜远近不同地叫，叫声'鬼贵红，鬼贵红'，啼唤声尖锐急促；画眉藏在竹篁里叫，叫声'婆婆酒醉，婆婆酒醉归'。"沈老的声音洪亮，婉转自如，我们仿佛置身于茂密的丛林中，翘首寻觅那绿叶间的小鸟。听着听着，我们情不自禁地鼓起掌来，连连称赞道："学得像，学得好。"沈老乐得眯起了眼睛："人老了，学不好。年轻时能学很多种鸟叫，躲在树林里，能以假乱真呢！"这话使我想起沈老自传中逃学的一段自述，这本领大概就是那时学会的。他儿时上学的那所学校叫文昌阁小学。后来我们到湘西凤凰县选外景时，有幸参观了这所小学。它在凤凰县城里的半山坡上，三面山林环抱，环境清幽。大自然的秀美，常常把少年时的沈从文吸引到她的怀抱中。他把书包藏在土地庙的神龛里，一玩就是大半天。上树，捉鸟，学鸟叫，无所不干，自由自在。尽管很顽皮，但这所小学毕竟使他学到了初等文化知识。因此，他对这所小学有着深厚的感情。1982年春天，他返回故乡时，特意探望这所儿时的母校，并捐出一万元稿酬作为教育经费。早在希望工程之前，沈老就实施了“希望工程”，这种精神和品质令人敬佩！

沈老是位学识渊博而又非常健谈的老人，一打开话匣子就关不住了。这是我们第一次领略他言谈的魅力，感到极大的满足。我们不忍心多占他宝贵的时间，怕影响他的健康和休息，几次想跟他告辞，又都被他滔滔不绝的生动活泼的热情谈吐吸引住。

这次拜访结束时，沈老把从香港寄来的那本《翠翠》的小册子送给凌导演，里面包括三部分内容：一是剧照，二是影片简单的故事梗概，三是《边城》小说的全文。沈老猜测，当时可能没有写出电影剧本，导演是用小说直接分镜头拍摄的。这在当时的香港是不足为奇的。

《翠翠》的导演是严俊，他还在影片中扮演两个年龄相差很大，性格迥然不同的人物——老船夫和二老。副导演就是后来蜚声香港影坛的著名导演李翰祥，他导演过《倾国倾城》《垂帘听政》等影片。他在影片中饰演一个水手。主演翠翠的是林黛，她是程思远先生的女儿。笔者在香港大公报每日评论栏中看到，20世纪80年代初还在电视上播映过这部影片，得到的评论是：“这部黑白影片的水准不错。”但沈老却指着剧照，笑嘻嘻地对凌导演说：“爷爷留个长胡子，像个绅士。女主角很漂亮，但我觉得太‘时髦’了些，缺少湘西女孩的味道。服装也有点现代化了。”

20世纪50年代香港版《边城》电影，沈老完全是个局外人。直到1980年12月份他访美时，才听说早在20多年前,《边城》就被拍成电影了。可见那时的信息是多么的闭塞，更不用说尊重作家作品的版权了。

过了一个星期，即26日上午，凌导演、姚云和我三人，第四次去沈老家。我们反复研读了那400多处的批注文字，仍有一些不太清楚的地方，前去当面请教沈老，沈老一一作了解释与说明。改编本中对渡口环境的描写模糊不清，甚至有点混乱，沈老还特意画了一张环境草图交给姚云。

改革开放后,《边城》小说引起许多艺术家们的浓厚兴趣。1979年，上影厂组织两位有经验的编导，花了两年多的时间，改出电影文学剧本也叫《翠翠》，准备投入拍摄。在征求沈老意见时未能过关。沈老早就声明过，要“用一支笔来好好保留最后一个浪漫派在20世纪生命取予的形式”。可见他“好好保留”自己作品的内容与风格的坚定决心。他说：“《边城》中浪漫主义色彩，被《翠翠》中现实主义所取代，这和原作的风格极为相悖，竟难于设想这是我的《边城》，加了那么多原作根本所没有，也绝不会有的故事和背景，而且对于原作许多基本认识也不足……我实不能同意。”并两次退回原著费。就这样，第二次拍摄《边城》电影，未能如愿以偿。

沈老深爱自己的作品，不愿它被“变形”地反映在银幕上。他诙谐地对凌导演说：就是不能把它拍成像《甲午风云》那样的影片。

凌导演把沈老的批改本复印了几份，分给大家研读。我从头到尾仔仔细细地拜读着，深深地被沈老那种严肃认真的精神所感动。我粗略地统计了一下，沈老在改编本上批改的地方多达四百多处，光批注的文字不下万言，相当于改编本的四分之一。有些页面上的批改文字，已远远超过正文的字数。那一页页页面上的空白处，一行行、一块块、一段段熟练的蝇头行书，字字句句都显示出沈老一丝不苟的创作精神以及严肃认真的工作态度。这不能只看作对《边城》剧本的爱护，而是沈老对电影事业的极大关怀和支持。我把凝聚着81岁老作家心血的批改本（复印件）一直珍藏着，时常拿出来翻阅欣赏，也是一种艺术享受。

《边城》是个很美很有韵味的故事：茶峒镇船总顺顺的儿子大佬和二佬，同时爱上碧溪岨渡口老船夫的外甥女翠翠，老船夫极力去安排翠翠与大佬的婚事，没想到婚事进行得曲曲弯弯，大佬为成全弟弟和翠翠的爱情，忍痛出走，不幸翻船葬身于激流中。大佬死后，老船夫把翠翠的终身又寄托在二佬的身上，不料却遇到顺顺的一点冷遇，在迷惘和郁闷中离开了人世，只留下无依无靠的翠翠和那只相依为命的方头渡船。故事纯朴而善美，蒙上一层淡淡的悲剧色彩，让人凝思品味。再加上故事发生在黛山幽篁、溪水潺潺、古塔倒影、山色空蒙、暮霭沉沉的环境之中，就更加令人倾心，令人愉悦，令人陶醉了。《边城》中那种素朴的诗情画意和散发着浓郁乡土气息的风俗人情，具有强烈感人的艺术魅力。正是这些独具特色的内容，才吸引电影界人士的关注，想把它搬上银幕。

沈老盼望他的《边城》能保持小说的风格特色被搬上银幕，他期望导演把《边城》拍成一部抒情诗式的电影。这可能给剧本的通过带来一些麻烦。众所周知，沈老的作品，在改革开放之前一直是被冷落的，甚至被批评、批判过。改革开放后，才被重新认识和重新评价。用老眼光看，《边城》搬上银幕，没有人们常说的那种所谓的积极的现实意义，基调不高，也没有去描写什么阶级和阶级斗争，内容显然不够“革命”。有些人担心《边城》写的是“世外桃源”，不是典型环境。还有，《边城》中的人情和人性也是问题。虽然人情美和人性美表现得很美很感人，但在当时谈人情谈人性被忌讳的年代，被扣上人性论和人道主义的帽子是轻而易举的事情。基于当时的情况，改编长期被禁忌的《边城》也是一次大胆尝试。因此，欲把《边城》搬上银幕，必须面对两方面棘手的问题：一是要让作家满意，同意拍摄。因为沈老不像一般的作家，他坚定地捍卫自己的小说不会被歪曲与篡改。而多数作家，由小说改编成电影，一般是不管不问的，怎么改是编导的事情。而沈老则是要严格把关的，必须高度忠实于原著的内容与风格。这就大大增加了改编的难度。二是作家本人与《边城》都长期被否定过，没有上面的领导和权威表态，也是不敢贸然投拍的。通过种种努力，两个难题都迎刃而解了。沈老点头认可改编剧本。与此同时，也得知主管领导夏衍同志和陈荒煤同志，都同意北影厂拍摄《边城》电影，并相信凌子风导演能拍好这部风格独特的影片。到此，凌导演惶惶不安的心情才终于平静下来。荒煤同志还专门来到北影厂，谈了对《边城》剧本的进一步修改意见。原来的担心变成了欢心，我们马上去沈老家报喜，他听了，竟高兴得鼓起掌来。掌声虽轻，却击出了诚挚的情感和欣慰的心声。这是81岁老作家的掌声，鼓的是党的百花齐放方针的胜利。不知是高兴还是激动，沈老满脸弥漫着笑容对凌导演说：“跟你开个玩笑，只能拍好，不能拍坏。”凌导演充满信心地告诉沈老：“您等着吧，《边城》拍好后，第一个请您看。那时，也许您又要高兴得鼓起掌来。”

接下来，就是进入筹拍阶段。一般说来，电影的制作过程分为如下几个阶段：电影剧本创作阶段，选择外景场地阶段，进入拍摄阶段，完成后期制作阶段。剧本阶段我全程参加了，还有幸跟着凌导演赴湖南采选外景场地，算是个饶的。其实不然。因为荒煤同志提了一些修改意见，其中一条是，香港拍的电影叫《翠翠》，某厂改编的剧本也叫《翠翠》，其实翠翠并不在矛盾漩涡之中，当不了主角。完全卷入到矛盾中心的是老船夫，所以主角是老船夫而不是翠翠。修改剧本自然要带上编剧姚云和责任编辑我，还有摄影师梁子勇，美工师夏如今（潇湘电影制片厂美工）等主创人员。凌导演还特邀作曲家瞿希贤女士同往，为未来的影片音乐搜集素材。我们跑遍了湘西的山山水水。从怀化开始，向北行进，经过凤凰、吉首、花垣、茶峒、永顺、大庸、张家界等地，之后返回凤凰县城。一边修改剧本，一边寻访沈从文的足迹，参观沈老的旧居，走访沈老学习过的小学。

从1983年的3月11号到4月13号，在一个多月的时间里，我亲眼看见了凌子风的“拼命三郎”精神。湘西的深山大川，好多地方是汽车无法抵达的。为了寻找到理想的渡口外景，他徒步披荆斩棘深入险境，还风趣地说，汽车进不去的地方，我们就乘“11路汽车”（指步行）深入虎穴。

第四次拜访沈老，是在《边城》拍完之后，我给他送去原著费。我说：“沈老，您看了影片，是拍好了，还是——”没等我说完，沈老就连连说：“拍得很好，很好，是我的《边城》。我的小说第一次在大陆被拍成电影，又拍得这样好，感谢北影厂，感谢凌导演。”对饰演翠翠的小演员戴呐，沈老也倍加赞赏：“有湘西味道。这个翠翠比那个翠翠（指香港电影《翠翠》中的翠翠——笔者）好，我喜欢这个翠翠。”

在1985年的加拿大第9届蒙特利尔国际电影节上，《边城》获得评委会荣誉奖，同年，因拍摄《边城》电影，在成都，凌子风获得第5届金鸡奖最佳导演奖。我们都及时向沈老报喜，83岁的沈老，仍然高兴得像孩子一样。

（原载《中影史料》第2期）

永不忘怀的艺委会主任水华

水华同志去了。我除了极度悲痛之外，还留下了终生的遗憾。他去世时我正在云南、广西的旅行中，整日从早到晚奔波，报纸没看，广播没听，接触的又是文艺圈外面的人士，连个仙逝的消息都没有听到。回厂后得知，后事早已料理完毕。我为没有最后见上他一面而痛惜和遗憾！

我仰慕水华已久，认识他后也是一般交往，说不上了解。只是在我1986年任北影艺术副厂长后，和作为艺委会主任的水华，才开始了频繁密切的工作往来，使我对这位享有盛名的艺术家才有了更多更深的了解。

水华对艺术严肃认真，执着追求的态度和精神，我看到、听到、感受到和体会到的，概括起来就是八个字：精益求精，孜孜不倦。

我被赶着鸭子上架后，自知在北影这样一个大厂艺术副厂长的位置上，自己的资历、学识、经验和水平均不胜任。要想搞好工作，就要依靠北影有经验的艺术家，拜他们为师，向他们虚心请教，虚心学习。于是，我想到了重组艺委会。因为：

艺委会能发挥出北影艺术家们的聪明才智；

艺委会能调动起北影艺术家们的积极性和创造性；

艺委会能集思广益，为北影的电影创作出谋划策；

艺委会能提高北影影片质量；

艺委会能促进影片题材规划的制定和落实。

我心目中的艺委会主任，非水华莫属。

在我任艺术副厂长的九年间，艺委会改组、充实、调整了三次，每次人员都有较大的变动，只有艺委会主任始终未易人，这就是水华。他走完漫漫的人生旅程，最后是在艺委会主任的岗位上离去的。

有了艺委会，有了水华主任，我有了靠山。我从文学部组稿中筛选出来的、准备提交厂务会议讨论的剧本，先请艺委会讨论。水华对这项工作既热心又认真。他交代艺委会秘书，一定要把剧本提前几天发到每个人手上，告诉他们讨论的时间和地点。在预定讨论日期的前一天，督促秘书再一一提醒一次，以免有些同志工作忙给忘了。这些细小的事情都想得这样仔细、周到，可见他对艺委会工作的重视和认真。

北影厂每年生产20部左右的影片，多产年份达到30多部，需要讨论的剧本多达五六十部。这么大的工作量压在艺委会身上，忙得委员们叫苦不迭。因为大部分委员都是大忙人，不宜挤占他们更多的时间。水华在厂内外也有许多本职工作和社会工作，比某些人更忙。但我从没有听到过他“叫苦”。他总是请大家克服困难，挤时间仔细阅读剧本，认真参加讨论。有时还得动员某些同志舍弃厂外有酬劳的邀请，参加艺委会的义务活动。他说：“我们都是北影的人，北影的工作要放在前面。”所以，大家叫苦归叫苦，还是每次招之即来，在浓浓的艺术氛围中度过一次次讨论会。

大家既有剧本过多的意见，我当然要认真对待。我带着这个问题，到水华家里去征求他的意见。看来，他已经过认真的思考，谈出了解决问题的三条建议。他说：“今后交给艺委会讨论的剧本，可分三种情况。一是吃不准的剧本；二是需要提高质量的剧本；三是拳头产品，即重点影片的剧本。不属于这三种情况的剧本，就不用艺委会讨论了。”对这三条，水华还一一作了具体解释。所谓吃不准，是指有争议、有不同看法的剧本。讨论这样的剧本，大家要畅所欲言，把争论的焦点讨论出来，就算达到了目的。至于怎样决策，就是你们厂务会议的事了；需要提高质量的剧本，艺委会不光要提出不足之处，重点要放在怎样提高上，即多提建设性的、切实可行性的修改提高方案；重点剧本的讨论，厂里主要领导最好和艺委会一起讨论一次，因为这是方向、旗帜的问题，北影的形象主要体现在这样的剧本上。必要时，这样的剧本要反复讨论。

水华的三条建议，实际上是对我工作的含蓄批评。也对我提出更多的要求。我那种把所有剧本都交给艺委会讨论的做法，是把艺委会推到了剧本工作的第一线。水华的三条意见，是把我和厂务会议放在第一线。过去，我和厂务会议是先听艺委会的意见，以后再做判断和决策。水华给倒过来了，厂务会议和我要先做出判断，哪个剧本还吃不准；哪个剧本可拍摄，但还需要再提高；哪个剧本定为重点题材，要加强力量攻关。这都要先动一番脑筋。这样一来，既减少了大家的负担，又明确了讨论每一个剧本的目的性和针对性，大大提高了讨论的质量。大家对水华主任的工作方法十分赞赏。

讨论剧本是艺委会经常性的工作。除此之外，还讨论长短期题材规划，审看双片，学习厂内外优秀影片的创作经验，这些都是在水华的倡导和组织下进行的。水华对待这些工作，勤勤恳恳、认认真真。他总是默默无闻，殚精竭虑地为他毕生所从事、所热爱的电影事业做奉献。

1990年底到1991年初，厂里提出要在1993年推出一部纪念毛泽东同志一百周年诞辰的影片，请艺委会议论一下题材问题。大家谈了很多建议和设想，如长征中的毛泽东，毛泽东在陕北，秋收起义，毛泽东上井冈山等。水华经过一番思考，给我打来了电话，我在笔记本上记下了如下一段话：

毛泽东上井冈山，现在还没见到影视作品。写毛泽东，作家往往注意辉煌时期毛泽东的光辉形象。革命低潮时期的领导形象，更能显出毛泽东的伟大非凡和英雄本色。现在苏联解体了，东欧正在分化，世界革命处于低潮。低潮时，更要领袖人物的带领，坚持革命，让红旗不倒，让星火燎原。这个题材写好了，既有历史意义，又有现实意义。唯一需要注意的人物就是贺子珍，其他都可以放开来写……

我非常赞同水华的见解。成志谷厂长的想法和水华不谋而合。于是很快组成创作组，到井冈山生活、采访、创作。剧本几易其稿，都是在艺委会的直接参与下进行的。这就是后来被评为“五个一工程”优秀影片，在全国广为放映的《井冈山》。

有水华这样德高望重的艺委会主任支持、帮助和指导我的工作，是我平生的一大荣幸，令我感激不尽。我把艺委会当成是艺术顾问团，水华理所当然地就成了我的艺术总顾问了。我在艺术工作中遇到问题，都虚心而诚恳地向他请教。为了减轻大家的负担，有不少剧本我只向水华一人请教。如是拿不准的剧本或题材，请水华判断，他总会给我一个观点鲜明的分析阐述意见；需要提高艺术质量的剧本送到他手上，他总是反复研读，出主意想办法，提出修改、提高的意见；重点影片的题材或剧本，我主动向他咨询的少，倒是他经常热情地向我推荐的多，如《毛泽东·尼克松在1972年》《井冈山》《地球的红飘带》以及反映唐山刘庄煤矿干群关系（后来写成《最后一任矿长》）和林州（即林县）巨变等题材的剧本。

水华一贯以严肃认真、一丝不苟、精益求精、精雕细刻、慢工出精品而闻名电影界。我几次碰到这样的情况：剧本他已看过一遍，我急着想听听他的意见，哪怕是初读印象，他却总是守口如瓶，每次总是说，还要再看一遍，思考思考。后来我才知道，剧本至少看两遍，他才跟人谈意见。有些剧本，他反复要看三遍、四遍。这时我才恍然大悟，为什么水华的意见总是那么准确、中肯而又深刻。水平高是他辛勤劳动的结晶！水华这种琢磨艺术的精神，在今天显得尤为可贵。在电影推向市场的今天，严肃认真、一丝不苟地追求艺术的创作人员，越来越少了。这不能不说是电影界的一种悲哀。我在水华这种精神的熏陶下，也对自己提出一点严格的要求，工作再忙，也要认真看两遍剧本后才有发言权。这就是熟能生巧，熟能提高的道理。

水华特别关心电影创作的大趋势大走向。在商业片大潮中，看见北影拍摄的某些质量不高而票房较好、迎合观众而落入低俗的影片，他深感不安。他多次在艺委会上语重心长地说："千万不能只顾票房而不顾北影的'面子'，北影在观众中的形象，是由许许多多好影片塑造而建立起来的，像北影这样的大厂，每年都要拍出几部重点影片，才算尽到了大厂的责任。"在这方面，水华不仅仅是言教，而且准备身体力行。在他的晚年，绝大部分时间、精力、智慧、才华，都无私地奉献给了别人。与此同时，也积极投入重点影片的拍摄行列。这就是《毛泽东·尼克松在1972年》和表现刘庄煤矿的两部影片。

小球推动大球，打开中美关系建交大门。歌颂毛泽东、周恩来英明外交路线的剧本《毛泽东·尼克松在1972年》倾注了水华大量的心血。差不多能找到的当事人和知情人，都采访到了，录音、记录、资料摘抄，装满了一橱柜。对这个题材的历史背景、人物、细节、语言、基辛格秘密访华的过程等，水华都了如指掌，熟记在心。剧本数易其稿，水华基本满意。东方文化发展公司投资500万元拍摄这部影片，这在当时算得上是大投资大制作了。在民族宫举行了隆重的签字仪式和新闻发布会，部、局领导到场祝贺支持，更加坚定了水华拍好这部重点影片的信心和决心。水华做了大量的案头工作。在即将开机的时候，接到有关部门的审查意见，其中要害的一条是：在中、美、苏大三角外交政策上，我们谁也不打谁的牌。拍摄《毛泽东·尼克松在1972年》，容易产生中美联合打苏联牌的负面效应，于大外交格局不利。显然，这不是剧本本身的问题，是题材的问题。热火朝天的筹备工作立马停顿下来。这对水华是一次巨大的冲击。水华和摄制组的人各方奔走游说，不见缓解松动。我还代表北影跑到有关部门申述意见，也未见成效。这样，水华前前后后花了一年多的心血，付诸东流了。过了很久，我私下跟水华谈起这个问题，他沉静地说："这个题材重大，涉及外交大事，有关部门从大局考虑，是可以理解的，我们应该服从。如果从艺术角度来说，一部影片的政治功能，恐怕是起不到这么大的政治作用的。文学艺术有它鲜明的政治和阶级的功利性，但不可过分夸大它的功利主义。一部再好的影片，也不能靠它去救国、兴国、治国。反之也是同样的道理。艺术是形象表现，而不是政策宣言。表现是艺术家的使命，而宣言则是政治家的责任。"显然，水华是不同意把"打谁牌"的政策用在艺术上的。

水华离开我们还不到一年，他未能拍成的《毛泽东·尼克松在1972年》，现在由谢飞导演在重新筹划中。九泉之下的水华如能知晓，艺术的灵魂也会得到宽慰了。

当刘庄煤矿干群关系的报道在电台广播后，当天上午，水华就给我打来了电话，让我看看当天的报纸，建议组织这个题材的剧本。我读了这篇报道，深受感动。干群关系是社会舆论的热点问题之一。干群关系主要方面是干部。刘庄煤矿的干部为我们做出了榜样，值得我们去歌颂。我请水华挂帅，给他配备两个得力助手，马上开始剧本创作筹划工作。厂里对这个题材非常重视，组织几十名主创人员，在厂长书记的带领下，到刘庄煤矿参观、采访。水华阅读了大量报道，看了几部反映这个题材的作品，从几位作者中选择了一位，经过反复研究素材，讨论构思，开始了电影剧本的创作。剧本几经修改，水华每稿都认真阅读，提出修改意见。到《最后一任矿长》定稿时，我觉得就这个题材，能写到今天这样的水平已实属不易了，动员水华别再"磨戏"，着手筹备拍摄。水华却按兵不动。因为剧本还没有达到他要求的水准，他是不会凑凑合合，将将就就上马的。这和当今有些导演不管剧本质量如何，只要有人出资就匆忙上马，形成了鲜明的对比。水华确实把艺术当作生命来对待，在艺术质量问题上执着追求，永无止境，总是百尺竿头还要更进一步。这正是他拍摄的影片数量不多，而质量总是上乘的成功秘诀。

九年间，我求助于水华的工作全是费时费神的事。送到他手上的剧本，哪一个都有四五万字，中篇小说和长篇小说从七八万字到几十万字，读一遍也得花去很多时间，更不用说还要苦思冥想提出可行性、建设性的修改意见和改编方案。好多剧本都是手稿，再碰上字迹潦草、字体难认的蝇头小字，读起来既费时又吃力。然而，水华总是一丝不苟地对待这项工作。这种崇高的艺德和精神，实在令我感动和敬佩！说实话，这年头像水华这样全心全意奉献而不索取任何酬劳的人，越来越少了。也许一次两次地义务奉献可以，而能十年如一日地长期如此，实属难能可贵。水华正是这样难能可贵的艺术家。

我曾听说，“文革”前，艺委会活动有车马费，也欲依样画葫芦恢复起来。水华和其他艺术家都没表示赞同。水华真诚而又动情地说：“艺委会，还是谈艺术，不谈钱的事。连我们这些人也谈钱，就俗了。”所以，多年来，北影艺委会在水华主任的主持下，一直是一块没有被金钱污染的净土。

水华不但有丰富的导演艺术实践经验，还有很高的电影理论水平，对影视创作中一些重要问题，都有独到的见解。但他从不炫耀自己的殚见洽闻，更不摆大师的架子。谦虚确是他的美德。无论对作者、剧本，还是影片，既肯定已达到的艺术成就，给以勉励，又提出严格的、更高的要求，其态度从来是诚恳的，甚至是苦口婆心的。就是一些显然应该修改的问题，也以平等商量的口吻说出，让创作者感到亲切而乐意接受。这样，久而久之，水华就成了很多创作人员，特别是中青年导演的良师益友。我每次到他家里，在他的客厅和卧室里，都能见到待看的剧本、小说、分镜头台本。目睹这些，我真不好意思从提包里再拿出剧本来打扰他。这时他总是笑嘻嘻地说：“你也很忙，把剧本都送到我家了，我看一看算得了什么，放下，放下吧。”于是，待看的剧本又增高了厚厚的一摞。

水华有一颗关怀影人成长的热心、爱心和诚心。从厂内到厂外，有许多知名和不知名的作者和导演，都直接从水华那里得到过许多教益。谁在创作和拍片中遇到困难，都愿意求助于他，他也总是有求必应，伸出热情的援手。一次，有部影片存在问题较多，厂里请水华帮助修改，他马上向我索取剧本和分镜头台本，进入了工作状态。在样片上进行二度创作，是一项难度极大的苦差事。往往是放完一本样片停下来，研究出具体修改方案后，再接着放下一本样片。这样停停放放，放放停停，一时灯火通明，一时漆黑一片，修改就在这“白天”和“黑夜”频繁转换间进行。有时一坐就是一天，累得腰酸腿疼，眼睛发花。可水华都能精神饱满地进入修改创作境界，从不懈怠。

水华的晚年，虽没有执导成一部影片，却比拍片的人还忙。拍片是有忙有闲，而水华却是忙中无闲。他年年、月月、日日在为别人精心设计“嫁衣裳”，什么名呀，利呀，全都没想过。他看过多少剧本、小说、样片、分镜头台本？帮助过多少厂内外作者和导演？没有人作过统计，也无法统计。但有一点大家是看在眼里记在心头的，那就是北影十多年来拍摄的影片，从小说到剧本再到影片，有相当一部分都凝聚着水华的一份辛劳和心血。为此，厂领导曾做出决定，每年补助水华不低于一千元的看稿费。第一年一千元交到他手上，他一个劲儿地请求退回，厂里不给他办理退回手续，他就交了党费。这样，厂领导的这项决定再也没有实行下去。这就是水华的境界，水华的人格，水华的为人，让北影人心悦诚服地把他竖在大拇指上。

水华的心和整个电影事业联系在一起。当他看到电影创作取得成就时，总是充满着喜悦和祝福。而面对电影创作中的问题，也使他深感不安。就我所知，最使他感到苦恼和忧虑的，是电影创作中远离生活、违背真实、胡编乱造的不良倾向。特别是那些革命者的后代，搞社会主义革命文艺的艺术家们的子女，他们的作品中，也严重存在着这种倾向，使他从心里感到惋惜。他很乐意和这些他看着他们长大的年轻朋友们沟通，但中间总是有条鸿沟，或曰代沟。在某些年轻人眼里，水华已经落伍了，甚至老朽僵化了。最使他感到苦闷的是，自己搞了一辈子电影，有时居然连人家的剧本和影片也看不懂了。《迷舟》电影剧本，就让水华坠入了迷雾之中。

《迷舟》描写这样一个故事：北伐军打下了榆关，接着要攻打棋山，军阀孙传芳抽调精兵镇守棋山。大战开始前，棋山守军32旅旅长萧和勤务兵，星夜潜入对岸的小河村料理父亲的葬礼。葬礼中，萧邂逅了过去在榆关结识的情人杏，杏现在已为他人妻子。情人相遇，旧情复发，似干柴遇上烈火，马上苟且成奸。奸情被杏的丈夫发现了，一顿毒打后，把杏休回榆关娘家。萧又只身划舟潜入榆关觅杏。待萧回到村上后，勤务兵开枪杀死了他。原来，打下榆关的北伐军是萧哥哥的部队，在萧回家奔丧时，勤务兵就领受了师部的秘密指令，如果萧去榆关，就把他打死。

我看了剧本后，说实话，真像坐上了迷舟似的，辨别不出哪儿是这只迷舟的彼岸和归宿。吃不准的剧本都要请教水华，看不懂的《迷舟》就更要好好请教一番了。

在得知水华已看过两遍后，我欲登门请教，他怎么也不让我前往，说没有想好，还要再读。并建议再找几个人看看，一起议论一次。

讨论剧本时，大家都发了言。最后就剩水华了，大家把目光转向他，想听听他的高见。以往，他差不多总是最后发言，留给他的时间也最多。这次却打破了常规，说："听了大家的发言很受启发，我还要思考思考。"关于剧本，一言没发。看来，水华也被《迷舟》迷惑了。

过了几天，水华来了电话，说要到我办公室里谈谈《迷舟》，我很高兴。我非常愿意，甚至是渴求聆听水华谈艺术，那实在是一件快乐的事儿。这是他一次深思熟虑的谈话，给我留下了深刻的印象。六年过去了，他的声音仿佛还在我耳边回荡：

我看了几遍《迷舟》后，还感到非常迷惑，脑子里很乱，理不出个头绪来。像置身在云雾中飘摇不定。剧本的大背景是北伐，在两军激战前夜，写了一个抵抗北伐军的旅长，在为父亲奔丧的七天中，旧梦重温与昔日情人情意绵绵的一幕幕艳史和现在不顾一切地昼夜寻欢，要告诉观众什么？背景、人物、故事要体现什么？整个作品都罩上迷雾，读起来就感到迷惑。过去说失落感，我总以为是年轻人的事，现在才亲身感受到，我也有种非常失落的感觉。以往，我的艺术思考主要是分析作品，现在的一些作品，靠艺术分析不行了，要猜测作品。猜不出，别人笑话你水平低，有时自己也怀疑起自己来。你是猜人家的作品，猜得对不对，心里没有底。对《迷舟》，我也动脑筋猜了（水华无奈地笑了笑），猜出的东西怎好谈给别人听呢，那太不严肃，太不负责了。所以，那天我没有发言。会后，我问了几个年轻人，他们告诉我，这样的作品，不能用老眼光去看，也不能用老方法去分析。作者是用新的观念、新的创作方法写的，读者也要用新的观念、新的分析方法剖析和感悟。这类作品是表现一种情绪的，是一种宣泄，不要从什么作品的主题呀、人物呀、结构呀、真实呀，去理解和要求。他们教给我一种理解作品的方法，叫作破译。这个词用在分析作品上，我还是第一次听到。我说，破译也得有个数码儿，如破译密电码，我怎么就找不到这"密电码"呢！人家又告诉我，就从作品宣泄的情绪上去破译。这样的破译法，像我这样的人恐怕学不会了。因为那宣泄的情绪，谁能抓得住，抓得准？面对类似《迷舟》这样的作品，我感到有一种责任，应该让他们知道，创作一部作品，不能远离生活，不能脱离生活真实去胡编乱造。那样，作品就失去了生命。没有生命的作品，就没有存在的价值，也不会被人们接受和承认。今天来，就是想吐吐心中的话，这大概也叫宣泄吧。关于《迷舟》，也不用再说什么了，我破译不出什么东西来。

以上这段话，憋在水华心中好长时间了，一口气吐完后，我发现他显得轻松和平静多了。他在关心中国电影的健康发展，他对电影创作中存在的问题忧心忡忡。只有热爱电影事业的人才会有这种强烈的忧患意识。

不久，在纪念毛泽东《在延安文艺座谈会上的讲话》发表48周年座谈会上，我读到了水华的发言（见1990年5月20日《光明日报》），基本观点就是这次谈话的内容。不知是那种场合水华的慎重，还是版面或记录整理的原因，其锋芒和棱角都削弱多了。不过，这仍是水华一次少有的干预创作时弊的言论，可见他呼唤电影创作要真实反映生活的强烈心声。

水华离我们而去了，他给我们留下那些内涵丰富、思想深刻、意境隽永、形象鲜明、独具魅力的影片和他那严肃认真、勤于思考、一丝不苟、精益求精、乐于助人的精神与品德，将会永存！

水华，您是我永远不会忘怀的艺委会主任！

（原载1997年第2期《电影创作》，被收入中国电影出版社1997年出版的中国电影导演的艺术世界丛书《水华集》中）

水华的电影生涯（1916—1995）

水华的人生历程

水华原名叫张毓藩，水华是他上初中时起的笔名。原籍湖北省钟祥县。1916年11月23日，水华生于南京市。父亲是一个小官吏，兼任普育堂的堂长。他在50岁时喜得水华这个小儿子，非常宠爱。水华的生母是个丫头出身，从早到晚干着繁重的家务劳动。家里人不许水华与生母在一起，只准跟父亲的正妻一起睡觉。打小就不准叫生母妈妈，只让他叫父亲的正妻为“妈妈”，水华幼小的心灵遭到了伤害。他5岁开始念私塾，读《龙文鞭影》《大学》《论语》等古文，6岁上南京女子师范附属实验小学，11岁考入南京市立一中，结识了爱好文艺的吕复、王逸、舒强、许之乔等人。一中国文老师王茨荪，是五四时期的进步作家。在王老师的影响下，水华开始接触鲁迅、郭沫若、茅盾、巴金等人的作品，接受五四新文化运动的启蒙影响。这时也开始接触外国文学作品，阅读托尔斯泰、罗曼·罗兰、陀思妥耶夫斯基的作品，更喜爱中国古典文学，如《红楼梦》、李清照的词等，对文学艺术产生了浓厚的兴趣。14岁初中毕业，进入高中读书，与几个志趣相投的同学组织了“胎儿艺社”，后改为“磨风艺社”。17岁水华入读上海复旦大学法律系，辍学后，与顾而已、陈鲤庭、赵丹等人组织了“拓声剧社”，开始登台演出。18岁正式被吸收为左翼戏剧联盟南京分盟成员，参加演出《名优之死》等进步戏剧。这期间，趁瞿白音在一家电影院翻译字幕之便，水华看了很多美国影片。

在几年的戏剧实践中，水华感到自己戏剧理论知识的贫乏，产生了去外国学习的想法。从小就天天接送他上下学的四姐是他在家中最亲近的人，她支持弟弟的求知欲望。于是，水华和已去日本的剧联成员吴天联系上，于1936年春天到了东京，加入中华戏剧协会东京分会。水华除了如饥似渴地观摩“筑地小剧场”演出的大量世界名剧和日本戏剧外，还为中国留日剧人协会导演了《娜拉》，这对他后来的导演工作有着直接的影响。

水华在日本学习了一年，带着一本《世界戏剧全集》，于1937年春回到上海，为上海量才学校的剧团排演了莫里哀的《悭吝人》。

抗日战争爆发后，水华的家庭发生了分裂，四姐把母亲从家中接走，他也很快离开了家，参加了由陈鲤庭任队长、瞿白音任副队长的救亡演剧第四队。演剧队沿长江而上，从南京来到了汉口。水华除当演员外，还当导演排戏，向人民大众宣传抗日。这时，章泯正在为鸡公山第五战区青年军团艺术组培训流亡学生，并担任戏剧训练班的艺术指导，讲解戏剧理论、表演和导演课。他把水华、严恭邀去任教。水华根据章泯写的《新演剧丛书》，结合自己的艺术实践经验，帮助章泯讲导演课。因为教学工作的需要，水华努力学习戏剧理论，认真总结实践经验，把实践上升为理论，并加以系统化、条理化，为后来的导演工作打下了坚实的基础。

1938年武汉失守，水华又回到抗敌演剧第二队（前身是上海救亡演剧第四队），随队离汉口向衡阳、长沙方向撤退。长沙大火后，参加了周恩来直接领导的安抚、救济群众工作。水华在队里主要做导演工作，和舒强合导《木兰从军》，单独导演了《人命贩子》。在导演中，水华除了充满抗日激情外，在艺术上也严格要求，一丝不苟。这种从年轻时就具有的精神和品格，一直贯穿着毕生。

1939年，水华来到重庆北碚，在陶行知先生创办的育才学校担任戏剧组教员，教授导演课。还给学生排演《最后一课》《为了大家》等戏。这时章泯正在翻译斯坦尼斯拉夫斯基的《演员自我修养》前八章，水华帮着一边抄写一边学习，开始接受苏联的戏剧理论。

1940年，是水华艺术生涯的转折点，这一年他来到了革命圣地延安。在延安鲁艺实验剧团任导演，还在鲁艺戏剧系担任表演课。

1942年，水华经历了终生难忘的三件大事：3月，田方、王滨介绍他加入了中国共产党；5月，亲耳聆听了毛泽东同志的《在延安文艺座谈会上的讲话》；11月，与鲁艺音乐系教师潘奇结为伉俪。从此，他的政治生命和艺术生命逐步走向辉煌。

日本投降后，水华奔波在张家口、哈尔滨、佳木斯等地，先后任华北联合大学文工团戏剧队队长、合江鲁艺文工团团长、东北鲁迅艺术文学院鲁艺实验剧团团长等职，多次导演演出《白毛女》。

1949年春，水华来到北平，参加全国文艺工作者代表大会后，赴匈牙利、苏联等国参观、访问、学习，进行文化交流。年底，调中央电影局艺术处，任电影导演，从此，开始他近半个世纪的电影导演生涯。

1950年，水华与王滨联合导演的电影《白毛女》问世，引起国内外的关注和赞誉。这是水华的电影处女作，一起步就是高标准、高质量。

1952年至1955年，水华从参加土地改革，到赴湖南、广东、广西、江西等省调查采访，从酝酿电影剧本的创作，到电影投入拍摄，于1955年完成了他的第2部电影作品《土地》。

1958年到1959年，水华拍出了第3部影片《林家铺子》。它是根据茅盾的同名小说改编的。

1960年，水华的第4部影片《革命家庭》公映，1962年获得首届中国电影百花奖最佳编剧奖，扮演女主角周莲的于蓝，获得第2届莫斯科国际电影节最佳女演员奖。

从1962年开始，水华进入第5部影片的创作活动。他研究小说《红岩》，采访搜集有关素材，请夏衍将它改编成电影剧本《烈火中永生》。1964年样片完成后，受到江青的百般挑剔，要把它作为反面教材放映批判。后来周总理给予肯定，经部分修改，于1965年上映，受到观众的欢迎。

1966年“文化大革命”开始，水华进了“牛棚”，随后到“五七”干校劳动改造。

1981年，水华推出第6部力作《伤逝》。它是根据鲁迅先生同名小说改编的。

1984年，水华的最后一部影片《蓝色的花》完成。

水华在生命的最后十年间没有再执导影片。因他患有心脏病，经常出入医院。但他仍然竭尽全力地为他毕生所热爱的电影事业勤奋地工作着。这期间，他担任中国儿童电影制片厂艺术顾问、北京电影制片厂艺委会主任等职，阅读大量的小说、剧本，审看了一二百部影片，为童影厂和北影厂艺术创作与影片质量的提高，倾注了他的才华、智慧和汗水。为此，他成了厂内外导演、作者，特别是中青年导演、作者尊崇的良师益友。

1994年，水华荣获首届中国电影导演协会授予的“终身成就奖”。

1995年12月16日，久病的水华医治无效，与世长辞，终年79岁。

就在水华溘逝后12天，即12月28日，在纪念世界电影诞生100周年暨中国电影90周年的中国电影“世纪奖”评奖中，水华被评为中国电影最佳导演之一，他导演的《林家铺子》，被评为中国电影90年优秀影片。

水华是第三届全国人大代表，第五、六、七届全国政协委员，中国文联委员，中国电影家协会常务理事。

水华的艺术道路

水华的艺术道路，可以用三个字来概括：长、宽、精。

长，指水华的艺术道路漫长。水华的艺术道路从12岁就开始了。艺术道路的起步尝试于写诗。因生母在家中没有地位，从小水华就生活在缺少温馨和爱的呵护的环境中，有寄人篱下之感。所以他写的第一首诗，就是诅咒大哥的行为，叹息自己凄苦的命运。有首感伤的小诗被国文老师王茨荪大为赏识，寄给报馆，竟然被刊登出来了，这便使水华对文学产生了兴趣和信心。在日后的近70年中，他一直在文学艺术、戏剧电影的道路上不辞辛劳地耕耘，直至生命的最后一息，在病床上还念念不忘电影创作。

宽，指水华的艺术爱好和艺术实践的门类、行当甚为宽广。水华上中学时写了许多诗、短歌，有的发表了，有好多没有发表出来。十几岁就打算以“水流”为书名、“水花”为笔名出本诗集。诗集没出成，水华的笔名却取代了他的原名，并在几十年后为国内外人士所共知。关于“水华”名字的来历，水华是这样自述的：“我认为自己如同小河的流水，漫无目的流淌，泛起点水花，于是，起初就以‘水花’为笔名。之后又感到用‘花’字不妥，便用古文的‘花’与‘华’通用而取名水华。”

水华写过散文。“九一八”和“一·二八”事变后，水华在报上发表了散文《笑》，通篇充满着对穷苦劳动妇女的同情。

水华还写小说。他的第一篇小说写于1930年，当时他才14岁。因父亲去世后，异母兄长当了家，失去了保护人的水华，感到家庭环境更加郁闷、压抑。他想把这种苦闷的心情表现出来，一时又找不到适当的表现方法，就模仿陀思妥耶夫斯基的《两个伊凡》的构思，写了篇题为《审判》的小说。

在水华艺术道路的初期，主要是当演员。喜爱戏剧的水华，一开始就被田汉的艺术才华吸引住。田汉的才子气、名士派，以及他的作品《战友》《乱钟》的影响，特别是话剧《南归》，有种脱俗的、罗曼蒂克的味道，使水华的心向往之，促使他走上进步戏剧的道路。他在《五奎桥》《放下你的鞭子》《乱钟》《娜拉》《八百壮士》等等剧中扮演不同的角色，戏路子也很宽，老农、牧师、大学生、医生等不同年龄、不同身份、不同性格的角色都能演。水华第一次在"大戏"中演主要角色的是《天边外》，这是美国剧作家奥尼尔的名剧。水华饰演弟弟一角。导演赵丹一招一式地教水华如何表演这个角色。水华后来说，那是照葫芦画瓢儿的模仿，不过大家还是给予了肯定：首次大戏表演基本成功。

水华还从事舞台剧的创作。他编写了新歌剧《赵富贵自新》《夫妻逃难》《周子山》、多幕剧《粮食》等剧本。其中《周子山》是大型舞台秧歌剧，在延安汇报演出时，群众反映"很有土地革命时代气氛"，成了鲁艺的保留节目。

教学活动也是水华艺术道路的一个组成部分。抗战初期，水华先在抗战剧社讲导演和表演课，后在陶行知先生创办的育才学校担任戏剧组教员，执教导演课。到延安后，在鲁艺戏剧系担任表演教学工作。解放后，虽没有具体的教学任务，仍经常登上各种讲坛传艺。特别是1983年，在全国高等院校电影课教师进修班上的讲课，留下了极有价值的艺术见解。

水华艺术道路的主体是导演工作。20世纪三四十年代是舞台导演，五十年代后是电影导演。

水华三四十年代导演的戏有几十部之多。他的导演生涯始于1937年。第一次担任导演的戏是《娜拉》。先后执导过的戏有《悭吝人》《放下你的鞭子》《一颗炸弹》《壮丁》《打鬼子去》《表》《我们的故乡》《人命贩子》《最后一课》《为了大家》《白占元》《带枪的人》《神手》《白毛女》《夫妻识字》《血海深仇》《王家大院》等。其中多次导演《白毛女》，为后来拍摄电影打下了坚实的导演基础。

解放后，水华从事专业电影导演工作。除去"文革"中和生命的最后十年外，在25年左右的时间里，水华只拍了7部影片，即《白毛女》《土地》《林家铺子》《革命家庭》《烈火中永生》《伤逝》《蓝色的花》。数量虽不及同代的许多导演，但影片的质量，却是许多同行望尘莫及的。水华的前半生，除了他写的东西极少部分留存下来外，当演员时所创造的许许多多角色，执导的许许多多舞台剧，都似昙花一现，没有留下永久的形象来。而他的7部影片，却是能够永远流传下去的精神财富。

精，指水华的艺术道路步步、处处精益求精。水华的严肃认真、精益求精的创作态度，在电影界是出了名的。水华每拍摄一部影片，都要花费两三年、三四年、甚至更长的时间。这也是他拍片数量少的主要原因。他从来不满足在一个现成的剧本上急于进行拍摄。被他选中的剧本或小说，无一例外地要作一番大量的“一度”创作工作——搜集掌握素材。他的方法是：首先，向作品中人物原型或近似原型的人物调查访问；其次，采访那些虽没有亲身经历但对作品中人物、故事特别熟悉的知情者；再次，大量、仔细地阅读同类题材的作品，寻找可资借鉴之处。电影界的同行和水华的合作者们，称这种方法叫“深度采访”。水华是电影界拍片速度最慢的一位导演。周总理称赞他是“慢工出细活”的艺术家。虽然筹备阶段已做得十分细致、周到和圆满，但在拍摄中还要精益求精地再思考、再认识、再提高。别人拍片想着未拍的戏，水华拍片思索着拍过的戏。一旦思索出一点不满意的地方，就义无反顾地重拍，绝不将就凑合。用水华自己的话说：“搞电影艺术的人要狠，要咬住牙，要像榨油机一样不停地‘榨’自己。”

水华的艺术贡献

水华的艺术贡献，集中体现在他的电影艺术创作上。

水华导演的七部影片，除了《土地》之外，六部都称得上是成功之作。六部中以《白毛女》《林家铺子》《伤逝》三部最为成功，其中尤以《林家铺子》最为出类拔萃，成为当之无愧的经典之作。

《白毛女》是水华拍摄的第一部影片（与王滨联合编导）。一从影就碰到了新课题：如何将新歌剧与电影艺术结合的问题。影片是从两个方面来解决这个新课题的：一是保留歌剧中动作的节奏感和造型的单纯化，发挥电影的空间优势，完成歌舞电影化的问题；二是歌唱的假定性与电影画面的真实性相融合，也就是虚与实的结合。这是一次带有开拓性质的电影实践，将电影和歌剧两个在风格样式不同、在美学倾向上迥异的艺术形式融合为一，创造了一种融合东西方美学的歌剧电影样式，受到了国内外同行的高度赞赏。影片不但充满了诗意和优美的民歌，令人体会到中国悠久的文化艺术，并且巧妙地引用民间传奇，动人地体现出中国农民在封建制度压迫下艰苦斗争的史绩：旧社会把人变成鬼，新社会把鬼变成人。《白毛女》凝集着两种不同美学体系的艺术之融合，跨出了中国电影与中国艺术传统相结合、现实性与假定性相结合、虚与实相结合的第一步，这一艺术成果的取得是极其宝贵的，是水华对新中国电影艺术的杰出贡献。沿着《白毛女》开拓的道路，后来就出现了像《刘三姐》《洪湖赤卫队》等一大批脍炙人口的音乐故事片。

《林家铺子》是水华电影艺术创作的顶峰。它是一部严格遵循现实主义创作的作品，细节真实，着力描绘典型环境中的典型人物。透过小小的林家铺子，把20世纪30年代初期的民族经济、政治、社会生活状况展现在银幕上，使人们真实生动地看到大鱼吃小鱼，小鱼吃虾米的社会现实。影片纹理细密，每一个事件都注入大量信息，并与其他信息相通，构成社会生活绵密的信息网络。影片把叙事因素和隐喻象征有机地结合起来，并两者相互渗透，达到美学上的内在统一性。这部影片创造的赋有浓郁诗情的电影语言，已成为经典载入电影艺术史册。1986年春，香港举办了一次世界电影史上的十部杰作展，与《党同伐异》《战舰波将金号》《公民凯恩》等一批名震遐迩的巨片并列的，就有水华的《林家铺子》。这说明，《林家铺子》不仅成为中国电影的经典影片，也成为世界电影史中的经典名片之一。这是水华的骄傲，也是中国电影的骄傲。

水华拍摄《伤逝》时已年逾花甲，已是一个形成自己独特风格的艺术家。但他在创作上，并没有沿着自己驾轻就熟的道路走下去，而勇敢地另辟蹊径，去拍摄一部直抒胸臆的心理影片《伤逝》，这是要冒很大风险的。水华的创作风格，始终遵循着严格的革命现实主义，也一贯以创作态度严谨著称。而在《伤逝》中要转向彻底的心理探索，使用大量的意识流手法，在创作上无疑是一次大幅度的跨越。

《伤逝》所取得的突出成就是：一是表现在一位老艺术家，拍出了新时期中国电影的第一部东方式的意识流影片；二是表现在对心理状态的间接描写，人物意识情绪渗透客观景物之中，并得以延伸和深化，获得意识直接造型化所难以企及的自然性和丰富性。《伤逝》是水华导演艺术的新探索、新拓展的创新篇章。

对于《伤逝》，评论界存在毁誉不一的评价。大部分人誉之为“艺术精品”，也有少部分人称之为“失败的杰作”。“失败”了还能称为杰作的影片，在中国电影中恐怕还是凤毛麟角的，这也从另一面证明了这部影片存在的价值。

水华的电影生涯中留下了许多遗憾。他本来可以留下更多的优秀影片，对中国电影做出更大的贡献，却因为种种原因，使他已经付出了极大心血的几部影片未能如愿以偿。如：《焦裕禄》搞了两年，因“文革”的到来而夭折；《西沙儿女》已经基本拍完，因故只好尘封在片库中；《创业史》认认真真地准备了两年，因农村政策问题而忍痛作罢；殚精竭虑三年心血，筹备拍摄歌颂毛泽东、周恩来英明外交路线的《毛泽东·尼克松在1972年》，因有关方面担忧时机问题中途而废……

水华是现实主义的电影艺术大师。他的《革命家庭》《烈火中永生》《蓝色的花》，都是革命现实主义的优秀影片。包括水华自己最不满意的概念化的《土地》在内，他所拍摄的七部影片总的艺术特色，概括起来就是：内涵丰富、思想深刻、形象鲜明、意境隽永、手法细腻、风格质朴、格调清雅。

水华赋有独特艺术风格的影片，犹如一颗颗璀璨夺目的明珠，永远闪耀在中国电影五彩缤纷的银幕上。

（被收入江苏文艺出版社1999年出版的大型丛书《20世纪江苏文化名人》）

谢添轶事拾零

谢添出生于天津，十几岁就开始了艺术人生。先演话剧，后演电影，再后做电影导演，古稀之年后又走上银幕和荧屏，直至生命的终结。他既是名演员，又是名导演，在艺术上所取得的成就，载入中国电影的史册永放光彩。然而，他那老顽童的性格和有趣的轶事，就不像他在《林家铺子》中塑造的林老板的艺术形象和导演的《小铃铛》《锦上添花》《洪湖赤卫队》《七品芝麻官》《茶馆》《那五》等优秀影视片那样，被千千万万观众所熟悉。作为演员，谢添被称为“银幕上的千面人”，也被誉为影视界“四大名丑”之一。而作为导演，他被誉为“中国的卓别林”。

今年6月18日是谢添的百岁冥寿。他离开我们也近11个年头了。但他那极具幽默诙谐的个性形象，特别是老顽童般鲜活生动的性格特征，永远浮现在我的脑海里。此文采撷几件趣闻轶事，以飨读者，也是对谢老的祭奠与怀念。

赢世界冠军一球

谢添爱打乒乓球，可从不计较输赢，主要是为了玩得开心，给自己和别人带来欢乐。与其说他是与你打球，还不如说是逗你玩球，制造愉悦的气氛，让打球的人和看球的人都感到轻松愉快。

谢添打球有绝招儿，就是急速下弦球。所谓急速下弦球，就是球在往前急速旋转时，又突然向后旋转，完全出乎对方的意料，刹那间就错过了击球的机会。他就是靠这个绝招儿，赢了世界冠军庄则栋一球。

谢添与庄则栋打过几次球，每次都是大零蛋。他下决心要赢庄则栋一球，也好增加点津津乐道的话题。但这相当不容易，靠实力和球技那是蚍蜉撼树，非得靠智谋不可。

我与谢添时常打球，正常情况下，有输有赢，输多赢少。我最怵他的急速下弦球，每次都令我手忙脚乱，猝不及防。因为我看到他回过来的球弹跳得很高，总想大力挥拍扣杀，可是球却急速后退到谢添那边去了，怎么也够不着。这是老顽童打乒乓球的撒手锏，出其不意，令对手防不胜防。

一次，谢添又与庄则栋“登台献艺”了。乒乒乓乓，你来我往，令人眼花缭乱。然而，谢添尽是扮演老球童的角色儿——忙着弯腰捡球。突然，谢导（大家对谢添导演的敬称）故意做些奇怪动作，或插科打诨说些笑话，千方百计分散庄则栋的注意力，好趁机偷袭。他神出鬼没地变出一张神气高傲的脸庞来，令庄则栋惊奇万分，目瞪口呆地凝视着他。他趁庄则栋正走神的空当儿，球已经发过去了。庄则栋没有做好接球的准备，匆忙应付，把球推挡过去，可惜高了点儿，谢添及时抓住时机，来个急速下弦球。只见他使足腕力，用球拍快速地摩擦着乒乓球的下部，形成急速旋转的下弦球飞过网去，力量和角度掌握得非常准确，球落在紧靠球网的边上，然后高高弹起。再说庄则栋，他以为谢添会大力扣杀这个回高了的球，马上退离球台两步，准备接扣杀过来的球。谁知，谢添并没有挥拍扣杀，而是眼疾手快地来个急速下弦球，球过网落台后，往回运动到谢添这一边，离庄则栋更远了，他再飞快地向前跨步，连上身都倾斜在球台上，伸直臂膀，还是没能够到球。谢添就这样赢了世界冠军一球，高兴得像自己得了世界冠军一样，迈着雄健的步伐，绕着乒乓球台转圈子，不停地挥拍向大家致意，活脱脱一个老顽童形象，博得满场喝彩声。

惟妙惟肖变脸术

作为演员，谢添有很娴熟的演技。可他的变脸技艺几乎是无与伦比的。谢添的变脸，与川剧中的变脸迥然不同。川剧中的变脸类似魔术，变的是脸谱。而谢添的变脸，是变化脸部的形象和神情，惟妙惟肖，出神入化，是地地道道货真价实的变脸。

谢添的脸部肌肉极富灵性，每块肌肉都听他指挥调动，转瞬间就能神出鬼没地变化出活灵活现的神态来。他的拿手好戏是四种栩栩如生的脸型：得意忘形、高傲自大、悲痛欲绝、惊恐万状。四种脸型和神态把喜怒哀乐表现得活灵活现，惟妙惟肖，令人叫绝。他脸上的肌肉，好像雕塑家手上的胶泥随意造型。20世纪的六七十年代，变脸是谢添的拿手好戏、保留节目。可以毫不夸张地说，如今的小品节目，与谢添当年的变脸相比，其艺术品位和喜剧效果都要大为逊色。可惜谢添的变脸绝技没有传人，随着他驾鹤西去，人们再也欣赏不到如此精彩绝伦的节目了。

在“文化大革命”中，有段时间谢添与其他“牛鬼蛇神”相比，少吃了一些苦头，还真亏了他的变脸绝技呢。北影厂生活区有一帮十来岁的孩子，组成“小闯将”战斗队，他们专在“牛鬼蛇神”从饭堂到“牛棚”的路上耍威风。他们恶作剧式的从地上捡起一片树叶，放在“牛鬼蛇神”的肩膀上，令其继续走路，不准树叶掉下来。谁肩膀上的树叶掉下来了，就要被他们踢屁股。谢添为了少受无谓的皮肉之苦，在“小闯将”们往他的肩膀上放树叶时，给他们变个鬼脸，“小闯将”们觉得挺逗挺好玩的，乐得欢蹦乱跳起来，早忘了让他肩膀扛树叶的事儿了。这事发生在特定的年代，当然滑稽可笑，却更让人心酸苦涩。但谢添用变脸绝技来保护自己，也是出于无奈。

独树倒书新奇葩

倒书成趣是谢添的一枚闲章。顾名思义，谢添的书法是倒着写的，真是匠心独具，与众不同。倒书而且成趣了，足见他对倒书的钟爱之情。

谢添是个名人，又有顽童的性格，喜欢热闹的场合。大家欢迎他表演个节目，他不怵，变脸呀、幽默笑话呀、喜剧段子呀、总能逗得大家开怀大笑。然而一跟书画家们在一起，看人家挥毫泼墨，龙飞凤舞地在宣纸上施展才艺，自己只能是一个看客，凑不上热闹，心有不甘。有时人家也要他写几个字，他又不会书法，很是尴尬。于是就开始练习书法，但练着练着就灰心丧气了，这要练到猴年马月才能练出点名堂来呀？顽童的性格使他开了窍，正着写我写不过书法家，何不倒着写呢，就是写得不咋地，你书法家也望尘莫及呀。这样一想，就练起倒书来了。真是功夫不负有心人，居然获得了很大成功。

凡事物以稀为贵。谢添的倒书与相声艺术大师侯宝林的“沙书”（用手指撒沙子写字）有异曲同工之妙。倒书的魅力尤其表现在书写的时候。我爱欣赏谢添倒书时的走笔和神情，令我赏心悦目。我站在谢导的对面，他在轻松自如地倒书，我却看到一笔一画书写出来的正字，倍感新奇、新鲜、有趣，甚至觉得有点儿神奇，怎么会倒书得那么娴熟自如呢，真是一个怪才！这种感觉，是观看正常书写时所没有过的。这大概就是谢添倒书书法的独特魅力吧。

自从熟练了倒书，过去的尴尬境况不复存在了。和书法大家在一起挥毫表演，现场观众反而冷落了书法家，都围在谢添的周围，观赏难得一见的倒书表演。更有甚者，有些书法家也被谢添的倒书所吸引，成了他的观赏者。喧宾夺主了。

倒书成了谢添独树一帜的一朵书法奇葩！

小偷济贫艺术家

假如谢添现在是四十岁，五十岁，或者六十岁，不说他的表演天赋和导演才华，光凭那变脸本领，就能财源茂盛，家财万贯。可惜他没赶上挣钱的好时机，光有名气而没有积累多少经济基础。说他穷也不过分，他与小偷的故事就是最有说服力的佐证。

1997年，小偷窜进谢添家行窃。谢添的家平时就显得杂乱无章，剧本、书报、字画、照片随处都是。但对谢添来说是乱中有序，想找什么东西，一目了然，手到擒来。可小偷进了他的家，见如此杂乱，以为另一小偷先于他一步。尽管这样，小偷还是翻箱倒柜了一番，却没翻到任何金银财宝。谢添回家后见满屋一片狼藉，诙谐地说，小偷偷错了地方。事后谢添对人说，这个小偷见到屋子里乱七八糟的，尽是些破烂东西，一定会嘟哝道，这家竟比我还穷，顿时起了怜悯之心，留下200元钱和一张字条：看你穷成这样，从偷来的钱中捐出200元，给你补补身子，多拍几部好电影。小偷入室盗窃是千真万确的，家里确实被翻腾得乱七八糟，的确没有丢失任何钱财。留下200元钱和一张字条，是真还是“中国的卓别林”的喜剧艺术加工？已不重要了。人们看到的是，家被偷后，谢添的那份乐天派的好心情。这绝对是老顽童的性格。

这件事被著名喜剧演员王景愚听到了，给编了个喜剧小品。王景愚扮演那个小偷，东找西找也没找到东西，走到门口时又返回屋里，在书桌上留下二百元钱，还留下一张纸条，写道：“没想到著名艺术家也这样穷，这二百块钱留给你补补身子，多演多拍几部好戏给我们看。”谢添看了，乐不可支。

确实，谢添的家里除了玩具狗和玩具猴之外，就是若干张剧照、生活照，还有几张为求字人写好的字画，再没有什么值钱的东西了。稍微值点钱的，就是一大卷宣纸，可小偷瞧不上眼。谢添很得意地说过，别的都是身外之物，就是一颗童心是自己的。的确如此，一直保存一颗童心，使谢老始终充满孩子般的纯洁、欢乐和幸福。

（原载《广电老年》2014年第8期，早在2004年5月13日《今晚报》发表“赢世界冠军一球”一节）

2015年获《广电老年》优秀稿件证书，内容为：

尊敬的赵绍义：您的作品《谢添轶事拾零》(《广电老年》，2014年第8期）被评为2011—2014年《广电老年》优秀稿件。特颁此证，以资鼓励。

国家新闻出版广电总局离退休干部局 2015年8月

“拼命三郎”凌子风

老革命、老党员、老电影艺术家凌子风同志，走完了他82年的人生旅程，乘鹤西去了，令熟悉和喜爱他的人，无不悲哉，哀哉，痛哉！

我是1964年进北影厂后认识凌子风导演的。第一次碰面只是远远地看了他一眼，就感受到他那高大魁梧的身材，从外在形象到内在气质，整个人显出一身艺术家的帅气来。他虽是北影四“大帅”之一，可人们爱叫他“拼命三郎”。后来看了他的许多影片，又同他有了长时间的交往，耳濡目染，“拼命三郎”的形象就深深地印在我的脑海里了。

凌子风1916年生于北平。小时候受到画家姐夫李苦禅和姐姐凌成竹的影响与熏陶，开始迷恋上绘画，14岁就考入北平美术专科学校西画系。因父亲有外遇，他憎恶父亲对母亲情感的不忠，毅然和父亲断绝来往，愤然离家不归，靠拉黄包车、打零工、画广告等挣点微薄的工钱，自己谋生路和坚持求学。自己的家就在城里，他却要硬着头皮到同学家打游击栖身，有时还不得不露宿街头，过着近乎流浪孤儿的生活。这对一个14岁的儿童来说近于残忍，可少年凌颂强（凌子风是他后来改的名字）宁是不屈服，不回头，朝着自己认准的方向勇往直前，可见他年轻时的性格有多么倔强！

后来，凌子风考入南京国立剧专，学习舞台美术专业时，仍然不要父亲一分钱的资助，全靠自己自食其力。因时常无钱交伙食费，忍饥挨饿便是家常便饭。有时连着几天饥肠辘辘，他仍坚持上课完成作业。校长余上沅和石蕴华等老师，实在不忍心自己的学生这样苦撑苦熬的求学，就把学校刻蜡版的活儿包给他，每月发给他四块钱酬劳，正好够食堂的包伙钱，总算解决了生计问题。半工半读的生活是极其艰辛的。每天中午，别人可以午睡，他再困也得刻蜡版。南京的夏天是个大火炉，中午尤其酷热难耐，赤膊上阵也浑身大汗淋漓，汗水像雨点似的滚落在蜡纸上。为对付酷暑，他将澡盆里放满凉水，在上面搭上一块木板，身子浸在冷水里刻着蜡版。晚上印讲义，除了继续忍受炎热的煎熬外，还得对付蚊虫的进攻。一手操着油印滚子，一手翻动着纸张，腾不出手来驱赶蚊虫，只好任其吮吸他宝贵的鲜血。当一摞一摞讲义印出来后，一摸身上脸上手脚上，都被叮咬起无数个大包小包来，疼痒难挨哟。凌导演曾感慨万千地说过，他那时能咬紧牙关坚持生活在“水深火热”之中，就是为了学习艺术。可见他少年时就有了“拼命三郎”的精神。

抗战初期在武汉，凌子风的拼命精神，得到了一次充分的表现。当时，话剧《古城怒吼》离公演日期只有两天，戏票早已全部售出，可还有四堂布景没有搭制出来，这可急坏了编导马彦祥。凌子风在南京剧专时，就担任过《日出》的舞美设计，他那富有新意的舞台布景得到了曹禺和观众的赞赏，成了剧专出类拔萃的高才生。眼看火烧眉毛了，大家不约而同地想到了凌子风。当应云卫等人找到凌子风，恳请他帮忙救急时，他二话没说，干脆痛快地站出来承担了这项拼命的活儿。从接受任务到设计、备料、搭制出四堂布景来，他两天两夜没合眼，也没离开过舞台，硬是玩命地按时完成了任务，使《古城怒吼》如期上演，没有酿成退票、改期、罚款的严重后果，感动得导演马彦祥、主演舒绣文等剧组里的人伸出了大拇指。

我曾聆听过凌导演绘声绘色地讲过他冀中落井的故事。那是1940年的冬天，日寇对冀中根据地进行疯狂的大扫荡，“火线剧社”紧急转移。在转移途中，音乐组组长张任仙病得很厉害，凌子风马上决定把他送到一个安全的地方隐藏起来，他亲自去办理联络事宜。黑夜里，他骑马在雪地上飞奔赶路。突然，只听“轰”的一声响，连人带马一起掉进一口深井里。人和马都在刺骨的井水中拼命挣扎，却怎么也挣扎不上来。在绝望中他竭尽全力发出呼喊，被经过附近的队友觉察，急速赶来营救。战友们纷纷解下腿上的裹腿，和马缰绳系在一起放到井下。可凌子风的手已被冻僵，怎么也抓不住绳子。情急之下，他用胳膊把绳子拢在胸前，用牙齿死死地咬住绳子，终于被拉出井口，死里逃生。战友们帮他脱掉湿衣服，裹上一件棉大衣，就要去找担架抬他转移，他急忙予以阻拦。他知道此时此刻，大家都处身在日寇大扫荡的拉网之中，随时都有生命危险。他把自己的生命置之度外，一声“赶快转移”的命令喊出后，自己率先光着脚在雪地上向前跑去，血迹染红了雪地上的脚印，脚印延伸向远方……战友们被他们副社长的惊人举动惊呆了！这要多么大的毅力，才能迈开这惊天地泣鬼神的步伐！这已不光是“拼命三郎”的精神，而是把阶级情和民族恨升华成巨大的精神力量。

粉碎“四人帮”后，我有幸跟凌导演到河南林县红旗渠深入生活。为了全面深入地了解修渠过程中丰富动人的事迹和素材，他提出，从渠首开始，沿着渠墙步行，边走边采访。那时他已年近花甲，天天要在高悬于万丈悬崖的一米宽渠墙上行走，那是十分危险的。县里陪同的同志不同意，说：“在渠墙上一失足，就会酿成千古恨，我们可承担不了这个责任。”可凌导演就是不改初衷，动情地说：“林县人民能在太行山的半山腰上，修成举世闻名的红旗渠，我们只在渠墙上走一走都怕危险，怎么能创作出反映林县人民战天斗地的作品来？”就这样，他那高大的身影，一直倒映在潺潺流淌的渠水里。刚开始时，我们有意走在他的身前身后保护他，他却做出危险的动作吓唬我们，我们也就只好任凭他我行我素了。

人到老年，狂想狂干的劲头自然就会减退，这是生命的规律。所以，当老夫聊发一次少年狂时，就令人赞叹不已。而凌导演，他总是“老夫永发少年狂”，这是一般人所难以企及的。他之所以能拍出像《中华儿女》《红旗谱》《骆驼祥子》《边城》《春桃》《狂》等许多优秀影片来，是与他一贯具有的拼劲和狂劲分不开的。在他古稀之年筹拍《徐霞客》时，沿着徐霞客的足迹，欲跑遍九个省的大山大川。在风尘仆仆地跑了四个省后，因资金问题而作罢。影片虽然没有拍成，但他这种不服老的精神，在影视界是有口皆碑的。

有了这种拼劲和狂劲，凌子风干什么都能心想事成，得心应手，使他成为影视界罕见的多才多艺的艺术家：

书法绘画富有特色，作品广为流传，很受书画爱好者的青睐；

舞台美术是他启蒙时喜爱和攻读的专业，在战争年代的文化宣传活动中，派上过大用场。还为《日出》《威尼斯商人》《镀金》等许多大戏，设计过舞台布景；

摄影作品早有佳作。他拍摄的保卫延安战地纪录片，被编入《红旗漫卷西风》一片中。尤其是那张脍炙人口的毛主席在专注地看地图指挥全国战场作战的照片，也出自凌子风之手。

他编、导过许多舞台剧、活报剧、幕表剧（演出之前没有剧本，只有简单的幕目表，即提纲），如《狱》《日本的五月祭》《人间地狱》《哈娜蔻》《粮食》等，在抗日战争和解放战争中，起了很大的宣传鼓动作用。在冀中时，他还创造了一种新的戏剧形式——田庄剧。顾名思义，就是最适于在田园村庄演出的戏剧；

登台演出，也创造了一个个栩栩如生的角色形象，如《国民公敌》中的主角司多门医生、《日出》中的黑三、《放下你的鞭子》中的老汉。特别是在《跟着聂司令前进！》中扮演聂荣臻司令员，他使出自己善于化装造型的看家本领，使吕正操司令员一时没辨出真假；

追溯到延安时期，他最早铸造成功中国第一枚毛主席像章，向中共七大献礼。这枚像章曾被敬爱的周总理珍藏过，现在被收藏在中国革命博物馆里；

此外，诸如刻印章、捏泥人、铁匠活，木工活、家居设计装潢，直至烹调，干起来都像模像样，洒脱自如，俨然如行家里手。

往事如烟如云！逝去的凌子风，到他远行的那个地方去了。这地方佛教称之为极乐世界，基督教叫作天堂，我们叫它九泉之下。那儿已经有崔嵬、成荫、水华三位大帅和汪洋老厂长在迎接他。至此，北影厂被大家数在五个手指上的人物，他们的在天之灵，在九泉之下聚会了。我们仿佛看到，四位大帅在汪洋厂长的率领下，还在从事他们喜爱的电影事业。而凌子风大帅呢，想必还被称作“拼命三郎”。

凌子风同志虽然乘鹤仙去了，但他把毕生精力和心血献给中国人民解放事业，把全部智慧和才华献给中国电影事业的奉献精神，将永远激励着我们为振兴中国电影而努力奋进！他给我们留下的那些内涵丰富、意境隽永、形象鲜明、独具魅力的影片，更是一笔巨大的精神财富，将永载中外电影史册！

（原载1999年4月8日《中国电影报》）

凌子风二三事

凌子风离开他深爱的“这个美丽世界”了。与他35年的交往，难忘之事曷可胜数？采撷二三事，寄托追思追念之情。

“文化大革命”中，我们被赶到“五七”干校劳动改造。食堂人手少，逢吃包子时，剁肉馅儿费劲费工夫。凌导演到处搜罗些铁棍铁板儿，从家里带来铁匠工具，自己设计，自己施工，切割、磨锉、拼焊，硬是把一台绞肉机给制造出来了。自从有了这台“凌记”绞肉机，吃包子的次数明显增多，“五七”战士们都在心底里感谢这位“黑大帅”（他是北影四大帅之一，“文革”中被打成黑线人物）。

粉碎“四人帮”后，我有幸跟凌导演到河南林县（现在的林州市）红旗渠深入生活。为了全面深入地了解修渠过程中丰富动人的事迹和素材，他提出，从渠首开始，沿着盘山的渠墙步行，边走边采访。那时他已年近花甲，天天要在高悬于万丈悬崖的一米宽渠墙上行走，那是十分危险的。他不顾我们和县里领导的反对，坚持走渠墙体验和采访。在走访途中，正好碰上加固维修一段渠墙，凌导演觉得这是体验一下修渠生活的好机会，改变了原来的日程安排，毫不犹豫地投入到加固队伍的行列中去。水泥、石灰、沙子等材料，都要从山下用肩膀背到山上去，劳动强度之大，是上了年纪的人所承受不了的。然而，他却背着五十斤的水泥袋，上上下下，往返于陡峭的山坡上。要不是穿着不同，简直分不出谁是民工，谁是赫赫有名的大导演。我劝他少背点，或干一天歇一天，他都不予理睬。这一回我算亲眼看到了他“拼命三郎”的形象，确实令人敬佩！

20世纪70年代末，我陪同凌导演到郑州看会演。我们下榻在中州宾馆。因他是名导演，被安排住单人房间。他让我去问一天多少钱？当我告诉他是5块钱时，他嫌贵，怎么也不住。我说：“你够住单间的级别，回厂报销没问题。”他说：“什么级别不级别的，给厂里省点钱是最高级别。”说完，硬叫上我一同到服务台，办理了调房手续，和我同住到一个双人房间里。他身上没有一点儿大帅的架子和派头。

80年代初，凌导演拍摄《边城》时，我陪他一同采访沈从文、一起修改剧本、陪同外出选外景，处处感受到他认真对待艺术的执着精神。我们踏遍了湘西的山山水水，马不停蹄地奔波了半个多月，就是没找到理想的渡口外景。大家都不想再在大海里捞针了，建议有两处景地可以选用，但他绝不凑合，连连摇头否定，并豪迈地说：“我就不信找不到满意的渡口外景。拿出湘西剿匪的精神来，哪儿汽车到不了的地方，我们就乘‘11’路汽车去（即步行——笔者）。”当他披荆斩棘步入一座座大山深处后，终于在沱江的一个大拐弯处，找到了后来影片中的那个渡口，他高兴得像孩子一样欢呼雀跃起来。果真功夫不负执着追求艺术的艺术家！

人到老年，狂想狂干的劲头自然就会减退，这是生命的规律。所以，当老夫聊发一次少年狂时，就令人赞叹不已。而凌导演，他总是“老夫永发少年狂”，这是一般人所难以企及的。他在古稀之年筹拍《徐霞客》时，沿着徐霞客的足迹，欲跑遍九个省的大山大川。在风尘仆仆地跑了四个省后，因资金问题而作罢。影片虽然没有拍成，但他这种老夫聊发少年狂的精神，在影视界是有口皆碑的。

凌子风是个多才多艺的艺术家，尤以书法绘画独具风格，因而向他求字求画的人时时追随着他。他特备一个文房四宝箱子，出差到哪里就带到哪里。不管生人熟人，大人物小人物，为官还是为民，一视同仁，有求必应。每当一天忙碌之后，到了该休息的时候，求字求画者一个个慕名而来。那文房四宝箱一打开，就难以再关上了。这时的凌导演，全身心地投入到书写画画上。一俟画完一幅画，书好一张宣纸后，问声题上谁的名字，就酝酿下一张字画的创作。一个晚上一干就是几个小时，累得腰酸腿疼手发麻，可求字画者还是不愿空手离去。我在一旁以闲陪忙都感到吃不消，他却拼命地写呀画呀，尽其全力满足别人的愿望。我几次想趁与他同行的机会向他求幅字画，可每当看到他累得精疲力竭的时候，怎么也张不开口。他早已看出我期盼的目光，在最后一个索求者高兴而归后，要给我再画最后一张。可我不忍心再劳累他，想让他尽早得到那极限时间内的休息。他的家我也常去。毋庸讳言，办公事和求字画是兼而有之的。可每次都没见他消闲安逸过。不是伏案做剧本的案头工作，就是接受记者采访，或是高朋满座，海阔天空论艺。时常是这拨儿未走那拨儿又来，求字画的事儿就更不好意思开口了。与他交往几十年，竟没留下一张字画作纪念，在他离去之后，感到深深的遗憾！

凌子风导演忙碌一生，拼命一生。在他深爱的“这个美丽的世界”（他生命的最后一句话是：“我爱这个美丽的世界”）上，他没有好好休息过。愿他在九泉之下得到休闲和安逸，这是追思者的虔诚祈望。

（原载1999年5月4日《文艺报》）

一身傲骨　凛然正气

——忆念诗人、编剧杜谈

杜谈这名字，我是从图书馆和电影院里知道的，因为看过他写的诗和电影。大概我们之间有某种缘分吧，从电影学院毕业后，被分配到北影厂编辑部工作，和杜谈成了同事。他是当时北影厂十大编剧之一，我一进厂就想认识他。但十大编剧认识了九位，就是没见到杜谈。那时他生病在家，闭门养疴。

史无前例的年月开始了，所谓牛鬼蛇神和“黑线人物”，统统都被横扫到厂里来，杜谈也未能幸免。那时，北影厂厂址是在现在的北京对外贸易大学，厂区非常宽敞。一天，社会上的红卫兵闯进北影厂造反，我在厂区大道上，一眼发现一个怪人：一米八几的个头，瘦瘦的身材，上身穿件又长又旧又肥的中山装，脚穿一双灰布鞋，走路慢慢腾腾，时不时地用手指轻捋胡须，像是在丈量厂区的马路。厂区里铺天盖地的“文化大革命”大标语、大字报，他瞥都不瞥一眼，目光就集中在脚前几米远的地方。那漫不经心的样子，跟那红旗飘、语录舞、战鼓擂的时代气氛，是多么的不协调啊！

“瞧，那留胡子的老头子，他就是杜谈。”

“就那古怪的样子，还是诗人、编剧，嘻嘻。”

红卫兵把他从牛鬼蛇神的队伍中扒拉出来，说：“你这个老头儿，在这里凑什么热闹，去去去，待一边去吧。”

杜谈体弱多病，按照最高指示，应该划在“老弱病残者除外”之列。但他仍被赶到黄村“五七”干校，跟大家一样，成了“五七”战士。有幸，我和杜谈被编组在一个班上，我还当了他的班长。

那年月，没有几个作家的作品能拿到干校里去阅读的。鲁迅的作品是个例外。我就带着鲁迅作品，忙里偷闲读上几页。一天中午，我坐在干校的连通铺上，看着鲁迅先生的书信集，当我读到鲁迅先生致窦隐夫的信后面的注解时，惊奇得目瞪口呆，原来杜谈还叫窦隐夫，而且跟文化革命的主将鲁迅先生有过书信往来。此刻，他就坐在我对面的那排连通铺上，近在咫尺，用手指捋着长长的胡须，目光漫无目的地打量着不准午休的“五七”战士。这一发现，我马上坐到杜谈的床头上，想问个究竟。不过心里有点儿怀疑，鲁迅先生真的给他写过信，他会只字不提吗？这又不是拉大旗作虎皮，有金还不往脸面上贴？但怀疑归怀疑，窦隐夫又叫杜谈，却是白纸黑字印在书上的。不过当时并没有直截了当地问，而是拐了个弯儿。

“杜谈，您是哪里人？”

“河南内乡县人。”

“30年代有本杂志叫《新诗歌》的，您看过吗？”

“你看过这本杂志？”他有点儿惊奇，却反问我。

我说：“没看过。”

“这个刊物是我和别人一起创办的。”他停了一会儿，用惊异而又不解的眼光看了我一眼，“档案里有，我都写清楚了，不再写材料了。”他误解了，以为我在审查他的历史呢。

“那您是‘左联’的作家了！”

“作家？不敢当，不敢当，只是一般成员。”他一边摇头一边摆手说。

回答和注解上的内容完全一致，我立刻把书凑到杜谈的面前说：“哦，原来您就是窦隐夫，鲁迅先生给您写过信，怎么从来也没听您提起过？”

误会解除了，杜谈笑了笑说：“你在看鲁迅书信集呀。那是过去的事了，不值得挂齿。那时年轻，只是个热血青年，连别人攻击鲁迅先生的话都分不清，真是幼稚可笑呀！”那惭愧的言表，情真意诚，仿佛这件事就发生在昨天一样。

杜谈的话实在出乎我的意料之外，他不但没有侃侃而谈，摆摆这段光荣史，反而严格地解剖自己，顿时觉得他和一般人不同。

“新诗先要有节调，押大致相近的韵，给大家容易记，又顺口，唱得出来。”鲁迅先生这句议论新诗的名言，就出自给杜谈的信中，这还不值得自豪吗！再说，“左联”时期的一个青年诗人，参加编辑并创办过《北方文艺》《文哨》《擎旗手》《普罗诗选》

《新诗歌》等进步刊物，写了好多暴露黑暗社会、同情劳苦大众的诗篇，还创作过独幕话剧《到明天》在北京公演过……这些光荣的革命文艺生涯，在他看来都是不值得一提的。不但不值得一提，提起来还总是不忘那些惭愧之处。我敢说，当时像杜谈这样严肃对待自己的人，不能说没有，但实在是太少了。要知道，鲁迅这面旗帜一拉，在“文化大革命”中，能避免好多磨难啊！

我对杜谈说的分不清别人攻击鲁迅的话很感兴趣。于是，他述说了事情的经过。

1934年10月，《新语林》第5期上发表了杜谈的文章《文学青年与道德》，文章指责一些文艺青年打击别人，抬高自己的恶劣作风，是一篇战斗性很强的文章。但在文中有这样一段话：“不久以前《申报》上就有某文艺社声讨某某‘二文妖’的宣言，对这事，我是极其赞同的，如此文坛，早应使此辈‘文妖’绝迹才好。”殊不知，被某文艺社声讨的‘二文妖’，鲁迅就是其中之一。杜谈当时没有辨别出来，上了当，深感对不起鲁迅先生。鲁迅先生在给他的信中指出，有些人“头脑也太简单，友敌不分”，就包含着对杜谈的批评与爱护。

编辑部的同事们，很少有人知道窦隐夫就是杜谈，更不知道还出版过《血在沸》《还乡记》《青春集》《囚人的梦》等几本诗集。

1932年秋天，杜谈从北平来到上海，经周扬同志介绍，加入了中国左翼作家联盟。他在北平期间，就是北平“左联”的成员之一。因他喜爱诗歌创作，就安排在诗歌组工作。他与蒲风、穆木天等人发起成立中国诗歌会，并创办《新诗歌》旬刊。办刊物就得有经费，可这经费又无处去筹集，怎么办？他想到家里还有点积蓄，就决定回家探视，费了九牛二虎之力，终于动员家里人凑够三千元钱，作为《新诗歌》的办刊经费。这次回乡，使杜谈有机会接触乡村的劳苦大众，激发了他的创作热情，写了多首暴露黑暗社会、同情劳动人民的诗篇。《还乡记》就是这次回乡的结晶。

“八一三”战争爆发后，杜谈同任白戈、李柯一同奔赴延安。随着战争形势的变化，1945年又从延安出发，前往张家口、承德，协助八路军做受降工作。再往后，他随军到达佳木斯等地，参加接管工作。1948年，他进入东北电影制片厂（即长春电影制片厂的前身）工作。1949年，他终于回到上学和工作过的北京，分配在中央文化部剧本创作所任职，从诗人变成了电影编剧。他先后创作了四个电影剧本：《翠岗红旗》《母亲》《胡南》《江南游击队》。而《胡南》与《江南游击队》均未拍成电影。用杜谈当年的牢骚话儿说“被枪毙了”。拍成电影的两部影片，要数《翠岗红旗》影响最大。在中华人民共和国成立初期，中国电影艺术和技术水平都还不高的条件下，能拍出像《翠岗红旗》那样的好影片来，是很不容易的。尤其是于蓝扮演的女主角向五儿，是相当成功的。1953年，在全国第二次文代会上，周恩来总理做报告时，特别提到《翠岗红旗》，说有人对影片评头论足，我请了很多当时在瑞金、老区苏维埃的同志来看，特别请了与主人公有同样遭遇的人来看，大家看了都流了眼泪，说是好影片。《翠岗红旗》是我们自己的影片，是人民电影，应该全力支持。影片上映后，果然受到广大观众的欢迎，还荣获文化部1955年优秀影片奖。但杜谈从不以此炫耀自己，连好多北影厂的老同志也不知道《翠岗红旗》的编剧是杜谈同志。

“老杜，十大编剧，九大编剧创作的影片都被批判了，就是你的那面‘红旗’（指《翠岗红旗》——笔者）没有变色。你可是举红旗的人啊！”

同事的赞誉他一秒钟也没有收受就送给了别人：“剧本是剧本，影片是影片。影片的成功，那是摄制组的功劳，他们才是举起红旗的人！”正说着，杜谈一抬头看见于蓝同志扛着铁锹下田干活，就自言自语地赞美起于蓝来：“那时于蓝又年轻又漂亮，把向五儿扮演得很出色，周总理还夸奖过她呢。影片的成功，很大的功劳要归功于她。”

《翠岗红旗》的剧本稿酬，杜谈也一分不要，都交了党费。

杜谈在钱财面前，总是义德在前。《血在沸》诗集，是为纪念“左联”五烈士（殷夫、冯铿、柔石、胡也频、李伟森）而编辑的。起初，杜谈只是编辑人之一。但后来因故只剩他一个人编辑了。组稿、编辑、校对、发行都独自承担。诗集所得的发行收入，全部捐赠给柔石烈士的遗孤。这就是杜谈的胸襟与情怀！

说到《翠岗红旗》，自然联想到瞿秋白的骨灰安葬一事。中华人民共和国成立初期，为了写《翠岗红旗》电影剧本，杜谈到福建长汀深入生活与采访，在县委会得知瞿秋白的骨灰下落，还未得到妥善的安葬，马上打长途电话给安子文和周扬两位领导。经有关领导研究，决定让杜谈把瞿秋白的骨灰带回到北京安葬。这充分说明，杜谈对革命先烈的敬仰与深厚的无产阶级感情，令人敬佩。

杜谈精心保护瞿秋白的骨灰返京后不久，正逢烈士就义20周年纪念日，即1955年6月18日。这天上午9时，在八宝山革命公墓举行了隆重的安葬仪式。周恩来、董必武、陆定一、周建人、叶圣陶、许广平、杨之华（瞿秋白的爱人）及瞿秋白生前好友百余人参加了仪式，陆定一代表党中央作了《关于瞿秋白同志生平报告》，周恩来为瞿秋白烈士纪念碑题写了碑文。杜谈参没参加安葬仪式？我没有找到翔实的史料支撑，暂且存疑。（按理说，他有可能被邀请参加，因为瞿秋白的骨灰是他带回北京的。）当时是土葬。后来土葬被取消，实行火葬，存放骨灰。“文化大革命”开始后，瞿秋白因为在狱中写了《多余的话》而被说成是“叛徒”，红卫兵冲进公墓，砸毁了瞿秋白的墓。1979年后，被破坏的八宝山墓地开始修复，瞿秋白的墓重被修好。

还有电影《母亲》，更是能说明杜谈不为个人名利，全心全意为电影事业做贡献的例证。为了塑造革命母亲的形象，杜谈从采访，积累素材，到酝酿构思，花了四五年时间，写出电影文学剧本《母亲》的初稿来。讨论后觉得还不够理想，还须继续修改提高。这时杜谈身体状况不佳，剧本又急着投产，就由海默继续修改完成。剧本通过后，杜谈不同意在打印本上署上他的名字。海默也不同意署他一个人的名字，说：“剧本开始是你写的，我只不过是狗尾续貂，要署就署两个人的名字。”杜谈还是不同意，一时不知如何是好。海默又说：“那就署个笔名吧。不是提倡为人民服务嘛，就署服务吧。”影片完成后，摄制组觉得服务不像个人名，知道是海默最后完成的，只署上海默一个人的名字。影片放映后，海默知道了，提出署上杜谈的名字，杜谈说影片已经放映，没必要再修改字幕。再后来，《母亲》剧本出版单行本，才署上海默、杜谈两个人的名字。像这样看淡名利的文人，现在恐怕是少之又少了。

新中国成立后，反动会道门“一贯道”的活动还很猖獗，它用封建迷信继续毒害新生共和国的公民。党和政府对“一贯道”的罪恶活动，给予严厉打击。但最根本的还是要唤起人们的觉悟。1951年，中央领导提出，希望能拍一部揭露反动会道门“一贯道”罪恶活动的影片。当时，杜谈在电影剧本创作所学习和工作，职务是编剧，听到主席的指示后，他觉得有责任有义务去接受这一光荣的任务。他主动请缨，得到中央领导同志的鼓励和支持。那时，他精力旺盛，不畏艰苦，深入到最下层采访，从“坛主”“点传师”“三才”到广大的受害者，都是他的采访对象。他收集到大量的素材，越发激起对受害者的同情和害人“坛主”们的憎恨。遗憾的是，因种种原因，剧本未能写成。后来，这任务落到颜一烟同志身上，他为这项任务继续有人完成而高兴。在他看来，不管谁来完成这个剧本，都是党的任务。杜谈没有把采访到的素材，作为自己创作的私有财产，全都贡献给了颜一烟同志。

“听说，你当时还想写小说，就不怕电影抢了小说的素材？”

他不假思索地说：“素材既不是小说，也不是电影，它来自生活，谁先采访到它，并不就归谁私有。《死魂灵》的故事是普希金先采访到，可他却贡献给了果戈理。如果普希金把这故事据为私有，很可能就不会有《死魂灵》这部世界名著了。”

杜谈这种不争名不争利的文德，永远值得提倡。

大画家徐悲鸿说过：“人不可有傲气，但不可没有傲骨。”我以为杜谈就是这样的人。还有，他的入党介绍人是我们敬爱的陈云同志，也是在他逝世后才知道的。他连自己的本色都不愿意显露出来，更不需要用别人的光辉来照亮自己。一个身上没有傲气的人，对有傲气的人总是看不起的。他对我说：“人不可锋芒外露。”后来，还把这句话写在日记本上送给我。

杜谈身上确实没有傲气，但却有傲骨。一身傲骨，凛然正气，在苏州“反省院”里表现得最为突出。

在“文化大革命”中，我曾受命调查过杜谈的所谓“叛徒”问题。

1934年冬，国统区的大上海正处在严重的白色恐怖之中，没有傲骨的文化人，投降的投降，消沉的消沉，留洋的留洋，躲进亭子间的躲进亭子间，而杜谈呢，没有被白色恐怖所吓倒，编刊物，写诗，写文章，积极参加“左联”的文化运动，成了敌人注意的“赤色分子”。在一次“左联”的活动中，他不幸被敌人逮捕，关进了苏州“反省院”。近两年的“反省”和“感化”，没能软化杜谈的傲骨。在敌人的严酷审讯面前，他既没有承认自己有罪，也没有出卖组织揭发别人，相反，老是“顶撞审讯人员和看守人员”“不遵守反省院的院规”“不服从管教”，是个“表现最坏的犯人”。这些话都记录在苏州反省院的审讯记录上，有的还登在当时的报纸上。那时，杜谈还不是共产党员，用他自己的话说，是个“党外同情分子”。但是，就在这个“反省院”里，有些共产党员的表现与杜谈正好相反，是“表现最好的人”。两者的区别在哪里呢？就在于那些号称“共产党员”的人，没有“党外同情分子”杜谈的那身傲骨。

“五七”干校初期，我虽是他的班长，但关系一般。后来，他看了我批判陈伯达的一篇大批判文章，觉得我还有点知识，关系就更密切更亲近了。他多次对我说，你应该办个刊物，我愿出点钱。每次我都支支吾吾地应付过去。老是这样敷衍应付也不是个办法。当他又一次提办刊物的事儿时，我谎称说：我正在请示军宣队。杜谈立刻急了，说：军人是拿手枪的人，你是拿笔的文化人，办刊物不需要请示他们。还说，毛主席带领十大元帅六十二文人建立新中国，他们这些小孩子兵算老几。

因为他对我的信任，破例地把他的日记（实际上是诗稿）借给我看。在我被调回厂工作时，他竟然把编号为第八本的日记送给我。我一直保存着。在写这篇文章的时候，我又拿出来翻阅，思绪万千。杜谈那高大的形象，又生动地浮现在我的眼前。

第八本日记封面上工工整整地写着“敦厚堂”三个大字。我知道他过去用过窦隐夫、白特、朱彭等笔名，不知道这敦厚堂也是一个笔名。我当年问他为什么要用这个笔名？他说：“中华民族几千年来，一直有个突出的传统美德，叫作‘温柔敦厚’。‘温柔敦厚’，就是温顺、宽容、厚道，柔慈、恭谦、和平、慎思……而‘文化大革命’呢，把这种传统美德说成是封建主义，阶级调和，要批倒批臭，把人心搞乱。取代温柔敦厚的是造反有理，搞什么斗斗斗，批批批，把人心都搞乱了，哪会有安定的社会环境……”在我和杜谈的接触中，数这一次他说话最多，算得上是侃侃而谈的一次了。不难看出，敦厚堂的笔名，反映了杜谈盼望恢复传统美德的强烈愿望。如今，再次翻开日记一页一页地看下去，发现敦厚堂与混元杜谈交替使用。有几处，敦厚堂混元杜谈7字连贯在一起使用。我当时没问，为什么在杜谈前面加上混元二字？敦厚堂混元杜谈连贯在一起又是什么意思？如今，成了永远的遗憾了。

杜谈是个病人，只能干点力所能及的活儿。在干校里，杜谈是个专职的清洁工，负责打扫干校礼堂的清洁卫生。他既勤快又认真，每天早上、中午、晚上，你都会看见他拿着扫帚的身影在礼堂里缓缓移动。人们走进干干净净的礼堂，没有不向他投去感激和敬佩的目光，因为他为“五七”战士们保持着一个整洁的活动场所。其实，这里面还有汪洋同志的一份功劳。

事情是这样的：有一天，一位军宣队队员，用教训孩子的口吻命令杜谈下到稻田里去干活，杜谈不愿意去，用手托起长长的胡子说：“我胡子这么长，还让我下稻田拔草？”军宣队员说：“干校里比你岁数大的有的是，人家都没留胡子，你用胡子装什么老？赶快去把胡子剃掉吧。”这下可触怒了杜谈，毫无畏惧地和这位军宣队员干了起来。“你个小兵算什么。历来都是文站东，武站西，你有什么资格来领导我？我是四级文人，我的领导是汪洋、田方厂长，部里还有周扬、夏衍部长，你们有什么手续撤了他们的职？我不承认你们是我的领导。”好一个杜谈呀，仍然是一身傲骨。

这一反击，杜谈成了全干校的“知名”人物，大家在私下里为他伸出大拇指，因为他说出了别人想说而不敢说的话。军宣队也拿他没办法，只好说他神经不正常。但大家都知道，他的话是正常的，当时的军宣队在他眼里，早就鼻子不是鼻子，眼睛不是眼睛了。打那，他撂挑子了，真的甩手不干了，整天成了自由自在的甩手大爷。军宣队没了辙，不得不求助于已被打倒的“走资派”汪洋。“走资派”的话还真管用，汪洋给杜谈一做思想工作，杜谈就不再罢工了。从此，他又拿起扫帚，虽然神离，但还能貌合地走“五七”道路。这当然是一件可笑而又可悲的事情，但却无情地讽刺了“文化大革命”：夺了权的造反者，反而要依赖和求助于被打倒的“走资派”。

杜谈是位诗人，他在30年代的诗人名气，远比解放后他编剧的名气要大得多。战士对自己喜爱的武器都是爱不释手的，杜谈对于诗也是不会丢弃的。即使在不能写诗的日子里，他也要在每本日记上记上许多首小诗。当然，这样的小诗，还算不上什么诗歌创作，但却能从诗行间听到他的心声。在政治生活和劳动改造统帅一切的干校里，偷偷哼几句小诗，几乎成了杜谈精神文化生活不可缺少的一部分。

对于黄村“五七”干校，只搞阶级斗争和体力劳动，杜谈十分反感。他公开主张，北影厂的主要任务是：“拍电影、演话剧、办刊物三件事”。面对一天十几个小时的“疲劳枯竭”的体力劳动、抓“视友为敌”的阶级斗争、搞得文人“无暇读典籍”的现实，诗人发出“难耐黄村毁文才”的强烈感叹声。

杜谈是被赶到“五七”干校的，他不是自愿走“五七”道路的，因此，总是身在曹营心在汉。人虽在干校，心却在家里。“骨肉常离别，损失难补平”，“有家常不守，骨肉言语疏”。从中可见他思家、思念亲人的心情。

还有两句普普通通的诗，也给我留下了深刻的印象。杜谈目睹过一次军宣队训斥偷偷跑到大兴县城黄村小酒店喝酒吃肉的所谓“黑线人物”，他立刻写了一首小诗给我看，其中有句“来去两手空空好，相对坦然莫脸红”。他说，为了几口酒肉而被小孩子兵（军宣队中的小战士）像训斥小孩子一样训斥，很不值得。文化人不能在酒肉色面前没志气，没骨气，没出息。你别看他敢顶撞军宣队，但在这类小事情上，他是严格遵守“校规”的。他不怕过艰苦一点的生活，即使每月一次放假回城，他也不大吃大喝，更不往干校里带吃的东西，真正做到了“来去两手空空”。

杜谈不只是关心身边的事情，也关心国内外的大事。诗中不乏对国内外大事的感慨之声。当时西哈努克亲王被废黜，一时不能回国，但仍在世界各国进行外交活动，为柬埔寨的自由、独立而奔走呼号。他怀着同情并充满希望地写了一首《致亲王》的诗，诗中有这样一句："亲王周游尚待归，故国定挂亲王旗。"这不仅透出诗人目光的敏锐，也有政治家的高瞻远瞩。

一身傲骨，凛然正气的杜谈，永远值得我们学习与怀念。

（原载《电影创作》1987年第12期,《广电老年》2018年第1期发表修改稿）

给潘之汀的信

潘老：

从《大时代·小痕迹》开始，您每次出书都赠我一本，并签名留字，望我“指正”。吾才疏学浅，哪敢在老师面前班门弄斧呢。不过可以告慰的是，您所赠送的《大时代·小痕迹》《淡淡的足迹》《感慰集》《花结集》，还有您老伴张云芳老师的《走进延安》，以及近日捧在手上的《感慰续集》，我都认真地拜读了。

读您前期的作品，就是说您在职时有任务、有负担、有使命时创作的作品，艺术水平是毋庸置疑的。那些作品，是作为作家的作品，代表您创作所获得的最高成就，这也是不言而喻的。阅读那些作品，为您在创作上取得的成就而高兴。但仅读那些作品，只能了解和欣赏作品的本身，却无法更多地了解作家本人。而您后期的作品，是在没有任务，没有负担，无须“遵命”的轻松、平实、自由的境界中，真实而诚挚地自然流露，与您的为人融合在一起。作品全面地反映了您的晚年生活，您的晚年思想，也都囊括在作品中。您的所思所想所做，您的情感爱憎，您的关爱社会，您对人生的感悟……都汇集在短小精悍的、朴实无华的篇章中。读您后期的文章，我才真正感受到什么叫文如其人，文如生活。我跟别人聊天时说过，你若想了解潘老晚年是如何生活和学习的，你就去读潘老的文章，他会给你一个令人崇敬和敬佩的答案。

一个人不论活到多大岁数，都要活得充实，活得有意义、有价值、有活力、有生气，使生命之花不因年老而枯竭和衰败。您如此喜欢并向我推荐塞缪尔·厄尔曼的《青春》，我读后，感到您就是塞缪尔·厄尔曼赞颂的那样的人：“尽管年岁有加，并不垂老。”“无论年届九旬、一百、抑或二八方龄，心中皆有生命之欢乐，奇迹之诱惑，孩提般的天真久盛不衰。”“人人心中都有一台天线，只要你向天上人间接受美好、希望、欢乐、勇气和力量的信号，你就会青春永驻，风华长存。”确实是这样，青春不仅仅是属于青年人的，老年人也同样能保持久盛不衰的青春。

人活到对物质的东西几乎没有奢欲，只追求高尚纯洁的精神生活时，即淡泊名利，宁静致远，这时的人才是纯粹的人。特别是在物欲横流的今天，能保持战争年代和中华人民共和国成立初期艰苦朴素的生活，是相当难能可贵的。我走进过许多乔迁之喜的人家，见到水泥地面和摆放着破旧家具的，唯独就您一家，实在令我感慨不已。这要搁在一二十年前，是不会引起我的注意的。可现在是进门先换鞋的时代，而不用换鞋的您简朴的家，自然要引起我的思索。您没有跟着豪华装修的消费享受之风走，肯定不是不能为，而是不为也。对您来说，把有限的钱用在装修上还是用在自费出书上，哪个更符合您的生活原则，是不用思索就选择的。这是由一个人的生活观和价值观决定的。

这使我想起歌德的话，他说：“奢侈的房间布置，终归是一种化妆，从长远观点看，不会使人舒适。这种布置产生于一种空虚的精神境界和思想方法，所以他只会加强这种空虚的思想境界。”（《歌德谈话录》1827年1月17日）歌德甚至认为：“摆着舒适而美观的家具的环境抵消我的思想，置我于舒适与被动的状态中。除非从年轻时就习惯了，华丽的房间和精美的家具只适合没有思想或不想有思想的人使用。”（《歌德谈话录》1831年3月25日）“华丽的房间和精美的家具只适合没有思想或不想有思想的人使用”，这句话既尖锐又深刻。这大概就是有些作家，在非常艰苦的环境中能创作出传世的好作品，而在极其舒适的环境中却写不出好作品来的一个原因吧。

当然，生活提高了，经济富裕了，改善生活环境和条件是无可厚非的。主要在于人的精神追求。是物质腐蚀了思想，还是思想驾驭着物质。

我对您九十高龄仍笔耕不辍深感敬佩！特别还要计划编写五部书，更令我佩服得五体投地。感于此，从没写过诗的我，也情不自禁地凑出四句不成其为诗的诗：

古稀漫忆拾贝勤，
九旬望百壮心依；

五部书稿耄耋志，

感慰永续文采篇。

您的几本书的印制质量，总的说来是相当不错的，可见所付出的辛劳。不过小错是在所难免的。过去读过的几本，发现过一点小错，现在忘却了。近读《感慰续集》，又发现两处瑕疵：99页“一片散文”，“片”似乎应为“篇”；170页“雍容秀丽而又打气磅礴”一句中的“打”字，可能是“大”字之误。

《一部书稿的命运》，只因康生的一句话，就被扼杀掉了，令人愤恨，也非常惋惜。如能找到邵华同志，说不定能完璧归赵，重见天日。

算是拉拉杂杂的读后感吧，意在两个方面：一方面表示对您的敬意，另一方面是为了自勉，虚心向您学习，使我的退休生活过得更充实，更精彩。

刚写完这封信，退休二支部送来传阅文件，我看到荣获2001年离退休“优秀共产党员”称号的名单，赫然有您的大名。过去您就被评为“优秀共产党员”，这次再获此殊荣，特向您表示祝贺！

您还获过“健康老人”的称号，愿您永远是健康的优秀共产党员！

赵绍义

2002年12月10日

注：此文中不是诗的四句诗，因不押韵，潘老请杨邵平修改。后又有闻山、放平等五六个诗人作家修改，各自改出一个版本。抄录如下，留作纪念：

古稀漫忆拾贝勤，百岁要来壮心迎。部部书稿耄耋志，感慰永续文彩真。

古稀漫忆拾贝勤，九旬望百路正平。部部书稿耄耋志，再续华章意更新。

古稀漫忆拾贝勤，九旬望百志凌云。五部书稿抒心曲，感慰人生续新文。

古稀漫忆拾贝勤，九旬望百犹壮心。部部书稿老骥志，感慰仍续有新文。

古稀漫忆拾贝勤，九旬望百壮心坚。五部书稿如泉涌，奋蹄老骥有新篇。

最后，潘老从上面改稿中选出四句，算是定稿：

古稀漫忆拾贝勤，九旬望百志凌云。部部文稿抒心曲，再续华章意更新。

（原作为潘之汀《感慰三集》代序）

痴情“五书”的潘之汀

这里说的“五书”，是淘书、读书、写书、出书、赠书。而痴情于这“五书”的，却是一位年过九旬的老人，他就是令人敬佩的老延安、老革命、老作家、老优秀共产党员潘之汀（笔名芷汀）。

按理说，如此高龄的老人，本应尽情地颐养天年，享受四世同堂的天伦之乐。可潘老不是虚度年华的老人，他殚精竭虑躬耕“五书”，把晚年生活过得精彩超人，实属罕见。

喜好淘书

潘老住在元大都土城遗址公园边上。每天早晨，他都到公园里遛弯儿，这是几十年坚持的夏不过六（点）冬不过七（点）的好习惯。不过跟一般晨练老人不同的是，他总带个装书的布袋子，徜徉在一个个书摊前。潘老相当一部分书是晨练时买的。常买书，跟早市上的书贩混得很熟，愿帮潘老寻找好书。为了买到钟爱的书，不顾高龄蹬着三轮车，到小贩的住处去买书，累得老人汗流浃背。附近的书店，特别是那家五元钱一本的书店，他也时常光顾。家里好几个书柜都装满了书，就往书柜上面堆，一直堆到屋顶。潘老属牛，正好用上汗牛充栋这句成语。有时见到特别好的书，还常常多买几套，送给亲朋好友和好读书的人。

广泛读书

书买得广泛，阅读的范围就广，获得的知识自然广博。潘老的读书，不像一般人的阅读，他带着思考人生和社会去阅读，能从阅读中获得新的感悟。他把晚年当成读书的黄金时期，所以他知识的积累与他的年岁一同增长，越发丰富起来。那些从阅读中得到的精神财富，又为他的写作丰富了素材。因而，潘老的文章，富有知识性和文化底蕴。

读书中发现好的篇章或精彩的段落，随时复印下来，分送给他人共享，又以自己的阅读带动他人阅读，是个热心的知识文化的传播者。

勤奋写书

写作是潘老一生所从事的本职工作。我在阅读潘老作品后惊奇地发现，离休后他又进入一个新的创作旺盛期。除“文革”前出版的《驯“虎”英雄》等5部书之外，20世纪90年代后又出版了《大时代·小痕迹》《淡淡的足迹》等7部书。更令人惊奇的是，后面的5部书，基本上是八旬之后创作的，可见老作家焕发出何等的创作热情。真乃老夫聊发少年狂啊！为了提高写作的速度与质量，他在86岁时学会了使用电脑，还编了学电脑的顺口溜：学练电脑三个月，技术自评仍为劣。气应鼓来不宜泄，高山峻岭从头越。从头越，从头越，头悬梁来股刺血。矢志不移日继夜，难关突破心情悦！ 4年多来，潘老用电脑已写出一百五六十篇文章来。所以他被评为全国第5届健康老人和优秀共产党员，是当之无愧的。

自费出书

潘老的书不是时尚的畅销书，公费出书不知要拖延几年？他说：“我这样的年龄怎能安心等待，自费出书是为了快，把对人生有益的东西尽快地传播给读者，免得随我一起离开这个世界。”为了把还没有成书的七十年前从章太炎的学生田涓那里学到的《文字学》知识传授出去，主动请缨给北影厂的离退休人员讲课，竟然连椅子都不坐，站着讲了一个多小时，令听课的老艺术家们折服得五体投地。

自费出书要亲自编排校对，得付出巨大的辛劳。毕竟是九旬高龄了，常常累得眼花缭乱，腰酸背痛，但为了不耽误出书，依然孜孜不倦，一丝不苟。

自费出书，而且是一本接一本地出，对仅凭工资生活的潘老来说，当然不是一笔小的开支。可他愿意做出这样的付出和奉献，足见他对人生价值的执着追求。晚年的潘老，只追求精神上的富有，不贪图物质上的享受。连分的新房都不装修，把钱都花在自费出书上。

无偿赠书

自费出的书一律无偿赠送。要把几百册书无偿地赠送出去，也要花费很大的精力和破费一定的财力。但对有“赠书痴”美称的潘老来说，却乐此不疲。把自己创造出来的精神食粮无偿地赠送给别人，不啻是一种慰藉和精神享受。

“五书”是潘老晚年生活的全部内容和精神追求。他与书结下了不解之缘。

潘老正像周总理说的那样，活到老学到老，活得有活力、有生气、有价值、有意义，使生命之花不因年老而枯竭和衰败。已过九望百的潘老，以超乎寻常的“五书”业绩，为千千万万离退休老人树立起一个学习的楷模和榜样。

（被收录于潘之汀《感慰四集》和2005年《中华老人诗文书画作品集：诗文卷》）

拍电影与做人

——记女导演王好为

王好为是北京电影制片厂最近几年里迅速成长起来的中年女导演。她独立拍摄的影片《瞧这一家子》和《潜网》，受到广大观众的欢迎和好评。《瞧这一家子》获得了文化部1980年授予的“优秀影片”奖，她获得了“青年优秀创作”奖。王好为这个名字，越来越被广大电影观众所熟知。

和电影结下了不解之缘

她的家是个革命家庭，她的姥姥、父母和几个姨妈都很早就参加了革命。她在孩提时代就喜欢电影。姨母张瑞芳拍摄《松花江上》时，她常到现场去观看。8岁时又在一部抗日题材的影片中扮演一个小姑娘。

1958年她高中毕业了。投考大学选择什么样的志愿，这将决定她终生的职业。说来也很奇怪，她喜爱的是电影，报考志愿书上填的却是北京大学新闻系和中文系。大概她和电影结下了不解之缘，临考前，学校推荐她去考北京电影学院导演系。尽管毫无准备，还是大胆地去应考，结果却被录取了。1962年她入了党。她以优秀的成绩毕业后，到北京电影制片厂，开始了电影导演的艺术生涯。“文化大革命”前，她就担任过多部影片的助理导演、副导演。在事业上刚要崭露头角时，“文化大革命”的疾风暴雨席卷而来，一下子就夺走了她七八年的艺术青春。现在她刚刚跨入中年，但从艺术年华来说，应该说是非常年轻的导演。

前几年，她先后和谢铁骊、钱江、陈怀皑、林杨联合导演了《海霞》《海上明珠》，从此，这位刻苦好学的女导演在影坛崛起。

认认真真地拍电影

王好为是个酷爱电影事业、认真好学的人。你问她最喜欢的是什么？答曰：“看电影，拍电影，看书，听音乐。”你问她最恨的是什么？答曰：“政治上的投机。”这就是她的爱与憎。如果用一句话来概括王好为的特点，那就是：认认真真地拍电影，认认真真地做人。

《瞧这一家子》是她第一次独立拍片。她为拍好这部处女作，付出了艰苦的劳动。剧本先后八易其稿。开拍之前，她和作者一起走访了北京、上海、常州的纺织厂、剧团、新华书店等几十个单位，采访了一百多人，熟悉了生活，熟悉了人物，为影片拍摄打下了坚实的基础。反过来，火热的生活冲击着她，各行各业的同志们想四化、干四化的责任感、紧迫感激动着她，使她受到了很大的教育。作为一个共产党员，一个电影工作者，有责任拍出好的影片来，为千千万万向四化进军的人民服务。

她非常重视影片的拍摄质量，认真学习水华、谢铁骊等艺术家对艺术精益求精的精神，严格要求，孜孜不倦。《瞧这一家子》是部喜剧片，当然要引人发笑。但怎样引人发笑？这就大有学问了。电影文学剧本中有这样一场戏：小红带侄女过街，孩子跑到汽车前，险些被撞。嘉奇蹿过去，抱起孩子。司机从驾驶室里探出头来斥责他：“有你这样当爸爸的吗？”嘉奇先是点头傻笑，然后说：“你才是她爸爸呢。”司机的误会，嘉奇傻头傻脑的回答，当然会使观众发笑。但在分镜头时，她感到大家会为孩子的生命安全捏着一把汗，不易笑得出来。于是就考虑把街上撞车，改在公园划船，孩子不小心落水，嘉奇、大阮舍命营救，结果水才没膝。这后一个动作肯定会产生喜剧效果，但孩子落水，仍然使观众担忧，还是不能畅快地笑出声来。虽经修改，但没有达到满意的效果，还要绞尽脑汁，苦思冥想。最后，终于改成现在影片上的这个样子：嘉奇、大阮是误以为孩子落水，竞相营救，使这场戏的喜剧因素得到充分的展示。

这是一个小例子，好为对艺术质量刻意追求的精神，贯穿在从剧本到影片的全部拍摄过程中。她敢于坚持自己的艺术见解，对摄影、录音、美工、服装、化装、道具……都提出严格的要求，但又尊重各个部门的意见。从接到剧本开始，直至影片公映，她都处在紧张的创作状态中，事必躬亲，绝不懈怠片刻。她非常欣赏俄国画家勃留洛夫对他学生说的一句话：“艺术就是从这‘稍微’两个字开始的地方开始的。”在创作中总是以此自勉。

如果说《瞧这一家子》，王好为是用欢快的笔调描述青年人的生活、思想、爱情、事业，对他们的肯定和批评都是含着笑意的，那么，《潜网》则是她对一些社会问题的思考，对青年们爱情生活中不幸的原因的探究。她说：“对青年婚姻生活的种种不幸，我耳闻目睹，深深感到不安。我觉得自己有不可推卸的责任去大声疾呼。用影片，对一些父母，对一些青年，说几句话。”她正是怀着这种强烈的责任心去拍摄《潜网》的。

这说明好为前进的步伐是扎实的，她执着地追求着新的东西。为了准确地刻画《潜网》中的几个青年形象，把握和深刻地体现它的主题，好为反复阅读了恩格斯有关爱情、婚姻和家庭问题的著名论述。恩格斯指出：“当事人双方的相互爱慕应当高于其他一切而成为婚姻基础”，“只有以爱情为基础的婚姻才是合乎道德的”。影片正是用这样的思想，把主人公罗璇几段坎坷不平的经历贯穿起来，使主题更加鲜明和集中。

好为的创作态度很严肃，一不赶时髦，二不是见本子就拍。她坚持拍自己能够驾驭的题材。对于自己不熟悉的生活和细节，她都积极地寻找一切机会去观察和体验，她认为只有这样，才能使作品有真情实感。剧本再好，但不适宜她拍摄的，她决不贸然接帅旗。她虽然拍了一些较好的影片，但从不骄傲自满，对自己有比较清醒的估量和严格的要求。

认认真真地做人

王好为朴实、谦虚，严于律己。她不爱出头露面、夸夸其谈。热闹煊赫的场面很少看见她的身影。

在围绕《海霞》影片的斗争中，使我们更加了解了好为的人品。拍摄《海霞》，正是“四人帮”及其亲信统治电影界的时候。“四人帮”通过《海霞》事件，进行篡党夺权活动和残酷地镇压革命文艺工作者。在这场斗争中，好为在政治上经历了一场磨难和考验。在中央有关方面负责同志的支持和指导下，她和爱人李晨声同志帮助谢铁骊、钱江起草并传递《海霞》事件的上告信，并秘密搜集了一些“四人帮”在电影界践踏党的文艺方针政策的罪行和反革命言论。这在当时是冒着很大危险的。但他们都是共产党员，为了党和国家的前途与命运，把个人安危置之度外，勇敢地投入了秘密的“地下”斗争。在追查《海霞》事件“黑后台”的恶浪中，她和同志们经受了严峻的考验。在“四人帮”的猖狂追查下，她没有吐露一字真情，没有讲一句违心的话。

好为家里的经济条件比较宽裕，但她对生活的要求却很低：吃、穿、住都是低标准的。她没有几件像样的服装，至于色彩和样式那就更谈不上了。她全家都是国家干部，平时工作学习都比较忙，只能是下班后，谁先回到家谁做饭。偏偏全家都是爱学习、爱工作的人，下班后再去花很长时间排队买菜，实在舍不得这宝贵的时间。这样，吃饭就只好凑合了。但好为却习以为常。她上学时就常年住校，习惯了集体食堂的低标准生活。住的呢，就是那小小的一间斗室。这小天地实在不利于她的生活和创作。她也曾几次申请住房，但递上申请报告后就去埋头工作，从不催问，所以至今仍无乔迁之喜。再说发型吧，二十多年没变，老是剪得短短的“背梳头”。她没有体验过一次烫发的生活，也不知道到理发店里剪发是个什么滋味，她的头发差不多都是她爱人给她剪的。她爱人是个摄影师，可不是理发师，为了节省时间，也就心甘情愿当这家庭理发师了。

9月1日，王好为将去参加党的第十二次代表大会。在会前这段时间里，她冒着盛夏的酷暑，白天黑夜赶拍表现北京街道居民生活的故事片《夕照街》，用实际行动迎接党的十二大的胜利召开。

（原载《新观察》1982年第17期）

她与北影、童影的电影之缘

——记姚云编剧与北影、童影的电影交往

1981年6月1日，北京儿童电影制片厂诞生了。在庄严的成立大会上，一位个头不高，身材匀称的女同志，迈着轻盈矫健的步伐走上讲坛。啊，台下的人们看清楚了：一副瓜子脸儿端端正正，一双乌亮的大眼睛炯炯有神，眉宇间流露出聪颖和智慧。长长的头发没有经过任何修饰，蓬松地披散在脑后，显得十分朴素、自然。不知是紧张还是兴奋，一抹朝霞似的红晕顿时爬上丰腴的脸庞，更显出文静中的灵秀之气。她那清亮的声音在会场上飘荡着，吸引着台上台下的领导和听众。特别是她列举的那些富有儿童情趣的生动事例，激起一阵又一阵热烈的掌声。

她就是姚云，童影厂第一部儿童故事片《四个小伙伴》（琪琴高娃、李伟导演）的编剧。这部儿童片，在意大利吉福尼国际儿童电影节上，被授予最佳荣誉奖——共和国总统银质奖。这是她第一次登上影坛，怎能不沉浸在欣慰和激动之中呢！“小荷才露尖尖角，早有蜻蜓立上头。”童影厂的厂长于蓝把她从西子湖畔请来参加建厂大会，对这位当时还是小学教师的业余作者来说，该是多么巨大的鼓舞！从那以后，姚云一头扎进创作中，用辛勤的劳动和汗水，耕耘在五彩缤纷的银幕上。从此，她与童影厂结下了电影之缘。在短短的几年时间里，取得了更加令人惊叹的成就。

1982年春，她的第二部故事片《潜网》（王好为导演）和观众见面了，得到了领导和观众的好评，并获第12届菲格腊·达·福日国际电影节最佳评委奖。

《四个小伙伴》获意大利国际电影节共和国总统银质奖及法国郎士电影节青年观众奖。

1983年春，她又给三亿儿童送来了精神食粮《小刺猬奏鸣曲》（琪琴高娃导演）；同年，还在峨眉电影制片厂创作了另一部故事片《为什么生我》。

1984年春，她和李隽培合作改编的老作家沈从文的代表作《边城》（凌子风导演），获加拿大蒙特利尔国际电影节荣誉奖。

啊，一连三个春天，是如此的美好而又多情，它仿佛对姚云有一种特殊的情感，总是早早地奉献出秋天的硕果。

1987年，《谁是第三者》（董克娜导演）上下集故事片问世，引起热烈反响，甚至争议。主人公华超和张恩寿是夫妻关系，但他们之间已经没有爱情可言了，只剩下婚姻家庭的外壳和形式。但妻子张恩寿冷酷无情，刁蛮虚伪，令人讨嫌，却死抱住婚姻不放。而华超和桑雨晨相互爱恋，不是爱情生活中的多余人物，却不能成为眷顾。影幕形象告诉观众，谁是爱情生活中的多余人物，谁就是第三者。显然，妻子张恩寿是爱情生活中的多余人物，所以她是第三者。这是一种新的观念，是向传统观念的一次勇敢的挑战，引起争论是在预料之中的。

“浙江嘉兴一所小学的一个普普通通的语文教师，利用业余时间，在短短的几年里，创作和改编出6部7集电影文学剧本，光北影厂和童影厂就接连拍了5部6集，这在中国影坛上，恐怕是独占鳌头了。”熟悉她的同志这样夸奖她。这个数量，在北影厂的厂史上也是空前的。回溯到20世纪60年代，河南著名作家李凖，为北影厂写作剧本最多，总共才有4部（《耕耘播雨》《龙马精神》《大河奔流》《双雄会》）。还有江苏著名作家张弦，从1957年至1991年，32年中为北影厂创作5部电影（《上海姑娘》《失恋者》《金镖黄天霸》《安丽小姐》《独身女人》），都不如姚云的多。这不得不令人刮目相看。每当姚云听到这样的赞语时，她总是抬起秀丽的脸庞，黑黑的眸子里透出谦诚的目光，两手像孩子似的挥舞着，露出几分稚气，发自内心地说：“真诚地感谢北影各位老师的帮助和指教！”

姚云这位年轻的电影女编剧，确是在前辈艺术家们的抚育下，犹如一颗闪耀着夺目光彩的新星，脱颖而出，声誉鹊起。但是主要的还是她自己的勤劳耕耘。成就的取得，正是“百分之二的灵感加百分之九十八的血汗”（爱迪生语）的结晶。

《潜网》上映后，听到不少人说：“刘晓庆扮演的女主人公罗璇，就是姚云自己的化身。”

话当然不能这么说。电影中的人物不能和作家本人画等号。但是作家在创作银幕形象时，是可以融进自己的思想、感情，甚至一些生活经历的。准确地说，罗璇是面镜子，作者站在她的而前，能够照出自己的一部分身影来。

《潜网》的故事，确和姚云的一些生活经历很相似。中学时期，她进业余体校学过体操，在和一个足球运动员的接触中，逐渐产生了爱情。随着时光的流逝，感情越发加深和炽热起来。深受封建意识束缚的父母，坚决反对独生女儿的这桩婚事。原因自然是陈旧和古板的：门不当户不对。姚云是知识分子家庭的后代，对方则是普通工人家庭的子弟，姚家的经济条件比较优裕，对方的家庭则相当穷困（靠瘫痪的父亲糊信封维持生活），她追求的是真正的爱情，而不是物质上的享受和满足。所以她拒绝父母同意的另一门亲事：上海远洋公司一位家庭经济条件极好的大副。她痴情于那个足球运动员，决心冲破几千年来的封建罗网。但令她失望和痛心的是，那位足球场上的勇士，在封建罗网面前却丧失了劲射破门的勇气。他背着姚云和他的表妹结了婚，婚后还一直瞒着她，这在姚云的感情上该是多么沉重的打击！痛苦、悲伤、迷惘、惆怅，使她得了一场大病。父母为了使她尽快地忘掉过去，又为她的婚事操心起来……以上这些经历，她差不多如实地写进了《潜网》。她把自己的感受、追求和憧憬，倾注在罗璇的身上。但她和罗璇这个人物又有很大的不同，这就是自从她和电影结下了不解之缘后，将对爱情的追求和对事业的追求紧紧地结合在一起了。

关于她和电影的结缘，还是让我们从那个秋天说起吧。

那是深秋的一天，枯黄的树叶在秋风中沙沙飘落。她踏着校园里的落叶匆匆向教室门口走去，抬头一望，见教室的门关着。再走近，只听见里面吵吵嚷嚷，十分热闹，不知那些小淘气们在里面搞什么名堂。她好奇地贴近门缝向里窥视，嗬！里面的学生都脱了毛衣，只穿件单薄的衬衫，还搜罗了一些代用道具，在认认真真地表演《小兵张嘎》呢。她最了解孩子们的心理，如果咚咚咚敲门，会让这些玩兴正浓的“嘎子”们大煞风景。不惊动他们吧，不知道要“嘎”到什么时候。母性的爱抚和担心油然而生：时间长了，孩子们会着凉的。又疼爱又体贴，使她忘掉了自己是他们的老师，竟然在门外“咪咪咪”地学猫叫。这一叫惊动了这帮小演员们，他们急忙打开门，想抓住打扰他们玩兴的猫。谁知门一开，站在他们面前的却是姚老师，学生们愣住了。她见状又来了一声猫叫，顿时把师生之间的距离给叫没了，他们紧紧地围在她的身边，炸鞭炮似的“噼噼啪啪”个没完没了。

“《小兵张嘎》，看了五遍，不骗老师，我能从头演到尾。”

“我爸爸妈妈小时候也是看《小兵张嘎》，没看电影时，就给我讲了好几遍了。”

“这部电影真带劲，就是太少了。”

……

那一张张充满稚气的小脸蛋，只顾着冲她诉说、微笑，忘掉了寒冷，她爱抚地帮他们穿好衣服。

“姚老师，你会讲故事，写故事，为什么不写电影？”一个学生突然向她提出这个问题。

教室里又重新沸腾起来，孩子们异口同声地欢叫着：“对呀，姚老师，写一个吧，我们爱看儿童电影。”

面对着孩子们的提问和渴求，她愣住了。这可不像问一个生字、解释一个词语那么容易回答。她沉吟了半天才对孩子们说：“老师只会讲讲小故事，写点小作品，写那么大的电影怎么行呢？”

孩子们还记得老师讲过的话，马上将了她一军；“姚老师，你不是跟我们说过，世上无难事，只怕有心人吗！这还是毛主席的话呢！”

“姚老师，你写的电影，我保证叫全家人都去看，不信，跟你拉钩。”

“姚老师，你写的电影，我们也看好几遍，看完了也演给你看，好吗？”

学生们纯真的目光，充满稚气的鼓励，对老师殷切的期望，使她激动不已。她不忍心使天真烂漫的孩子们失望，就鼓了鼓勇气说：“好吧，同学们，今后我一定试一试。”学生们高兴得欢呼雀跃起来。

孩子们期望的目光，在姚云身上产生了巨大的动力。从此，她迈上了电影创作的道路。

创作是一项十分艰苦的劳动，从事业余创作就更加艰苦了。

姚云的第一个剧本投寄给北影厂，虽然未被采用，却接到了六页纸的回信，这位编辑的热情帮助与指教，使她终生难忘。后来我特意查了查编辑部的稿签，才知道是梁彦写的退稿信。我对梁彦老师的敬业精神特别敬佩。

不成功并不等于失败，姚云并没有灰心泄气。

嘉兴冬天的夜晚寒凝大地，躺在被窝里都不是很暖和的，而伏案写作，寒气就毫不客气地向她袭来，首当其冲的就是手脚。握笔的手冻得像刚洗过的胡萝卜，紫红紫红的，不听使唤，她只好用原始的方法取暖：双手摩擦生热。或是两手托着腮帮，用体温焐焐手指。最难受的还是脚冷，双脚一冷全身骨透肌寒。当然走动走动就会暖和一些，但脚动手就不能动。静坐在桌前最需要的就是手动，挥笔疾书。亏她想得出，创造了手脚并用法。她找来一根鸭蛋粗的木棍，踏在两只脚下，像蹬缝纫机似地来回滚着、滚着。刚开始时，手脚还不能同时“手舞足蹈”，但慢慢地也就配合默契了。脚滚木棍写作，当然没有“头悬梁，锥刺股”那样痛苦，但这样手舞足蹈一个通宵，从精神到肉体均疲惫不堪。

这当然不是唯一的取暖方法。冷得实在受不了时，只好在屋子里开一阵“运动会”。无论是几米长的圆圈，还是原地踏步，都会惊醒近在咫尺的熟睡中的女儿。她凝视着女儿那红润润的脸蛋儿，和那膝盖贴着胸的睡姿，知道女儿也在受着寒冷的侵袭。就在半小时前，女儿醒来时还对她说：“妈妈，快来搂着我睡吧，我冷啊！”她心儿一软，眼睛就湿润了。在这寒冷的夜晚，女儿是多么需要母亲的体温去温暖她呀！然而她的温暖却给了她所酷爱的创作事业。母爱之心是柔软的，事业之心又使她变成“铁石心肠”。她没有上床，轻轻地为女儿掖紧被子，悄悄地走出门外。

她出去干什么？请看她女儿的一段作文：

> 一觉醒来，揉揉眼睛，房间里不见了妈妈，桌子上的闹钟指在十二点上了，突然我听到院子里有“啪啪”的响声，我好奇地披上棉袄，蹑手蹑脚地走到窗口，掀开窗帘，只见雪花飘飘，妈妈在小院子里跳绳，我奇怪地大叫：“妈妈为啥半夜跳绳？”妈妈回到屋里，嘴里直冒热气，她忙把我抱进被筒里，对我说：“屋里太冷，妈妈坐了几个小时，手脚冻麻了，钢笔握不住，跳跳绳，暖和暖和身子。”我缩在被筒里对妈妈说：“妈妈，冬天不要写了。”妈妈笑笑说：“天冷是锻炼毅力的好机会。”说完她坐到椅子上，一边把手放在嘴边呵气，一边又继续写电影剧本了……

这是女儿为妈妈唱的一曲小小的颂歌。

事业上的崭露头角，引起了省文联领导同志的重视，1981年底，姚云被调到浙江省文联工作，在《江南》杂志当编辑。来到西子湖畔，她没有沉醉在“水光潋滟晴方好，山色空蒙雨亦奇”的美景之中。白天是一个普通的编辑，从大量的来稿中挑选佳作。晚上和节假日，就战斗在只有四平方米的斗室里。一张床和一张桌子就占满了这个家。这个创作环境着实是差了些，但她创作的劲头一点儿也没有受到影响。

杭州最难过的是盛夏，热得人无法工作。然而姚云的业余创作不受寒暑的影响。西晒的太阳把它的高温一股脑儿地倾进这四平方米的斗室里，人如置身在蒸笼之中，汗滴的开放和凋谢，就在写几个字的功夫之间。为了防止脑子不被热得糊涂了，过一阵子就得在地上泼水降温。四平方米的旱地，立刻成了四平方米的水田，她就耕耘在这块小小的田地里。

人们爱用“废寝忘食”这句成语来形容一个人专心致志于某项工作。姚云在创作中也不乏这样的时候。忘食时当然不觉得饿，可到饥肠辘辘时就难挨了。一次，她晚上忘食，到半夜时支撑不住了，在斗室里到处搜寻“猎物”，结果一无所获。这时突然想起前天扔掉的那半块干面包，急忙到字纸篓里去捕获。幸亏这两天没倒字纸篓，硬硬的半块还在。俗话说饥不择食，也不管它脏不脏，坏没坏，拿起来就是一口。啃，几乎赔上白白整齐的上下门牙！面包硬得像块碎砖头，牙齿无法对付。幸好热水瓶里还有剩开水，放在茶缸里泡一泡，消灭掉了。

耕耘者是辛劳的。但一想到耕耘后收获的喜悦，也就不觉得耕耘时的艰苦了。这大概就是人们常说的以苦为乐的精神吧。

过早地过上寡居的生活，女儿就成了姚云的掌上明珠。她想的是女儿，疼的是女儿，爱的还是女儿。但自从爱上创作之后，对女儿的爱就受到了冲击。她常常被北影厂、上影厂、童影厂、峨眉厂请去写剧本，一去就是一两个月，有时长达四五个月，女儿只好全靠外婆照管。一回到家里，女儿多么想和妈妈亲近亲近，弥补一下长久离别的母女之情。但她却又进入了另一个剧本的创作之中，女儿很难走近她的身边。只要姚云一拿起笔来，母亲就会悄悄地把外孙女引走。母亲对她的创作非常支持，不仅为她照顾好女儿，而且为她抄写稿子。更让她感动的是，老人为使她毫无牵挂地走上文学创作的道路，提前办理了退休手续。几年来，姚云没有尽到做母亲的义务，没给女儿洗过衣服，编织过毛衣，更没有带女儿到公园里去玩过。细心的女儿在日记本上，记下妈妈对她欠下的母爱之账：

别人家的孩子天天都跟妈妈在一起，我一年365天，只能和妈妈在一起19天。19

天还不是整天在一起，在一起半天也算一天。

算得多么仔细，渴望妈妈爱抚的心声又是多么真挚！甚至让你觉得有点儿心酸，姚云不禁流下了滚烫的热泪。她愧感自己不是一个好母亲，对不起女儿。姚云也不是没想过这个问题。女儿是三亿五千万儿童中的一个，把全部心血浇灌在女儿身上，爱的只是女儿一个。而为孩子们写电影，爱的是三亿五千万名儿童。她把母爱大大地扩大了，这又使她感到慰藉。

想成就事业的人，总是要付出巨大的代价，甚至要作出必要的牺牲。

通过亲戚的介绍，姚云认识了上海某科研单位的一位研究人员，经过一段时间的交往，爱情的花朵在各自的心中开放。于是一个现实的问题就摆在两个人的面前：组成家庭这个社会细胞之后，每个人将怎样生活和工作？她热爱创作，很难像数以万计的贤妻那样，井井有条地管理好烦琐的家务；他呢，人到中年，懂得三门外语，业务能力又很强，当然也想在事业上大干一番。他希望未来的妻子为他的事业作出必要的牺牲，替他管好家务，当个贤内助。这些，作为一个女性，姚云是能够做到的。然而，她不愿意作出这样的牺牲。她不是那种不想去创造什么财富而只依靠男子或他们家庭的地位去获得幸福的女性。她不愿坐享幸福，而愿创造幸福。经过一番痛苦的斗争，她舍弃了爱情，这对妙龄青春的姚云来说，该是多么巨大的牺牲啊！也许正是这种牺牲，才使她获得创作上的突出成就。但愿这种牺牲在未来生活中会得到补偿。

姚云在五彩缤纷的银幕上辛勤耕耘所取得的成就，在年轻电影女编剧中间，无疑是数在大拇指上的人物之一。她如破土的春笋，生长得叫人听到拔节的声音。她很快由春笋长成新竹，难免有些娇嫩。但她是在旺盛的生长期，显得生机勃勃。姚云的成长，可以说时时、处处都得到电影艺术家们的“老干扶持”，最突出的代表是谢铁骊、凌子风、夏天，还有老作家沈从文。

1979年，浙江省召开电影创作会议，姚云作为一名很不起眼的业余作者，应邀参加了会议。她怀着新奇与仰慕的目光，注视着特邀前来参加会议的几个电影制片厂的编导同志。在会上，姚云并没有引起编导们特别的注意。不过她也着实没有什么叫人注意的地方，因为她还没有写出叫人注意的剧本来。

“你叫姚云吧，这次带来了什么剧本？”会下，上影厂的导演夏天突然问她，她高兴得几乎像孩子一样欢跳起来，但又立刻惭愧地低下了头：“我只有个构思，还没来得及写出来。等写出初稿来，一定寄给夏老师指正。”

“可以先讲讲构思嘛。”夏天急切想知道剧本的内容。

这当然是姚云求之不得的事。她不仅谈了剧本的构思，还连同素材和正在思考的一些问题，都一股脑儿地倒了出来。这就是《潜网》的雏形。夏天听了这个动人而又发人深思的故事，非常赞赏，当即明确表示：“我来抓这个剧本，搞成了由我来导演。”

有了很好的想法，不一定能写出很好的剧本来，何况姚云当时还不怎么懂得电影。一个暑假，她把全部时间用在剧本创作上，写出了洋洋七万字的初稿送到夏天手上。上影厂第二创作集体很重视这个剧本，组织了一次讨论会，认为题材不错，但写得不像电影。这就需要作者掌握电影的基本特性。于是夏天给她送来了有关的电影书籍和材料。雪中送炭，温暖着她的心！她像饥饿的婴儿见到母亲的乳汁一样，贪婪地“吮吸”起来。

一稿，二稿，三稿……剧本送到上影厂文学部，夏天做好了执导的准备工作。但讨论的结果出乎他们的意料之外，被否定了。这像一盆彻骨的冷水泼在姚云的头上，她的情绪一落千丈。平时欢颜中还显露一点稚气的笑脸，被愁容和悲伤的情绪所代替。这可不像往日投稿不被采用那样的失败。学校为了支持她的创作，特地请了代课老师，教授她所承担的课程。她失败而归，怎么去见这些对她寄予殷切希望的同事？走进校门，天真活泼的孩子们将会把她团团围住，七嘴八舌地问：“姚老师，去了这么长时间，电影拍完了吧，我们什么时候能看上？”这叫她怎么回答？她陷入了从未有过的苦闷和惆怅之中。

《潜网》剧本很快从上影厂转到了北影厂，谢铁骊看了，认为很有思想，很有深度，立即推荐给王好为，王好为非常喜欢，于是，姚云又迈进北影厂的大门。可以这样说，没有夏天、谢铁骊和王好为，她的《潜网》很可能就“潜”没了。

就在《潜网》被北影厂采用的同时，姚云又创作了一个儿童剧本《四个小伙伴》。当时反映儿童生活的影片很少，谢铁骊又伸出热情的手。那正是北京的酷暑季节，谢铁骊犯了眼病，领导让他到承德避暑和休息。为了把《四个小伙伴》搞好，他把琪琴高娃（《四个小伙伴》和《小刺猬奏鸣曲》的导演）和姚云带到承德。他眼睛不能看稿子，就让她们俩一场戏一场戏地念给他听，他一场戏一场戏地提出修改意见。说是来承德避暑和休息的，但天天从早到晚都在谈《四个小伙伴》的剧本。就连饭后在舒远宫散步时，也无暇欣赏避暑山庄的秀丽景色，谈的还是《四个小伙伴》的修改问题。

为了帮助姚云熟悉电影的特性和生产的过程，谢铁骊和王好为还把她带到天津，参加《潜网》的分镜头工作。夜深了，宾馆里的客人都已进入梦乡，谢铁骊的床上还摆满《潜网》的几十张卡片，在精心地设计影片的总体结构和镜头的组接。除了让她走进摄影棚和录音楼，参观内景拍摄和后期制作工作外，还让她跟到无锡外景地，让她目睹外景拍摄的复杂性和艰苦性。谢导演语重心长地说："姚云呀，一部电影拥有亿万观众，剧本可不能随便写呀，要为人民负责啊！"这话，姚云深深地铭记在心里。

在写《小刺猬奏鸣曲》时，又得到了凌子风的帮助。此片获得中国首届童牛奖。

在与凌导演的接触和交谈中，姚云得到凌子风的赏识，希望将来能有一次合作。凌子风是位著名老导演，她当然愿意获得一次学习的机会。不过这是比较遥远的事，因为她还没有一个比较满意的题材。可是过了不久，她突然接到凌子风的来信和寄来的一本书：《沈从文小说选》，准备请她改编沈从文的代表作中篇小说《边城》。凌导演对她的信任，她从内心里感激，但并没有受宠若惊。她虽然已经写了三个电影剧本，但并没有被刚刚开始的成功冲昏头脑。她深知自己的能力和水平不高，功力也不够，要改编好《边城》这样一部具有独特风格的作品——朴素的抒情诗画卷，是极为艰难的。她着实没有这个勇气，回信婉言谢绝。但凌子风第二封邀请和鼓励的信，很快又飞到西子湖畔，这叫她为难了。答应吧，能否改好，心里没有一点儿把握；再次谢绝吧，自己这样一个小人物，一再驳大导演的面子，合适吗？一个个问号出现在她的脑子里，使她迟迟不能作复。凌子风大概是等急了吧，亲自奔赴杭州，大有三顾茅庐之诚意。在凌导演的信赖和鼓励下，她终于鼓起了勇气，和另一位同志接受了改编的任务。经过几个月的努力，把初稿捧到导演面前，没想到被劈头盖脸地泼了一盆凉水："我毫不客气地说，这一稿只能打零分。"好严厉的凌导演啊，一点儿面子也不留。既然接了"战书"，首战失利难道就偃旗息鼓吗？当然不能，这不是姚云的性格。导演指出失败的主要原因，是没有吃透小说的内容和风格。于是，她再回头去一遍又一遍地"啃"小说，并大量阅读沈从文的其他小说和散文，加深对作家作品的思想内容和艺术风格的理解。后来她还跟摄制组的主要创作人员，到湘西生活了一段时间，终于把剧本改编出来了。

改编本得到沈从文的热情扶持。征求意见本送给沈老审阅时，他不因八十一岁高龄而有丝毫的松懈和马虎。就像对待自己的文章一样，一遍，二遍、三遍地审阅，一次、二次、三次地批改。近百页的打印本上，几乎没有只字未动的页面。有好几页上的批改文字，已经超过了原文的字数。在四五万字的剧本上，沈老批改的文字达万言之多，你看那批改在眉头、边旁、行间的一行行、一块块、一段段熟练的蝇头行书，字字句句都显示出老作家一丝不苟的创作精神与极其严肃认真的工作态度。这不能只看作是对《边城》剧本的爱护，而是沈老对青年电影工作者的关怀和培育。

这正如郑板桥的诗所言那样：新竹高于旧竹枝，全凭老干为扶持。明年再有新生者，十丈龙孙绕凤池。

姚云已与北影厂结下了不解之缘。她创作出的电影剧本，首先想到的就是北影厂。《泪洒台北》又一次与北影厂合作。而且这一次合作的意义更大，为大陆与台湾的影视合作架起了一座桥梁。

《泪洒台北》的合作，与过去的合作完全不同。之前的合作，都是姚云写剧本，北影厂投资拍摄。这一次是姚云投资，姚云当总监制人。反客为主了。这一巨大变化，是因为姚云组成了新的家庭。她的丈夫苗先生，是位港商。苗先生喜爱电影，又有些资产，投资这部电影，既是对爱妻事业的支持，也是一次商业投资，一举两得。

结缡后的姚云，迁居到北京居住，可以全身心地投入到影视事业上来。

《泪洒台北》是大陆第一个赴台湾拍摄的电影，这件事情本身就具有极大的新闻价值，自然要引起海内外新闻媒体的关注。香港、台湾几十家报纸、通讯社跟踪采访，大量报道摄制组拍片、访问的消息。我和成志谷厂长、才汝彬主任，应接不暇地接待媒体采访。美国华人报纸也迅速地做出反应。几十架照相机和摄像机，拍下了台湾电影界和新闻界在台北中正机场隆重热烈地欢迎《泪洒台北》摄制组抵台的镜头。当晚，台湾同胞甚至海外侨胞，就在电视上看到了这些动人场面。从《泪洒台北》摄制组登上宝岛那一刻起，我们的活动就成了台湾同胞注目和关心的热点。不论是在台北还是台中，我们所到之处，都受到热烈的欢迎和热情的接待，感受到像在家里一样的亲切和温暖。到香港，还有听不懂香港话的问题，到了台湾，没有任何语言障碍，说的都是普通话，极易沟通和交流。都是同胞兄弟，双方都没有过多的矜持和谨慎。

交往的大门一经打开，猛一步跨进陌生的环境里，什么人士都想见一见，什么地方都想看一看，什么事情都想问一问。导演许雷忙着拍片。成志谷厂长，才汝彬主任，以及姚云编剧和我，广泛与台湾影视文化界沟通交流，每天都到子夜两三点钟才能休息，却一点也不感到疲劳。

我们的日程表天天排得满满的，要去的单位有：北都影像股份有限公司、“中央电影公司制片厂”、台湾电影文化公司、“中央电视公司”、中华电视公司、年代国际有限公司、联合报系等三四十个单位。要拜访的各界人士就更多了，从董事长、总经理、厂长、社长、主任、作家、记者，到朋友和同胞兄弟姐妹，总数逾百人。在短短的时间里，看到、听到的东西很多，值得记下的人和事，时时都有，然而，最值得抒写的，还是编剧姚云。

姚云女士比摄制组的其他人更向往着宝岛台湾，不仅仅因为她既是《泪洒台北》剧本的编剧，又是这部影片的总监制，更是因为那儿是她出生的地方。1947年她出生在花莲，还没长到记事的时候就离开了宝岛。少年离岛中年回，离开时是襁褓中的婴儿，回到宝岛时是位女作家，而且是从普普通通的小学教师，努力奋斗成为著名女作家，这次荣归故里，自然就成了一个新闻人物。电视上有她的镜头，报纸上有她的照片和消息，特别引起她的出生地同胞们的关注。果不其然，几天后从花莲传来了消息，当年跟随姚云父亲的随员，并时常抱着儿时姚云逗笑的高仁德老先生，要来台北见姚云。高老先生说出了姚云父母的名字、年龄、过去的家庭情况、离开花莲时的情景……都和姚云父母告诉她的完全一样，而且，这些情况，新闻媒体上都一字未透露过。高老先生已经70多岁了，哪能让他来台北呢，理当姚云去花莲见老人。她通过有关方面转告老人在家等候，她将亲赴花莲探望。可惜我忙于诸多事务，没看到这一动人的重逢情景。

当年已过不惑之年的电影女编剧，每月四十多元钱的工资，住在四平方米的斗室里，笔耕不辍，创作和改编出《潜网》《四个小伙伴》《小刺猬奏鸣曲》《边城》《为什么生我》《谁是第三者》《泪洒台北》等七部八集电影剧本来，成绩斐然，已被载入中国电影的史册。

姚云为北影厂、童影厂的电影事业，做出了卓越的贡献。北影厂与童影厂也为姚云的迅速成长铺平了道路——由小学教师成长为中国电影家协会会员、浙江省文联专业创作人员，后来还被选为省文联副主席、省政协委员。

（原载《青春丛刊》1984年第3期，2018年7月略加修改）

沈嵩生老师与我的《秋雨夜话》

沈老师已离开人世三年多了，可一回想起与沈老师的师生关系时，有许许多多的往事值得我回忆追思，而最值得抒写的是沈老师与我的《秋雨夜话》。

《秋雨夜话》是我大学二年级时一篇只有两三千字的剧作片段练习，跟沈老师本没有什么关系，可谁叫他是我当年的班主任哩，我理所当然的要把他拉扯进去。

无论过去还是现在，凡是学生，都要完成老师布置的作业。大学生也不例外。我们电影文学系的作业，最多的就是写作练习。内容主要是影片分析（即影评）和电影剧作。剧作也往往是几千字的片段，有点情节和人物就行，不要求完整的电影文学剧本。《秋雨夜话》就是这样的一次剧作作业练习。谁知，一连串不愉快的事件就伴随着它接踵而来。

至今我也不知道是哪位老师对我的《秋雨夜话》很不满意，评分时手下无情，只给了2分（5分制记分法）。要是别的课目偶尔得一次2分，我也许无所谓。可这是我的主科课目呀，非同一般。文学系的学生连写作都不及格，就像数学系学生数学不及格、英语系学生英语不及格一样，还能有资格留在大学里继续读书吗？这不啻一闷棍，猛然把我打得找不着北。面对这只讨人嫌的“小鸭子”（那时戏称0分为鸡蛋，2分为小鸭子），我痛苦，我悲伤，我苦闷，我彷徨。第一次尝到了极度失落的苦滋味。

我是一个农家子弟，能到北京来上大学，自己激动，家人荣耀，村邻羡慕。如今已经学习了两年，大学学业过半，却因主科不及格面临着被退学的危险，我怎能不心如刀绞呢。冲动之下，我欲闯进老师的办公室，宣泄一下郁闷的心情，可在办公室外转来转去，就是鼓不起勇气走进去。

无奈之时，我想到应该去找沈老师。他虽不给我们直接授课，可是我们的班主任呀，向来为人诚恳厚道，和蔼可亲。平时既关心我们的学习，更关心我们的思想和生活。相信他会给我指点迷津的。真不凑巧，那几天沈老师偏偏有事出差去了，急得我整天像热锅上的蚂蚁。

沈老师虽是我们的班主任，平时没事时很少去找他，倒是他主动找我们的时候多。他总是热情耐心地帮助我们克服困难和解决问题，因此我们都很敬重他。现在我像盼望亲人一样盼他尽早回来。那几天，等不回沈老师，太平湖（修二环地铁时填平了）边成了我最好的去处。我孤独的身影面对着一湖静水，感到从未有过的惆怅与迷惘。我在那里一待就是几个钟头，用心灵跟湖水默默地对话，直到学院要闭门时才返回宿舍。

我终于盼回了沈老师，向他诉说了情况，期待他伸出援助之手。

"你找过某某、某某老师吗？"他问我。

我说："没有，怕自己控制不住情绪和老师顶撞起来，把事情闹大闹坏，才盼着您回来帮我问问情况，出出主意，想想办法。"

沈老师想了想说："我刚刚回来，不知道这件事情的来龙去脉，你先别紧张，别着急，也不要向任何老师和同学提及这件事，要是一时出在笔误上，不就什么事情都没有了吗。按常规，主课不及格，授课老师是要找学生谈话的。"

我巴不得是沈老师分析的这样，受一场虚惊也心甘情愿，不会有一句怨言。

两天后，沈老师在西跨楼前碰上我，把我叫到操场西南角僻静处说："我以班主任的身份，要了解你们每个人的学习成绩为由，看了你们的作业练习和分数。"

我急切地问："我的《秋雨夜话》到底是几分？"

沈老师沉默了一会儿，语调低沉道："很不幸，不似我期望的那样。"

我脑子里轰隆一下膨胀起来，嗡嗡地响着，差点倒在了双杠上。此时此刻，我不知道该说什么，实际上也无话可说。我目瞪口呆了。

沈老师拍拍我的肩膀，安慰道："事已至此，只能面对现实。你千万千万要沉住气，想得开，不能做出越轨的事来。"

我问："就没有挽救的可能和余地了？"

沈老师为难地说："我是班主任，不便干预授课老师的评分。"

看来，沈老师也帮不了我的忙了，我非常绝望："那我就只有一条路可走了，卷铺盖走人。这叫我怎么有脸见人啊？"

“一门功课不及格，又是第一次，不会让你退学的。”沈老师非常肯定地说。

我最担心、最害怕的就是终止我的大学生活。我的苦恼、忧愁、甚至绝望，都是出自这块心病。现在沈老师给我吃了颗定心丸，我的心情和情绪立刻舒缓了许多。

沈老师继续说：“这是第一次，千万不能出现第二次主课不及格。今后你要更加刻苦学习，才对得起党和国家对你的培养，才不辜负家人和老师的期望。”

暂时不担心被退学了，可怨恨老师的情绪又油然而生：“我的《秋雨夜话》水平再低，也不至于不及格，这样评分太不公平。”

沈老师语重心长地说：“赵绍义同学，对老师的这次评分，你可不要耿耿于怀啊。那样，既不利于你现在的学习，也肯定会影响你以后的成绩。这件事本身是件坏事，但若能激起你刻苦学习的决心和激情，从今后学习成绩有明显的提高，坏事就转化成了好事。”

沈老师这次谈话，对我教育很大，使我从非常状态回复到正常状态。

但沈老师的话，我不是句句都能听得进去的。认定老师对我的《秋雨夜话》评分不公，一直耿耿于怀。

一天，我在阅览室里翻阅《北京日报》副刊，读到一篇类似我《秋雨夜话》这样人物速写式的文章，我突然萌发把《秋雨夜话》寄给报社的想法。于是，我工工整整地把稿子抄写一遍，寄给《北京日报》副刊了。

稿子寄出后，大约过了二十多天，我接到报社的回信。我赶忙把信封装进口袋，找个没人的地方看信。就在我拆开信封的那一刹那间，我惊喜万分！信封里装的不是原稿，而是《秋雨夜话》的清样。我喜出望外，那种极端兴奋的心情，至今还记忆犹新。这是我的铅字名字第一次跟铅字文章联系在一起。我怀疑自己的眼睛是不是看花了，2分的作业真的变成铅字清样了吗？我下意识地揉揉自己的眼睛，再瞪圆眼珠子细看，确确实实是清样，仿佛还能闻到油墨的清香。再一看，还有编辑部的一封短信，让我在一星期内把清样校改好，再寄回报社待发。二十几年的人生历程，还从没有经历过这样大起大落、大喜大悲的事儿。《秋雨夜话》呀《秋雨夜话》，让我愁苦万分的是你，叫我欢喜欲狂的也是你，真是成也萧何，败也萧何也。这篇短短的《秋雨夜话》，好像存心要跟我开个令我哭笑不得的玩笑。

我认认真真，一遍又一遍地进行修改和校对，感到十分满意时，才把它装进信封里。然而，就在我把信封要塞进邮筒的一刹那间，我又犹豫了。稿子发表出来，老师要是见到了，会产生什么样的后果？师生关系还能融洽如前吗？……一连串的问号在我脑子里产生，我都不知道它们会是什么样的答案。于是，我把伸向邮筒的手又缩了回来。

不用说，我还要去找班主任沈老师给我解惑。我把清样的事原原本本地告诉沈老师，问他怎么处理好这件事。他没费什么思考就说："投稿是每个公民的自由，你愿意怎样做就怎样做，别人无权干涉。"

其实，这道理我也懂得，不过经过沈老师的口说出，我心里就更踏实了。

"沈老师，我也没想到报社会瞧上这篇小稿子，我就是想讨个公平的评价，真不是为了发表。"我解释道。

沈老师说："我很理解你的心情。我个人认为，你的这篇《秋雨夜话》被评为不及格，确实不太恰当。但这件事情已经过去了，就不用老把它当作一回事放在心上。其实，对一篇作品的看法，有时是仁者见仁，智者见智的，甚至会有截然不同的评价。"

我固执地说："再仁者见仁智者见智，也不至于有2分与发表水平之间的巨大差距吧？"

沈老师没有急于回答我的问题，反而反问我一个问题："据我所知，同一篇稿子，投给甲报社或刊物给退稿了，而再投给乙报社或刊物却给发表了，有时还能发表在重要位置上，甚至刊登在头版头条，这样的事是时有发生的，你听说过吗？"

我说："我这是第一次投稿，您说的这些，对我是一片陌生的世界。不过，报社与报社、杂志与杂志之间，不应该有这么大的差距吧？"

"告诉你吧，连著名的大作家也逃脱不了这种现象。你看了导演系排练的曹禺的《雷雨》了吗？"

"看了，没想到，学导演的登台表演，一点也不逊色于表演系的同学。"我一边回答，一边在脑子里琢磨，沈老师为什么要问这个问题。

沈老师说："《雷雨》是经典传世之作，可当年曹禺投稿时，被编辑扔进了废纸篓里，是巴金把它从废纸篓里捡回来的，才免遭不幸的厄运。"（前几年，我从报纸上也看到过这样说法的文章。可又有文章对这种说法提出质疑。这里记述的是真实的往事，不涉及这一说法的真伪与否。）

我听了非常惊讶，原来《雷雨》在问世前，还经历过这样的命运。

我道出了我的真实看法：“这大概是极其罕见、极其特殊的情况。不过，您说的上面那种情况倒跟我的这篇《秋雨夜话》差不多。在我看来，退稿不啻是被判为2分，发表，放在重要位置上，甚至刊登在头版头条，就分别相当于3分、4分和5分。”

沈老师摇了摇头：“恐怕不能这样推理比较吧。姑且像你说的这样，我倒是想知道，你认为应该怎样看待和对待这种现象呢？”

我回答得很干脆：“这当然是编辑的水平问题，他们良莠不分。要是我遇到这种情况，我就再不给这家报纸或刊物投稿了。”

沈老师笑了笑，没说什么。不过我从他那神情上感觉到，似乎嫌我的回答太天真太幼稚了。

“你的这篇《秋雨夜话》，要是《北京日报》副刊给你退稿了，你会不会去找编辑部讨个说法？”沈老师突然这样问我。

“退就退了呗，这是正常现象，谁也不会去找编辑部讨说法的。”

沈老师马上接过话茬道：“这就对了。你的这篇《秋雨夜话》，就算被老师退了稿，不就结了。你不是说退稿不啻是被判为2分吗。”

这时我才恍然大悟，说了半天，我把自己给套进去了，沈老师要说的这句话，在这儿等着我呢。

现在回首这段往事，深感当时过于幼稚过于较真，竟使沈老师苦口婆心地费了那么多唾沫星子，真是愧疚之极。要是这事发生在今天，我会泰然处之。评价一篇文章，确实是仁者见仁智者见智。如今我的习作无论报刊采用与否，我都觉得很正常。就是自己孤芳自赏的稿子没被采用，而不甚满意的稿子却变成了铅字，也都习以为常了。如《圆石桌前的思绪》一文，投给上海某刊物未被采用，后又投给北京某报副刊，也石沉大海。而《人民日报》海外版举办的“澳门回归征文比赛”，却遴选上它。更没有想到的是，以文化大师季羡林先生担任主任的评委会，给评了个二等奖。这些我都把它看成是正常现象，都以平常心对待这一切。然而当时却做不到，这就是无知和幼稚的表现。

我再没有什么可说的了。沈老师对我的耐心开导、循循引导、谆谆教导，使我走出了泥淖。从那以后，我彻底把这件事抛到脑后，全身心地投入学习。这是我大学生活中的一个转折点，从此，学习更加刻苦，学习成绩明显好转。如果说，我能顺利地完成大学学业，并以较好的成绩获得毕业文凭，走上电影工作岗位，与这2分“学耻”事件的激励和推动是分不开的。其中沈老师对我的帮助教育（当然也包括其他老师在内），特别是在关键时刻的这次殚精竭虑、循循善诱的教诲，使我迈上转折的征途。我从内心里感激沈老师，一直把《秋雨夜话》的清样珍藏着，作为师生深厚情谊的见证物，留作永久的纪念。

后来沈老师当北京电影学院院长期间，我因公事或私事常去找他，仍叫他沈老师，没改口叫沈院长，我解释说：“叫惯了沈老师，改不过口来了。”

沈老师连连说：“院长能叫几年呀，那是临时户口簿，不改好，不改好。”

倒是沈老师对我的称呼改了一次。那是1996年1月20日，他把在北京的几个他的学生邀到他家小聚。起因是电影学院庆祝建院45周年时，不知是什么原因造成的，没有邀请一个他当班主任那个班的同学参加，沈老师对此很是不安，从礼遇上和情感上都觉得过意不去，特意邀请我们到他家做客，以弥补院庆组织工作中的疏漏。同时，也可畅叙师生情谊。那天，他和师母葛德老师为我们做了色、香、味俱佳的中餐和西餐，让我们大饱口福。他显得特别高兴，在饭桌上敬酒时，笑嘻嘻地叫了我一声“小邓拓”，我和同学们都感到丈二和尚摸不着头脑。他见状解释道：“邓拓写过《燕山夜话》，你写过《秋雨夜话》，还不是小邓拓吗？要是在‘文化大革命’中被人知晓，还不把你当作‘三家村’小喽啰揪出来。”沈老师的诙谐与幽默，把我们逗得哈哈大笑。饭桌上的气氛马上活跃起来，接着就聊起在校时的种种往事，满桌弥漫着难忘的师生情谊……

1998年3月14日，沈老师因心脏病突发与世长辞，噩耗传来，我十分悲痛。不知是鬼使还是神差，我首先想到的就是沈老师与我的《秋雨夜话》，急忙翻箱倒箧找了出来。面对已发黄发皱了的清样，百感交集，思绪万千。沈老师那亲切而又平易近人的形象，学校中师生相处的亲切情景，一幕幕清晰地呈现在我的眼前。想着，想着，竟产生修改《秋雨夜话》的念头。《秋雨夜话》的清样，对我来说是一种纪念，如能在数年后把它发表出来，则是对死者的一种怀念与哀思。趁着追思的情感涌来，我拿起了笔。这一回，秋雨还让它淅淅沥沥地飘落着，深夜的话语讲得更真诚更浓烈了。夫妻二人，由原来的双双离城进山落户，改为双双下岗进山再就业，贴近了时代，贴近了生活。标题也从《秋雨夜话》改成了《高山之家》。改好后，我把它寄给正向我约稿的《妇女生活》杂志，竟很快地在1998年第5期上刊出。可惜，我的恩师沈嵩生老师再也看不到了！

（原载《电影创作》2000年第2期）

在六老祝寿会上的贺词

庆贺诸位老寿星们[1]文艺创作生涯六十年以上，暨八十华诞座谈会，是由广播电影电视部、电影事业管理局、中国电影家协会、延安文学学会、中国延安鲁艺校友会、北京科学教育电影制片厂、北京电影制片厂联合举办的。这七个单位，与诸位老寿星们一生的工作、创作、生活，都有着密切的关系。

我们举办这次庆贺会，既是为了颂扬诸位老寿星们为中国电影事业的开创、发展、繁荣所做出的毕生贡献，也是为了学习你们丰富的创作经验和革命精神。

古人云：人生七十古来稀。随着时代的发展变化，这句流传千古的古训，越来越不合时代飞速发展的现实了。现在，在我们九百六十万平方公里的华夏大地上，活到八十岁、九十岁，甚至过百岁的老寿星们，也不稀奇了。今天，聚集在这里的老寿星们，都已过了八十华诞，可一个个鹤发童颜，老当益壮，精神矍铄。古诗曰：“夕阳无限好，只是近黄昏。”如今，这句脍炙人口的古诗，也应该改为：“夕阳无限好，黄昏更辉煌”。

八十岁以上的老寿星们，有的生于清朝末年，有的生于民国初年，在八十多年的漫漫人生旅程中，每个人虽然有不同的人生经历，但却有着共同的历史命运，这就是大家都跨越了几个时代，其经历的复杂，阅历的丰富，命运的坎坷，人生道路的曲折，是我们后辈人所无法比拟的。正因为经过漫长的时代变革潮流的洗礼，更加磨炼了人的品格和意志。老寿星们对革命的追求，对光明的向往，对人民的忠诚，对工作的认真，对事业的敬业精神，也都是我们后辈人难以比拟的。特别是你们紧追着时代洪流前进，无条件地服从革命事业的需要，把个人利益融入党和人民的利益之中的精

[1] 六位老寿星指：何文今、秦威、伊明、梁彦、潘之汀、韩焱。

神与品质，尤其值得我们后继者们学习。

电影界的老寿星们，不论他们在风华正茂的青壮年时期、成熟的中年时期，还是进入经验丰富的耄耋之年，都在为中国的电影事业工作着、奋斗着。不论是享誉中外的著名艺术家、电影事业家，还是普通的电影工作者，都为中国电影事业的开创、发展、繁荣，做出过杰出的贡献，全国五十万名电影从业人员和千千万万观众，永远不会忘记你们的。你们的名字，将永远记在中国的电影史册中。今天与会的老寿星们虽然早已离开了工作岗位，但我们仍能在银幕和屏幕上时常见到你们的名字或形象。你们还在各自所从事的专业上继续工作着，奉献着，真可谓“老骥伏枥，壮心不已”。

中国电影已走过了近九十年的历史，它所取得的辉煌成就，它所创造的精神财富，都与我们老寿星们的终生奋斗是分不开的。现在，中国电影遇到了前所未有的困难，无论是社会效益还是经济效益，离党和人民的要求，还有很大的距离。在这种情况下，我们更要虚心地向影界元老们学习，学习你们的敬业精神，创造中国电影的第三次辉煌！

今天，我们是怀着崇敬、仰慕和虚心学习的心情，来参加庆贺会的。请允许我代表这次庆贺会的七个主办单位，祝贺诸位老寿星们生日快乐，身体健康，晚年幸福！待老寿星们九十华诞、一百华诞时，我们还将隆重热烈地祝贺！

（原载1993年6月12日《新影北影报》）

我在北影当编辑

人老了，就会发现，一辈子其实做不了几件事。我说的“事”，不是指柴米油盐酱醋茶，而是真正对本人能安身立命、对社会也有所助益的事。在当今这个心浮气躁的时代，要让人一生专心只做一件事，简直是一种苛求。不少人今天干这个，明天干那个，频繁跳槽，这山看着那山高。看起来颇有“‘雄’风起兮云飞扬”之宏愿，到头来，却发现不如一心一意干好一件事更实际，更有成就感。

我从北京电影学院毕业后，被分配到北京电影制片厂当编辑，直到退休，几十年中，虽然工作部门与岗位有所变动，但编辑工作性质始终没有变。评职称也是编辑系列：一级电影文学编辑。

漫忆我的编辑生涯，虽然一条主线是编辑，但细分工作类别，却有如下六个方面：审阅外稿剧本、担任责任编辑、编辑电影创作、编写电影画册、为厂遴选剧本、编余漫笔耕耘。下面分别略述这六个方面。

审阅外稿剧本

刚进北影时在编辑部（后来改为文学部）看外稿。那时投稿的剧本比较多，看外稿的编辑七八个人，其中就有现在的著名作家梁晓声。看完每个剧本都要写稿签，对剧本做出总体评价。只要能硬着头皮读下去的剧本，我都耐心地从头读到尾。看了一段时间的外稿，外稿组人员之间会相互交流，有的就直言不讳地说，对个别水平极其低下的剧本，根本不需要从头看到尾，我采取三段论读法：读开头，跳中间，翻结尾。以后再审阅到连小学生作文都不如的所谓电影剧本，我也采用三段论读法了。这样的次数是极少的。虽然不会漏掉好剧本，但内心总是觉得对人家不够尊重。

写稿签锻炼和提高了我的分析与判断剧本的能力，对我日后的工作帮助很大。可惜，那时的外稿剧本质量普遍不高，未能从中发现可以拍摄影片的剧本。

担任责任编辑

在北影拍摄的影片字幕上，写上责任编辑的名字，说明这部影片的剧本是某某组稿的剧本。当年编辑部组稿组的人最多，有十来个编辑。组稿编辑划片组稿，每人分管几个省、市，必要时适当调整片区。我分管过江（苏）浙（江）片，时常到这两省去组稿。组稿的剧本拍成影片的有《哑姑》、《小刺猬奏鸣曲》（获童牛奖）、《边城》（获加拿大蒙特利尔国际电影节荣誉奖）、《金镖黄天霸》、《失恋者》、《谁是第三者》、《血色清晨》（分别获法国南特最佳影片金球奖和德国柏林国际电影节国际评论奖）、《安丽小姐》、《神秘夫妻》、《痴情女子》、《不能没有爱》、《泪洒台北》等十多部。

这里侧重说说《边城》的组稿情况。

一般情况下，编辑组稿都是个人单枪匹马完成的。到剧本投产后，就没有责任编辑的事了。可《边城》是个例外。

20世纪80年代初，凌子风导演想拍《边城》。他让我联系老作家沈从文。我打听到沈老家的住址，在崇文门新侨饭店西边那栋楼里的第五层。第一次拜访沈老是1982年冬天。我跟着凌导演前往。当我们爬上五层他家门前时，久久地踟蹰在那儿，端详着一张白纸上16个工工整整的毛笔字：年事已高，工作繁忙，工作时间，敬谢来访。抬腕看表，上午9点半，无疑是繁忙的工作时间，真不敢伸手去咚咚敲门。凌导演说："商谈《边城》拍电影的事儿，沈老不至于把我们拒之门外吧？"大概是屋里听到了我们的说话声，沈夫人张兆和为我们开了门，把我们径直领进沈老的书房。

沈老那年整整80岁，但身体康健，精神矍铄，用"鹤发童颜"来形容一点也不过分。他身陷在那张淡绿色的双人沙发上，操着浓重的湘西口音跟凌导演寒暄起来。凌导演告诉沈老，他想拍摄《边城》电影。沈老告诉凌导演，他看过《骆驼祥子》，相信《边城》也会获得同样的成功。初次拜访，沈老明确表示："我愿意跟北影和凌导演合作，你们名著改编，名声赫赫。"

在物色改编人选时，凌导演提到姚云。她是浙江的作家，已有两部作品在北影拍摄:《潜网》和《四个小伙伴》。于是，我陪同凌导演前往杭州。江、浙是我组稿的片区，我跟姚云比较熟悉。姚云虽然同意，但觉得《边城》是沈从文的代表作，一人挑担子比较吃力，又找了个合作者李隽培。

第二次拜访沈老，是在1983年3月中旬。去之前，我把改编本提前送到他家，怕打扰他的创作，“沈门立雪”，把剧本交给保姆递进去，便条上约好再来拜访的时间。这次，凌子风导演、田壮壮导演、姚云和我，是专门来听意见的。我们急于想知道沈老对改编本的看法，沈老非常谦虚，笑嘻嘻地说:“我不懂电影，怎么拍是你们的事儿。我的零零碎碎的意见，都记在本子上。”我们很想先睹为快，可沈老迟迟不拿出批改本，说:“我还要再看一遍。”

不久，我们收到了批改本，从头到尾仔仔细细地拜读着，深深地被沈老那种严肃认真的精神所感动。批改注疏的文字超过万字，这是我从未见过的。我把凝聚着81岁老作家心血的批改本（复印件）一直珍藏着。

到湘西选外景，作者姚云与我一同前往，因为要一边选外景，还要一边精益求精地修改剧本。凌导演有个外号：拼命三郎。这次我亲眼看见了拼命三郎精神。湘西深山大川中，汽车进不去的地方，凌导演不畏艰险，不惧疲劳，迈开双腿，披荆斩棘，“深入虎穴”。踏遍了湘西的山山水水，终于寻找到影片中的渡口景地。

外景地选好了，就住进凤凰县城里，聚精会神地修改剧本。

最后一次拜访沈老，是在得知他看过《边城》电影之后。第一次拜访时，告别时，沈老曾半开玩笑地说过，只许拍好，不许拍坏。我特意询问:“沈老，您看了影片，是拍好了，还是拍坏了？”沈老连连说:“拍得很好，很好，是我的《边城》。我的小说第一次在大陆被拍成电影，又拍得这样好，感谢北影，感谢凌导演。”对饰演翠翠的小演员，沈老也倍加赞赏:“有湘西味道。这个翠翠比那个翠翠（指香港电影《翠翠》中的翠翠——笔者）好，我喜欢这个翠翠。”

我细述这次组稿经过，意在说明一个剧本与一部影片的成功，编辑虽然重要，但与作家、编剧、导演相比，所倾注的心血，只是九牛一毛。

组稿《失恋者》剧本，值得一提的是在组稿之外，还当了回红娘，促成了一桩姻缘。我读过一部中篇小说《耿尔在北京》，描写20世纪60年代中期，从美国留学归来的科学博士耿尔，满怀报国热忱和改造自己的决心，不料正逢“文化大革命”浩劫，非但事业上毫无成就，他的两次纯洁、真诚的爱情，也几经曲折而有花无果。我觉得可以改编成剧本拍成电影。小说的作者叫陈若曦，是加拿大籍台湾作家。我想请江苏著名作家张弦改编。于是，我到南京登门拜访张弦。他的家在南京市区的锁井村，当我进到他家里时，发现没有女主人，家自然不像家的样子。说到陈若曦，他说认识陈女士，也读过她这篇小说，愿意接受改编任务。不久张弦来北京开会，住在京西宾馆，让我找一位导演，与他一同商谈改编方案。我告诉他，导演是位女士，名叫秦志钰。还特别介绍道，她同你一样，也是单身。我同样也告诉秦志钰，张弦也是单身。我约他们在京西宾馆见面。本来导演与编剧商谈剧本改编设想，编辑是可以参加的。我却有意借口有别的事情，要马上离开，他们自然会心知肚明的。

后来，两人合作改编《耿尔在北京》，剧本命名为《失恋者》，而两位改编者却发展为爱恋者，有情人终成眷属了。张弦成了北影的女婿，住到北影来。那时，北影的住房非常紧张。他们请我到他们家吃顿饭，表示谢意。可他们家连摆张桌子的地方都没有。于是把椅子当桌子，马扎当凳子，三人三道菜，屈膝就餐，吃得欢欢喜喜，开开心心！

编辑电影创作

我编辑过一段时间的《电影创作》，是因为被任命为文学部副主任期间，兼任过《电影创作》副主编。编刊物，全部工作就是审阅电影文学剧本和栏目中的各类文稿，是地地道道的编辑工作。对我来说，编刊物是件比较轻松愉快的工作。我这样说，并不是轻视刊物的编务工作。在我编辑《电影创作》的时段内，北影每年要投产二三十部影片。二三十部影片的剧本，是从五六十部剧本中筛选出来的。所以《电影创作》发表电影剧本的来源是充足的，不需要编务人员为稿源犯愁。这与组稿编辑大不相同。组稿编辑每年要完成一个组稿任务，完不成，会影响到诸多方面的个人利益。所以，组稿编辑身上的压力很大。我感到工作量轻松的另一个原因，我是副主编，上面有主编鲁军在担着重任。

每期刊物稿件编完后，最需动脑筋的一件事就是画龙点睛地写几百字“编余漫笔”。这项工作自然是主编执笔多，我隔三岔五地补缺。编余漫笔主要是点评每期2至

3个文学剧本。只能“漫笔”数语，要评析得恰如其分，说到点子上，也不是一蹴而就的事。有时，我私下里也写出几百字编余漫笔，与主编的相对照，找差距，潜心学习，也获益匪浅。

编写电影画册

在连环画册备受青睐的年代，我应中国电影出版社编辑的邀请，编写电影连环画册。我对这项编辑工作是外行。为了胜任这份编写任务，我翻阅各种类型的连环画册，悉心学习与熟悉这项编辑业务。每编写一本电影连环画册之前，我要先看看这部电影，脑海里有个通盘考虑。选取的电影画面，与叙述电影故事的说明文字，既要配合紧密，还要连贯顺畅。我试编出一本先让出版社审阅，得到他们认可后，才签订编写合同。这样，我陆陆续续编写出版了《巴黎圣母院》《基度山恩仇记》《追捕》《生死恋》《屈原》《望乡》等十多本电影连环画册。当年连环画册很吃香，很受小朋友，甚至一些成年人的欢迎，纷纷向我借阅。我当然有求必应。可都有借无还。至今，我连一本画册也没有保存下来，但并不感到遗憾。因为作者编写出东西，能有读者广泛的欢迎与喜欢，是求之不得的事。

为厂遴选剧本

20世纪80年代中期，我被任命为北影副厂长，分管艺术创作工作。职务岗位变动了，与剧本打交道的工作内容仍然没有变，还是编辑的身份——为北影的影片生产筛选电影剧本。那时，北影每年要拍摄二三十部影片，按三比一的比例挑选剧本，要阅读七八十个至上百个电影文学剧本，有的还要反复阅读，肩上的担子沉了，再也轻松不起来了。

一般说来，没有特定专职业务的行政干部，上班时间也很忙，但下班后就不一定忙碌了。我上班时忙，下班后还得忙活，忙着读剧本，读小说。有中篇小说，更有长篇小说。费脑筋不用说，主要是太费时间。尤其是十多万字至几十万字的中、长篇小说，花去我绝大部分业余时间。抓题材，特别是热门的中、长篇小说，一般的阅读都不行，还得快读，快做决定，组不组稿？慢了，可能就被别的电影厂抢先了。

那时的摄制组都兴吃开机饭与关机饭，出于客套都邀请厂级领导参加，我自然忝列其中。每次我都一一谢绝。因为我要用这几个小时的时间看剧本。屡遭谢绝，后来这样的饭局就不再邀请我了，我可以安安心心地看剧本了。

编余漫笔耕耘

漫忆我的编辑生涯，还有一个较大的收获，就是编余漫笔耕耘出百万多字的拙文来。这要感谢老作家叶圣陶的编辑经验指点与教诲。叶老既是著名作家，也是著名的编辑家。他深有体会并谆谆教诲地说，编辑在编辑别人的作品时，也要拿起笔来写点东西，不会写文章的编辑，称不上称职的好编辑。每个编辑都愿做这样的好编辑。编辑天天和文字打交道，近朱者赤，近墨者黑。在海量的阅读中，所思所想所感所悟，情不自禁地拿起笔来，忙里偷闲，把它形成文字。我这个人，一辈子不会喝酒，不会抽烟，连茶水也不喝，常年白开水一杯，十分知足常乐。有人说我的生活方式近乎苦行僧、清教徒，太亏待自己了。然而，我自己却不觉得。有时还会流露出一点孤芳自赏和沾沾自喜的神情来。此种生活方式，给我带来极大的好处，不受五花八门的应酬干扰，利用这些时间码几行文字，非常怡然自得。评论、散文、游记、人物速写、随笔、情感故事、电影故事、小小说，甚至诗歌等，林林总总，居然超过百万字。有些文章获过奖，有些文章被转载，有些文章被选入几本书中。还结集成书出版，自矜为是一个比较称职的编辑。

颂歌唱给《红旗渠》

——在林县采访与创作电影剧本回溯

我从旅游大巴的窗口向外眺望，朗朗晴空，巍巍太行，已进入林州（即过去的林县）大地了。爬过几道山梁，攀登上山腰间一个垭口，下车时，一块硕大的路牌突然出现在面前。路牌正中是一幅如诗如画的地图，上面赫然写着六个大字——“红旗渠全景图”，游客们不由纷纷驻足凝视。图中最亮丽最显眼的是一条水渠在巍巍太行的山腰间，左拐右弯出没于崇山峻岭之中，凡是可见的身段，多在悬崖峭壁的边沿，隐身之处依稀可见，有的在山背面，有的为巨石遮挡，但更多的是钻入长短不一的山洞，如同彩带，缠绕在高高低低的半山腰上，使群山突现生机与活力，更为壮美，更加动人。游人情不自禁地赞颂道：红旗渠真是“人工天河”，名不虚传。

这是我40年后重返红旗渠时，第一眼见到的“红旗渠全景图”，心潮澎湃，思绪万千。40年前在红旗渠采访与创作电影剧本的一幕幕往事，仿佛就在眼前……

1975年春夏之间，“文化大革命”还没有结束，厂里从大兴县黄村“五七干校”调回一些创作人员，一手抓革命，一手促生产，将停产十年的电影创作生产恢复起来。不久，厂里先后派出凌子风导演、秦汉导演、李保元编剧与我等人，前往河南林县深入生活并采访，准备创作林县人民修建《红旗渠》的电影剧本。直到1976年夏季的唐山大地震后，在断断续续近一年的时间里，三上三下红旗渠。凌子风和他的助手们亲身体验和感受到红旗渠的伟大，情不自禁地要为它唱首颂歌。

红旗渠是20世纪60年代中国农民用伟大的双手创造出的一个人间奇迹！越走近它，愈发惊叹它的浩瀚，它的博大，它的辽远，它的精密！它的工程复杂艰巨程度，在当时物质条件及生产力状况十分低下的情况下，简直是不可想象，不可思议，非人力所能及的！修渠的行动近乎狂想，然而完全是由于生存境遇所迫，完全是被恶劣的自然环境给逼出来的。生活在这块贫瘠土地上的林县人民，千百年来饱受干旱困扰，每逢大旱之年流离失所，逃荒要饭，已成家常便饭。几朝几代过去了，彻底改变老百姓生存状况的举措，历朝历代的统治者当权者都没有改变现状的作为，只有共产党领导的新中国，才能真正关心老百姓的疾苦，才能真正把人民的冷暖放在心上。只有共产党的基层领导干部，像修建红旗渠的领头人——县委书记杨贵那样，才能真正与人民同呼吸共命运，才能千方百计地想着彻底改变土地干旱面貌，兴建“引漳入林”（即红旗渠）工程，让人民真正过上好日子。

我们在凌子风导演的带领下，顺着渠道的走向，步行在渠墙上，用双足丈量它的每一块岩石，双眸凝视它每一滴珍贵的水滴。那时凌导演已是花甲之年，天天要在高悬于万丈悬崖上不足一米宽的渠墙上行走，那是十分危险的。从险峻的角度上来说，老百姓形象地把它叫作悬空渠、挂壁渠。最初，县里的同志不同意，说：“在渠墙上一失足，就会酿成千古恨，我们可承担不了这个责任。”可凌导演就是不改初衷，动情地说：“林县人民能在太行山的半山腰上，修成举世闻名的红旗渠，我们只在渠墙上走一走都怕危险，怎么能创作出反映林县人民战天斗地的电影剧本来？”就这样，他那高大的身影，一直倒映在潺潺流淌的渠水里。刚开始时，我们有意走在他的身前身后暗中保护他，被他发觉后，他却做出身体摇摇晃晃的危险动作吓唬我们，我们也就只好任凭“拼命三郎”我行我素了。

眼前的巍巍太行，脚下弯弯曲曲的渠墙，身旁滚滚流淌的渠水，俯视山下不再缺水的村庄与农田，我们打心里敬佩伟大的林县人民。

我们边走边采访。倾听过修渠模范人物路银、任羊成、王师存、郭新太、常根虎、韩用娣、郭秋英、王重阳等，讲述修建红旗渠的生动故事。他们都是普普通通的农民，为了改变家乡的面貌，焕发出无穷的力量，创造出人间奇迹，有81名民工献出了宝贵的生命。我们打心眼里崇敬他们，热爱他们。

冰凉的青灰色花岗岩，浸透着经久岁月铸就的霸气，寒光闪闪。

雨天混黄色晴天墨绿色的渠水，吟唱出劳动人民的古朴沧桑，嘹亮悠然。

贵如油的渠水啊，就从上游的山西浊漳河高处截来，按照河渠开凿出的走向，乖乖地九曲盘桓向河南林县大地下游流去。

沿途千万亩农田，得到了人工天河的灌溉与滋养，一片生机勃勃。

我们走过群峰耸峙的络丝潭，走过壁立千仞的青年洞，走过雄阔的分水岭……雄伟壮丽的红旗渠，仿佛一条人间天河，一条清丽的飘带，悬挂在巉岩壁立、万仞摩天的山间，盘桓于崇山峻岭之中，迤逦于奇峰幽谷之下。其势婉转舒展，其状宛若通天。天河一路跨省越界，源山西，望河北，奔河南，显王气，走龙蛇，威武不屈，气吞万里！走在红旗渠上，大有置身于天上人间之感。

红旗渠的每一处工程都有它自身的特点，都构成一个景观，令人唏嘘感动、叹为观止！林县人民跟大山较劲，跟老天爷叫板。在没有桥的地方架桥，在寸草不生、鸟飞不过、兔子不拉屎的悬崖峭壁上开山掏洞，凿壁穿岩。一条翻山越岭、绵延1500（包括无数条支渠）千米的人工天河，是用自制的炸药一炮一炮炸出来的，用冰冷的钢钎一钎一钎凿出来的，用剽悍的铁锤一锤一锤砸出来的，用太行山的花岗岩一块一块垒起来的。红旗渠啊，你流淌出的是一曲人类精神意志的坚强颂歌！

走在气势险峻的虎口崖下，真是胆战心惊。看红旗渠水从凹陷的山崖当腰穿流而过。仰望高崖，头晕目眩。只见那尖耸险崖刺破苍穹，崖头的巨石悬空向外突兀10多米，像往外伸出的张开的老虎嘴。它的脖子以下，怪石嶙峋，从喉结到胸腔一点一点往回收缩，上面的岩崖就形成一种奇怪的顶盖帽檐之势。红旗渠，则恰好镶在它凹陷的肚囊里。这样的位置，看起来十分令人恐惧，突起的帽檐巨崖似乎随时都能掉下来，一家伙把底下的人砸扁！即便是静止站立仰望，都会觉得眩目胆战。想当年，人们又是怎样炸开凿空它的肚腹，又用一块块崩下来的石头砌成拦腰弯曲的渠道？！稍有不慎，崖头震落，就有灭顶之灾啊！它的施工难度，由此可见一斑。当年的排险英雄任羊成，正是在这里，手握钢钎，腰系一根缆绳，在崖上飞来荡去宛如荡秋千，不断除掉被炮崩碎的极易滚落的石块。开山凿石的民工们，也都采取同样一种缆绳缠腰的凌空作业姿势，一锤一钎地凿，土炮一炮一炮地崩，震醒了沉睡的太行山。

迈步在红旗渠上，我们情不自禁地朗诵起毛泽东主席的诗句来：为有牺牲多壮志，敢教日月换新天！虎口崖的崖壁上，至今留有当年修渠民工的豪迈誓言："崖当房，石当床，虎口崖下度时光，我为后代创大业，不修成大渠不还乡"。人，不能没有信念，更不能没有信仰。有什么东西比信念更重要、比信仰更有力量？"虎口拔牙"的排险英雄任羊成，被滚落的飞石崩掉两颗门牙，把血水往口里一咽，仍然坚持战斗在崖壁上，直到将最后一块险石除完；修建红旗渠总干渠咽喉工程青年洞的300

名青年突击队员，在1960年那个自然灾害困难时期，没有粮，吃不饱肚子，就挖野菜、捞河草充饥，很多人得了浮肿病，仍坚持挖山不止。奋战一年零五个月，终于打穿了太行山腰，凿通了长616米，高5米，宽6.2米的隧洞，使渠水顺利流过。1973年全国人大常委会副委员长郭沫若为此工程亲笔题写了“青年洞”的洞名。

勤劳质朴的林县人们，历时10年时间，动用30万劳力，在无任何机械设备援助的情况下，全部是农民，完全是土法上马，靠手工原始劳作，一钎钎、一锤锤，硬是打造出举世无双的大型水利工程。到1969年支渠配套工程完工，共削平了1250座山头，开凿211个隧洞，挖砌土石达到2225万立方米。如果把这些石土砌成一道高2米、宽3米的墙体，可从哈尔滨修到北京再到广州，堪称一条新的万里长城。总干渠为70.6公里，另有分干渠、斗渠、农渠，全部相加总长达到2488公里。架设150多个渡槽，修建各类建筑体12000多座……红旗渠形成有效灌溉面积五十四万亩，解决了林县人民的吃水、用水问题，至今仍然是林州人民的重要水源、“生命保障”。更为可贵的是，形成了一笔千金难买的精神财富——“红旗渠精神”：自力更生、艰苦创业、团结协作、无私奉献。

周恩来总理曾自豪地对外国友人说，中华人民共和国成立以来，创造了两项奇迹，一个是南京长江大桥，一个是红旗渠。这些伟大的奇迹不管出现在什么年代，都是我们这个民族的骄傲，都是不可磨灭的历史功绩。

1974年，邓小平副总理带了十部电影纪录片，到联合国宣传新中国建设成就，第一部放映的就是《红旗渠》。

红旗渠，你是奔流不息滋养太行大地的生命之渠啊！我们虔诚地向这一块块坚硬的石头行注目礼，向悠悠的河水鞠躬致意！

红旗渠，你是人类精神意志的伟大胜利。你在用花岗岩的坚硬，在用滔滔不息的流水告诫我们说：人，总是要有一点精神的！

从1975年的春季到秋季，在半年的深入生活时间里，我们还亲身参加渠道维修的重体力劳动，凌导演像民工一样，扛上50斤重的水泥袋，频频往返于陡峭的山上山下，浑身灰土，与当地民工们打成一片。我们佩服得伸出大拇指，下意识地叫着他的外号：拼命三郎。

红旗渠的伟大工程，修渠英雄们的动人事迹，栩栩如生地活跃在我们的脑海里。

终于到了电影剧本构思阶段了。1976年8月5日，凌导演首次谈了对剧本的一些设想：红旗渠太伟大了，史诗性的写法才能体现。红旗渠修了十年，剧本时间跨度最好也是十年。主人公以修渠英雄任羊成的家史为线索。替地主家看井，半夜偷偷给穷人放水，地主发现，被赶跑。先在外流浪，后参加八路军，成为英雄。再后来回乡种地，参加修渠，又成为修渠英雄……北影厂领导非常关心红旗渠电影剧本的创作，于1976年1月12日，特派于蓝同志和马德波同志专程到林县进行指导与看望，并传达北京创作会议的有关精神。于蓝和马德波走后，我们进入剧本构思阶段。李保元与我，还有当年林县县委宣传部的干事张运山同志，共同创作电影文学剧本《龙腾太行》。渠名起名为天水渠，漳河改为龙河。主人公突击队队长叫高天水，指挥长牛云川，分指挥长常开山，当年在林县生活的作家华山同志，被“四人帮”迫害而躲避到林县的诗人郭小川同志，对《龙腾太行》剧本也出谋划策，帮助很大。初稿完成后，于7月7日，当年北影厂党委书记吴小佩，编导室负责人于蓝、胡海珠、申述，以及刘春霖导演、梁燕编剧等人，讨论了《龙腾太行》剧本。那时的创作指导思想是样板戏的“三突出”原则，觉得英雄人物不够突出，阶级斗争与路线斗争写得不够深刻。还有，拘泥于现实，虚构不足，很可能造成县里领导，省里有关领导，以及劳动模范们之间对号入座，因而引发他们之间的种种矛盾。指挥长的形象有县委书记杨贵的影子，而“文化大革命”中杨贵也受到了冲击。有一段时间，社会上曾经出现一些人否定和批评红旗渠的声音，说修建红旗渠是劳民伤财，不顾林县人民死活，领导好大喜功……再加之很快就粉碎了“四人帮”，凌导演又有了新的创作想法，就遗憾地搁浅了。

虽然《龙腾太行》剧本未能拍成电影，但这一次深入生活的经历，却使我们终生难忘，获益匪浅。

40年后重返红旗渠，更对林州人民刮目相看。当年的老英雄，有的不在了，有的还在为林州人民作贡献。我很想拜访当年我们采访过的现在还健在的修渠老英雄们。经过多方努力，只见到郭秋英一位老英雄。她已83岁了，身体还很硬朗。说起修渠的往事，还像当年一样滔滔不绝。

难能可贵的是，红旗渠建设不仅经受了50多年工程质量的历史检验，而且为林县培养了大批能工巧匠，成为全国各地城市建设的生力军。导游介绍说，如今100多万林州人中有60%的适龄劳动力从事建筑业，国民收入的60%来自建筑业，居民存款的

太行山上红旗渠咽喉工程青年洞

60%来自建筑业。这也是红旗渠建设所衍生出来当地人民“战太行、出太行、富太行、美太行”的发展战略规划。

2018年4月10号，从报道上得知，修建红旗渠带头人杨贵同志逝世了，很是悲痛。这时他生前最后一次接受采访时说的话，还清晰地铭记在我的脑海里。杨贵说：那时候的中国还很穷，国家拿不出多少钱支持红旗渠的建设。当时的全部投资是1.2504亿元人民币，国家给了4625万元，其余为县乡村自筹资金。县乡村的钱哪里来？就是全县人民省吃俭用，砸锅卖铁，一毛一块攒的。我可以打保票，1.2504亿元没有一分钱用在建设红旗渠之外。这一个多亿放到现在是个什么概念呢？2016年红旗渠获批国家5A级景区，门票100元一位。以每年200万游客的保守估计，一年的门票收入就是两个亿。而在当时，红旗渠带给林县人民的利益更是巨大，56万多人和37万家畜解决了吃水问题，54万亩土地得到灌溉，粮食亩产从20世纪60年代的不足百斤，到八九十年代的近500公斤，老百姓的吃饭问题一下子解决了。

此正是：

红日照耀太行山，
旗领万众历艰难；
渠成水如天上来，
赞作愚公千古谈。

（原载《广电老年》2018年第4期）

一次难忘的组稿经历

当编辑时，组稿过十多个电影剧本。但《雪山雄鹰》剧本的组稿经历比较特别。路程万里迢迢，在我的编辑生涯中，是仅有的一次，终生难忘。

1975年，北影厂停产近十年后，初步开始抓影片创作生产了。拍电影得有电影剧本，开展组稿工作被提上日程。在当时，组稿题材是革命英雄人物优先。是谁推荐创作藏族剿匪英雄七林旺丹的电影剧本，已经记不清楚了。

编辑部派李桦和我组稿这个剧本。我们搜集有关七林旺丹的事迹与材料。七林旺丹，男，藏族人，1935年8月出生，迪庆（现在的香格里拉）东旺人，1952年12月参加工作，1959年3月加入中国共产党。

七林旺丹是在平定剿匪叛乱中成长为英雄的。1957年初，康巴地区少数反动上层发动武装叛乱，战火蔓延到迪庆州。七林旺丹是民兵，家住东旺，那里地理位置特殊，形势十分严峻，中甸县委决定，由孙致和县长率领一支工作队进驻东旺侧庸，工作队员加民兵武装共80余人。3月11日，东旺通往县城的电话线被叛匪破坏，工作队与县委失去了联系。18日，叛匪集结近千人包围侧庸，切断了工作队驻地的水源，双方对峙，交战不断。28日，在万分危急的情况下，孙县长和地委委员和万宝等领导商量后，决定派七林旺丹和扎史翁博二人冲出包围圈报信，争取武装援助。七林旺丹接受任务后，把信缝在棉裤夹层里，带上领导交给他的十响枪和手榴弹，乘夜突围，取道约雅雪山赶往翁上。途中，扎史翁博千方百计诱骗七林旺丹，说想看看他的枪。说的次数多了，旺丹觉得老是拒绝不合适，因为两人同是送信的伙伴。当旺丹把枪交给扎史翁博时，扎史翁博立即露出凶恶的面目，毫不犹豫地向旺丹开了两枪，打中了旺丹的右手和腹部。七林旺丹忍痛大骂，抡起手榴弹自卫，扎史翁博以为要与他同归于尽，拿着枪撒腿逃走。旺丹吓跑扎史翁博后，发现右手被打断，腹部中弹后肠子都流出来了。突发这样的残忍事件，七林旺丹怎么也没有想到。一秒钟前还是同伴，一秒钟后成了你死我活的敌人。一秒钟前是行走如飞的壮小伙子，一秒钟后寸步难行，生命难保。22岁的旺丹没有忘记自己的使命，忍受着剧烈的疼痛，顽强地向着翁上方向，一步一步地爬行。鲜血染红了白雪，白茫茫的雪地上，留下旺丹爬行的痕迹。不分白天还是黑夜，不停地爬行。饿了就吞咽一口随身携带的糌粑（青稞炒面），渴了，嘴边就是白雪，只是冰冷彻骨。凭着顽强的毅力，像蜗牛一样爬了三天三夜，第三天上午爬到翁普附近，一位认识他的老阿妈发现了他，跑到区政府报告。七林旺丹经部队医院抢救，脱离生命危险。七林旺丹不顾个人安危，英勇顽强，血染约雅雪山，完成了突围送信任务，成为全国知名的民兵英雄，被誉为"雪山雄鹰"。

领导当时派李桦同志和我去云南组稿。李桦与我乘火车去云南，第四天才抵达昆明。当年的火车就是这样的速度。我们到了昆明，联系上云南作家李鉴尧，因为李桦与李鉴尧有过交往，比较了解。

经过交流，李鉴尧愿意接受邀请创作这个电影剧本。于是李桦和我顾不上在昆明多停留，三人整装前往中甸。中甸是迪庆藏族自治州的州府。从昆明到中甸，乘长途汽车，第一天到楚雄地区的南华县，约190公里；第二天到下关，即大理，约200公里；第三天到丽江，约210公里；第四天，住金沙江边土官村的鸡毛小店，约110公里；第五天到达中甸，约100公里。若从北京出发算起，旅途上就是9天，可谓长途险山漫道组稿路唉。

在中甸，凡是了解、熟悉七林旺丹的人，我们都进行采访。因为是藏区，我们三人都不会藏语，州府宣传部还得派翻译。我们很想到七林旺丹的家乡东旺去采访，被告知，你们三人在极其险恶的山路上行走，危险不说，七天的行程谁也吃不消。就是骑马也得五天，而我们都不会骑马。听说从中甸到旺丹的家乡还有七天的路程，惊愕得我们目瞪口呆。中甸州真是大呀，山高路险吓死人。我们自知自不量力，只好放弃，很是遗憾。

藏族人非常热情豪放，对他们的雪山雄鹰非常崇拜，感到自豪。旺丹是受苦受难的农奴，共产党来了，他才翻了身，成了捍卫新生政权的民兵。1959年3月，七林旺丹加入中国共产党。历任云南省委常委兼中甸县委书记，中共丽江地委第一书记，中共云南省委副书记兼迪庆藏族自治州委第一书记。是中共第九届、第十届、第十一届中央候补委员。

在中甸十多天，采访非常顺利。唯一感到不习惯或者说非常不习惯的，就是吃饭问题了。中甸海拔3500米左右，吃的牛、羊肉，煮沸多长时间也煮不烂，最多七成熟，我们嚼不动。青菜是吃不到的，因为压根就没有。顿顿饭都是牦牛肉炖萝卜，肉香扑鼻。我们只能吃点萝卜喝喝汤。十多天体重减少七八斤。但不觉得苦，反而感到很新鲜很有趣，因为从未有过这样的组稿经历。

还有一件更难忘的事，就是住宿金沙江边的那一夜。这家旅店就是一间大屋子，一个连通铺，拥挤着40多人，可谓人挨着人，翻个身都困难。这都不算什么事儿，拥挤得紧凑还暖和呢。最难容忍的，一是满屋充满牛羊膻腥味儿，憋闷得我们喘不过气来；二是被子脏兮兮的，一股腥臭味儿扑鼻，难以贴身。因为只此一家别无他店，三人像熬鹰一样坐在连通铺上耗时间。不能聊天攀谈，怕影响别人。耳听金沙江水奔腾咆哮，各自脑海里任它浮想联翩。熬到后半夜，又困又乏，怎么也得睡一会儿。三人一商议，各自拿出一件衬衫，包裹住靠脖子部位的被头，勉强瞌睡两个来小时。再次坐到长途汽车上时，不能像前几天那样观赏沿途的风景，而是闭目坐睡了。

离开迪庆返回昆明，又是五天。李鉴尧在昆明创作电影剧本，李桦和我返回北京。因路途奔波太长太久太累，李桦决定乘飞机返回北京。去时花四天时间，乘飞机只需三个多小时。旅途时间缩短了，但却遭到了批评，甚至是批判。那时坐飞机是很严格的，县、团级以上干部才有资格乘飞机，我们违反规定，当然要受到批评、批判。我们作了检查，并表示补偿机票钱。当年的厂领导还是比较宽容大度，没有收我们的机票钱，我们非常感激。

后来李鉴尧写出剧本初稿，定名为《雪山雄鹰》。厂里另派编辑人员去云南，他们是鲁军和王云龙。鲁、王二人又陪同李鉴尧赴中甸补充材料，对剧本进行了修改。不久后，鲁、王二人就回到北影，我才知道剧本创作中辍了。原因是，七林旺丹被造反派打成“走资派”，要打倒他。当年云南两大派武斗很厉害，死人伤人不少，身为省委副书记的七林旺丹，成为两派批斗的对象，所以剧本创作不得不停下来。

组稿工作就是这样，花费很长时间，历经千辛万苦，费了九牛二虎之力，编辑与创作者呕心沥血，结果却一事无成。这是常有的事情。反之，天上掉馅饼的事，也时常落到编辑们的头上。所以，有经验的老编辑总结说：组稿的成功率能达到三分之一或四分之一就相当不错了。这是经验之谈。

第三部分

岁月随想篇

岁月如流水，随想似水花。于是就有了此部分岁月随想篇。它可以说是我的业余爱好。在职时，不论工作怎么忙碌，只要有了灵感和思绪，千方百计挤出时间来，定要把它变成文字，直抒己见，一吐为快。特别是退休以后，更有时间读书了，有时间写作了，有时间旅游了，信笔记录一些随感，就成了我的钟爱。我没有什么娱乐爱好，不会跳舞，不会唱歌，不会下棋，不会搓麻打牌，更不沾烟、酒，连茶水也不喝，常年白开水一杯，十分知足常乐。有人说我的生活方式近乎苦行僧、清教徒，太亏待自己了。然而，我自己却不觉得，有时还会流露出一点儿孤芳自赏和沾沾自喜的神情来。把随时冒出来的思绪记下来，就成了我的娱乐活动，既轻松，又愉快，还惬意，可谓心旷神怡。

这部分中的岁月随想，题材广泛，内容丰富，色彩纷呈，包罗万象，可谓东鳞西爪，五花八门，是海阔天空的随想之笔。

有些篇章发表过，有些篇目就是写作玩儿的，打发余暇，自得其乐。有几篇还得过奖，有的文章被转载，有些文章被选入出版社选编的书籍中。

难忘北方农村吃百家饭

从北京电影学院毕业后，我被分配到北影厂工作。同时被分配到北影厂的有二十多人。导演、演员、摄影、编辑、录音等行当的人员都有。到北影厂后不久，这帮大学生被下放到延庆县农村劳动实习，亲身体验“锄禾日当午，汗滴禾下土”的辛勤农耕生活。

我们劳动实习的地方是延庆县高庙屯村和大榆树村，两村相邻，一东一西，属于塞外农村。我们在那儿劳动实习七个多月，每天与农民一样，日出而作，日落而息。

我们的领队张纯朴和邢培修是厂里特派的。劳动实习队的一切活动，都是他们根据国家有关规定落实执行的。二十八人的队伍，自己并不起火做饭，而是每天轮流到村民家中吃派饭。村屯干部总是安排到日子过得相对好一点的贫下中农人家“吃派饭”，“地、富、反、坏、右”的家庭不予安排，极其贫困的家庭也不安排“吃派饭”，并明文规定了每顿饭应付的粮票和饭费。依稀记得每顿饭付两角钱、四两粮票，吃完饭把钱和粮票放在桌子上。村民喜欢要全国通用粮票，有时也满足他们的需要。当时列出不许吃的几种较贵重的食品，诸如鸡、鱼、肉、蛋等是不允许吃的，因为村民们是吃不起这些食物的。1965年到1966年，还属于中国的困难时期，粮食匮乏，塞外农民日子普遍不富裕。我们每天吃的是小米粥、小米捞饭、白薯、土豆，蔬菜基本是萝卜、白菜、咸菜，连粉条和豆腐等都不允许吃。

刚开始吃派饭时，遇到一户人家的卫生条件很差，这倒没有什么可怕的，因为早已有了精神准备。但女主人把白薯端上饭桌时，她五个手指以上的部分黑乎乎的，不是一般的脏，而是脏得令我差一点呕吐。那时的思想觉悟还比较高，立刻觉悟到这是对农民的感情问题。毛主席在《在延安文艺座谈会上的讲话》中一段话言犹在耳：

“那时，我觉得世界上干净的人只有知识分子，工人农民总是比较脏的。知识分子的衣服，别人的我可穿，以为是干净的；工人农民的衣服，我就不愿意穿，以为是脏的。革命了，同工人农民和革命军的战士在一起了，我逐渐熟悉他们，他们也逐渐熟悉了我。这时，只是在这时，我才根本地改变了资产阶级学校所教给我那种资产阶级的和小资产阶级的感情。这时，拿未曾改造的知识分子和工人农民比较，就觉得知识分子不干净了，最干净的还是工人农民，尽管他们手是黑的，脚上有牛屎，还是比资产阶级和小资产阶级知识分子都干净。这就叫作感情起了变化，由一个阶级变到另一个阶级。我们知识分子出身的文艺工作者，要使自己的作品为群众所欢迎，就得把自己的思想感情来一个变化，来一番改造。没有这个变化，没有这个改造，什么事情都是做不好的，都是格格不入的。”（《毛泽东选集》第三卷，849—850页）毛主席的话教我正确对待脏与不脏的问题，立刻觉得自己并不比农民干净。于是，大口吃起又香又甜的白薯来。

半个世纪前的塞外农村老百姓，日子过得十分清苦，但民风淳朴。记得有一次吃派饭，我刚上到床炕（延庆农村的床炕，房间有多长，床炕就有多长，夜晚一家人都头朝外睡在床炕上。白天吃饭时，四方矮腿桌子放在床炕上，人盘腿坐在桌子旁进餐）上盘膝坐下。女主人麻利地端上饭菜，是玉米面煎饼和韭菜炒鸡蛋，香气扑鼻，但我旋即想到相关规定，立刻犹豫起来。迟迟不肯动筷，女主人温和地问：“咋还不趁热吃呀？”“我只吃韭菜，不吃鸡蛋行吗？”女主人好像知道我们的规定，痛快地说：“那好，咱按规定办，只吃韭菜不吃鸡蛋。”她说着拿起筷子假装把盘子里的鸡蛋拨弄一下，卷进煎饼里送到我手上，接着说：“鸡蛋是自家鸡下的，韭菜是自家种的，都不是买的，不算特殊招待。”其实，我看到她是把鸡蛋和韭菜一起卷了进去。如此这般，我也只好大口吃了起来，自然吃得很香。临走时，我把应付的两角钱餐费又加上了两角，将四角钱和四两粮票叠在一起放在桌子上。

高庙屯村农民的主食是玉米、小米、高粱、地瓜，加上一些其他杂粮。那时农民每年分配到的口粮十分拮据，很少人用纯玉米面做饼子，而是把地瓜晒干磨成的面掺到玉米面中，做成混合面的主食。男主人外出做工，哪家媳妇若是能给丈夫带上一个纯玉米面饼子，会被交口赞誉。我很幸运，吃过几次混合面的主食。更有口福的是，还吃过粘小米面蒸的粘小米面团子。在当年高庙屯村算是顶级主食了。芳香扑鼻，口感极佳，我非常爱吃，大口大口地连吃了两个。虽然没吃饱肚子，但不敢也不好意思再吃了。人家让我再吃，说是给你们这些大学生改善改善生活，你们来我们这儿劳动，生活太苦了。说得我眼泪湿润了眼睛。农民的心地太善良了。

在高庙屯七个多月，吃遍了每家的饭菜，可谓是百家饭。吃得与农民的感情越来越亲近了。

吃派饭中有个小插曲，简记如下：

我与关长珠、于震涛、鲁冬青四人同住一铺床炕，吃派饭时，有时一人，有时两人在一起。有一天，我与鲁冬青同去一家吃派饭。吃饭时这家的小女孩站在旁边观看。快吃完饭时，鲁冬青伸手摸了一下裤口袋，发现钱包没有了。就问身边的小女孩："我的钱包丢了，小姑娘你捡没捡到？"小女孩连连说："没有，没有。"孩子的爸爸对女儿说："丫头，你要说实话，捡到就交给叔叔。"小女孩抽抽泣泣地哭了起来。这时鲁冬青伸直腿下到炕下，钱从他的裤腿里掉到地上。原来钱包没有装进裤口袋里。我连忙说："乖孩子，别哭了，叔叔也没说你拿的呀。"鲁冬青也说："我就是问一句吗，是叔叔不好，别哭别哭。"事后，张纯朴、邢培修两位领队知道了这件事，赶忙到这家登门道歉。

如果说在高庙屯村吃派饭，吃的是劳动实习的派饭。那么，我们劳动实习队，还吃过另一种类型的派饭，可称之为流动演出队派饭。我们这帮劳动实习队队员，都是北京电影学院毕业的学生，专业有导演、演员、摄影、美工、录音、编辑等行当，组成一个小型演出队，到附近的村庄演出，丰富农村的文化娱乐生活，很受老百姓的欢迎。我们演出到哪个村，就在那个村吃派饭。这时的派饭，都比在高庙屯村吃的派饭要好一些。因为没有这也不能吃那也不能吃的限制了。所以，大家乐意演出。延庆与河北省相连，还被邀请到河北省的后城等地演出。当然也是吃派饭，人家就把我们当成客人招待了，吃得更好些，多日没尝过的鱼、肉菜肴也上了桌。

至于演出节目，自然靠自己改编、移植、创作。形式是多种多样的，有小品、歌舞、独唱、相声、山东快书、诗朗诵等等。我和霍庄共同创作一首朗诵诗，成为一个节目。可惜全诗后来丢失了。五十多年过去了，还依稀记得极少部分内容。我执笔的部分仍能记忆起一小段：

我们演出在塞外，
情满心呵意满怀，
新人新事新题材，
越演心里越痛快！

忆从前呵，怎能比现在，
古人旧戏拼命地排，
对人物我们根本不理解，
可是，我们还盲目地崇拜：
说什么，这才能衡量出艺术天才。
就这样，我们跟着剧中人，
生活在我们还没有出生的那个时代。

战斗的生活吸引我们到塞外，
新歌新舞新戏赶着排，
走千村呵，走万寨，
去占领山村的土戏台。

土戏台呵土戏台，
塞外的山坡上搭起来。
锦绣的山河呵，
你是最美丽的布景挂天崖。
连山的巨石呵，
你是最好的化妆台！
这样的舞台脚下踩，
革命的青春永不败。

朋友呵，

这不是什么奇迹，也并不奇怪，
英雄的人物就生活在我们的村寨，
他们的形象是那么可爱，
不把他们赞美，
就深深地感到，
我们愧对时代和人民的厚爱！
…………

霍庄执笔那一部分，我记得如下数行：

我同房东大爷同坐在炕桌旁，
端起了一碗小米干饭汤。
心里激动，
想起了“小米加步枪”。
端在手里不一样，
吃在嘴里格外香。
先辈就是靠了他，
打走了日本蒋匪帮，
才使贫下中农成了主人，
再没有人吃不上小米干饭汤。
…………

从我记忆起的这两节看来，我执笔的部分偏重于抒情，霍庄执笔部分侧重于叙述记事。从整体上看，风格不怎么协调。但在当时的演出效果却很好。后来高教部还让我们回北京演出，反应也不错。可能是内容适合当年的大形势。

除了吃派饭之外，也有自由改善生活的机会。那时，我们每一个月进延庆县城洗一次澡。来去基本就是一天，等于是放一天假，可以在县城里逛逛，买些生活必需品，进餐馆吃顿饭，没有任何限制了，怎么饕餮都可以。

光阴荏苒，劳动实习的时光已过去半个多世纪了，然而当年吃派饭的种种情景仍时常在我眼前浮现。我撒过汗水的高庙屯的土地，还想亲近亲近那熟悉的地方。

2017年9月12日，儿子带我去游览延庆千家店百里山水画廊。下午回城时，见路旁的路牌：高庙屯。我立刻对儿子说："这个村庄，我在53年前，大学毕业后，在此劳动实习近8个月，让我进村去转一圈。"我在那天的日记上写道：

进村转了一大圈，变化巨大，找不到原来的样子。很多旧院落破烂不堪，荒草萋萋，无人居住。我们居住的张大爷家，也找不到了。新房子很多，但盖得无序，没有统一的规划。还有几栋别墅，都是高墙大院，大门紧闭，无法进入。见到几个小姑娘小伙子，问五十多年前，北京城里二十多个大学生，在你们村里参加劳动，每天到各家去吃派饭，你们知道吗？他们异口同声地说不知道不知道。真可谓，"问当今之世，不知有汉，无论魏晋"也。见不远处站着一位老人，八十来岁的样子，当年与我们年龄差不多，急忙走上前去询问。老人耳朵太聋，大声说话他也听不见，很是失望。

离开高庙屯，时不时回眸凝望，往事如烟，仿佛又回到了五十多年前，心情久久不能平静。

在塞外劳动实习近八个月后，被厂里抽调到山西省长治县参加"四清"运动，成了一名"四清"工作队的队员。又开始在山西农村吃派饭了。

这里要说一下何为"四清"。四清运动是指1963年至1966年上半年，中共中央在全国城乡开展的社会主义教育运动。运动的内容，前期在农村中是"清工分，清账目，清仓库和清财物"，后期在城乡中表现为"清思想，清政治，清组织和清经济"。1965年1月14日，中央印发《农村社会主义教育运动中提出的一些问题》。这个文件是1964年12月中央工作会议讨论制定的。它纠正了在农村社教运动中打击面过大等问题。首次提出了要整党内那些走资本主义道路的当权派。文件规定城市和乡村的社会主义教育运动，后简称"四清"运动。

"四清"工作队队员，都到农户家吃派饭。这时的吃派饭，与劳动实习时、乡村演出时吃派饭大有区别了。吃派饭的内容变了，肩负着访贫问苦与调查研究任务，要把调查到的有关“四清”内容的材料及时记录下来，原原本本地向领队汇报。为做好“四清”工作，光靠吃派饭时不可能深入了解很多情况，还得跟农民一起下地干活。长治农村很少有耕牛，翻耕田地的活儿，还得靠镢头、镐头。那时我二十多岁，年轻力壮，跟农民一起翻耕土地。甩开膀子干，一天居然翻耕了一亩地，令农民老把式都刮目相看。当然，吃派饭的量也惊人，大海碗的面条吃了两大碗。山西人特别爱吃面食。而且吃饭的碗都是大海碗，乘满碗面食，托在左手掌上，到吃饭的固定聚会地点上去吃。都是蹲着吃饭，边吃边聊，张家长李家短，吃得津津有味，也聊得津津有味。吃的都是面条、面片、面疙瘩，唯一不同的是面上边那点菜码不尽相同。

在山西“四清”时，轰轰烈烈的“文化大革命”开始了。北京的报纸上刊登了批判“走资派”汪洋的文章。我们不可能继续留在山西“四清”了，要撤回厂搞“文化大革命”。我们回到北京一下火车，汪洋厂长就被当成走资派揪到社会主义学院去批斗了，这些事来得突然，惊恐得我们目瞪口呆，久久回不过神来。

到此，在塞外与山西吃派饭的日子结束了。几十年过去了，我仍难忘在农村生活与吃派饭的日子。

合影

母校80周年校庆，征集学子照片，本想寄去一两张，作为校志档案留存纪念，但照片要求是与社会名人政要的合影，顿时使我思绪万千。

我虽不怎么爱照相，但仍拥有许多合影。我的合影可以分为四部分：全家福合影、夫妻合影、亲朋好友合影、社交合影。对我来说，全家福合影，合的是纯洁浓郁的亲情，夫妻合影，合的是美好甜蜜的爱情，亲朋好友合影，合的是深厚的友情，至于社交合影，我一时说不出什么情结，只是人生途程中的一个瞬间凝固的痕迹。从情感上说，我钟情于前三类合影，它包含着人间各种最美好的情感。

对于四种类型的合影，不同的人有不同的感受与企盼。重亲情的人对全家福合影最为珍惜，它包容着血肉相连的血缘关系和亲情，这种亲缘关系是永恒不变的，因而是其他类型的合影所无法比拟的。全家福在世家中是可以永远珍藏下去的，它是最为直观形象的家谱。夫妻合影，尤其是结婚照，是爱情婚姻的历史见证，是两人情感世界中情投意合的爱情婚姻的历史存照。尽管有的会被新的夫妻合影所代替，但它仍是人生中一次重要的合影，在心灵深处会铭刻下深深的印迹和留下许多人生感悟。亲朋好友间的情谊，在人的一生中非常弥足珍贵。诚挚的友情能弥补残缺的亲情，使人感受到社会大家庭的亲切和温暖。社交合影比较复杂，变数最大，不是几句话能说清楚的。有与名人政要的合影，并不表明他们之间存在什么特殊关系，甚至名人政要也不知道合影者姓甚名谁，更谈不上什么深交和友谊了。合影只说明与名人政要曾在同一个场合活动过，是社会活动的一次记录而已。当然，你与名人政要确有过从甚密的关系，那就另当别论了。

与名人政要的合影，成影的情况各不相同，合影者的目的也大相径庭。有的人是生活和工作给了他们合影的机会，他们用平常心态对待之，把这种合影当成自己影集中的一部分。他们有自己的人格和自尊，不愿意沾名人政要的光，依靠自己的本领和才能去生活和工作。这是诚实本分的人。但生活中确有另类人，他们热衷于与名人政要合影，千方百计寻找这样的机会，不顾一切地钻到名人政要的身边，抢拍下一张张合影。一旦得之，如获至宝，高悬于厅堂醒目之处，让人举目就能投过去惊羡的目光。借名人政要的光环照亮自己，会得到许多名利和方便。不难看出，这种合影的功利性大于其他一切合影，自然被某些人视为珍宝。

拥有与名人政要的合影，似乎是身份和地位的象征，普遍被人高看，被人羡慕，甚至有几分崇敬。说句宽容体谅的话，就是有人用它去炫耀自己，满足一下虚荣心，也是可以理解的。然而，有的人却心怀叵测，用与名人政要的合影去招摇撞骗，达到自己朝思暮想垂涎欲滴的目的，那就危险了。名人政要是公众人物，有社会影响，别有用心的人看重的正是这一点。这是其他合影所不具备的社会功能。这种人在当今社会中是大有人在的。拿着这样的合影去骗财骗色的案例屡见不鲜。一个男子用与某著名导演的一张合影为诱饵，吹嘘自己跟这位导演的关系“特铁”，正在替他挑选女主角，结果，使得三位一心想做影视演员梦的如花似玉的女孩上了当，除了被骗去三万元钱外，还一个个贡献了贞洁的处女身；一个北京女孩，凭一张合影，冒充高官的“干女儿”，走南闯北，被当贵客接待，骗到两百多万元资金；只有小学文化的一个农民，凭着一张与中央领导的假合影，编造出子虚乌有的机场工程，诈骗千万元之巨。更有离奇的另类病态合影，令人震惊。

合影是瞬间人际关系的历史定格，合影本身不会再有变化，可合影中的人物却是随着时间的流逝在变化着。所以，合影是定数与变数的结合体。全家福与亲朋好友的合影变化较小，因而合影永远有留存在影集中的价值。夫妻合影虽然新的代替旧的数量在增加，但破裂的是爱情，离婚后不少人仍然是很好的朋友。而与名人政要的合影，一旦起了重大变化，恐怕就没有保存的价值了。以前可以夸耀显摆的合影，如今非但不愿提及，而且生怕人家哪壶不开提哪壶。我认识的一个人，有与央视晚会“名导”和“歌词怪才”的合影，在两人被判刑后，他把照片的另一半给剪掉了。

合影是当代人生活中不可或缺的一部分。过去因受种种条件的限制，很多人一生也没有留下几张合影，成了永远无法弥补的遗憾。在亲情人情友情有所淡漠的今天，多留下些合影会终身受益。合影是生活和情感河流中瞬间定格下来的一个个凝固的旋涡，每当你翻阅它的时候，逝去的岁月之河又会流淌起来，使你回忆起多彩多姿的往事，带给你无穷的温馨甜蜜与欣慰。

写到这里，突然想起一种极为罕见的合影——“人造合影”。顾名思义，合影本身并不存在，是人为捏造出来的。这样的“合影”在苏联早期就发生过。斯大林为了登上苏联最高领导人的宝座，在列宁逝世后，把自己的形象拼贴到列宁的身旁，形成一张斯大林理所当然地成为列宁接班人的粘贴“合影”。

随着科学技术的发展，特别是电脑合成技术的普遍应用，拼贴出一张“合影”照片来，已经成了轻而易举的事情了。那些根本无法拥有与名人政要合影的而又心怀叵测的人，为了达到骗人的目的，用电脑合成出伪“合影”来，也已经粉墨登场了，善良的人们应提高警觉，防止上伪“合影”的当。

无论是换头术“合影”，还是粘贴“合影”，进而电脑合成“合影”，只有极少数别有用心的人，才会干出这种令人不齿的勾当。

一切伪“合影”，都会被人讥讽怒骂和唾弃，终将成为历史的笑柄。

常回家看看，就会多几张全家福。夫妻合影，别见异思迁喜新厌旧，要及时拂去尘埃，保持干净和纯洁。亲朋好友要多联系多走动，使友谊与日俱增。与名人政要的合影，有之不张扬不显耀，无之切勿刻意去追求，顺其自然。伪“合影”，善良人们的影集中不会有它的栖身之处，但防范之心不可无。

（原载2004年2月22日《北京日报》）

情书与电话

说到情书，人们自然而然就会想到中国历史上那些古老动人的情书，以及由这些情书反映出来的美丽感人的爱情故事。如《诗经》中首篇《周南·关雎》，毫不夸张地说，可以称得上是最为古老的情书。特别是那开头的“关关雎鸠，在河之洲，窈窕淑女，君子好逑”四句，流传千古，脍炙人口。再如大诗人陆游的那首写在墙壁上的情书《钗头凤》，什么时候都令到绍兴沈园游览的男女为之陶醉和倾倒。再如，李清照的许多首词，不啻写给赵明诚的情书。试想，如果《关雎》《钗头凤》和李清照的词是在电话上传递的，那就不可能留传下堪称经典的情书了，也就没有流传千古的爱情故事了。

在没有电话的漫长时代里，情书一直是谈情说爱过程中充满激情和浪漫的情爱信物。在电话还没有普遍进入千家万户的时候，男女谈恋爱时交流与传递情感的主要方式，除了约会之外，情书仍然是恋情生活中不可或缺的一部分。

情书，是男女之间真情、恋情、纯情、热烈爱情的抒发，是两情相悦时迸发出来的心语与情话的结晶。可以说，凡是有点文化的人，在谈恋爱或长或短的恋爱过程中，都会留下或多或少的情书。这是两个人情感世界中最真诚、最宝贵、最有价值的爱情见证物，是曲折婉转情感历史的永恒档案，是任何其他爱情信物和转瞬即逝的口头海誓山盟都无法比拟和代替的。情书是两个人爱情生活中的隐秘，永远铭刻在心中，并终生精心珍藏。在闲情逸致和遇有纪念意义的节日时，特别是在晚年厮守相伴的日子里，情书时常会被捧在手上，一见到那熟悉的字体，过去那一幕幕动人的甜蜜的情景，就会浮现在眼前，让你又回到年轻的时代，使一生的精神生活和爱情生活更充实更美满。情书这盆燃烧着的爱情之火，永远烘暖着两颗相亲相爱的心！

然而进入信息化高度发达的当代，情书遇到电话的严重挑战。情书越发被电话所取代了。现在的年轻人，从谈恋爱到结婚，在短到几个月长到几年的时间里，没有写过一封情书的人大有人在。他们除了花前月下的卿卿我我、缠缠绵绵之外，谈情说爱都是通过热线电话传递的。不管恋人是远在天涯海角，或是在地球的另一面，也不管每分钟要花多少电话费，照煲恋爱“电话粥”。当代的年轻人为什么不写情书只打电话呢？有的回答说：“写情书费时间，打电话既便捷又方便。”有的说：“现在是信息时代，情书该淡出历史了。”

情书和电话，并不单单是“费时间”“淡出历史”与“便捷方便”的问题。诚然，现在的年轻人，为事业，为金钱，大多忙得昏天黑地，精疲力竭，时间对于他们来说是非常宝贵的，这是不可否认的事实。如果为获永恒的美好纪念，留下恋情的纪念档案，自然会有时间写情书。电话方便是方便了，但它只能是过眼烟云，只能是肥皂泡，放下话筒后，千言万语的情话荡然无存。其实，很多情话是不适合在电话上传递的，最纯洁、最深沉、最真挚的话语，只适合在情书中表达。至于说费时间，打电话消耗的时间，一点也不比写情书少，甚至是更多。谁家的儿女在谈恋爱，谁家的电话费就直线上升。不少人家，晚上的电话被谈恋爱的儿女给承包了。所以，晚上给谁家打电话，若长时间打不进去，除了电脑上网之外，不用问，这家的孩子准在热恋之中。令人费解的是，煲恋爱“电话粥”，一煲就是一两个小时也不嫌长，而写情书，费时更少却懒得动笔。这是情书在当代的无奈与尴尬。须知，用煲恋爱“电话粥”的一部分时间来挥毫抒写，几页纸的情书都跃然纸上了。

情书留下永不消失的恋情历史，它是两个人用全部的爱，共同创作的最真实的言情“小说”、言情“电影”、言情“电视剧”，随时可供欣赏与陶醉。而电话传情，留给两人的只能是一张曝了光的空白底片。所以，有人把情书和电话分别比喻为“永久”牌与“飞鸽”牌自行车，是非常形象生动贴切不过的。

写情书能促进恋人们的读书与学习。严格意义上来说，写好情书也是一门学问。要把情感和心声，用文字传达给恋人，就要动一番脑筋。过去很多恋人为了写好情书，认真地阅读中外古今名著，既增长了知识，又提高了文学修养，还留下充满文学韵味的情书，实在是一举多得的事情。

中外名人留下不少情书传给后人。鲁迅和许广平的两地书中，有许多是属于情书性质的。钱钟书与杨绛夫妇，沈从文与张兆和夫妇……都留下了一些令人称道的情书。我们敬爱的周恩来总理和邓颖超，在青年时代是“通过通讯相爱”的。那时周恩来在巴黎，两个年轻的革命者靠传递情书建立了爱情关系，结为终身伴侣。

现在的青年男女，当然不能要求他们像先辈那样写下革命加爱情的情书，更不期望他们像徐志摩与林徽因、张幼仪、陆小曼那样留下浪漫的爱情诗篇。时代发展了，家里有了电话这种快捷方便的传递工具，当然要为年轻人谈情说爱服务。然而，不应该有了电话而抛弃情书 。恋情电话可以经常打，情书也应该经常写。电话与情书的关系，不是电话代替情书，而应该是电话与情书互补，传统与时尚结合，这种丰富多彩与时俱进的恋爱方式，是前人所无法享有的。

吃饭，看电影，泡酒吧，旅游，电话，上网……这些现代恋爱方式我们全都拥有的同时，应重拾情书传统，让爱情留下隽永的痕迹，这将是终生都享受不尽的情感财富。

古训曰：“少壮不努力，老大徒伤悲。”恋人们应从这句古训中得到启迪：今日无情书，日后定后悔!

（原载1997年12月9日《北京日报》）

人情与职称

人情与职称，本来是风马牛不相及的。可在特殊情况下，人情与职称就产生了剪不断理还乱的密切关系。

自“职评”工作开展以来，它所取得的巨大成绩是有目共睹的，得到了广大知识分子的欢迎。但也毋庸讳言，“职评”工作中还存在着一些不可忽视的问题。笔者参加过高级职称的评聘工作，对其中一些难以评定的棘手问题略知一二。人情职称就是其中的一个方面，必须引起足够的重视。

人情职称，在以下三种人身上，表现得尤为突出：

一是得了绝症之人。

当今的绝症，莫过于各种各样的癌症病人。一些知识分子当然也在劫难逃。面对这样的职称申报人，评委们就是铁石心肠，也会油然升起恻隐之心。已经是病入膏肓的人了，幸运的一两年，不幸的几个月后，他们就不在人世了。盖棺时还没评上高级职称，大有死不瞑目的悲壮感和带入黄泉的遗憾。每当遇到这种情况，评委们的心情难以平静，投票时真不忍心在人家名下打×字。仿佛这样做，自己的灵魂也会感到不安。一般说来，绝症病人的职称是好评的，基本上不会产生激烈的争论。评上后，也听不到来自群众方面的不同意见，倒是称赞评委们通情达理之声萦绕于耳。

按理说，绝症是不需要也不应该“申报”的。一旦拿到评委中来广而告之，就会激荡起情感的波澜。这时，理智和原则往往显得苍白无力，甚至被认为是不道德的。于是，人的感情就成了评定职称的天平了。其实，评委们和称赞评委们通情达理的群众，每个人心里都明镜似的，但谁也不做那出头的椽子。这是人情职称中难以逾越的“鸿沟”。

二是已届离退休之人。

面临离退休的知识分子，他们勤勤恳恳地为党为人民工作了几十年。他们的知识、才华，没赶上获取物质利益的改革开放年代，一生清贫。到即将离开工作岗位时，想带走一个满意的职称，怎么说也是不过分的。中青年知识分子，来日方长，还有许多评职称的机会。而他们呢，只剩下这最后一次机会，过了这个村，就没有那个店了，千方百计想搭上“职评”的末班车，当然也是人之常情，无可厚非。

作为评委，面对这种情况，也是寄予无限同情的。不过，同情中也有歧义。有的认为要坚持原则，合乎条件的就评，不合乎条件的决不降低标准迁就；而有的则认为，有些条件本身就有弹性，只要不是差距太大，就宜宁上勿下。这时“宁上”和“勿下”的把握，就全取决于人的情感了。评定的结果，情感自然向“宁上”一边倾斜过去。人情，在即将离退休人员的职称评定中，是无法绕开和回避的问题。所以，人们就总结出一条经验来：职称评定，是离退休前最后一次良机，千万不能错过。

三是人才流动之人。

现在的人才流动非常频繁，这给“职评”工作带来了新问题。人才流动到新单位，人家不胜了解，评审起来很难如愿以偿。而原单位呢，因你已不再是人家的人了，当然有理由不再评聘你。这样就产生了原单位代评后转给新单位确认的政策。政策无疑是好的，有利于流动人才的“职评”工作。但一利也同时带来了一弊，这就是无原则地送人情。

代评，既不占原单位的指标，也不用给被评者提级加薪。都曾是老熟人、老同事，甚至当过上司，低评了怎么拿得出手，送得出去？既是送人情，就不能小里小气。于是，高级职称就被当成人情，一个个被赠送出去了。如连副教授职称的标准都不够的，被代评上教授职称；不是从事某项专业的，被代评上某项专业的高级职称……笔者就听到过和亲眼看见过这样的例子：一个剧本也没有写过的，被代评为一级编剧。连一部影片和电视剧都没有导演过的，被代评为一级导演。乍听起来，这样的事好像是天方夜谭。然而，它却是存在于你眼面前的现实。代评的单位，把充满温馨的人情送出去，视为仗义对得起被代评者了。至于接受单位承不承认，那就不是他们的事了。即使不被承认，被代评者照样打心眼里感激他们。

代评，首先是评。既然是评，就是有条件有标准的，绝不能无原则地奉送。评职称，评职称，一旦放弃了评，这样的职称还有什么意义呢？拿职称送人情，既亵渎了评职称的严肃性，也失去了评职称的意义。如此慷慨地赠送人情职称，是对国家和人民的极端不负责任，对被赠送者也是一种腐蚀和毒害。

人非草木，岂无人情。对知识分子来说，似乎更赋有人情！但这种人情，不应该无原则地用在职称上。人情一旦浸入职称中，这样的职称就难逃假冒伪劣之嫌。看来，打假行动也应该进入人情职称的评聘工作中了。

（原载《电视·电影·文学》1999年第2期）

麻雀与空调

麻雀与空调，本是风马牛不相及的。可是我家的空调，却与麻雀结下了不解之缘。

话还得从1996年初夏说起。当第一个热天到来的时候，我欲启用空调。在我取下空调罩套的一刹那间，我被惊呆了：在室外机靠墙一面的右下角空隙处有个麻雀窝，窝中毛茸茸的细干草上，躺着六个麻雀蛋。麻雀巢筑到我家的空调机里，我怎么也不会想到。千古未闻的事，今天让我亲眼见到了，一时高兴得像孩子似的欢喜雀跃起来。

一阵惊喜之后，一个现实的问题摆在我的面前：享受空调的凉爽惬意，还是呵护六只小鸟的生命？确实没有经过什么激烈的思想斗争，就决定不开空调了。我盼着麻雀妈妈的光临。可它老是站在不远处的电线上，望着自己的爱巢，叽叽喳喳地叫着，就是不敢飞进巢里。我爱人说："还得把空调罩子罩上，恢复原来的样子，它才敢进窝。"我觉得爱人的话说得有理，就把空调罩子又罩上了。果不然，它看一切都恢复到原来的模样，很快就钻进窝里去了。

空调机就在窗外，麻雀的行踪尽收眼底。很快我就发现，只要它看见屋里有人，就站在电线上或树枝上窥视，直到确认屋内无人时，才闪电式地钻进巢里。为了不使它在孵化孩子过程中天天担惊受怕，我和妻子商定，整天拉上窗帘，给它创造一个自由自在的环境。从那以后，我隔帘听着它叽叽喳喳的欢叫声，它却再不怕我去惊吓它了。

那半个多月里，天还特别热，好像存心跟我过不去似的。我天天盼的就是两件事：一是阴天或雨天，气温不要猛升上去；二是麻雀蛋早日孵出雏雀，早日飞出窝去，把空调还给我们。

受点暑热倒没什么，过去没有空调的日子，不都过来了吗。最令我伤心的是流言蜚语。说我整天拉上窗帘，准是在搞那见不得人的丑事。因为我爱人恰在这时出差，给流言提供了根据。哎，为了这窝麻雀，什么天热，什么流言蜚语，我都不管不怕了。保护鸟类，保护动物，保护环境，人总得要做点牺牲，做点贡献。

一天，儿子浑身汗淋淋地回来，进门就找遥控器，要开空调纳凉。我说明了情况，让他就委屈一下吧。他说："麻雀的天地在树林间，怎么能让它占领空调呢。这种小鸟千千万万，就缺少这几个？再说，又不是我们去威胁它，而是它影响了我们。"

我说："雏雀的翅膀越长越硬了，眼看就要出窝。半个月都等过来熬过来了，不能到最后关头功亏一篑，前功尽弃啊。"

儿子理解我的爱鸟行动，但受不了难熬的酷热，饭也没吃几口，就回自己家去享受空调了。

结果当然是大自然中又多了六只麻雀。

去年六月下旬，北京的天气又突然热起来，我又取下空调罩。让我惊异的事，又一次展现在我的眼前：麻雀又在空调机里筑起了爱巢。所不同的是，这个窝里比上一次多了一只麻雀蛋。是同一只麻雀依恋故地，还是别的麻雀另觅新家，我就不得而知了。因为我没有仔细端详过那只麻雀妈妈。不管是老朋友还是新朋友，爱鸟之情之心依旧，马上又罩上空调罩。结果自然是又忍受了二十多天的炎热。

麻雀连续两年依恋我家的空调，使我不由地浮想联翩。它寻觅空调筑巢，大概也是出于无奈吧。千古以来，茂密的丛林，一直是鸟儿安家落户繁衍子孙的地方。而如今的北京，随着高楼的急剧增加，鸟儿活动的树林绿地也就越来越少了。原始的生存环境遭到破坏，它也只好硬着头皮大着胆子，来尝尝都市现代化的滋味儿。其实，空调机一角那小小的方寸空间，绝不是麻雀筑巢最理想的地方。

麻雀是最喜欢与人类相处的一种野生小鸟，早在宋代就有了以画瓦雀出名的画家。瓦雀，顾名思义，它与民居密切相关。北方人把麻雀又叫家雀，也说明了它与人类亲近和友好相处的关系。我老家在苏北农村，过去都是土房子，麻雀就在农家房檐下筑巢。它频繁地飞来飞去，从不怕人，也很少有人去伤害它。特别是在早晨，当人们还没有起床时，它就在房檐下、窗前的树枝上，叽叽喳喳叫个不停，仿佛是在唱一曲优美动听的晨曲催人早起。如今的北京，想躺在高楼里的床铺上，听听窗外麻雀的叫声，这样的奢望已越发难以满足了。在一个个一片片高楼林立的住宅小区，基本上已寂无鸟鸣了。你说怪也不怪，1958年除“四害”，全民齐上阵，轰赶得麻雀连藏身和落脚喘口气的地方都没有。就这样也没能把它消灭掉。给麻雀“平反”已近五十年了，它非但没有繁衍成灾，反而芳踪稀少了。这不得不引起我们的深思。人口的膨胀，鸟类的自由天地日益缩小；手持气枪打鸟取乐的人越来越多；关进笼子里失去自由的鸟儿与日俱增；餐桌上的飞禽美味菜肴，招引了很多食客；农药鼠药毒死的鸟类，更是数以万计，万万计哟……面对这种种灾害，我们要更加千方百计地保护鸟类。中国野生动物保护协会一位官员说得好：“鸟类对我们人类来说，是做出了很大贡献的。鸟类是人类的朋友，是大自然不可缺少的组成部分，随处都能见到它们的踪影，也正是它们把我们的生存环境点缀得多姿多彩，显示生机勃勃的景象。”

确实，假如没有鸟类，人类活在这地球上，会感到难以忍受的寂寞和孤单。因此，我欢迎麻雀年年来我家的空调机里筑窝，尽管它筑得不是地方。

今年夏天快要到来了，麻雀会不会第三次青睐我家的空调，我翘首以待。

（原载1998年10月2日《北京晚报》）

废话养老

何谓废话？就是没有用的话，或失去原来作用的话。

废话对在职的人来说，用处不大，甚至产生负面效果。可对离退休养老的人来说，废话的作用就大了去了。一言以蔽之，废话能养老。

人活着总得说些废话，不能废掉，还得说。之所以废不掉，皆因废话有时也有用。

人在职时、为官时、当权时，说的话当然管用，不是废话。如招聘谁不招聘谁，提拔谁不提拔谁，调动谁不调动谁，辞退谁不辞退谁……诸如此类的话，句句都管用，就不是废话。但人不可能都说有用的话，总得说些无用的废话。所以诗人、散文家、学者朱自清说，生活中“得有点废话，我们才活得有意思”。

可人在离退休之后，进入养老阶段，就不需要说司空见惯的套话、空话、大话等废话了。养老的老人，没有在职时的人事工作交往，时过境迁，原本有用的话，如今也成了无用的废话。可以说，养老的老人，在一些场合说的话，都属于废话。然而，这时的废话倒不是废话了，成了“有意思”的废话了。养老的老人，除了物质生活的保障之外，也需要精神生活的慰藉。废话就被派上了大用场。无论在家里还是外面，无论是老友聚会还是扎堆聊天，说说废话，就会心情舒畅，心旷神怡。

有些鳏寡孤独和空巢老人，连说废话的对象都没有，寂寞无语守空巢，这是老年人晚年生活的大忌。

我们小区的一帮老年人，爱在小区活动站和小亭子里海阔天空神聊，敞开胸怀，侃侃而谈，倾吐心声，其乐无穷。其实他们说的都是废话。但老人们异口同声地说，废话能养老，话聊胜过药疗。可不是嘛，这帮废话连篇的老人们，个个鹤发童颜，精神矍铄。

我看过一则资料，说爱尔兰人喜欢说废话。在地铁里，在公园里，在剧场前的队伍中，总有人在热情地交谈，别以为他们是熟人，其实是萍水相逢，互不相识。聊完废话后一声拜拜，就各奔东西。他们有句流行语叫“没废话不精彩”。这话正好验证了我们小区那些爱说废话的老人们的精彩生活！

对老人们来说，废话为何反而“精彩”呢？原因很简单，因为废话是在宽松自由、无拘无束的环境中说出来的肺腑之言，真实可信，没有任何功利色彩，使身心舒畅，痛快自如。老人们要的就是这种心情。

大学时的同窗，同事时的挚友，朋友群中的新老伙伴，常常在一起聚会。同窗聚会，说的尽是当年师生之间的情缘。同事聚会，话题都是工作中的陈年往事，往事不再如烟了，仿佛又回到往事中狂欢了。朋友群聚会，尽是当今世界与社会上的热门话题，没有在新时代中落伍。每次聚会，除了极少极少的新的话题之外，绝大多数都是陈芝麻烂谷子之类的老话题，有的也不知道炒来炒去多少回了，算是废话中的废话了。可每次聊起来，总是津津乐道，有滋有味，心里舒坦。每次聚会最后举起茶杯、酒杯，大家齐声道：“为今天满杯满碟满桌废话干杯！”

（原载《广电老年》2012年第6期）

日本中老年妇女的打工生活

到日本旅游，接触日本人最多的地方，自然是集中在旅游景点、下榻的酒店、就餐的饭馆以及休闲娱乐场所。我惊人的发现，这些地方的服务人员，绝大多数是中老年妇女。她们或身着传统的和服，或穿着统一的工作服，淡妆淡抹，形象得体，笑迎八方宾客。这和我在国内看到的服务人员大相径庭。在国内，这些地方的女性服务人员，绝大多数是青春年华的女孩子，而且特别注重容貌，以此愉悦客人的眼球，好招财进宝。这种现象还被称之为美女经济。面对如此巨大的反差，怎不令人思索：日本的服务行业难道就不注重青春靓丽形象，一股脑儿地把本应该在家颐养天年的中老年妇女，直接推到顾客的面前，莫非世间还有“人老珠黄经济”不成？因而引起我探究的兴趣。

如今的日本中老年妇女，相当一部分都是家庭妇女，几十年间勤勤恳恳地操劳家务，抚养子女，侍候老公，成了她们的全部职责。她们没有工作没有收入，而能恪尽职守，全心全意地在家相夫教子，这与社会保障妇女经济权利有着密切的关系。从表面上看，家庭妇女是依靠老公的工资生活的，但实际上，却是家庭主妇掌握着家庭的经济大权。这是怎么回事呢？原来，为了保障妇女在家庭的经济权利和地位，政府规定，丈夫的工资收入，打入妻子名下的银行卡里，丈夫花钱得向妻子伸手索要。在男主外女主内的家庭分工与分配模式中，男人的工资中包含着女人的隐性工资在内。如遇婚姻变异，日本妇女的财产权利能得到充分的保证。这与中国没有经济收入的家庭妇女截然不同。中国没有经济收入的家庭妇女，如遇婚姻变故，往往经济权利得不到保障，因为妻子往往不掌握老公的经济状况，法律想保护弱者也无能为力。

正因为以上的原因，日本的中老年妇女，在丈夫没退休时，她们能全心全意地相夫教子，基本上不担心自身的后顾之忧。待到丈夫退休了，她们就获得了家庭的解放，不用再禁锢在家中。我看到的那些中老年打工妇女，就是属于解放了的一族。只要她们的身体还好，即使六七十岁了，也不愿赋闲在家，情愿出来打钟点工。这也是由日本的国情所决定的。日本妇女只承担抚育自己的子女和侍候丈夫的义务，对于第三代，她们基本撒手不管，就像她们当年抚育自己的子女一样，让她们的子女去抚养他们自己的子女。在日本的家庭中，这是普遍存在的社会现象，大家都潜意识地遵循着。子女也不依靠父母给自己带孩子，像父母抚育自己那样去抚育自己的子女。这似乎形成了传统，延续相传。这与中国的国情和传统正好相反。中国的爷爷奶奶们，把培养第三代的重担，心甘情愿地挑在肩上，当成是自己的天职。而身为人父人母的子女，也依赖父母为他们带孩子，这仿佛是天经地义的。更有甚者，岂止把自己的孩子推给父母抚育，自己还心安理得地成为“啃老族”。正因为有这样的天壤之别，日本中老年妇女才能走出家门，像中国年轻的女孩子那样打工挣钱，使自己的晚年生活过得很充实很有意义。在日本期间，我没见过爷爷奶奶们接送孩子上学的队伍。巧遇目睹过两次小学生放学时的景象，他们排着整齐的队伍离开校门，校门口没有一个家长的身影。汽车遇上这些学生，主动停下来，让他们优先通过。在乍暖还寒的三月，孩子们还身着短裤，在寒风中毫无畏惧，欢欢快快地走回家去。以短裤抵御寒冷，我们都感到有点儿心疼。可导游告诉我们，日本的孩子都是这样，这是一种锻炼。

日本的中老年妇女，都是打钟点工，一天几个小时，在身体能胜任的时限之内。一小时的工资大约在800日元至1000日元之间，约合人民币六七十块钱。试想，她们不再为第二代和第三代操心了，丈夫退休后仍有自己的生活圈子，特别是泡酒吧，几乎成了日本男人的一种爱好，妻子是管束不住的。妻子独自在家，连个说话的人都没有，自然寂寞难耐。每天能出去打几个小时的钟点工，在忙忙碌碌中融入社会生活中，自然比独自闲待在冷冷清清的家里快活得多。

日本中老年妇女迈出家门打工，绝不是一厢情愿的事。社会为她们提供了优越的条件。同样的工资待遇，国人优先于外国人，中老年妇女优先于年轻人。违者将受惩罚。用人单位也愿意聘用中老年妇女，相对而言，她们的薪酬略微低些，对用人单位有利。而更主要的是，她们对待工作非常认真、细致、周到、热情，顾客的满意度极高。

按照我们现如今的观念来说，中老年妇女已经人老珠黄了，不适宜在服务娱乐行业工作，这些场所是青春靓丽的女孩子们的天下。在我们相当一部分服务娱乐行业中，还热衷于打情色诱惑的牌，以此吸引人们的眼球。在招工时，往往有身高和年龄的不合理要求，绝对把中老年妇女排斥在外。而在日本的服务娱乐行业中，没有年龄的限制，也不以情色诱人，人家打的是服务质量的牌，以高质量的服务标准满足于客人。这就是日本中老年妇女能在服务娱乐行业中占据主要地位的原因。这经验是不是值得我们学习呢？

（原载2007年1月26日《北京晚报》，后被多家报刊删节转载）

熟识的陌生人

看了这个题目，你也许会觉得奇怪。既然是熟识的人，怎么会变得陌生呢？说来倒也简单，就是照相给闹腾的。

小段，从小我看着他一天天长大，熟识得很。用句俗话说，叫作烧成灰也能认识。一天，他拿出一张照片给我看："你看这张照片上是谁？"我端详了好久说："不认识。"他说："你再仔细看看。"我睁大眼睛，左端详右端详，近瞧远看，还是个陌生人。于是他憋不住地笑道："告诉你吧，照片上这人就是我。这是我拍的结婚照。"天哪，烧成灰都能认识的小段，上了结婚照片，我竟没认出来。结婚照确确实实把我熟识的小段照成了陌生人。若说怪我眼力不济，实在是天大的冤枉。

无独有偶。一次，谢添导演也给我看了一张照片，问我照片上的人是谁？我未看之前先试探："照片上的人我认识吗？""不认识我会让你认吗？"这一次我又没有认出来。谢导演提醒道："她是个电影大明星。"提醒也没奏效，最后还是谢导演告诉我是某某。即使这样，我再端详着照片，还是不敢相认。我反问谢导演："您第一眼认出来了吗？"他戏谑道："认出来就不来逗你了，哈哈。"谢添好像演了一个喜剧生活小品一样开心。

据说现在的结婚照和某些"艺术照"，特别追求一种虚幻美与情调。怎样能营造出这种美与情调，就怎样化妆，怎样布光，怎样造型。至于照出来的相片像不像本人，那都是无关紧要的。有的甚至公开声明，结婚照和"艺术照"，就是要追求似像似不像。"克隆"式的照相，自己的相机拿起来就照了，还用到影楼来照什么？我参加过一些年轻人的婚礼，见那挂在墙上和放在影集里的照片，确有一种读朦胧诗的感觉。

照相，在过去物质生活贫困的年代里，被看成是一种富有和奢侈。谁家拥有一台照相机，是令人垂涎和羡慕的。而改革开放后，人们生活一天天富裕起来，照相机从初期的“三大件”之一进入千家万户，到如今可以说在城市中普及了。人们再也不像过去那样，都拥向照相馆去照相。照相，已成为人们日常生活中不可缺少的生活内容和生活情趣。无论在公务工作交往中，还是在个人日常生活中，都离不开照相。参加一次会议，出席一次座谈会或首映式，亲朋好友聚会，合影留念就在自己的相机里。外出旅游，孩子出生，生日祝福，自然也要拍照纪念。这些都不需到照相馆里去，自己在瞬间就如愿以偿了。只有男女终身大事，才双双进入婚纱影楼，过一次婚照瘾，作为永久的珍藏和纪念。

照相，凝固了悦目的英姿笑貌，丰富了多彩的壮丽人生，留住了瞬间的永恒记忆，美化了幸福的美好生活，憧憬着理想的灿烂未来……

当今之世，谁家谁人没有几本相册啊。那一本本精美的影集，就是珍藏自己形象的影像世界。当你闲暇时，悠闲地翻开相册，自己的笑脸，亲人的亲切容颜，同事朋友的熟悉面孔，还有那留下足迹的许许多多美丽的风景区，一次次一件件令人难忘的往事……都会浮现在你的眼前。那心旷神怡，悠然自得，陶醉如痴的心境，用抒情诗的语言也是难以抒发的。

照片为什么能给人们带来如斯的无穷乐趣？这是由照相本身的特点所赋予的。这个特点就是还原影像的逼真性。照片的一切魅力，都是来自于这逼真性的本质。人们钟爱她，珍藏她，就是钟爱和珍藏自我形象的真实复制或“克隆”。翻阅她，也是为了回首往日形象的真实历史。

然而，进入20世纪，照相的逼真性本质特征和魅力，在某些方面被削弱了，淡化了。用句大白话来说，就是照张三不太像张三，照李四不太像李四了，一味追求时髦的“包装”。这其中尤以结婚照和某些所谓的艺术照为最甚。这样的照相，实际上已走入了误区。把熟识的人照成陌生的人，这绝不是成功的照相，恰恰是照相的一种悲哀。

照相是再现自我真实面貌留下的个人形象历史的“档案”，而不是演员创造角色的剧照。人的青春史、爱情史、家庭幸福史、成长史、社会关系交往史……都陈列在个人影集的“档案”里。不应该把个人影集“档案”里的照片拍成剧照。诚然，生活照并不排除必要的化妆，但这种化妆不宜过分，不需要像剧照那样化妆和“包装”。

生活中的“我”，不是戏剧中的“我”。在戏剧和剧照中，要舍弃扮演者的自我，而进入角色的形神之中。在这一点上，演员的个人影集和普通人的个人影集，是不尽相同的。他们集生活照和剧照于一身。当欣赏演员生活照的时候，我们是在欣赏这个演员的个人形象。而当欣赏剧照时，则是在欣赏这个演员扮演的角色。然而，普通人没有也不需要扮演什么角色，照相师却硬要把他们剧照化，把照片拍成了“四不像”的熟识的陌生人，实在没有什么意义。

因此，我主张照相还是恢复老传统，还原生活，还原自我。

2008年11月

（原载《电视·电影·文学》1999年第2期）

从票证到数码

改革开放30年，中国人经历了从票证到数码的巨大变化。

票证曾光顾中国人家庭二三十年。人们对它的熟悉和重视程度，几乎和人民币的地位不相上下。在相当多的物品面前，倘若没有票证，多大面值的人民币都等于零。

最早进入寻常百姓家的，恐怕当数粮票了。无论是全国通用粮票还是地方粮票，都是老百姓的命根子。张张嘴都挂在粮票上。

粮票开票证之先河。以后一遇哪种物品紧缺，哪种物品的票证就应运而生。在“文化大革命”闹腾起来后，生活必需品远远满足不了人民的需要，只能用票证来定量分配有限的物品。于是，就这票证那票证接踵而来，什么油票、糖票、肉票、蛋票、棉花票、布票、工业券呀，等等。有些物品虽没发什么票证，但也要凭副食本定量供应，如三两瓜子、半斤花生、二两木耳、一两黄花、三两粉丝、四两芝麻酱、一两大料，等等。无论是票证供应或凭本供应的东西，买起来并不方便，有时还要排长队。那时，我没少排过这样的长队，累得腰酸腿疼脚发麻，有时不得不带个小马扎。

票证的产生，如是不可抗拒的天灾酿成的，大家定然会毫无怨言的。而我们的票证，有许多则是人为的因素造成的。特别是“文化大革命”，更是雪上加霜。连养只鸡都被看成是资本主义的尾巴，要狠狠地把它割掉，物质的东西怎能不极端地匮乏呢。就这“四人帮”还狂吠“宁要社会主义的草，不要资本主义的苗”哩。毋庸讳言，票证不但不能体现出社会主义的优越性，实在是给社会主义脸上抹黑。

十一届三中全会后，党的方针政策转移到以经济建设为中心上来，物质产品逐渐丰富起来。实行多年的各种票证，很快就被逐一取消了。只要手中有钱，人们想买什么就买什么，想买多少就买多少，再也没有人为的限制。人们真正体会到了社会主义的优越性。

俗话说，旧的不去新的不来。其实这句话也可倒过来说：新的来了才会代替旧的。随着改革步伐的加大，票证逐渐被数码所代替。最先进入家庭的数码，恐怕要数电话号码了。电话在经商、交往、工作中的快捷传递信息的作用，为人民大众所需要和向往。拥有一个属于自家的电话号码，成了许多家庭的首选。一时间装电话难，成了社会的热门话题。邮电行业急千家万户之所急，用最快的速度满足了人们对电话的迫切需求。这个时期人们见面时，不再问“你吃了没有”那句老话了，而是问：“你家电话装上了没有？”

城市在日新月异地变化，广大乡镇农村也在起着翻大覆地的变化。随着电话进入千千万万市民家，紧接着也进入千千万万农民家。现在我时常接到农村老家打来的电话，告诉家乡的新变化。这使我不由地回想起1976年回乡的一次经历。那年十月，我探亲在家，得知祸国殃民的“四人帮”被粉碎了，我高兴得手舞足蹈起来，一口气跑到三十里外的县城邮电局，想给单位打个电话，抒发我内心抑制不住的激动和喜悦心情。我足足打了五个小时的电话，始终没有打通。结果，只能是白天高兴而去，晚上摸黑败兴而回。要是在今天，立刻就能和北京通话了。

除了电话号码外，中国人家庭中的其他数码也越来越多了。钱存入银行，就有了储户存折存单号码；为了存款的安全，还要设定个密码；家有贵重物品的，装了防盗门还不放心，还要买个密码保险柜或密码保险箱；记住信用卡的密码，能随时从银行自动取款机里取出现金来。至于家用电器，也追求起大数码来。电视要29英寸的，电冰箱买280立升的，486、586的电脑早被淘汰了；模拟电视正逐渐被数字电视所取代；上网还有上网号和密码；相当多的家庭，还有了小汽车的车牌号码；照相也不用胶卷了，而用数码相机……往后，人民生活更加富裕，还会有更多更新的数码进入家庭。确实，今天的数码，已和当年的票证一样，与人们日常生活密不可分了。如今的人们，特别是城里人，已经离不开数码了。某些人群，甚至到了离开数码就寸步难行的地步。人人的手机中都储存着许多数码，那上面既记着自己的诸多数码，也记着别人的各种数码，给生活和工作带来了极大的方便。

岁月悠悠，旧的不断逝去，新的不断诞生。从票证的年代跨越到数码的年代，只用了30年的时间。30年，在人类历史发展的长河中，只不过是短暂的瞬间。然而，对生活在21世纪的中国人来说，却是突飞猛进的变革年代。人们已尝到数码带来的从未有过的丰腴、实惠和方便。如果说票证带给人们的是贫穷，数码则带给人们的是富有。票证送走的是僵化的社会主义，数码迎来的是新生的有中国特色的社会主义。这正是人们伸开双臂拥护改革开放政策的原因！

自我养生之道——八分饱

近些年来，关于养生的五花八门的宣传大行其道，一个个躲藏在暗处的所谓“神医”们，趁机通过广播、电视、网络、图书等媒体，把养生之道炒得沸沸扬扬，让不少人，特别是关注养生的老“粉丝”们大上其当。有人心甘情愿花2000元挂号，到张悟本处寻求养生“秘方”，拿到的处方却是生吃长茄子、8斤绿豆熬绿豆汤……

老年人注重养生，是非常必要的。可养生的方法多了去了，不可能每种方法都适合你，可以根据自己的情况做出选择。但凡事都有例外，八分饱养生法就适合每一个人，不论你是男女老少，中国人还是外国人，均可受益。可惜，这种不用求“神医”，不需要去医院，既不花钱，又能节约物质财富，有利于健康的自我养生方法，却被为数众多的人遗忘了。

我曾去过日本旅游，进餐时，几次看到筷子上写着：请你只吃八分饱。这分明是日本人饮食养生之道。这自然使我联想到中国人的饮食习惯。中国人吃饭，无论在家里还是饭店，或是请客吃饭，都讲究吃饱吃好。酒足饭饱，才算吃得体面吃得尽兴。若不让人吃饱吃好，那是极其丢面子的事，会成为他人笑谈的话题。

中国人曾经有过饥饿的痛苦记忆，特别是如今的老年人，在他们少年、青、壮年时候，遭遇困难时期，根本吃不饱肚子。待日子好过起来后，宁愿剩下许多饭菜，也不能亏待早已习惯于十分饱的肚子。这既不利于身体健康，还必然造成极大的浪费。

说到饮食浪费，人们往往只看到浪费剩饭剩菜的表面现象，而吃到肚子里的“酒足饭饱”的浪费，几乎是集体无意识。从某种程度上来说，吃饱肚子的浪费，比杯盘狼藉的浪费危害性更大。因为吃饱的浪费，除了物质浪费之外，还有对身体的危害。现代医学研究证明，顿顿饭吃得饱饱的，对人的身体健康极为不利。摄入量过多，就容易发胖。现在，像小胖墩的孩子越来越多。诚然，肥胖不完全是由饱食酿成的。但毋庸置疑，相当多的胖人，特别是胖孩子，是由饮食过量酿成的。营养过剩，又缺少锻炼，自然就肥硕了肌肉。再说，把胃塞得满满的，会增加消化系统的负担，进而影响其他器官的正常运转，疾病也就有可乘之机。肥胖和疾病，又会影响学习、工作、生活等方方面面。医疗费用也会增加家庭和社会的负担。看来，酒足饭饱的次生灾害也很严重。若能只吃八分饱，消化系统的负担就减轻了，食物能得到充分地消化，营养能被充分地吸收，既防止营养过剩，也不会营养缺乏，是健康身体的理想摄入量。

据报道，东南亚某些国家，为健身和减少粮食浪费推出一招：饭店给客人上米饭时，先盛半碗，价格是原先的一半；客人觉得不够，再上半碗，还是按半碗收费。这是既有益于健康，又是行之有效的节约好举措，值得称道。

如果说“半碗饭”令我耳目一新，那么，更让我津津乐道的，还是日本的饮食习惯和饮食文化。

在日本吃饭，你别奢望吃得十分饱。日本料理的特点是做得非常精致，看起来赏心悦目，像工艺品，但吃起来数量很少，就是只能让你吃到八分饱。对于我们中国人来说，吃日本料理，似乎“嘴巴料理”，远远不及“眼睛料理”。

中国人吃饭，普遍爱用大盘、大碟、大碗，追求大快朵颐，大饱口福。在日本用餐则不然。穿和服的女招待，端上来的盘、碟、碗，都是袖珍型的。你面前摆满十几个盘、碟、碗、茶杯等餐具，而里面只放很少的菜肴、点心、汤羹，一小盘、一小碟、一小碗的东西，用一口都能吃下去来形容，是不算夸张的。

一次日本朋友邀请我吃饭，我欣然答应。心想，这回可要好好饕餮一下日本料理。就餐的环境很幽雅。墙上是日本的绘画和书法。耳边回荡着悦耳的音乐。女招待鲜艳的和服，漂亮如云的鬓发，双膝跪地的服务姿态，热情友好的微笑，精神上就得到一种享受。女招待端上一道道菜肴来，点心、生鱼片、荷包蛋、油炸虾条、一小碟炒饭、一小碗清汤。两个人吃个精光，最多也就是八分饱吧，朋友就抹嘴付款了。后来知道，有生鱼片和点心的请客算是丰盛的，同时要荷包蛋和油炸虾条也是破例的。日本人请客吃饭，通常是请你吃一碗面条，上面加一个荷包蛋，或者一根油炸虾条；要不就是每人一碟炒饭，一碗清汤。绝没有中国式的饭菜剩满桌的现象。日本人请客吃饭绝不会让你吃得肚子发胀的，这是日本饮食文化中蕴涵深厚内涵的体现。

人类的生活经验和现代科学知识告诉我们，适度的“饥饿”能防病治病，延年益寿，有利于身心健康。这种方法医学上称为“饥饿疗法”，《黄帝内经》中就有这样的内容。古今中外也不乏先例。

宋朝的苏东坡，被贬黄州时，生活非常困苦。他“偶读《战国策》，见处士颜斶之语：‘晚食以当肉’，欣然而笑。若斶者，可谓巧于居贫者也。菜羹菽黍，差饥而食，其味与八珍等……”。他当时虽然吃的是“菜羹菽黍”等粗饭，但总是饥饿了以后再吃，因而感觉就像吃山珍海味一样香甜。两千多年前古埃及的一张莎草纸上，就写有这样一句话：“人吃得太多，只有四分之一是为自己吃，其余的四分之三养活了医生。”这话可能有些过头，但提醒人们不要吃得过饱的道理是非常正确的。《红楼梦》中多处写到少食可以治病健身。如第四十二回写王太医给巧姐儿诊病说：“只是要清清静静饿两顿就好了。”第一百零九回写贾母因多吃了些，胸口饱闷，鸳鸯要去告诉贾政，贾母不让，说：“我饿一顿就好了，你们快别嚷。”这些都警诫我们，饮食不宜过饱。

八分饱养生健身之道，除了有益健康，减少肥胖，少生疾病，节省医药费等直接好处外，光节约饮食这一项，数据是相当惊人的。不妨算一笔账：一日三餐，若每顿饭只吃八分饱，就能节约下五分之一的饭菜来。也就是说，五天的食品可以吃六天。照此推算，十三亿人口，全年节省下来的食物，可以让两亿六千万人生活一年。真是不算不知道，一算吓一跳。

所以，只吃八分饱，对己对人对社会都有利，何乐而不为呢！只是刚开始控制饮食时要有意为之，坚持一段时间后，渐渐就会成为下意识的行为和习惯。这对老年人来说尤其重要。

（原载《广电老年》2016年第4期）

“名不具”

1975年底到1976年初，受北影厂的派遣，我和李保元到林县深入生活，创作反映林县人民战天斗地修建人间天河——红旗渠的电影剧本。这期间，诗人郭小川同志也正在那里。我们同住一个招待所，同吃一个食堂的饭，同在一个澡堂洗澡，就相互认识了。他是被“四人帮”迫害进太行山的，可当时我并不怎么了解。早就读过他的诗，非常崇拜他。认识了他，他又是那么的平易近人，我就亲切地称他为老郭。我和李保元，还有后来到林县采访的《人民日报》记者蒋元明、侯兵等，私下里对“四人帮”有所议论，我们之间的关系就更亲近了。

在林县，老郭表面上是自由的，实际上，头上还罩着“四人帮”的紧箍咒，处处谨慎小心提防。这不全是为了自己，更多的是为他人着想。令我难忘的一件事，是周总理逝世后，他写《痛悼敬爱的周总理》长诗时的情景。

1976年1月8日晚，我开了个夜车赶稿子，到9号凌晨4点钟才躺下。早晨6点多，我还在睡梦中，突然被急促的敲门声和止不住的抽泣声惊醒，顿时把我惊呆了，脑海里立刻闪出两个大问号：谁在哭泣敲门？招待所里出了什么不幸的事？我的心剧烈地跳动起来，匆忙下床去开门。原来敲门哭泣的人竟是郭小川！他脚踏拖鞋，衣服没扣上扣子，不住地用衣袖抹着泪水，泣不成声地说：“天哪，我们敬爱的周总理逝世了！”

突闻噩耗，像晴天霹雳，我顿时悲痛万分，和老郭痛哭在一起。老郭哭得像个失去亲人的孩子。那哭声，至今还萦绕在我的耳畔。老郭是激情奔放的诗人，也是坚强不屈的战士。他的哭不仅仅是悲痛，更多是在担心党和国家的命运啊。

在和老郭相处的日子里，我听熟了他的笑声、朗诵声、怒斥“四人帮”的咬牙切齿声，但从没听到他的哭声。即使在述说自己最悲惨遭遇的时候，眼睛也从没红润过。他是诗人，也是不屈的战士，有着刚强的性格。“四人帮”栽诬他与“林彪反党集团关系密切，明目张胆地为林彪反党集团摇旗呐喊”，强行送到干校隔离审查，他没有掉过一滴眼泪。今天，他却这样泪如雨下，哭声撕心裂肺，可见他的悲痛欲绝的程度。23年前，诗人也哭过一次，那是斯大林逝世的时候。这一次哭得如此悲伤，是在为党和国家的前途命运担忧啊！

巍巍太行山呵，请你低下高昂的头，听一听诗人痛悼周总理的哭声；潺潺奔流的红旗渠水呵，请你停一停，带走诗人用血和泪唱出的悲歌。

在周总理逝世的日子里，“四人帮”凭借手中的权力，疯狂压制人民悼念自己的好总理。诗人是他们的眼中钉，不能尽情地寄托自己的哀思，整日坐卧不安。他天天翻阅着报纸，渴望看到悼念周总理的诗文，可打开报纸，连一行悼念的诗句也看不到。亿万人民发自肺腑的悼念之声被“四人帮”封锁了。我们都期望老郭挥动他诗人的笔，抒发人民痛悼和敬仰周总理的心声。老郭默默地低下头，眯着眼睛，吐出团团烟雾，好久才长叹一声：“唉，我一动笔就会招来好多麻烦。再说，写了也没地方发表。”

林县县委宣传部的干事张运山说：“老郭，你就写吧，我们不怕这个邪，给你印。”

我和保元也鼓动老郭写。诗人在这样的时候和环境处境中，不留下悼念敬爱的周总理的诗篇，将会终生遗憾。

诗人的笔挥动了，林县招待所二楼阴面的一个房间里，彻夜亮着灯光。窗外巍巍太行寒凝大地，窗内诗人情思满怀，笔透纸背。

《痛悼敬爱的周总理》的长诗写出来了，老郭亲自朗诵给我们听，声音是那样的悲怆——

这是一个——
使人难以承受的
严峻而奇异的冬季！
蓝蓝的天空，
突然间，
降下了倾盆大雨；
纷飞的泪水，

锤打着

太行山的悬崖绝壁。

……

老郭泣不成声，断断续续，总算把诗朗诵完了。我们被深深地感动了，每个人的脸上都挂满晶莹的泪珠。

县委的一位同志拿起诗稿说："诗写得太好了，说出了我们的心里话！铅印五百份中不中？"

老郭连忙说："不，不，不要因为我，给你们县里惹出麻烦来。"

结果，老郭只让油印了二十来份，赠送给他比较了解比较熟悉的人。他在赠给我的一本封皮上写道：

为纪念在林县度过的最悲痛的日子，特此奉赠。

名不具

那几天，于蓝、马德波等正在林县参观访问，也得到诗人奉赠的诗稿，上面的赠语和落款都是相同的。"名不具"，就是《痛悼敬爱的周总理》这首诗最早的署名。

把赫赫有名的名字"郭小川"改成"名不具"，这当中包含多少心酸、眼泪、悲愤和痛苦！

老郭把诗赠给我们时，一再嘱咐我们要替他"保密"。我们理解诗人当时的处境和心情，都满口答应了。

同年，"四人帮"被粉碎了，"严峻而奇异的冬季"过去了。不久，这首诗发表出来了，"名不具"堂堂正正地改成了郭小川，历史又恢复了它本来的面目。《痛悼敬爱的周总理》在广为人们传颂的时候，老郭却意外地永远离开了我们。老天太无情了。诗人的命运令我们哀怜。

假如老郭还活着，我们将会再读到他许许多多优秀的诗篇……

（原载1980年1月9日《北京日报》）

1+1=？

华盛公司女会计被胡经理炒了鱿鱼，原因是公司的账目，被财务检查团查出了问题，被罚了款。眼下华盛公司没人管账了，急需要找个会计，当然还要是个女的。

推荐的、毛遂自荐的应聘者纷至沓来，胡经理一概不予理会，全由王秘书虚与委蛇。报销的、领备用金的单据，都压在胡经理的手上没有签字。胡经理为会计的事绞尽脑汁，就是想不出高招来。王秘书看在了眼里，诡谲地说：“是不是想找个在账目上、生活上都听话的女会计？”

胡经理亲昵地摸一下王秘书的肥臀说：“怎么，提前吃醋啦？你没看我整天在苦思冥想吗，这样的会计不好找呵。”

“这有什么犯愁的？这年头，不听话的倒是难找。”

“你说怎么个找法，说给我听听。”说着，就要拥抱王秘书。王秘书急忙躲开，说：“这是在经理办公室里，放规矩点。”

王秘书想了想说：“公开招考，考题出得越简单越好。”

胡经理问：“你说怎么个简单？”

王秘书道：“依我看，就出一道题考她们。”

“一道什么题？”胡经理急切地问。

王秘书出语惊人道：“就出1+1=？你看好不好？”

胡经理大失所望：“这也太简单了，不行，不行。”

王秘书很不高兴地噘起红嘴唇：“你还没明白我的用意，就下结论了，往后不给你出主意了。”

胡经理不解道：“这1+1=？能考出什么名堂来？”

王秘书：“你别小看1+1=？这道题。我看过《哥德巴赫猜想》那篇报告文学，知道这里面的学问可大着呢。有个人叫陈景润的，就是研究1＋1成了国内外著名数学家。”

胡经理立刻对王秘书刮目相看：“你看的书还真不少呢！你这么一说，倒把我弄糊涂了，这1＋1到底等于几？”

王秘书得意地笑起来：“你看，连经理你都糊涂了，那些应考的人，谁会不动脑筋就做出答案等于2呢？我也来个哥德巴赫猜想，应考者面对这道连幼儿园的孩子们都能张口答出的题目，她们一定失去了平常的思考方法，认为这当中肯定有大名堂。这样一来，敢于答等于2的人，恐怕没有了。不用说，答案肯定是千奇百怪的，那时，你就挑选中意的录取吧。”

王秘书的一番话，说得胡经理茅塞顿开。他一把抱住了王秘书：“事成之后，我一定重偿你……”

考试的答案果然不出王秘书所料，没有人答等于2的。应试人各自发挥了自己的猜想，答案五花八门。有说等于1的，并注明1个精子和1个卵子相加，产生1个生命。胡经理说：“这个小妞缺心眼，忘了多胞胎。”

王秘书说：“喏，这位小姐答等于联想电脑，看来她没少看广告呵。”

胡经理快速地翻阅着答卷，＞2、＜2、＝1、＝0、＝-2……一个个不同的答案，飞速地从他眼前闪过。胡经理一脸的沮丧，显然，这些都不是他满意的答案。这时，王秘书突然翻到一份答卷，显得满脸惊喜，得意地把答卷递到胡经理的手上，说：“这个小姐真是善解胡经理之意，答案答到你心窝窝上去了，准保你一百个满意。”

答案上写着：1＋1＝胡经理说它等于几就等于几。

果然，胡经理一百个满意，哈哈大笑起来：“这个女会计太聪明了，我录取了，现在就通知她来上班。明年财务检查团再来查账，准保查不出问题来。”

于是，胡经理和王秘书，举起了XO酒杯庆贺。

（原载1998年8月16日《北京晚报》）

笑话连篇的讲话

今天是县委书记赵本宣工作最繁忙的一天，县里同时召开三个会议：妇女代表会，社员代表会，计划生育会，三个会上都有县委负责同志讲话，讲话人又都是县委书记赵本宣。事有凑巧，中央的一个慰问团，也在今天来县里慰问，赵书记再忙，也得亲自到会欢迎。这样，四个会巧合在同一天，上午两个，下午两个，赵书记要赶场赴会讲话，真可谓日理万机。

上午，妇女代表大会首先开幕。赵本宣在一片热烈的掌声中走上主席台，从公文包里抽出一摞讲话稿子，呷了一口茶，开始讲起话来——照本宣科念地稿子。

“同志们！”赵书记声音特别洪亮，整个会场鸦雀无声，“社员代表大会今天开幕了，我代表县委向大会表示热烈的祝贺！”赵书记念完这两句“套语”，习惯地自己带头鼓起掌来。出乎意料，台下没有响起暴风雨般的掌声，他惊愕地抬起头来看一眼台下，只见座位上都是些姑娘媳妇老太太，愣神了，连忙说：“拿错稿子了，拿错稿子了！”一边说，一边从公文包里又抽出一摞稿子来，呷了一口茶，放开嗓门念起来：“同志们，计划生育大会今天开幕了，我代表县委向大会表示热烈的祝贺！”

赵本宣念完同样的“套语”后，又习惯地带头鼓起掌来。咋咧？怎么还是他孤掌独鸣？

礼堂里顿时活跃起来，吵吵嚷嚷，说说笑笑，弄得赵书记不能照本宣科讲下去。

“今天到底开的什么会？”赵书记转过头来问坐在侧幕后的秘书。秘书用手指着台上的妇女主任，一个劲地给书记使眼色。

赵书记好像突然明白了什么：“唉，真他妈见鬼，准是咱家小五子又翻我的公文包了，把顺序弄乱了。”一边说，一边从公文包里抽出第三份稿子，呷了第三口茶，第三次放开嗓门念起来：

“同志们，妇女代表大会今天开幕了——”下面的话大家已听了两遍了，提前鼓了掌，赵书记满意地笑了笑。往下，他两眼一直盯在稿子上，照本宣科地念下去。念到实践是检验真理的唯一标准那一段，念得特别慢，声音也特别响亮：“人的正确思想是从哪里来的？是从天上掉下来的。”声音还在礼堂里回荡着，半边天们就吵吵嚷嚷闹翻了天，笑得前倒后仰，会场乱成一锅粥。赵本宣不得不第二次抬起头来，看一眼台下，自言自语道：“咋咧？又念错啦？”于是又重复了一遍：“人的正确思想是从哪里来的？是从天上掉下来的。没错嘛，一个字也没落掉呀。”

台下爆发出一阵更加响亮的笑声。

赵本宣挥动着稿子对秘书说：“这是你写的稿子，我没念错吧？”

秘书急得说不出话来，给书记做动作，示意他翻到下一页。赵本宣手指在下嘴唇上蘸了蘸唾沫，“沙啦”一声翻过一页来，惊讶万状：“他妈的，这边还有个‘吗’字！”说着，又转过头来对秘书说：“以后再给我写稿子，‘吗’字不能放在下一页。”

最后，赵书记来到欢迎中央慰问团的会场上。主持人宣布欢迎会开始后，第一个上主席台致欢迎词的当然是赵书记。赵书记先从公文包里拿出讲稿来，照例先呷了一口茶，开始致欢迎辞来：“诸位领导，各位同志：中央——慰问团长——途跋涉，来到我们县进行慰问，我代表全县人民表示热烈的欢迎！”随着一阵掌声过后，接着就爆发出哄笑声，会场也顿时躁动起来。原来赵书记把慰问团长途跋涉，断句成慰问团长——途跋涉。慰问团员们都感到莫名其妙，他们的团长不叫途跋涉呀。可赵书记一时还不知道断错了句子，在众目睽睽之下闹了个大笑话，一个劲地叫大家安静下来。秘书急得直向书记使眼色做手势，让他再仔细看稿子。书记又看了看稿子，说：“我一个字也没念错呀，你们笑的啥？”秘书没办法，只好三步并作两步走，跨到赵书记身边，俯身跟书记耳语。书记这才恍然大悟，对秘书说：“以后给我写讲稿，多加些逗号，把句子断得短点儿。”说完，又慷慨激昂地念起讲稿来。

类似的笑话，生活中时常发生，令人喷饭。几乎不用多费思考就会明白，这样的笑话都出在念别人捉刀代笔的讲稿上。若是自己讲话自己亲自拟稿，是绝对不会发生这类笑话的。然而，在秘书风盛行的今天，有几篇讲稿是首长、董事长、总经理、厂长、书记……自己一个字一个字写出来的？由此，我联想到毛泽东的《矛盾论》《实践论》等一大批不朽著作的手稿，实在是越发显得弥足珍贵了！

病根虽然找到了，但医治起来却相当困难。因为由秘书或他人捉刀代笔惯了，头头脑脑们的手，就没有吃宴席的嘴巴那么勤快了。看来，大力提倡领导们宣讲自己写的讲稿，意义是非常重大的。它不仅能杜绝断错句子的笑话，更主要的是对净化官场风气，提高为官者的理论水平和文化素养，都是大有裨益的。

（原载《作品》1979年第6期）

影视演艺界逃税触目惊心

进入20世纪90年代以来，影视演艺界的拍片酬金、广告收入、出场费以及劳务费等急剧增长，影视演员、歌星、笑星及著名节目主持人等的个人收入，可以说成几何级数增长。各个艺术门类的明星们，他们名副其实地成了高收入阶层。成为“百万富星”已成平常现象，不足挂齿。有些人已是“千万富星”，甚至“亿万富星”了。

抛开他们该不该如此暴富不说，但在巨富的同时，不应该有恃无恐地偷漏国家税款。诚然，确有少数人主动自觉地纳过税，但在影视演艺界普遍存在着偷漏个人所得税的严重现象，却是不争的事实，这应当引起税务部门足够的重视。

本来，按章交纳个人所得税，是每个纳税人自觉的行为，是向国家应尽的责任和义务。可在影视演艺界相当多人的头脑中，连这种起码的意识都没有。因为他看你逃税，你看他逃税，大家彼此都逃税，久而久之，司空见惯，习以为常了。

逃税主要集中在影视剧组和走穴演出中。从20世纪的90年代初开始，影视制作资金主要来自社会上的投资方，影视剧组的财务大权掌握在制片商手中。他们为了减少开支，当然不会像正式影视制作单位那样代扣代缴个人所得税。即使个别制片商代缴了，也是象征性的，钱数微乎其微。他们大多暗箱操作，白条走账，实际支付的酬金与白条上金额大相径庭。影视剧组中的演职人员，在跟制片商签订合同时，都要求是税后金额。他们也知道，制片商根本没替他们代缴什么税款，所以也不向制片商索要税款单据，大家都是心照不宣地逃漏国家税款。更有甚者，他们签订阴阳合同，再把酬金作为入股投资分红，或转入个人公司的账号，金蝉脱壳就逃了税。

现在大腕明星的酬金高得令人咋舌。拍部电影片酬几十万上百万元，个别的还更高。电视剧每集五六万元，高的竟达十万元。拍个几秒钟十几秒钟的广告，收入高达几百万元的也不罕见。有人给他们掐指算过账，拍部二十集电视剧，可收入上百万元，若是三四十集以上的电视剧，能拿到二三百万元。多的一年拍摄两三部，不就成了“千万富星”了吗。可他们手上能拿出多少税单呢？

据报道，光电视剧一项，全国每年的产量在万集以上。平均每集以二十万元计算，就是二十多亿元资金。再加上电影、走穴演出及广告制作费用，恐怕又是一二十个亿。这三四十亿元该纳税的金额是多少呢？鄙人也偶尔做过一回制片人，有过一次亲身体验，也探询过一些制片主任，得出的数据是惊人的：制作费亦即成本费，有一多半是被人头拿走了，只有一少半的资金用在影视剧制作上。有的影视剧，光大腕一个人拿走的酬金，就占全部成本的四分之一。投资方当然嫌他们片酬太高，可人家说他们的身价就这么高，嫌高就别找他们。好一副大腕明星的架势派头啊。

别看酬金这么高了，明星们的眼睛还这山望着那山高哩。大腕歌星上台唱一两首歌，也就是几分钟，出场费少则几万元，多则十万元、二十万元。一些影视演员一两个月或两三个月才能拿到几十万元到上百万元，他们当然心理不平衡了。富得流金还攀比呢。

唉，影视演艺界确实税款难征！没有自觉的纳税意识，全靠税务部门讨债式地催征，困难是可想而知的，因为影视剧组和演出班子都有不固定性，戏一拍完，演出帷幕一闭上，剧组立刻不复存在，走穴者立马各奔东西，税务部门连纳税者的面都照不上，还有什么征税可言呢。

针对上述情况，能否实施如下几方面的措施：一、加大宣传力度，增强和提高影视演艺界人员的纳税意识；二、全国税务部门通力合作，就近跟踪催交税款。因为剧组和演出活动是公开的，大多还要大肆宣传与炒作，不难找到他们；三、该罚款的一定罚款，并在媒体上曝光，产生负面的名人效应，以儆效尤；四、对那些严重逃税的明星，不能以罚代法、罚款了事。严重逃税是犯法，甚者还构成犯罪，要依法把他们送上审判法庭。

各行各业中都有逃税漏税的，但都没有像影视演艺界这样触目惊心。可以毫不夸张地说，它已形成一支偷漏税大军，在社会上产生不良的影响，是到该整治的时候了。

（获北京市税务局征文三等奖）

附记：在编辑书稿时，看到6月27日（2018年），中央宣传部、文化和旅游部、国家税务总局、国家广播电视总局、国家电影局等联合印发《通知》，要求加强对影视行业天价片酬、“阴阳合同”、偷逃税等问题的治理，控制不合理片酬，推进依法纳税，促进影视业健康发展。并指出天价片酬、“阴阳合同”、偷逃税等问题，不仅推高影视节目制作成本，影响影视创作整体品质，破坏影视行业健康生态，而且滋长拜金主义倾向，误导青少年盲目追星，扭曲社会价值观念，必须采取有效措施切实加以整治，加大对偷逃税行为的惩戒力度。这个《通知》的发出，真是太及时了。

从未目睹过妈妈的睡容

每年的清明节，我都要到母亲的墓地祭奠，这也是我们兄弟姊妹五个固定聚会的日子。母亲在里面安息，我们在外面思念。每当这个时候，仿佛感到妈妈还活着，她的身影就展现在眼前。我脑子里像过电影一样，她各个时期的形象都清晰地浮现在脑海里。但在妈妈的种种音容笑貌中，唯独回忆不起妈妈的睡容是什么样子。这时我才惊愕地发现，在漫漫几十年中，我连妈妈的睡容都从未目睹过，一次也没有目睹过啊，实在是不能饶恕的过错，终身悔恨不已。

打我上学起，妈妈总是最早起床，把屋里院外收拾得整整齐齐，干干净净，做好了早饭，才叫醒我起床。我吃完早饭，碗筷往桌上一扔，背着书包上学去了。农民就靠几亩地为生。妈妈除了下地种田外，主要是操持七口之家的家务，这就使她整日脚不停手不闲了。单说七口人的吃饭问题，一天得十来斤粮食，全靠妈妈用石磨磨面，天天要磨几个小时。石磨很沉，冬天磨面时都出汗，可以想见炎热的夏天，妈妈是多么的辛苦哟。到了晚上，我们都睡下了，妈妈还在昏暗的煤油灯下纳着鞋底，缝补衣服。我们全家人的衣服和鞋袜，都是妈妈千针万线做出来的，一针一线都融入妈妈的呵护与疼爱的深情。妈妈什么时候睡下的，我从来不知道。倒是时常发现，深更半夜了，妈妈还在给我们掖紧被子，生怕我们着凉或被冻着。我们的睡容睡貌，自然是深深地铭刻在妈妈的脑海里。第二天又是她第一个起床，开始新一天的轮回劳作。

后来我们兄弟姊妹五个长大成人了，出嫁的出嫁，娶媳妇的娶媳妇，进城读书的进城读书，参加工作的参加工作，都不在家里住了，爸妈成了“空巢”老人。倒不是我们兄弟姊妹不管她，是她不愿意离开住了几十年的三间茅草屋。我们就像歌中唱的那样，常回家看看，妈妈非常高兴，尽给我们做爱吃的饭菜，有说不完的话跟我们唠叨。不论我们多么晚睡觉，妈妈总要等到我们睡下后才睡觉。我们在妈妈眼里，长到多大也还是孩子。

在妈妈80岁时，爸爸撒手人寰，她成了独居老人。我们当然不放心。我们争着让妈妈到自己家去住，便于照顾她老人家。可妈妈就是不去，说身子骨还硬朗，不需要儿女们伺候。我们做儿女的心里不踏实，万一有个三长两短的，不是要背上不敬不孝的骂名吗？我们只好给她装个电话，雇个保姆。可妈妈一生劳动惯了，一下子被人伺候着，感到特别别扭，觉得不干点活还闷得慌。安徽保姆干的活妈妈还不如意，就把保姆支到一边去，自己干。邻居们偷偷告诉我们，说老太太倒成了小保姆的“老保姆”了。我们知道妈妈的脾气，说了她也不会听，就让她成小保姆的“老保姆”吧，只要她顺心乐意就行。不过，有个保姆在身边，虽然干不了多少活，万一有事能及时告诉我们，也就比较放心了。谁知，没过几个月，保姆说不干了，一是看着80多岁的老太太干活，自己插不上手，每月900元钱还一分不少，于心不忍。（还真是个打着灯笼也找不到的好保姆哩。）二是自己的母亲病了，需要她回家照顾。

以后我们多次想再给妈妈请保姆，她都死活不让，我们也只好作罢。这样，独居时的妈妈，我们虽然频繁地回家探望，仍然没能见到她的睡容。

妈妈活了85岁，从没生过大病，连医院都很少去，我还是没有机会目睹妈妈的睡容睡姿。勤劳一生的妈妈，她睡得太少太少了，现在她可以长眠了！

妈妈的遗容深深地印在我脑海里，而她的睡容却一片空白，这终生的遗憾已无法弥补了。在整理妈妈的遗物时，意外地发现保姆的一封信，信中写道：赵雁声奶奶，您寄来的两千元钱，把我妈的病给治好了，我们全家人非常感谢您，我将来还会到北京当面致谢。祝您这样的好人健康长寿。

妈妈爱跟我们唠叨每一件小事，可唯独没有跟我们提过给保姆寄钱这件事。

如果有下辈子，我愿三天三夜不睡觉，也要看够妈妈的睡容。我相信，那一定是世界上最安详、最甜美、最动人的睡容！

（原载2004年4月1日《中国妇女报》）

电脑复活了我失灵的手

自从我从事编辑工作那一年起，手就开始轻微地颤抖起来，写字显得不那么挥洒自如了。后来颤抖得越来越厉害，爬格子也越来越艰难起来。从事文字工作，总离不开笔与稿纸打交道。手疾自然给编辑工作和业余创作带来很大困难。尽管这样，我还是艰难地爬出了几十万字的文章来，还结集出了书。随着病情的加剧，手指越发不听我的使唤了，字不仅写不到格子里，连横、撇、竖、捺书写笔画，都聚拢不到一起。每当这个时候，我就烦躁得坐立不安，摔手投笔，思绪全被扰乱了。打碎玻璃板，摔坏钢笔的事，成了家常便饭。烦躁得到了一时的宣泄，手也屡屡遭受皮肉之苦，手疾越发加重起来，两年前再也无法爬格子了。于是，和作家、朋友中断了多年的书信往来，有时连编辑工作的稿签，也要烦劳别人代笔。搞文字工作的不能拿笔，就像检验员失去了双眼，音乐家变成了聋子，使我坠入痛苦和绝望的境地。

鄙人平生不嗜烟、酒，不会跳舞，没唱过卡拉OK，爬格子几乎成了生活中唯一的爱好。虽然辛苦，也没爬出什么名堂来，但总觉得是一种享受。如今骤然失去唯一的爱好，当然不会善罢甘休。

这时我想到了电脑。

过去也曾打过电脑的主意，但一想到它是高科技产品，就被它的神秘性和复杂性吓住了，一直不敢涉猎和问津。在山重水复疑无路的绝境时，幻想电脑能给我带来柳暗花明又一村的胜境。儿子那台奔腾586电脑，在手指能握笔时我从未触摸过。如今手指不能握笔了，还能不能敲击键盘呢？我想试一试。第一次染指键盘是偷偷进行的。我知道没开机，敲敲键盘是敲不坏里面的程序的。初次面对“死”键盘，在手指伸向它的一刹那间，由于过分紧张，手心和脑门上都浸出了冷汗。我不知道手指能不能敲击到想要敲击的键钮上？当手指慢慢向J键靠近时，在心里祝福道：“千万别击到J键周围的键钮上。”没想到，第一次就心想事成，颤颤巍巍地敲到了J键上，使我顿时喜出望外。接着我就敲K键、H键、M键，也都如愿以偿了。虽然手指动作较慢，却还能听从我的指挥，不像握笔时那样执拗地违抗命令。我在屋里情不自禁地欢呼雀跃起来！不能握笔爬格子的手，还能敲击键盘组合汉字，我的工作和爱好可以伴其终身。这时我再也不怕电脑难学了，而且下决心要很快地学会它。

电脑虽没有除掉我的手疾，却使我失灵的手和键盘交上了密友。电脑使我的手复活了，我有种从地狱走向天堂的感觉。从此，我告别了昔日写稿、改稿、抄稿的艰辛，迎来了电脑写作的新享受。这怎能不叫我由衷地感谢电脑！

（原载1998年9月8日《文艺报》）

样报与剪稿随想

无论是专业作家还是业余作者，一旦他们辛辛苦苦爬出的格子被发表了，报社、杂志社、出版社都会寄来样报、样刊、样书。中国出版界几十年来，一直尊奉着这个老传统、老规矩。鄙人20世纪70年代在《作品》《电影创作》《解放军报》等报纸杂志上发表的文章，除了收到寄来的样刊、样报外，还有自己文章的剪稿。我至今还能清楚地记得，当时打开信封后见到剪稿时的心情，其激动程度不亚于文章的发表。不要小看那几剪刀，它体现出报刊编辑部为作者着想的一片热诚之心，令人产生一种由衷的亲切之感。报纸杂志都期望作者给他们赐稿，心中肯定时时装着作者，因为没有广大作者的供稿，任何报纸杂志都是办不下去的，更不用说办好了。然而，在文章发表后，还能为作者文章的欣赏、收藏、保存乃至将来出集子的方便着想，实是难能可贵的。据鄙人所知，无论是70年代，还是80年代，给作者寄份刊物和报纸，几乎都能做到，而同时又能做到剪稿的，却是凤毛麟角。

随着改革的深入发展和出版业的繁荣昌盛，赠寄样刊、样报的传统做法，也发生了微妙的变化。其一，剪稿销声匿迹了，至今再也没有收到过一份剪稿。其二，有一些刊物和报纸，把原来至少寄两份减少到一份。其三，更有甚者，有极少数报纸，连起码的一份也给取消了。我曾有几篇短文分别在几家报纸上发表，直到几个月后收到稿酬时才知道。你想收藏留存，到哪里去买几个月前的报纸？为那一篇文章跑报社或图书馆去查找复印，既费时还觉得不好意思。文章不管好坏长短，印成铅字后连个样稿都没有留存，总觉得遗憾。报刊编辑们千万不要以为，凡投稿者准是贵刊贵报的订户，因为一般作者是不可能订阅那么多报纸杂志的。再说，这样做，有时还会造成一稿多投的错觉。笔者有篇稿子投给某报社，按惯例，三个月后杳无音信，我又把稿子另行处理。谁知，在收到另行处理的样报后没几天，又收到某报社的稿酬汇票。在读者心目中，我肯定被指责为一稿两投。其实，造成这种结果的责任完全不在我。所以，文章发表后随寄一份样报，是无论如何也不能节省的。

最近几个月来，我在《北京晚报》上发了几篇短文，都是几天后就收到报社寄来两份样报。这样，给自己的欣赏、剪贴、收藏带来了极大的方便。就笔者接触过的报社和杂志社，大多都能奉寄样报、样刊，不寄的只是极少数。

笔者以为，稿件采用与否，那是编辑部的权利。但稿子一经发表，作者有权利提出起码的要求：及时邮寄样报、样刊。连一份都不寄是无论如何都说不过去的，是对作者的不尊敬和不负责任。不过，若从精细、节省、适用的角度来说，鄙人提倡：只寄一份，外加一张剪稿。剪稿虽然有点麻烦，可只需粉碎两本刊物、两份报纸，就能使每位作者拿到自己的剪稿。对稍长一点的过页和转版的文章来说，赠寄两份只等于一份可以粘贴的剪稿。所以，对报社和杂志社来说，赠寄剪稿既节约又显得服务周到，而对作者来说呢，也完全满足了需要。两全其美的事情，何乐而不为呢！

（原载《电视·电影·文学》1999年第2期）

记忆中的板浦古镇

初中三年，我是在江苏省灌云县板浦古镇度过的。无论过去多少年，对古镇的一些往事，仍然记忆犹新。

板浦古镇离我家70多里，在3年初中期间，寒暑假我都是步行往返。因为家里穷，能节约点路费就节约点。再说，起个早上路，七十多里路一天也能走到，也是一种体能和独立生活能力的锻炼。

记得，第一次前往板浦中学上学时，是自个儿背着行李（其实就是一床薄棉被），带上两个馒头作午饭。馒头是母亲特意为我做的，平时是吃不上馒头的。路上渴了，就到路边人家的水缸里要点凉水喝。直到傍晚时分才走到板浦镇，两只脚上都打了泡，疼得迈不开步子。我是进的板浦镇南门，而板浦中学坐落在板浦镇的最北边。一瘸一拐地前进，又要问路，竟然花了一个多小时（后来无数次走过这段距离，只需要一刻钟时间），才迈进学校的大门。我把这段经历讲给现在的学生听，他们像是在听天方夜谭。

三年寒窗期间，我踏遍了古镇的大街小巷，磨破了几双母亲一针一线为我做的布鞋。古镇给我留下了永远难忘的记忆。

入学不久，就从老师那里知道，古镇上还出过一位文化名人，他的名字叫李汝珍，名著长篇小说《镜花缘》，就是他的代表作。于是，我从校图书室里借到这本小说，生吞活剥地阅读起来。这是我第一次看长篇小说，读得一知半解。知道李汝珍是在板浦镇创作这部长篇小说的，就从语文老师黄精达那里了解李汝珍的情况。李汝珍是清朝乾隆年间人。不足20岁时随上任的哥哥李汝璜来到板浦镇。中间曾经离开过板浦，后因前妻早故，续娶海州（板浦属古海州管辖）许家姑娘为继室，便留了下来，这一住就是30年。

板浦镇已有1300多年的历史，是名副其实的古镇。20世纪50年代中期，古镇基本上是原先的老样子。青石板铺垫的街道，被踩踏和冲洗得光滑如镜。飞檐大窗户的临街老店铺，冬天也如夏天一样，敞开店门迎接客人。青砖小瓦的幽深庭院，居住几户人家，一家炒菜香飘全院。最有情调的是烟雨中的小院，如展开的一幅幅画卷。我寻找李汝珍的故居，镇东边的一处庭院，被镇上人认定为李汝珍的故居。院内住有3户人家，交谈中发现，他们并不知道李汝珍是何许人也。

当年，李汝珍家的小院，成了文人雅士吟诗作赋的地方，整天高朋满座。我不知道哪间房间是李汝珍创作名著《镜花缘》的书房，至今还感到遗憾。

小镇丰厚的文化底蕴需要潜心研究，老百姓最关心的还是柴、米、油、盐、酱、醋、茶的烟火生活。所以在家乡有句流行甚广的俗语："穿海州吃板浦"。

古时的海州是州府，板浦只是其属的一个小镇，但小镇虽然规模很小，却曾是淮北最大的盐都，清朝曾在此设盐保司大使衙门，盐商聚拢而来，建起了风格迥异的南方庭院，也汇聚了天下美食，小镇便流传下许多美食制作工艺，山珍海味花样繁多的烹饪方式，只是听老人们讲讲而已，自己没有经济能力去品尝。我对小镇的最初印象，是来自镇上的廉价小吃，名叫脆饼。

第一次吃脆饼，是父亲带我去吃的。那次父亲去南京出差，路经小镇时正是吃午饭的时间，就带我去学校南边的一家餐馆吃饭。吃的什么菜，全忘记了，就留下了脆饼的滋味儿。打那以后，馋嘴时，身上又有几分钱，花2分钱买块脆饼享享口福，就非常满足了。脆饼很普通，却是镇上的特产，后来知道它有个响亮的名字叫"陆安顺擦酥小饼"。这种小饼长方形，每块由连在一起的四小块组成，每小块只有一寸见方，是在特制的烤炉中烤制出来的。我曾目睹过脆饼的烤制过程。厨师将面搓揉成团，拉长、擦油、撒芝麻、切块，一气呵成。烤炉中的火光映得制饼师傅满脸通红。不一会儿，松、酥、香、脆、甜的脆饼就新鲜出炉了。每次我都买刚刚出炉的脆饼，咔嚓一口咬下去，饼屑沙沙往下落。吃的时候，一只手要放在嘴下面接着，一小口一小口地咬，吃完了，仰起头来，把手掌中的饼屑抖入口中。那心满意足的神情就甭提了。

板浦镇最有名的当数滴醋。滴醋味道浓厚，袁牧在《随园食单》中说："镇江醋颜色虽佳，味不甚酸，失醋之本旨矣。以板浦醋为第一，浦口醋次之。"可见在历史上，板浦滴醋的名声，是超过镇江醋和浦口醋的。如今，今非昔比了，板浦滴醋远没有镇江醋和山西醋名声大、影响广，令人感叹。十几年前，我回母校一次，没吃到脆饼，却品尝到滴醋，还是过去那样的味道，回味无穷。

板浦滴醋已有300多年历史，我想，当年李汝珍定是在品味着香浓滴醋中创作出《镜花缘》来的。

滴醋的质量没有变，仍是正宗的板浦滴醋，这是令人欣慰的。但滴醋的产量和影响与老字号很不相称，又是美中不足的。

50多年前上大学的路上

每年大学开学的时候，都能看到新生在家长护送下到学校报到的热闹场面，这个时候，我就会回想起50年前到北京上大学路上的情景。

1960年暑假，我接到北京电影学院的录取通知书。当年8月20号，吃过早饭后，步行10多里路，到大伊山（灌云县县政府所在地）县文化馆去借书，借到一本巴金的《家》，返回家时，已经11点多了。那天非常热，走得浑身是汗，进门见桌上有切好的西瓜，拿起一块就大口解暑。正在这时，父亲匆匆赶回家里，满脸笑容地告诉我："绍义，你考上大学了！你看，这是录取通知书。"

被北京电影学院文学系录取了，真是喜出望外。我是我们村第一个大学生，村里的人都表示祝贺，我沉浸在喜悦之中。

9月10号开学，我4号就动身了。天下着雨，我只好冒雨出发。妹妹帮我挎个包，我背着行李（其实就是一床被褥和一两件单衣及一件棉袄，用一个大包袱一裹。至于洗脸盆、暖水瓶、喝水杯之类的，一概全无），在雨水拍打着雨伞的噼噼啪啪响声中，踏着3里多泥泞的乡间小道，好不容易才走到通往县城的土路上。又走了近两个小时的泥泞道路，才到县城的汽车站。妹妹把我穿来的一双沾满泥水的鞋子带回去，我肩扛着行李，手上提着包，冒雨挤上了公共汽车。从家到陇海铁路东端的新浦火车站，也就是70多里路，我却从早晨6点钟，直到中午后才到达新浦，花了6个多小时的时间。在今天，一个多小时就能实现了。

我把行李寄存在新浦火车站，找个最便宜的澡堂对付了一个晚上。为了省钱，带着妈妈特意为我蒸的十个馒头。渴了就找个水龙头接口水喝，从不闹肚子。我一点也没有觉得苦，心里总是乐滋滋的，因为这是去北京上大学啊！

5号上午到母校——新海中学，办理了组织关系、户口、粮油迁移手续。在要离开学校时，巧遇我的两位入党介绍人刘兆元和金如留，他们俩嘱咐我很多话语，送了我很长一段路，他们的教导和身影，永远铭记在我的脑海中。

凭大学录取通知书购买了优惠火车票，办理了行李托运手续，下午3点18分，乘上开往徐州的火车。别看新海中学就在陇海铁路边上，能天天看见火车来往，却从没坐过火车。第一次乘火车，很兴奋，在车厢里来回走了好几趟，东瞧瞧，西看看，被列车员怀疑成小偷，直到出示了录取通知书才释疑。

那时火车跑得很慢，又逢站必停，就更慢了。5个多小时后的8点25分才到达徐州站。还要等4个钟头，才有北去的列车。天一直下着雨，又是夜晚，凉飕飕的。只有两件制服外衣，被放在行李包裹里托运了。好在年轻身体好，能抵抗得住。

登上开往济南的列车，已是6号凌晨了。上午10点多到达济南，一打听，8个半小时后，才有开往北京的火车。我至今还记得，那是112次列车，开往永定门站。这是我第一次进入一个省会城市，有8个多小时的时间，何不出去观赏观赏大城市的风光呢。于是我走出了车站，站前广场上人来人往，路上的汽车川流不息。我顿感似刘姥姥进了大观园，看什么都觉得新鲜新奇，总觉得眼睛不够用。我是一边啃着馒头一边信步闲逛的。突然，我的馒头被人抢走了，我下意识地追逐着，抢食者见我猛追，反倒猛然站住了，往馒头上吐了口唾沫，伸出手欲归还我馒头。我没有想到会出现这种情况，真后悔不该追赶他，不就是一个馒头嘛。我想，在大庭广众之下，他竟敢做出如此的举动，肯定是饿极了。这是困难时期呵，粮食极其匮乏。我也很窘很尴尬，不知道说什么好，马上返回了车站，再没有兴趣和心情逛街了。

112次列车是晚上6点35分离开济南站的，济南到达永定门这段行程，需要运行15个多小时，总要喝几次水的，而我没有水杯，喝不了列车上的开水，就得到洗脸间去喝凉水。列车员问我怎么不带杯子，我淡淡地回答一句：没杯子习惯了。可人家真是服务周到热情，把列车上的杯子借给我使用，我非常感动。现在回想起来，那时出门不带杯子不带水，好像是共同的生活习惯。无论是中学还是大学，学生外出时，都不带杯子不带水。也没见老师带着水。哪像现在的人们，随时随身带着水哟。

7号上午10点多，我终于投身到伟大祖国的首都北京的怀抱里，感到无比的温暖与幸福。

我上大学的3天路程，今天的同学们读起来，可能觉得有点像“天方夜谭”，抑或不解，甚至可笑，但它的的确确是我上大学路程的真实写照。我今天把当年的日记整理出来，旨在让今天的同学们了解一下我们所处的那个时代，那是一个艰苦奋斗的时代，让他们更加珍视今天的幸福生活，更加努力学习，以便将来报效我们日新月异的伟大祖国。

碾道漫漫无尽头

20世纪50年代前后，五谷杂粮的粉碎，全靠磨来磨面和碾子碾面。再穷的人家，只要冒炊烟，就离不开磨和碾子。

磨和碾子都是磨面的工具。

磨，是用两个圆石盘合成的，靠上下两块磨盘上的齿痕摩擦，把粮食磨碎。磨，不是家家都有的。没磨的人家要磨面，就得东家借西家借。磨，通常是放在自家屋子里的，不怕风不怕雨，用起来也方便。

磨较小，靠人力转动磨盘。有的磨一人就能操作，一手转动，一手往磨眼里喂粮食。

碾子由一个大圆石盘和一个粗大的圆石磙子组成，也是靠大圆石盘（即碾盘）上的齿痕和圆石磙上的齿痕摩擦，把粮食碾碎。

碾子很大，往往要借助牲口拉动。没有牲口的人家，就得靠人推了。一个人推碾子是吃不消的，得两个人推。我们村只有一盘碾子，放在村子中间的场院边上，供全村人使用。

用磨磨面，是妈妈和大姐二姐干的活。大姐出嫁后，二姐顶上去。二姐出嫁后，我就被赶着鸭子上架了。我嫌磨出面少而且慢，闷在屋子里也不好玩，闹着要推碾子。推碾子费力，妈妈心疼我们，不忍心。因为我们心甘情愿，妈妈也就顺水推舟。

童年时，我在家乡走过的最长最多的路是碾道。绕着那六七米的碾道转圈子，一圈复一圈，没有个尽头。碾道上流下我许许多多的汗水，磨破我好几双鞋子。

几十年后的村子发生了巨大变化，好多旧时的物件已被新东西所取代，不知那盘碾子还在吗？碾子的位置永远刻印在我脑海中。我老马识途地向那里走去，哦，碾子还在老地方。周围长满了青草，碾盘和圆石磙上落满厚厚的尘土，本是石头的身躯，早已穿上泥土的外衣。显然，这是一个早已被村里人遗忘的角落。昔日村里的男女老少，日复一日，年复一年，频繁地来这里碾面，是村里唯一的人气兴旺的场所，如今却一片荒凉。我情不自禁地踩着草丛转起圈来，半个多世纪前的一幕幕情景，清晰地浮现在眼前：

柳家兄弟四个，有牛有毛驴，他们家碾面都用毛驴拉碾子。有时套上两头毛驴同时拉，速度当然就快得多了。柳家是村上日子过得较好的人家，村里人都羡慕他们家。

王三家的大闺女秀荣，力气大，一个人能推动碾子。但时间长了，就显得吃力。而这时袁家的大毛总会来帮忙，把碾子推得飞快，秀荣的脚步就跟不上了。大毛说："秀荣，你歇着吧，我一个人行。"久而久之，秀荣和大毛就好上了。咱们村，碾子为媒成全了六七对小夫妻呢。

我家与人合伙养的老黄牛，本来可以拉碾子的，因为它身材高大，步子迈得慢，只好依靠人力了。妈妈虽是个小脚，因我和二姐还是孩子，推碾子却是绝对的主力。她又要帮我们姐弟俩推碾子，又要把碾碎的玉米或麦子，用箩把面箩出来。我们只是脚不停地推碾子，妈妈却是一会儿帮我们推碾子，一会儿箩面，手脚都没有停歇的时候。妈妈是我们家最辛劳的人！

现在回想起来，童年最怕的活是推碾子，而最乐意干的活也是推碾子。怕的是，推碾子一推就是半天，甚至一天，脚步都迈不动了，可活儿还没完，还得支撑着，直到把面碾完。这时就下意识地瘫坐在碾道上，怎么也不想站起来了。而乐意干推碾子的活儿，一是因为，一推碾子，就有贴饼子或馒头吃了，赛过今天的吃烤鸭。二是碾场最热闹，村上的男女老少都爱扎堆在那儿拉家常，东家长，西家短，聊得生动活泼，听得津津有味，不亚于今天的卡拉OK。

关于一首朗诵诗的片段记忆

1964年大学毕业后，响应党和政府的号召，我们到延庆县高庙屯村劳动实习。冬闲时，实习队排练节目，走村串寨，为当地农民义务演出，很受欢迎。我与霍庄共同创作一首朗诵诗，成为一个节目。可惜全诗后来丢失了，我和霍庄都很遗憾。但在我的记忆中，至今还能记住我写的那部分中的一小段，忆录如下，聊补一点遗憾。

……

我们演出在塞外，
情满心呵意满怀，
新人新事新题材，
越演心里越痛快！

忆从前呵，怎能比现在，
古人旧戏拼命地排，
对人物我们根本不理解，
可是，我们还盲目地崇拜：
说什么，这才能衡量出艺术天才。
就这样，我们跟着剧中人，
生活在我们还没有出生的那个时代。

战斗的生活吸引我们到塞外，
新歌新舞新戏赶着排，

走千村呵，走万寨，
去占领山村的土戏台。

土戏台呵土戏台，
塞外的山坡上搭起来。
锦绣的山河呵，
你是最美丽的布景挂天涯。
连山的巨石呵，
你是最好的化妆台！
这样的舞台脚下踩，
革命的青春永不败。

朋友呵，
这不是什么奇迹，也并不奇怪，
英雄的人物就生活在我们的村寨，
他们的形象是那么可爱，
不把他们赞美，
就深深地感到，
我们愧对时代和人民的厚爱！
……

1965年1月，2018年6月15日追记

在《井冈山》剧组那些日子

1993年，是毛泽东主席100周年诞辰。他是新中国的开国领袖，中国人民将隆重地纪念他。北影厂领导与主创人员不谋而合，一致同意拍摄一部反映井冈山斗争的影片。主角当然是领导井冈山斗争的毛泽东同志。厂里派曹硕龙到江西深入生活搜集素材。成志谷厂长亲自挂帅，于1990年5月16日，带领文学部主任王陶瑞、编辑吕心芸和我飞往南昌。编剧曹硕龙及剧本合作者刘仁德到机场迎接我们，安排我们住江西宾馆。当晚，省长吴官正、副省长蒋祝平，到宾馆看望我们。吴省长说，省委愿意与北影厂合作，同意刘仁德、曹硕龙合作创作电影剧本，并全力给予支持。

创作出来的初稿剧名叫《井冈山毛泽东》。厂领导与艺委会，于1991年1月11日进行讨论，提了很多修改意见，并建议片名就叫《井冈山》。

电影文学剧本修改通过后，决定由李新担任导演，组成摄制组，大队人马开赴井冈山外景地。

1992年10月17日，我受厂领导委托，陪同郑惠、何静修等同志前往《井冈山》摄制组。郑惠同志是中共中央文献研究室副主任，何静修同志是中共中央文献研究室室务委员、编审、秘书长。他们对井冈山斗争这段历史非常熟悉，是党史专家，请他们为《井冈山》剧本历史内容把关。

《井冈山》摄制组驻地在宁冈县的茅坪。

井冈山斗争时期，茅坪是井冈山革命根据地党、政、军领导机关所在地和湘赣边界工农武装割据斗争的指挥中心。同时，红军的后方留守处、医院、被服厂、修械所等后勤机构也设立于此。在这里召开了湘赣边界党的第一次、第二次代表大会。毛泽东、朱德、陈毅、谭震林等经常在这里办公和居住。

井冈山斗争时期，毛泽东经常在茅坪八角楼居住和办公，领导湘赣边界工农武装割据的伟大斗争。因为楼房里有一个八角形的天窗，所以当地群众都习惯把这栋房子叫作八角楼。

1992年10月21日，在步云山苏区第二次代表大会会址前举行隆重的开机仪式。参加的人数过千，会场左边的山坡上都挤满了人。鞭炮、枪炮声齐鸣，热闹非凡。摄制组的主创人员和演员跟大家见面。郑惠、何静修，宁冈的张书记、江西省武警总队吴参谋长，还有七位新闻记者等，都参加了开机仪式。

上午开机仪式很不顺利，突然出了意想不到的事情。在鞭炮、枪炮声、爆炸声中欢欣鼓舞，突然，一个爆炸点崩裂起的碎石渣，把协助拍片的江西武警总队营长周勇的左眼睛炸伤了，还比较严重。急忙把他送往县医院治疗。因我还要会见记者，没有同时前往县医院。下午，我到医院去看望周勇，见了治疗的医生，经研究决定，立即送往省会南昌去治疗。10月28日我欲往南昌慰问周勇营长，突然接到摄制组的电话，说周勇的家属来到摄制组了，我马上改变行程，赶往茅坪，见了周勇的妻子、姐夫、弟弟以及吴参谋长。家属来摄制组的住地，主要是为了商谈赔偿事宜。家属提出希望给予经济赔偿。我们询问赔偿多少钱？他们始终不开口。我与制片主任王连生等研究，给予一次性经济补偿，不留尾巴与后顾之忧。并提出经济赔偿的四方面内容：一是医疗费，二是护理费，三是营养费，四是困难及精神创伤费。同时还提出处理事故的三条原则：一是确定事故的性质，二是根据性质找出国家的有关规定，三是补偿可以略高于国家的规定。家属经过会商，于28日晚上告诉摄制组：赔偿八万五千元。狮子大开口啊，摄制组没有同意。29日，我与王连生、应文龙、米福林、王振刚等碰头，同意补偿数额为二万元。起初家属仍不接受，我们也没退让。周勇的受伤，追究其原因，他也有一定的责任。周勇是军人，他应该知道站在什么位置是安全的。因为人已受伤了，不宜再提个人的责任。我们与周勇的家属都主张经济补偿一次到位，以后不再旧事重提，没完没了。王连生等几个人又与武警总队领导商谈，武警总队愿意再给一万元，共三万元，家属同意了。这时医院也传来消息，周勇的眼伤好转，不会失明。家属能得到三万元补偿，周勇的左眼睛又不会失明，个个脸上有了笑容。王连生见此情景，为了进一步巩固相互谅解的气氛，大声地说：快到吃饭时间了，我们同家属及武警领导同桌共餐，庆贺圆满地解决这次工伤事故。大家鼓掌欢迎。在饭桌上，王连生把三万元钱交到周勇妻子的手上，周勇家属及亲人表示感谢。

12月3日，在宁冈县古城乡拍戏，有一场邮政代办所的戏。毛泽东夫人贺子珍到邮政代办所去买报纸。那时，井冈山消息非常闭塞，只能从报纸上了解外面的斗争形势。所以贺子珍时常到邮政代办所里去买报纸，供毛泽东了解外面的形势。有场贺子珍从高高柜台上买份报纸扭头就走的戏。没有代办所的老职工卖报纸，临时让我演这位老职工。救场如救急，我被强赶着鸭子上架，站到柜台里，随便从看热闹的群众中借顶帽子，往脑袋上一戴，再戴上老花镜，扮演起老职工来了。贺子珍匆匆从邮政代办所门外跑进柜台前买报纸，因为贺子珍时常来买报纸，是老客户，老职工拿份报纸递给贺子珍，贺子珍把钱往柜台上一放，转身出了门。双方都没有语言交流。我低头看一眼柜台上的钱，用手臂把钱拢进柜台抽屉里。导演及时喊道：停。我的戏演完了。在电影厂混了几十年，压根儿没想到还在电影上留下一个脑袋。虽然这脑袋不怎么好看，有点儿对不起观众，但总算不枉电影厂混了一辈子，在银幕上露了一回脸，毫无遗憾矣！

摄制组里的每个人，都有自己固定的岗位和工作内容。唯有我是个没有任何工作岗位与内容的人，是个多余的闲人。但我既然待在摄制组里了，总不能当甩手大爷吧。于是，我就定位是个打杂的人，看见哪儿有可以打下手的活儿，就助一臂之力。这要眼勤手快，就有干不完的活儿。有些对外交往与迎来送往的事，我多承担一些，让剧组人员全心全意地拍戏，慢慢地自己也不觉得是多余的人了。

既然来到了井冈山革命根据地，总要多走走多看看，自觉接受革命传统教育。当时正是井冈山革命根据地创建65周年，摄制组被邀请参加一些纪念活动。在此期间，我参观和瞻仰了井冈山烈士陵园，烈士陈列馆。在英烈室里，镌刻着15744位英烈的名字。我还登上一座山头，那儿是雕塑园，塑有毛泽东、朱德、陈毅、彭德怀、谭震林、陈正人、何长工、滕代远、袁文才、王佐、张子清、王尔琢、宛希先、何挺颖、李灿、贺子珍、伍若兰等17位革命英雄的塑像。“井冈山雕塑园”六个大字是萧克将军题写的。

1992年11月初，要在广西桂林召开金鸡奖国际影展会议，成志谷厂长报名出席。在国际影展会议期间，成厂长另有重要工作不能脱身，临时指定我与会。从茅坪去桂林，可谓路途曲折，得早点动身。10月30日从茅坪出发，延娥要到上海去选演员，与我同车去长沙。下午四点多到长沙，知道温同庆住长沙长岛宾馆1002房间，直接去找他同住一宿。第二天，乘291次列车去桂林，当晚八点多抵达桂林，住榕湖饭店6317房间。一住下，就给厂里打电话，告诉榕湖饭店电话号码223811转房间号，便于随时联系。

11月1号，会议代表纷纷报到，我厂的成厂长没有报到。原来，成厂长让我顶替他赴会，并没有与会议组及时沟通。会务组名单上还是成志谷的名字，没有赵绍义名字。我向会务组说明了情况，才改正过来。

在桂林还有件小事值得一提，就是沾了一次明星的光。我与刘晓庆座位紧挨着。人们关注的目光聚焦在刘晓庆身上，摄影记者的镜头对准刘晓庆，我怎么也躲不开。后来我干脆离开座位。坐在刘晓庆另一边的那位会议代表我不认识，他看我离开了，也马上起身离开。我们逃脱出尴尬的场面。

在桂林我认识了台湾著名导演、台北金马奖执行委员会主席李行先生，托他给台湾女作家华严女士捎个口信，北影厂准备购买她长篇小说《玻璃屋里的人》版权，改编成电影。后来我随《泪洒台北》摄制组赴台，李行先生亲自带我去见华严女士，签署了小说改编受权书。这是后话。

桂林国际影展会议闭幕后，我马上返回《井冈山》摄制组。在长沙转车时，受摄制组委托，到湖南省话剧团接位老演员，请她扮演影片中主要人物之一王佐的妈妈。我在茅坪、长沙、桂林来回奔波后，又回到茅坪，继续在摄制组里安心干些打杂的活儿。

影片快拍完时，我准备离开摄制组。制片主任王连生对我说，将来影片字幕上署名，你是监制人。还说，还有一个监制人，而且名字要排在你前面。我问是谁？他从上衣口袋里掏出小纸条，说，他的名字叫钟起煌，江西省委宣传部部长。说着，他又从提包里拿出一个信封来给我，告诉我，信封里一仟元钱是监制费。我说，厂里派我来摄制组，扮演厂长与剧组联络员的角色，便于厂长及时了解重点影片的摄制情况。我不是摄制组的正式编制成员，不应该享受监制费的待遇。王连生继续说，这笔监制费摄制组已经走了账，你自己爱怎么处理就怎么处理吧。于是，把钱硬塞进我衣袋里。这一仟元钱在我衣袋里焐了十来天后，我跟随摄制组一回到厂里，就拿着这一仟元钱到人事处，当着人事处几个人的面，交给人事处处长刘中原了。

到此，我在摄制组的日子，有头有尾地画上了句号。

吃河豚的怪圈

未吃河豚之前，就读过几篇有关吃河豚的文章。没有直接感受，只能囫囵吞枣地吸收。如今我吃了河豚，竟然吃出一点自己的感悟来了。

第一次吃河豚，正是“竹外桃花三两枝，春江水暖鸭先知。蒌蒿满地芦芽短，正是河豚欲上时”的季节，地点是在江苏靖江。后来又在广西北海再次品尝，时间是在秋天。据说，春秋两季，正是河豚最肥美的季节，这有北宋诗人梅圣俞的诗为证：春洲生荻芽，春岸飞杨花，河豚于此时，贵不数鱼虾。显然，河豚在一千年前就是昂贵的时鲜美食了。

我不大清楚河豚是如何烹饪出来的，但从饭桌上得知，宰杀河豚是最为关键的一环。河豚的毒性全靠在宰杀过程中清除干净。操刀大师傅不敢有一丝一毫的马虎，杀、洗、炸、煮一人负责制，中间不允许任何人插手。河豚做好后，也是自己先尝，过些时候没有发生异常的感觉，才让客人享用。

吃山珍海味机会多，吃河豚机会难逢。我没有怕死的畏惧，只顾聚精会神地品尝。先是夹起一小块，类似海参表面的小肉刺，咀嚼起来口感非常粗糙。入过虎穴者提醒我，把小肉刺翻裹在里面吃口感最好。我这样又朵颐了第二块，第三块……慢慢咀嚼，细细品尝，生怕河豚的滋味错失过去。奇怪，如此精心玩味地品尝，大失所望。既不觉得如何鲜美，如何嫩腻，如何芳香，也不觉得有什么特殊的味道。这难道就是“贵不数鱼虾”的河豚吗？说实话，它远不如鲥鱼、鳜鱼好吃哩。真是盛名之下，其实难副。

两次吃河豚，它是啥滋味，已经淡忘了。可感悟到的两个怪圈，却一直萦绕在脑海中。

第一个怪圈是拼死吃河豚。

河豚有毒，能吃死人，这是尽人皆知的。可千百年来，一直走不出一个怪圈，即年年吃河豚，年年吃死人；年年吃死人，还是年年吃河豚。人们为何要拼死吃河豚呢？管窥蠡测，不外乎有如下几个方面：

首先，河豚能吃。河豚虽有剧毒，但去毒后仍可食之。如有毒而根本不能吃，人们早就不去吃它了。河豚是鱼类中的一种，人们要吃鱼，当然不会放过它。

其次，好奇心和侥幸心理。吃死者毕竟是少数，绝大多数都平安无事。少数吃死者，反而激起吃河豚的刺激性和好奇心。烤鸭、龙虾再好吃，但它刺激不起食客的好奇心，更没有忧患意识。吃河豚吃的就是心跳，那才够刺激，那才终生难忘。再说，那少数悲剧命运怎么会偏偏落到自己的头上呢？

最后，恐怕就是炫耀心理了。吃过烤鸭、龙虾、鲍鱼等，没有什么可炫耀的。可吃过河豚就不同了。那是冒着生命危险吃的，是无所畏惧者的行为，这在食客中绝对是凤毛麟角的，甚至称得上是食界英雄了，谈起来自然会扬扬得意，极富自豪感。

第二个怪圈是食界骗局和“炒作”。

无论是文人骚客的诗文，还是拼死吃过河豚者的夸耀张扬，都把河豚赞美得如何鲜美，如何嫩腻，如何芳香，使人垂涎三尺。人都有喜新求异的味觉癖好，当面对难得满足欲望的机会时，又怎会轻易放过呢。然而，吃了才感到根本不是那么回事，自然会产生受骗的感觉。奇怪的是，在明白了是一场骗局和“炒作”后，以后有机会还照样参与其中，并不计较这样无恶意的骗局。不同的是心理已经起了变化。吃河豚本身不再是主要的欲望了，而是侃侃而谈吃河豚的文化，成了餐桌上的热闹话题。这时，毋宁说吃的是物质河豚，还不如说吃的是精神文化河豚。于是我明白了，吃河豚原来也是另一类“炒作”，而且“炒作”了一千多年，确实称得上是现代五花八门“炒作”的始祖了。然而迥然不同的是，现代一切“炒作”都是功利主义的，为的就是一个钱字。而吃河豚的骗局和“炒作”，是不带功利色彩的，可称之为集体无目的无意识的社会现象。不过，现如今的吃河豚也开始变味了，它已成为民间、商贸乃至官方公关的一道最具诱惑力的佳肴。自从小姐用于公关后，又开发河豚公关的新举措，于是乎河豚的身价猛涨，每斤升高到三位数。名副其实“贵不数鱼虾”了。只可惜，往日不带功利目的的食客们，因囊中羞涩，也很难问津了。

类似吃河豚的怪圈，在现代生活中司空见惯。贪污受贿是犯罪，轻则被判刑，重则要掉脑袋。可贪污受贿怎么查处也查不绝。再如吸毒贩毒，谁都知道它的巨大危害。可不管怎样严打严惩，还是那样猖獗。这种种罪恶的怪圈，也像吃河豚的怪圈一样，不可能在社会生活中消失。

怪圈无疑暴露出人性的弱点，经不起种种诱惑。但吃河豚的怪圈，是有胆量人的无畏行为，即使丧命，受害的只是自己，令人同情，甚至有几分敬意。而腐败贩毒分子的怪圈，是危害社会和危害他人的犯罪行为，将遗臭万年，永远被世人所唾骂。

（原载2003年8月15日《北京晚报》）

否定历史终会受到法律审判

2006年2月21日，曾公开发表言论否认纳粹大屠杀的英国历史学家大卫·欧文，在奥地利维也纳被宣判有罪，并处以3年监禁。我相信，世界上有良知有正义感的人，听到这个庄严的宣判，无不拍手称快。

1989年，欧文在奥地利曾两次发表演讲，否定奥斯维辛集中营有毒气室，否认纳粹屠杀600万名犹太人的种族灭绝行为。随后，奥地利当局发出了抓捕欧文的通缉令，德国一个法院早就判处欧文6000美元罚款，此外，澳大利亚、加拿大、意大利、南非、新西兰等国，限制欧文在其境内定居或入境。在事发17年后，欧文终于被绳之以法，得到了应有的审判。欧文的例子告示世人，不论哪国人，也不论你地位如何，一旦你发表不负责任的歪曲历史的错误言论，就逃脱不了历史的公正审判，要为自己的错误言论付出高昂的代价。

我观欧文的案子有如下几个特点：一是运用本国的法律量刑外国人。欧文是英国人，在奥地利被通缉，被逮捕，并被判刑。公正的法律是无国界的。二是历史案件的现实追究。欧文否定的是二战时期的历史事实，言论又是17年前发表的，均属于历史案件。法庭的现实追究是对历史的负责。三是荒谬的言论也可治罪。西方是标榜言论自由的世界，责罚言论罪行实属罕见。这说明言论自由不是无限制的自由。四是认错也不能逃脱法律的制裁。在法庭上，欧文表示认错，并多次要求获得缓刑。但由8人组成的陪审团最终做出决定，判处欧文3年监禁。法庭没有无原则的宽恕，维护了法律的尊严。

以上四个特点，对世界各国人民正确对待历史问题很有启迪作用，今天的人们不能随心所欲的歪曲历史，对自己涉及历史的言论要负法律责任。正像奥地利联邦法律规定的那样："任何人都不得公开发表开脱、否定或正当化大屠杀历史的言论。"

在当今世界上，否认第二次世界大战期间法西斯所犯下的滔天大罪的人大有人在。他们在铁证如山的历史事实面前，不是打着学术研究名义歪曲历史，就是死心塌地死不认罪，一副流氓无赖的嘴脸。对南京大屠杀，极尽歪曲和狡辩之能事，矢口否认；对慰安妇，将丧尽天良地污辱被害国的妇女编造成是妇女自愿的；对供奉甲级战犯的靖国神社，一意孤行地频频参拜；对战争罪犯的国际公正审判，也妄图予以推翻……凡此种种，比否认纳粹大屠杀罪行的言论，有过之而无不及。世人皆知，第二次世界大战时期，纳粹德国以及其他轴心国犯下的惨绝人寰的罪行，早就有了世界公认的历史结论，不论何人何地何时，否定正确的历史结论，就是对历史的犯罪，就是对当代人的挑衅，世界人民决不能容忍。对欧文言论的宣判，不仅关乎司法严明的问题，也关乎政治方向的正确与否问题。我们不能让人类历史灾难再次重演，要让数千万受害者的灵魂永得安宁，让后人的累累伤痕得以平复。

我们还应该看到，欧文现象不是孤立的。在欧洲，特别是德国，对纳粹罪行的认识和反省，是鲜明、坚定而且深刻的。在这样的大环境下，仍有欧文的极右言论出现，并且还有支持者，这说明正确认识历史的艰巨性和复杂性。相比之下，亚洲的一些极右势力，他们从来没有认真反省过侵略罪行。近几年来，否定侵略罪行的言论和行动层出不穷，而且越发明目张胆起来，这应该引起我们的高度警觉。

奥地利的法院敢为天下先，为我们做出了表率。那些过去和现在发表过此类言论的人，欧文不就是你们一面镜子吗。别看你们现在耀武扬威的，历史已经把你们绑在耻辱柱上。现在没有得到惩罚，是时候不到，时候一到，你就知道法律的厉害与威严了。

（原载《广电老年》2014年第5期）

拜谒原子弹爆炸中心的浮想

第二次世界大战即将结束时，美国在日本投下两颗原子弹：一颗投在广岛，一颗投在长崎。我们拜谒了长崎原爆中心。1945年8月6号，美国在广岛投下第一颗原子弹，3天后，即8月9号上午11点02分，在长崎投下第二颗原子弹。第一颗原子弹，夺去广岛14万多人的生命，第二颗原子弹，又夺去长崎7万5千人的生命。广岛那颗原子弹是落地后爆炸的，长崎这颗原子弹是在离地面500米的空中爆炸的。选择在空中爆炸的原因是，长崎是山城，三面环山，一面环海。民宅和街道星罗棋布在高高低低的山坡上。在500米空中爆炸，辐射面最大。虽然第二颗原子弹比第一颗原子弹伤亡的人数少，但它的危害程度，却比第一颗原子弹严重得多。原子弹爆炸后的巨大冲击波，向四面八方奔袭而去，遇到高山的阻挡，被撞击回来，又遇高山阻挡，再被撞击回去，这样反反复复，其伤害程度如同一次次雪上加霜。所以，第二颗原子弹的惨烈程度最为严重。

60多年后的今天，原爆中心早已惨状变新颜。爆炸中心区山青水绿，草木葱茏，四周层峦叠嶂的山坡上，错落有致形状各异的楼房，鳞次栉比，美轮美奂，一片繁华兴旺景象。为了提醒人们永远记住夺去7万5千人生命的历史瞬间，警示人们不让战争悲剧重演，在原爆中心区北侧的山坡上建造了和平公园。绿荫环绕的公园中央，矗立着高9.7米、重30吨的和平祈念塑像。青铜塑像的男子，右手指天，表示人类受到原子弹的威胁；左臂平伸，象征和平；双目紧闭，意味对原爆牺牲者冥福的祈祷。园内还有和平之泉，喷涌不息。游人争相在塑像前拍照留念，还有游客集体在园内举行和平祈祷仪式。这些都从我眼帘前一闪而过，唯独一处原爆遗址，最令我久久地驻足凝神。这是精心保存的一片残垣焦黑的废墟。这片废墟可能经过特殊的处理，用玻璃密封起来，不受外部环境的影响，永存一片历史原迹，警示后人。游人可以亲眼看到原爆中心的原始惨状，感受到原子弹爆炸给人类造成的巨大灾难。

日本虽然是侵略战争的发动者，但日本人民却是战争的受害者。日本人民是世界上唯一遭受原子弹爆炸灾难的民族，是十分不幸的，其罪过应由第二次世界大战的发动者来承担。但与受他们侵略的国家人民所受到的惨无人道的灾难相比，就不可同日而语了。然而他们醒世和警世的意识比我们强，让原子弹爆炸灾难的原罪永远定格在那历史的瞬间。在8年抗日战争中，中国牺牲了3000多万人民，日本侵略者制造的惨绝人寰的屠杀事件，数不胜数。历史又前进了60多年，日本侵华原始罪行被完整地保留下来的，越来越少了，这是我们无法弥补的严重缺憾。文字的揭露固然重要，但原始罪行的保留，对后人解读这段历史，更形象、更直观、更具体、更胜于雄辩。

站在原爆中心废墟前，追昔抚今，感慨万千。日本人民不因美国放了两颗原子弹，就永记这历史的仇恨。然而，令人不解的是，对于遭受他们侵略的中国人民所犯下的滔天罪行，那些右翼人士，甚至日本政府的某些政要，却千方百计地回避、掩盖和否认。连南京大屠杀那样的滔天罪行，都怀疑它的历史存在，怎不令中国人民愤慨。历史就是历史，是任何人也否认不了的。倒行逆施，是世界人民所不允许的。

2006年11月23日

日本九州云仙

一块充满思绪的地方——联合国欧洲总部

一个国家名声最大的城市，基本上是这个国家的首都。然而瑞士却并非如此。它的首都是伯尔尼，名声却远不如日内瓦。日内瓦是个只有15万人口的小城市，然而它的知名度，却可以与世界上诸多国际大都会相媲美。这是为什么呢？可以用刘禹锡《陋室铭》中四句话来回答："山不在高，有仙则名。水不在深，有龙则灵。"日内瓦正是有"仙"有"龙"的国际化城市。许多国际性组织都设在这里，如联合国欧洲总部、世界卫生组织、国际红十字会总部、世界气象组织、万国邮政联盟、国际劳工组织、世界知识产权组织、世界贸易组织总部等，总共有数十个之多。各种国际会议频繁在这里召开，成为世人关注的地方。再加上日内瓦湖的迷人风光，自然成为游览观光的好地方。当我投入日内瓦和日内瓦湖的怀抱时，我却偏偏对联合国欧洲总部这块地方产生了浓厚的兴趣。

作为一个普通老百姓，老实说，对联合国欧洲总部本身并无多大兴趣。我感兴趣的，是在这里发生过的故事，能引起人们的思索和启迪。

听导游说，要带我们去游览联合国欧洲总部，我感到挺诧异。大名鼎鼎的国际组织，怎么会成为一个游览景点呢？我是带着这个疑问来到联合国欧洲总部的。

总部坐落在日内瓦湖畔，门前飘扬着一百多个国家的国旗，其中当然有我们的五星红旗。特别有意思的是，门前还摆着一把巨大的三条腿椅子，据说是为纪念越南战争中伤残人员而设立的。总部是一组欧洲宫殿式的建筑群，里面大树参天，鸟鸣婉转，悦耳动听。地面绿草如茵，繁花似锦，秀丽清新。导游这才告诉我们，这块地方原是一户贵族的庭院，是这户贵族捐献出来的。故事是这样的：第一次世界大战结束后，由当时的美国总统威尔逊倡议，成立了国际联盟，总部想设在日内瓦。这户贵族中的老者得知这个信息，当即通告威尔逊，说他愿将自己的这处庭院，无偿地捐赠给国联。在办理捐赠手续时，老人提出了三个条件：一、要永远向观众开放，二、孔雀继续饲养下去（老贵族生前喜爱饲养孔雀），三、他的墓地不受干扰。这三个条件，国联全部承诺，顺利而迅速地办理了捐赠手续。

对这位老贵族惊世骇俗的善举、慷慨的精神境界，后人无不赞叹有佳。二、三两条姑且不表，要向观众永远开放的深远目光，更加令人敬佩。按说，能捐赠出这块地方，就显出他非凡的人格魅力，而在捐赠时还想着后人的自由活动空间不被剥夺，着实是胸怀宽阔而远大。他在想着自己的同时，还想到别人，在那个时代实属难能可贵。假如没有这位老贵族的真知灼见，千千万万的游人，是不太可能迈进这块地方的。同时，我们也同样敬佩联合国的历届当局，他们一诺千金、坚守承诺的守信精神，同样令人感佩。他们完全可以找出不守承诺的理由，诸如什么时代变迁了，牵涉总部的保卫问题、安全问题、管理问题、工作环境问题等，而把游人拒之门外。九十年来一直守诺如初，这位贵族老人一定会地下有知的，可以永远在不受干扰的墓地安息了。

然而，在现代社会生活中，不守承诺、不守信用的现象相当普遍。签订的合同并不遵守，达成的协议随意违反，说过的话出尔反尔，推翻前任的施政方针计划是家常便饭……在现代社会中，国际交往、人际交往、经济交往、科技交往空前繁荣，信守承诺就显得尤为重要。当然，承诺不是绝对不能修正的，但要经过正确的途径和合法的渠道，而不能单方面随意更改和违反。

总部前一百多面国旗在风中飘扬，我的思绪也随着飘扬的国旗，更加浮想联翩。

（原载《环球纪事》2007年第9期）

列宁墓前思绪万千

凡是到俄罗斯的外国人，尤其是中国人，都有一个愿望，就是去克里姆林宫前的红场，瞻仰列宁墓。我很幸运，去红场参观的那天，巧遇列宁墓开放。

在人类历史上，保存遗体的，列宁是第一人。对这位影响了世界也影响了中国历史进程的列宁主义创造者，我早就拜读过他的许多著作。至今，四大卷的《列宁选集》还摆放在书柜里。

列宁墓坐落在红场西侧，克里姆林宫墙正中的前面。我们是从红场的西边排长队进入红场的，大约向东一百多米就是列宁墓。陵墓一半在地下，一半露出地面，体表是阶梯状的3个立方体，采用黑、红两色大理石和花岗石建成。墓前刻有“列宁”字样的碑石净重60吨。陵墓下大上小，总共四层，具有古埃及金字塔的意味，厚重和简约，符合这位历史巨人的气质。墓顶是平台，每当重大节日和重要活动时，国家领导人就站在列宁墓平台上观礼检阅。平台两翼是可容纳万人的观礼台。进入墓内不准带照相机，我们把照相机交给导游看管。沿黑色大理石台阶而下，就可进入陵墓中心的悼念大厅了。那天，莫斯科的阳光非常强烈，一入墓室，顿感一团漆黑，过一会儿才有所适应。墓道是一级一级向下的台阶，走了很长一段，才看到那个闻名世界的水晶棺。石室朦胧阴暗，宁静而神秘，室内所有的光线都是从水晶棺里扩散出来的。而水晶棺内的光线也不亮，好像深夜里室内的灯光，极其柔和。列宁安详地仰面躺卧在铺有红色党旗和国旗的水晶棺内，身穿黄色上衣，胸前佩戴一枚红旗勋章。列宁身材不高，只有1.62米，而躺着就不显矮小了。他脸上的神气自然而平和，那种安睡般松弛的状态非常逼真。我没觉得列宁离开世间已经87年了，仿佛像活着而睡着了那样。尽管他皮肤看上去有一点缺乏弹性，面色却幽幽泛光。他的双手——右手习惯般地微微握着，左手放松般地松开。这两只手摆在黑色带红边的缎面的被盖上，自然随意，显得真实生动。

我向这位无产阶级政党的伟大缔造者，苏维埃联盟国家的创建者，恭恭敬敬地三鞠躬!

参观的人很多，我想多停留一会儿都不行，就被身后的人拥着向前了。出了列宁墓，必须经过列宁墓后面和克里姆林宫墙前面的名人墓，才能走出列宁墓。名人墓现有12块墓碑：勃列日涅夫、安德罗波夫、契尔年科、捷尔任斯基、高尔基、斯大林等苏联政治家和艺术家。

瞻仰列宁墓后，列宁真实而生动的形象深深地印在我的脑海里。似乎激奋了我的脑细胞，使我不由地浮想联翩起来。

列宁躺在这里80多年了，他本身没有多大变化。然而他缔造的国家，却发生了巨大的变化，解体了。他的继承人斯大林，遭到了焚尸移墓。他本身也命运多舛，险遭厄运，至今仍然睡不安宁。

历史告诉我们，再伟大的历史人物，不可能不犯错误。怎样对待历史人物，对后人来说，既是个历史问题，又是个现实的问题。苏联时期，列宁、斯大林的地位是至高无上的。他们的遗体定期开放，供人们瞻仰。列宁墓前有士兵站岗，每小时换岗一次，换岗仪式庄严雄壮，吸引人们观看。然而，1991年苏联解体后，列宁、斯大林的地位一落千丈。同样放在水晶棺中斯大林的遗体，早在1961年就被赫鲁晓夫给火化了。现在，他的骨灰葬在列宁墓后面的“名人墓”中，排在最后一位。还算幸运，历史仍给他一个位置，大概是因为他在第二次世界大战中建立的不朽功勋，俄罗斯人还没有忘记。1993年底，列宁墓的岗哨和换岗仪式被撤掉了，改到克里姆林宫红墙西边的无名烈士墓。我在参观完红场和瞻仰过列宁墓后，特地赶往无名烈士墓观看哨兵换岗仪式，确实雄赳赳，气昂昂的。

苏联解体后，关于要不要将列宁墓迁出红场的争论，在俄罗斯一直没有停止过，但时至今日，还没有哪个俄罗斯领导人敢真正这样做，因为列宁终究是推翻沙皇专制制度的伟大领袖人物。

在否定列宁的思潮鼎盛时，曾出现过要卖掉列宁遗体的呼声。西方某个大款遥相呼应，出价70万美元购买。闹腾了一阵子，就不了了之了。这次买卖幸亏未成，否则，将闹出世界上最荒唐可笑的闹剧来。

今年1月21日是列宁去世87周年纪念日。俄罗斯再次掀起是否拆迁列宁墓的争论。争论的双方，主要是执政的统一俄罗斯党和在野的俄罗斯共产党。看来，躺在墓下的列宁，还是不能盖棺论定。有西方媒体指出，今年围绕列宁墓的拆迁和争论，与明年的选举有关。列宁墓往往成为政治家政治斗争的工具。真乃一针见血！

列宁啊，你若地下有知，你那聪明智慧的大脑，不知又要写下多少犀利的战斗檄文！

俄罗斯“地导”热情地为我们讲解介绍，说到列宁的时候，总是一口一个列宁同志，我听了很亲切。但在了解了“列宁同志”含意后，又陷入了沉思和怅惘。现在俄罗斯人的社会生活中，已经没有“同志”的称呼了，取而代之的是先生、女士、小姐、总裁等。“地导”也偶尔提到“小梅”，最初我听不懂，后来才明白，“小梅”指的是他们的总统梅德韦杰夫。既然社会生活和人际交往中，没有了“达娃里西”的称呼，同志自然就只能用在列宁身上了。

后人臧否前人，这是历史上的常见现象，不足为奇，不必大惊小怪。相信历史自有公论的。

不管怎么说，我是见到了列宁同志！我向他三鞠躬，表示我对他的崇敬！

对于以后列宁同志的“命运”如何，我并不担心。即使他被迁出红场，或被焚化了，他的名字和功绩，将永留史册。

2001年7月25日

（原载《广电老年》2012年第11期）

发生在金门大桥上的故事

游览美国的第一天，就迈上旧金山的金门大桥。据说，它是世界十大桥梁建筑之一，以雄伟壮观享誉世界。以我外行者的眼光看，与中国现在的一些桥梁相比，它就盛名难副了。不过，它是在1937年建成的，列为世界十大桥梁建筑之一，仍是当之无愧的。现在，平均每年有900多万参观者踏上大桥，因此，它成为旧金山最闪亮的城市名片。

金门大桥吸引我的，除了海上彩虹般的雄伟壮观之外，更为吸引我的是发生在大桥上的故事。

大桥的设计者约瑟夫·施特劳斯，在大桥通车后的第二年就去世了。令设计者没有想到的是，许多受到各种挫折而想不开的人们，觉得金门大桥是一个安放灵魂和躯体的绝佳地方，于是便选择从这里跳桥自杀。因为金门大桥的下面是深不可测的海水，只要从桥上跳下去，便葬身大海。

据统计，从大桥开通的1937年算起，平均每年约有200人选择在这里结束生命。去年（2007年），跳桥自杀者竟多达1200人。我计算了一下，70年来，竟有14000多人在这里结束了生命，金门大桥俨然成了“自杀者的天堂”。

跳桥自杀的新闻不断被媒体曝光，人们把金门大桥看成是扼杀鲜活生命的“杀手”。一些自杀者的家人，甚至将死者施特劳斯告上法庭，理由是：他生前不应该造这么一座具有“死亡诱惑力”的大桥，如果没有这座桥，他们的亲人就不会轻生。不过，法院都驳回了他们的控告，但是却给施特劳斯的三个子女造成了巨大的心理负担。

为了弥补和挽救父亲“考虑不周”所犯下的“错误”，施特劳斯的三名子女在长子马丁的带领下，踏上了阻止跳桥者自杀的历程。

他们先是在大桥的缆索上，贴满了劝慰企图跳桥轻生者的标语，同时，三人一有空就轮流巡逻，但却收效甚微。一些决心赴死的人根本不吃这一套，他们甚至看都不看标语，就选择了纵身一跃。

劝慰和巡逻丝毫不起作用，自杀者的数目依旧有增无减，焦急万分的马丁最后做出一个惊人的决定，给长达1000多米的金门大桥安上防护网，将大桥上可以跳下去的豁口和低处全部封住。

然而，这个看似简单的措施却需耗费巨资。为了不影响金门大桥的美观以及不增加它的负重，所有的防护网必须是透明轻巧的，这就意味着不能使用普通材料，而需选用特种材料。

在奔走了两个多月后，马丁终于找到一家可以生产这种防护网的厂家，但是，所有的费用加起来竟高达好几千万美元！

施特劳斯的三名子女表示，他们将承担750万美元的费用。其实，马丁三兄妹并不是富人。马丁是一名二流桥梁设计师，年薪约为10万美元；马丁的妹妹是一名中学教师，年收入4万美元；弟弟则是一名药剂师，年收入6万美元，三人年收入20万美元左右。杯水车薪，力不从心。好在旧金山当局愿意承担一部分费用，其余的只好向社会募集。之后，经过4年多的辛苦筹集，马丁兄妹终于筹集到安装防护网的第一笔费用500万美元。今年3月，第一段防护网正式被安装上大桥。我看着这段防护网，由衷地升起对马丁兄妹的崇敬之情。

如今，马丁兄妹正马不停蹄地为第二笔安装费奔走，他们争取到2012年年底，防护网将全部被安装上。

自筹资金为金门大桥安装防护网的举动被媒体曝光后，一些民众表示不解，认为他们没有责任和义务去做这件事情。然而，马丁却回答道：“无论何时，金门大桥都跟我们脱不了关系，因为它是父亲生命中的一部分，现在这个部分出问题了，我们绝不会袖手旁观，不管不问。”

这个故事，使我进一步理解了东西方的思想文化差异。

（原载《广电老年》2013年第8期）

不再叹息的叹息桥

威尼斯，被称为“亚德里亚海的明珠”，是举世闻名的水上城市。乘船驶向威尼斯本岛，上岸向左行进，去参观圣马可广场（又称威尼斯中心广场），圣马可大教堂，被水网隔开的街道，坐贡多拉小船……我首先要经过的是一座拱形桥，它的名字叫叹息桥。为何起这哀伤的名字？原来，在桥的左边是旧时的总督府，15世纪的时候是审讯犯人的地方，相当于现在的审判庭。右边是地牢，被审判后的犯人，都要经过这座桥被押送进地牢。在这个审判庭里审判的犯人，不是被判死刑就是无期徒刑。基本上不会再活着出去了。行刑之前，他们走的最后一条路就是这座桥。走到桥的另一头，生命也就走到了尽头。那时候，桥上有窗户，犯人可以看这个世界最后一眼。犯人们知道这是一座断头桥，因此哀伤叹息。久而久之，桥也受到叹息声的感染，仿佛也在叹息，于是人们就叫它叹息桥。叹息桥呀，你原来是一座凄凉哀伤的桥啊。

我怀着伤感的心情走上桥。桥很小，也很旧，确有一种沧桑感。我在桥上走来走去，人流从我身旁拥挤而过。说句实话，这桥太普通了，其貌不扬，就因叹息而有了名气。我置身在桥上，看着下面沉沦的河水，听着每个人在议论它的历史，心情也有点儿沉重起来，情不自禁地叹息一声。

我观察桥上的行人，有的匆匆而过，奔向下一个目的地；有的停下脚步四处观景，欣赏威尼斯的旖旋风光；有的选择角度摆好姿势拍照留念。我旁边有一对浪漫的恋人在拥抱接吻，周围的行人若无其事，习以为常。据说，每年有无数的恋人会跑到这座桥上来接吻，相信和祈盼在叹息桥上接吻，爱情会永生永世。灵验不灵验，我不知道，只是下意识地看一眼那对恋人，没敢询问。倒是那对恋人发现了我的目光，冲我大方地笑了笑，弄得我有点儿不好意思。我马上回过神来，说：“愿天下的恋人，都来叹息桥上接吻。”

我没有年轻人浪漫，不敢在众目睽睽下接吻，拉着老伴在桥上照了一张相，算是心心相印，心心相连，定会白头到老。

如今的叹息桥，再也听不到叹息声了。昔日走过叹息桥，是走向地狱。今日走过叹息桥，是走向欢乐，走向像天堂般诱人的威尼斯景点。桥还是那座桥，时代不同了，叹息声早已被欢声笑语所代替。光游客，每年就有2000多万人走上走下这座桥。在现代人心目中，它的名字已经被改掉了。人们可以叫它迎客桥，欢乐桥，恋爱桥……

（原载《环球纪事》2007年第9期）

中国的海盗村与北欧的海盗遗存

现如今一说到海盗，人们马上就会想到索马里海盗，可能还有看过的电影《加勒比海盗》系列。确实，近些年来，索马里海盗太猖獗了，成了亚丁湾和印度洋上往来船只的巨大威胁。“索盗”劫持商船，索要巨额赎金，甚至残害生命，成为海上一害。一时间，索马里海盗成了过街老鼠，人人喊打。中国等国不得不派出护航舰队，保护这一海域的航行安全。

海盗，查《辞源》和《辞海》字典，居然没有这一词条，这令我吃惊。是对海盗讳莫如深，还是不屑一提，或是疏漏，或是其他原因？不得而知。倒是《现代汉语词典》上有海盗词条，解释是：出没海洋上的盗贼。

不论是海上盗贼，还是陆上盗贼，都是盗，都是贼。中外古今，盗贼都是危害人民利益的敌人，是人们防御和严厉打击的对象。

随着时代的变迁，当年赫赫有名的一些海盗，早已不复存在。但海盗遗迹遗址，却成了人们乐于探访的游览景观。我就游览过中外两处海盗遗址：一处是浙江的海盗村，一处是北欧的海盗船与海盗博物馆。

浙江的海盗村在三门的蛇蟠岛上。据说，发现这个海盗村非常偶然。然而就是因为这一次偶然的发现，让三门蛇蟠岛吸引了人们惊异的目光，那1300多个大大小小的洞窟，蕴藏了很多至今难以破解的谜团。洞内有面积达3000余平方米的高敞“大厅”，也有仅容1人的“单身公寓”，洞窟纵横交错，使整个山体几乎被挖空。在海盗村洞窟入口处，名为“东海枭雄”的群雕映入眼帘，难道那些洞窟真是当年海盗盘踞的窝点？带着些许疑问，拾级而上，步入幽深的洞窟，一幅石窟世界的奇妙画卷缓缓舒展开来。

蛇蟠岛的海盗村景区是目前国内唯一一个以海盗为主题的海岛洞窟景区，其独特的海盗文化让人惊异。根据历史记载，蛇蟠岛曾经是海盗窝，海盗村不仅汇集了千百年来中国海洋史上赫赫有名的“东海枭雄”，也招徕了史上“盗”名远扬的英国“海上魔王”弗朗西斯·德雷克、西班牙“海盗女皇”卡特林娜等欧洲海盗齐聚于此。历史上北欧海盗几乎是整个海盗界的代名词，“东海枭雄”“山海会盟”“海洋经略”和“北欧海盗”等观光区再现了当年叱咤海洋的中外著名海盗人物和其种种“盗”迹，为每一个参观者阐述了一个“盗”亦有“道”的人文内涵。

沿着洞窟内的弯弯山道，下船台，入道乾港，过象鼻门，看到了一艘“搁浅”的海盗船。该船桅杆断裂，船上布满破碎的瓶瓶罐罐，是何原因造成的？不得而知。

在玲珑飞度景区，有一片开阔地，叫观海长廊，远眺是碧波无际的大海，近观是美丽的海滨养殖滩涂和一座几乎被掏空的采石山体。那里水洞相连，深入海底。在60多米高的山崖上，海盗们利用自然落差，利用绳索，须臾之间飞速及至，展示了昔日枭雄们的勇敢和本领。

游览过程中，我问导游：“英国的‘海上魔王’弗朗西斯·德雷克和西班牙的‘海盗女皇’卡特林娜，真的来到过这儿？记载在什么资料上？”导游回答道：不知道，导游词怎么写的，我就怎么解说。回来后，我查了许多资料，也没有查到，仍然是个问号。

北欧的瑞典、挪威、丹麦，随处可见的文化遗存，竟然也与海盗有关——海盗船、海盗村、海盗展览、海盗博物馆，成了旅游的重要景点。就连西方人爱吃的三明治，名称居然叫维京海盗三明治。北欧海盗又称维京海盗，因为当年的海盗都是维京人。我们从赫尔辛基乘大型游轮前往斯德哥尔摩，游轮就叫维京号。我早就从新闻广播里知道，冰岛的国家诸多党派中，有个党派就叫海盗党。可见海盗遗风遗迹遗承无处不存在，无处不张扬。

公元11世纪前后，这片如今已是相当富庶、文明程度很高，但并不广袤的斯堪的纳维亚半岛，居然是海盗繁衍栖息的老巢。那些高鼻梁、蓝眼睛的日耳曼族裔，汇集在迎风飞舞的骷髅旗下，挥舞着寒光闪闪的冷兵器，向西，穿越北海，挪威海；向东，横跨波罗的海，干着和今天的索马里海盗大致相当的勾当，四处抢劫、侵掠、征伐，暴敛，甚至屠杀，其海盗船纵横四海，几乎袭击了整个西方世界，令欧洲各国闻风丧胆。对于这样一段未必光彩的历史，北欧国家不但毫不忌讳，相反，还极其慷慨地向外国游客隆重展出。不论是散落在海边道旁的那些雕塑小品，还是在一个个内容丰富的博物馆里，随处都可让你迎头撞见他们的海盗祖宗和海盗舰船，哪怕只是一具具骷髅白骨，或残朽的橡木龙骨，都视为珍宝。朗朗乾坤之下，这些极具抽象意味的历史琐屑，珍宝似地摆放着，展示着，津津乐道地讲解着。它们承载着并不发达、并不文明的历史，但传承的又似乎不仅仅是历史。其实他们想要表达的，是他们剪不断的海盗情结和另类的海盗观。

不同的海盗观，得出的结论自然截然不同。海盗，这个在汉语谱系中充满贬义的词汇，在北欧，显而易见，恰恰被引以为傲，毫无遮掩忸怩之态，向游人肆意张扬着。

中世纪的欧洲，曾经是一个相当黑暗的时代，战乱与瘟疫充斥着这片广漠的大陆，缺乏理性与宽容。与此同步，北欧在遭受一波接一波宗教大战蹂躏的同时，海盗应运而生，把无政府状态下的时代特征演绎到了极致。直到哥伦布、麦哲伦等新的航海英雄横空出世，斯堪的纳维亚半岛上的海盗才金盆洗手，痛改前非，皈依基督。这不能不让我们惊诧他们的巨大转变。或许在蒙昧的年代里，天然葆有的文明光辉照亮了黑暗？不然，北欧的今天，便无法与它的昨天接轨，北欧人的自信便找不到合乎逻辑的理解。敢于慷慨地晾晒自己的疮疤，往往来自对历史的尊重与崇敬；自信的背后，隐匿着强者的骄矜。镌刻在北欧大地上的海盗文化遗存，与中国的海盗村相比，一个仅仅作为一段历史的客观展示，一个却作为骄傲荣耀的历史张扬。在让中国人误以为禁忌，需要遮目偷窥的时候，偏偏泄露出了另一种文明的心理密码。

北欧海盗已成为历史，人家的海盗观亮相在大雅之堂，没藏着，没掖着，显示出人家的自主和自信。你可以不赞同，也可以说三道四，但并不可怕，也不会产生多大的负面效应。倒是现在的海盗，应该引起人们的足够重视。说句实在话，对现如今还比较猖獗的索马里海盗，其实不用过分惧怕，因为有多国护航舰艇的保护，海上航行就会有一定的安全保障。而某个大国海洋霸权的发展壮大，在全球浩瀚的海洋上称王称霸，又没有制约抗衡的力量钳制，新的汪洋大盗自然就会产生了，这才是最具威胁性的超级海盗。更可怕的是，当今已经形成海上称霸的汪洋大盗，很多人还把他当成救世主呢，俯首听命，狗仗人势，紧跟在屁股后面摇旗呐喊。世界爱好和平的人们，应该擦亮眼睛。

大国崛起，无不从海洋起步。曾经打赢1588年和西班牙的那场大海战，帮助日不落帝国奠定近代全球霸业的英国海军上将德雷克，不就是不折不扣的海盗出身嘛！

近千年的光阴已经流逝，西方人的思维观念，竟然还是如此惊人地相似。一种相沿成习的文化积淀，一种与生俱来的认知模式，一种历久不易的价值判断，其强大的历史穿透力，绝对不是岁月的变迁所能屏蔽的。

中国寺庙与欧洲教堂之迥异

瞻仰过国内许多大大小小的寺庙，游览过欧洲诸国闻名于世的各种教堂，两相对比，发现中国的寺庙与欧洲的教堂，有着许多迥然不同之处。

无论是寺庙还是教堂，从本质看是相同的，都是宗教建筑，是教徒信教传教的活动场所。寺庙是中国佛教建筑之一，教堂则是基督教的建筑。但因为地域、历史、国情、民情、传统等差别，致使中国寺庙与欧洲教堂形成诸多迥异之处。

第一，建筑格局的不同。

中国寺庙基本上是大殿式的，与宫殿类似，独具中国文化的浓郁特色，部分寺庙以塔的形式存在。多进院四合院式的格局，一律是砖瓦木结构。寺庙内香客虔诚敬香，香烟缭绕。寺庙不论规模地点，其建筑布局是有一定规律的：平面方形，或长方形，以山门殿—天王殿—大雄宝殿—主供菩萨殿—法堂—藏经楼，这条南北纵深轴线来组织空间，对称稳重且整饬严谨。沿着这条中轴线，前后建筑起承转合，宛若一曲前呼后应、气韵生动的乐章。中国古代建筑的布置总是对称的，即主要建筑物建筑在主线上，次要建筑物分别以主线为对称轴左右布置，总体设计主次分明，房屋排列俨然有序，寺庙传承了这一建筑风格。在此基础上，寺庙因其宣扬的理论，以追求自然精神境界为最终和最高目的，在建筑中穿插了园林风格，达到人与自然合而为一的境界，这也是为什么绝大多数寺庙都建在山林中的原因。

中国的寺庙喜欢隐居于风景秀美的山川，“名山”与“大刹”往往相得益彰，五台、普陀、九华与峨眉并称为中国佛教四大名山。寺庙的另一个建筑特色是彩绘，它是寺庙建筑物不可缺少的装饰艺术。通过这些丰富的彩绘，可以了解到当时建筑时的社会背景和人文风俗。

寺庙建筑格局优美独特，中国的寺院建筑样式与宫殿相似，更多地融合了中国宫殿建筑的美学特征，在时间进程和空间的形式上都具有共同的特征，寺庙的布局大多是正面中路为山门，山门内左右分别为钟楼、鼓楼，正面是天王殿，殿内有四大金刚塑像，后面依次为大雄宝殿和藏经楼，僧房、斋堂则分列正中路左右两侧。大雄宝殿是佛寺中最重要、最庞大的建筑，“大雄”即为佛祖释迦牟尼。

参观欧洲的教堂，最令人赞叹、无法忘怀的就是它们的建筑之美。梵蒂冈圣彼得大教堂、威尼斯圣马可大教堂、维也纳斯特凡大教堂、巴黎圣母院和科隆大教堂等著名的教堂在世界建筑史上享有崇高的地位。它们气度恢宏，身姿伟岸，是欧洲各国历史、文化和艺术的缩影，是各国兴衰变迁的见证。

欧洲教堂是高楼大厦式的建筑，格局单一，基本没有院落。教堂内没有教徒进香求拜，满目都是色彩艳丽的宗教壁画。

第二，建筑高度的不同。

欧洲的教堂，真可谓高高在上，距离很远就能映入你的眼帘。特别是那孤峰耸立的教堂尖顶，大大地高出一般的建筑物，鹤立鸡群。教堂那高峻的形体加上顶部耸立的钟楼和尖塔，形成一种向蓝天升腾的雄姿，使人产生飘然超脱尘世之感；

中国寺庙的高度，远远不及欧洲的教堂。即使是大雄宝殿，也难于与教堂高度相比。如把教堂比作巨人，寺庙就成了侏儒了。

第三，地处环境的不同。

欧洲的教堂都地处于闹市之中，增添着城市的繁华，倾听着尘世的喧嚣；而中国的寺庙，大多建立在人烟稀少的山林，掩映于苍松翠柏之中，远离尘世，远离喧闹，环境幽静肃穆，给人们心灵带来一种清静与安宁。人们只有进入了它的山门后，才能见到它的庐山真面目。中国寺庙的建筑之美就响应在群山、松柏、流水、殿落与亭廊的相互呼应之间，含蓄温蕴，展示出组合变幻所赋予的和谐、宁静及韵味。

第四，历史演变的不同。

欧洲的教堂，从古到今，一直是个喧嚣热闹的场所，信教的，不信教的，过路人等，随时可以进进出出，永远是一片繁荣兴旺的景象；只是建筑风格随着时代的变化而变化，最初是罗马式，继而是拜占庭式，再是哥特式。而中国的寺庙则不同，千百年来，建筑风格基本没有多大变化。变化最大的是，它从原来的寂寞、幽静，演变成了喧嚣热闹的休闲游览的景点。远的不说，就说20世纪70年代前，寺庙只是出家人的天下，外人很少进入寺庙，出家人不受任何凡人俗事的骚扰，六根清净地进行修炼。随着改革开放和旅游业的兴起，寺庙变成了热门的游览景点，昔日的肃穆宁静，被熙熙攘攘的人流和喧声笑语所取代。

在历史进程中，欧洲的教堂，还是过去的教堂。而中国的寺庙，则不再是藏在深山人难识的寺庙了。

第五，建筑风格的不同。

欧洲教堂都是兀自独立的单体建筑，大理石、花岗岩等是主要建筑材料。教堂内有巨大的空间，装饰着精美绝伦的壁画、浮雕、塑像和色彩绚丽的窗玻璃……所散发的无穷的艺术魅力，令人震撼。有些还拥有文艺复兴时期伟大艺术家的传世之作，诸如米开朗基罗、拉斐尔、勃拉芒特等大师最高艺术价值的作品；中国寺庙，以院落形式布局，砖、木是主要建筑材料，多进院落连叠，正面中路为山门，后面依次为天王殿、大雄宝殿和藏经楼……寺庙与周围的群山、松柏、流水相呼应，呈现出组合环境所赋予的和谐、宁静及韵味。里面只供奉着泥金雕塑菩萨、佛像等，供善男信女烧香跪拜求愿。

第六，居住情况的不同。

欧洲的教堂，就是教徒施行宗教活动的场所，打个不恰当的比喻，就是教徒们“上班”时的“办公室”，“下班”后，教堂里就空无一人了。教徒们吃住都在教堂之外。而中国的寺庙则不同，僧人的佛事活动和吃住都在寺庙之内，不用迈出山门。这是由寺庙与教堂的建筑格局不同所决定的。

第七，收费免费的不同。

欧洲的教堂都不收费，敞开大门让游人进入。进到教堂里，绝没有这样那样的收费项目。中国寺庙原本也不收费的，但随着开放旅游，寺庙经济随之而来。寺庙不论大小，一律收费，而且门票不菲。除了很高的门票外，寺庙内还有五花八门的“消费”，诸如进香费、抽签费、功德箱费（往箱里投钱）等。更有甚者，某些寺庙还有卜卦骗钱的招数，真是对佛门的亵渎。

高大富丽的教堂，始发于教皇的最高权威。欧洲中世纪是一个漫长的宗教长夜，教皇曾经权倾欧洲，教皇是太阳，世俗君主是月亮。就像月亮要从太阳那里得到光芒一样，世俗君主的权力来源于教皇的赐予。教会成了社会的中心，国王只能听命于教皇，自然就不计工本地去营造富丽堂皇的教堂。

中国寺庙的建造有着严格的规定。中国几千年来都是皇权统治，皇权高于一切。神的居所规格是由帝王来规定的。例如，屋顶的最高规格庑殿顶，是为皇宫主殿及佛殿专用；斗拱只许皇宫、寺庙和王府使用；黄琉璃瓦只有宫殿和佛殿可用，而王府及菩萨殿只能用绿琉璃瓦。诸神虽受到皇帝颇高的礼待，但他们并不能凌驾于皇威之上。其高度，近都城的，不能超过皇宫，在郡县的，不能超过王府和衙署。

尽管中国寺庙建筑的发展受制于皇权，然而，倾心于宗教艺术创作的激情，并非能被皇权的樊笼所禁锢：顶天立地的乐山大佛，山是一尊佛，佛是一座山！凿山造佛，巧夺天工；悬空寺建在悬崖峭壁上，古人何以敢于把寺庙建在险峻的悬崖上，创造了几乎超越任何人想象的中国建筑史上的奇迹：敦煌、云岗、龙门、麦积山四大石窟的石刻造像……气势博大，蕴涵深邃，雕刻精湛，是世界著名的艺术宝库！

纵观东、西方宗教建筑和宗教艺术，不论教堂的壮丽辉煌，还是寺庙的典雅庄重，不论是地处闹市，还是隐于深山，不论有多少异同，在人类社会发展史上，都是瑰丽多姿的伟大创举，展现出人类灿烂的智慧光芒。

买书还是买签名

在浮躁和金钱诱惑的年代，能坐下来认真读书的人越来越少了。书越出越多，能静心阅读的人却越来越少，这不能不说是时代的一个悲哀。但近来却出现了一种令人可喜的现象，出现排队购买签名书的热潮。

书是智慧的结晶，是广大读者的精神食粮。能排队去购买自己喜欢的书，是对精神食粮非常渴求的表现，怎不令人欣喜和欣慰呢。尤其是最近于丹的两次签名售书活动，把这种热潮推向了前所未见的高潮。前一次签售了一万三千多册《于丹〈论语〉心得》，这一次又签售了《于丹〈庄子〉心得》和《于丹〈论语〉心得》一万五千多册。2007年3月3号这一天，北京下起雨夹雪，下午才开始签名售书，早上就有人冒雨排队了。排队的人，从十几岁的孩子，到七八十岁的老人，有些还是专门从河北和东北等外地赶来的。

透过热闹空前的签售活动表面，我却感到其中掩盖着的负面倾向和忧虑。为什么要花半天甚至一天的时间，站立在长龙般的队伍中去购买签名书呢？为什么要从外地专门赶来购买呢？为什么一买就是那么多呢？购买签名书的目的是什么？购书者的心态是什么？……一个个问号在我脑海中产生。为了寻求答案，我暗暗当一回不是记者的记者。

签名售书，是书店销售图书的一种促销方式。刚开始时，购书者碰巧遇上签售活动，顺便买本签名书，也是一件有纪念意义的事。踏破铁鞋无觅处，购得全不费工夫嘛。签名售书的初期，购买签名书基本上是随意的、不经心的，可如今已经变成特意的、专门的行动。初期买本签名书的目的很单纯，就是为了自己阅读。现在变成批量购买签名书了，目的就复杂得多了。不难看出，买方市场已从为个人变成为他人了，神圣的阅读也被功利化的礼品所异化。

读者买书是为了读书，中外古今，概莫如此。如果是怀着这种单纯的心态和目的，一出版就是几十万册甚至几百万册的书，遍布于千百家书店，只需花费几分钟时间，一本钟爱的书就可买到手了，为何非要起早贪黑、千里迢迢、沐雨迎风、排队苦苦站上半天甚至一整天，只为买一本签名书呢？恐怕是醉翁之意不在酒，是为了那个签名。把工夫和时间花费在读书之外，岂不是书已不如那个签名重要了吗？如果说年轻人爱凑热闹，还情有可原，而那些七八十岁的老人，为何也趋之若鹜呢？实在令人费解。看着那些老人站得腰酸腿痛，甚至有些疲累不支的样子，万一出点什么意外，那可就后悔莫及了。

鄙人没巧遇过一次签售活动，所以至今也没买过一本签名书。主要是不想把宝贵的时间花在购签名书上，觉得把那时间用在读书上更有意义。过去想当然，不就是读者买到一本书，让作者签个名嘛，如此而已。可这次亲眼看见，远不是这么回事。有些人一买就是几十本，几捆，我就感到纳闷。观察好长时间，也没见到只买一本书的人。买三五本十本八本的算是少的。由于场面火爆，人数众多，签售限额不得不一改再改：每人限签10本，以后又限签5本；开始是《于丹〈论语〉心得》《于丹〈庄子〉心得》都签，后来变成只签新书《于丹〈庄子〉心得》。紧张的签名，使于丹腾不出手来干别的，于是就有5个人围在她身边完成翻书、传递、盖章等“流水作业”。于丹签不释手，连汗水都得由别人给她擦拭。原来签名售书还是个苦差事。若是上了年纪的作者，十小时不停地签名，是肯定坚持不下来的。幸亏于丹的名字只有七画，若是几十画名字的作者，一万五千多本不知要签到什么时候哩。

后来从记者的报道中得知，那些一买就是几十本、几捆书的人，是被董事长、总经理、老板、单位领导派来的，购买签名书并不是为了自己阅读，而是作为礼物送人。“送带签名的书很时尚，显得有品位，而且也不贵。”商家确实有慧眼，签名书成了他们公关的好礼物。

这年头，书一旦作为公关的礼物，相当部分就被藏入“冷宫”了。谁都明白，如今被公关的对象，绝大部分是有钱有势有权的人，他们中有几个是能静下来读书的人？我有幸到过几个老板家里，书架上摆着不少书，而且大部分是豪华精装的书，可那是摆设，装门面的，他们毫不隐讳地告诉我，连翻都没翻过。而这些书，基本是公关互送的礼品书。如果买书就是为了那个签名，或是作为公关的礼品，而不是为了自已阅读，那么，签售活动越频繁越火爆，背离认真读书的目的就越远。

画家陈丹青，近日在《收摊留言》一文中说："我每讲演，年轻人就上来要签名，要拍照，我只好三陪小姐似地陪着耍，不然伤了年轻人的自尊心。现在容我说句狠话：真有出息的青年，不做这类事。"我也要鹦鹉学舌地说一句：热衷于购买大量签名书的人，不一定是真正想读书的人。这就是排队购买签名书的喜中之忧。

（原载2007年3月18日《北京晚报》）

也说退稿

《体谅退稿》(见《文艺报》1989年3月5日)一文，对编辑部退稿的理由分析得清清楚楚，笔者基本上赞同，本没有什么话可说了。但仔细一想，似乎此文还缺点什么，因此还想做点补充。

《体谅退稿》正如题目所言，只要求作者体谅编者的退稿。其实，作者与编者，或者说投稿者与退稿者，是相互依存又相互矛盾的两个方面。因为是一对矛盾的统一体，只要求一方体谅另一方，不说是不公平，也显出点偏颇。

笔者从事编辑工作几十年，可以说每天都面对着退稿这个难题，由衷地期望得到作者的体谅。但严格地说来，我们的编者同仁，在为作者服务的选稿工作中，是不是存在叫作者不能体谅的地方呢?

就笔者所知，编者的不足之处，甚至是失误，是确实存在的。有极个别的编辑，有时不能认真地审阅作者的文稿，看看前几页，翻翻后几页，就“帕司”过去了；有的因公事或私事不顺心，心情烦躁，情绪不佳，精神不振，自然会影响到审稿的质量。因这种情况漏掉好文稿的事实是存在的；还有，编辑一般都有自己的欣赏和审美喜爱，碰到极不合自己口味的好文稿，极有可能打入退稿的“另册”。中外文学史上有的名著，最初就曾遭遇过这种厄运；就是已经被公认为名著的某些作品，还会得到不同的评价。试想，假如这样的作品落在“不同评价”的编辑手上，退稿是笃定无疑的了。当然也不排除个别编辑自身水平问题，漏掉优质文稿也在所难免，就是高水平的编辑，也会偶有失误的时候。俗话说，老虎还有打盹的时候呢。凡此种种，都有可能漏掉好文稿。编者出现诸多情况中的任何一种，都让作者难以体谅和宽容。这时需要的，恐怕是编者的自省、自查、自律了。

《体谅退稿》对“在你这儿退稿，在他那儿放在重要位置甚至头条的”解释，虽有一定道理，但却令被退稿者难以信服。就当前我国的文学期刊而言，虽然存在着“宗旨、任务及对象有所差异”，而不至于“差异”大到退稿与头条的悬殊距离。如若视这样的“退稿是不足为奇的”，就为退掉优稿找到了根据和借口，推卸了责任。这也就是说，编者无论怎么样退稿，也不存在和不会产生退掉好文稿的问题。这不是太绝对化了吗。事实也并非如此。退掉好文稿的例子过去有，以后还会有。在这个问题上，千万不能打包票。

退稿确实是件难事。我敬佩胡德培先生把知名作家和年轻作者，放在同等难的位置上。说句掏心的话，我在处理退稿时，退普通作者“一般或平庸的文稿”时，几乎没有什么顾虑，也不怕他们“不理解”。而要退知名作家的文稿时，就顾虑重重了。不仅仅怕他们“不理解”，而是怕得罪了名家，有时甚至怀疑起自己的判断来。每当遇到名家的稿子与普通作者的稿子水平不相上下时，宁肯退掉普通作者的文稿而采用名家的文稿。这当然是不公平的，如今还深感愧疚。现在报刊上的某些名家的个别文章，确实不如我偶尔读到的一些退稿文章的水平。看来，这种不公平的现象仍然存在。

顺便说一句，现在谈论退稿这个问题，实际上已名存实亡了。一是编辑部公开声明不再退稿，二是即使退稿，邮资也往往是投稿者自付的。传统意义上的退稿已不复存在。按理说，不退稿是不合情理的。编辑部与作者之间的稿件，从来都是有来有往的。古话说，来而不往非礼也。如今的只来不往是一厢情愿，作者虽然无可奈何，但面对编辑部的经费负担，还是给予体谅和理解的。

（原载1998年5月19日《文艺报》）

慎称学者、大师、艺术家

鄙人爱看报刊和电视，看时特别注意报纸杂志和屏幕上能体现人的身份和地位的头衔。概括起来，这些头衔不外乎两大类：一类是职务，如部长、省长、局长、董事长、总经理等；另一类是职称，如专家、教授、作家等。前者是货真价实的，部长就是部长，局长就是局长，来不得半点虚假。然而职称这一类，情况就大不相同了。从过去的著名什么什么家，发展到动辄就称学者、大师、艺术家了。当然，学者、大师、艺术家多了是件好事。然而，那些被冠上这些头衔的人，果真都名副其实吗？鄙人是打了个大大的问号的。

如某报介绍一位研究生物学的留学研究人员，回国后取得较突出的研究成果，就称这位副研究员为学者。某电视台在一个固定栏目中，介绍一位搞语言研究的教授，称之为语言大师。对文艺界的著名演员、导演等，也是张口就是某某表演艺术家、某某导演艺术家。类似的例子很多，举不胜举。

其实，以上这些人物是不难介绍的，如实报出他们副研究员、教授、几级演员和几级导演的职称，是最准确不过的了，干吗非要妄称名不副实的称号。

这就提出了一个问题，什么样的人才可以称为学者、大师、艺术家呢？笼统而概括地说，当然是学识极其渊博的人。

我们不妨看看能称得上学者的是些什么样的人。如郭沫若，称他为学者就是当之无愧的。他学识极为渊博，而且在多门学术方面都取得了突出的成就。他既是诗人、作家、剧作家，又是史学家、考古学家、古文字学家，还是社会活动家。与郭老同时代的人，还有不少人是可以称为学者的，如胡适、茅盾、巴金、陈望道等。现在健在的已年过九秩的张中行、季羡林等，也均是我国的著名学者。梅兰芳、侯宝林等都可称为艺术大师。至于艺术家，据我所知，解放后，除了授予作家老舍人民艺术家称号之外，别的人还没有获得过这样的称号。

不难看出，所谓学者也，有渊博的知识和学问，并在多门学术方面有一定造诣的人之谓也。在某一门学术方面取得一些成就的人，可称为某某方面的专家。若成就比较突出，影响较大，知名度较高，按现在的习惯，可冠上著名二字。其实，真正著名的名家，是无须冠上著名二字的。有谁称鲁迅、郭沫若、茅盾、巴金等为著名作家呢?

不难看出，所谓大师、学者、艺术家，应该是在某一个学科领域或行业里有专门独到、自成体系的研究，以及有超常的建树和对社会乃至人类做出巨大贡献、产生深远影响的人。大师、学者、艺术家是一座“知识宝库”，不仅仅有一技之长。这种人在任何时代任何社会都是少数。正是因为如此，一些被公认为大师级的人物对“大师”这个称号始终“诚惶诚恐”，却避之唯恐不及。季羡林先生就曾在多个场合恳请摘掉头上“大师”的“帽子”。一位“国宝级”的画家坦言：我就是一个美术工作者，当下在世的画家还没有“大师”。

那么，专家、大师、艺术家与学者的区别所在呢? 我以为，主要表现在知识面的广博程度方面，即“一专”与“多能”方面的差异 。“一专”只能是某一方面、某一学科的专家、大师和艺术家，而“多能”的多面手专家，才配称为学者。现在有人主张作家学者化，可能就是基于这样的思考与认识。

目前我国知识分子的状况，各行各业中称得上家的人千千万万，而够得上学者称号的就寥若晨星了。因此，我们期望中国迅速成长起更多的学者型的专家、作家、教授 、研究员……而在他们“一专”之外的“多能”方面还没有取得突出成就之前，还是慎称或缓称学者为好。

（原载1997年10月26日《北京晚报》）

由明星当教授想到的

教授从来都是令人尊敬和仰慕的。大学教授，那是专业知识和学术水平的体现和象征，是最有学识和文化的知识精英。正因为这样，教授不是轻易就能当上的。在大学里任教的老师，不惑之年，知天命之年，甚至直到退休之年，没能当上教授的大有人在。

然而现如今，有些明星却不费吹灰之力，就轻而易举地当上了大学教授，真可谓，踏破铁鞋无觅处，得来全不费工夫。成龙、周星驰、赵本山、李湘等相当多的明星，在高等学府里当上了教授。窃以为，只是给个虚名的名誉教授当当，便于宣传炒作罢了。岂不知，人家是动真格的，是正式挂牌的注册教授，堂而皇之地登上大学的讲坛。怎不令明星教授们窃喜呢？

明星当教授，不由地使我想起“文化大革命”时期提拔劳动模范当大官的事来。当年劳动模范陈永贵、李贵贤、李素文等，由一个普普通通的农民、工人，一下子成为党和国家的高级领导人。殊不知，出类拔萃的劳动模范，不一定能胜任副总理、副委员长等高级职务。为官者要具备为官者的才干和本领，与劳动模范绝不是一回事。历史事实早已证明，让劳动模范火箭式地当高官，是荒唐年代的荒唐事，前车之鉴是永远应当记取的。

我还想起几年前，某笑星到安徽某县当副县长的轰动事件。虽然火红热闹了一阵子，使这个县的名声赫赫，但到头来，还是虎头蛇尾，没当出什么名堂来。

进而我又由国内想到国外，想到了施瓦辛格。人家施瓦辛格是好莱坞大名鼎鼎的硬派男影星，前几年却当上了加利福尼亚州的州长。老施还真有两板斧，把州长当得有模有样。据说，还准备连选连任。

同是当官这件事，国内和国外的做法和结果却大相径庭。这是为什么呢？原来，人家老施是通过制度和法规程序，竞选当上加州州长的。不通过竞选，或加州公民不投他的票，光靠那明星的名气和知名度，是绝对登不上加州州长的宝座的。不难看出，两者截然不同之处在于，一个是靠人治任命干部，一个是靠法制选拔干部。其实，中国的县长，早不像过去那样由上级领导“人事安排”了，而是通过选举产生。然而在我们某些官员心目中，法律制度往往停留在口头上，根深蒂固的思想还是人治。这种把权力凌驾于法规之上的违法现象，是法制建设中的巨大障碍，也是法制社会中的一大悲哀。

按常理来说，影视娱乐明星很难一步登上大学教授的讲坛。俗话说，隔行如隔山。影星、歌星、名主持人等，你只是你那个行业里的佼佼者，不可能是全才，不可能成为任何一个领域里的行家里手。不是说明星就不能成为大学教授，问题是你得具备教授的资格和条件。谁都知道，教授不是任何一个人想当就能当的，也不是某个领导想让某个人当就能当的。教授以及其他一切职称，都是经过相关的职称评审机构评选出来的。大学校长也没有权力封教授头衔。没有高超和突出的专业水平，是不可能被评上教授的。据报道，2007年中国科学院院士增选工作已经开始，将坚持公平、公开、公正的原则，从国家科技事业发展的全局出发，将符合院士标准和条件的我国优秀科学家选进院士队伍中来。增选条例中明确规定，增选院士的选票，要超过投票院士人数的2/3才有资格当选。无论是评聘教授，还是增选院士，规矩是大同小异的，都要按照评选规定评选，这样才能保证教授和院士的质量。明星当教授，显然不合现行的评审规定。既是对职称评审机构的蔑视，也是对法制法规的挑衅。授予明星教授头衔的大学领导们，把自己凌驾于评审机构之上，凌驾于学术和业务之上，目无法律法规，是典型的中国特色的长官意志。说是中国特色，因为在外国是不会出现这样的事情的。至今没听说哪位好莱坞明星，被美国的大学聘为教授的。在法治国家里，是不可能也不允许出现如此明目张胆的违法行径的。

一言以蔽之，明星教授，看重的根本不是什么明星的学识和水平，而是明星的名气和知名度。教授身份只是拉大旗作虎皮。这大旗，既能扩大大学的名气和知名度，还能带来经济利益。这年头，没有什么比明星效应，更能带来可观的经济利益。只要看看铺天盖地的明星广告和明星代言产品，就一目了然了。明星教授，无异于大学做的明星广告，这才是明星教授的真实目的和价值所在。

醉翁之意不在酒啊。

评职称小记

每当我拿到《中影史料》这本刊物，凝视那刊名四个大字时，就会想起近30年前评职称的往事来，点滴记忆浮现在脑海里，因为我欠于蓝老师一份发自肺腑的深情感谢！

当年，关于我的一级电影文学编辑职称，唾手可得的机会我没要，却宁肯冒险去“火中取栗”——参加职称评定，令人费解。

1992年评定职称时，国家有个规定，凡是厂级领导（副局级以上干部）不用参评，都给予一级职称的资格，如若正式申请参加职称评定，如果评不上，不给予一级资格，就会鸡飞蛋打一场空了。聪明人都选择接受一级资格，因为那是天上掉下来的馅饼送到你嘴里，得来全不费工夫。无论是对当事人，还是局外人，都是不言自明的道理。

我当时脑子发热，选择申请职称评定。原因是对这个规定情感上不认可。为什么对这些领导干部如此照顾？这不就是老百姓非常讨厌的官本位思想嘛。只是心里这么想，没有说出来。此外，还有个人的主观理解偏差，一级职称资格怎么也不如正儿八经的一级职称正宗。但后来证明，我的主观理解是完全错误的。一级职称资格与评审的一级职称完全等同。

当时，有两位副厂长都选择一级资格，知道我要参加职称评定，感到不解，极力劝阻。我当时鬼迷心窍，我行我素，未听他们的劝告。聪明与愚顽，泾渭分明。我这执拗的性格，无怪乎有人说我是姥姥不疼舅舅不爱的人。

我认为如若评不上一级职称不再给予一级资格的规定是荒唐的。参加职称评选与给予一级资格，是两件不相干的事，压根儿没有因果关系，只能暴露制定此规定的人员的荒唐幼稚。

评定一级职称的报告与文章交上去后，就安心等待了。知道高评委在开会评定职称的日子里，我夜不能寐。这时才后悔未听两位同仁的规劝，整日心神不定，是自找烦恼，深感惭愧。

高评委评审工作结束后，有一天见到王好为，她是高评委的成员之一，心里忐忑不安，慌忙躲着她欲急速走开。倒是好为主动与我打招呼，告诉我，我评上一级职称了，很快就会宣布，发给一级电影文学编辑的任职证书。我顿时喜出望外，向好为和高评委们表示感谢！

有惊无险，忐忑的心情终于归于平静。

大概过了一两年，与同事谢逢松闲聊时，他突然说，你评上一级职称，要感谢于蓝同志。我好奇地问他是怎么回事？他说，有一位评委不同意评你一级，原因是“庆贺于蓝同志从事革命文艺活动五十年座谈会”，你批给的活动经费太少，对活动不重视，对于蓝不够尊重。（我至今都不知道这位评委的姓名，也没有必要知道）于蓝同志马上发言，说批活动经费是北影厂务会议讨论通过的，不是赵绍义一个人决定的。更主要的是，这件事跟评职称没有任何关系。于蓝当即投了赞成票。于蓝发言后，就顺利通过了你的一级职称。

我听后，非常激动，打心眼里感谢于蓝同志。心想，如有机会见到于蓝同志，一定当面致谢。可后来有几次机会见到于蓝同志，都在众多人的场合，不便开口。如今，期期见到于蓝她老人家题写的“中影史料”刊名，索性写成文字，借用刊物的一点版面，向于蓝老师表示我太晚太晚的衷心感谢！

实事求是如此之难吗（二则）

谢添该是离休还是退休？

谢添是著名电影表演艺术家，也是著名电影导演。他到离退休年龄，办手续时，被告知是退休，谢添什么也没说，扭头就走了。再找他办理退休手续，他说：退休我不办，离休我马上办。事情就僵持下来。当时人事处让我去做做谢添的思想工作。我问人事处离休政策是什么？答复曰：新中国成立前参加革命工作的，可办离休手续。

我对谢添的经历还稍有一点了解。他原是国民党中电三厂的职工，新中国成立前夕，国民党败退北平，中电三厂被共产党接管，谢添等人成了新成立的北平电影制片厂的一员。北平电影制片厂成立于新中国诞生前夕，谢添应该是属于解放前参加革命工作的。我问不给谢添办理离休手续的真正原因是什么？答曰：他为国民党工作过。我问人事部门，离休政策方面有这样的规定吗？能不能给我看看这方面的政策规定，我好去做谢添的思想工作。他们拿不出来这方面的政策规定，我明确表示谢绝了。

死活不给张起离休待遇

张起是老革命，为人正派，一辈子认认真真勤勤恳恳地工作，群众有目共睹，有口皆碑。他还任过北影厂的党委书记呢。他本该是离休，却只给他退休待遇，真是天大的冤枉。

张起是解放前夕参加革命的，而且是与几位战友一起同一天参加革命的。到该离退休的年龄时，却给他办理退休手续。他申诉说，与他同一天参加革命工作的几位战友，都是离休，为什么我是退休？解释说：你的履历表上，填写的参加革命工作的日期是1949年10月1日，属于中华人民共和国成立后参加革命工作的，差一天不够离休的规定条件，所以只能是退休。其实，他与其他几位战友，都是10月1日前参加革命工作的。那么，他为什么不填参加工作的真实日期呢？张起的解释是：10月1日是中华人民共和国成立的日子，很有意义，又好记，我想都没想就这样填上了，还自鸣得意向人吹嘘过。他的解释真实可信，毋庸置疑，但还是过不了关。只好写信给已离休的战友，请他们帮他证明参加革命的日期。他拿着几封证明材料，人事处的王荣宽处长陪着，到部、局人事部门说明情况，都一一碰壁，根本不予理会。高兴而去，败兴而归。就这样，有理寸步难行，而无理铁门紧闭，怎么也打不开。

谢添张起们无可奈何地感叹道：实事求是办事何其难唉。

我很同情谢添张起们的遭遇。

毛主席教导我们说，一切从实际出发，实事求是。可是，在实际生活中，实事求是的原则，往往寸步难行。不尊重事实，肯定会犯错误。不尊重事实，我们犯了许多错误，甚至是难以弥补的错误。但庆幸的是，许多错案得到改正，得到平反，大快人心。张起出于好心填错参加革命的日期，而且得众多战友们的证实，官僚主义者们仍然置之不理，实事求是的人们，只能无奈地一声叹息了。

德黑兰—北京—香港—台北

1993年春节刚过，北京还笼罩在节日的欢乐气氛之中，我就匆匆地踏上北京—德黑兰—香港—台北的长途征程。从路程上来说，并不是最长的一次行程。但从内容和行程的曲折变化方面来说，确实是空前的。因此，记述起来自然会庞杂一些。

中伊电影的第一次交流

中国和伊朗，在电影方面，过去基本上没有什么正式交往。值此伊斯兰革命14周年之际，受伊朗哈拉比电影基金会（相当于我国的电影局）的邀请，我国派出以苏云为团长、于本正为副团长共11人的电影代表团，参加了1993年2月1日至11日在伊朗首都德黑兰举行的曙光日国际电影艺术节。

这个代表团，从成员组成上来说，至少有三个特点：一是规模较大，除电影界的9人之外，还有画家何扬，《中国日报》的记者于文涛。二是级别较高，团长苏云是中国电影家协会副主席、中国电影基金会副会长，副团长于本正是上海电影制片厂厂长，团员有西安电影制片厂厂长李旭东、中央新闻纪录电影制片厂党委书记于琴、北京电影制片厂副厂长赵绍义、珠江电影制片公司副总经理黄勇。三是代表面广，11人来自9个单位，大多是各方面的领导、专家。

因为是中伊两国电影工作者的第一次交流，所以内容比一般电影节要广泛一些。大概有以下几个方面：把中国电影带给伊朗观众，中国影人书画赴伊展览，观摩伊朗电影，了解伊朗电影发展状况，洽谈合拍事宜。

一、中国的参展影片受到伊朗观众的青睐

这次赴伊朗展映的影片，有北影的《天堂回信》《武林志》，上影的《城南旧事》《清凉寺的钟声》《紫红色的皇冠》，西影的《双旗镇刀客》《陕北大嫂》《飞越绝境》《孩子王》，珠影的《心香》，童影的《火焰山来的鼓手》等11部故事片，以及安排在故事片前加映的《风筝》等11部纪录片。因国情、宗教、风俗的不同，选择异国的影片就会有许多禁忌。所以这11部故事片和新影摄制的11部纪录片，均是由伊方看了我们几十部影片后，以极其严格的标准选定的。比如我们作为重点影片推荐的《过年》，他们看后一致认为很好，但不适宜在伊朗放映，因为《过年》画面中大块大块的猪肉，是伊斯兰教国家所禁忌的；《过年》中青年男女未结婚就同房的镜头，以及女性裸露脖颈、胳膊的镜头，在伊朗也是不允许的。北影拍摄的反映残疾人拼搏精神的影片《同在蓝天下》，因为有女主人公游泳的镜头，也未能入选。选片人告诉我们，在伊朗女性是不能游泳的，所以在国际游泳比赛中，没有伊朗女运动员的身影。

参展的中国影片很受伊朗观众的青睐。我们多次在电影院门前，看到观众排着长长的队伍买票，短则几十米，长的逾百米之外。这种现象，如果出现在中国电影院门前该多好。不仅是观看外国影片排长队，就是放映伊朗本国电影，电影院门前也是人流如潮。起初我们有些不解，就我们参展的11部故事片，其中有几部从观赏性的角度看，不至于有这么大的吸引力。后来经过了解，特别是和伊朗观众进行了一些交流，才明白了形成长龙阵的原因。

大概中外观众都有一个共性，那就是都喜欢看外国片，有道是家花不如野花香。伊朗观众也不例外。他们进口影片极少，平时看外国影片的机会太少。电影节期间每天只放一部中国电影，在600多万人口的德黑兰，要想看场中国电影，不排长队是不可能的。当然，排长队的根本原因，还是伊朗观众对文化娱乐生活的渴求。中伊同属第三世界，但他们的物质生活水平比我们高，也就要求有丰富多彩的精神文化生活。伊朗目前还不能满足这方面的要求。电视机很少进入家庭。星级酒店也无电视可看。什么歌厅、舞厅更是没有。所以，电影就成了观众娱乐的目标。

中国参展影片受到伊朗观众的欢迎，还有一个重要原因，那就是伊朗电影艺术家的出色配音。我们的影片是1月21日航运到德黑兰的，2月1日电影节开幕，10天的

时间要完成11部影片的配音任务，其困难是可想而知的。那天，我们和观众一起看完《双旗镇刀客》，观众的掌声中也融入了我们对出色配音的赞赏。

二、影人书画展门庭若市

中国影人书画展也是第一次在伊朗举行。展室设在德黑兰巴哈曼文化中心一个宽敞明亮的展厅里。开幕的那一天，众多的观众围着苏平、何扬、黄勇等几位画家，欣赏着他们的现场创作，久久不愿离去。我也被我们的影人书画展所吸引。在异国他乡，看到自己的同行，在电影之外的艺术天地里施展才华，特别是当我驻足在我们北影同人的书画作品前时，更有一种欣喜和亲切之感。我为凌子风、谢添、钟灵、祖绍先、李仁堂、赵子岳、谢逢松、凌元、管宗祥、邹积勋、张金玲、高放、于洋、杨静等人的多才多艺而赞叹。

三、昂扬健康的伊朗电影

过去，伊朗电影对我来说，是一片陌生的银幕世界，这次连续看了十多部伊朗电影，给我留下了较深的印象。就创作手法和技巧来说，同我们20世纪60年代的电影差不多：节奏缓慢，抒情色彩浓郁；主题鲜明，基调昂扬向上；手法是传统的，风格朴实无华。因为他们不进口西方影片，所以从思想到内容和技巧，均看不到当代西方电影的任何影响。民族的、传统的创作手法和技巧，在伊朗电影中绝对占主导地位。

伊朗是个多民族的国家，有40多个民族，各民族团结在一起，形成安定的局面。反映民族团结题材的影片，以《萨比的音乐》最为突出。关于这部影片，还有反映两伊战争题材的影片《从卡尔科河到莱茵河》《大人的忧心》，我在《伊朗电影管窥》一文中，已作过评析，就收在文选《银海拾贝卷》中，在此不再赘述了。

四、真诚的合作愿望

两国电影艺术家和企业家，都表示了合作拍片的愿望。西安和德黑兰，是“丝绸之路”东西两端的城市，合作的愿望更加强烈。相信在不久的将来，他们会有一次成功的合作。

从德黑兰到台北

代表团待2月11日电影节闭幕后，还要在德黑兰和伊朗中部城市伊斯法罕活动3天，14日离伊回国。6日我突然接到厂里的通知，《泪洒台北》摄制组赴台湾日期已定，10日起程赴深圳，11日到香港，12日去台北，让我赶回北京随摄制组一同前往。德黑兰飞往北京的最早航班是10号。我掐算了一下时间，如果每一个环节衔接得好，12日能在香港与大家会合后同赴台北。于是，我在苏云团长和伊朗方面的支持下，于德黑兰时间10日晚上8点钟飞往北京。从北京到德黑兰飞了8个多小时，按照这个速度计算，抵达北京的时间，应是11日上午近9点。不知怎么回事，飞机竟神奇地在8点之前就降落在首都机场了，大概我是从真主那儿来，得到了他的保佑。

当然是过家门而不入了。吾儿天舒把我的护照和有关证件送到机场。我抓紧时间办理好转机手续，离中午的航班时间还有两个多小时。在机场大厅里闲逛时，突然发现10：25分的航班快到停办登机手续时还有空位，我急忙上前向工作人员提出改变航班的请求，当即遭到了拒绝。但我不死心，拿出赴台湾拍片的证件给他们看，并告诉他们，这是大陆第一次赴台湾拍电影，两岸的有关方面都很重视等。当我感到他们的语气有所变化时，又不失时机地把赴伊朗的护照和机票亮给他们为证，继续恳求着："我刚从德黑兰飞回来，还没出机场呢。"我的急切和诚恳，终于感动了机场工作人员。他们交换一下眼色，笑着说："去台湾拍电影，又是第一次，又是从万里之外往那儿赶，我们也就破例为你提供一次方便。快办登机手续吧，时间还来得及。"这样，我比预订的时间又提前两个多小时。

坐在飞往广州的飞机上，我在为机场工作人员的变通而高兴。大家都为海峡两岸的交往提供方便，祖国统一大业就能早日实现。恰巧，坐在我旁边的是一位台湾同胞张先生，他欢迎我们今后能像香港、台湾到大陆拍电影那样接连不断地到台湾拍电影。他知道我是第一次又是只身一人去台湾，主动热情地给我介绍过境手续的有关事项。我们一同步出白云机场的大门，分手时我匆匆地拦住一辆的士，告诉司机送我到广州火车站。张先生急忙一把拉住了我的行李，问我从哪儿出境？广州还是深圳？我说往来港澳通行证上写的是深圳。他告诉我，从广州出境，在广州火车站乘广九线到九龙；从深圳出境，在广州东站乘火车到罗湖，所以我应该坐的士到广州东站。幸亏他拦住了我。我只知道有个广州火车站，根本不知道还有个广州东站。张先生这一指点，使我既少跑了弯路，又节省了时间。我紧紧地握住他的手，由衷地感谢他。

我到达罗湖车站时，已是下午5点，办理过港手续已来不及了。当晚不能到香港，12日上午就不能和摄制组同赴台北。我的路只有两条：一条是万里奔波，前功尽弃，打道回府；一条是第二天过境，13日单独追往台北。主意已定，当晚给香港南天影业公司苗华均先生通了电话，请他将我的机票改成13日。12日我顺利地进入香港，入台手续代办处的小姐知道我是《泪洒台北》摄制组的，虽已到了下班的时间，仍给我办了手续，还热情地叮嘱我，13日到启德机场后应如何如何。她们还怕我搞不清复杂的入台手续，又给我一份“入台须知”，使我有了行动指南。她们高兴地说：“我们是第一次为大陆外景队（即摄制组）办理入台手续，见到了汤镇宗、谭晓燕、王之夏几位演员，非常高兴。什么时候两岸三通了，我们想为你们办手续还办不上呢。”我们更是盼望这一天。

13日上午，我早早就来到启德机场。办理登机手续时，向我索要“中华民国台湾地区旅行证”。我告诉他们，此证今天早晨台北派人送往中正机场。办理登机手续的先生说，那要等中正机场的电传通知我们，告知中正机场已经收到你的台湾地区旅行证，才能给你办登机手续。我只好焦急而又无奈地等候。时间一分钟一分钟地过去，隔三五分钟就询问一次，得到的回答是仍然没有收到中正机场的电传，急得我团团转。没有新招儿，只得又把我在首都机场那一套再重复一次，还真感动了机场的小姐和先生。他们说：“这位先生请放心，昨天你们《泪洒台北》外景队已到了台北，今天还能把你一个人耽搁在香港？”说罢，就给台北中正机场发了传真，请对方尽快回音。大约过了一刻钟，就接到“赵绍义旅行证已收到，请放行”的电传，我才得以办理登机手续。

当我坐在飞往台北的飞机上，从窗口俯瞰银翼下台湾海峡的蓝色大海时，又在想刚才香港机场“上班族”充满理解的话语：“不能把你一个人耽搁在香港”。他们站在两岸交往“桥梁”的桥头上，天天为这座“桥梁”的通畅而工作着。就是将来新的桥梁开通了，人们也不会忘记曾经为两岸交往做过贡献的人们。

从德黑兰到台北，路遥一万多公里，转机换车好几回，入关出关好几次，时间环环紧扣，路途十分生疏，手续极为复杂，像我这样的一介书生，天马行空，独来独往，居然顺利地抵达目的地，出乎大家的意料之外。如果没有那么多“搭桥”人的帮助，天知道我会怎么样。从德黑兰到台北，充分说明这样一个问题，海峡两岸同胞的交流往来是人心所向。不论是大陆公民，还是香港、台湾同胞，都愿意为两岸不断扩大交往创造条件。这就是万里行程一帆风顺的原因所在。

《泪洒台北》架影桥

《泪洒台北》是大陆第一个赴台湾拍电影的摄制组，这件事情本身就具有极大的新闻价值，自然要引起海内外新闻媒体的关注。香港、台湾几十家报纸、通讯社跟踪采访，大量报道摄制组拍片、访问的消息。美国华人报纸也迅速地做出反应。几十架照相机和摄像机，拍下了台湾电影界和新闻界，在台北中正机场隆重热烈地欢迎《泪洒台北》摄制组抵台的镜头。当晚，台湾同胞甚至海外侨胞，就在电视上看到了这些动人场面。从《泪洒台北》摄制组登上宝岛那一刻起，我们的活动就成了台湾同胞注目和关心的热点。不论是在台北还是台中，我们所到之处，都受到热烈的欢迎和热情的接待，感受到像在家里一样的亲切和温暖。到香港，还有听不懂粤语的问题，到了台湾，没有任何语言障碍，说的都是普通话，极易沟通和交流。都是同胞兄弟，双方都没有过多的矜持和谨慎。

交往的大门一经打开，猛一步跨进陌生的大门里，什么人士都想见一见，什么地方都想看一看，什么事情都想问一问。每天都到子夜两三点钟才能休息，却一点也不感到疲劳。

我们的日程表天天排得满满的，要去的有：北都影像股份有限公司、“中央电影公司制片厂”、台湾电影文化公司、“中央电视公司”、中华电视公司、年代国际有限公司、联合报系等三四十个单位。要拜访的各界人士就更多了，从董事长、总经理、厂长、主席、社长、主任、作家、记者，到朋友和同胞兄弟姐妹，总数逾百人。在短短的时间里，看到、听到的东西很多，值得记下的人和事，时时都有，然而，最叫我难以忘怀的，还是以下几件小事。

一、姚云荣归故里

姚云女士比摄制组的其他人更向往着宝岛台湾，不仅仅因为她既是《泪洒台北》的编剧，又是这部影片的总监制，更是因为那儿是她出生的地方。1947年她出生在花莲，还没长到记事的时候就离开了宝岛。少年离岛中年回，离开时是襁褓中的婴儿，回到宝岛时是位女作家，而且是从普普通通的小学教师，努力奋斗成为著名女作家，这次荣归故里，自然就成了一个新闻人物。电视上有她的镜头，报纸上有她的照片和消息，特别引起她的出生地同胞们的关注。果不其然，几天后从花莲传来了消息，当年跟随姚云父亲的随员，并时常抱着儿时姚云逗笑的高仁德老先生，要来台北见姚云。高老先生说出了姚云父母的名字、年龄、过去的家庭情况、离开花莲时的情景……都和姚云父母告诉她的完全一样，而且，这些情况，新闻媒体上都一字未透露过。高老先生已经70多岁了，哪能让他来台北呢，理当姚云去花莲见老人。她通过有关方面转告老人在家等候，她将亲赴花莲探望。可惜我忙于诸多事务，没看到这一动人的重逢情景。

二、一元钱的版权费

华严女士是台湾著名的女作家，写了几十部长篇小说。去年上半年，她通过原电影局局长石方禹，转给北影17部长篇小说，期望跟大陆有一次影视合作的机会，使她的小说变成银幕或荧幕形象与大陆公众见面。我选读了其中的几部，觉得《玻璃屋里的人》值得一试。我通过台湾著名导演、台北金马影展执行委员会主席李行先生带去口信，华严女士欣然同意我们的选择。这次赴台是拜访她的好机会，李行主席热情地促成了这次有成效的会晤。在李行先生的引见下，在纬来企业股份有限公司一间典雅的会客厅里，我谈了选择《玻璃屋里的人》的一些想法和对她小说的美好印象。华严女士对小说的改编和未来的合拍问题尤为关心。李行先生多次来过大陆，对大陆影视界的情况比较了解，他说："大陆编剧队伍的水平比较高，改编宜请大陆作家为上策。"华严女士完全赞同李行先生的看法。李行先生当时还列举了他认为理想的几个剧作家。虽然会晤的时间不长，却谈得非常融洽，当时就改编的版权问题签了授权书。华严女士秉承回馈大陆广大喜爱其作品之读者的心情，和两岸友好合作的情谊，象征性地以一元人民币价格，把版权“售”予北京电影制片厂。我不知道这项纪录能不能进入世界吉尼斯大全？但有一点我敢肯定，它创下了北影购买版权史上的新纪录。

人们都说金钱重要，我看促进海峡两岸文化艺术合作的诚意，比金钱还珍贵和重要。我握着华严女士的手，向她表示衷心的感谢。

三、高速公路上的高速合作

长江三峡两岸高插云天的峭壁上，停放着一具具悬棺，这些悬棺是怎样被放上去的？这里面有哪些动人的故事？几百年来，一直像一个神奇的谜，吸引着人们去探索。黄健中导演想敲开这座迷宫，引起台湾电影文化公司总经理饶晓明先生的极大兴趣。这次我们带去《悬棺之谜》的剧本求教于他，他当晚看完后就写了书面意见。第二天，他邀请我们去台中参观“台影”（台湾电影文化公司的简称）。汽车在台北到台中的高速公路上开得很快，窗外的青山绿野扑面而来，又一闪而过。饶总经理常常往来于这段高速公路上，无意欣赏窗外的田园风光，话题全部集中在《悬棺之谜》上。因为双方都有合作的诚意，途中就达成了合作意向。

一到“台影”，饶总经理立刻叫来助手们，叫他们马上起草意向书，待我们参观完“台影”后，把打印好的意向书拿到他的办公室举行签字仪式。“台影”规模并不大，参观时间不会太长，我暗暗怀疑他们的工作效率能否如此之快。然而，没等我们参观完，他们就拿着打印好的意向书，给正在参观的成志谷厂长和饶晓明总经理过目修改。顿时，我情不自禁地伸出敬佩的大拇指。讲究工作效率，是现代从业人员的必备素质。有了对比，才发现我们的不足，这正是我们应该向人家学习的地方。

四、电影制片厂是一座游乐城

台湾有三家电影制片厂，我们参观了两家，即“台影”和“中影”（“中央电影公司制片厂”）。参观后的突出印象是什么呢？这两个电影制片厂，更像两个电影游乐城。“台影”一年只生产四部影片，其经济来源主要靠游乐城；“中影”游乐城一年的门票收入，有两亿多新台币，占“中影”年收入的一半以上。他们的游乐城集电影的特性、民俗的特色、技术的高新、知识的广泛、生活的趣味、娱乐的新颖于一体，能满足现代人各种娱乐需求。请看看他们所包揽的游乐项目吧：电影资料展示馆、电影制作技术馆、机器人剧场、360度视听馆、高科技动感电影、电化视听教室、儿童卡通馆、民俗雕刻馆、乡土童玩馆、民族彩印馆、戏偶馆、奇石苑、电影一条街，等等，大小游乐景点近30处。电影游乐城干干净净，整整齐齐，漂漂亮亮，把整个电影厂装扮得像座大花园。我们很想看看台湾电影从业人员拍电影的场面，可惜，在两个电影厂都没有如愿以偿。说准确一点，他们让我们参观的，主要是游乐城，而不是电影制片厂。我想，面对"台影""中影"的现实，不同的人会有不同的感慨。创作者可能会感到悲哀，管理者可能从中得到某种启迪。台湾电影年产量高达二百七八十部，而1992年猛跌到三十几部，较好的也只有《喜宴》《暗恋桃花源》等几部。影片产量大幅度减少，众多的创作人员得不到拍片的机会而感到悲哀，是值得理解和同情的。而对管理者来说，面对电影市场的大幅度滑坡，他们不得不寻找新的出路。悲哀和生存相比，管理者当然会更多地考虑后者。我想，电影游乐城大概就是在这种情况下诞生的。大陆电影同样面临着新的挑战，有些制片厂已经踏上或将要踏上"台影""中影"走过的道路。这是神奇的巧合，还是发展的必然，认识可能不完全一致。不过，在新的道路还没有开拓出来之前，把制片厂的设施娱乐化，已经被越来越多的人所认同。当长远的出路问题还在迷惘朦胧的阶段时，近期的生路问题，就显得更加重要了。

（原载《电影创作》1993年第3期。其中《从德黑兰到台北》一节的内容，修改后以《巧合巧遇万里行》为题，发表在1995年3月13日的《北京晚报》上）

圆石桌前的思绪

我们一帮电影人，在参加珠海电影节后，应蔡氏兄弟的邀请，前往澳门参观游览。时间虽只有短短的两天，却还游得尽兴，游得开心。灯红酒绿的花花世界，令人目不暇接。澳门纸醉金迷的花花世界，并没有使我迷醉，而唯独一张不起眼的圆石桌，却激荡着我浮想联翩的思绪。

这张圆石桌坐落在望厦的观音堂里。这个观音堂，规模并不大，远不及大陆众多的古刹名寺。观音堂内只有三座殿堂，殿内有释迦牟尼的佛像，还有十八罗汉及古铜钟等陈列品。游客中不乏善男信女，焚香叩首，络绎不绝。堂内整日香烟缭绕，气氛肃然。这些对我都是司空见惯的。我的兴趣在签署《望厦条约》的那张圆石桌上。

1840年鸦片战争后，西方列强对中国垂涎欲滴，纷纷进来瓜分中国。1844年，中美之间签订了第一个不平等条约，因为是在澳门的望厦签署的，所以叫《望厦条约》。这是中国近代史上数得着的不平等条约之一。条约的具体签署地点，就是我眼前的这张圆石桌。圆石桌的两边摆有四条凳子，也是用石头制成的。圆石桌，配上条石凳子，可谓桌凳清一“石”也。这张圆石桌是由两块半圆形石板拼合而成，左边那块半圆大，右边那块半圆小。这一大一小两个半圆本身就是不平等。不平等条约要在特制的不平等桌子上签字，不平等已无处不在，无处不渗透了。令人不能容忍的是，连座位也要体现出不平等来。签字时美方代表坐在左边，大清国代表坐在右边。帝国主义的霸道气焰，张扬到无以复加的地步了。稍有爱国之心的中国人站在这张圆石桌前，内心能不激起强烈愤慨吗？一部中国近代史，就是国弱被人欺的丧权辱国史。历史已经走过一个半多世纪，这一历史陈迹就是活生生的历史见证，中国人民曾遭受过的漫长耻辱，是多少年都不能忘记的，澳门回归后也不能忘记。因为从那时开始，澳门的命运就不能掌握在中国人手中，直至后来割让给葡萄牙，又经历近百年的屈辱史。

屈辱的历史将在1999年12月20日翻开新的一页，面对这张耻辱的圆石桌，我当留影作永久性的纪念。我一屁股坐在左边，调整好姿势和神情，就等快门“咔嚓”一响。不知是鬼使还是神差，我又突然下意识地站了起来，瞥了眼石条凳子，在心里问自己：“我为什么一屁股就坐到了左边？”说实话，一时我也回答不出完整的答案来。既然心灵已经发出了拷问，当然就不会再坐回去。于是我就坐到了右边，咱们大清国代表耆英的座位上，心理上好像得到了某种平衡和安慰。可是还没等相机调好距离，我又站了起来，同样的问题又在脑海里回荡：“我为什么要坐到右边来？”一时间照相倒把我弄糊涂了。我观察一下周围的游人，在此照相的还不少，没见到像我这样左也不是右也不是的照相者。原来难题是自己出的，到底怎样照这张相，选择还得自己定。我绕着圆石桌转了一圈，突发灵感。我左也不坐，右也不坐，干脆站立在圆石桌前，用身体挡住那条不平等的历史缝隙，不是更好的一张留影吗？就这样我留下了一张充满思绪的照片。于是我得意扬扬地迈出观音堂大门，沉重的耻辱心绪一扫而光，全身心感到格外的轻松。放眼澳门的山山水水，觉得它更美丽、更可爱了。不知怎么的，脑海里竟浮现出澳门同胞欢庆回归的盛况景象！

在澳门，我还游览了大三巴牌坊、大炮台、四面佛、妈阁庙、西望洋圣堂……可给我留下最深、最难忘印象的，还是首数这张圆石桌。不过，后来回忆起当时照相时的“活思想”来，又感到暗自好笑，似乎过于俗气与迂腐了。其实，坐左坐右还是站中间，已经没有多大意义了。早已昂首挺胸起来的中国人，愿意怎么照就怎么照，再不会让人摆布和宰割了。记住这段屈辱的、不光彩的历史，更加热爱即将回归祖国怀抱的、伟大祖国不可分割的一部分——澳门，才是这张照片的永存价值。

（原载1998年12月7日《人民日报》海外版。获澳门回归征文二等奖）

我又遇到警察与小偷的故事

意大利的小偷很有名，未去之前就有所耳闻。到了罗马时，导游一再提醒我们，千万要留神小偷。据说，罗马的小偷在意大利名列前茅，佛罗伦萨屈居老二，比萨数第三。在小偷名列前茅的地方，我们都有点儿提心吊胆，人人自危，生怕不慎遭窃。还好，大家警惕性蛮高，一天下来都相安无事。到了佛罗伦萨，警惕性还没有放松，也平安无事。可是到了比萨，思想有所麻痹，警惕性有点儿松弛下来，正好给小偷钻了空子。

游览完比萨斜塔后，出来乘车出城，在车站上候车。候车的人很多，大家都翘首望着来车的方向，注意力就有所分散。一位肤色较黑的混血女子，20多岁的样子，身着浅红色花纹的上衣，在人群中挤来挤去，装作等车的样子。车站上还有推销小商品的黑人小贩，一个劲地向你推销商品。那些小商品大多是温州的产品，比较受游客的欢迎。小贩很多，轮番推销，使我有些厌烦，注意力不够集中。就这点疏忽，挎在胸前的皮包被那混血小偷惦记上了。她用一个红色的尼龙袋子，遮住我胸前的皮包，挡住我的视线。她真有点儿神技，神不知鬼不觉就把拉链拉开了一半，我一点也没有发觉。正要下手时，被站在一旁的老伴发现，大声提醒我："你怎么把拉链拉开了？"小偷见被发觉，装着若无其事的样子，站到别人的身旁。我惊出了一身冷汗，庆幸小偷没有得逞，不然可就惨了，因为我的细软都在包里。

按说，偷窃行为被发现，小偷应该逃之夭夭。可这个女小偷却不然，她还在我们周围转悠。我想跟这个女小偷理论一番，发泄发泄气愤，立刻被导游制止了。他说，他们有的有团伙，防止遭算计。发生争吵时，往往是别的小偷下手的好时机。同时他还告诉我们，这里的小偷，你抓不着现行而指责她偷东西，她会主动报警，警察会以污辱人格尊严法规处罚你。所以，小偷行窃不成，并不怕你纠缠和报警。经导游这么一说，我才明白小偷刚才为什么不逃跑。即使你抓个正着，向警察报案，除了返还你被偷的东西外，小偷也基本上不会受到什么处罚。在意大利的法规中，对小偷的处罚是非常之轻的。所以警察与小偷的关系，根本不像“猫与老鼠”的关系。

据说，意大利的小偷有三不怕：

一不怕你训斥。不论听懂听不懂你的话，他们会一声不吭，沉默到底。他们知道游人不会久留，出出气就会走人。

二不怕你搜身、推搡、打骂。你若有这些行为，他们会马上报警，这样，小偷没事了，你要被警察带走，因为你侵犯了人权。

三不怕警察。法律对小偷的制裁极其宽容，警察要依法办事，因此对他们惩处的权限也有限，奈何他们不得。久而久之，就形成警察与小偷朝夕相处的宽松关系。

警察与小偷的这种微妙关系，使我不由地想起几十年前看过的一部电影《警察与小偷》。警察不慎使被逮住的小偷逃跑了，他必须再把小偷抓回来，不然自己便要到法庭上去受审。警察想尽各种办法去接近小偷的家庭。一天，警察与小偷碰巧在饭桌上见面了，小偷家庭生活的困苦，唤起了警察的同情，他明白了小偷不得不从事这种肮脏职业的苦衷。而小偷呢，也体谅警察的处境，不把他逮回去，警察家的生活也将陷入窘境，于是，他要求警察将他送到警察局去。这警察与小偷相互体谅的关系，给我留下深刻的印象，几十年后还能记忆犹新。如今自己遭遇了小偷，又知道比萨的警察与小偷也存在类似的关系，觉得挺有人情味的，仿佛又看了一部新的《警察与小偷》的电影。

（原载《环球纪事》2007年第8期）

闪耀着文艺复兴光芒的佛罗伦萨

佛罗伦萨是意大利中部的一个城市，在15世纪至16世纪时，佛罗伦萨是欧洲最著名的艺术中心。1865—1871年，还曾为意大利统一后的临时首都。佛罗伦萨是欧洲文艺复兴运动的发祥地。我们沿着石头路，在小城里游览，满目都是中世纪的精美建筑、雕塑和盛开的鲜花，不大的城中有40多家博物馆和美术馆，60多所宫殿及教堂。

徐志摩写过一首诗，叫《翡冷翠的一夜》，写的是一个女子与爱人的别离，依恋、哀怨、感激、幸福、痛苦，心绪百转千回，情感百感交集。写这首诗时，徐志摩在意大利的佛罗伦萨。现在置身在佛罗伦萨的我，感觉到这座婉约、精致和缠绵的古城，还真是写这类诗的适合地方。“翡冷翠”是徐志摩对佛罗伦萨的中文翻译，似乎比佛罗伦萨更有诗意，也符合古城的气质。但太诗意化了，不如佛罗伦萨通俗化。“佛罗伦萨”在意大利语中为“鲜花之城”。

文艺复兴时期的佛罗伦萨最辉煌。统治佛罗伦萨的美第奇家族酷爱艺术，也懂艺术，思想也较为开放宽容，在其有力保护和资助下，许多艺术和思想大家聚集在佛罗伦萨，例如，达·芬奇、但丁、伽利略、米开朗基罗等，他们在此创造了大量闪耀着文艺复兴时代光芒的建筑、雕塑、绘画和理论作品，这种盛况一直延续到1737年美第奇家族的最后一个统治者去世。因佛罗伦萨收藏着大量的优秀艺术品和珍贵文物，因而又有“西方雅典”之称，当今，它是世界上最丰富的文艺复兴时期艺术品保存地之一。可使游人大饱眼福。

我们主要参观圣母之花大教堂及米开朗琪罗广场。圣母之花大教堂的圆顶，是世界上第一座大圆顶，由十块浮雕组成，圆顶看起来宛如一朵美丽的巨型花朵，据说有106米高，非常壮丽。米开朗基罗广场中央，有米开朗基罗的雕塑《大卫》的复制品，前人在塑造大卫时，常采用他取胜时的情景。米开朗基罗独具匠心，塑造了一个怒目而视，准备战斗的全裸青年大卫，表现出大卫渴望投入战斗的紧张情绪和坚强意志。《大卫》的全身肌肉暴起，手臂上血脉贲张，形同真人。后来，全世界对《大卫》的解读，早已脱出了宗教故事的范围，成为人们从黑暗思想桎梏中挣扎和解脱的象征，是人类思想解放诉求的艺术表达。

佛罗伦萨如此美丽，又曾经聚集过这么多性格各异而有才华横溢的大师，就必定是一个故事之地。我们对“走自己的路，让别人去说吧”这句诗耳熟能详，也由此知道了意大利诗人但丁。我们只能在但丁故居前瞩目凝视，没能进去参观，感到非常遗憾。更为遗憾的是，没能踏步阿尔诺河上的一座古桥。佛罗伦萨全城有许多优美的古桥，据说有一座与但丁有关，人们称它为“旧桥”，也叫维琪奥桥。在这座桥上，产生过凄美的爱情故事：一个春光明媚的上午，阳光洒在“旧桥”上，少年但丁与一位叫贝特丽丝的少女在桥上相遇，少女的美丽使但丁目不转睛，惊喜而怅然，而手持鲜花的少女却直视前方，径直从但丁身边走过，仿佛没有看见他。她脸上泛起的潮红却透露出少女的情动。这是一位著名画家在他的油画《但丁与贝特丽丝邂逅》中所描绘的情景。贝特丽丝最终嫁给了一位伯爵，25岁就夭折了，令人哀叹。但丁对她的思念，全写在他的爱情诗——《新生》之中。在《神曲》中，诗人又把贝特丽丝描绘成集真善美于一身并引导他进天堂的女神，可见但丁对贝特丽丝的深爱之情。

陶醉在巴黎经典文学人物的艺术魅力之中

作为国际大都市的巴黎，有许多值得我寻觅游览的地方，诸如高耸的埃菲尔铁塔，庄严神圣的巴黎圣母院，艺术殿堂卢浮宫，雄伟壮丽的凯旋门，风情万种的巴黎歌舞，引领时尚潮流的巴黎时装，浪漫的法兰西风情……然而，我情有独钟的却是法国经典文学的创作者们与他们塑造的不朽文学名著。我从青年时代就喜爱阅读法国小说，无论是精致的短篇，还是长篇巨著，都爱不释手。法国文学使我萌生了浪漫的憧憬，幻想有朝一日，能游览那些文学作品带给我精神享受的国家，巴黎自然成了我首选的目的地。直到古稀之年，才置身于梦寐以求的巴黎，心旷神怡的心情自不待言。

在巴黎的街道中，首屈一指的是香榭丽舍大街。一踏进这条大街，不由地记起莫泊桑《漂亮朋友》中的一段描述："梧桐树和栗子树掩映的林荫大道，一排排的咖啡馆飘出醉人的咖啡香气，一对对穿着时尚品位的法国贵族夫妇漫步在街上，女士通常打着阳伞，男士戴着礼帽，街上还不时有马车跑过，似乎法国所有的浪漫气息都是从这里散发出来的。"这样的大街，当然令人神往。

这条美丽的大街，东起协和广场，西到凯旋门，成了19世纪巴黎人享乐生活的象征。巴尔扎克的《高老头》、大仲马的《基督山伯爵》、司汤达的《红与黑》、福楼拜的《包法利夫人》等，都以香榭丽舍大街为舞台，从爱恨情仇的故事情节中，演绎出法兰西风情的浪漫情怀。如今，时代虽然变了，路面依旧是一百多年前的小方块石，弥漫的还是昔日的法兰西式的优雅情调。漫步浓荫覆盖的梧桐树下，仿佛穿梭在莫里哀、梅里美等人的小说场景里；我随意落座的这家咖啡馆，也许左拉与都德曾在此相聚过。徜徉在宽敞的香榭丽舍大街上，脑海里不时浮现的，一会儿是小仲马笔下的茶花女，丽妆华服，坐着马车驰过的古典画面；一会儿是普鲁斯特《追忆似水年华》中描写的香榭餐厅的浮华笙歌。如果不是眼前各种肤色的现代人群，一辆辆色彩艳丽的双层敞顶的观光车，一队队骑赛车的年轻人，还以为回到了19世纪呢。无怪著名作家海明威赞叹道：巴黎就是一种流动的盛宴。品味过味道好极了的咖啡后，我尽情地漫步在香榭丽舍大街上，毫无疑问，我的一些脚印，恰巧踩在莫泊桑、大仲马、福楼拜、巴尔扎克、司汤达，及其他们创作的各色人物曾经踩过的脚印上，大有往事越百年之感。

站在凯旋门下，我首先想到的，不是拿破仑的凯旋，而是1885年，法国人在此用最高礼仪盛葬83岁的维克多·雨果。他的《巴黎圣母院》《悲惨世界》《九三年》等，无论是小说，还是根据小说改编的电影，我阅读和观赏后，都使我热血沸腾。然而，我最看重和钦佩的，还是他关注底层劳工的苦难，笔伐强权的正义呼声与呐喊。

我每次游览圆明园，都要怀着崇敬的心情，拜读雨果关于英法联军火烧圆明园的那封信，有些字句我早已铭记在心："有一天，两个强盗闯进了圆明园。一个强盗洗劫，另一个强盗放火。似乎得胜之后，便可以动手行窃了。他们对圆明园进行了大规模的劫掠，赃物由两个胜利者均分。""将受到历史制裁的这两个强盗，一个叫法兰西，另一个叫英吉利。""我希望有朝一日，解放了的干干净净的法兰西，会把这份战利品归还给被掠夺的中国。"遗憾的是，一个半世纪过去了，"两个强盗"并未真正"受到历史制裁"，被劫掠去的"战利品"，至今也没有归还中国。如若雨果地下有知，不知又要发出何等的谴责、抗议、甚至诅咒！但我相信，雨果的话总有一天会成为谶语。

昔日电影上的巴黎圣母院，今天就展现在我的眼前，庄严神圣的感觉油然而生。二百多年前，它的巍峨雄姿就投影在塞纳河中，而真正展现给世界的，并不是教会的宣传，也不是史料的介绍，而是小说《巴黎圣母院》。圣母院广场上游人如织，而我眼前浮现的画面，却是纯洁美丽的少女艾斯美拉达，不忍心敲钟人在众目睽睽之下遭受残酷的鞭刑，在烈日炎炎下忍受饥渴，勇敢地把水送到卡西莫多的嘴边……

仰望高高耸立的埃菲尔铁塔，我又想到"短篇之王"莫泊桑。他曾和一批艺术家、建筑师联合签名反对建造埃菲尔铁塔，还扬言："巴黎如果建成铁塔，我要永远离开这个城市。"埃菲尔铁塔建成后，他经常来到铁塔旁的咖啡馆喝咖啡，有人问他，还记得当初撂下的狠话吗？他诙谐地说："谁让这里是巴黎唯一看不见这座破塔的地方呢。"大作家的机智和幽默非常可爱。

登上铁塔的观景台，居高临下，放眼四顾，巴黎的楼房、街道、车船、人流、河流尽收眼底，而我又浮想联翩起来：《红与黑》中乡下男孩于连，是从哪条街道进入巴黎的？他虽然攀爬到上流社会，但最终，还是被他所憧憬的贵族圈子所抛弃掉。被送上了绞刑架；《高老头》中青年野心家没落贵族子弟拉斯蒂涅，又是从哪条街道来到巴黎的？他投靠表姐鲍赛昂夫人，在他往上爬的过程中，展现了复辟王朝时期法国社会的缩影；包法利夫人是从哪条街道，颓然地走出巴黎这座“只有奢华与享乐的梦想之城”的？最后无奈地落泊在卢昂村庄里伤心哭泣……无论是四面八方通向通都大邑巴黎的通衢大道，还是狭小的一条条街巷，曾经承载过法国社会历史的沉浮，诚如雨果、巴尔扎克，都把自己心爱的人物，推向这条沉醉与幻灭之路。罗曼·罗兰则让约翰·克利斯朵夫在临终时发出了满怀期望的呐喊：“有一天，为了新的斗争，我还会再生。”

随团旅游，无暇前往先贤祠凭吊雨果、伏尔泰、左拉、大仲马的陵墓，留下终生的遗憾。但巴黎之行，使我神往、陶醉并感悟到思想文化艺术的享受，是最高境界的精神之旅。巴黎有许许多多值得自豪和骄傲的地方，但给我感悟最深的，乃是文学大师们和他们塑造的经典文学作品，永放精神魅力的光芒，它是这座城市的自豪与骄傲，而且是永恒的自豪与骄傲。

（原载《广电老年》2016年第1期）

美泉宫·茜茜公主·施奈德

美泉宫位于奥地利首都维也纳，她曾是神圣罗马帝国、奥地利帝国、奥匈帝国和哈布斯堡王朝家族的皇宫，如今是维也纳最著名的名胜，每天迎接着熙熙攘攘的世界游客。在游客惊叹美泉宫超世之美的目光和镜头下，维也纳的男女老少们，也沿着美泉宫的陡坡和花园，悠闲自得地慢跑或散步而过。

美泉宫的来历，要追溯到近400年前。1612年，神圣罗马帝国皇帝马蒂亚斯狩猎至此，饮用此处的泉水，清爽甘冽，遂命名此泉为“美泉”。大部分游人去美泉宫，是对一位皇后感兴趣，她就是伊丽莎白皇后，奥匈帝国皇帝弗兰茨·约瑟夫一世的妻子，全世界人都知道这位皇后的另一个名字——茜茜公主。

1957年，德国和奥地利联合，在美泉宫拍摄一部电影《茜茜公主》，获得了巨大的成功。不仅使全世界目睹了美泉宫的丰姿，也了解了19世纪欧洲王室中最凄美的爱情故事，认识了主人公茜茜公主。这里，我们要感谢影星罗密·施奈德，她扮演的茜茜，少女时代清纯、美丽、活泼，充满青春活力，皇后时代则高贵、大方、典雅，气质宛若天成。她那迷人的微笑，不仅驱散了第二次世界大战后奥地利人民心中的阴霾，更带给了人们重建家园的信心。

其实，真正生活在美泉宫里的茜茜，其人生绝不是一部童话。历史上真实的茜茜公主，并非完全像影片中所表现的那样。特别是她与表哥弗兰茨·约瑟夫一世的爱情，更是没有影片中描述得那么完美。

我们在美泉宫里也看出一些端倪，弗兰茨·约瑟夫一世和茜茜是分居的，各有各自的小天地。约瑟夫的卧室只有一张单人床，虽然到处摆满了茜茜从小到大的画像，但夫妻之间近在咫尺，却很少交流。约瑟夫皇帝从小就在美泉宫里长大，1848年，约瑟夫皇帝加冕时只有18岁。在他68年的统治生涯中，经历的是一个强大帝国漫长而痛苦的衰落及崩溃过程。皇帝大部分时间在忙着“办公”，偶尔看看墙上的茜茜画像，却不愿面对真实的妻子。而茜茜公主呢，从小在德国南部巴伐利亚秀美的湖光山色中自由自在地成长，成为皇后时只有15岁。他们是表兄妹关系，相互吸引，属于一见钟情的爱情。但两人的气质和性格是不同的，随着时间的推移，夫妻之间渐渐地格格不入起来。

婚后的茜茜诸事不顺，身体状况越来越糟，特别是美丽的逐渐凋谢，让她忧郁万分。她的独生子鲁道夫和他的情妇双双自杀，对她的打击和刺激太大。1898年9月10日中午，茜茜在日内瓦被刺杀，死前，茜茜有令人吃惊的平静，是不是“不美丽，毋宁死”？真令后人哀怜。

我们所认识的“茜茜公主”——茜茜的扮演者罗密·施奈德，也于1982年5月孤独地离开了人世，才43岁，同样令人哀戚。罗密·施奈德一生事业辉煌，从影29年拍摄电影近60部，其中尤其以《茜茜公主》最为著名。她把纯真美丽、活泼开朗的茜茜公主演得栩栩如生，深受各国观众的喜爱。然而现实中的罗密·施奈德并不幸福，童年孤独，婚姻多变，中年丧子，多舛的命运终于使她英年早逝。银幕上下的罗密·施奈德判若两人。她曾这样描述自己：“当我想用哭来平复内心的痛苦时，‘茜茜’却在可爱地微笑。”

1996年，美泉宫花园被世界教科文组织纳入人类文化遗产名录。茜茜公主和罗密·施奈德也留在人们的记忆中，成为美泉宫里最美丽动人的童话。

（原载《广电老年》2013年第4期）

美国使馆签证记事

我曾经出过几次国，去过十来个国家，有公务，有旅游。签证都是外事部门或旅行社代为办理，不用自己费神儿。2008年去美国旅游，情况就不一样了。首先，美国使馆要求本人到使馆，面对面办理签证；其次，旅游团必须集体面对面签证。也就是说，天南地北的旅游者，都得聚在北京美国驻华大使馆；最后，签证时间需事先预约，听从他们的安排。没有办法，你既想上人家那儿旅游，就得听人家吆喝。我们非但不敢不听，更不敢怠慢，因为你想去，人家动不动还拒签，不让你去哩。

我按照使馆和旅行社的要求，准备好了简历、身份证明、房产证明、存款证明、合家欢照片、他国著名景点的留影，又让儿子替我填写好英文表格，忙活了好几天，才算做好了签证前的准备工作。

签证前一天，旅行社把大家召集在一起，领队详详细细地叮嘱签证时的注意事项，生怕签证时出现纰漏遭拒签。还请来去过美国的小李介绍经验，从着装、表情、如何回答问题等，教我们掌握技巧和要领。我不以为然地听着，觉得大可不必如此小心翼翼，因为我们大都是六七十岁开外的老人，退休养老，老婆儿孙一大家，哪会赖在美国不回来？

约好的时间是上午11点10分在中信银行门口集合，我早早就动身，直奔美国驻华使馆签证处。在永安里站下了地铁，穿过新建的秀水商场，向北进入秀水东街，见到像赶庙会一样的人流，一打听，都是来办签证的男女老少，才知道想去美国的人还真是多啊。今天下雨，我们都是打着雨伞来的，可雨伞也不准带进去，只好连同手机和提包放到旅行社小李的汽车里。从入口处到签证厅，估计有百米左右的距离。要是一直不停地走进去，淋雨的时间还会短些，可要排队接受两道岗的验证检查，就只能站在雨中长时间挨淋了。万幸，今天的雨不算大，若遇大雨，每个人都成落汤鸡了。接受两道岗亭检查后，进入安检屋，之后才进入签证厅。签证厅也就百来平方米，里面已有200来人（据说今天人是比较少的，多时挤满了大厅），排了好几个队。我们排队先交了英文表格和护照、发票（签证费），发个带颜色的牌子。再根据同样颜色的牌子排成队，顺序到指纹扫描窗口扫描指纹。先左手四指指纹，后右手四指指纹，再两个大拇指指纹。然后，还得根据同样颜色的牌子排成队，等候签证员的审问。审问每人一两分钟左右，也有三五分钟的。同意签证就给张打印好的纸条，拒签就不给纸条了。

就在几个月前，儿子儿媳与一对好友伉俪同来这里签证，好友伉俪顺利过关，而儿子儿媳却遭到拒签。其实，那对好友伉俪，近年来一直想移民加拿大，而儿子儿媳死心塌地地待在国内，不想去外国生活。这些，签证官哪里知道，他们是随意签发或拒签，全凭一瞬间的意识流而定。但愿今天运气好，不再重蹈儿子儿媳的前车覆辙。

慢慢地等候着。一位来自湖南的妇女，站到窗口前，没说上两句话，签证官就挥手示意：她被拒签了。接着叫下一位。这位妇女立刻苍白了脸，无助地蹲坐在签证窗口下边，一个人悄悄地流泪。她的儿子儿媳在西雅图谋生，有了孩子，想让妈妈去帮他们料理家务，但却被拒签了。旁边的窗口是一个小伙子，倒是与签证官中英文交流了很久，该出示的证件也都出示了，但是签证官还是继续追问着，还有什么可以证明他身份和资产的材料？小伙子拿出一堆照片，指着照片对签证官说："这是我的工厂，这是我工厂的产品。"但那签证官还是"NO、NO、NO"，没有给他纸条，他也被拒签了。

拒签是不需要说明原因的，因为他们很难说出什么原因来。有的连看你一眼都不看，怎么会知道你有移民倾向，或怀疑你是什么危险分子恐怖分子呢？

我预感到事情不妙。早就听说签证的"潜规则"，签证官情绪好，接二连三地通过，情绪不佳时，一串儿都是拒签。我想，千万别让我落在那两位签证官的手下。就在这时，拒签湖南妇女的那位签证官，又拒签了一位中年男士。我问他是什么理由被拒签的，他说："没有任何理由，只问了我一句你贵姓，我说姓张，他就挥手叫下一个了。"我低声嘀咕道："姓什么都写在材料上，还用问吗？说姓张不行，那我姓赵不知会怎么样？"那位中年男士愤愤地说："他要拒签，你就是姓约翰、姓汤姆、姓山姆大叔都不灵。"

被拒签的人并没有马上离开签证大厅，而是三三两两地聚集在一起，发泄心中的不快。我从他们谈话中得知，有的被多次拒签，还是不死心。大老远地从各省市赶到北京来，一次又一次地花时间，花路费，花住宿费，花100美元签证费（美元贬值后，随即涨价到130美元），到头来还是竹篮打水一场空。据说，每年的签证费和拒签费，有七八亿到十来亿元人民币。真是一笔大财源哩！

终于轮到我们团签证了。我看了一下签证官，是一个白人中年女士，她问我们团的第一位女士："你去美国干什么？"答曰："旅游，购物。我的钱太多了，听说经济危机，美国的东西很便宜，赶去大捞一把。"女签证官耸耸肩，笑了笑，甩出一张纸条，这位女士连说谢谢。

轮到我了，我灵机一动，临时变换策略，没等她开口询问，我抢先开了口，而且编了个不易被戳穿的谎言："我想写本美国游记，宣传美国的风景名胜，吸引更多的游客游览美国。"说完，就等待回答她的询问。谁知，她又耸了耸肩，笑了笑，扔出一张纸条，我也连说谢谢。

我们很幸运，旅游团15个人，加上导游16个人，全都签下证来，大家高兴得眉开眼笑，欢天喜地。

究其原因，还是得益于美国成了中国公民的旅游目的地。7月中旬首发团赴美旅游，3个月后的10月中旬，我们紧跟其后。开放旅游了，你还像过去那样一个劲地拒签，美国的旅游业怎么能兴旺繁荣起来。再者，我们团基本上是六七十岁甚至80多岁的老人，夫妻就占了6对，也不愿意滞留在美国。

这次签证有如下一些感慨：签证太矫情。就美国独自一家要求游客到使馆签证，并留下指纹；被他拒签，还要收签证费。如我今天被拒签，2500元押金就不退了（除签证费外是旅行社的服务费）；过去的签证费是100美元，现在变成130美元，原因是美元贬值人民币升值。你看，升值的没占到便宜，贬值的却用提价来增加收入，是何等的不讲理哟；它是同等条件中旅费最贵的国家；面试签证，面试纯粹是形式，几句询问能判断出你是好人坏人或有移民倾向的人吗？对签证客人的服务太差。除了上面说到的雨天要挨淋外，签证厅空间太小，拥挤杂乱。两三个小时站立在这样的环境中，老年人难以承受。厅内只有几把椅子，站累的老人无法歇息。不让带水进去，口渴只好忍着。凡此种种，如若是中国的签证机关如此对待客人，老百姓早就骂大街了。我的不满也只有一句话：老美太盛气凌人，老子天下第一。

游乐好莱坞

世界闻名的好莱坞环球影城，名不虚传。这里的参观者不仅仅是电影工作者，而是来自世界各国的游客，每天排着长队，源源不断。我向往好莱坞已久，今日终于如愿以偿，兴奋不已。

好莱坞建在半山腰上，占地420英亩，是世界上无与伦比的电影制片基地。我们先乘游览车游览。游览车的路线曲曲弯弯，或高或低，能让游人饱览电影生产的全过程，如摄影棚、外景场地、现代街景、古老的街道、特技模型、道具陈设……常看好莱坞影片的观众会看到许多熟悉的楼房、别墅、街道、场景，倍感亲切。非常真实的银幕效果，原来是真真假假的景物剪辑在一起的，让你真假难分。刮风下雨是人工精心巧妙的设计；洪水冲垮城市街道楼房是特技镜头；汽车行进中桥梁突然坍塌是机关布景；引得孩子们怪叫的庞然大物和令人毛骨悚然的大白鲨，制作得活灵活现；空难飞机残骸制作得惟妙惟肖，令人惨不忍睹；地震现场一片断垣残壁……

动感电影，20世纪90年代初，我在台湾就看过。后来在北京也看过。但好莱坞的动感电影如何呢？导游告诉我们，心脏不好的，或岁数大的老人，最好别看。我岂能放过这样的好机会呢，毫不犹豫地坐上飞向太空的云霄飞车，一会儿穿过高山峡谷，一会儿越过浩瀚的海洋，一会儿险些碰撞山顶，一会儿又像掉进深渊……每一次惊险都让我惊心动魄，每一次惊险都让我惊叫不已。惊险一个接着一个扑面而来，又一次次逢凶化吉，很快就适应了这种强烈的生理和心理刺激。当影像消失了，动感停止了，我仿佛从梦幻中苏醒过来，原来就是坐在固定的座位上，刚才所感到的惊天动地的一幕幕，全是动感电影的神奇魅力。这是现代高科技在电影上的应用，好莱坞是登峰造极的。

“水世界”上的功夫演员表演，也令游人大开眼界。在那不大的水面上，表演汽艇追逐、厮杀、飞越、火灾、爆破、枪战、高空坠落等惊险动作，稍有不慎就会酿成表演者伤亡。男女特技演员的高难度表演，使游人感到惊险、刺激、新颖。由于汽艇的冲击力，在它突然转弯的时候，溅起的浪花雨，直向池边观众飞来，靠近池边的观众个个成了落汤鸡。我坐在第四排，上身也被淋湿，赶忙跑向后排座位。表演演员也"趁火打劫"，端水泼向观众，现场气氛立刻欢腾雀跃起来。

好莱坞的立体电影，比国内的立体电影又更上一层楼。虽然也需戴上眼镜观看，但立体效果更逼真了。放映的是《加州州长》，好莱坞大明星施瓦辛格演的短片，他的形象近在眼前，似乎伸手就能触摸到他。银幕上出现烟雾，剧场里也烟雾弥漫，四处飘荡。银幕上刮风下雨，剧场里也风雨而至，雨点滴落到你身上，把观众同步带入到电影所表现的真实环境中。动感电影给你神奇魔幻般的视觉冲击和视觉享受，而立体电影则给你营造一个身临其境的真实空间。

好莱坞的电影业是世界巨无霸，没有哪一个国家的电影业能与其抗衡。我们引进的美国大片，几乎都是好莱坞制作的。我们在技术方面、制作质量方面、资金投入方面都存在很大差距。但我们不能妄自菲薄，要发挥中国电影的长处，走民族化的道路，中国电影是大有希望的。

塞班岛上的另类纪念碑

人们常说，胜者为王败者寇。然而，当我游览完塞班岛上的第二次世界大战纪念碑与纪念遗址后，得出的结论却是相反：败者称王，胜者成寇。

第二次世界大战纪念碑与纪念遗址遍布塞班岛，如今，都被开发成热门旅游景点，每天世界各国的游览者络绎不绝。

翻翻塞班岛的历史就会知道，在第二次世界大战快要结束时，日本和美国为争夺该岛展开一场惨烈的战争，留下了许多殊死搏战的历史遗迹，诸如万岁崖、自杀海、日军的最后司令部、军舰岛等。

从1944年6月11日起，到7月6日，在20多天的激战中，日军无论在海上还是在岛上，均受到重创，伤亡4万多人，最后只剩下3000多人。眼看败局已定，但决不投降。最后指挥官南云忠一，把剩下的军人，还有日军家属和日本人，全都集中到岛北端的大海悬崖边，因为这儿离日本最近，下令军民面向日本方向，集体跳海自尽。在这个高崖险峻的大海边，据说每个人大喊“天皇万岁”后才跳下海去。于是这个地方就被叫作万岁崖了。我回来后查阅有关资料，发现它是弥天大谎。日本枥木县那须盐原市的前海军士兵手口义雄，38次出席日美纪念塞班和天宁岛战役的会议，每次他都坚决否认每个士兵都是喊着“天皇万岁”跳崖的，反而大多是叫着自己亲人的名字，被迫跳下大海的 （见《环球网新闻》2014年6月16日）。

最悲壮的一页是由塞班女子高级中学的七百多名女学生写下的，她们在上完体育课后，得知日军即将全部溃败，集体从这里跳海自杀。那场面的凄惨，是惨不忍睹的。同时在跳海处不远的山崖处，日军最后指挥部的士兵和军官，在同一时间内跳下山崖。在最后指挥所里，指挥官南云忠一中将，还有第43师团师团长斋藤义次，南云忠一先剖腹自杀，未死，命令斋藤义次向他开枪。最后斋藤义次自杀，塞班岛战役宣告结束。

在军国主义制度培养下，日本士兵丧失了人性，第二次世界大战中对各国人民犯下滔天罪行，欠下累累血债；而当他们败亡时，日本士兵几乎无一人投降，用自杀来结束自己的生命，这种大规模集体自杀的场面，让人感到可悲可悯，还是惨绝与恐怖？一直是个众说纷纭的问题。

站在塞班岛第二次世界大战纪念碑与纪念遗址前，我陷入了沉思。在塞班岛战役中，美军是胜利者，日军是战败者。然而，胜利者并没有在胜利的战场上树碑立传，宣扬他们的胜利功绩，而战败者却在亡命的地方，处处立碑刻字，大肆张扬他们的忠烈精神，这种现象是极为罕见的，更是极其反常的。

过去，日本人非常崇尚一种精神，叫作武士道精神。所谓武士道精神，是日本幕府时代武士们遵守的封建道德，其内容是绝对效忠于封建君主，直至最后不惜葬送自家性命。这种精神，在塞班岛战役中，被日本军民发挥到了极致。他们死心塌地地遵循武士道精神，不成功便成仁，使胜利者对失败者都感到极大的恐惧。

在万岁崖等处，都树立着许多大大小小的纪念碑牌，有块突出显眼的纪念碑上，“忠魂碑”三个大字赫然在目。在碑旁留影的人也不少。可日本游客与韩国游客，还有一些中国与其他国家的游客，对待这块碑的态度则截然不同。韩国游客和中国游客等，把口香糖的残渣吐在碑石上，而日本游客则把口香糖残渣清除掉。你吐我清的现象，不知要延续到什么时候？

我们有权憎恨日本军国主义犯下的滔天罪行，这罪行直至今天，他们仍然没有进行深刻地反省。

那天在万岁崖，我们遇上夏威夷的几个游客。第二次世界大战期间，日军对夏威夷珍珠港发动了军事偷袭，炸沉四艘战列舰和两艘驱逐舰，炸毁188架飞机，受损的建筑、船只和飞机则更多。攻击中约有2400名美国人丧生，另有1250人受伤，致使美军伤亡惨重，太平洋战争由此爆发。我突发奇想，想问问夏威夷游客对日本人竖立的纪念碑的看法？我请导游用英语询问他们：第二次世界大战时，你们夏威夷遭受日军的偷袭，后来在塞班岛上，你们干净彻底地歼灭了日军。美国是这场战争的胜利者，却看不到你们树立的一块纪念碑，而让失败者的日本在你们的领地上到处竖立纪念碑，放肆地为日军亡魂鼓吹颂扬，你们有何看法？几个夏威夷游客面面相觑，或苦笑，或缄默，或摊开双臂，耸耸肩，顿感尴尬与无奈。过了一会儿，一位大约六十多岁的老人说：我们从没想过这个问题，何时特朗普总统到夏威夷时，请他回答。这位老者机智的回答，逗得大家哈哈大笑起来。

站在塞班岛日本人竖立纪念碑的第二次世界大战遗址上，真是思绪万千！我在思索，中国军民的十四年抗战，彻底打败了日本军国主义，取得了抗日战争的伟大胜利。像在塞班岛交战中一样，日本是战败国，中国是战胜国。为什么战败国日本，能肆无忌惮地在美国的塞班岛上大竖特竖颂扬日本武士道精神的另类纪念碑？试问，战胜国的美国为什么视而不见，助纣为虐？我还在心里默问，日本怎么不到中国来树立这样的纪念碑？13亿多中国人都知道，他们来不了，也不敢来。这样一想，我就明白了，原来日、美两国在第二次世界大战后结成了亲密盟友，沆瀣一气，早已忘掉了他们之间原子弹与珍珠港的深仇大恨。这实在是塞班岛上几万阵亡美国士兵的耻辱与悲哀。

（原载《广电老年》2018年第2期）

后　记

书稿编辑完了，还想说几句话。

首先，此书中五花八门的文章，都是过去的旧稿。古稀之年后，就几乎没有新作了。人老了，思维迟钝，接受新事物的能力衰退了，自然而然就懒得动笔。近年发表出来的文章，基本上都是对旧稿的修改。

其次，影评影人辑中的文章，绝大部分都发表在《电影创作》上。我衷心地感谢《电影创作》的主编们与编辑们，细数他们的名字，有鲁军、申述、马德波、马林、周啸邦、王陶瑞、叶式生、陈澈、沈基宇、靳玉珠、王小延等。他们为我提供发表文章的园地，才有此书中影评影人辑中的这些文章。在此要特别特别感谢沈基宇编辑。此书中的文章，他在世的时候，曾热心地帮我一遍两遍地校正错别字、标点符号和语法修辞，倾注大量的心血与时间。凡书稿中引用的文字、文献，他都要一一查询出处，核对原文。沈老编辑孜孜不倦的敬业精神，令人感动。很可惜，他再也看不到我这本书了，再也听不到我的感谢声了。

再次，要感谢现代科学技术的发展。我一百多万字的文稿，都是敲电脑敲出来的。没有电脑，我早就颤抖的手，是写不出如许的文字来的。从20世纪90年代起，我颤抖的手越来越严重，怎么也不听我的使唤，字不仅写不到格子里，连横、撇、竖、捺书写笔画，都聚拢不到一起。每当这个时候，我就烦躁得坐立不安，摔手投笔，思绪全被扰乱了。打碎玻璃板，摔坏钢笔的事儿，成了家常便饭。后来发展到更严重的时候，手就握不住笔了。于是，和作家、朋友中断了书信往来，甚至连编辑工作的稿签，有时也烦劳别人按我的意思代笔。当年儿子有台奔腾586电脑，手把手教我学电脑。竟然十天八天就能敲字，真是喜出望外。一高兴，敲出一篇短文：《电脑复活了我失灵的手》，投给《文艺报》，居然被采用了。这是我用电脑写作发表的第一篇小文。从此跟笔拜拜了，与电脑成了亲密伙伴。所以我打心眼里感激高科技，感谢那台奔腾586电脑。

赵绍义

2022年4月